Der Balsam Träger

Wolf Serno

Der Balsam Träger

Historischer Kriminalroman

Weltbild

Genehmigte Taschenbuch-Lizenzausgabe 2009
für die Verlagsgruppe Weltbild GmbH

Besuchen Sie uns im Internet:
www.weltbild.de

Der Autor

Wolf Serno wurde 1944 in Hamburg geboren. Nach einem Kommunikationsstudium arbeitete er lange als Werbetexter und Creative Director in großen Agenturen. Er schrieb Lehrbücher für Werbetexter und war Dozent an der Werbefachschule in Hamburg. Doch seine besondere Leidenschaft galt schon immer der Geschichte, und nach langen Jahren in der Werbung entstand bei Wolf Serno der Wunsch, für sich selbst zu schreiben. Sein Erstling *Der Wanderchirurg* wurde auf Anhieb ein Bestseller. Wolf Serno lebt mit seiner Frau und seinen Hunden in Hamburg.

Für mein Rudel:
Micky, Fiedler († 16), Sumo, Buschmann, Eddi

Und diesmal auch für alle,
in denen ein Fünkchen Eulenspiegel steckt.

Hallimasch

Eßbar, jedoch nicht roh

Abgrenzung: Meist in Büscheln auf Holz lebender Trichterpilz mit beringtem Stiel, honiggelbem, rosafuchsigem bis bräunlichem, klein-schuppigem Hut und herb zusammenziehend schmeckendem Fleisch … Wert: Wegen der Massenhaftigkeit, mit der der Hallimasch in vielen Gegenden auftritt, ist er einer der wichtigsten Speisepilze. Die zähen Stiele sind fortzulassen. Der Genuß roher Pilze hat wiederholt zu leichten Vergiftungen geführt; man tut gut, diese Art stets vor der Zubereitung abzukochen und das Kochwasser fortzugießen …

aus: Pilze Deutschlands;
Dr. Walther Neuhoff, H. H. Nölke Verlag, Hamburg 1946

Gifthäubling

Tödlich giftig

Hutoberseite: honiggelb bis mittelbraun, Mitte gelb, Rand braun; hygrophan; feucht durchscheinend gerieft; bei Trockenheit gänzlich gelbocker; jung kugelig, alt flach; bis zu vier Zentimeter breit. Hutunterseite: Lamellen; gerade angewachsen, jung ockerbraun; alt rostbraun … Bemerkungen: enthält Amanitine (Gifte des Grünen Knollenblätterpilzes) … Verwechslungen: Stockschwämmchen, Hallimasch.

aus: Bestimmungsbuch Pilze; *Gina Wolters, Birgit Stobbe; Südwest Verlag, München 1999*

Prolog

»Potzblitz, gute Frau! Da hätt ich Euch fast über den Haufen gerannt, ich bitte um Vergebung!« Der blonde Jüngling riss voller Schrecken die Arme hoch, ließ sie wieder sinken und setzte ein entwaffnendes Lächeln auf. Die Frau, der seine Worte gegolten hatten, war eine schwere Matrone mit streitlustigen Augen. »Wer mich umrennen will, muss mehr Fett auf den Rippen haben!«

Der Jüngling lachte schallend. »Trefflich gesagt, trefflich gesagt, fürwahr!« Plötzlich wurde er wieder ernst. »Aber was sehen meine Augen? Ist es ein Trugbild, ein Irrlicht gar? Jetzt erkenn ich Euch! Wie schön, Euch zu begegnen! Ihr seid die Witwe Findteisen, stimmt's?«

»Allerdings«, versetzte die Dicke ungerührt. Denn um das zu wissen, musste man kein studierter Kopf sein. Sie war in der Stadt bekannt wie ein bunter Hund. »Allerdings«, wiederholte sie und wollte weiter, denn an diesem heiteren Morgen, man schrieb den 23. Aprilis anno 1777, war Mittwochsmarkt in Schmalenbach, einem kleinen Ort im Thüringer Land. »Ich hab's eilig!« Doch irgendwie war der Bursche ihr noch immer im Weg, und da sie nicht recht vorwärtskam, fragte sie schließlich: »Wer bist du? Ich kenne dich nicht.«

»Ich bin Listig!«, strahlte der Jüngling.

»Das mag sein. Wie du heißt, wollte ich wissen. Ich habe dich noch nie gesehen.«

»Listig heiß ich, gute Frau.«

»Lächerlich. Das ist kein Name.«

»Vielleicht. Vielleicht auch nicht.«

»Ja, ja, stiehl mir nicht länger meine Zeit.« Die Findteisen hatte endgültig genug von dem Spaßvogel. Der Markt wartete, und sie hoffte auf eine frische Forelle aus der Schwarza.

»Vielleicht heiße ich nicht Listig, aber ich bin's. Immerhin hab ich bemerkt, dass Euch bei unserer kleinen Rempelei Geld zu Boden gefallen ist.«

»Wie?«

»Ihr habt Geld verloren.« Der Jüngling bückte sich, sammelte die Münzen auf und übergab sie der Witwe mit einer artigen Verbeugung.

»Waaas? Ja, das ist doch …« Die Dicke schluckte. »Danke.« Widerstrebend musste sie dem Burschen Abbitte leisten. Er schien nicht nur ein Spaßvogel zu sein, sondern auch eine ehrliche Haut. »Nun ja. Hier, nimm. Ein kleiner Finderlohn. Niemand soll sagen, die Witwe Findteisen ließe sich lumpen. Kauf dir etwas zu essen, bist ja klein wie ein Spatz und dünn wie ein Spargel.«

»Ergebensten Dank, und vergelt's Gott!« Der Jüngling verbeugte sich erneut, diesmal noch tiefer, und blickte der schweren Matrone nach. Die Münzen in der Hand wiegend, kicherte er: »Ich bin Listig, und ich bin listig, du dicke Vettel! Wenn ich's nicht wär, hätt ich dir alles geklaut – und wär Gefahr gelaufen, dass du den Büttel auf mich hetzt. So aber bin ich kein Dieb, sondern ein ehrlicher Finder.«

Er ging zu einem Stand, an dem es verführerisch nach Gebratenem duftete, und kaufte sich zwei Würste. Mit vollen Backen kauend, schlenderte er die Marktgassen entlang. Wieder einmal hatte er sein Ziel erreicht: satt zu werden, ohne dafür einen Finger krumm machen zu müssen.

Alles in allem war er kein schlechter Kerl, und gegen Arbeit hatte er noch nie etwas gehabt – solange andere sie verrichteten.

Er selbst fasste sie nur ungern an. Umso eifriger war er, wenn es um die Freuden der Tafel ging. Er konnte gewaltige Mengen vertilgen und ebenso viel trinken. Dabei blieb er stets schlank wie eine Gerte, und niemand hätte zu sagen vermocht, warum er kein Jota zunahm.

Beschwingt stopfte er sich den Rest der Wurst in den Mund und verließ den Markt.

Bald darauf hatte er die Stätte seines Wirkens verlegt. Den Rempel-Trick konnte man nur ein- oder zweimal gefahrlos anwenden. Versuchte man ihn öfter, wurden die Leute misstrauisch.

Listig hielt sich nun in der Nähe der Antonius-Kirche auf, wo er die Kunst des Bettelns ausüben wollte. Das Gotteshaus stammte aus dem Jahre 1247 und war benannt nach dem heiligen Antonius, dem Schutzpatron der Haustiere und dem Bewahrer vor Feuersbrünsten. Sein Kennzeichen war das T-förmige Kreuz, und aus ebendiesem Kreuz wurde ein kostbarer Splitter in der Sakristei verwahrt. Man sagte, er wäre fünf Zoll lang und aus Eisenholz, weshalb er unzerstörbar sei und bis zum Tag des Jüngsten Gerichts halten werde.

Die Leute von Schmalenbach kamen nicht selten in die Kirche, um vor dem Schrein, in dem er sich befand, niederzuknien und den heiligen Antonius anzuflehen, er möge Krankheiten von ihrem Vieh nehmen und den roten Hahn von ihren Dächern verbannen. Sie taten es, obwohl ihre Kirche schon lange keine katholische mehr wahr, sondern eine, in der die Lehren des Doktor Martin Luther Einzug gehalten hatten – Lehren, die es verboten, Reliquien anzubeten. Doch auch über zweihundertsechzig Jahre nach der Reformation glaubten immer noch viele, den Überresten der Heiligen entströme eine göttliche Gnade, und sie waren davon überzeugt, dass selbst dem geringsten Teil noch dieselbe Kraft innewohnte wie dem ehemaligen Ganzen.

Der Pfarrer, ein älterer, gichtgeplagter Gottesmann namens Klapproth, drückte dabei stets ein Auge zu, denn er wollte weder den Splitter von seinem jahrhundertealten Platz entfernen noch seine Schäfchen in der Kirche missen.

Listig kümmerte das alles wenig. Ihm war nur wichtig, dass er an einem günstigen Ort saß, um Almosen zu erbitten. Er wusste: Im Angesicht Gottes mochte kaum einer Nein sagen, wenn eine Hand sich ihm flehentlich entgegenstreckte. Trotzdem war das Bettelgeschäft kein Leichtes, denn es gab eine

Menge abgerissener Gestalten, die mit ihm um die Spendenfreudigkeit der Vorübergehenden rangen.

»Verschließt euer Herz nicht vor einem, den es hungert und dürstet!«, rief er laut. »Denn wie heißt es im Heiligen Buche? ›Geben ist seliger denn nehmen‹, ja, so steht es schwarz auf weiß in der Apostelgeschichte zu lesen, ihr guten Leute!«

Listigs Behauptung stimmte sogar, denn er hatte in Rudolstadt eine Lateinschule besucht, weshalb er nicht nur die Gelehrtensprache in Wort und Schrift ein wenig beherrschte, sondern auch an Exegese-Lektionen teilgenommen hatte.

»Verschließt euer Herz nicht vor einem, den es hungert und dürstet …«, hob er wiederum an, aber so jammervoll seine Stimme auch klang, kein noch so kleines Geldstück fand den Weg in seine Kappe. Die anderen Bettler waren einfach geschickter. Sie schrien lauter und waren dreister.

Listig schaute sich das eine Zeit lang mit an und beschloss dann zu handeln. Er verschwand kurz, kam zurück, ließ sich am Fuße der bronzenen Luther-Statue nieder und begann alsbald wie Espenlaub zu zittern. Als niemand ihn beachtete, jaulte er auf wie ein Hund. Doch auch das half nichts. Niemand schenkte ihm seine Aufmerksamkeit.

Da heulte Listig wie ein ganzes Rudel Wölfe, zitterte noch mehr, lief bläulich an – und hatte endlich Erfolg. Ein paar Menschen schauten zu ihm herüber. »Was hat der Kerl denn?«, fragte ein älterer Mann. »Er schreit, als sei der Bocksbeinige in ihn gefahren.«

»Keine Ahnung«, erwiderte ein anderer, und ein Dritter zuckte mit den Schultern und rief: »Die Almosenjäger sind doch alle gleich! Zu faul, einem Tagewerk nachzugehen, das sage ich euch! Wenn ihr mich fragt, ich denke, sie sind …«

Niemand sollte jemals erfahren, was der Mann gedacht hatte, denn in diesem Augenblick schlug Listigs Oberkörper hart auf dem Pflaster auf. Er hatte sich nicht mehr aufrecht halten können – nicht einmal im Sitzen.

Er schnappte nach Luft, röhrte, röchelte, und zum gewaltigen Schrecken der Gaffer schoss ihm ein Blutstrahl aus dem Mund.

Das Blut breitete sich zu einer Lache aus, während Listig weiterhin am Boden lag und zum Steinerweichen keuchte.

»Es muss etwas geschehen!«, rief der ältere Mann. Alle pflichteten ihm sofort bei.

»Ja, es muss etwas geschehen!«

»Ganz recht, ganz recht.«

»Aber was?«

»Der Bursche muss in ein Siechenhaus.«

»Wir haben kein Siechenhaus, das nächste ist in Saalfeld. Wir müssen ihn dahin schaffen.«

»Ja, ja, aber ich habe keine Zeit. Dringende Geschäfte! Gott ist mein Zeuge.«

»Ich habe auch keine Zeit.«

»Ich auch nicht.«

»Dann sollten wir uns wenigstens barmherzig zeigen.«

»Wie? Ach so!«

Ein halbes Dutzend Münzen fiel auf Listig herab, ein Teil landete in der Kappe, ein anderer in der Blutlache. »Des Himmels Segen über euch, ihr guten Leute«, würgte er hervor, während er mit einer Geschwindigkeit, die seinem Zustand keineswegs entsprach, das Geld einsammelte.

Minuten später schien es ihm wieder besser zu gehen. Er schickte sich an, den Standort zu verlassen, als ihm plötzlich ein hochaufgeschossener Kerl in den Weg trat. Er war so groß, dass Listig zu ihm aufblicken musste wie in eine Baumkrone. »Guter Kniff«, nuschelte der Lange. Er zog ein Stück Tabakpriem aus der Tasche und bot es an. »Biste Kunde?«

Listig zuckte mit den Schultern und musste die Anwort schuldig bleiben.

Der Lange setzte nach: »Wennde kein Strohmer bist, wie'n Kaffer siehste jedenfalls nich aus un wie'n Hannwasser auch nich.«

Listig, der weder wusste, was ein Kunde, noch, was ein Strohmer, ein Kaffer oder ein Hannwasser war, legte die Stirn in Falten. »Wenn das ein Rätsel sein soll, Gevatter, so musst du dir die Lösung schon selbst verraten.«

Da schob sich der Lange den Priem in den Mund, dorthin, wo schon ein anderer steckte. Seine Kiefer begannen zu mahlen und den neuen Tabak mit dem alten zu vermischen. Es sah aus, als wandere in seiner Backentasche ein Ball auf und ab.

Listig lachte auf. »Beim Barte meiner Mutter! Wenn ich's recht bedenk, bin ich kein Kunde, jedenfalls im Moment nicht, weil ich, wie du selber siehst, gerade nichts kaufe! Aber du, Gevatter, schaust drein wie ein Hamster. Hahaha!«

Der Lange stellte ruckartig das Kauen ein. »Halt's Maul, oder ich polier dir's!« Er schien keinen Spaß zu verstehen.

»Es war doch nur ein Ulk, mein Freund! Nimm einfach an, es gäb mich gar nicht. Ich wär ein Nichts, ein Neutrum, ein Stück Luft.«

Doch es war zu spät. Der Lange schnaufte: »Willst so tun, als wärste 'ne Spukgestalt, wie? Kommst dir wohl lustig blöd vor, wie? 's wird dir nix nützen, ich hau dich um.« Er holte aus und schlug zu, doch Listig war rasch einen Schritt zurückgesprungen.

»Warte, Spukgestalt!« Wieder schlug der Lange zu. Listig konnte abermals ausweichen, diesmal nur um Haaresbreite. Er dachte schon, er würde gehörig Senge beziehen, denn ein Fortlaufen war angesichts der langen Beine seines Angreifers unmöglich, da kam ihm der Zufall zu Hilfe. Ein Schrei ertönte aus der Kirche, und ein Name wurde gerufen: »Hannikel, he, Hannikel! Nu komm schon, 's geht los!«

Widerstrebend ließ der Lange von Listig ab und eilte zum Kirchenportal, wo er rasch hinter der großen Flügeltür verschwand. Listig blickte ihm nach. Ihm fiel auf, dass nicht nur Hannikel, sondern auch alle anderen Bettler fort waren. Während er noch darüber nachdachte, drang schwarzer Qualm aus der Kirchentür. Was mochte das bedeuten? Die Tür flog auf, der Rauch wurde zu einer riesigen Wolke. »Feuer!«, schrie irgendwo eine Stimme. »Feuer, Feuer! Holt Wasser, Leute, holt die Spritzpumpe, holt die Wehr!«

Augenblicke später herrschte ein unvorstellbares Durcheinander. Die Kirche brannte lichterloh, aus ihrem Glockenturm züngelten mannshohe Flammen. Menschen rannten über den Platz, jammernd und klagend und Wassereimer in den Händen schwingend, mit denen sie ihr Gotteshaus retten wollten. Doch sie wurden daran gehindert durch noch mehr Menschen, die lange Hälse machten und Unverständliches schrien, durch Hunde, die bellten, Pferde, die scheuten, und nicht zuletzt durch eine Menge zwielichtiger Gestalten, die nacheinander aus der Kirche stürzten, mit rußgeschwärzten Gesichtern, aber lachend und grölend, denn sie hielten reiche Beute in den Händen: goldene Kreuze, goldene Leuchter und goldene Schalen.

Listig sah das alles und machte sich hinter der Luther-Statue ganz klein. Viele Gedanken wirbelten in seinem Kopf herum. Die Bettler vor der Kirche waren Räuber gewesen! Sie hatten nur den rechten Zeitpunkt abgepasst, um Feuer zu legen und die Kostbarkeiten zu rauben. Am helllichten Tag! Es stimmte also doch, was allerorten behauptet wurde: dass die Untaten der Räuber überhandnahmen und niemand ihrer Herr werden konnte. Man sagte, das Gaunertum hätte sich krakengleich ausgebreitet, von Süden nach Norden, von Westen nach Osten, und das, obwohl so berühmte Raubkumpane wie der Bandenführer Friedrich Schwahn, genannt »Sonnenwirtle«, durch die Hand des Henkers gestorben war, ebenso wie der bayerische Hiesel, ein Wildschütz und Schlagetot, sowie eine Reihe anderer Rebellen und ihre Männer.

Nun war es so weit, dass die Lumpen auch im friedlichen Thüringen umgingen! Wer wohl ihr Anführer sein mochte? Der lange Hannikel? Nein, der war zu dumm …

Listig dankte seinem Herrgott, dass er so kurz geraten war, und zog den Kopf noch tiefer ein. Allerdings nützte sein Versteck ihm wenig, denn die Rauchwolken krochen über den Boden heran und erreichten ihn alsbald. Er rang nach Luft. Fort, nur fort! Hastig band er sich ein Tuch vors Gesicht und wollte sich dünnemachen, da sah er etwas zwischen den Schwaden, das ihn stocksteif werden ließ: Keine fünf Schritt von ihm entfernt schlug der lange Hannikel auf den Herrn Pfarrer ein! Dieser duckte sich und umklammerte mit den Händen einen goldenen Kasten.

»Her mit dem Schrein!«, schrie Hannikel.

»Erst musst du mich umbringen«, keuchte Klapproth.

Doch der Pfarrer war alt, und Hannikel war jung, und so dauerte es nicht lange, bis der Räuber die Kostbarkeit erbeutet hatte. Was dann passierte, konnte Listig zunächst nicht sehen, denn wieder legte sich dicker Qualm über das Geschehen. Dann teilten sich die Schwaden erneut, und er erkannte, dass Hannikel fortlaufen wollte, aber nicht vom Fleck kam, da Klapproth wie eine Klette an ihm hing.

»Lass los, Pfaffe!«, schrie der Räuber und befreite sich mit einem mächtigen Ruck. Dabei flog das Türchen des Schreins auf, und etwas Längliches, Schwarzes fiel heraus, das wie ein langer Nagel aussah. Die beiden Streitenden bemerkten es nicht, denn schon wieder hing Klapproth an Hannikels Rockzipfel, verzweifelt bemüht, den Kirchenschatz zu retten.

»Loslassen, verflucht nochmal!« Der Räuber kam endgültig frei und lief mit Riesenschritten davon, verfolgt von dem händeringenden Klapproth.

Listig schaute auf den heruntergefallenen Gegenstand und dachte: Beim Bart meiner Mutter, wenn das nicht der Antonius-Splitter ist! Er spähte nach allen Seiten, aber niemand konnte ihn beobachten, weil der Rauch ihn wie eine Wand abschirmte. Nur die verzweifelten Rufe der Retter waren zu hören. Da bückte er sich und hob den Splitter auf.

Wenige Augenblicke später war er in einer Seitengasse verschwunden.

Zwei Tage danach tauchte Listig in Schwarzburg auf. Auch hier versuchte er es mit dem Rempel-Trick. Aber sei es, dass die

Schwarzburger besser aufpassten, sei es, dass sie geiziger waren, in jedem Fall klappte seine List nicht wie gewünscht. Deshalb musste er sich etwas anderes einfallen lassen, und er ging zur Kirche, in der gerade die Sechs-Uhr-Abendmesse gelesen wurde.

Wie erwartet hing eine Reihe unbewachter Hüte im Eingang. Listig nahm einen und überprüfte rasch das Hutband. Ja! Hatte er sich's doch gedacht: Darunter waren ein paar Münzen eingenäht. Rasch klaubte er sie heraus, biss darauf und steckte die Hälfte wieder zurück. Hätte ihn jemand dabei ertappt und einen Dieb genannt, hätte er ihm geantwortet: »Aber nein, mein Freund, ein Dieb war ich nur zu dem Zeitpunkt, wo ich dem Mann alles genommen hatte! Doch das tat ich nicht. Ich hab ihm aus freien Stücken die Hälfte seiner Barschaft geschenkt, also bin ich ein barmherziger Samariter.«

Nach diesem Zwischenspiel kam der Abend, und Listig suchte das Gasthaus *Zum doppelten Ochsen* auf. Er hoffte, er würde die Wirtin davon überzeugen können, ihm Speise und Trank umsonst zu überlassen. Sie war hübsch, so um die dreißig, mit ansehnlichen Rundungen. Allerdings machte sie ein Gesicht, als wäre mit ihr nicht gut Kirschen essen. Misstrauisch musterte sie ihn und brummte: »Eines sag ich dir gleich: Wenn du nicht mit klingender Münze zahlst, wirst du bei mir keine Suppe essen.«

»Das stört mich nicht, Frau Wirtin«, versetzte Listig fröhlich, »ein paar gebratene Zeisige, zarte Krammetsvögel oder ein Stieglitz werden es auch tun!« Womit er die Lacher auf seiner Seite hatte.

»Wildpastete kannst du haben.«

»Die nehm ich. Aber eine doppelte Portion. Und frisches weißes Brot. Und eine große Kanne Wein. Ich hab einen anstrengenden Tag hinter mir.«

Wieder lachten die anderen Zecher, und die Wirtin zog sich in die Küche zurück.

Listig aß und trank und ließ es sich schmecken. Da er Unmengen vertilgen konnte, war er schließlich der Letzte in der Gaststube. Die Wirtin erschien, gähnte und sagte nicht unfreundlich: »Du bist ein beachtlicher Esser und ein kräftiger Zecher dazu. Aber nun ist es Zeit zum Bezahlen.«

»Zum Bezahlen?«, wunderte sich Listig und trank einen Schluck Wein. »Kommt, setzt Euch erst einmal zu mir, wir halten noch ein Schwätzchen.«

»Nein, ich bin müde.«

»Dann muntere ich Euch auf.«

»Nichts da. Ich will Schluss machen. Du zahlst auf der Stelle, oder ich hole die Nachtwache.«

»Aber warum denn gleich so garstig, Frau Wirtin? Hier, nehmt Euch einen Becher und trinkt den Rest aus der Weinkanne. Dann will ich Euch entlohnen.«

Das Wort »entlohnen« besänftigte die Ochsenwirtin. »Meinetwegen«, brummte sie und ließ sich neben Listig nieder. Im Gegensatz zu ihrem Gast hatte sie wirklich einen anstrengenden Tag hinter sich, und die Beine taten ihr weh. Im Übrigen war dieser Listig schon lustig, das musste sie zugeben. Er hatte die anderen Gäste ein ums andere Mal mit lockeren Reden unterhalten, sodass sie tiefer als sonst ins Glas geguckt hatten. Und wenn sie es recht bedachte, sah er sogar ganz passabel aus. »Aber glaub ja nicht, du könntest dich vorm Bezahlen drücken.«

»Um des lieben Heilands willen!« Scheinbar zu Tode erschrocken, fasste Listig sich an die Brust. »Habt Ihr etwa geglaubt, ich wollte die Zeche prellen?«

»Nein«, sagte die Wirtin, obwohl sie genau das befürchtet hatte.

»So nehmt denn Euren Lohn.« Listig griff in seine Gürteltasche und fingerte den Antonius-Splitter hervor. »Hier, das dürfte mehr als ausreichend sein.«

»Was soll das? Willst du mich auf den Arm nehmen?«

Listig lachte. »Aber gern, wenn es sein muss! Gestärkt hab ich mich ja zur Genüge.«

»Lass den Unsinn. Nimm den Piekser weg und gib mir mein Geld.«

»Geld? Wieso Geld?« Listig riss erstaunt die Augen auf. »Ihr habt am Anfang selbst gesagt: ›Wenn du nicht mit klingender Münze zahlst, wirst du bei mir keine Suppe essen.‹ Also hab ich lieber Wildpastete bestellt, in der festen Überzeugung, sie würd nichts kosten.«

»Ja, das ist doch …« Die Wirtin musste, ob sie wollte oder nicht, lachen. So frech wie dieser Bursche war ihr noch keiner gekommen. Dann besann sie sich und sprang auf. »Das kannst du gleich noch einmal der Nachtwache erzählen!«

Listig zog sie am Rock zurück, was ihn einige Anstrengung kostete. »Aber, aber, Ochsenwirtin. Ich will doch bezahlen, nur nicht mit klingender Münze! Hier, nimm den Splitter, es hat eine ganz eigene Bewandtnis damit.«

»Nein. Auf den Arm nehmen kann ich mich selber!« Wieder wollte die Wirtin aufstehen, und wieder wurde sie daran gehindert.

Listig lachte. »Das möcht ich sehen! Aber Spaß beiseite: Der Splitter stammt aus dem Kreuz des heiligen Antonius. Bis vorgestern lag er noch in der Antonius-Kirche in Schmalenbach. Er bewahrt das Vieh vor Krankheiten und das Haus vor Feuergefahr.«

»Pah!«, machte die Wirtin. »Deshalb ist die Kirche wohl auch abgebrannt? Da siehst du, wie wertlos dein Antonius-Splitter ist – wenn er es überhaupt ist.«

Listig biss sich auf die Lippen. Seine Zunge war schneller als sein Hirn gewesen. Rasch überlegte er und sagte dann: »Der Splitter ist echt, nur war er zum Zeitpunkt des Brandes schon außerhalb der Kirche, weshalb er seine Wirkkraft nicht mehr in ihr entfalten konnte. Er wirkt immer gerade dort, wo er verwahrt wird. Wenn Ihr also nie wieder den roten Hahn in Eurem Haus haben wollt, nehmt Ihr ihn an. Er ist aus Eisenholz und hält bis zum Jüngsten Tag.«

Die Wirtin zögerte. »Meinst du wirklich?«

»Ja, das meine ich.« Listig legte wie von ungefähr seine Hand auf ihre Hüfte und fuhr fort, über die wundersamen Kräfte des spitzen Hölzchens zu erzählen. Er ließ seiner Fantasie freien Lauf, erfand weitere Eigenschaften und Besonderheiten und schilderte alles in so lebhaften Farben, dass die Ochsenwirtin irgendwann sagte:

»Man könnte meinen, es steckt Leben darin.«

»Gewiss tut es das.« Listig kniff er der Wirtin in den Po.

»Autsch! Lass das!«

»Das war nicht ich, das war der Splitter.«

Die Wirtin kicherte. »Du Schwerenöter.«

Listig verstand das als Aufforderung und kniff gleich noch einmal, diesmal allerdings viel sanfter, und er kniff auch nicht in den Po, sondern in den Busen. Er war erst achtzehn Jahre alt, aber er wusste schon manches über die Frauen. Zum Beispiel, dass sie manchmal »Nein« sagten, wenn sie »Ja« meinten. Auch bei der Ochsenwirtin schien das der Fall zu sein. »Ich bin zum ersten Mal im Thüringischen«, schwindelte er, während er abermals sanft an ihren Busen griff, »aber ich hab die Landschaft schon lieb gewonnen. Ich mag die Hügel, die sich so stolz emporrecken.«

Die Wirtin schob seine Hand von ihrer Brust. »Du scheinst einen Blick für die Schönheiten der Natur zu haben.«

»Fürwahr, den hab ich.« Listigs Hand ließ sich nicht entmutigen. Wieder umfasste sie eine der Brüste, verweilte ein wenig, strich über die Spitzen, die sich unter dem Leinenstoff abzeichneten, wanderte anschließend am Mieder hinunter und schob sich zwischen die Schenkel. »Ich mag es, die Täler zu durchwandern, und ich mag den Wald – besonders, wenn er schwarz und dicht ist. Am allerliebsten aber mag ich es, wenn sich im dichten Wald eine kleine Höhle verbirgt. Du kennst nicht zufällig eine in der Nähe?«

Wieder kicherte die Ochsenwirtin. Sie zögerte nur kurz. Dann sagte sie: »Ja, ich kenne eine.«

Wenig später ging im *Doppelten Ochsen* das Licht aus.

Die folgenden drei Tage blieb Listig in Schwarzburg, denn er mochte die Wirtin gut leiden. Nur ein kleiner Wermutstropfen fiel in sein Glück: Zwar durfte er weiter die Freuden der Liebe genießen, für die Freuden der Tafel jedoch musste er zahlen. Was wiederum bedeutete, dass er den Menschen auf der Straße ein paar Münzen abluchsen musste.

So schnitzte er sich Späne aus Kaminholz und pries sie als Antonius-Splitter an, wobei er Stein und Bein schwor, sie seien ein Geheimmittel gegen Krankheiten aller Art. Tatsächlich gelang es ihm, eine beachtliche Zahl zu verscherbeln, doch er konnte nicht endlos so weitermachen, denn mit den Splittern war es wie mit dem Rempel-Trick: Irgendwann wurden die Leute misstrauisch. Deshalb erbat er sich von der Wirtin etwas Rote-Bete-Saft und eine Fischblase.

»Rote-Bete-Saft und eine Fischblase?«, entgegnete sie. »Bist du jetzt völlig von Sinnen?«

Listig lachte, und wenn er lachte, konnte sie ihm nichts abschlagen. Als er hatte, was er brauchte, wanderte er damit zur Kirche und setzte sich in der Nähe des Gottesackers nieder. »Verschließt euer Herz nicht vor einem, den es hungert und dürstet!«, rief er den Alten zu, die sich mit der Pflege der Gräber beschäftigten. Doch sie verstanden ihn nicht, denn sie waren schwerhörig. Und als sie ihn verstanden, schüttelten sie nur die Köpfe. Da griff Listig zu der List, die ihm schon in Schmalenbach geholfen hatte. Er begann zu heulen und zu zittern und sich auf dem Boden zu wälzen. Und als er sicher war, dass alle zu ihm herüberschauten, biss er auf die Fischblase in seinem Mund.

Der Rote-Bete-Saft verfehlte seine Wirkung nicht. Die Alten kamen erschreckt herbeigelaufen und rätselten, was zu tun sei. Schon wollte ein Mütterchen ihm eine Münze zustecken, da schob sich plötzlich ein kräftiger Mann dazwischen. Der Mann war mindestens doppelt so alt wie Listig und sicher dreimal so schwer. Er hatte eine Glatze, einen Vollbart und eine dröhnende Stimme. Und mit dieser Stimme rief er: »Geht nur wieder zu den Gräbern eurer Lieben, ihr guten Leute, ich kümmere mich um diese Jammergestalt.«

Das ließen die Alten sich nicht zweimal sagen, und als sie fort waren, schaute der Glatzköpfige Listig an. »Katzenblut oder Kirschsaft?«, fragte er.

Listig musste sich erst einmal besinnen. Zu schnell waren die Ereignisse abgelaufen. Doch er begriff, dass er dem Mann nichts vormachen konnte. »Rote Bete«, sagte er.

»Guter Kniff!«

»Ja«, sagte Listig, rappelte sich auf und wich zwei Schritte zurück. Er hatte nicht vergessen, dass der Schläger Hannikel mit ebendiesen Worten an ihn herangetreten war.

»Hast Angst, dass ich dir die Knochen knicke? Brauchst du nicht. Obwohl ich davon lebe, Gebein zu brechen.«

Wieder musste Listig an Hannikel denken. Auch der Räuber hatte in Rätseln gesprochen. Er beschloss, einstweilen nichts zu sagen.

Der Glatzköpfige nahm den großen hölzernen Kasten ab, den er auf dem Rücken trug, und stellte ihn auf den Boden. Es gab ein schepperndes, metallisches Geräusch. Dann zog er eine Münze hervor und gab sie Listig mit den Worten: »Hier, nimm, denn du besäßest jetzt eine solche, wenn ich mich nicht eingemischt hätte. Aber ich musste unbedingt wissen, welcher Kniff sich hinter deiner Aufführung verbarg. ›Einfallsreichtum ist der erste Schritt zum satten Magen‹, sage ich immer.«

»Danke.« Listig nahm das Geldstück. Er hatte sich wieder gefangen. »Wenn Ihr nicht dazwischengegangen wärt«, sagte er, »hätt ich viel mehr als nur eine Münze bekommen.«

»Oho! Das Bürschlein fängt an zu feilschen und bemüht Sätze, die mit ›Wenn‹ anfangen! Wenn, wenn, wenn … Wenn alle Menschen auf dieser Welt gesunde Beißer hätten, wäre ich längst verhungert. Ich bin Zahnbrecher, musst du wissen. Ich breche Zahngebein aus den Mäulern der Leute.«

Als würde diese Tätigkeit ihm besonderes Vergnügen bereiten, begann der Glatzköpfige lauthals zu lachen und entblößte dabei einen allein stehenden Zahn im Oberkiefer. »Ja, da glotzt du, was? Bin mir selbst der beste Kunde. Habe den letzten Stummel für einen besonderen Anlass übrig gelassen.«

Listig grinste. »Der Schuster hat immer die schiefsten Leisten und der Barbier die wenigsten Haare.«

»Hoho!« Der Glatzköpfige lachte weiter. »Nur dass deine Vergleiche auf mich nicht zutreffen. Ich sage den Leuten immer: ›Seht her, das Zähneziehen ist ganz leicht, ich habe es oft genug an mir selbst ausprobiert.‹ Glaube mir, das überzeugt jeden!«

»Mich nicht«, entgegnete Listig. »Warum gleich den ganzen Zahn ziehen, wenn der Schmerz besiegt werden kann? Ihr macht der Pein ein Ende, wenn Ihr mit Schuhen unter freiem Himmel auf frischer Erde steht, den Kopf eines Frosches fasst, sein Maul öffnet, in sein Maul spuckt, ihn bittet, dass er die Zahnschmerzen mit sich nimmt, und ihn dann freilasst.«

»Äh, wie?«

Listig zog seine Lippen auseinander, sodass sein ganzes, makelloses Gebiss sichtbar wurde. »Glaubt mir, das überzeugt jeden.«

Jetzt hatte der Glatzköpfige verstanden. Er lächelte schief. »Bist mir ein rechter Bruder Jux!«

»Und ein großzügiger dazu. Denn der Rat war ganz umsonst. Ihr aber habt mich um meinen Bettellohn gebracht. Ihr müsst ihn mir ersetzen.«

»Hartnäckig bist du obendrein.« Der Glatzköpfige kratzte sich nachdenklich den Bart. »Nun ja, vielleicht hast du nicht ganz unrecht. Du könntest mich ein Stück Weges begleiten. Dann magst du dir dein Geld als meine Assistenz verdienen.«

»Als Eure Assistenz?« Listig überlegte nicht lange. Schwarzburg hatte viele Vorzüge zu bieten, nicht zuletzt die Willigkeit der Ochsenwirtin, aber es juckte ihn bereits wieder in seinen Reiseschuhen. »Auf denn! Wohin gehen wir, Herr Zahnbrecher?«

»So schnell schießen die Preußen nicht! Meinst du nicht, wir sollten uns vorher bekannt machen? Mein Name ist Boltrich, Franz Boltrich. Sag du zu mir.«

»Ich heiße Listig.«

»Sagtest du Listig?«

»Das tat ich.«

»Listig. Nun ja, warum nicht. Höre also, Listig: Wir werden hier erst einmal verweilen. Denn der Zahnbrecher kennt für seinen Broterwerb kein besseres Feld als den Gottesacker.«

»Den Gottesacker?«

»Genau. Wo die Toten liegen, sind die meisten Alten anzutreffen. Warum? Weil sie die Gräber pflegen. Oder hast du schon einmal einen Springinsfeld auf dem Friedhof entdeckt? Siehst du. Und warum interessiere ich mich für die Alten? Weil sie die schlechtesten Zähne haben. Egal, in welches ihrer Mäuler du hineinschaust, es findet sich immer ein Beißer darin, der herausgerissen werden will. Aus allen diesen Gründen bleiben wir hier.«

Nach dieser langen Rede öffnete der Zahnbrecher seinen Holzkasten und förderte zunächst einen Klapptisch zu Tage. Es folgte eine Reihe blitzender, Furcht einflößender Instrumente, die er sorgfältig darauf ablegte.

»Du kannst schon mal nach einem Behandlungsstuhl Ausschau halten«, sagte er zu Listig.

»Beim Barte meiner Mutter! Wo soll ich hier einen Behandlungsstuhl auftreiben?«

»Geh zu den Grabsteinen. Daneben steht häufig ein Bock oder ein Schemel.«

Listig tat, wie ihm geheißen, und alsbald erblickte er einen dreibeinigen Schemel, auf dem ein alter Mann kauerte. »Gott zum Gruße«, rief er, »jetzt fehlt nur noch, dass Euch der Zahnwurm plagt, Väterchen!«

»Woher weißt du das?«, brummte der Alte verdrießlich.

Listig verbarg seine Überraschung. Sollte er tatsächlich zwei Fliegen mit einer Klappe geschlagen haben? Einen Behandlungsstuhl gefunden und den Kranken gleich dazu? »Ich weiß es eben!«, sagte er laut. »Und ich weiß auch, wie Euch geholfen werden kann.«

Kurz darauf saß der Alte vor Boltrich und schielte besorgt auf die ausgebreiteten Werkzeuge.

»Nur keine Angst, Väterchen!«, rief der Zahnbrecher betont fröhlich. »Schaut mir lieber in den Schlund. Ja, so ist's recht. Was seht Ihr? Richtig, ein leeres Gefängnis. Denn alles, was einst darin saß, ist nach und nach ausgebrochen. Hahaha!«

Boltrich lachte über seinen eigenen Scherz, ohne darauf zu achten, dass der Alte ihn keineswegs komisch fand, und fuhr fort: »Glaubt mir, Väterchen, ich habe jeden meiner Zähne eigenhändig herausgezogen, und ich will meinen eigenen Kopf essen, wenn es auch nur ein einziges Mal wehgetan hat. Nun aber tut es mir gleich und macht den Mund weit auf, damit ich Euch untersuchen kann.«

Gehorsam riss der alte Mann die Kiefer auseinander.

»Ei, ei, was haben wir denn da? Der Sünder sitzt links unten, ist löchrig, eitrig und riecht nicht gerade angenehm. Ja, ja, am Geruch erkennt man den Bösewicht!«

Der Alte begann zu wimmern, ob aus Angst oder vor Schmerz, blieb unklar, und Listig trat hinter ihn, um ihm besänftigend auf den Rücken zu klopfen.

Boltrich hatte unterdessen mit einem hebelartigen Instrument den Zahn, der nicht sonderlich fest saß, gelockert. Nun griff er zu einem anderen Werkzeug, packte damit den Verursacher des Übels und zog ihn mit einer kräftigen Drehung heraus.

Der Alte stieß einen Schmerzensschrei aus, wurde aber sogleich von Listig wieder beruhigt.

Boltrich hielt den Zahn in die Sonne, um ihn eingehend zu studieren. »Euer Glückstag ist heut, Väterchen! Der Zahn ist ganz. Hier habt Ihr ihn, mitsamt der Wurzel. Ja, spuckt das Blut nur auf die Erde. Ich gebe Euch noch eine Alaunkompresse, die drückt Ihr auf die Wunde, und schon in vierundzwanzig Stunden werdet Ihr das Malheur vergessen haben! Darf ich um meinen Obolus bitten?«

Nachdem der Alte gezahlt hatte und verschwunden war, sagte der Zahnbrecher: »Du zeigst dich recht anstellig, Listig, deshalb gib acht: Ich überlasse dir von jeder Bezahlung den zwanzigsten Teil, und das eine ganze Woche lang. Danach sind wir quitt. Vorausgesetzt, du spürst mir weiter so fleißig Kranke auf.«

»Da muss ich nicht viel tun«, erwiderte Listig, »da kommt schon der nächste Patient.«

In der Tat schlurfte ein zweiter Alter heran, der, wie sich herausstellte, unter stark entzündetem Zahnfleisch litt. Boltrich begann seine Behandlung mit dem üblichen Hinweis auf die eigene Zahnlosigkeit, erkannte als Ursache Zahnstein und schabte diesen mit geübter Geschicklichkeit fort. Da der Vorgang länger dauerte, linderte er die Schmerzen seines Patienten mit ein wenig Laudanum.

Als auch dieser Fall zur Zufriedenheit erledigt war, sagte Listig: »Alle Wetter, das geht ja wie's Kaninchenrammeln. Du scheinst mir ein guter Zahnbrecher zu sein.«

Boltrich fühlte sich geschmeichelt und entblößte seinen letzten Zahn. »Es ist ein Beruf, der seinen Mann ernährt. Ich habe ihn mir selbst ausgesucht, nachdem ich mich vorher als Seemann und Tagelöhner abgeplagt hatte. Denn Zahnschmerzen gibt es überall; sie treten so sicher auf wie der Tod und die Pest. Also habe ich einem fahrenden Zahnbrecher einige Zeit auf die Finger geschaut und ernannte mich anschließend selbst zum Heilkundigen.«

»Was, du hast kein Examen absolviert?«, fragte Listig.

»Ich habe mein Examen schwarz auf weiß!« Boltrich zog ein kunstvoll beschriebenes Pergament aus seinem Holzkasten. »Hier, mit dem offiziellen Stempel des Kurfürstentums Sachsen.«

Listig beugte sich vor und las:

Nachgenannter BOLTRICH, FRANZ darf
nicht allein die sich begebenden Jahr- und andere Märkt
besuchen, öffentlich ausstehen und seine wohlerlernte

Kunst gegen mäniglich zu Hilf und Nutzen,
der es immer bedarf, frey exerciren, sondern auch
des Jahres in und ausser denen Marktzeiten
an Sonn- und Feyertagen in Hin- und Herreisen
sich gleichfalls praesentiren und seine Kuren
sowohl zu Haus, als auf offenem Platz appliciren …

»Und so weiter und so weiter«, unterbrach der Zahnbrecher Listigs Lesefluss. »Sollte dies nicht ausreichen, habe ich noch weitere Pergamente mit noch schöneren Stempeln.«

»So hast du für jede Situation das passende Papier?« In Listigs Worten schwang Bewunderung mit.

»Ich bin eben ein einfallsreicher Mann. Und Einfallsreichtum ist der erste Schritt zum satten Magen, wie ich bereits sagte.«

»Und du kannst überall als Zahnbrecher arbeiten?«

»Solange man sich die Papiere nicht allzu genau ansieht. Aber wer tut das schon. Auch unter den Stadtbütteln gibt es viele mit Zahnfäule. Im Übrigen könnte ich mich genauso gut als Zahnreißer, Zahnzieher, Zahngreifer, Zahnhebler, Zahnschaber, Zahnkratzer, Zahnbohrer, Zahnplombierer oder Zahnsetzer bezeichnen. Denn alle diese Künste beherrsche ich. Und hier siehst du das Instrumentarium, das dafür notwendig ist.«

Er wies auf die einzelnen Werkzeuge und erklärte ihre Aufgabe und Funktion. Bei manchen der Geräte sah man schon an der Form, warum sie ihre Bezeichnung trugen. Unter den Ziehwerkzeugen gab es einen Pelikan, einen Hund, einen Geißfuß, aber auch Raben- und Entenschnäbel und sogenannte Schlüssel. Alle in großer Vielfalt und mancherlei Stärken. Ferner waren Sonden, Lanzetten, Feilen, Stichel und vieles mehr vertreten.

»Hübsch, deine Folterwerkzeuge!«, meinte Listig.

»Nicht wahr.« Boltrich nahm eine mittelgroße, spitz zulaufende Pinzette zur Hand. »Das ist mein liebstes und ältestes Instrument, wenn du genau hinsiehst, kannst du den Namen des ehemaligen Besitzers erkennen.«

Mit einiger Mühe entzifferte Listig folgende Buchstaben:

VITUS V. CAMPODIOS A. D. 1578

»Den Herrn kenne ich nicht«, sagte er.

»Ich auch nicht. Vielleicht war er Wundarzt oder so was. Dafür aber weiß ich, was das Wort bedeutet, das auf der anderen Seite steht: AZOTH heißt so viel wie ›göttliche Urkraft‹.«

Listig lachte. »Davon könnt jeder was gebrauchen! Dann würd einem der verlorene Zahn von allein nachwachsen.«

Boltrich lachte gutmütig mit. »Ganz so weit ist es noch nicht. Immerhin kann man in das leere Wurzelfach neue Zähne einsetzen, sie werden aus Rindsknochen oder Elfenbein geschnitzt, oder sie stammen von Toten.«

»Von Toten? Wie das?«

»An natürliche Zähne kommt man am besten bei einem Armenbegräbnis«, erklärte Boltrich. »Man gibt dem Totengräber ein paar Münzen, und dafür schaut er eine Weile weg. Gleiches gilt für den Henker, nachdem er seine Arbeit verrichtet hat.«

Listig schwieg beeindruckt, was der Zahnbrecher zum Anlass nahm, auf die Säuren zu verweisen, mit deren Hilfe ein Nerv abgetötet werden konnte, auf Nelken, die der Schmerzlinderung dienten, und auf metallene Plättchen, die als Füllung benutzt wurden. Irgendwann fand Listig die Sprache wieder und sagte:

»Eines will mir nicht in den Kopf, Boltrich. Warum erklärst du mir das alles so genau? Ich könnt doch schon bald dein Konkurrent sein.«

»Meinst du?« Der Zahnbrecher nahm auf dem Schemel Platz, denn das Stehen fiel ihm nicht mehr ganz leicht. »Nur zu, nur zu, sage ich. Bekanntlich hat jeder Mensch zweiunddreißig Zähne, die Weisheitszähne mitgerechnet, da bleiben genug Beißer für dich und mich übrig. Und für alle anderen unserer Zunft auch.«

»Aha, so hab ich's noch gar nicht gesehen«, sagte Listig. »Aber jetzt erheb dich, da kommt schon wieder einer zur Behandlung.«

Boltrich versorgte den nächsten Alten; seine Künste schienen sich auf dem Gottesacker herumgesprochen zu haben. Später kam noch ein Mütterchen vorbei, das über Gliederreißen klagte. Derlei Beschwerden fielen zwar nicht in Boltrichs Zuständigkeit, aber das hielt ihn nicht davon ab, ihr ein Schmerzmittel zu verkaufen.

»Soll ich die Alte leiden lassen?«, fragte er seinen neuen Gehilfen und gab die Antwort gleich selbst: »Natürlich nicht. Denn wer helfen kann, muss helfen.«

»Und wer essen kann, muss essen«, sagte Listig. »Die viele Arbeit hat mir den Magen leer gefegt.«

Boltrich lachte. »Ein paar Unzen mehr könntest du wohl auf den Rippen haben. Gut, machen wir Schluss.« Er packte seine Utensilien wieder in den geräumigen Holzkasten und wollte ihn schon schultern, da hielt er plötzlich inne.

»Was ist?«, fragte Listig.

»Eigentlich muss der Assistent den Kasten tragen.«

»Fürwahr, du hast recht. Und ich würd's auch tun, wenn mir nicht …«

»Wenn mir nicht was?«

»Wenn mir nicht ein paar Unzen auf den Rippen fehlten.«

Sie gingen in den *Doppelten Ochsen,* wo Listig den Speisen seiner Wirtin kräftig zusprach. Allerdings tat er das weitgehend allein, denn Boltrich war infolge seiner Zahnlosigkeit nicht in der Lage, Festes zu beißen. Er machte das wett, indem er umso mehr Flüssiges zu sich nahm. Listig hielt wacker mit, doch gegen Mitternacht merkte er, dass es besser war, aufzuhören. Seine Rede klang schon, als hätte er statt Wörtern Wolle im Mund. Er nahm sich zusammen, stolperte hinaus auf den Hof und steckte den Kopf ins Wasserbecken neben der Pumpe. Das erfrischte ihn und gab seinen Beinen neue Festigkeit. Dann schritt er zurück in die Gaststube, wo Boltrich unverdrossen weitergebechert hatte.

Eine Weinkanne später sagte die Wirtin: »Ich schließe jetzt. Ihr beide seid die Letzten.« Sie wandte sich an Listig. »Geh du nur schon hinauf. Wie ich dich kenne, zahlt dein Zechkumpan für dich mit.«

»Das tut er in der Tat, Frau Wirtin.« Der Zahnbrecher unterdrückte einen Schluckauf und erhob sich, um Haltung bemüht. »Das tut er in der Tat, denn sein Assistent hat, hupp, noch nicht genügend Geld verdient. Aber der Betrag wird, hupp, verrechnet, wird verrechnet ...«

Die Ochsenwirtin verstand kein Wort.

Boltrich zahlte und gab großzügig etwas mehr als nötig. Dann packte er Listig am Arm. »Wenn ich's richtig, hupp, sehe, hast du jetzt ein paar Unzen, hupp, mehr drauf, stimmt's?«

»Ich müsst lügen, wenn ich's abstreiten wollt«, sagte Listig und schulterte den großen Holzkasten.

»Was soll das heißen?«, fragte die Wirtin.

Listig tätschelte ihr den Po. »Es heißt adieu, du schöne Thüringer Landschaft. Neue Berge und Täler warten auf mich.«

Sprach's und verließ mit Boltrich die Gaststube.

Bis in den Juli hinein blieben der Zahnbrecher und Listig zusammen. Sie zogen von Dorf zu Dorf, von Gottesacker zu Gottesacker und boten ihre Dienste feil. Längst hatte Boltrich den entgangenen Bettellohn ausgeglichen, doch beide verstanden sich so prächtig miteinander, dass sie weiterhin gemeinsam die Straße unter die Füße nahmen. Listig fand, dass sein Dasein als Assistent überaus beschaulich verlief, dennoch lernte er in kurzer Zeit so viel wie noch nie zuvor in seinem Leben.

Sicher hätte er nach einiger Zeit selbst als Zahnbrecher arbeiten können, aber es war bequemer so. Er hatte sein Auskommen und satt zu essen, ohne den Rempel-Trick oder den Rote-Bete-Trick anwenden zu müssen. Zwei- oder dreimal hatte er sogar einen Antonius-Splitter verkauft, was jeweils ein erfreuliches Zusatzgeklimper in seinem Geldbeutel verursachte.

Auch Boltrich war es zufrieden, denn Listig legte zwar gern die Hände in den Schoß, war aber trotzdem eine nicht zu unterschätzende Hilfe. Seine geschmeidige Zunge hatte schon manche Situation entkrampft, wenn eine Operation nicht gleich gelungen oder der Schmerz zu groß geworden war.

Außerdem reiste es sich besser zu zweit. Vier Augen sahen doppelt scharf, was angesichts des Räuberpacks, das sich nach wie vor in der Gegend herumtrieb, durchaus von Vorteil war. Boltrich hatte, wie er eines Tages gestand, eine Heidenangst vor den mordlustigen Dieben, denn er war schon einmal überfallen worden und hatte eine geschlagene Woche in ihrem Lager verbringen müssen. Dass er noch lebte, verdankte er nur dem glücklichen Umstand, dass ihm des Nachts die Flucht gelungen war.

»Fürwahr, da hätt ich nicht mit dir tauschen mögen«, sagte Listig. »Weißt du, was ein Kunde ist?«

»Wie kommst du denn darauf? Ein Kunde ist ein Räuber. Die Kerle nennen sich selbst so. Auch Strohmer nennen sie sich. Ist es noch weit bis Wümbach?«

»Und was ist ein Kaffer?«

»Ein Bauer. Ich hab dich was gefragt.«

»Ja, ja. Und ein Hannwasser?«

»Jesus Christus, du fragst mir noch ein Loch in meinen letzten Zahn. Ein Handwerker!«

»Danke.«

»Danke wofür?«

»Danke. Das wollt ich nur wissen.«

Aber auch Boltrich konnte von Listig lernen. Denn dieser kannte sich unter den Pilzen aufs Beste aus. Immer wenn sie im öffentlichen Bett schliefen, war es von Vorteil, dass er genau wusste, welche Sorte wo zu finden war. Sie machten sich dann des Abends ein Feuer und brieten das Fleisch des Waldes in einer gusseisernen Pfanne.

Einmal sagte Listig zu Boltrich mit vollen Backen: »Wer der Arbeit nicht nachlaufen und trotzdem satt werden will, sollte seine Morcheln, Schwämmchen und Bovisten kennen. Deshalb macht mir bei Pilzen so schnell keiner was vor.«

»Das glaube ich dir. Schließlich beweist du mir täglich, wie ungern du in Schweiß gerätst.«

Listig lachte. »Allerdings muss man auf der Hut sein. Schnell ist ein Magen verrenkt, wenn man den Falschen erwischt. Es gibt welche, die gleichen einander wie ein Ei dem anderen, und doch ist der eine wohlbekömmlich und der andere tödlich giftig. Morgen zeige ich dir ein paar.«

Der nächste Tag war so schön, als hätte der Herrgott ihn persönlich für beide herausgeputzt. Die Sonne brach früh durch die Kronen der Fichten, Vögel begannen ihr Zwitscherkonzert, und überall duftete es nach Moos und Harz. Listig und Boltrich verließen früh ihr Lager und machten sich auf die Suche. Das Glück war ihnen hold, denn in den letzten Tagen hatte es ergiebig geregnet, und die Pilzgewächse waren an zahllosen Stellen aus dem Boden geschossen. So lernte der Zahnbrecher von seinem Gehilfen, dass der Riesenrötling ein Mörder ist und der täuschend ähnliche Maipilz ein Lukull. Die Stockmorchel bösartig und die Rundmorchel harmlos. Der Karbolegerling tückisch und der Schafchampignon bekömmlich. Der Hexenröhrling zauberhaft und der Satanspilz wahrhaft teuflisch. Er hörte noch vieles mehr und erfuhr eine Menge über Farben und Größen, über glockige, halb kugelige und gewölbte Formen, über Vorkommen und Zubereitung, doch irgendwann gegen Mittag winkte er ab und sagte:

»Die Dinger auseinanderzuhalten, das werde ich wohl niemals lernen. Für mich sehen alle Stängel und Hüte gleich aus. Ehe ich einen Pilz bestimme, will ich lieber zehn faule Zähne ziehen.«

»Die Gelegenheit dazu wirst du gleich haben.«

»Wieso?«

»Es ist nicht mehr weit bis zum nächsten Ort.«

Sosehr Boltrich sich gegen die Pilzkunde sträubte, so bereitwillig nahm Listig eine Unart seines Meisters an: Es war das regelmäßige, unmäßige Trinken. Denn mit dem Alkohol ist es wie mit dem Schwarzen Tod – er wirkt in höchstem Maße ansteckend. Und wütet er erst einmal im Körper, vernichtet er ihn unaufhaltsam. Listig war vorher schon kein Neinsager gewesen, wenn ihm ein Gläschen angeboten wurde, aber die Mengen, die er nun zusammen mit Boltrich becherte, machten ihn zu einem menschlichen Fass ohne Boden.

Dennoch fühlten sich beide immer sehr fidel, wenn sie zu später Stunde ein Wirtshaus verließen, singend, lallend, schwankend wie ein Rohr im Wind.

An einem dieser Abende torkelten sie wieder einmal die Straße zum Stadttor hinaus, denn in der letzten Zeit schliefen sie lieber draußen bei Mutter Grün. Das Geld, das eine Übernachtung kostete, ließen sie durch die Kehle laufen. Es dauerte eine geraume Weile, bis sie den Waldweg erreicht hatten, der zu der kleinen Lichtung führte, auf der sie ihr Lager eingerichtet hatten. Boltrich, noch betrunkener als sein Gehilfe, strauchelte ein ums andere Mal, konnte schließlich das Gleichgewicht nicht mehr halten und landete mit dem Kopf voraus im seitwärtigen Gebüsch.

»Hoppla, wo b… bist, du, Boltrich?«, lallte Listig. »W… warst eben doch noch d… da?« Mit dem für Betrunkene typischen, stieren Blick forschte er nach seinem Meister und entdeckte schließlich dessen Beine. »A… ach, da!« Die Beine schauten aus dem Gezweig einer jungen Eberesche hervor und zuckten, als hinge ihr Besitzer an einer Elektrisiermaschine.

Listig lachte. Und als sein Meister schnaufend und nach Luft japsend unter dem Strauch hervorkroch, lachte er noch viel mehr. »Hoho, Boltrich, d… dein letzter Zahn ist futsch. F… f… futsch. Fort. Perdu! Hoho, haha! Wo isser denn? Wolltest ihn doch für ’n b… besonderen Anlass übrig lassen?«

Der Zahnbrecher stöhnte und fasste sich in den Mund.

Listig lachte immer weiter. »Hihi! Weg isser. Das heißt, ’s waren ei… eigentlich zwei, ja, ja, z… zwei, hab ihn doppelt gegesehn. Hoho! Ist 'n dop… doppelter Verlust.«

Boltrich antwortete nicht. Nur seine blutunterlaufenen Augen weiteten sich.

»W… was guckst du? Hab deine b… b… beiden Beißer nicht.«

Der Zahnbrecher zeigte keine Reaktion. Endlich dämmerte es Listig, dass er gar nicht gemeint war. Er folgte dem Blick Boltrichs. »Hoppla, nanu? Zwei Ku… Ku… Ku… Kutschen?«

Obwohl er alles nur wie durch einen Schleier wahrnahm, hatte Listig richtig gesehen. Eine Kutsche näherte sich auf dem dunklen Waldweg. Es war ein Zweispänner, der in verschärftem Tempo herankam.

»Zwei Ku… Kutschen?«, wiederholte er, und ganz tief in seinem Hirn regte sich etwas, das die Gefahr erkannte. Er wollte vom Wege springen, doch es war zu spät.

Das schwere Gefährt überrollte ihn.

Listig spürte Schläge wie von einem Schmiedehammer und eine urgewaltige Kraft, die ihm die Beine fortriss. Sich wundernd, dass er nicht das Bewusstsein verlor, lag er auf dem Rücken und starrte in den nächtlichen Sternenhimmel »Boltrich?« stöhnte er.

Schritte eilten heran, Stimmen antworteten, laute Stimmen, aber sie gehörten nicht Boltrich, sondern Gesichtern, die plötzlich über ihm auftauchten. Drei, vier Köpfe waren es, darunter ein kantiger Schädel mit harten Augen und einer Hakennase, deren Spitze im fahlen Mondlicht schimmerte, dazu zwei Kerle, die Samtjacken wie Bedienstete trugen, und – eine wunderschöne junge Frau. Die Frau war von so zauberhaftem Aussehen, dass er mehrmals blinzeln musste, weil er zunächst glaubte, sie sei ein Engel.

Potzblitz, Ihr seid schön wie die Mutter Maria!, wollte er rufen, aber nichts als ein Krächzen entwich seinem Mund.

Stattdessen schrie der Engel auf und schlug die Hände vors Gesicht.

»Schau da nicht hin, schau einfach nicht hin, Eva!«, rief der Hakennasige, drängte sie zur Seite und wandte sich an ihn.

»Kannst du mich hören, Bursche?«

»Ja …«

»Jesus Christus sei Dank. Sag, spürst du denn gar nichts?«

»Spüren? Was?«, flüsterte Listig.

»Ja, äh, nun. Das muss der Schock sein. Wie bringe ich's dir am besten bei? Vielleicht schaust du mal auf deine Beine!«

Listig hob mühsam den Kopf und schaute auf seine Beine. Gottlob! Da waren sie ja, heil und unversehrt!

Nur seine Füße, die fehlten.

Dann kam der alles überwältigende Schmerz.

Einer …

Die letzte Stufe zur Kanzel hinauf fiel Pfarrer Johann Jacob Fröbel stets am schwersten. Zwölf Stufen waren es insgesamt, und jede kostete ihn zunehmend Überwindung – Überwindung auf dem Wege, die Botschaft des Herrn zu verkünden. Deshalb hatte er ihnen auch die Namen der zwölf Apostel gegeben: Petrus, Andreas, Jakobus der Ältere, Johannes, Philippus … Die ersten drei meinten es noch gnädig mit ihm, doch spätestens ab Johannes wurde der Aufstieg beschwerlich.

Noch vor einem Jahr, anno 1779, als seine Kirche nach über zwölfjähriger Bauzeit endlich Gott dem Allmächtigen geweiht worden war, hatte er die Apostel ohne Probleme hinaufschreiten können. Heute jedoch zwickten die Zipperlein ihn und gemahnten ihn an den Zahn der Zeit. Jedes Beugen des Knies war zur Qual geworden.

Aber was bedeutete das schon gegen jene Qualen, die Jesus Christus, Gottes eingeborener Sohn, am Kreuz durchlitten hatte! Man durfte nicht kleinmütig sein. Schnaufend und schwergewichtig erklomm er die letzte Stufe – es handelte sich um Judas, den Verräter – und hatte endlich sein Ziel erreicht.

Er liebte diesen erhöhten Standort, der es ihm ermöglichte, auf seine Oberweißbacher hinabzublicken, sie zu beobachten, wie sie dasaßen mit gläubig gesenkten Köpfen, jeder Einzelne in seinem Sonntagsstaat, während er mit kräftiger Stimme das Evangelium predigte. »Das Wort für den heutigen Gottesdienst, liebe Gemeinde«, rief er, »finden wir im Buch der Psalmen, unter der Nummer einhundertneununddreißig, Vers neun und zehn. Höret, mit welchen Worten König David, der Sohn des Isai aus Bethlehem, seinem Gott und Herrn huldigt:

Nähme ich Flügel der Morgenröte
und bliebe am äußersten Meer,
so würde mich doch deine Hand
daselbst führen
und deine Rechte mich halten.

Was will David uns damit sagen? Nun, liebe Brüder und Schwestern in Christo« – Fröbel machte eine gewichtige Pause – »nichts anderes, als dass er felsenfest auf den Allmächtigen vertraut! Um dieses zu untermauern, begibt er sich in Gedanken ans äußerste Meer, dorthin, wo die Wasser turmhoch wogen, wo die Winde durch Weite und Leere heulen, wo Tag und Nacht einander gleichen im ewigen Zwielicht – an einen Ort also, von dem man sagen möchte: Er ist von aller Welt verlassen! Von aller Welt verlassen? Vielleicht. Doch nicht von Gott, denn Gott ist überall, solange wir ihn in unserem Herzen tragen. David jedenfalls weiß ganz gewiss, dass die Hand des Allmächtigen ihn führen und Seine Rechte ihn halten würde ...«

Abermals hielt Fröbel inne. Mit Wohlgefallen registrierte er, dass die Bänke im Langschiff, ebenso wie die dreigeschossigen Emporen, bis auf den letzten Platz besetzt waren, was angesichts der Tatsache, dass sein Gotteshaus das größte Thüringens war, durchaus etwas heißen wollte.

»... Auch unter euch sind viele, die sich schon morgen ans äußerste Meer aufmachen werden! Viele, die auf Schusters Rappen durch ganz Europa ziehen werden, von Kursachsen bis tief ins Böhmische und Schlesische hinein, genauso wie durch Hessen, durch Westphalen und ins Holländische, am Rhein entlang und an der Mosel, zum Franken- und Schwabenland und hinunter ins Land der Bajuwaren, nach Osten, nach Mecklenburg und Pommern und in die Gebiete der Slawen! Gefahrvolle Wege in gefahrvollen Zeiten werden es sein, und manches Mal werdet ihr vielleicht glauben, die Welt hätte euch verlassen. Dann werdet nicht wankelmütig! Sprecht ein Gebet. Sprecht es laut, und schleudert es euren Feinden entgegen. Denkt an Jesus

Christus, der für uns alle gestorben ist. Der gestorben ist, damit wir leben. Vertraut auf ihn, und euch wird nichts mangeln …«

Fröbel schätzte, dass sich unter den Gläubigen mindestens achthundert Männer befanden, die heute seinen Segen erbaten, um morgen leichteren Herzens ihre Reise antreten zu können. Es handelte sich um Buckelapotheker, kleine Händler, die in den Dörfern des Thüringer Waldes lebten und mit selbst hergestellten Balsamen, Tinkturen, Essenzen, Pflastern, Pillen, Salzen und anderen Heilarzneien in die Ferne zogen. Viele ihrer Produkte enthielten Öle, weshalb sie nicht nur als Balsamträger, sondern auch als Olitätenhändler bezeichnet wurden. Andere Namen waren Ölträger, Schachtelträger oder Wasserbrenner.

Sie waren Gängler, Ein-Mann-Verkäufer und Sonderlinge allesamt, denn die unzähligen Stunden, die sie allein mit sich und der Straße verbrachten, hatten sie geprägt.

Sie brachen jedes Jahr aufs Neue von Oberweißbach auf, verkauften ihre Waren in aller Herren Länder und kehrten im Herbst an Kirchweih wieder heim. Früher war es vorgekommen, dass manche von ihnen auch die Kirche von Schmalenbach als Ausgangspunkt genommen hatten, aber seitdem Klapproths Gotteshaus räuberischen Brandstiftern zum Opfer gefallen war, versammelten sich alle Buckelapotheker hier. Der arme Klapproth! Den Verlust seiner Kirche und, vielleicht noch schlimmer, den des Antonius-Splitters hatte er niemals verwinden können und war ein Jahr später verschieden. Immerhin, der Splitter war seitdem wieder aufgetaucht. Allerdings gleich ein oder zwei Dutzend Mal, und jeder der Besitzer beanspruchte für sich, den einzig Wahren zu haben, was den Schluss nahelegte, dass irgendeine ungläubige Seele einen schwunghaften Handel mit Fälschungen trieb. Wie schlecht die Welt doch war!

Fröbel merkte, dass er abschweifte, und erhob die Stimme: »Ja, euch wird nichts mangeln, denn so steht es ebenfalls geschrieben:

Der Herr ist mein Hirte,
mir wird nichts mangeln.
Er weidet mich auf einer grünen Aue
und führet mich zum frischen Wasser ...«

Um die meisten der dort unten Lauschenden machte Fröbel sich wenig Sorgen. Buckelapotheker waren hart im Nehmen – es blieb ihnen auch gar nichts anderes übrig, wenn sie am Jahresende mit heilen Knochen und einem gut gefüllten Säckel heimkehren wollten. Allerdings gab es Ausnahmen. Eine davon war der riesenwüchsige Mann in der dritten Reihe. Er saß ganz außen, direkt am Gang, und er war so groß, dass sein Kopf selbst einen Stehenden noch überragt hätte. Fröbel kramte in seiner Erinnerung, aber der Taufname des Mannes wollte ihm nicht einfallen. Alle Welt nannte ihn Pausback, und wer ihm ins Gesicht sah, wusste auch, warum. Pausback war so stark wie Ochs und Bär zusammen, doch entsprachen diese Kräfte keineswegs denen seines Geistes. Und genau das war der Grund, warum Fröbel sich Sorgen machte.

Im Gegensatz zu den vergangenen Jahren würde Pausback sich morgen ohne seinen Vater aufmachen, denn der alte Schüppling war vor wenigen Wochen gestorben. Böse Gewebequellungen hatte er gehabt, und er war, glaubte man den Worten der Nachbarn, am Wasser in der eigenen Lunge ersoffen. Schüppling war der Kopf des Gespanns gewesen, der Rechner, der Kaufmann, der geschickte Verhandler. Pausback dagegen nichts als der Träger.

Aber was für einer! Er konnte wohl leicht das Doppelte von dem schleppen, was ein normaler Mann zu tragen vermochte.

Dass Pausback allein losziehen musste, hatte Fröbel zu verhindern versucht und mehrfach mit anderen Buckelapothekern gesprochen. Doch keiner hatte sich bereit erklärt, mit Schüpplings Sohn »auf den Strich« zu gehen, wie sie es nannten. Zu seltsam wirkte der Riese auf sie, zu schweigsam, zu unheimlich.

Andererseits konnte Pausback nicht daheim auf der Lichtenhainer Höhe bleiben, denn klingende Münze musste ins Haus kommen. Wer in diesen Zeiten nicht mit Olitäten handelte, hatte bald nichts mehr zu biegen und zu brechen.

»Waren zwei, bin nur noch einer!«, hatte er Fröbel angebrummt. »Muss los, der da oben hilft«, wobei offen geblieben war, ob er damit den leiblichen Vater oder Gott den Allmächtigen meinte.

Pausback blickte zu ihm auf und mit ihm viele andere Gläubige. Fröbel merkte, dass seine Gedanken zum wiederholten Male davongaloppiert waren, und er schalt sich dafür. Seine Unkonzentriertheit wurde allmählich zur Plage! Die Predigt musste weitergehen. Wo war er gewesen? Ach ja …

»Jeder von euch, meine lieben Brüder und Schwestern, möge getreulich seinen Weg gehen bis zum Ziel! Und die Liebe Gottes, sie *dringe und klinge ins Herz, durch alle Sinne,* um es mit Luthers Worten zu sagen. Ja, zieht eures Weges, Gott im Herzen und die Bibel im Gepäck! Denn das Buch der Bücher, es verheißt *gute Botschaft, davon man singet, saget und fröhlich ist!*«

Fröbel hatte den Faden jetzt wiedergefunden. Die Botschaften und Glaubenswahrheiten des großen Reformators gaben immer trefflich Stoff für eine gute Predigt ab. Mit volltönender Stimme führte er seine Schäfchen weiter durch die Liturgie, betete mit ihnen gemeinsam das Vaterunser, gedachte der Toten, erwähnte die Neugeborenen und dankte dem Landesfürsten für seine Weisheit und Güte. Schließlich hieß er sie, die Gesangbücher zur Hand zu nehmen, und sprach: »Wir schlagen auf die Seite einhundertachtundzwanzig und singen gemeinsam von *Erhalt uns, Herr, bei Deinem Wort* die zweite Strophe.«

Hüsteln und Scharren setzte ein, und während die Gläubigen noch in den Seiten blätterten, hob schon das gewaltige Spiel der Orgel an. Fröbel sang mit Inbrunst Zeile für Zeile, und als der letzte Ton verklungen war, schlug er das Kreuz und wollte zum Abendmahl bitten, doch plötzlich bemerkte er Unruhe.

Was war da los? Einige der Männer blickten zu ihm auf und riefen ihm irgendwelche Worte zu. Was riefen sie ihm zu? *»In Gottes Rahmen …«*

Heiliger Vater! Fröbel fiel siedend heiß ein, dass er fast das Wichtigste vergessen hätte: das Reiselied, das stets zum Schluss gesungen wurde. Das war ihm noch nie passiert. »Und nun«, rief er schnell, »Wollen wir gemeinsam das Lied der Buckelapotheker anstimmen!« Ein Aufatmen ging durch die Reihen, und aus vielen hundert Kehlen erscholl es alsbald:

In Gottes Rahmen will ich meinen Weg antreten,
der Reise Anfang sey mit Singen und mit Beten.
Was mir begegnen kann, das weiß ich freylich nicht;
drum ist zum großen Gott mein ganzes Hertz gericht'.

Mein Weg ist voll Gefahr, wenn ich in Berg und Wäldern,
in Sümpfen, Busch und Holtz, in Sand und ebnen Feldern
mit meiner Last hin geh, und mich befürchten muß,
daß auf mich fallen möcht,
Tod, Angst, Noth und Verdruß …

Fröbel ließ alle zwölf Strophen singen, denn er wusste, wie wichtig das für seine Schäfchen war. Danach schlug er nochmals das Kreuz und konnte nun endlich zum Abendmahl bitten. Die Beteiligung war, wie immer am Vortag des Aufbruchs, besonders rege. Er stellte es mit Genugtuung fest und waltete mit Sorgfalt seines Amtes.

Als alle das Sakrament empfangen hatten, entließ er seine Gemeinde und eilte hinaus zum Kirchenportal, wo er, wie es seine Art war, sich von den Gläubigen einzeln verabschiedete.

Einer der Letzten, die aus der Tür traten, war Pausback. Fröbel sagte gütig: »Auf Wiedersehen, mein Sohn, ich werde für deine glückliche Heimkehr beten.« Und fügte hinzu: »Du hast nicht zufällig noch eine Begleitung gefunden?« Er fragte es, obwohl er sicher war, dass die Antwort Nein sein würde. Aber manchmal sorgte Gott für kleine Wunder. Warum nicht auch in diesem Fall?

Pausback jedoch schwieg, woraufhin Fröbel um ein freundliches Abschlusswort bemüht war. »Jedenfalls wünsche ich dir alles Gute und viel Erfolg. Und grüße deine Mutter.«

»Nein, Herr Pfarrer.«

»Nein? Aber weshalb denn nicht?«, wunderte sich Fröbel. Dann dämmerte es ihm. »Ach so.« Er hatte vergessen, dass Pausbacks Hirn immer etwas länger brauchte, um eine Frage zu verarbeiten.

»Nun, ich bin sicher, du schaffst es auch allein«, sagte er zuversichtlich.

Und er hoffte, Gott würde ihm die Notlüge verzeihen.

Max Röther, der Amtmann von Katzberg, war wieder einmal stolz auf das Ding zwischen seinen Beinen, das er seinen »besten Freund« nannte. Der Freund war, wie er fand, von beeindruckender Größe und hatte ihn noch niemals im Stich gelassen. Auch diesmal nicht, wo er es der blonden Magd gehörig zeigte, ihr zwischen die Schenkel fuhr, in sie eindrang, sich herauszog und sofort wieder eindrang. Hinein und heraus, in stetem Wechsel, sodass es wahrhaftig eine Lust war. »Stöhne! Du sollst stöhnen!«, befahl Röther.

Die junge Frau antwortete nicht. Sie lag unter ihm wie ein Stück Holz. Röther schlug zu. Allerdings nicht zu fest, denn Eva, seine Magd, war schön. So schön, dass manche sogar meinten, sie sei ein leibhaftiger Engel. Des Engels Gesicht durfte nicht durch Beulen oder Einblutungen verunziert werden. Außerdem würden die Leute dann reden.

Eva gab etwas von sich, das wie ein Wimmern klang.

»Gut so, gut so.« Nichts feuerte Röther mehr an als hilfloses Stöhnen. Er verstärkte seine Tätigkeit. »Mach weiter, los, ja, ja, mach weiter!«

Eva stöhnte lustlos.

»Ja, ja, jahaaa …«

Röther schnaufte ein paarmal kurzatmig und wälzte sich von seiner Magd herunter. Der Höhepunkt war vorbei. Der Freund verfiel zusehends. »Sag, ist meine Frau schon tot?«

»Das würde mich wundern. Sie liegt unten in der Kammer neben der Küche.«

»Ich weiß, ich weiß. Ob sie schon tot ist, habe ich gefragt.«

Eva gähnte. »Geh runter und schau selber nach, wenn's so wichtig ist.«

»Nein!« Röther hob drohend die Hand. »Du gehst. Und zwar auf der Stelle.«

»Meinetwegen.« Die Magd stand auf und zog ihr Nachtgewand wieder bis zu den Knöcheln hinunter. Dann schlüpfte sie in ihre Filzpantoffeln. »Aber ich habe dir schon hundertmal gesagt, dass es mit dem Sterben noch dauern wird.«

»Ja, ja, nun verschwinde.« Röther blickte ihr nach, wie sie mit ihrem geschmeidigen Gang das Schlafgemach verließ. Sie war wirklich eine außergewöhnliche Schönheit. Das Gesicht wie eine Madonna und eine Figur, die an ein edles Pferd erinnerte. Gleich beim ersten Mal, da er sie gesehen hatte – es war in Paulinzella auf dem Markt gewesen –, hatte er sich ihres geheimnisvollen Zaubers nicht entziehen können. Knapp drei Jahre mochte das jetzt zurückliegen, und er wusste noch genau, wie er dem Bauern, dem sie seinerzeit diente, ein stattliches Sümmchen in die Hand gedrückt hatte, damit er sich von ihr trennte. Das allerdings war noch lange nicht genug gewesen, denn Eva hatte ihren eigenen Kopf.

Sie wollte von Anfang an mehr sein als nur eine Magd, und er hatte ihr versprechen müssen, sie wie eine Ehefrau zu achten und ihr dieselben Rechte einzuräumen.

Die Schwierigkeiten mit Gertrud, seinem Weib, waren also schon damals vorauszusehen, doch ihm war es egal gewesen. Ganz egal.

Gertrud. Was hatte sie nur für ein Gezeter gemacht, als er und Eva in Katzberg angekommen und aus der Kutsche gestiegen waren! Mit dem Scharfsinn des eifersüchtigen Weibes hatte sie sofort erkannt, welch gefährliche Rivalin ihr da ins Haus kam. Sie wusste genau, das Ansehnlichste an ihr war ihre Mitgift gewesen, ansonsten hatte Aphrodite, die Göttin der Schönheit und Verführung, es nicht besonders gut mit ihr gemeint. Sie war klein, dicklich und hatte unreine Haut – in letzter Zeit, da sie kränkelte, noch viel mehr.

Röther zog das Nachtgeschirr unter dem Bett hervor. Der einzige Arzt der Stadt hatte ihm einmal gesagt, es sei wichtig für die Gesundheit, nach der Liebe Wasser zu lassen. Auf diese Weise würde alles fortgeschwemmt, was Syphilis verursachen könnte. Röther wusste nicht, ob das stimmte. Es war ihm auch nicht wichtig. Er spürte Harndrang, und dem musste abgeholfen werden. Zufrieden betrachtete er den kräftigen Strahl, der seinem besten Freund entwich.

Der Arzt hieß Eck und gehörte zu den Honoratioren der Stadt. So wie er selbst. Allerdings war das nicht immer so gewesen, beileibe nicht. Noch vor wenigen Jahren hatte Röther als kleiner Apothekergehilfe in einem Nachbarort gearbeitet, und wenn er Gertrud nicht kennengelernt hätte, wäre er es wohl auch sein Lebtag geblieben. So aber hatte ihre üppige Mitgift ihm geholfen, die hohen Herren davon zu überzeugen, dass für den Posten des Amtmannes von Katzberg niemand anderer geeigneter sei als er.

Die Mitgift war mittlerweile fast aufgebraucht, was nicht zuletzt an dem aufwendigen Lebensstil lag, der mit seinem wichtigen Posten verbunden war. Das große Haus, das Gesinde, die Kleidung, die Kutsche, das alles verschlang Unsummen im Monat. Neue Geldquellen mussten her. Doch zunächst galt es, sich Gertruds zu entledigen.

Und dafür musste Eva sorgen.

Eva betrat die kleine Kammer neben der Küche und warf einen Blick auf die Kranke. Gertrud Röther lag auf dem schmalen Bett und warf sich unruhig hin und her. Ihr Gesicht glänzte vor Schweiß. »Ich will hier raus«, jammerte sie. »Ich will raus, um der Barmherzigkeit Gottes willen. Fühl mich so unwohl hier.«

Das konnte Eva gut verstehen, denn die Kammer war ursprünglich ihre gewesen. Der Raum mochte in früheren Zeiten dem Abstellen von Schaufeln und Kehrgeräten gedient haben, und Fenster fehlten ganz. Die Einrichtung war mehr als dürftig. Neben dem Bett war das einzige Möbelstück ein Schemel, dessen Oberfläche höchstens einen Quadratfuß maß. »Bleibt nur schön liegen, das ist das Beste für Euch«, sagte sie freundlich. »Ihr tut mir so leid!«

Die Kranke schwieg und blickte die Magd aus starren Augen an. Eva glaubte, darin Verzweiflung zu sehen. Verzweiflung, aber auch Wut und Hass. »Ich weiß, dass ich in diesem Haus nicht willkommen bin und es auch niemals war«, fuhr sie fort, um einen aufrichtigen Ton bemüht, »aber glaubt mir, ich meine es gut mit Euch.«

Die Augenlider der Kranken zuckten. Ihr Mund war nur ein Strich. Dann sagte sie: »Doktor Eck war heute hier.«

»Doktor Eck? Ach ja, was hat er denn gesagt?«

»Dass er nicht zufrieden mit mir ist. Ich soll den Leib wärmen und Salixpillen gegen die Schmerzen einnehmen. Und auch heißen, verdünnten Wein trinken, das brächte mich wieder zu Kräften.«

»Hatte er das nicht schon letztes Mal gesagt?«

Wieder schwieg Gertrud Röther. Sie traute der Magd nicht über den Weg. Sie war einfach zu schön, und Max Röther war zu geil, als dass hier alles mit rechten Dingen zugehen konnte. Andererseits hatte Eva sich in letzter Zeit rührend besorgt gezeigt, und sie sehnte sich nach einem Gespräch. »Sag, warum besucht mein Gemahl mich so selten? Wo ist er überhaupt?«

Eva tat überrascht. »Euer Gemahl? Woher soll ich das wissen? Sicher ist er oben in der Schlafstube. Ist schließlich schon bald Mitternacht.«

»Wenn Doktor Eck nicht so sicher wäre, dass frische Luft

schädlich für mich ist, hätte ich mich niemals in dieses Loch legen lassen.«

»Doktor Eck tut bestimmt sein Bestes. Hat er denn gesagt, woher die Schmerzen kommen?«

»Er meinte, es sehe nach Pilzvergiftung aus. Die Anzeichen sprächen dafür. Die Koliken im Leib, die Atemnot, der Schweiß.«

Eva lachte. »Mit Verlaub, da ist er aber auf dem Holzweg! Euer Gemahl isst zwar gerne Pilze, sehr gern sogar, aber seit Eurer Krankheit hat er dafür gesorgt, dass kein einziger mehr ins Haus kommt. An einer Vergiftung kann's also nicht liegen.«

»Ich weiß, ich weiß. Und trotzdem …«

Eva zog die Bettdecke zurecht. »Wenn Ihr mich fragt«, sagte sie vorsichtig, »ist verdünnter Wein zu wenig für Euch. Ihr dürft nicht nur trinken, Ihr müsst auch essen, sonst fallt Ihr vom Fleisch. Wollt Ihr denn freiwillig verhungern?«

»Mir wird schon schlecht, wenn ich nur ans Essen denke!«

»Ich könnte Euch von der Hühnchenbrust bringen. Auch Gemüsebrühe wäre noch da.«

»Nein, nein, nein.«

»Dann wenigstens ein Brot mit Butter. Butter ist Nervennahrung, das hat Doktor Eck selbst gesagt.«

Da die Antwort ausblieb, zog Eva noch einmal die Bettdecke glatt und verließ den Raum.

In der Küche griff sie zu dem irdenen Topf mit dem goldgelben Speisefett und nahm eine gute Portion mit der Messerspitze heraus. Dann strich sie die Butter in einer Schale ab und begann, sie mit einem Holzlöffel schaumig zu rühren. Als sie mit der Beschaffenheit des Fetts zufrieden war, schaute sie hoch und blickte rasch um sich. Nein, niemand beobachtete sie. Die Knechte und die Altmagd schliefen sicher schon. Gut so.

Eva bückte sich, hob ein loses Dielenbrett hoch und fingerte ein leinenes Säckchen hervor. Rasch schüttete sie daraus ein Quantum Pulver in die Butter. Es war nur wenig mehr als beim letzten Mal, denn die Menge musste behutsam gesteigert werden.

Das Pulver war weiß und hieß Arsen. Sie rührte es sorgfältig in das schaumige Fett ein, bis keine Spur mehr davon übrig war. Jetzt war aus der Butter Mäusebutter geworden, eine Speise, deren hochgiftige Wirkung auch nicht die feinste Zunge herausschmecken konnte. Nicht einmal die einer Maus. Eva wusste das, denn in ihrer Jugend hatte sie häufig erlebt, wie ihre Mutter das Gift gegen die überall auftretenden Nager einsetzte.

Allerdings war ein Mensch keine Maus, und wollte man, dass der Vergiftete langsam starb, musste man die Dosis auf mehrere Gaben verteilen. Eva schätzte, dass sie noch sechs oder acht Mal Mäusebutter verabreichen musste, um den endgültigen Tod von Gertrud Röther herbeizuführen. Das sagte ihr die Erfahrung. Als sie und ihre Mutter seinerzeit den Vater, einen unrettbaren Schläger und Saufbold, vergifteten, hatte es ähnlich lange gedauert.

Damals hatte sie sich nicht viel dabei gedacht. Auch Angst vor Entdeckung hatte sie nicht gehabt, zu groß war ihre Verachtung für den Vater gewesen. Er hatte den Tod verdient gehabt, tausendmal.

Hatte Gertrud Röther auch den Tod verdient? Eva schob die Frage beiseite. Die Frau des Amtmannes war ein Hindernis auf dem Weg zu ihren Zielen, und allein das zählte. Deshalb hatte sie auch nicht lange gezögert, als Röther ihr vorschlug, seine Frau zu vergiften. Er war der Meinung gewesen, Pilze seien das rechte Mittel, aber Eva hatte es besser gewusst. Zu naheliegend wäre das gewesen. Und zu schnell wäre es gegangen. Sie hatte den Vorschlag mit der Mäusebutter gemacht, und Röther hatte in die Hände geklatscht und »Großartig!« gerufen. »Arsen! Wieso bin ich nicht selbst darauf gekommen? Arsen kann bis auf den heutigen Tag im Körper eines Toten nicht nachgewiesen werden. Niemand wird etwas bemerken.«

»Gut«, hatte sie geantwortet. »Ich kann die Mischung zubereiten, aber geben musst du sie ihr.«

»Nein, nein, das machst du! Ein Mann, der seine kranke Frau füttert! Wo denkst du hin! Mach es, und du wirst meine Prinzessin werden!«

Eva lachte in sich hinein, als sie nun zu einem Laib Brot griff und eine Scheibe davon abschnitt. Sie würde nie die Prinzessin von Max Röther werden. Genauso wenig wie jede andere Frau. Max Röther war viel zu erfolgsgierig, als dass er jemandem zärtliche Gefühle entgegenbringen konnte. Wenn es überhaupt etwas auf dieser Welt gab, das er liebte, dann war es sein »bester Freund«.

Er ahnte nicht, dass sie ihn längst durchschaut hatte. Dass er für sie nur eine Station auf ihrem Lebensweg war, an dessen Ende die Heirat mit einem wirklich vermögenden Mann stehen sollte. Mit einem Mann von Adel und Einfluss, am besten bei Hofe. Alles, was sie über Potsdam und Sanssouci in Erfahrung bringen konnte, hatte sich unauslöschlich in ihr Gedächtnis geprägt, und eines Tages würde sie ihr Ziel erreicht haben. Sie hatte auch von einer gewissen Marquise de Pompadour gehört, einer Frau aus dem Volk, die ursprünglich Fisch geheißen hatte und die unter dem fünfzehnten Ludwig von Frankreich zur mächtigsten Frau in Paris aufgestiegen war. Paris, ja, vielleicht würde sie eines Tages sogar nach Paris gehen.

Oder nach London. Dort sollte es einen Park geben, in dem jeden Abend die feine Gesellschaft flanierte: Gräfinnen in kostbaren bauschigen Röcken und edle Lords in taubengrauem Tuch. Dazu Pferde, Kutschen, Diener. Und überall Reichtum und Luxus. Vauxhall, so der Name des romantischen Parks, der des Nachts durch Hunderte von Lampen in warmes Licht getaucht wurde, war der Treffpunkt all jener, die es geschafft hatten, die an der Spitze der Gesellschaft standen, die Wein und Champagner tranken, die in den Pavillons der Musik lauschten, die hochwichtige Gespräche führten. Ja, die Männer, die dort verkehrten, mussten wahre Gentlemen sein …

Röther war kein Gentleman, obwohl er sich in der ersten Zeit sehr um sie bemüht hatte. Er hatte sie umschwänzelt wie ein

Hund, der seinem Herrn alles recht machen wollte, nur um gelobt und gestreichelt zu werden. Doch lediglich so lange, bis er sie im Bett gehabt hatte. Danach war alles wieder beim Alten gewesen, und er war abermals der Herr.

Eva strich die Mäusebutter dick auf die Brotscheibe. Sie musste an die Fahrt mit der Kutsche denken, an jene erste Fahrt, als er sie nach Katzberg geholt hatte. Der Unfall fiel ihr wieder ein, der Unfall mit dem Betrunkenen und Röthers Besorgnis, sie könnte Schaden durch den Anblick zweier abgetrennter Füße nehmen. Wie lange das schon zurücklag! Heute war er nicht mehr so fürsorglich. Heute wollte er sie nur noch benutzen. Sie wusste, er würde sie niemals heiraten, obwohl er es immer wieder angedeutet hatte. Er würde sich vielmehr eine neue reiche Kaufmannstochter holen. So wie seinerzeit Gertrud, die nun krank darniederlag – langsam vom Arsen zerfressen, von innen sterbend.

Eva begann das Feuer im Ofen zu schüren, denn das Wasser im Topf war nicht mehr heiß. Wieder kreisten ihre Gedanken um Röther. Nein, er würde sie niemals heiraten. Dafür sprach schon die Tatsache, dass er sie wie einen Vogel im Käfig hielt. Das Äußerste, was er ihr gestattete, war der wöchentliche Gang zum Markt. Natürlich waren die Klatschmäuler dennoch dahintergekommen, welch schöne junge Frau im Rötherschen Haus diente, und eine Zeit lang hatte die Gerüchteküche heftig gebrodelt. Doch irgendwann waren die Mäuler auch wieder verstummt, nicht zuletzt, weil der Amtmann sich bei offiziellen Anlässen stets mit seiner Frau gezeigt hatte. Jedenfalls bis zu dem Sonntag vor zwei Wochen, als Gertrud Röther am Abend unvermittelt über heftige Leibschmerzen und Übelkeit geklagt hatte.

Eva blickte in den Topf und stellte fest, dass sich am Boden winzige Luftbläschen gebildet hatten. Gleich würde das Wasser kochen. Röther hatte sich nicht gescheut, sie zu seinem Werkzeug zu machen, und sie hatte nicht gezögert, dasselbe mit ihm zu tun. Auge um Auge, Zahn um Zahn, so stand es schon in der

Bibel. Zu seiner finanziellen Not hatte sie das ihre beigetragen, indem sie seit Jahr und Tag größere oder kleinere Summen beiseiteschaffte. Irgendwann würde das Geld reichen für schöne Kleider und eine Fahrt nach Potsdam. Oder nach Paris …

Eva schreckte auf. Sie glaubte, ein Geräusch gehört zu haben. Da, am Fenster! War da nicht eben ein Kopf aufgetaucht? Sie meinte, für den Bruchteil einer Sekunde das zerknitterte Gesicht der Altmagd erkannt zu haben, war sich aber nicht sicher. Die Altmagd wurde von allen nur »Mutter Krumm« genannt, weil sie eine verdrehte Wirbelsäule hatte, eine Abnormität, die Doktor Eck Rippenbuckel nannte. Eva hatte wiederholt versucht, das Vertrauen der Alten zu gewinnen, war aber stets auf Einsilbigkeit gestoßen. Offenbar war Mutter Krumm von sauertöpfischem Wesen. Sauertöpfisch und scharfzüngig, ja, das war sie. Aber war sie auch neugierig? So neugierig, dass sie ihr mitten in der Nacht nachspionierte?

Eva lief rasch nach draußen auf den Hof, konnte dort aber keine Menschenseele entdecken. Immer noch misstrauisch, nahm sie eine Laterne und ging zu dem Nebengebäude, in dem das Gesinde schlief. Die Tür zu Mutter Krumms winziger Kammer knarrte, als Eva sie vorsichtig öffnete. Rasch wollte sie sich zurückziehen, aber es war zu spät. Die Alte hatte sie schon bemerkt.

»Was suchst du hier?«, fragte sie mit zahnlosem Mund.

»Ich?«, lachte Eva verlegen und überlegte fieberhaft, was sie darauf antworten sollte. »Ich dachte, du schläfst.«

»Das habe ich auch. Aber alte Leute haben einen leichten Schlaf. Was also treibt dich hierher?« Mutter Krumm schlug die Decke zurück und griff nach einem Becher Wasser.

Eva sah, dass die alte Frau komplett angekleidet war. »Du hast ja noch dein ganzes Zeug an«, sagte sie.

»Na und? Ich schlafe immer so. In meinen Jahren friert man leicht, und wie du siehst, hat meine Kammer keinen Ofen.« Mutter Krumm nippte an dem Becher. »Im Gegensatz zur Schlafstube des Herrn, wie du wohl weißt.«

Eva biss sich auf die Lippen. Ärger über die Anspielung wallte in ihr hoch, aber sie schluckte ihn hinunter. Bei diesem Thema hatte sie die schlechteren Karten. So murmelte sie nur ein »Gute Nacht denn« und schickte sich an zu gehen, doch die Stimme der Alten hielt sie zurück:

»Du hast mir noch immer nicht gesagt, was du von mir wolltest.«

»Ach, äh, ich hatte ein Geräusch gehört und wollte wissen, was dahintersteckt, mehr nicht.«

»Mehr nicht?«

Eva glaubte einen spöttischen Unterton herausgehört zu haben, ging aber nicht darauf ein. »Ich muss nun gehen, Mutter Krumm. Die Zeiten sind unsicher, man kann nicht vorsichtig genug sein.«

»Da hast du recht, mein Kind, sehr recht sogar. Man kann nicht vorsichtig genug sein.«

Mit einem unguten Gefühl lief Eva rasch über den Hof zurück. Wieder in der Küche, kam sie gerade noch rechtzeitig, um den sprudelnd zischenden Wassertopf vom Herd zu ziehen. Dann ging sie zu einem Schapp und nahm eine Flasche Rotspon heraus. Sie mischte den Wein mit dem Wasser in einem starkwandigen Glas, stellte es auf ein Tablett und legte das Butterbrot dazu.

»Heißer Wein und ein dickes Butterbrot! Das wird Euch wieder auf die Beine bringen«, sagte Eva wenig später zu der Kranken. »Wartet, ich helfe Euch auf. Ja, so … Sitzt Ihr so bequem? Ich stopfe Euch noch ein Kissen in den Rücken, dann geht es besser.«

»Danke. Die Schmerzen haben etwas nachgelassen. Vielleicht werde ich doch noch gesund.«

»Bestimmt werdet Ihr das! Alles, was ich dazu tun kann, will ich gerne tun.«

»Danke – Eva.« Es war das erste Mal, dass Gertrud Röther ihre Magd beim Namen nannte, vielleicht, weil sie sich wirklich rührend um sie kümmerte. Und das mitten in der Nacht.

»Das ist doch selbstverständlich. Sind das die Salixpillen vom Doktor?«

»Ja, die Grünen da.«

»Wie viele sollt Ihr davon nehmen?«

»Immer zwei, bei Schmerzen immer zwei.«

Eva schob Gertrud Röther zwei der Kügelchen zwischen die Lippen. »Nun spült mit heißem Wein nach, er hat genau die richtige Temperatur.«

Abermals bedankte die Kranke sich und schlurfte folgsam von dem Getränk. »Ich fürchte nur, ich habe keinen Hunger.«

»Ach was! ›Der Appetit kommt beim Essen‹ hat meine Mutter immer gesagt, und sicher hatte sie recht!«

»Wenn du meinst.« Gertrud Röther biss ein Stück Brot ab und kaute es langsam, bevor sie es hinunterschluckte.

»So ist es gut, nehmt nur gleich noch einen weiteren Bissen.«

»Das muss ich wohl. Ich glaube, die Butter tut mir tatsächlich gut.«

»Gewiss, gewiss!«

Langsam aß die Kranke weiter. Eva blieb so lange bei ihr, bis sie auch das letzte Gramm Butter verspeist hatte.

Dann ging sie wieder nach oben zu Max Röther.

»Ich dachte schon, du kommst überhaupt nicht mehr«, knurrte der bullige Mann, als Eva neben ihm wieder ins Bett kroch. »Wie steht es um sie?«

»Es geht ihr besser.«

»Besser?« Röther richtete sich ruckartig auf. »Du willst mich wohl foppen?«

»Nein, ich will nur sagen, dass sie sich halbwegs von der ersten Dosis erholt hat. Das ist normal. Bei meinem Vater war es auch so.«

»Was? Hast du den auch vergiftet?«

Eva ging nicht auf die Frage ein. »Man muss die Menge steigern, bis der Körper nicht mehr gegen das Gift ankommt. Erst dann tritt der Tod ein. Das dauert länger, aber es ist unverdächtiger. Die Leute reden nur, wenn jemand Knall auf Fall stirbt.«

Röther grunzte irgendetwas und ließ sich in die Kissen zurücksinken.

»Es kann sein, dass Mutter Krumm mich vorhin in der Küche beobachtet hat. Ich habe ein Gesicht im Fenster gesehen, und ich glaube, es war ihres.«

»Bist du sicher?«

»Eben nicht. Deshalb habe ich ja in ihre Kammer geguckt. Sie lag in ihrem Bett, hatte aber Kleid und Schürze an.«

»Das ist normal bei ihr. Sie zieht sich nie aus, angeblich, weil ihr immer kalt ist. Seit Jahren quengelt sie, ich soll ihr einen Ofen in die Kammer stellen, aber das kommt natürlich nicht infrage. Ein Ofen braucht Heizmaterial, und Heizmaterial ist teuer. Die Alte kostet mich ohnehin viel mehr, als ihre Arbeitskraft einbringt. Wenn ich nicht so gutmütig wäre, hätte ich sie längst vor die Tür gesetzt.«

»Trotzdem könnte sie mich beim Mäusebuttermischen gesehen haben.«

»Ich werde sie mir morgen früh vorknöpfen. Sie hat zwar eine spitze Zunge, aber wenn sie etwas beobachtet hat, kriege ich es aus ihr heraus. Und dann gnade ihr Gott.« Röther wollte die Nachtkerze löschen, überlegte es sich dann aber anders. Ein Gedanke war ihm gekommen. »Könnte es nicht sein, dass es Hannikel war, der durch die Scheibe geschaut hat?«

»Nein, bestimmt nicht.«

»Hm.« Der lange Hannikel war eine wichtige Person in Röthers Leben. Er war eine Art Verbindungsmann für ihn, sozusagen das Glied zwischen seiner honorigen Welt und den Strauchdieben in den Wäldern. Jedes Mal, wenn eine Postkutsche mit betuchten Insassen von Katzberg aus losfuhr, bekam er einen Wink von Röther. Und jedes Mal, wenn die Kutsche überfallen worden war, bekam Röther einen Teil der Beute.

Doch in letzter Zeit waren die Reisenden vorsichtiger geworden. Viele trugen kaum noch bare Münze bei sich und hatten zudem weder Uhren noch Schmuck im Gepäck. Das Geschäft lief schlecht. Röther grunzte. »Ich hätte ohnehin keine Nachricht für ihn gehabt.«

»Er war es nicht.«

»Ja, ja, ich glaube dir ja.« Wenn das so weiterging, wurde es wirklich höchste Zeit, dass Gertrud unter die Erde kam. Dann würde ihr Vater, dieser immer noch lebende reiche Pfeffersack, sich nicht lumpen lassen und Geld für eine stattliche Beerdigung lockermachen. Geld, das man zu einem guten Teil verschwinden lassen konnte. Außerdem schien es da noch ein Sümmchen zu geben, das ihm, dem Erben, im Todesfall zuteil werden sollte. Es würde wenigstens ein paar der Löcher in seiner Kasse stopfen.

Indes: Alles das war nur ein Tropfen auf dem heißen Stein. Eine große Lösung musste her, eine wie damals, als er das Mauerblümchen Gertrud gepflückt hatte, wohl wissend, wie begütert ihre Familie war. Das Ergebnis seiner Bemühungen war die Schwangerschaft des Mauerblümchens gewesen, und der Pfeffersack hatte nichts mehr gegen den Bund der Ehe einwenden können. Allein schon wegen der Schande. Dass der Knabe später eine Totgeburt werden würde, hatte zu dem Zeitpunkt niemand vorausahnen können.

So hatte der Pfeffersack seiner Tochter nicht nur Geld und Gut mit auf den Weg gegeben, sondern auch mehrere Kisten mit kostbaren Gewürzen, darunter Nelken und Koriander. Sogar der in Blöcke gepresste *Crocus sativus,* der Echte Safran, war dabei gewesen. Röther hatte die Spezereien nicht weiter auf der Rechnung gehabt und sie irgendwo lagern lassen, wodurch sie nach kurzer Zeit verdarben. Das war ein Fehler gewesen. Ein schwerer sogar.

»Hast du wieder Geldsorgen?«, fragte Eva schläfrig.

»Wenn du es genau wissen willst, ja. Du weißt selbst, wie teuer alles geworden ist.«

»Die Preise auf dem Markt halten sich aber.«

»Ja, ja. Du scheinst meine Verpflichtungen zu vergessen.

Außerdem bewerbe ich mich um das Amt des Zweiten Bürgermeisters. Dazu bedarf es der Hilfe einflussreicher Persönlichkeiten. Und diese Persönlichkeiten haben tiefe Taschen, wenn du verstehst, was ich meine.«

Eva strich sich eine Locke aus der Stirn. »Mach dir nicht so viele Sorgen.«

»Ja, ja. Ich wollte dich vorhin nicht schlagen.« Der Amtmann schüttelte die unliebsamen Gedanken, die ihn seit Wochen wie ein Schwarm Wespen umschwirrten, ab und betrachtete seine Magd. Wie golden ihr Haar glänzte! Und wie verführerisch ihre Haut duftete! »Komm«, sagte er heiser, »du bist doch meine Prinzessin.«

Sein bester Freund regte sich wieder.

Am anderen Morgen, nach einem kräftigen Frühstück, das er allein im Bett eingenommen hatte, ließ Röther nach Mutter Krumm schicken. Ungeduldig wartete er. Als sie nach geraumer Weile noch immer nicht erschienen war, stand er auf, wusch sich flüchtig das Gesicht und begann sich anzukleiden. Wo blieb die Alte nur? Wollte sie ihn etwa ärgern?

Er stapfte die Treppe hinunter und schaute in die Küche, in der Eva sich zu schaffen machte. »Hast du Mutter Krumm gesehen?«, fragte er.

»Nein, was wollt Ihr denn von ihr?«, heuchelte Eva Unwissenheit. »Ihr solltet nach Eurer armen Frau sehen. Ich glaube, es geht ihr heute Morgen sehr schlecht.«

Wie um ihre Worte zu bestätigen, drang aus dem Nebenraum ein jammervolles Keuchen.

»Ja, ja«, grunzte Röther. »Natürlich, natürlich.« Er betrat die dunkle Kammer und erschrak fast, als er seine Frau sah. Gertrud Röther, einst freundlich, dicklich und fröhlich, war nur noch ein Schatten ihrer selbst. Aschfahl war ihr Gesicht, Schweißperlen standen auf ihrer Stirn, und ihre Glieder zuckten unkontrolliert, während sie sich auf dem Lager hin und her warf, die Hände auf den Leib gepresst.

»Hast du wieder Magenschmerzen?«, fragte er überflüssigerweise.

»Oh, Gott, oh, mein Gott!«, hörte er sein Weib stöhnen. »Lass mich sterben, ja, sterben, will nur noch sterben …«

Für einen Augenblick empfand Röther so etwas wie Mitleid, obwohl das Flehen seiner Frau genau seinen Wünschen entsprach. »Denk einfach an etwas Schönes, das macht es leichter. Ich werde dafür sorgen, dass Doktor Eck nachher noch einmal vorbeischaut. Sicher kann er dir helfen.«

Ebenso grußlos, wie er den Raum betreten hatte, verließ er ihn wieder und begann nun selbst nach Mutter Krumm zu suchen. Er durchstreifte sein ganzes Anwesen, sämtliche Zimmer und Flure, den Boden, die Ställe, die Verschläge, die Abseiten und vieles mehr, doch nirgendwo konnte er sie finden. Auch seine Knechte und Nachbarn befragte er – vergebens. Himmel und Hölle, wo mochte die Alte nur stecken? Sie gehörte doch zum Haus wie das Dach und die Fenster, sie war seit Ewigkeiten hier und hatte sogar schon dem Vorbesitzer gedient!

Endlich, gegen Mittag, musste er sich eingestehen: Mutter Krumm war spurlos verschwunden.

Einer trage …

Die Stunde der Morgendämmerung, jene Zeitspanne, in der die Sorgen der Nacht verflogen und die ersten Sonnenstrahlen Zuversicht spendeten, war Mechthild Schüppling von jeher die liebste. Auch heute erging es ihr wieder so, als sie die Hintertür des Hauses öffnete und ihre Schritte zum Kräutergarten lenkte. Alles würde gut werden. Ja, das würde es. Gott der Herr würde seine schützende Hand auf Pausback legen und ihn allezeit auf seinem Weg begleiten.

Sie hielt einen Augenblick inne und schaute nach Osten, wo die Sonne langsam über die Baumspitzen der Lichtenhainer Höhe kletterte. Ihre Strahlen erfassten nun vollends den Garten und gaben seinen Pflanzen mehr und mehr Kontur. Gewiss, zu dieser Jahreszeit blühte noch nichts, doch überall rührte sich schon wieder Leben, neue Wurzeln griffen ins Erdreich, frisches Grün trieb aus den Zweigen, und eben das erfüllte sie mit Hoffnung.

Ein Kräutergarten war für die Menschen des Thüringer Waldes viel mehr als nur ein normaler Garten: Er war das, was für den Schmied das Eisen, für den Töpfer der Lehm und für den Bauern der Acker war – die Lebensgrundlage. Denn was man hier dem kargen Schieferboden abrang, wurde an langen Winterabenden zu hunderterlei Heilsäften verarbeitet. Waldlaboratorien nannte man die Häuser, in denen dies geschah, und Mechthild Schüppling war von allen Heimlaborantinnen vielleicht diejenige, die sich am allerbesten auf die Zubereitung von Olitäten verstand.

Sie schritt vorbei an den Küchen- und Würzkräutern für den eigenen Bedarf, an Liebstöckel, Kälberkropf, Wasserminze, Guter Heinrich, Pimpinelle, Dost und Graslauch, und gelangte zu jenen Heilpflanzen, die seit Jahrzehnten dem Broterwerb der Schüpplings dienten: Jede von ihnen stellte für Mechthild Schüppling etwas Einzigartiges dar, eine Kostbarkeit, eine Quelle der Therapie, denn ebenso wie die heilige Hildegard von Bingen glaubte sie fest daran, dass gegen alle Krankheiten auf Erden ein Kräutlein gewachsen sei.

Zu ihren liebevoll umhegten Gewächsen zählten bekannte und weniger bekannte Arten, große und kleine, prächtige und unscheinbare, rundblättrige und nadelblättrige. Der Rosmarin etwa, der bei Gliederreißen Abhilfe schaffte, die Mariendistel, die Gallen- und Leberleiden bekämpfte, der Kalmus, der Blähungen und Appetitlosigkeit entgegenwirkte, der Löwenzahn, der auch Seichkraut genannt wurde, weil er den Harn austrieb, der Giersch, der dem Gichtgeplagten half, das Schöllkraut, das den Magen stärkte, der Fingerhut, der bei Herzbeschwerden zum Einsatz kam, der Frauenmantel, der Unterleibsleiden linderte, der Spitzwegerich, der die Grundlage eines trefflichen Hustensafts abgab …

Manche von ihnen waren noch nicht sichtbar, denn sie waren einjährig und mussten immer wieder neu angezüchtet und zum rechten Zeitpunkt ausgesetzt werden, wie das Basilienkraut, das Entzündungen der Haut besänftigte.

Viele der Pflanzen wirkten zudem auf ähnliche Weise und bei ähnlichen Krankheiten, etwa der Huflattich, der ebenso gegen Husten und Katarrh zum Einsatz kam wie die Hagebutten der Heckenrose oder die Blüten der Kamille. Alle diese Wirkkräfte zu kennen, sie zu unterscheiden, aufeinander abzustimmen, zu vermischen und zu guter Letzt aufs Beste zu verarbeiten, darin bestand die hohe Kunst der Mechthild Schüppling.

Sie war am Ende des Kräutergartens angelangt, wo eine uralte Eiche mit breit ausladender Krone stand. Der Baum hatte ihr schon oftmals durch seine Unerschütterlichkeit Trost gespendet. Mochte auf der Welt geschehen, was wollte, mochten Donner und Blitz, Dürre oder Seuche das Land heimsuchen – der Baum hatte immer dagestanden. Er war Vertrauter und

Freund zugleich. Er war Platz der Ruhe und Ort der Kraft. Und er war Wirt. Wirt für eine Mistel, die bald ebenso alt sein mochte wie er selbst.

Unter diesem Baum schlief Pausback.

Mechthild Schüppling schob die dicht gewachsenen, ledrigen Blätter der Mistel beiseite und betrachtete ihren Sohn. Er lag da wie ein Fels, auf der Seite ruhend, still und regelmäßig atmend. Sie war keineswegs überrascht, dass er hier draußen schlief, denn das tat er immer, seitdem er das erste Mal mit seinem Vater auf dem Strich gewesen war. Der alte Schüppling hatte die engen Räume gehasst, ebenso wie das enge Denken. Er hatte nie ein Blatt vor den Mund genommen, wenn es galt, die eigene Meinung zu vertreten, und war deshalb auch keiner gewesen, dem allzu viele nachtrauerten, als er vor wenigen Wochen das Zeitliche segnete. Einundfünfzig Jahre auf dieser Welt hatte der Herrgott ihm geschenkt, viel zu wenige, wie Mechthild Schüppling fand, zumal sie und Pausback sich nun ganz allein durchschlagen mussten.

Am liebsten hätte sie ihren Sohn für immer zu Hause behalten, aber sie wusste, dass dies nicht möglich war. Weil Pausback den Drang in die Ferne spürte und weil die Olitäten verkauft werden mussten. Wie hatte ihr Mann beim Fortgehen immer gesagt? »Denk dran, Frau, hier oben auf dem Wald nützen die Olitäten niemandem, erst wenn ich sie unten verhökere, bringen sie was ein. Also heule nicht, und leb wohl!«

Pausback grunzte, wälzte sich auf die andere Seite und schlief friedlich weiter. Sein gewaltiger Leib war gegen Hitze und Kälte gleichermaßen unempfindlich, dafür war sein Gemüt umso feinfühliger. Mechthild Schüppling seufzte. Pausback war das Einzige ihrer Kinder, das noch am Leben war. Die anderen hatte der Herrgott zu sich geholt. Fieber, Unfall und Krankheit hatte er über sie kommen lassen und lediglich Pausback verschont. Ausgerechnet Pausback mit seinem schlichten Geist. Warum nicht Anselm, den Klügsten unter ihren Söhnen, der vor einem Jahr von der Sepsis dahingerafft worden war? Warum nicht Jakob, warum nicht Frieder, einen ihrer anderen Söhne?

Am gestrigen Tag, als Pausback von Pfarrer Fröbel das Abendmahl empfing, hatte sie zu Hause im Destillier- und Kräuterraum gesessen und so inbrünstig gebetet wie noch nie zuvor in ihrem Leben. Die Prüfungen, die der Herr ihr auferlegte, mussten irgendwann ein Ende haben, und sie glaubte, dass dieses Ende nun gekommen war. Pausback würde zum ersten Mal allein losziehen, alle Gefahren meistern und gesund heimkehren. Ja, so würde es kommen.

So musste es kommen.

»Wach auf, Pausback«, sagte sie. »Es wird Zeit.«

Ihr Sohn grummelte etwas, schmatzte halb im Schlaf und schlug die Augen auf.

»Hast du ausgeschlafen?« Sie kniete neben ihm nieder und strich ihm übers braune Haar. »Soll ich dir die Brennnesselsuppe warm machen, oder willst du später bei der ersten Rast essen?«

Pausback rieb sich die Augen. »Ja, Mutter.«

Mechthild Schüppling biss sich auf die Lippen. Wieder einmal hatte sie nicht bedacht, dass Oder-Fragen zu kompliziert für ihren Sohn waren. Erneut beschlich sie die Angst um ihn. Wie sollte jemand wie er sich behaupten können! Zwar war er von freundlichem, sanftem Gemüt, aber was nützte das schon in einer Welt, in der jeder nur an den eigenen Vorteil dachte! Eigentlich durfte sie ihn nicht ziehen lassen, wahrhaftig nicht. Und doch: Es musste sein.

»Ich werde die Brennnesselsuppe heiß machen«, sagte sie. »Sie ist diesmal besonders sämig. Guter Heinrich ist drin, Ampfer, Bärlauch und mancherlei mehr. Du isst sie doch so gern.«

»Hmja, Mutter.«

Mechthild Schüppling zögerte. Es war gottlos, was sie nun tun wollte, aber sie würde sich danach ruhiger fühlen. Sie knickte einen Mistelzweig ab und machte damit dreimal das Kreuzzeichen über Pausback. Dazu murmelte sie folgenden

Schadenzauber: »So wie die Blätter des Donnerbesens für immer grünen, so mögen die Augen desjenigen, der dir Böses will, für immer ersterben, nicht nur seine Augen, auch seine Hände, seine Arme, seine Beine, seine Füße, seine Backen, seine Zähne, seine Lippen!« Sie schöpfte Luft und fuhr entschlossen fort: »Seine Nase, seine Muskeln, seine Knochen, sein Mark, sein Bauch, sein Geschlecht, ja, seine ganze Gesundheit. So und nicht anders soll es sein, so und nicht anders soll es sein.«

»Mutter?« Pausback blickte fragend auf.

»Nichts, es ist nichts!«, versetzte Mechthild Schüppling hastig. Sie versteckte den Mistelzweig unter der Kittelschürze und stand auf. Auf dem Weg zurück zum Haus sah sie, dass sich auf den ersten Blättern der Kapuzinerkresse Wassertröpfchen gebildet hatten. »Die Kresse weint«, sagte sie zu sich selbst, »es dürfte also Regen geben. Regen auf Sonne. Hoffentlich ist das kein schlechtes Zeichen.«

Im Haus machte sie sich am Feuer zu schaffen, rührte die Suppe um und schmeckte sie noch einmal ab. Pausback war trotz seiner Größe kein starker Esser. Wie er dennoch so riesenhaft hatte heranwachsen können, war ihr bis heute ein Rätsel. Die Mahlzeit war fertig, und wie immer ließ ihr Sohn auf sich warten. Er war nicht der Schnellste, war es nie gewesen, doch was ihm an Schnelligkeit fehlte, machte er durch Ausdauer wieder wett. Einmal, so hatte ihr Mann einst erzählt, war Pausback neunundvierzig Meilen ohne Pause marschiert und danach noch immer nicht müde gewesen.

»Da bin ich, Mutter.«

»Setz dich und iss.«

Während Pausback die Mahlzeit zu sich nahm und jeden Löffel Suppe geräuschvoll schlürfte, ging Mechthild Schüppling vors Haus, wo im Windfang ein starkes, mit Schulterriemen ausgestattetes Tragegestell stand. Es war ein Gestell, das Reff genannt wurde und dem Transport der Olitäten diente. Dieses Exemplar war aus bestem Eichenholz gezimmert und von besonderer Göße, denn der alte Schüppling hatte es eigens für seinen Sohn anfertigen lassen. Es war bald fünf Fuß hoch, und sein Anblick erinnerte an den eines Schranks mit vielen Schubladen. In den Schubladen befanden sich Einsätze, die Dutzenden von Flaschen, Fläschchen und Spanschachteln Halt boten. Gekrönt wurde das Ganze von zwei dickbauchigen Gefäßen, welche Engel-Balsam, ein Liquidum gegen Wunden und Verstopfung, sowie Thüringer Cholera-Tropfen enthielten. Letztere wirkten seltsamerweise nur gegen Durchfall.

Lange hatte Mechthild Schüppling darüber nachgedacht, wie sie den Verkauf der Waren für Pausback vereinfachen könnte. Schließlich hatte sie auf jedes einzelne Gefäß nicht nur das Gewicht, sondern auch den Preis geschrieben – in Groschen und Pfennigen. Sie hatte ihm eingeschärft, nach Möglichkeit immer nur die ganze Flasche zu verkaufen oder, wenn das nicht möglich war, den halben oder den viertel Inhalt. Die Aufteilung der Mengen war schwierig, und das Ausrechnen des neuen Preises musste der Ehrlichkeit des Käufers überlassen werden.

»Tu so, als wüsstest du genau, wie viel du zu bekommen hast«, hatte sie ihn ermahnt, »und wenn das Geld in deiner Hand liegt, schau den Käufer noch einmal fragend an. Ist er ein Betrüger, überlegt er es sich vielleicht und legt die restlichen Münzen dazu, ist er es nicht, wird er wissen wollen, was denn noch sei. In jedem Fall steckst du das Geld erst nach einem fragenden Blick ein. Im Übrigen wird es das Beste sein, du verkaufst nur immer an diejenigen, die von altersher zu unseren Kunden zählen.«

»Ja, Mutter«, hatte Pausback auf jede ihrer Ermahnungen geantwortet.

Wenigstens kannte er die einhundertdreizehn Arzneien, die er mit sich schleppen würde, ganz genau. Er wusste ihre Bezeichnung mit untrüglicher Sicherheit zu nennen, denn der alte Schüppling hatte ihm jede Einzelne über Jahre hinweg eingetrichtert. Wortklänge, Farben und Formen, das war es, was Pausback sich merken konnte – Zahlen und Buchstaben dagegen nicht, trotz aller Bemühungen des Vaters, dem das zeit seines Lebens nicht in den Kopf gewollt hatte.

Ein neuer Name pro Tag, dazu der Verwendungszweck des Präparats, das war auf Reisen Pflicht gewesen, und so wie der stete Tropfen den Stein höhlt, so hatte Pausback mit der Zeit sein Pensum gelernt.

Viel mehr aber auch nicht, wenn man von der Strecke absah, die er schon mehr als ein Dutzend Mal getippelt war. Sie führte aus dem Thüringer Wald hinaus zunächst nach Erfurt, dann nach Jena, Halle und Dessau. Von dort weiter die Elbe hinunter ins Brandenburgische, immer am Strom entlang, und schließlich bis zur großen Hafenstadt Hamburg. Wenn das Jahr nicht zu weit fortgeschritten war, erfolgte noch ein Abstecher ins Dänische. Alles zu Fuß oder, wie Pfarrer Fröbel es auszudrücken pflegte: auf Schusters Rappen.

Mechthild Schüppling bedauerte, gestern nicht am Abschiedsgottesdienst für die Buckelapotheker teilgenommen zu haben, aber die Vorbereitungen für Pausbacks große Reise hatten ihr keine Minute Zeit gelassen. Fröbel war ein guter Mann, er hatte sie vermählt, alle ihre Kinder getauft, ihnen die Lehre des Herrn nahegebracht und sie, als es so weit war, auch begraben. Dasselbe hatte er mit dem alten Schüppling getan. Und er hatte gesagt, er würde für Pausback beten, was auch bitter notwendig war, wenn man bedachte, wie ihr Sohn loszog: ohne verlängerten Reisepass und ohne die Eignungsprüfung bei dem gestrengen Medizinalrat Doktor Worm abgelegt zu haben. Der alte Schüppling hatte sie regelmäßig mit Auszeichnung bestanden, aber Pausback konnte nicht einmal lesen und schreiben

»Bin so weit, Mutter.« Pausback war neben ihr aufgetaucht. Er stand mit eingezogenem Kopf in der Tür und lächelte unschuldig wie ein Engel. »Guckst traurig, Mutter.«

»Natürlich bin ich traurig, wo es doch ans Abschiednehmen geht.« Mechthild Schüppling strich ihrem riesenhaften Sohn über die rosigrunde Wange und musterte ihn gleichzeitig. Er trug ein Leinenhemd mit roter Weste und darüber den braunen Rock der Buckelapotheker. Dazu lederne Kniebundhosen, weiße Gamaschen und derbes Schuhwerk. Alles in allem, so sah sie mit Zufriedenheit, würde sein Äußeres ihr keine Schande machen. »Gib acht auf dich. Es ist das erste Mal, dass du allein gehst.«

Pausback nickte und setzte den Dreispitz auf. »Ja, das erste Mal, das erste Mal.« Er stand ein wenig verlegen da und schien nicht zu wissen, wohin mit seinen Händen. Dann, plötzlich, strich er seiner Mutter ebenfalls über die Wange, scheu und schnell. »Musst keine Angst haben. Mir passiert schon nix.«

»Hast du deine Suppe aufgegessen?«

»Hab ich, Mutter.«

»Dann wird es Zeit.«

»Hmja.« Pausback ergriff das Reff und schulterte es wie einen Rucksack.

»Nein, bleib!«

»Mutter?«

»Vergiss nicht, was ich dir gesagt habe, wenn du die Olitäten verkaufst. Vermeide Zwistigkeiten, gehe Streit aus dem Weg. Schließe dich niemandem an und lasse nicht zu, dass sich dir jemand anschließt. Im Zweifelsfall tue das, was auch dein Vater getan hätte.«

Pausback stieß die Haupttür auf. »Ist gut, Mutter. Ich muss los.«

»Halt, warte, ich habe noch etwas für dich.« Mit den Tränen kämpfend, griff Mechthild Schüppling in ihre Schürze und holte etwas hervor. Es war der Mistelzweig. »Nimm ihn. Wenn du gar nicht mehr weiterweißt, wird er dich spüren lassen, was zu tun ist.«

Pausback stopfte den Zweig in die Tasche und schritt ohne ein weiteres Wort hinaus in die aufgehende Sonne.

Mechthild Schüppling ließ ihn ziehen. Der Mistelzweig würde stark sein, so hoffte sie.

Stärker als die weinende Kapuzinerkresse.

Pausback marschierte leicht vornübergebeugt, den Blick vor sich auf den Boden geheftet. Mit dem zentnerschweren Reff auf dem Rücken, das hatten ihn die ungezählten Stunden auf den Straßen gelehrt, war es die angenehmste Art, vorwärtszukommen. Dabei glich seine Art der Fortbewegung der eines Ochsenkarrens: stetig und unaufhaltsam, über Stock und Stein, durch Berg und Tal. War er erst einmal in Schwung, bedurfte es zweier oder dreier Schritte, bis er wieder zum Stehen kam.

Doch er gönnte sich keine Pause, sondern ging weiter und weiter, stieg hinab von der Lichtenhainer Höhe und strebte nach Nordwesten, an Mellenbach vorbei in Richtung Barigau, von wo man einen herrlichen Blick über die liebliche Thüringer Landschaft hat. Pausback indes stand nicht der Sinn nach Schönheit, sondern nach Zweisamkeit. Unverhofft begann er, die Lippen zu bewegen. »Vater«, brummte er, »ich bin nun unterwegs.«

Während er bedächtig weiterschritt, wartete er auf die Erwiderung des alten Schüppling. Aber sie kam nicht.

»Na ja, dass ich unterwegs bin, siehst du ja von da oben. Mutter macht sich Sorgen, ich würd's allein nicht schaffen, aber du meinst doch auch, dass ich's schaffen könnt, was, Vater?«

Statt einer Antwort begann irgendwo ein Girlitz zu singen. Pausback nahm das als Bestätigung, denn er stellte sich vor, der Alte hätte ihm auf diese Weise geantwortet. Sein Verhalten war durchaus verständlich, denn der alte Schüppling hatte meisterhaft Vogelstimmen imitieren können.

»Pfarrer Fröbel will für mich beten und die Mutter dazu.«

Der Girlitz verstummte.

»Ich find's gut, dass sie's tun wollen. Fühl mich sicherer dabei.«

Der Vogel sang wieder.

»Ich freu mich, dass du's auch so siehst, Vater.«

Pausback stapfte weiter, setzte gleichmäßig Schritt vor Schritt. »Wär gut, wenn ich's bis Hamburg in die *Schwan-Apotheke* schaff. Sie liegt doch in der Dammtorstraße, nicht? Ja, wusst ich's doch. Der Hamburger Pillendreher ist ganz wild auf unser *Otho-Balsamum*, weil's so gut gegen das Klingeln im Ohr ist.«

Er stapfte weiter, einen Hang hinauf. Die Bäume am Wegrand wurden spärlicher, und der Gesang des Girlitzes wurde leiser. »Vielleicht komm ich sogar bis Altona. Dort soll's noch andere Apotheken geben. Ob die auch *Otho-Balsamum* brauchen? Was meinst du? Ja, ja, vielleicht, vielleicht ...«

Mit solchen und ähnlichen Reden ging die Zeit dahin, und Pausback fühlte sich keineswegs einsam.

Als er am Nachmittag die ersten Häuser von Barigau erreichte, blieb er stehen und blickte sich um. Von seinen früheren Reisen wusste er, dass sein Vater hier stets erste Station gemacht hatte. Der Alte hatte sich auf den Marktplatz gestellt und auf seine Kunden gewartet. Pausback tat es ihm nach. Er nahm das Reff von der Schulter und setzte es ab. Dann zog er die Schubladen mit den Arzneien heraus, und zwar in der Reihenfolge, wie sein Vater es stets gemacht hatte: die unterste zuerst, dann die zweitunterste und so fort. Jede weitere Lade wurde dabei weniger weit hervorgezogen, sodass am Ende ein guter Einblick in das gesamte Sortiment möglich war.

»He, du bist doch Pausback, oder? Wo hast du denn deinen Alten gelassen?«, ertönte plötzlich ein stimmbrüchiger Ruf. Er kam von einem Halbwüchsigen mit pickligem Gesicht. Der Kerl war der Anführer der Burschen im Dorf und führte gerne das große Wort. »Hat wohl den Hintern zugekniffen, was?«

Das Gelächter der Kameraden belohnte seine rüde Rede. Dieserart angefeuert, fuhr er fort: »Wenn dein Alter sich die Maßliebchen von unten anguckt, kann's mit deinen Wässerchen ja nicht weit her sein! Wenn sie was taugten, hättste ihm doch nur was eintrichtern müssen!«

Beifall heischend blickte er um sich, und wieder hatte er die Lacher auf seiner Seite.

Pausback antwortete nicht. Es schien so, als habe er den vorlauten Maulhelden überhaupt nicht gehört. Stattdessen legte er ein seltsames Gebaren an den Tag: Er breitete die Arme aus, begann sich wie ein Tanzbär zu drehen und eine Art Sprechgesang anzustimmen:

»Gegen Zwicken, gegen Drücken,
gegen Drang und Magenschmerz,
gegen Fieber, gegen Tücken,
gegen jedes schwache …«

Er hielt inne und blickte die Herumstehenden fragend an. Als das ergänzende Wort »Herz« nicht kam, drehte er sich weiter um die eigene Achse und fuhr unbeirrt fort:

»Gegen Würgen, gegen Keuchen,
gegen Laus' und schütt'res Haar,
gegen Krätze, gegen Seuchen,
gegen jedweden …«

Wieder blickte er fragend in die Runde, und irgendeiner der neugierig Gewordenen sagte zögernd: »Katarrh?«

Pausback nickte und rief laut: »Jaja, Katarrh! Jaja, ruft es nur alle!« Dann hob er wieder an mit seinem Singsang:

»Gegen Schleimen, gegen Spucken,
gegen Hitz' und Unbehagen,
gegen Schwäche, gegen Zucken,
gegen jeden üblen …«

Jetzt kam die Ergänzung »Magen« schon schneller. Die Leute, von denen sich mehr und mehr ansammelten, begannen Spaß an dem Spiel zu haben. Sie starrten gespannt auf Pausback, der sich wiederum in Bewegung setzte:

»Gegen Schluckauf, gegen Winde,
gegen Mumps und Gliederpein,

gegen Jucken, gegen Grinde,
gegen jedes off'ne …«

»Bein!«, brüllten die Menschen nun lauthals und amüsierten sich köstlich.

»Gegen Zahnwurm, gegen Brüche,
gegen Gicht und böses Reißen,
gegen Hals- und Mundgerüche,
gegen jedes dünne …«

»Scheißen! Haha, hohooo!« Alle Zuhörer, abgesehen von ein paar älteren Mägden, schrien das Wort heraus und klopften sich auf die Schenkel. »Das ist gut, mein Gott, das ist lustig!« Und ein zahnloser Tagelöhner schrie: »Los, Pausback, sing weiter, dein Alter kannte doch mindestens zwanzig von den Versen!«

Das hätte Pausback gern getan, aber er war schon mehr als erleichtert, die wenigen Vierzeiler zusammenbekommen zu haben. Und auch das hatte er nur fertiggebracht, weil er sie schon Hunderte von Malen aus dem Mund seines Vaters gehört hatte. Er hob abwehrend die Hände und rief: »Gegen das und noch viel mehr helfen Schüpplings Olitäten. Merkt euch: Nur Schüpplings Olitäten haben beste Qualitäten!«

»Gut gemacht, Pausback!«, kiekste neben ihm eine Stimme. Sie gehörte dem Pickligen, der sich herangedrängelt hatte und nun plötzlich so tat, als seien er und Pausback die besten Freunde. Vielleicht hoffte er, auf diese Weise etwas von der allseitigen Aufmerksamkeit zu erhaschen. »Gut gemacht«, wiederholte er – und fühlte sich im nächsten Moment schwerelos wie eine Feder. Pausback hatte ihn am Kragen gepackt und wie einen Bierkrug hochgehoben.

Da hing er nun mit zappelnden Beinen, und die Leute hatten abermals Grund zum Lachen. Sie wussten zwar nicht, warum Pausback so handelte, aber das tat dem Vergnügen keinerlei Abbruch.

Pausback stemmte den Pickligen noch ein wenig höher, sodass er ihm direkt in die Augen sehen konnte, und sagte langsam: »Vater ist … ist tot. Das wolltste doch wissen.«

»Jawohl«, stammelte der Emporgehobene, »glaub mir, ich wollte dich vorhin nicht …«

Pausback ließ den Pickligen fallen, denn in diesem Augenblick knuffte ihn ein altes Mütterchen in die Seite. »He, Pausback, hast du wieder von der Medizin gegen das Fell auf den Augen? Ich glaub zwar nicht, dass sie viel nützt, aber immerhin, schlechter ist's seit letztem Jahr nicht geworden.«

»Ja, Mutter Bornitz«, antwortete Pausback froh, denn der Wunsch der Greisin zeigte ihm, dass sein Gesangsvortrag nicht umsonst gewesen war. Er hatte die Stimmung aufgelockert und die Menschen in Kaufstimmung versetzt. Gerade so, wie sein Vater es immer getan hatte – zumindest in Dörfern wie Barigau. Denn in größeren Orten lief man durch lockere Lieder Gefahr, mit dem fahrenden Volk auf eine Stufe gestellt und aus der Stadt geworfen zu werden.

Pausback nahm ein Behältnis zur Hand, in dem sich bräunliches Wasser zur Behandlung des grauen Stars befand. »Hier, in dem Fläschchen drin.«

Die alte Bornitz umkrallte das Glasgefäß und ließ es rasch in ihrer Schürze verschwinden. »Wie gesagt, das Zeug bewirkt nicht viel. Ich nehm an, du willst trotzdem was dafür haben. Wie viel?«

»Äh, ja, Mutter Bornitz.«

»Das ist keine Antwort. Ich frag dich, wie viel?«

»Hm, nun ja, also, der Preis steht ja drauf.«

»Du machst wohl Witze? Weißt doch genau, wie schlecht ich gucken kann. Seh doch alles nur noch wie durch einen Nebel.« Mutter Bornitz fingerte das Fläschchen wieder hervor und hielt es Pausback vor die Nase.

Pausback blinzelte und bewegte die Lippen wie jemand, der selten und schlecht liest. Dann sagte er: »Gib mir das, was du letztes Jahr gegeben hast.«

Die Greisin stutzte. Mit dieser Antwort hatte sie nicht gerechnet. Schließlich fingerte sie ein paar kleine Münzen hervor und drückte sie Pausback in die Hand. »Da, nimm. Wenigstens mal etwas, das nicht teurer geworden ist.« Sie entfernte sich, und Pausback blickte ihr aufatmend nach.

Doch seine Erleichterung war nur von kurzer Dauer, denn ein vierschrötiger Mann trat näher und verlangte ein Mittel gegen Darmwinde. »Ich furz mir noch die Hose vom Leib, wenn's nich besser wird, und meine Alte lässt mich nich mehr ins Bett, so schlimm ist's.«

Das fand Pausback auch und gab ihm ein Präparat aus den Früchten des Anis. Schlimmer jedoch fand er, dass er wiederum nicht zu sagen wusste, was die Medizin kostete. Der Vierschrötige selbst hatte auch keine Ahnung. »Willst du nun was dafür haben oder nicht?«, fragte er ungeduldig.

»Klar will ich.« Pausback bewegte seine Gedanken, so rasch er konnte, und suchte nach einer Lösung. Schließlich sagte er zu dem Pickligen, der sich noch immer an seiner Seite herumdrückte: »Kannst du lesen?«

Es war eine Frage, die aufs Geratewohl gestellt war, denn nicht viele auf dem Land beherrschten diese Kunst. Doch zu Pausbacks Überraschung antwortete der Halbwüchsige wichtigtuerisch: »Natürlich! Mein Alter ist schließlich der Dorfschullehrer.«

»Dann kassier für mich den Preis. Kann mich nicht um alles kümmern. Siehst ja, dass ich zu tun hab.« Das stimmte in der Tat, denn mittlerweile hatte sich eine Schlange aus Hilfe suchenden gebildet.

»Und was krieg ich dafür?«

»Äh, hm, einen Groschen.«

»Drei.«

»Das ist zu viel.« Pausback war zwar in Nöten, aber über den Löffel wollte er sich nicht barbieren lassen. Doch nun begannen die Wartenden ungeduldig zu werden, und deshalb sagte er: »Meinetwegen.«

Der nächste Interessent schob sich heran und nannte sein Problem. Wenig später der übernächste. Und so ging es weiter. Wieder einmal zeigte sich, wie unterschiedlich der Mensch auftritt, wenn es um seine Beschwerden und die Bezahlung der Arzneien geht: Da war der eingebildete Kranke, der schon alles erduldet haben wollte, sämtliche Zipperlein auf Gottes weiter Welt, und dazu noch ein paar, die niemand kannte. Ihm galt es zuzuhören, geduldig und mitfühlend, sonst kaufte er nichts und zog wieder ab.

Dann gab es den Stöhner. Er war ähnlich gestrickt wie der eingebildete Kranke, doch hatte er nicht so viele Zipperlein, sondern höchstens deren zwei oder drei. Die allerdings verursachten ihm Schmerzen von nie gekannten Ausmaßen. Auch bei ihm galt es, ernsthaft zu lauschen und keinesfalls Zweifel an seinen Torturen zu äußern.

Der Feilscher war einer, der noch auf dem Sterbebett jammerte. Nicht so sehr über seine Krankheit, sondern vielmehr über die Kosten der Arznei, die sie beheben sollte. Bei ihm war häufig schon die Halbierung des Preises die halbe Therapie.

Gleiches galt für den Geizigen, nur dass dieser lieber starb, als einen Kreuzer für seine Genesung zu verschleudern.

Der Ängstliche wiederum war ähnlich wie der Unsichere: Er fragte dreimal nach, ob die empfohlene Medizin wirklich die Richtige sei, und war trotzdem noch immer nicht überzeugt. Der Herr Apotheker im Dorf, so seine Worte, habe neulich etwas ganz anderes gesagt und der Schwager aus der Nachbarschaft auch, und der habe doch genau dieselbe Krankheit gehabt und überhaupt. Bei dieser Sorte half nur die Empfehlung, dann doch besser den Apotheker oder den Schwager aufzusuchen.

Der Tauscher trat in zweierlei Varianten auf. Entweder er bot etwas Nahrhaftes im Gegenzug für die Olität an, etwa ein Stück Käse oder ein Federvieh, oder er schlug eine kostenlose Leistung vor, zum Beispiel die Übernachtung in seiner Scheune. Letzteres war eine unsichere Sache, denn nicht selten kam es vor, dass er sich später auf seinem Hof an nichts mehr erinnern wollte. Ein Gang zum Büttel verbot sich dann, weil Buckelapothekern stets weniger Glauben geschenkt wurde als einem Ortsansässigen.

Der Bettler kam stets in Lumpen daher, hinkte womöglich noch und spielte den Einarmigen, indem er den leeren Ärmel seiner Jacke hin und her schwenkte. Natürlich wollte er überhaupt nichts zahlen, schon allein seiner Berufsehre wegen.

Der Frömmler schließlich hatte allezeit einen Psalm auf den Lippen und dankte dem Herrn noch dafür, dass er ihn mit Krankheit geschlagen hatte. Kerzen wollte er für den Buckelapotheker in der Kirche abbrennen, wenn dieser ihm eine wirksame Medizin gab, in seine Gebete wollte er ihn einschließen, sein Loblied wollte er singen, seine Barmherzigkeit preisen …

Alles wollte er, nur eines nicht: für die Arznei zahlen. Er war also nichts weiter als ein Bettler, der darauf hoffte, dass angesichts seiner Gottesnähe niemand über etwas so Schnödes wie Geld reden mochte.

Zum Glück jedoch waren die meisten Hilfesuchenden ganz normal – soweit man das von einem Kranken sagen konnte –, und Pausback verkaufte eine hübsche Menge seiner Olitäten. Der Picklige erwies sich dabei als wertvolle Hilfe, denn er schien ein geschwinder Rechner zu sein. Mehrere Male maß er sogar ein Quantum aus der Flasche ab, wenn der Käufer eine kleinere Menge haben wollte, und dividierte den Preis entsprechend. Die Münzen für die Arzneien ließ er dabei mal in die rechte, mal in die linke Tasche wandern. Pausback dachte sich weiter nichts dabei, er freute sich viel zu sehr über den regen Zulauf der Leute.

Als sich schließlich auch der Letzte entfernt hatte, sagte er zu dem Pickligen: »Ich dank dir. Ich dank dir sogar mächtig. Wie heißt du eigentlich?«

»Kaspar.«

»Hmja, Kaspar.« Pausback dachte eine Weile nach. »Ich will heut noch weiter. Gib mir nun mein Geld, bitte.«

»Klar doch.« Der Picklige griff in seine rechte Tasche und holte den Erlös hervor. »Das ist's, was ich für dich eingenommen habe. Allerdings gehen davon noch meine drei Groschen ab.«

Pausback nickte. Er fand, der Junge hatte sich sein Geld verdient.

Kaspar nahm sich seinen Anteil. »Der Rest ist dein.«

Pausback starrte auf die paar verbliebenen Geldstücke. In seinem Gehirn arbeitete es. »Das ist alles?«

»Natürlich! Was hast du denn erwartet?«

»Äh, ja.« Was genau er erwartet hatte, wusste Pausback nicht zu sagen, nur dass es mehr gewesen war. Viel mehr. Ging hier alles mit rechten Dingen zu?

»Nun nimm schon!« Kaspar hielt Pausback die wenigen Münzen unter die Nase und ließ gleichzeitig die drei Groschen in seine linke Tasche gleiten.

Es klimperte.

Pausback spitzte die Ohren. Da hatte doch Geldstück gegen Geldstück geschlagen! Und dann, plötzlich, kam ihm wieder das Bild vor Augen, wie Kaspar das Kassierte abwechselnd in beide Taschen gesteckt hatte. Der Kerl musste in der linken Tasche also ebenfalls noch etwas haben. Sein Geld! »Hm, Kaspar, gib mir das auch noch.«

»Was? Wovon sprichst du?«

Pausback schluckte. »Du hast da auch noch was. Hab's vorhin genau gesehen. Gib's mir, bitte.« Er streckte fordernd seine riesige Pranke aus.

Jetzt ging eine Veränderung mit dem Pickligen vor. Eben noch freundlich, zeigte er nun sein wahres Gesicht. »Da ist nichts mehr!«, sagte er hart. »Nur die drei Groschen, die ich mir redlich verdient habe. Oder willst du etwa behaupten, ich wär ein Betrüger?«

»Hmja, nein.« Eigentlich wollte Pausback das nicht, obwohl er seiner Sache ganz sicher war. Ihm fiel nichts weiter ein, als nochmals »Gib's mir, es ist mein« zu sagen.

»Nein!« Kaspar lachte. »Und nun verschwinde, sonst hole ich meine Freunde. Oder gleich die Wache. Die jagt dich fort wie einen räudigen Hund.«

Pausbacks Kiefer mahlten. Er dachte an die Mutter, die ihn beschworen hatte, niemals Streit anzufangen. Er hatte es ihr versprochen, und Versprechen musste man halten. Wortlos bückte er sich und schulterte das Reff.

Wenig später hatte er Barigau verlassen.

Pausback ging nicht sehr viel weiter an diesem Tag. Westlich von Barigau kam er an einem Gasthaus vorbei, das *Zum Herzbuben* hieß und ihm wohlbekannt war, denn sein Vater und er hatten hier schon des Öfteren Einkehr gehalten. Diesmal jedoch betrat er es nicht, aus Sorge, er könne dort zu viel Geld lassen. Stattdessen stapfte er auf einen kleinen Wald zu, in dem er übernachten wollte. Durch den Wald floss ein Bach, dessen Wasser klar und quellfrisch schmeckte. Darauf freute er sich. Und auf ein weiches Lager und einen erquickenden Schlaf.

Nachdem er ein hübsches Plätzchen entdeckt hatte, entnahm er seinem Reff einen großen zusammengefalteten Sack, breitete ihn aus und begann, ihn mit herabgefallenem Laub zu stopfen. Prall gefüllt würde er ein weiches Lager ergeben.

Pausback seufzte auf, als er mit der Arbeit fertig war, und ließ sich auf sein Waldbett plumpsen. Der Tag war lang gewesen, und die Erinnerung an seinen Verlauf sehr unangenehm – besonders die Begegnung mit Kaspar, diesem Tunichtgut.

Er seufzte nochmals aus tiefster Seele, streckte sich der Länge nach aus und starrte in die Baumwipfel, die sich wie ein Scherenschnitt gegen den dunkler werdenden Himmel abzeichneten. Der Einfall, Kaspar zu seinem Kassierer zu machen, war dumm gewesen. Der Picklige hatte ihn betrogen, das war klar. Nur um wie viel, das fragte er sich. Pausback fürchtete, dass es ziemlich viel war, denn das, was er erhalten hatte, war ziemlich wenig. Wieder einmal haderte er mit seiner Schwäche im Rechnen. Aber wer sollte sich auch auskennen in dem Gestrüpp der vielen Münzen, dem Gewirr aus Talern und Groschen, aus Kreuzern und Pfennigen? Der Taler war das wertvollste Geldstück, aber wer zahlte schon mit einem Taler? Niemand. Die Leute hatten zumeist Kreuzer oder Pfennige in der Tasche. Seltener mal einen Groschen. Vier Pfennige galten so viel wie ein Kreuzer, das wusste Pausback. Und zwölf Pfennige waren ein Groschen, das wusste er auch.

Wenn jemand nun eine Arznei für anderthalb Groschen kaufen wollte und besaß einen Kreuzer und darüber hinaus nur Pfennige, wie viele davon musste er noch auf den Kreuzer legen, damit die anderthalb Groschen zustande kamen?

Oder jemand hatte nur Kreuzer im Säckel, wie viele davon entsprachen anderthalb Groschen? Konnte man die Summe überhaupt glatt mit Kreuzern bezahlen? Wohl eher mit Pfennigen, oder nicht?

Und wenn jemand nun doch mit einem Taler bezahlte – vielleicht, weil er ein reicher Handelsherr war –, und die Olität kostete nur drei Kreuzer, wie gab man dann am besten heraus? In Kreuzern? In Groschen? Oder wie? Vierundzwanzig Groschen wogen einen Taler auf, das entsprach wie vielen Kreuzern oder Pfennigen? Es mussten mehr Pfennige als Kreuzer sein und mehr Kreuzer als Groschen. Groschen, Kreuzer, Pfennige …

Nein, er würde es niemals lernen. Pausback brach das Gedankenkarussell ab und erhob sich ächzend. Am nahen Bach schöpfte er Wasser in seine Hände und kühlte sich prustend das Gesicht. So wurde ihm ein wenig besser. Dennoch fand er keine Ruhe, als er sich wieder hingelegt hatte. Er klaubte noch einmal seinen Tagesverdienst hervor und starrte auf die wenigen Münzen. »Vater«, sagte er grübelnd, »wärst du doch hier! Dann könnst du mir sagen, wie viel ich heut verdient hab. Ich glaub, es sind nicht mal so viele Groschen, wie ich Finger an den Händen hab. Was meinst du, Vater?« Er spitzte die Ohren, doch die Antwort blieb aus.

Die Vögel des Waldes schliefen bereits.

Am anderen Morgen wurde Pausback früh wach. Wie immer wollte er sich noch einmal auf die andere Seite drehen, doch diesmal verkniff er es sich. Jetzt, wo er allein auf sich gestellt war, drückte ihn die Verantwortung zu sehr. Dazu kam, dass er erstmals nach seiner Abreise Hunger verspürte. Also erhob er sich und nahm ein paar kräftige Schlucke aus dem Bach. Das musste genügen, um die Leere im Bauch zu füllen. Dann setzte er sich in Bewegung. Seine nächsten Ziele hießen Dröbischau und Herschdorf, von dort wollte er sich wieder nördlich halten bis nach Pennewitz.

Noch immer ging ihm das Pech, das er mit dem pickligen Kaspar gehabt hatte, nicht aus dem Kopf. Er nahm sich vor, im nächsten Ort besonders gut aufzupassen und keinesfalls leichtgläubig zu sein.

Er war noch keine Stunde unterwegs, da plagte ihn der Hunger wieder. Zufällig tauchte gerade rechter Hand ein Bauernhof auf. Pausback kannte ihn nur vom Sehen, aber er war guten Mutes, dort etwas für sein Loch im Magen zu bekommen. Er lenkte seine Schritte auf den geräumigen Vorplatz, umschritt mit respektvollem Abstand den kläffenden Hund und klopfte an die erstbeste Tür. Er trat ein und erkannte, dass er in der Küche gelandet war. Das traf sich gut. »Einen schönen Morgen wünsch ich«, sprach er die Magd am Herdfeuer an, »wollt fragen, ob du einen Kanten Brot für mich übrig hast.«

»Da musst du dich schon an den Bauern wenden«, antwortete sie zu seiner Überraschung. »Da kommt er grad zur Tür rein.«

Pausback entbot höflich die Tageszeit und wiederholte seine Bitte.

»Einen Kanten Brot, warum nicht?«, rief der Bauer, ein hagerer Mann mit Eulengesicht. »Komm, Elsa, gib ihm, was er verlangt.«

Die Magd griff in ein Schapp und nahm einen duftenden Brotlaib heraus.

»Halt, nicht davon!«, rief der Eulengesichtige.

Elsa gehorchte, langte in einen anderen Kasten und förderte ein Stück Brot hervor, dem man ansah, das es schon mehrere Tage alt war.

Pausback nahm es und wunderte sich aufs Neue. Wer auf dem Land um etwas Essbares bat, erhielt normalerweise einen Teller Suppe, ein, zwei übrig gebliebene Klöße oder – im Glücksfall – ein Stück selbst geräucherten Schinken. Nicht selten sogar von allem etwas.

Der Bauer schien Pausbacks Gedanken erraten zu haben, denn er lachte und sagte: »Wir haben leider nicht genug frisches Brot, Elsa hat heute noch nicht gebacken. Ich wünsch dir trotzdem guten Appetit, und bedien dich nachher nur aus der Pumpe im Hof, mit einem Schluck Wasser spült sich alles besser runter.«

Pausback schwieg und biss in das Brot. Der Kanten krachte wie altes Gebälk.

»Der Kleidung nach bist du ein Buckelapotheker?«, fragte der Eulengesichtige neugierig. »Reist du allein? Oder bist du in Begleitung? Ich könnte noch ein paar Hände auf dem Feld gebrauchen.«

Pausback runzelte die Stirn, während er den harten Brocken durchkaute. »Ja«, sagte er dann.

»Das trifft sich gut! Wie viele Männer hast du bei dir?«

»Hmja. Keinen.«

»Keinen? Willst du mich veräppeln? Eben hast du doch noch gesagt, du wärst in Begleitung?«

Pausback kaute langsam weiter. Dann würgte er den Bissen hinunter. »Bin Buckelapotheker. Schüppling mit Namen. Nur Schüpplings Olitäten haben beste Qualitäten.«

»Was du nicht sagst.« Über die Miene des Eulengesichtigen huschte ein berechnender Zug. »Meine Alte hat seit Monaten die Wallungen, weißt du, die Hitze steigt in ihr hoch wie ein Springbrunnen, und der Kopf wird ihr krebsrot. Der Apotheker hat ihr ein Zeugs gegeben, das Vitex heißt und sündhaft teuer ist. Du hast nicht zufällig etwas Billigeres?«

Pausback dachte nach. Dann setzte er das Reff ab und zog eine der Schubladen heraus. Eine Phiole mit gelblicher Flüssigkeit tauchte in seiner Hand auf. »Mönchspfeffer, ich hab nur Mönchspfeffer«, sagte er langsam, nicht ahnend, dass er damit dasselbe anbot.

»Wer weiß, vielleicht hilft's. Und wenn nicht, Einbildung macht stark!« Der Eulengesichtige ergriff das Fläschchen und schielte auf den Preis. »Zapperlot! Das ist ja ein Vermögen, das du dafür haben willst. So viel Geld habe ich nicht im Haus!«

Pausback räusperte sich und dachte an den gestrigen Tag. »Der Preis ist der Preis«, sagte er. »Wenn er dir zu hoch ist, lass es. Dank für das Brot.« Er nahm dem Bauern die Phiole aus der Hand und schickte sich an, die Küche zu verlassen.

»Halt! Halt, mein Freund, wer wird denn gleich das Kind mit dem Bade ausschütten!« Der Eulengesichtige bemächtigte sich wieder der Phiole. »Weißt du, wenn ich's recht bedenke, brauche ich von der Arznei eigentlich das Doppelte. Du hast nicht zufällig nochmal die gleiche Menge?«

»Hmja, nein.«

»Was denn nun, mein Freund, ja oder nein?«

»Nein.«

»Wie schade! Dann bietest du mir nur die Hälfte von dem, was ich brauche, stimmt's?«

»Das stimmt wohl, ja, das stimmt.«

Das Eulengesicht begann zu leuchten. »Ich will mal nicht so sein: Ich würde dir die Menge schon abnehmen, allerdings nur für den halben Preis, sozusagen die Hälfte für die Hälfte. Einverstanden?«

Pausback zögerte. Ihm ging plötzlich alles ein wenig zu schnell, und er hatte das Gefühl, dass der Bauer es nicht gut mit ihm meinte. Andererseits war gegen seine Beweisführung nichts zu sagen, und so willigte er ein. »Ist gut.«

Der Bauer strahlte. Vorhin hatte er noch behauptet, das Geld für die Arznei nicht im Hause zu haben, jetzt zog er geschwind seinen Beutel hervor und zählte die Münzen einzeln ab.

Pausback bemerkte den offensichtlichen Widerspruch nicht. »Danke«, sagte er.

»Gern geschehen. Für ein gutes Geschäft bin ich immer zu haben.«

Pausback nahm seine Siebensachen und verschwand. Er war schon fast vom Hof, als Elsa, die Magd, ihn einholte. »Hier«, sagte sie und drückte ihm ein Stück Rauchspeck in die Hand. »Nimm, der Bauer hat genug davon. Er ist ein Geizhals, weißt du.«

»Danke«, sagte Pausback.

»Und ein Schlitzohr ist er auch.«

Zwei Stunden später suchte sich Pausback ein schattiges Plätzchen unter einer Eberesche und wickelte den Rauchspeck aus dem Papier. Eigentlich hatte er ihn sofort essen wollen, aber dann hatte das Pflichtgefühl gesiegt, und er war weitergegangen. »Erst die Straße, dann der Magen«, hatte sein Vater immer gesagt, und daran wollte er sich halten. Doch jetzt drückte der Hunger ihn zu arg, und er zog sein Messer und schnitt sich ein großes Stück von dem Speck ab. Gerade als er es zum Munde führen wollte, erklang es von der Seite:

»Guten Appetit.«

Pausback fuhr herum und erblickte eine ältere Dame mit scharfen Gesichtszügen, die ihn aufmerksam musterte. Die Dame trug teure Kleidung und saß auf einem Zweispänner, den sie selbst kutschierte.

»Hmja, danke.« Pausback stand auf, weil es die Höflichkeit gebot.

»Ich sehe, du bist ein Buckelapotheker, und ich meine, dich zu kennen. Bist du nicht der Sohn vom alten Schüppling?«

»Äh, jawohl.«

»Dacht ich mir's doch. Wo hast du denn deinen Vater gelassen?«

»Hm, hm. Er ist … Er ist …« Es wollte Pausback nur schwer über die Zunge, dass sein Vater tot war, und eigentlich war er es ja auch gar nicht, jedenfalls nicht richtig. Schließlich blickte Pausback nach oben zum Himmel, und die Dame verstand.

»Tja, nun, das tut mir leid. So alt war er doch noch gar nicht? Allerdings müssen wir alle einmal sterben, der eine früher, der andere später. Jedenfalls stand er in dem Ruf, gute Ware feilzuhalten, und eben deshalb habe ich angehalten. Normalerweise verarzte ich meine Leute selbst, aber diesmal fehlt mir das rechte Mittel. War eben im Begriff, zum nächsten Dorf zu fahren, um beim Apotheker Medizin zu holen, aber vielleicht kannst du mir ja auch helfen. Der Altknecht hat Schmerzen beim Wasserlassen, und man sagt, jede Nacht liefe er mindestens dreimal zum Klosettschuppen. Hast du vielleicht etwas, das ihm helfen könnte?«

Pausback wickelte den Speck wieder in das Papier, um mehr Zeit zum Nachdenken zu haben. »Hm, Wasserlassen … Schmerzen …«, brummte er, und dann wusste er es. Vater hatte in solchen Fällen immer eine Flasche Kukurbitaöl empfohlen. Er blickte in die entsprechende Lade seines Reffs. Richtig, da stand sie, neben drei anderen, die genauso aussahen, denn viele alte Männer litten unter den genannten Schwierigkeiten. Er nahm die Arznei hervor.

»Was ist das?«, fragte die Dame.

»Öl ist's. Mutter macht es aus Kürbiskernen.«

»Aha. Nun ja, Hauptsache, es hilft.« Die Dame mit den scharfen Gesichtszügen wollte die Flasche an sich nehmen, doch da wurde einer ihrer beiden Braunen unruhig. Er schnaubte, schüttelte den Kopf und stampfte mit den Vorderhufen auf. »Brrr!«, rief die Dame. »Brrr! Ruhig, Aaron! Es geht ja gleich weiter!« Als die Situation entschärft war, wandte sie sich wieder an Pausback: »Wie oft muss der Altknecht von dem Zeug nehmen?«

Das wusste Pausback nicht, jedenfalls konnte er sich nicht daran erinnern. Deshalb sagte er: »Immer, wenn's wehtut.«

»Immer, wenn's wehtut? Natürlich, das leuchtet ein.« Die Dame griff unter den Kutschbock und kramte in einem Korb.

»Hier habe ich eine Flasche Wein. Die gebe ich dir für das Kernöl. Sie ist viel mehr wert als die Arznei, aber ich gebe sie dir trotzdem. Du hast also ein gutes Geschäft gemacht.«

»Aber, aber …«, brachte Pausback hervor, doch da knallte die Dame schon mit der Peitsche, und der Wagen rollte davon. »Aber …«, sagte Pausback noch einmal und blickte abwechselnd auf die Flasche in seiner Hand und auf das entschwindende Gefährt.

Nach einer Weile setzte er sich wieder, denn Elsas Rauchspeck war ihm eingefallen. Während er sich ein Stück abschnitt, rückte die Flasche wieder in sein Blickfeld. Da er kein Wasser zum Trinken hatte, konnte es genauso gut Wein sein, dachte er sich.

Mit einiger Mühe stieß er den Korken in die Flasche und setzte sie an den Mund. Er hatte noch nie in seinem Leben Alkohol getrunken, höchstens mal einen Becher Bier, deshalb schmeckte der Wein ihm nicht sonderlich. Immerhin erzeugte er ein warmes Gefühl im Magen, und Elsas Speck vertrug sich gut mit ihm.

Pausback gab einen Rülpser von sich und nahm einen weiteren Schluck. Dann noch einen. Der Geschmack schien jetzt viel besser zu sein. Er lachte und setzte die Flasche erneut an. Ehe er sich's versah, war sie leer und der Speck gegessen. Das Leben schien plötzlich nicht mehr so schwer zu sein, und die Reise, die vor ihm lag, auch nicht. Alles würde gut werden, bestimmt, bestimmt …

Und die Dame mit dem Wein war doch sehr freundlich gewesen.

Wenn nur sein Kopf nicht so brummen würde. In seinen Schläfen pochte es, und die Stirn war ihm heiß. Am besten, er würde erst mal ein Nickerchen machen.

Alles Weitere würde sich finden.

Als Pausback erwachte, war aus dem Brummen in seinem Schädel ein Dröhnen geworden. Übelkeit plagte ihn und großer

Durst. Mühsam blickte er sich um. Er lag noch immer unter der Eberesche, und die Landschaft breitete sich nach wie vor friedlich vor ihm aus. Nur die Sonne war ein großes Stück weitergewandert. Die Schatten waren länger geworden, und er musste an die Dame mit dem Wein denken. Auch sie erschien ihm jetzt in einem anderen Licht. »Vater«, sagte er, »hörst du mich? Ich glaub, die Dame war nichts weiter als eine stinknormale Tauscherin! Bestimmt hatte sie Geld, nur geben wollt sie mir's nicht.«

Dann zog er weiter, grübelnd und verzagt.

Einer trage des …

Das Erlebnis mit der Tauscherin ließ Pausback auch am nächsten Tag nicht zur Ruhe kommen. Wieder und wieder musste er daran denken, dass außer den paar Münzen, die ihm der habgierige Kaspar gelassen hatte, kaum ein Pfennig in seinen Säckel gewandert war. So konnte es nicht weitergehen. In Dröbischau wollte er alles besser machen! Doch bevor er die ersten Häuser erreichte, musste er ein Gehölz durchwandern, was ihm durchaus gelegen kam, denn der Tag war heiß, und die Baumkronen über ihm milderten die Hitze. Er blieb stehen und atmete die herrliche Luft ein.

»Was soll's«, brummte er, »Dröbischau läuft mir nicht weg.« Er befreite sich von dem Reff und ließ sich in einen großen Laubhaufen plumpsen. Es gab ein Geräusch, wie er es beim Hinsetzen noch niemals gehört hatte – eine Art Wehlaut, der in ein leises Stöhnen überging.

Nur langsam dämmerte es ihm, dass sein Hinterteil einen Menschen erdrückte, einen Körper aus Fleisch und Blut, der sich unter ihm im Laub verbarg. So schnell er konnte, stand er auf und schaute auf den Haufen herunter. »Wer bist du?«, fragte er. »Ich wollt dir nicht wehtun.«

Ein Arm kam aus den Blättern hervor, schob sie beiseite, und ein Kopf erschien. Dann folgte der Rumpf und schließlich der ganze Mensch. Noch in gebückter Haltung bedeckte er sich mit einer Mütze und zog den Schirm tief ins Gesicht. Pausback erkannte, dass es sich um einen alten Mann handelte, denn kurze graue Haare quollen ihm unter der Mütze hervor. Er erkannte auch zahllose Runzeln und einen Mund mit eingefallenen Lippen, so wie sie nur jemand hat, dem sämtliche Zähne ausgefallen sind.

»Mein Name tut nichts zur Sache«, sagte der Mund mit seltsam heller Stimme.

Pausback war verwirrt. »Ich bin Pausback«, sagte er. »Muss dich doch anreden irgendwie.«

»Wozu, wir haben nichts miteinander zu schaffen.«

»Hm, wenn du meinst.«

»Ja, das meine ich.« Die schroffen Worte standen im Gegensatz zu der Zebrechlichkeit des alten Mannes, der damit begann, sich die Blätter von der Joppe zu klopfen.

Pausback zuckte mit den Schultern. Er wollte sich niemandem aufdrängen und bückte sich nach seinem Reff. Da verzog der Alte plötzlich das Gesicht, und ein Zischlaut kam über seine schmalen Lippen.

Pausback hielt inne. Der Zischlaut klang nach körperlicher Pein, ganz so wie der vorhin gehörte. Dem Alten tat etwas weh, so viel schien sicher, und ebenso sicher schien, das er schuld daran war. Sein Gewissen regte sich. Und dann sah er, was er zuvor nicht bemerkt hatte. Es war der Sitz der Joppe: Vorne schlug sie Falten, und hinten spannte sie sich wie ein Trommelfell – weil darunter ein kapitaler Buckel saß.

»Glotz nicht so. Hast wohl noch nie einen mit Kriegskasse gesehen?«

»Doch, doch. Hm, der Buckel tut dir weh, was?«

»Weil du dich draufgesetzt hast.«

»Tut mir leid, hab's doch schon gesagt.« Pausback kam eine Idee. »Ich hätt schon ein Mittel dagegen, wenn du's nur wolltest.«

»Ich hab kein Geld, nicht den armseligsten Pfennig.«

»Macht nichts. Ich würd's dir auch so geben.« Während Pausback eine Olität aus Weidenrinde und Stechapfel hervorholte, sagte er: »Hast du was ausgefressen? Oder warum versteckst du dich hier?«

Der Bucklige nahm einen Schluck der Arznei. »Mich friert leicht, unterm Laub ist's wärmer.«

»Hm, hm.« Pausback dachte an sein Waldbett, das er sich

jeden Abend bereitete. »Das stimmt wohl. Aber heut ist's so heiß, dass manch einer unter der Zunge schwitzt.«

»Mir ist immer kalt, egal, wie stark die Sonne scheint.« Der Bucklige schüttelte sich, denn die Medizin war bitter. »Du wirst lachen, aber am liebsten hätte ich ständig einen Ofen bei mir.«

Pausback lachte. Er stellte sich vor, wie es aussehen würde, wenn einer statt des Reffs einen Ofen auf dem Rücken trüge.

»Danke für die Medizin.« Der alte Mann gab das Fläschchen zurück.

»Behalt es nur. Immer wenn's zwickt, nimmst du einen Schluck.«

»Ich glaube, es wirkt schon. Und du gibst mir das Zeug wirklich umsonst?«

»Da freu ich mich.«

»Was? Es freut dich noch, wenn du was verschenken kannst?«

»Hmja, nein, äh, ich meine, dass es schon wirkt.«

»Ach so, nun ja. Weißt du, ich habe keine so guten Erfahrungen mit euch Balsamträgern. Die meisten verscherbeln für viel Geld irgendeine unwirksame Brühe. Das ist jedenfalls meine Meinung.«

Pausback antwortete nicht. Er dachte an seinen Vater, der ein Meister im Feilschen gewesen war. Allerdings hatte er auch immer erstklassige Waren im Reff gehabt. »Ich bin allein«, sagte er.

Der Bucklige zog sich den Mützenschirm noch mehr in die Stirn. »Das sehe ich. Aber wenn du willst, können wir das ändern und zusammen tippeln. Erst mal bis Dröbischau. Du scheinst ein anständiger Kerl zu sein.«

»Hm, hm.« Pausback wusste nicht recht, was er sagen sollte. Die Mutter hatte ihm eingeschärft, sich niemandem anzuschließen. Andererseits lockte der Gedanke, die Straße nicht länger allein unter die Füße nehmen zu müssen. Schließlich sagte er: »Ich kenn ja nicht mal deinen Namen.«

»Wie gesagt, der tut nichts zur Sache. Ich könnt dir irgendeinen nennen, und du würdest ihn glauben. Das will ich aber nicht, denn ebenso wie ich die Kälte hasse, hasse ich die Lüge. Sag deshalb einfach ›Alter‹ zu mir.«

»Ja«, meinte Pausback nach einer Weile. »Ja – Alter.«

In Dröbischau zeigte sich, dass Pausback gut daran getan hatte, sich dem Alten anzuschließen, denn dieser konnte sicher und schnell rechnen und das Geld für ihn kassieren. Überdies hatte seine Joppe nur eine Tasche. Da hinein wanderten alle Münzen, die der Olitätenverkauf einbrachte – ausnahmslos. Und jedes Mal wanderten sie auch wieder heraus, komplett in Pausbacks Hand, denn der Alte schien sich aus Geld nicht viel zu machen. Er hielt sich stets im Hintergrund, war klein und unscheinbar, doch immer nur so lange, bis es ans Bezahlen ging. Dann zog er die Schirmmütze womöglich noch tiefer in die Stirn und achtete wie ein Schießhund darauf, dass die Olität auf den Pfennig genau beglichen wurde.

Zwei Tage blieben sie in Dröbischau. Tagsüber versorgten sie die Dorfbewohner mit Arzneien, nachts schliefen sie im nahen Gehölz. In der Früh am dritten Tag morgens gähnte Pausback ausgiebig, erhob sich von seinem Waldbett, schulterte das Reff und blickte sich um. Es dauerte eine Weile, bis er den alten Mann entdeckte, denn dieser hatte darauf bestanden, in einigem Abstand von ihm zu schlafen. »Alter!«, rief er, sich nähernd. »Bist du wach?«

»Ich bin wach, und mir ist kalt.« Der Alte erhob sich hinter einem umgefallenen Baumstamm. Er hatte unter Bergen von Blättern geschlafen und sah nun aus, als trüge er ein Kleid aus Laub.

Pausback musste lachen, wurde aber rasch wieder ernst. »Alter, hör mal, was ich sagen wollt, äh, ja …« Er druckste ein wenig herum und fasste sich schließlich ein Herz: »Ich muss weiter, weißt du, nach Herschdorf hin.«

»Hab nichts dagegen.«

»Hmja, würd mich freuen, wenn wir's noch eine Weile zusammen aushalten könnten.«

»Ach so, daher weht der Wind.« Der Alte schüttelte das Laub ab und kratzte sich am Kinn, das runzlig wie eine Walnuss war. Er tat es ausgiebig, und Pausback fiel zum ersten Mal auf, dass dort kein einziges Barthaar wuchs. »Nun, meinetwegen, es gibt unangenehmere Begleiter als dich.«

Das Lob freute Pausback.

»Aber warum ausgerechnet Herschdorf? Warum nicht Allendorf oder Königsee oder Paulinzella? Ein Ort ist doch so gut wie der andere? Egal, von mir aus können wir sofort aufbrechen.«

»Nein«, sagte Pausback.

»Nein? Wieso, eben wolltest du doch noch los?«

»Ja, stimmt. Aber's ist nicht so, dass jeder Ort gleich ist. Sind immer über Herschdorf gegangen, ist nun mal unser Strich.«

Der Alte zog die Joppe enger um die Schultern, offenbar war ihm noch immer kalt. »Unser Strich? Was heißt das denn nun wieder?«

»Strich ist die Strecke, die ein Buckelapotheker geht. Ist immer gleich, der Strich, jedes Jahr, das ist besser, weil die Leute einen dann kennen. Vater und ich, wir sind immer durch Herschdorf durch, dann Richtung Pennewitz, Langewiesen, Ilmenau, Dannheim, Erfurt und so weiter ...« Pausback holte Luft und musste sich nach der langen Rede erst einmal setzen. Er stellte das Reff ab und ließ sich im Schneidersitz am Wegrand nieder.

»Willst du nun los oder nicht?« Der Alte machte keine Anstalten, sich dazuzusetzen.

Pausback ging nicht auf die Frage ein. »Hab den Strich von Vater geerbt. Der Strich ist mein, keiner sonst darf ihn gehen, nur ich.«

»In Ordnung. Willst du nun los? Oder soll ich mich zu dir setzen?«

»Hm, hm, ja, natürlich.«

Augenblicke später staunte der Alte einmal mehr über die

Seltsamkeit seines riesigen Begleiters, denn während er sich niederließ, erhob sich dieser und stiefelte los.

Sie waren noch keine Stunde gegangen, da sagte der Alte: »Pausback, mir tun die Füße weh, bin nicht gewohnt, so weit zu laufen. Lass uns eine Pause machen.«

Pausback machte wie üblich noch zwei Schritte, bevor er zum Stehen kam, und blickte hinunter auf den alten Mann, der plötzlich hutzlig wie eine Greisin wirkte. »Ist gut, Alter.« Er musste an die Zeiten mit seinem Vater denken, der stets so forsch ausgeschritten war, dass jeder Mühe gehabt hatte, nicht zurückzubleiben. Wahrscheinlich wäre er schon in Erfurt gewesen, vielleicht sogar noch weiter …

»Kannst ja allein weiterziehen, wenn du's eilig hast, ich halte dich nur auf.« Der Alte setzte sich auf einen Baumstumpf und schnürte seine Schuhe auf. Pausback bemerke zum ersten Mal, dass es zwei verschiedene Treter waren, ein brauner und ein schwarzer und der linke etwas größer, doch beide in schlechtem Zustand. »Die Zehen brennen mir wie Feuer.« Der Alte begann sie zu massieren, und Pausback musste, ob er wollte oder nicht, die Nase rümpfen. Die löchrigen Socken rochen erbärmlich, viel schlimmer noch als die restlichen Kleider des Alten. Er schien sie nie oder selten zu waschen.

»Hm, hm. Ich bleib schon bei dir, Alter. Will nicht allein gehen.«

»Du bist ein guter Junge. Hab dir zuerst Unrecht getan, du weißt schon, als ich gesagt hab, dass ich nicht viel von euch Balsamträgern halte. Bist eine Ausnahme in dieser Verbrecherwelt. Ja, schlechte Menschen sind's, die einem überall begegnen. Und wenn sie einem Böses wollen, muss man fort, ganz schnell fort.«

Pausback verstand nicht, was der Alte meinte, doch das schien diesen nicht zu stören, denn er begann, seine Zehen zu massieren, und fuhr fort: »Manchen sieht man's an der Nasenspitze an, wie schlecht sie sind, anderen wieder nicht. Das sind die Gefährlichsten. Vor denen musst du dich hüten. Besonders, wenn's eine Frau ist. Hübsche Frauen sind meistens schlecht, weißt du. Und je hübscher sie sind, desto hinterhältiger sind sie. Ich spreche aus Erfahrung.«

Pausback schwieg. Er wusste nicht, was er darauf antworten sollte. »Hmja«, sagte er schließlich. »Hab hier in der Schachtel ein Töpfchen mit Calendulasalbe. Trag die mal auf, dann wird's rasch besser.«

Der Alte tat, wie ihm geheißen. Er schmierte die Salbe auf seine Zehen und schnupperte dabei mehrmals. »Die riecht nach Ringelblumen.«

»Hm, hm, die sind auch drin.« Pausback wunderte sich, dass der Alte das bemerkt hatte. Männer, wenn sie nicht gerade Buckelapotheker waren, interessierten sich nicht für Heilkräuter. Doch er vergaß den Gedanken, denn die Sonne stand mittlerweile schon hoch, und er wollte gern weitermarschieren. »Kannst du wieder, Alter?«

»Ich muss wohl.«

Pausback atmete auf, auch deshalb, weil die Füße mit den Socken nun wieder in den Schuhen verschwanden. »Dann los.«

»Ja, los.«

In den Stunden danach kamen sie nur langsam voran, denn der Alte musste immer wieder eine Pause einlegen. Einmal ließ er sich nieder, massierte seine Zehen, die, wie Pausback fand, gar nicht so mitgenommen aussahen, und sagte: »Hör mal, Junge, eigentlich ist's ja einerlei, aber warum müssen wir unbedingt nach Herschdorf? Ich weiß, es ist dein Strich, aber Königsee ist doch viel größer, da kannst du bestimmt mehr von deinem Zeugs losschlagen.«

»Der Strich ist der Strich«, antwortete Pausback, »die Leute kennen mich, hmja, die meisten kennen mich, und das ist gut so.«

Weiter gingen sie und immer weiter und folgten den uralten Wegen, an denen in unregelmäßigen Abständen kleine Bauernhöfe und Köhlerhütten auftauchten, und manchmal sang Pausback dabei den ersten Vers seines Lieds:

»Gegen Zwicken, gegen Drücken,
gegen Drang und Magenschmerz,
gegen Fieber, gegen Tücken,
gegen jedes schwache …«

Dann sprangen die Menschen vor ihre Türen, ergänzten das Wort »Herz« und freuten sich über die Abwechslung. Als Erstes fragten sie stets, wo denn der alte Schüppling geblieben wäre, und da es Pausback nach wie vor schwerfiel, über den Tod seines Vaters zu sprechen, antwortete der Alte für ihn: »Schüppling ist tot, der Herr hat ihn zu sich genommen.« Und er fügte hinzu: »Sein letzter Wunsch war, dass der Sohn sein Werk fortsetzen möge, denn er sorgte sich um seine Kunden, und er wollte nicht, dass sie zu früh sterben – so wie er. Deshalb ist Pausback hier.«

Da kauften die Menschen womöglich noch mehr, als sie eigentlich wollten – weil sie so gerührt waren, aber auch, weil sie Schüpplings Olitäten schätzten, und nicht zuletzt, weil der Alte so sauber und geschwind abrechnete.

Als der Tag sich neigte, hatte eine gehörige Menge an Balsamen, Tinkturen, Pflastern und Pillen den Besitzer gewechselt, und als Pausback mit seinem riesigen Zeigefinger gegen die Joppe des Alten tippte, klimperte es darin, als brächte ihnen jemand ein Abendständchen.

Der Alte lächelte zahnlos und sagte: »Es sind mindestens zwei Taler, vielleicht sogar drei. Ich müsste mal genau nachzählen.«

»Ja, hm.« Pausback wusste auch nicht, warum, aber in diesem Augenblick fiel ihm seine Mutter ein. Wie ängstlich sie dreingeblickt hatte, als er die Lichtenhainer Höhe verließ! Sie traute ihm einfach nicht zu, dass er die Olitäten für gutes Geld an den Mann bringen konnte. Aber da täuschte sie sich! Er hatte es geschafft, und er würde es auch weiter schaffen. Hunderte von Meilen lagen noch vor ihm, und mithilfe des Alten würde er mit einem kleinen Vermögen nach Hause kommen. Und die Mutter würde stolz auf ihn sein.

»Soll ich's gleich machen?«

»Wie, was?«

»Das Geld nachzählen.«

»Hmja, also ...« Pausback kam ein Einfall. »Wenn du noch 'ne halbe Stunde durchhältst, sind wir in Herschdorf. Da ist 'ne Schenke. *Schenke am Markt* heißt die. Da essen wir was. Ich lad dich ein. Kann mir's ja leisten, jetzt.«

Der Alte kratzte sich am bartlosen Kinn. »Bist hartnäckig mit deinem Herschdorf, was? Na, meinetwegen, ich komme mit. Der Magen hängt mir schon bis zu den Knien!«

Pausback lachte. »Das würd wohl lustig aussehen.«

»Nicht wahr? Wird Zeit, dass ein paar Thüringer Klöße reinkommen. Dann zählt das Geld sich nochmal so gut.«

»Ja, Klöße und Geld zählen, da freu ich mich drauf.«

In der *Schenke am Markt* herrschte nicht viel Betrieb, und von den wenigen Gästen, die sich über ihr Bier beugten, beachtete kaum einer Pausback. Dem war das recht, denn der Tag war lang gewesen, und er wollte seine Ruhe haben.

»Ich mache jetzt Kassensturz«, sagte der Alte, als sie sich an einen der Tische gesetzt hatten, doch in diesem Augenblick erschien der Wirt, nickte geschäftig und meinte:

»Die Klöße kommen gleich.«

Der Alte fragte verwundert: »Woher weißt du, dass wir Klöße wollen?«

»Weil ich nichts anderes habe.«

»Aha. Friss, Vogel, oder stirb, scheint's hier zu heißen.«

»Wenn ihr Suppe oder Würste wollt, müsst ihr rüber in den *Auerhahn*, aber ich sag's euch gleich: Meine Preise sind besser.«

»Wir bleiben«, entschied der Alte. »Aber, äh ... vorher muss ich noch mal pinkeln.« Hastig zog er sich die Mütze ins Gesicht und verschwand. Offenbar hatte er es sehr eilig.

»Hmja, wir bleiben«, sagte auch Pausback, der sein Reff im Eingang zur Gaststube abgestellt hatte und es keinen Moment aus den Augen ließ. Deshalb entging ihm auch nicht, dass gerade ein älterer Mann eintrat. Er war klein und hager und wirkte wie ein Aktenwurm, besonders, als er mit umständlichen Bewegungen ein Papier aus seinem Rock zog. Zu Pausbacks Überraschung trat er auf ihn zu und sprach ihn an:

»Verzeiht, dass ich Euch störe«, sagte er, »mein Name ist Engerding, Paulus Engerding. Darf ich mich zu Euch setzen?«

Pausback grunzte etwas, denn ihm fiel keine Antwort ein. Die Anrede »Euch« war zu ungewohnt für ihn.

Engerding jedoch schien das nicht zu bemerken. Er nahm einfach gegenüber Platz und legte das Papier vor sich auf den Tisch. »Es ist so, dass Ihr in Begleitung einer Person gesehen worden seid, die, nun, sagen wir einmal, von öffentlichem Interesse ist.«

»Ihr stört nicht.«

»Wie? Äh, danke.« Zerstreut strich Engerding das Papier glatt. »Kennt Ihr diese Person näher?«

Der Wirt kam dazwischen, ein Tablett in der Hand: »Willst du die Klöße jetzt? Oder willst du sie erst später?«

Pausback zog die Stirn in Falten. »Nein.«

»Gut, dann jetzt.«

»Nein.«

»Wann habt Ihr die Person kennengelernt?«, ergriff Engerding wieder das Wort. Ihm passte es sichtlich nicht, vom Wirt unterbrochen worden zu sein.

»Erst später«, sagte Pausback und blickte den sich entfernenden Klößen nach.

»Später? Wollt Ihr mich auf den Arm nehmen?« Engerding setzte seinen Kneifer auf, was ihn sehr offiziell aussehen ließ. »Ich bin der Sekretär des Amtmannes von Katzberg!«

»Nein«, brummte Pausback.

»Nein? Jetzt reicht's aber! Wollt Ihr etwa behaupten, ich lüge?

Bevor wir weiterreden, nennt Ihr erst einmal Euren Namen, Euren Vornamen, Geburtsdatum und Geburtsort.«

Pausback versuchte, sich zu konzentrieren. »Bin Pausback Schüppling«, sagte er, »ich wohn auf dem Wald.«

Engerding schien die Antwort zunächst zu genügen. »Äh, nun ja. Und wieso wollt Ihr die Euch begleitende Person ›erst später‹ kennengelernt haben? Das macht doch keinen Sinn! Ihr müsst sie früher kennengelernt haben, früher! Denn Ihr kanntet sie ja bereits!«

»Weiß nicht.«

»Ihr könnt Euch nicht erinnern? Nun, dann will ich Euch auf die Sprünge helfen und Euch verraten, warum ich hier sitze. Gesucht wird eine Altmagd mit auffälligem Buckel. Diese Magd hat Max Röther, den Amtmann von Katzberg, bestohlen. Seitdem ist sie wie vom Erdboden verschwunden, weshalb die Suche nach ihr auf einen Umkreis von fünfzig Meilen ausgedehnt wurde. Wie der Zufall es wollte, hörte ich, dass ein Balsamträger, dessen Beschreibung auf Euch passt, mit einer buckligen Gestalt in Richtung Herschdorf unterwegs sei. Und wie ein weiterer Zufall es wollte, war ich gerade in der Nähe. Also nochmals: Wann habt Ihr die Person kennengelernt?«

»Hm, hm, hab mich draufgesetzt.«

Engerding schnappte nach Luft. »Ihr macht Euch strafbar, Schüppling, wenn Ihr mir keine gescheiten Antworten gebt! Die Sache ist offiziell! Und mit dem Amtmann von Katzberg ist nicht zu spaßen. Solltet Ihr mit der Altmagd unter einer Decke stecken, seid Ihr die längste Zeit auf dem Strich gegangen. Hier, lest selbst!«

Pausback starrte auf das Papier, das der Sekretär für ihn umgedreht hatte, und konnte kein Wort lesen. Aber das durfte der Aktenwurm natürlich nicht merken. Er fuhr mit dem Finger die Zeilen entlang und murmelte Unverständliches, während er fieberhaft nachdachte, wie er der Situation entrinnen konnte. Schließlich sagte er: »Bin mit keiner Magd hergekommen.«

»Aha, mit keiner Magd. Seid Ihr sicher? Die Person hatte also keinen Buckel?«

»Hmja.«

»Aber einen Namen wird sie doch haben? Wie heißt sie denn?«

»Ja.«

Engerding trommelte mit den Fingern auf dem Papier. Um Haltung bemüht, setzte er nach: »Wie sie heißt, will ich wissen!«

Pausback kam immer mehr in Bedrängnis, und vor lauter Nachdenken war seine Stirn schon kraus wie grobe Wolle. »Es war keine ›Sie‹, es war 'n Mann.«

Engerding machte einen letzten Versuch. »Und wie heißt der Mann?«

»Der Alte.«

»Alt sind viele!«

»Stimmt«, nickte Pausback.

»Würdet Ihr mir wenigstens verraten, wo der Mann, der sich ›der Alte‹ nennt und keinen Buckel hat, sich gerade aufhält?«

»Hm, hm, hat er keinen Buckel?«

»Ihr habt es eben doch selbst gesagt, Schüppling!«

»Wenn Ihr es sagt.«

»Also, zum letzten Mal: Wo hält der Mann sich auf?«

»Wenn er nicht grad seicht, weiß ich's nicht.«

Engerding gab es auf. Dieser menschliche Riesenklops schien wahrhaftig das Pulver nicht erfunden zu haben. Immerhin hatte das Gespräch ergeben, dass die gesuchte Magd nicht mit Schüpplings Begleiter identisch war, denn diese hatte einen Buckel und jener nicht. Er stand auf, faltete das Fahndungspapier zusammen und nahm den Kneifer ab. »Für heute mag es genügen, Schüppling, und wenn Euch eine schmale Person mit Buckel über den Weg läuft, meldet es sofort beim nächsten Büttel. Kann ich mich darauf verlassen?«

»Ja«, sagte Pausback.

Nachdem der Aktenwurm gegangen war, kam der Wirt abermals mit den Klößen. »Lange kann ich sie nicht mehr warm halten«, sagte er, »du musst sie jetzt nehmen. Und der kleine Krumme, mit dem du gekommen bist, auch.« Er knallte die Schüsseln auf den Tisch. »Ich hole euch noch eine Kanne Bier, ich habe nur Bier, wenn ihr was anderes wollt, müsst ihr rüber in den *Auerhahn*.« Er wartete die Antwort nicht ab, sondern eilte davon, denn eben quoll ein Pulk neuer Gäste in die Gaststube, und diese riefen lauthals nach ihm.

Pausback saß vor den Schüsseln mit den Klößen. Sie waren eiskalt, und er dachte, dass es nun auch nicht mehr drauf ankäme und dass er mit dem Essen auf den Alten warten könne.

Eine ganze Stunde mochte vergangen sein, Pausback war zwischendurch eingenickt, da begann er sich zu fragen, warum der Alte wohl so lange pinkeln musste. Dann fiel ihm ein, dass alte Männer oft Probleme mit dem Wasserlassen hatten, und er dachte bei sich: Das ist bestimmt der Grund, das Kukurbitaöl verkauft sich ja auch so gut.

Er wartete weiter. Der Wirt kam und fragte: »Ist was mit den Klößen?«, wobei er flüchtig den Tisch abwischte. »Schmecken sie nicht?«

»Nein.«

Kopfschüttelnd räumte der Wirt die Speise fort. »Sie schmecken nur, wenn sie heiß sind, aber als sie heiß waren, wolltest du sie nicht, also bist du selber schuld und zahlst mir trotzdem die Zeche. Dein Bier hast du auch nicht getrunken.«

Pausback schwieg.

»Und dein Begleiter, dieser Hänfling, was ist mit dem? Wo steckt der überhaupt die ganze Zeit?«

»Ist seichen.«

»Seichen? So lange?« Der Wirt verschwand und kehrte kurz darauf zurück. »Auf dem Abtritt ist er nicht, da liegen nur Bierleichen herum. Hier, die Rechnung.«

Pausback brauchte einige Zeit, um die Tragweite dessen, was der Wirt ihm gesagt hatte, zu begreifen. Der Alte war nicht pinkeln gegangen, sondern fortgelaufen – fortgelaufen mit dem ganzen Geld. Seinem Geld. Konnte das wirklich sein? Er war doch so zuverlässig gewesen, der Alte, und so ehrlich!

»Was ist jetzt? Du zahlst mir die Zeche, oder ich hole die Wache.«

»Ja, ja.« Alles wollte Pausback, nur keine Begegnung mit der Wache. Die Befragung durch Engerding hatte ihm gereicht. Außerdem galt sein Reisepass nicht mehr. Um irgendetwas zu tun, begann er seine rote Weste abzuklopfen, gerade so, als suche er seine Geldkatze.

Der Wirt stemmte die Arme in die Hüften. »Ich wette, du hast gar kein Geld, aber dann gnade dir Gott!«

In der linken unteren Tasche fühlte Pausback etwas Hartes. Es war eine Schnupftabakdose, deren Inhalt aus zwei Tabaksorten bestand: dem berühmten *Mascarol* aus dem spanischen Sevilla und dem *Powhatan*, der aus Nordamerika kam. Beide Portionen waren für den Kenner eine Kostbarkeit, weshalb der alte Schüppling die Dose vor Jahren oben in Hamburg erworben hatte. Er war sicher gewesen, sie im Süden mit sattem Gewinn verkaufen zu können. Die Dose hervorziehend, sagte Pausback: »Hier, Schnupftabak, besonders guter. *Mascarol* und *Powhatan*.«

»Na und? Meinst du, das bisschen Tabak wäre so viel wert wie meine Klöße und mein Bier? Ich sage dir …«

»Da brat mir einer einen Storch! Habe ich eben *Mascarol* und *Powhatan* gehört?«, wurde der Wirt von einem der Gäste unterbrochen. Er war in feines Tuch gekleidet und hatte ein rundes Gesicht mit geschwärzten Nasenlöchern, die von häufigem Schnupftabakgenuss zeugten. »Sag bloß, die Pülverchen sind echt?«

»Ja«, sagte Pausback.

Der Herr beugte sich vor und studierte das Schnitzwerk auf der Dose. Es zeigte zwei Köpfe im Profil, die einander zugewandt waren. Der eine gehörte einer Flamencotänzerin, der andere einem Indianer mit Federkopfschmuck. »Das ist ja großartig! Mein Leben lang warte ich darauf, eine Prise von diesen Köstlichkeiten nehmen zu können! Was willst du dafür haben?«

Auch der Wirt betrachtete nun die Dose näher und sagte: »Tabak ist Tabak, was kann daran schon Besonderes sein.«

Der Herr, der immer aufgeregter wurde, rief: »Du scheinst selbst nicht zu schnupfen, Wirt, sonst würdest du so etwas nicht sagen! Hier« – er nestelte seine eigene Tabakdose hervor, öffnete sie und hielt sie dem Wirt unter die Nase – »rieche einmal daran.«

Der Wirt tat es.

»Und nun schnuppere einmal am *Mascarol* und am *Powhatan!*«

Er wandte sich an Pausback: »Du hast doch nichts dagegen?«

»Nein, hab ich nicht.«

Der Wirt steckte seine Nase auch in Pausbacks Dose und zuckte mit den Schultern, was der Begeisterung des Schnupftabakliebhabers aber keinen Abbruch tat. Nochmals wandte er sich an Pausback. »Was willst du dafür haben? Ich zahle dir einen guten Preis!«

Pausback wusste, dass der Tabak wertvoll war, aber wie wertvoll, das wusste er nicht. Er zögerte noch, da sagte der Wirt, der ein gutes Geschäft roch: Dieser *Powhadingsda-* und der *Mascasowieso-*Tabak sind mein, denn sein Besitzer kann die Zeche nicht zahlen. Ich nehme sie statt barer Münze. Wenn Ihr, Herr, beide erwerben wollt, müsst Ihr Euch schon an mich wenden.« Rasch zog er den Liebhaber des Tabakschnupfens beiseite, und Pausback saß wieder allein da.

Verzweiflung kam über ihn. Er fand, der Wirt hätte die Klöße wenigstens zurückbringen können, wo er doch nun mit Tabak dafür bezahlt hatte. Aber sie waren fort. Seine – und auch die des Alten. Noch immer wollte ihm nicht in den Kopf, dass sein Begleiter sich klammheimlich davongestohlen hatte. Gleich zu Anfang war es gewesen, als der Aktenwurm die Gaststube betrat. Wie hieß er noch? Engerding, richtig. Er war auf der Suche nach einer Magd mit Buckel … Pausback kratzte sich am Ohr und scharrte mit den Schuhen, denn plötzlich kam ihm ein ungeheurer Gedanke: Wenn nun der Alte kein Mann, sondern eine Frau war? Konnte das überhaupt sein? Wenn ja, war die ganze Zeit kein Mann an seiner Seite gegangen, sondern eine – Frau. Eine alte Frau, die ihn bestohlen hatte, und genau die Frau, die von dem Aktenwurm gesucht wurde …

Und während Pausback sich das alles mühsam zusammenreimte, lief der Alte, der tatsächlich eine Frau war, so schnell es die Füße erlaubten, nach Norden in den Wald.

Dort, so hoffte Mutter Krumm, gab es im tiefen Dickicht einen Ort, an dem sie vor den Häschern des Katzberger Amtmannes sicher sein würde.

Gertrud Röther spürte ein heftiges Würgegefühl, als Eva ihr das dick mit Butter bestrichene Brot reichte. »Kann … kann nichts essen!«, keuchte sie kaum hörbar. »Nichts … nichts. Oh Gott, die Schmerzen … lieber Gott, nimm … nimm mir doch die Schmerzen.«

»Wenn es Gott gefällt, werdet Ihr bald gesund. Ich habe für Euch gebetet«, log Eva. »Aber Ihr müsst das Eure dazu beitragen und essen. Denkt nur daran, wie gut Ihr Euch schon von der Krankheit erholt hattet. Das lag sicher auch an den feinen Speisen, glaubt mir. Nun beißt rein.« Sie schob der Leidenden das Brot zwischen die Lippen, sodass dieser nichts anderes übrig blieb, als sie zu öffnen und einen Bissen zu nehmen.

Evas Worte stimmten. Bekömmliche Kost hatte in den letzten Tagen dazu geführt, dass Gertrud Röther sich zusehends besser fühlte. Sie war munterer geworden und hatte sogar schon vom Aufstehen gesprochen – bis gestern. Denn gestern war auf einem der Brote mit guter Butter, die sie regelmäßig bekam, keine gute Butter gewesen. Mäusebutter war es gewesen, mit einem Arsenanteil, der deutlich höher lag als beim ersten und zweiten Mal, und entsprechend elend ging es ihr heute – sterbenselend.

»Die … Salixpillen, bitte«, flüsterte sie kaum hörbar.

»Tut mir leid, die sind alle«, sagte Eva und schob das Brot ein weiteres Mal zwischen die Lippen der Kranken, doch diesmal drehte die Herrin den Kopf zur Seite, und der Versuch misslang.

Ein Speichelfaden lief Gertrud Röther am Mundwinkel herab. »Bitte, Eva … Doktor Eck.«

»Ihr wollt, dass ich den Doktor hole?« Die Magd überlegte rasch, ob es nicht besser war, die Kranke einfach sterben zu lassen, denn dann wären Max Röther und sie bereits am Ziel gewesen, doch sie entschied sich dagegen. Erstens stand keinesfalls fest, dass die gestern verabreichte Dosis schon ausreichen würde, und zweitens war klar: Je öfter sie den Doktor rief, desto unverdächtiger würde der Tod ihrer Herrin sein. Sanft sagte sie: »Das will ich gerne tun, aber heute ist Markt, und an diesem Tag macht er eigentlich keine Hausbesuche.«

»Bitte …«

Eva erhob sich und ließ das Brot auf dem Schemel neben dem Bett liegen. »Ich will mein Bestes tun, aber ich kann's nicht versprechen.«

Wenig später betätigte sie den Türklopfer am Haus von Doktor Eck. Es dauerte eine Weile, bis sich drinnen etwas regte und die Haushälterin des Arztes öffnete. »Was ist?«, fragte sie nicht gerade freundlich. »Kann der Doktor denn niemals seine Ruhe haben? Jeder Mensch braucht mal ein Stündchen für sich, und außerdem geht es deiner Herrin doch schon besser.«

»Nein, das ist es ja gerade!« Eva machte ein betretenes Gesicht. »Es scheint ihr schlechter denn je zu gehen. Bestimmt stirbt sie, wenn der Doktor nicht kommt.«

»Was du nicht sagst.« Ein Kampf der Gefühle begann sich auf dem Gesicht der Haushälterin abzuzeichnen – zwischen der mütterlichen Fürsorge, mit der sie Carl Wilhelm Eck umhegte, ja gelegentlich sogar erdrückte, und dem Wissen darum, dass er seine ärztliche Pflichten sehr ernst nahm. Schließlich siegte Letzteres, und sie sagte: »In Gottes Namen, ich hole ihn.«

Eck war ein Mittvierziger, der in der Statur an eine Bulldogge erinnerte: Er hatte einen mächtigen Oberkörper und viel zu kurze Beine. Auch sein Gesicht schien alles zu tun, um dem Vergleich gerecht zu werden, denn es war stumpfnasig und flächig und wirkte stets grimmig, wozu ein unterer Schneidezahn, der zwischen seinen Lippen hervorlugte, das Seine beitrug.

»Gehen wir!«, bellte Eck, als Eva ihm von dem jammervollen Zustand ihrer Herrin berichtet hatte. »Ich weiß zwar nicht, wie es zu diesem Rückfall kommen konnte, aber wir werden sehen.«

Als er die dunkle Kammer betrat, in der Gertrud Röther lag, rief er als Erstes: »Licht! Ich brauche Licht! Wie soll ich jemanden behandeln, den ich gar nicht sehe?«

Eva beeilte sich, eine Laterne zu holen. Sie kannte das schon. Eck rief grundsätzlich nach mehr Licht, auch wenn, wie in diesem Fall, schon mehrere Kerzen den Raum erhellten. Während sie fort war, betrachtete der Arzt die Kranke, um sich ein Bild zu machen. Sie atmete in kurzen Stößen und lag gekrümmt wie ein Wurm auf der Bettstatt. Offenbar bekam sie nicht mit, was um sie herum geschah.

Eck murmelte vor sich hin: »Sie leidet wie ein Tier«, und schlug dann, lauter werdend, einen väterlichen Ton an: »Wie geht es Euch, meine Liebe? Wartet nur, die Magd holt noch eine Laterne. Seit wann fühlt Ihr Euch wieder schlecht?«

Gertrud Röther war nicht in der Lage zu antworten.

Das hatte Eck schon befürchtet. Er setzte sich an den Bettrand und suchte nach dem Puls der Kranken. Was er fühlte, gefiel ihm gar nicht. Auch der Schweiß im Gesicht machte ihm Sorgen. Die Symptome glichen exakt jenen, die er vor ein paar Wochen schon einmal konstatiert hatte.

Eva kam mit der Lampe zurück, und er sagte: »Es steht nicht gut um deine Herrin. Wo ist dein Herr?«

»Im Rathaus, Herr Doktor.«

»So, so, im Rathaus.« Eck legte seine Hand auf die Stirn der Patientin und befand, dass sie zu kühl war, viel zu kühl. »Höre, Magd: Du sagtest mir beim letzten Mal, dass eine Vergiftung nicht infrage kommt, aber die Anzeichen sprechen doch dafür. Da dein Herr nicht im Hause ist, bist du es, der ich sagen will, was ich denke: Gift muss nicht immer mit der Nahrung in den Körper gelangen, Gift kann auch in der Luft sein, wenn diese unsauber ist, wenn Dämpfe sie durchwehen, wenn Miasmen in ihr umherfliegen und nur darauf warten, ein Leben zu zerstören.«

»Jawohl, Herr Doktor. O Gott, das ist ja schrecklich, was Ihr da sagt.« Eva schlug die Augen nieder.

»Ein solcher Fall scheint hier vorzuliegen. Nur gut, dass deine Herrin in diesem fensterlosen Raum untergebracht ist. Achte nur ja darauf, dass kein Luftzug ihre Genesung gefährden kann.«

»Wird sie denn wieder gesund?«

»Mit Gottes und meiner Hilfe.« Eck hoffte, dass er damit nicht zu viel versprochen hatte, denn der Zustand der Kranken war in der Tat besorgniserregend. Vor allem musste er sie wieder zu Bewusstsein bringen, sonst würden alle seine Bemühungen umsonst sein. Er griff in seine Arzttasche und holte ein starkes Riechsalz hervor. Es bestand aus *Sal ainmoniacion* und gelöschtem Kalk und konnte, wie man sagte, Tote wieder zum Leben erwecken.

Auch diesmal verfehlte es seine Wirkung nicht. Gertrud Röther japste und zappelte wie ein Fisch auf dem Trockenen, als er ihr das Präparat unter die Nase hielt, und wenn die Situation nicht so ernst gewesen wäre, hätte manch einer darüber lachen mögen. Täuschte er sich, oder hatte die Magd tatsächlich für einen Moment gelächelt?

Nein, das konnte nicht sein. Eck schnaufte. »Es wird schon werden, meine Liebe! Es wird schon werden! Könnt Ihr mich hören?«

»J… ja.«

»Sehr gut!« Die Patientin war ansprechbar, das war die Hauptsache. »Ihr habt Gift in Eurem Körper, meine Liebe, Gift, das wir gemeinsam austreiben müssen. Die Salixpillen allein scheinen nicht stark genug zu sein, wir müssen schärfere Geschütze auffahren!«

Bei seinen letzten Worten zuckte die Kranke zusammen, und Eck merkte, dass seine Ausdrucksweise etwas zu deftig gewesen war. »Macht Euch nur keine Sorgen! Als Erstes unternehmen wir etwas gegen Eure Schmerzen!« Er griff abermals in seine Arzttasche und holte ein Laudanum-Fläschchen hervor. Mit beruhigenden Worten flößte er der Kranken eine kleine Menge des Schmerzmittels ein. »Wie fortgeblasen werden die Torturen sein, meine Liebe, wie fortgeblasen!«

Es dauerte eine geraume Weile, bis Gertrud Röthers Gesichtszüge sich entspannten, dann hauchte sie: »Es geht besser.«

»Das ist gut, sehr gut! Vielleicht fragt Ihr Euch, warum ich Euch nicht schon früher von dem Laudanum gegeben habe, aber es enthält Opium, einen sehr starken Stoff, und wer zu viel davon nimmt, gerät leicht in Abhängigkeit. Doch nun wollen wir sehen, was weiter zu tun ist. Eva, hol mir rasch eine Schüssel aus der Küche.«

Als die Magd gegangen war, fuhr er fort: »Ich sagte eben schon, dass die Giftstoffe, die Euren Körper martern, der Atemluft entstammen. Sie haben die Säfte in Eurem Körper ins Ungleichgewicht gebracht, wodurch ein Zustand hervorgerufen wurde, den wir Ärzte Diskrasie nennen. Es gilt also, das Gleichgewicht wiederherzustellen, die Eukrasie, und dazu lasse ich Euch als Erstes zur Ader. Mit dem Blut, das Ihr auf diese Weise verliert, werdet Ihr auch einen Teil des Gifts verlieren. Äh, da ist ja schon die Schüssel!«

Er griff ein drittes Mal in seine Arzttasche und förderte einen Schnäpper hervor, ein Gerät, das dem Aufschlagen der Venen diente. Mit kundiger Hand betätigte er es. »Hat das wehgetan?«

Gertrud Röther schüttelte den Kopf.

»Gut, gut.« Eck beobachtete, wie ein Rinnsal Blut am Arm der Kranken entlanglief und in die Schüssel tropfte. Es war nicht viel, was aus der aufgeschlagenen Stelle heraustrat, viel weniger als bei anderen Patienten, die über Druck in den Adern klagten. Meist waren es Übergewichtige, Trinkfeste, zum Jähzorn Neigende, die, unterzog man sie der Prozedur, dabei stets Erleichterung verspürten. Bei Gertrud Röther allerdings schien das nicht der Fall zu sein. Eck ließ sich dadurch nicht beirren. Als die Quelle versiegte, verschloss er sie mit einer Kompresse und fuhr fort: »Verzeiht, meine Liebe, wenn ich so laut spreche, aber ich möchte vermeiden, dass Ihr wieder das Bewusstsein verliert. Als Nächstes müsst Ihr Sauerkraut essen, und zwar eine gute Portion, damit die Darmpassage beschleunigt wird. Eva, gehe auf den Markt und hole einen Topf mit frischem Kraut.«

»Ja, Herr Doktor.« Die blonde Magd machte sich auf den Weg, wobei ihr Schritt nicht mehr ganz so schnell war wie beim vorangegangenen Mal. Offenbar gefiel es ihr nicht, ständig vom Doktor geschickt zu werden.

Eck bemerkte es nicht. »Wisst Ihr, meine Liebe, ich könnte Euch auch Engel-Balsamum geben, es ist eine Mixtur aus Aloe, Benzoe, Styrax, Myrrhe und anderen Ingredienzien, ein Präparat, das äußerlich gegen Wunden und innerlich gegen Verstopfung wirken soll und gern von Buckelapothekern durch die Welt getragen wird, aber ich halte nichts von solchen Mittelchen. Wir bleiben beim guten, alten Sauerkraut, nicht wahr?«

Die Kranke antwortete nicht, aber sie schien wach zu sein.

Eck dozierte weiter: »Nichts geht über die purgierende Wirkung des Sauerkrauts, es entschlackt und reinigt! Alles, was der Reinigung des Körpers dient, ist hilfreich. Neben dem Verzehr des Krauts solltet Ihr in den nächsten Tagen viel verdünnten Wein trinken. Es kann auch Brunnenwasser sein.«

Der Arzt schloss seine Tasche. Dabei fiel sein Blick auf das Butterbrot, das nach wie vor auf dem Schemel lag. Er nahm es auf, betrachtete es von allen Seiten und legte es wieder hin.

Nichts Verdächtiges schien daran zu sein. Im Gegenteil, es duftete frisch und gut. »Esst Ihr häufig solche Butterbrote?«

Die Kranke nickte.

»Und schmecken sie Euch?«

Schulterzucken.

»Nun ja, gegen Butter ist nichts einzuwenden und gegen Brot auch nicht. Manch einer wäre froh, wenn er jeden Tag davon hätte. Vergesst über dem Brot aber nicht das Kraut! Zusammenfassend möchte ich sagen, ist dreierlei gegen das Gift vonnöten: Aderlass, Durchlass, Wasserlass! Wenn wir uns daran halten, wird in Eurem Körper bald wieder Eukrasie die Oberhand gewinnen.«

Mit dem Hinweis, sie möge sich auch weiterhin warm halten, zog Eck der Kranken die Decke bis ans Kinn, versprach, am nächsten Tag wiederzukommen, und empfahl sich.

Auf dem Heimweg, er wusste nicht, warum, fiel ihm das Butterbrot wieder ein. Es hatte lecker ausgesehen, sehr lecker sogar, und plötzlich verspürte er Hunger. Doch auf die Gemüsesuppe, die Anni, seine Haushälterin, stets am Markttag zu kochen pflegte, hatte er keinen Appetit. Ihm stand der Sinn nach einem guten Schmorbraten mit Soße, Preiselbeeren und Kartoffeln. Auch auf die Gefahr hin, Anni zu vergällen, bog er deshalb am Marktplatz nicht nach links, sondern nach rechts ab, weil hier die Köhlergasse begann, in welcher der *Thüringer Krug* lag.

Der *Thüringer Krug* war ein Gasthof der besseren Art, in den nur einkehrte, wer es sich leisten konnte. Deshalb stutzte Eck, als er Eva plötzlich aus der Eingangstür kommen sah. Sie trug einen irdenen Topf in den Armen und schien sehr in Gedanken zu sein. Fast über ihn stolpernd, riss sie erschreckt die Augen auf und stammelte: »Oh, Herr Doktor, ich habe Euch gar nicht gesehen!«

»Hast du das Sauerkraut darin?«

»Ja, Herr Doktor, ja …«

Eck beschloss, es damit bewenden zu lassen. Was die Magd mit dem Kraut im *Thüringer Krug* zu suchen hatte, ging ihn nichts an. »Achte nur ja darauf, dass deine Herrin einmal täglich eine gute Portion zu sich nimmt.«

»Jawohl, Herr Doktor.«

»Und eine Empfehlung an deinen Herrn.«

»Äh, ja … werd ich ausrichten.«

»Nun denn.« Eck setzte seinen Weg fort und fand, dass die Magd bei seinen letzten Worten leicht verwirrt geguckt hatte, dachte sich aber weiter nichts dabei. Der Schmorbraten lockte.

Als er wenige Schritte später die Tür zum *Krug* aufstieß, war es an ihm, verwirrt zu gucken: In der Gaststube saß, direkt gegenüber, niemand anderer als Max Röther, der Gemahl seiner Patientin und Herr der schönen Eva.

Röther hielt einen Weinbecher in der Hand. Es schien nicht sein Erster zu sein, denn sein Gesicht mit der großen Hakennase war gerötet. Jetzt blickte er auf und erkannte den Arzt. »Tag, Doktor!«, rief er mit schwerer Zunge.

Eck war noch immer verwirrt. Schließlich saß dort in aller Seelenruhe ein Mann, dessen Frau auf den Tod lag, und dieser Mann hatte nichts anderes im Sinn, als sich schon zur Mittagszeit zu betrinken. Außerdem hatte seine Magd erklärt, er sei im Rathaus.

»Tag, Röther, ich dachte, Ihr wäret im Rathaus«, sagte Eck, weil ihm nichts anderes einfiel.

»Wie?« Der Amtmann runzelte die Stirn. »Ach so, ja, da war ich auch. Wie geht's meiner armen Frau?«

Eck musste sich zu Röther setzen, wenn er nicht gar zu unhöflich sein wollte.

Er tat es, und während er sich niederließ, beschloss er, sich einen Spaß zu machen und den Ahnungslosen zu spielen. »Woher wisst Ihr denn, dass ich bei ihr war?«

Röther riss die Augen auf. »Nun, nun, hab's einfach angenommen. Es ging ihr heute Morgen schon schlecht.«

Eck tat so, als verstehe er. Dabei war es natürlich anders gewesen: Eva hatte ihrem Herrn soeben brühwarm berichtet, dass dringlich der Arzt für seine Frau geholt werden musste. Seltsam, dass es den Amtmann trotzdem auf seinem Stuhl gehalten hatte. Es stimmte also doch, was die Spatzen von den Dächern pfiffen: dass Röther seiner Frau überdrüssig war und dass er ein Verhältnis mit seiner Magd hatte. Nun, wenn dem so war, brauchte er kein Blatt vor den Mund zu nehmen. »Ich muss

Euch sagen, Röther, Eure Frau wäre mir fast unter den Händen gestorben.«

»Was? Wie furchtbar, wie furchtbar. Ich muss sofort heim und nach ihr sehen.« Doch statt sein Vorhaben in die Tat umzusetzen, bestellte Röther einen weiteren Krug Wein, denn die Bedienung, ein hübsches, junges Ding, kam gerade vorbei und fragte, ob sie noch etwas bringen könne.

Eck bestellte ebenfalls Wein. Die Lust auf Schmorbraten war ihm vergangen.

Beide Männer tranken schweigend. Schließlich sagte Eck: »Ihr wolltet doch heim zu Eurer Frau?«

»Wie? Ach ja, das wollte ich.« Röther sprang auf, griff nach seinem Hut und stürmte ohne ein weiteres Wort aus dem *Krug*.

Eck sah ihm kopfschüttelnd nach und überlegte, ob Röther zum Säufer geworden sei, anders konnte er sich dessen seltsames Gebaren nicht erklären. Bei harten Trinkern, das wusste er, neigte das Gehirn manchmal dazu, einfach auszusetzen. War das auch hier der Fall gewesen?

Das hübsche junge Ding kam an den Tisch und fragte, ob er noch mehr Wein wolle.

»Nein, es reicht, danke. Bring mir die Rechnung.«

Als die Bedienung wieder da war, stellte sich heraus, dass auf der Rechnung nicht nur seine Zeche stand, sondern auch die von Röther. Sie war um ein Erkleckliches höher. »Was hat das zu bedeuten?«, fragte Eck.

»Ach, nichts. Nur war der Herr Amtmann so schnell fort, dass ich dachte, Ihr würdet seinen Wein mit übernehmen.«

»So, so.« Eck zögerte, dann zahlte er. Vielleicht war Röther doch kein Säufer, sondern nur ein Drückeberger.

Einer, der klamm in der Tasche war.

Pausback wusste nicht mehr, wie er aus der Schenke am Markt herausgekommen war, und er wusste auch nicht, was er an den darauffolgenden Tagen gemacht hatte. Zu verzweifelt war er gewesen, zu sehr hatten die Sorgen ihn gedrückt. Alles war schiefgegangen, alles, was nur schiefgehen konnte. Er hatte der Mutter zeigen wollen, dass er imstande war, allein den Strich zu bewältigen und an Kirchweih mit einem hübschen Batzen Geld heimzukehren, doch er war gescheitert. Belogen und betrogen hatte man ihn. Schlimmer noch: Ein gut Teil seiner Olitäten war bereits fort, und wenn die Aussicht auf einen hübschen Verdienst nicht vollends zum Luftschloss werden sollte, musste er seine Vorräte auffüllen.

Es war ein trüber Tag, ein Tag, der so recht zu seiner Stimmung passte, als er sich auf einem großen Marktplatz wiederfand. Er blickte sich fragend um, und irgendeiner lachte und sagte: »Du bist hier in Gehren, Ölträger.«

Das sagte Pausback nicht viel, denn er war noch nie in Gehren gewesen, was den Mann veranlasste hinzuzufügen: »Wir schreiben Mittwoch, den 14. Juni 1780.«

»Kenn ich nicht«, sagte Pausback.

Der Lacher lachte noch lauter. »Ist schon recht, du hast wohl nicht alle im Oberstübchen beisammen?«

»Muss nach Pennewitz«, sagte Pausback langsam, »dann nach Langewiesen.«

»Dann geh doch gleich nach Langewiesen, ist doch viel kürzer!«

»Nicht gleich nach Langewiesen, erst nach Pennewitz.«

»Von mir aus. Des Menschen Wille ist sein Himmelreich. Halte dich rechts und geh die Talstraße entlang, dann kommst du wie von selbst hin.«

»Rechts halten, danke.« Pausback machte ein entschlossenes Gesicht und stapfte los, doch schon nach wenigen Schritten blieb er stehen und schaute sich noch einmal um: »Ich hab alle beisammen, merk dir das!«

In der Tat wusste Pausback jetzt wieder, was er wollte. Mochte Langewiesen auch zehnmal näher liegen, er musste zunächst nach Pennewitz, denn dort gab es das, was die Buckelapotheker eine Niederlage nannten – eine Art Zwischenstation, an der die Bestände neu aufgefüllt werden konnten. Meistens geschah dies in Wirtshäusern, und deshalb war *Der Gimpel* in Pennewitz sein Ziel.

Er schritt kräftig aus, sodass es nur wenige Stunden dauerte, bis er die ersten Häuser auftauchen sah. Bei einem hing über der Tür ein großes Schild, auf dem ein Vogel mit kurzem, abgerundetem Schnabel und rosaroter Brust abgebildet war. *Der Gimpel.* Pausback ging schnurstracks darauf zu. In der Zwischenzeit hatte er wieder etwas Mut gefasst. Wenn sein Reff erst einmal wieder gut gefüllt war, würde sich alles Weitere ergeben.

»Apotheker,
Balsamhöker,
gib uns was
aus der Kass',
gib uns rasch
aus der Tasch,
sonst kehr um
mit Gebrumm!«

Es waren Kinder, die das sangen. Sie sprangen plötzlich aus den Büschen am Wegrand und streckten Pausback fordernd die Hände entgegen. Der Brauch wollte es, dass man ihnen etwas gab, doch er hatte nichts, nicht einmal einen Rechenpfennig, und deshalb ging er einfach weiter. Noch im letzten Jahr hatte sein Vater immer eine Kleinigkeit gegeben, doch in diesem Jahr war alles anders.

»Hab nix«, rief Pausback.

Die Kinder, hauptsächlich rotznäsige Jungen, sangen das Lied noch einmal, umtanzten ihn und wurden zusehends aufdringlicher.

»Hab nix« , wiederholte Pausback, da hörte er plötzlich einen scharfen Knall in seinem Rücken. Das Geräusch war fast so laut wie ein Pistolenschuss. Pausback ging noch zwei Schritte und blieb dann stehen. Die Kinder lärmten um ihn herum, und ein weiterer Knall war zu hören. Er drehte sich um und bemerkte, dass dabei seine Gamaschen nass wurden. Was war das? Ungläubig blickte er nach unten. Ein ganzer Strahl lief jetzt an ihm herab und spritzte auf seine Schuhe. Seine Balsame! Der Engel-Balsam, die Thüringer Cholera-Tropfen! Die Kinder hatten Steine auf seine irdenen Gefäße geworfen, und die liefen nun aus!

»Kinder, bitte, lasst das«, rief er verzweifelt. »Ich hab doch nix, ich hab doch nix!«

Aber Kinder sind grausam, und wenn sie erst einmal ein Opfer gefunden haben, dann geben sie es so schnell nicht wieder frei. Deshalb dachten sie nicht daran aufzuhören, und Pausback wurde immer verzagter. Er konnte doch keine Kinder schlagen!

Nein, Kinder schlagen, das konnte er nicht.

Einer trage des andern …

Noch einen, Wirt, aber auf Kosten des Hauses«, rief der blonde Jüngling mit blitzenden Augen. »Heut schmeckt mir's erst nach dem fünften Becher.«

»Du hast schon einen bekommen.«

»Das ist richtig, mein Freund, aber auf einem Bein steht man nicht, und wenn man wie ich keine Füße hat, dann steht man überhaupt nicht, sondern ist auf die Barmherzigkeit seiner Mitmenschen angewiesen. Oder willst du etwa meine Hilflosigkeit ausnutzen?«

»Nein, will ich nicht. Ich hab's nur gern, wenn einer bezahlt, was er trinkt.« Der Wirt des *Gimpel*, ein dicker, schweißgesichtiger Mann namens Bock, beachtete den Schnorrer nicht weiter, sondern verschwand in der Küche, wo sich ein köstlich duftendes Ferkel über dem Spieß drehte.

»Potzblitz, gut gesagt!«, rief ihm der Jüngling hinterher. »Dann werd ich eben bezahlen.«

Bock erschien wieder, Teller mit großen Fleischstücken balancierend. »Das höre ich gern. Trotzdem musst du warten. Bist nicht der einzige Gast.«

Der Gimpelwirt hatte recht. Es war ein bunter Haufen, den der Durst an diesem frühen Abend zusammengewürfelt hatte, hauptsächlich Männer, die Trost im Glas suchten, Burschen, die alles vergessen wollten: Sorgen und Schulden, Alltag und Einsamkeit. Ein paar Tagelöhner waren darunter, zwei Zimmerleute auf der Durchreise, Gängler, Handwerker, dazu Altenteiler, Bauern und eine Reihe Knechte von den nahe gelegenen Höfen. Sie alle schwatzten, lärmten, lachten und pafften dicke Wolken aus ihren Tonpfeifen, sodass man die Hand kaum vor Augen sah.

Der Wirt stellte die Teller vor den beiden Zimmerleuten ab, wünschte guten Appetit und watschelte zum Zapfbock, auf dem das Fass mit dem Rotspon stand. Er füllte einen Becher und brachte ihn dem blonden Jüngling. »Hier, dein Wein«, brummte er. »Aber bevor du auch nur einen Schluck trinkst, zeigst du mir dein Geld.«

Der Jüngling strahlte. »Ich hab keins.«

»Was? Womit willst du dann bezahlen?«

»Mit einer Geschichte!«

»Mit einer Geschichte?«, rief Bock vor Verblüffung so laut, dass alle Köpfe sich ihm zuwandten.

»Ganz recht.« Wie selbstverständlich nahm der Blonde den Becher und trank einen großen Schluck. »Ich werd dir erzählen, wie ich meine Füße verlor.« Abermals trank er. »Und euch anderen auch! Also hört zu: Vor einundzwanzig Jahren war's, als über ganz Europa ein Krieg hinwegbrauste, der heut als der Siebenjährige bezeichnet wird. Friedrich II., der Preußenkönig, focht damals gegen die halbe Welt, und ich, der ich mich Listig nenne und aus Thüringen komme, war an seiner Seite. Nun mögt ihr einwenden, Freunde, was einer, der aus Thüringen kommt, mit einem Preußen zu schaffen hat, aber die Wahrheit ist: Der Alte Fritz war ein großer Mann, weshalb er auch Friedrich der Große genannt wird, und seinerzeit imponierte er mir mächtig. Er hatte eine Leibgarde, die Garde der Langen Kerls, und zu ebendieser gehörte ich. Jeder in der Garde …«

»Halt!«, unterbrach einer der Bauern. »Wie willst du zu den Langen Kerls gehört haben, wo du doch so klein bist?«

Listig schüttelte mitleidig den Kopf, als wolle er sagen: Wie kann man nur so dumm sein!, trank einen Schluck und antwortete: »Früher war ich lang wie eine Bohnenstange, heut bin ich klein, weil ich meine Füße verloren hab. Wie das geschah, wollte ich grad erzählen, aber du hast mich ja nicht gelassen.«

Die Männer an den Nebentischen lachten, Listig trank einen weiteren großen Schluck und fuhr fort: »Jeder in der Garde maß mindestens sechs preußische Fuß und war ein Kerl, der Tod und Teufel nicht fürchtete. Das galt, wie ich in aller Bescheidenheit hinzufügen darf, besonders für mich, weshalb Friedrich mich auswählte, mit ihm Seit an Seit zu kämpfen. Bevor die Schlacht begann, pflegte er regelmäßig eine Portion Schnupftabak zu nehmen und daraufhin gewaltig zu niesen, denn er glaubte, das würd ihm Glück bringen. Ach, nebenbei: Ist zufällig jemand da, der eine Prise entbehren kann?«

Gleich mehrere Tabakbehältnisse wurden ihm entgegengestreckt. Listig ließ sich Zeit und wählte die Dose, von der er glaubte, sie enthielte den besten Stoff, und nach mehreren krachenden Niesern erzählte er weiter:

»Die Schlacht von Kunersdorf anno 59 war die schwerste von allen. Es ging gegen die Russen und Österreicher, und unsere Männer fühlten sich sehr schwach, was kein Wunder war bei der schlechten Verpflegung. Gegen den Hunger hatte der Alte Fritz eigens die Kartoffel ins Land geholt, aber was ein richtiger Soldat ist, dem ist ein fader Erdapfel nicht genug. Anders bei den Leuten auf dem Land: Sie nehmen die Kartoffeln und machen Klöße draus. Ach, wo ich grad vom Essen red: Hat jemand zufällig was von dem Bratferkel übrig?«

Wie nicht anders erwartet, schob sich geschwind ein Teller zu ihm herüber. Listig dankte artig und hieb die Zähne in das knusprig-zarte Fleisch. Dann spann er seine Geschichte weiter:

»Die Schlacht war entbrannt, Freunde, sie wogte hin und her, Tausende der Unseren waren schon gefallen und ebenso viele auf der Seite des Feindes, da sagte der Alte Fritz plötzlich zu mir …«

Er machte eine inhaltsschwere Pause.

Die Reaktion seiner Zuhörer kam prompt: »Ja, und?« – »Spann uns nicht auf die Folter!« – »Was sagte er?«

»Mein Becher ist leer.«

»Wie, was? Das sagte er?«

»Mein Becher ist leer.« Listig hob das Gefäß hoch. »Und meine Zunge trocken wie ein Schwamm.«

»Ach so.« – »Ja, nun.« – »Wenn's so ist …« Es dauerte nicht lange, da trank Listig seinen dritten Becher Wein. Gestärkt erzählte er weiter:

»›Listig‹, sagte er zu mir, ›da drüben am Rand der Lichtung steht ein Hochsitz. Siehst du ihn?‹

›Jawohl, Majestät‹, antwortete ich.

›Klettere hinauf und halte Ausschau nach unseren Ersatztruppen.‹

›Wenn's weiter nichts ist!‹, rief ich und eilte, den Befehl meines Herrschers auszuführen. Bald darauf saß ich hoch über den Baumwipfeln und blickte in alle Himmelsrichtungen, doch von Ersatztruppen war weit und breit nichts zu sehen. Die Zeit verging, und ich merkte, wie mir der Kopf schwer wurde. Einschlafen aber, Freunde, wird beim Militär schwer bestraft, mit Bastonade, Spießrutenlaufen und Ähnlichem, und da tat ich das Einzige gegen Müdigkeit, was wirklich nützt.«

Wieder unterbrach er sich, und wieder wurde er bestürmt weiterzuerzählen. Ein dicklicher Bursche von ungefähr zwanzig Jahren tat sich dabei besonders hervor. Listig wandte sich an ihn: »Soll ich's dir zeigen?«

»Ja, ja, nur zu!«

Listig holte aus und versetzte ihm eine gewaltige Maulschelle, woraufhin der Dickliche zunächst wie vom Donner gerührt dasaß, dann wie von der Tarantel gestochen hochsprang und empört brüllte: »Du hast mich geschlagen, du … du …«

Listig lächelte. »Gib's zu, du hast es selbst gewollt! Du wolltest doch, dass ich dir das Einzige zeig, was gegen Müdigkeit wirklich nützt. Und das ist – sich selbst ohrfeigen. Wenn du willst, zeig ich's dir gleich nochmal.«

Wieder lachten alle, bis auf den Dicklichen.

»Ich war also wieder wach, Freunde, da hörte ich jählings einen furchtbaren Knall, einen Knall, so laut, wie ich ihn nie zuvor vernommen hatte. Ich zuckte zusammen, riss die Augen auf und erspähte in der Ferne einen winzigen Punkt. Der Punkt wurde größer, und ich sah, dass es eine Kanonenkugel war. Die

Kugel wurde groß wie ein Scheunentor und näherte sich mit rasender Geschwindigkeit. ›Herrgott im Himmel!‹, hörte ich mich rufen. ›Was wird jetzt passieren?‹«

Listig machte eine Kunstpause, schielte zu dem Fass mit dem Rotspon hinüber und berichtete weiter: »Nun, wie ihr vielleicht schon vermutet habt, Freunde, flog die Kugel haargenau in meine Richtung, grad so, als hätt ein Scharfschütze mit seiner Muskete auf mich geschossen. Ich dachte, mein letztes Stündlein wär gekommen, da sah ich, wie das Geschoss sich neigte und zweihundert Schritte vor mir ins Erdreich schlug. Grenzenlos erleichtert atmete ich auf.«

Auch die Zuhörer atmeten an dieser Stelle auf, denn sie hatten wie gebannt an Listigs Lippen gehangen. Dann jedoch prasselten wieder die Fragen auf ihn ein: »Ja, und? – »Was ist nun mit deinen Füßen?« – »Wie hast du sie verloren?«

»Damit ich fertigbringe, das zu erzählen, muss ich mich wappnen, denn es war der schwerste Augenblick in meinem ganzen Leben.«

So erhielt Listig seinen vierten Becher und trank einen großen Schluck daraus. »Mein Schicksal war es, Freunde, dass die Kugel auf Schieferboden fiel, was dazu führte, dass sie abprallte wie auf einem Billardtisch, erneut an Fahrt gewann und hochstieg und …«

»Ja?« – »Weiter!« – »Erzähl doch weiter!«

Listig endete knapp: »… und mir die Füße wegriss.«

Einen Moment lang herrschte Ruhe. Dann hagelte es abermals Fragen: »Wie?« – »Einfach so?« – »Und was passierte dann?«

Doch Listig schwieg. Er hoffte auf den fünften Becher Wein. Und genau dieser sollte auf sich warten lassen, denn der dickliche Bursche, der die ganze Zeit mit beleidigtem Gesicht dagesessen und vor sich hingegrübelt hatte, sagte: »Hör mal, du hast vorhin erzählt, diese Schlacht, an der du teilgenommen hast, du weißt schon, welche ich meine, also, du hast gesagt, die wär anno 59 gewesen. Ist also über zwanzig Jahre her, das Ganze, und du müsstest um die vierzig sein, siehst aber keinen Tag älter aus als ich. Ich glaub, du hast uns allen einen Bären aufgebunden, nur um ein paar Becher Wein zu schnorren.«

Listig lachte, obwohl seine Zuhörer plötzlich finster dreinblickten. »Ei, du bist mir ein ganz Schlauer! Ein Rechenkünstler gar? Willst uns wohl allen die Laune verderben, wie? Was ich erzählt hab, ist so wahr, wie ich dir gleich den größten Mann zeigen werd, den du je in deinem Leben gesehen hast.«

»Den größten Mann? Pah!«

»Aber ja! Einen Mann, gegen den die Langen Kerls, bei denen ich gedient hab, nur Zwerge sind. Acht preußische Fuß ist dieser Riese groß, und wenn du's nachmessen willst, sag nur Bescheid.«

Der dickliche Bursche wurde mutig und hob drohend die Faust, denn er wusste die anderen Zecher hinter sich. »Du spinnst den Faden eines alten Weibs!«, rief er. »Nichts von dem, was du erzählst, enthält auch nur ein Körnchen Wahrheit. Ich will das Geld, das ich für deinen Wein gegeben hab, zurück!«

»Ich auch!« – »Ich auch!« – »Ich auch!«

Listig merkte, dass die Situation brenzlig wurde, und hob abwehrend die Hände. »Freunde, Freunde, so beruhigt euch doch. Alles, was ich gesagt habe, ist wahr – so wahr, wie Gott grüne Gurken wachsen lässt. Den Beweis dafür will ich gern erbringen.«

»Blödsinn!« – »Mumpitz!« – »Aufschneiderei!«

Unverdrossen sprach Listig: »Einen neuen Becher Wein für mich, wenn ich den Beweis erbringe! Wer ist dafür?«

Bevor weiterer Ärger aufkommen konnte, sagte Bock schnell: »Vielleicht hat Listig doch die Wahrheit gesagt, Leute, jedenfalls meine ich, wir sollten ihm die Möglichkeit geben, es zu beweisen. Ich spendiere ihm den Wein.«

»Was, das tust du?« – »Wirklich?« – »Nach all dem Unsinn?« – »Wenn überhaupt, dann uns allen, Bock!« – »Ja, uns allen!«

»Meinetwegen.« Der Wirt fügte sich ins Unvermeidliche.

Als die Zecher getrunken und die Wogen sich etwas geglättet hatten, richteten sich alle Augen auf Listig. Der nahm den letzten Schluck und rief: »Das war mein fünfter Becher, Freunde, jetzt fängt's an, mir zu schmecken! Einen Beweis für die Wahrheit wollt ihr? Wohlan, dann blickt einfach aus dem Fenster.«

Das taten die Zecher, und was sie sahen, ließ sie die Augen aufreißen. Ein riesenhafter Mann stand da, das Reff der Buckelapotheker auf dem Rücken und den Dreispitz auf dem Kopf. Er war umringt von Kindern, die an ihm zogen und zerrten und irgendetwas sangen. Trotz seines Riesenwuchses wirkte er hilflos, denn er ruderte mit den Armen wie ein Ertrinkender, und in seiner rechten Hand hielt er etwas Grünes – einen Mistelzweig.

»Das ist ja Pausback!«, rief Bock, und der Dickliche fiel ein:

»Ja, ja, den kenne ich, sein Alter und er kommen jedes Jahr hier vorbei. Ja, ja, es ist nur Pausback.«

»Und ist er deshalb weniger groß?«, fragte Listig.

»Äh, nun« – der Dickliche räusperte sich – »aber du wolltest uns doch den größten Mann, den wir je gesehen haben, zeigen?«

»Richtig, da steht er. Oder kennst du einen größeren?«

Das war natürlich nicht der Fall, und so schwieg der Dicke verwirrt.

Stattdessen sagte Bock: »Hör mal, Listig, woher wusstest du eigentlich, dass Pausback heute kommen würde?«

»Weil ich aus dem Fenster geschaut habe.«

»Äh, ja. Also kennst du ihn?«

»Natürlich, wie meine Westentasche.« Das war zwar gelogen, focht Listig aber nicht weiter an. Er war froh, den riesenwüchsigen Kerl noch rechtzeitig erspäht zu haben. Alles Weitere würde sich finden. Schon kam ihm eine neue Idee: »Sag mal, Bock, mir tut gerade der linke große Zeh weh, weißt du zufällig, ob Pausback ein Mittelchen dagegen hat?«

»Du willst mich wohl nasführen?«, entgegnete der Wirt und

kam sich sehr schlau vor. »Wie kann dir ein Zeh wehtun, wo du doch gar keine Füße hast.«

»Weil heut Vollmond ist.«

»Vollmond?«

»Meine Füße liegen bei Kunersdorf. Ich hab sie dort selbst begraben, und immer wenn Vollmond ist, senden sie mir Schmerzen.«

»Tja, so.« Bock spürte Unbehagen. Alles, was unerklärlich oder übernatürlich war, machte ihm Angst. »Tja, so«, wiederholte er, »ich denk schon, dass Pausback ein Mittel gegen Körperpein hat.«

»Dann hol ihn mir her.«

Das ging denn doch zu weit, und Bock protestierte. Schließlich war er der Wirt und hatte zu tun. Immerhin schickte er eine Küchenmagd nach draußen, die scheltend und zeternd den lärmenden Kinderhaufen auseinandertrieb. Wenig später betrat der Riese gebeugten Hauptes die Schankstube.

»Einen gesegneten Abend wünsch ich dir«, rief Listig und fügte, weil er vorgegeben hatte, den Ankömmling zu kennen, rasch hinzu: »Mein alter Freund!«

Pausback antwortete nicht. Er hatte genug damit zu tun, sein Reff abzustellen und sich den Kopf nicht an der Decke zu stoßen.

»Bist müde vom Tippeln, wie? Komm, setz dich zu mir. Was hältst du davon, wenn wir einen Becher Wein trinken – auf deine Kosten?«

»Hmja«, sagte Pausback.

»Ich wusste es! Du bist ein wahrer Freund!«

Pausback ordnete mühsam seine Beine unter dem Tisch – sie waren so lang, dass sie auf der anderen Seite weit hevorragten – und versuchte, Klarheit in den Wirbel seiner Gedanken zu bringen. Zu vieles war in den letzten Minuten auf ihn eingestürmt. Erst die bösen Kinder, dann die ausgelaufenen Krüge und nun die drangvolle Enge, das trübe Licht und der beißende Qualm im *Gimpel*. Um irgendetwas zu tun, nahm er seinen Dreispitz ab und gab ihn Bock, damit dieser ihn an einen Nagel hänge. Bock, ja, den kannte er aus früheren Jahren. Aber wer war das blonde Bürschchen neben ihm? Er brummte: »Ich kenn dich n…«

»Und ich kenn dich!«, unterbrach Listig schnell. »Wie sollte es auch anders sein, wo wir doch schon so viele Meilen gemeinsam abgerissen haben, was? Ja, wir hätten sie sogar gefressen, wenn die Steine der Landstraßen nicht so schwer verdaulich wären, hahaha!«

Bock, der Pausbacks Hut fortgebracht hatte und nun zwei Becher Wein herantrug, wandte sich an das ungleiche Paar: »Ich denke, der linke Zeh tut dir weh? Willst du was essen?«

Pausback tat nichts weh. »Hm, nein.«

Listig wollte durchaus etwas essen und rief: »Er nicht, aber ich!«

Bock ging nicht darauf ein. »Wenn er dir wehtut, Listig, lass dir was dagegen geben. Aber dass du, Pausback, nichts essen willst, wundert mich. Hast du denn keinen Hunger?« Er setzte die Becher ab und wischte mit einem Tuch die Essensreste vom Tisch, anschließend, mit gleichem Schwung, die Schweißperlen von seiner Stirn. »Ich vermisse deinen Vater. Ist irgendwas mit ihm?«

»Nein«, sagte Pausback, der in Gedanken bei seinem leeren Geldbeutel war.

»Dann ist es ja gut.« Bock entfernte sich rasch, denn in der anderen Ecke der Gaststube hatte sich ein Handgemenge entwickelt.

Listig grinste. »Ei, Pausback!«, rief er und hob seinen Becher, »das ist mein sechster, und wenn es deiner Geldkatze gefällt, kommen noch einmal sechs hinzu.«

Pausback schwieg.

Listig trank.

Das Handgemenge in der Ecke wurde zur Prügelei. Listig kümmerte das nicht. »Trinkst du deinen Wein nicht, mein Freund?«, fragte er.

Pausback dachte an seinen Vater, mit dem früher alles so viel leichter gewesen war.

Der Dickliche taumelte heran und hielt sich die Hand vors Auge, offenbar war er in eine Faust gelaufen. »A… alles Kokoklo… Klokolo… Klores… Klo…« Er atmete schwer, denn er war mittlerweile sturzbetrunken. »A… alles Kokolores, hupps, was du erz… erzählst!«

Listig schob ihn weg. Er selbst spürte auch schon die Wirkung des Weins, aber so weit wie der Dickliche war er noch lange nicht.

»Wenn du deinen Wein nicht trinkst«, sagte er zu Pausback, so will ich dir die Arbeit gern abnehmen!« Er setzte den Becher an und trank ihn mit großen Schlucken aus. »Wie heißt es so schön? Jede Arbeit ist ihres Lohnes wert. Und mein Lohn besteht in einem neuen Wein. Bist du sicher, dass du selbst keinen willst?«

Der Dickliche näherte sich wieder. Mit der Hartnäckigkeit des Betrunkenen keuchte er: »Klokokores!«

Pausback brummte: »Nein.«

»Auch gut! Wenn du einverstanden bist, übernehm ich deine Arbeit und bestelle immer zwei Becher auf einmal. Aber was sehe ich da? Dein Rücken ist ja nass wie eine Katze, die in den Brunnen gefallen ist! Das haben wir gleich. Kennst du die beste Art, nasse Kleider zu trocknen? Nein? Die beste Art ist, im Leib ein Schnapsfeuer zu entzünden.«

Listig rief nach mehr Wein und zwei Kräuterschnäpsen, und nachdem alles mit einiger Verzögerung gekommen war – die Prügelei nahm unverändert einen Großteil von Bocks Aufmerksamkeit in Anspruch –, sagte er: »Prost, Pausback, wenn du schon keinen Wein trinkst, trink wenigstens den Schnaps. Glaub mir, der wärmt dir Leib und Seele.«

Pausback schnaufte. Er hatte noch nie im Leben so etwas Scharfes getrunken, und er musste an die Dame denken, die ihm die Weinflasche gegeben hatte, und daran, wie schlecht er sich nach dem Genuss des Inhalts gefühlt hatte. Doch schließlich nahm er das Schnapsglas in die Hand, sagte ebenfalls »Prost« und trank.

Listig beobachtete ihn dabei, und als er sah, wie puterrot der Riese anlief, wie er röchelte und kröchelte, wie Atemnot von ihm Besitz ergriff, lachte er lauthals: »Wahrhaftig, das Feuer ist in dir entzündet, aber mir will scheinen, es brennt noch lange nicht lichterloh!«

Leicht lallend bestellte er weitere Schnäpse, denn selbst eine so weinerprobte Zunge wie die seine formte die Wörter nicht mehr glatt. Wein und Schnaps, das vertrug sich nicht.

Der scharf gebrannte Stoff kam, und Listig kippte ihn hinunter, und da Pausback keine Anstalten machte, es ihm gleichzutun, trank er dessen Schnaps, ohne zu fragen, ebenfalls.

Und weil es so schön war, wiederholte er das Ganze gleich noch einmal.

»Klokores … Kores … Lores!« Der Dickliche war wieder da, schwankend wie ein Rohr im Wind und nur noch eine Jammergestalt in den Fängen des Alkohols, was ihn jedoch nicht davon abhielt, die Fäuste gegen Listig zu erheben. »J… Jetzt beziehie… beziehst du S… Sen… Senge!«

»An dem Tag, wo dir das gelingt … hicks … werden Tote furzen!« Listig hatte jetzt selber Mühe, die Worte richtig zu setzen. Er wollte den Dicklichen fortstoßen, doch es gelang ihm nicht – ihm fehlten die Füße, um abzustützen. Überdies verlagerte sich gerade der Schwerpunkt der Prügelei, die Streithähne rückten bedrohlich näher. Listig glaubte schon, die Ankündigung des Dicklichen würde wahr werden, da kam ihm wieder einmal das Glück zu Hilfe, denn einer der Raufbolde wurde gegen das Olitätenreff geschleudert, und mehrere Glasbehälter zersprangen in tausend Stücke. Die Streithähne störte das nicht, wohl aber Pausback, und das mit ungeahnten Folgen.

Er war die ganze Zeit verzagt gewesen, verzagt, betrübt und unruhig. Nur seine Vorräte hatte er im *Gimpel* ersetzen wollen, mehr nicht, und dann war er unter diese Saufbrüder geraten. Auch der kleine blonde Spottvogel, der so freundlich tat, konnte seinen Gemütszustand nicht bessern. Und der Schnaps hatte wie schiere Säure geschmeckt. Jetzt aber, da es um das Wenige ging, was ihm verblieben war, riss es ihn hoch. »Halt!« rief er. »Lasst mein Reff in Ruhe!«

Da die Schläger auf alles andere achteten, nur nicht auf sein Tragegestell, flog alsbald der Nächste dagegen. Wieder zerbarsten einige Flaschen, doch diesmal war Pausback zur Stelle und griff sich den Burschen. Ehe der Raufbold sich's versah, wurde er hochgehoben und wie ein Sack Kartoffeln in die Menge der Prügelnden geworfen. Für einen Augenblick ebbte der Lärm ab, und man hörte Listig schreien: »Los, gib's ihnen, Pausback! Beim Bart meiner Mutter, das wird ein lustiges Tänzchen!«

Doch dem war nicht so. Denn Pausback hielt inne, erstaunt und erschrocken über seine Tat. Nie zuvor in seinem Leben hatte er die Hand gegen Mensch oder Tier erhoben, und er musste erst einmal begreifen, was geschehen war. Die Raufbolde jedoch brauchten keine Atempause, sie ließen voneinander ab und stürzten sich auf den neuen Gegner. Pausback stand da wie ein Fels in der Brandung, umtost von Händen und Fäusten, die auf ihn einschlugen – aber sämtlich an ihm abprallten, denn selbst der größte unter den Streithähnen war immer noch drei Köpfe kleiner als er.

Über das Kampfgetümmel hinweg brüllte Listig: »Los, so wehr dich doch! Wehr dich, du Riese, wehr dich! Oder hast du das Herz eines Hasen?«

Und auch Bock verschaffte sich Gehör: »Verdammtes Pack, ihr macht mir alles kaputt! Lasst die Einrichtung ganz, lasst die Einrichtung ganz!«

Pausback beachtete beide nicht. Er hatte alle Hände voll zu tun, sich die Angreifer vom Leib zu halten, und wollte nur noch sein Reff nehmen und verschwinden. Er tastete nach dem Tragegestell und erhielt prompt einen Schlag aufs Ohr. Der Hieb war hinterhältig und sehr schmerzhaft, weshalb er aufstöhnte und eine ziellose Armbewegung machte. Die Bewegung sollte nur der Abwehr dienen, wurde aber bei einem Koloss wie ihm zu einem Rundumschlag. Die erste Welle der Angreifer taumelte durcheinander, als wäre sie unter einen Steinschlag geraten. Pausback staunte und kannte sich selbst nicht mehr. Er machte weiter, stieß den nächsten Mann nieder, dann noch einen und noch einen, bis schließlich alle vor ihm auf dem Boden lagen. Einmal in Fahrt, klemmte er sich vier von ihnen unter die Arme und schaffte sie, trotz heftiger Gegenwehr, vor die Tür.

»Gut gemacht!«, brüllte Listig. »Endlich trägst du Korsettsta... sta... stangen im Rock!«

Pausback hörte ihn nicht. Er wollte die menschliche Meute um sich herum loswerden, griff ein ums andere Mal in die wogenden Leiber, packte sie bündelweise beim Schlafittchen und warf sie hinaus.

»Wei... weiter so, weiter so!«, war Listig erneut zu vernehmen. Doch die Anfeuerungsrufe waren nicht mehr notwendig, denn der Schankraum war bereits menschenleer. »W... weiter so! Hui ... hicks ... hicks!« Listig saß auf dem Boden neben dem Fass, und seine glasigen Augen waren Zeugen dafür, dass er die Gunst der Situation genutzt hatte.

Bock wischte sich mit seinem Tuch über die Stirn. »Gott sei Dank, der Spuk ist vorbei.« Dann sah er, wo Listig hockte, und begriff. »Was hast du neben meinem Fass zu suchen? Hast du etwa ...«

»G... genau!« Listig lächelte schief und nahm sich zusammen. »Hab drauf auf... hicks ...gepasst.«

»Du hast dich daraus bedient! Du, das sage ich dir: Bei so was hört der Spaß auf.« Bock kippte das Fass an. »Da ist ja kaum noch was drin!«

»Wenn ich nicht drauf auf... hicks ...gepasst hätt, wär gar nix m... mehr drin!«

»Na ja, nun, vielleicht hast du recht. Aber vorher hast du jede Menge Weine und Schnäpse auf Pausbacks Rechnung gehen lassen. Ich hoffe, dein Freund kann das alles bezahlen.«

Pausback, der seinen Namen gehört hatte, kam näher. Bock

fragte ihn direkt: »Kannst du deine Zeche zahlen? Du hast zwar nichts gegessen, aber für eine hübsche Rechnung reicht es allemal.«

Der Riese schwieg. In gebückter Haltung stand er da, den Dreispitz bereits auf dem Kopf und das Reff auf dem Rücken. Bock fuhr ihn an: »Du willst doch wohl nicht einfach so gehen?«

»Hm, nein. Ich kann's nicht.«

Listig blinzelte heftig, damit aus dem doppelten Bock und dem doppelten Pausback wieder Einzelbilder wurden. Es gelang ihm einigermaßen. »Hör mal, B… hicks … Bock, hör mal gut zu: Wenn Paus… hicks …back nicht gewesen wär, könn… hicks … könntest du deinen Laden dichtmachen!«

Bock knurrte irgendetwas, das wie Zustimmung klang.

»Der … hicks … verdammte Schluckauf! Hol mir … hicks mal eine Schüssel Wasser.«

»Hol sie dir doch selbst.«

»Hicks.«

»Ach so.« Bock hatte vergessen, dass ein Mann ohne Füße dazu nicht in der Lage war. Murrend ging er. Als er mit der Schüssel zurückkam, nahm Listig sie ihm wortlos aus der Hand und trank sie halb leer. Dann nahm er den Rest des Wassers und goss ihn sich über den Kopf.

»Was soll die Planscherei? Du machst mir mehr Arbeit, als ich ohnehin schon habe.«

»Meine Methode, nüchtern zu werden.« Listig schüttelte den Kopf, als könne er dadurch den Vorgang beschleunigen. Dann deutete er auf den Schankraum, in dem nichts mehr stand, wie es einmal war. Tische, Böcke, Bänke, Schemel, Krüge Kannen, Kerzen, Teller, Messer, Gabeln und sonstige Gerätschaften lagen zerstreut zwischen Wein-, Blut- und Bierlachen, zwischen Hüten und Kleiderfetzen, zwischen zerborstenen Tonpfeifen und verschüttetem Tabak, ein wüstes Durcheinander, dessen Anblick nur dadurch gemildert wurde, dass nahezu alle Einrichtungsgegenstände heil geblieben waren.

»Setz mich da auf die Bank, Bock.« Listigs Stimme ließ keinen Widerspruch zu. »Danke. Und nun komm neben mich und du, Pausback, auf die andere Seite.«

»Was soll das?«, maulte der Wirt. »Ich habe keine Zeit. Muss das Tohuwabohu aufräumen.«

»Wenn Pausback nicht gewesen wär, brauchtest du nie wieder aufzuräumen. Könntest deinen Kram gleich in den Kamin werfen.«

»Ja, ja. Was reitest du darauf herum? Hab's doch schon zugegeben. Was willst du denn noch?«

»Essen. Essen für Pausback und mich.«

»Da hört sich doch alles auf! Dass Pausback was kriegt, mag ja noch angehen, aber du? Du hast mir den ganzen Wein weggesoffen.«

»Ich bin Pausbacks Freund. Wenn er was bekommt, bekomm ich auch was. Im Übrigen sag ich dir eines: Wenn er mit anfasst, ist dein Tohubawohu im Nu beseitigt.«

Bock kämpfte mit sich. Dann sagte er: »Meinetwegen«, und ging in die Küche, wo er die Magd, die sich noch immer hinter dem Geschirrschrank versteckte, aufscheuchte und ihr befahl, zwei Teller mit den Fleischresten des Ferkels herzurichten.

Listig und Pausback, die im Schankraum geblieben waren, sahen einander nicht an. Jeder hing seinen eigenen Gedanken nach. Schließlich sagte Listig in die Stille hinein: »Du, deine Füße hätt ich gern. Und deine Statur auch, dann könnt mir keiner was.«

Pausback grunzte. Er fühlte sich nicht wohl in seiner Haut. Sollte er dem Spottvogel dafür danken, dass er ihm zu einer Mahlzeit verhalf? Er hatte zwar Hunger, aber das Nachfüllen seiner Vorräte war noch wichtiger. Viel wichtiger …

»Oder«, sagte Listig, »du müsstest meinen Verstand haben, dann könnt dir keiner was. Aber die erste Lösung wär mir lieber. Mein Verstand und deine Statur.«

Pausback kam um die Antwort herum, denn Bock erschien wieder, in den Händen zwei Teller mit Gebratenem. Die Portionen, das sah Listig wohl, waren nicht so groß wie bei Gästen, die zahlten, aber er verkniff sich eine Bemerkung. Einem geschenkten Gaul schaute man nicht ins Maul. Er aß mit gutem Appetit, und je mehr er aß, desto nüchterner wurde er. Es dauerte nicht lange, da war er fertig und gab seinen Teller an Bock zurück. »Ein kleiner Nachschlag wär schon recht«, sagte er.

»Das könnte dir so passen. Nimm dir ein Beispiel an deinem Freund, der weiß die Mahlzeit zu schätzen und schlingt sie nicht so runter wie du.«

Was Bock sagte, stimmte. Pausback, von Hause aus kein großer Esser, war immer noch dabei, sich Fleischbissen in den Mund zu schieben. Er aß langsam und mit Bedacht. Zu Hause auf der Lichtenhainer Höhe hatte es, seitdem sein Vater tot war, niemals mehr Fleisch gegeben. »Danke«, brummte er, nachdem er sich das letzte Stück in den Mund gestopft hatte. »Danke. Hab ja kein Geld.«

»Was redest du da?« Bock, der mittlerweile dabei war, Schemel und Bänke wieder aufzurichten, glaubte, nicht richtig gehört zu haben. »Sag das nochmal!«

Listig ging dazwischen. »Du hast doch gehört, was er gesagt hat, Bock. Du bist so dankbar wie einer, den man aufs Rad geflochten hat! Die Schemel, die du da gerade zurechtrückst, sind allemal so viel wert wie das, was ich für Pausback bestellt hab.«

»Nicht nur bestellt, auch ausgesoffen.«

»Ganz recht.« Listig kam langsam wieder in Fahrt. »Ein Schemel kostet dich, sagen wir, drei Groschen, eine Bank an die zwölf, also einen halben Taler, acht Bänke hast du und sechs Schemel, das macht sechs mal drei gleich achtzehn plus acht mal zwölf gleich sechsundneunzig, also zusammen hundertundvierzehn Groschen, oder, wenn du es in Talern wissen willst« – er rechnete kurz –, »vier Taler und achtzehn Groschen, was vierdreiviertel Talern gleichkommt. Willst du wirklich behaupten, ich und Pausback hätten bei dir für so viel Geld gezecht?«

Der Wirt schwieg. Ihm fiel darauf nichts ein.

»Oder, wenn der Betrag dich in Pfennigen interessiert: Es sind nicht weniger als eintausenddreihundertachtundsechzig!« Listig war noch nicht fertig. »Statt dich über das gute Geschäft zu freuen, schaust du drein, als wär dir ein Kakerlak in den Bierkrug gehüpft.«

»Für die paar Taler richtet mir keiner eine neue Gaststube ein!«

»Braucht er auch nicht, sie ist ja noch ganz! Alles ist noch ganz! Soll ich dir vorrechnen, welchen Verlust ich und Pausback dir außerdem erspart haben? Da haben wir die Tische ...«

»Hör auf!« Bock merkte, dass er gegen diesen fußlosen Blonden einfach nicht ankam, obwohl er ahnte, dass ihm die Worte im Mund herumgedreht wurden.

»Aber warum denn! Jetzt geht's doch erst los! Pausback hilft dir beim Aufräumen, was ich, wie ich dir versichere, ebenfalls gern täte, aber du siehst ja selbst ...« Listig deutete bedauernd auf seine Beinstümpfe. »Also, frisch ans Werk!«

In der nächsten Stunde erlebte der Wirt, wie segensreich Riesenkräfte sind, wenn sie geplant zum Einsatz kommen. Dinge, die sonst nur von zwei oder drei Männern angehoben werden konnten, nahm Pausback auf, als seien sie eine Feder. Sogar das neue Hundertliterfass, das Bock für den nächsten Tag bereitstellen ließ, setzte er ohne sichtliche Anstrengung auf dem Zapfbock ab.

Wie nicht anders zu erwarten, regte Listig an, gleich einmal zu überprüfen, ob der Wein auch genießbar sei, doch diesmal biss er bei Bock auf Granit. »Kommt überhaupt nicht infrage. Der Wein ist gut. Komm morgen wieder, wenn sein Geschmack dich interessiert, aber ich rate dir: Komm nicht ohne Geld. Ein zweites Mal lasse ich nicht mit mir spaßen.«

Listig seufzte. »Bock, oh, Bock, warum bist du nur einer, der zum Lachen immer in den Keller geht! Nun ja, ich nehm an, du wirst es mir nicht verraten. Nebenbei, wo wir gerade von Wirtschaftsräumen reden: Du hast nicht zufällig ein warmes Plätzchen in deiner Scheune? Ich und Pausback wären dir dankbar.«

Gerne hätte der Wirt mit Nein geantwortet, aber ihm fiel kein Grund dafür ein. So kniff er nur die Lippen zusammen. »Von mir aus schlaft in der Scheune, aber benehmt euch. Kein Lärm, kein Licht, kein Feuer, und lasst die Finger von meiner Magd.«

Listig grinste. »Bewahre, Bock, bewahre! Wir wollen dir doch nicht ins Gehege kommen. Tu lieber ein gutes Werk, und setz mich auf mein Gefährt.«

Was Listig als sein »Gefährt« bezeichnete, war nicht viel mehr als eine zusammengenagelte Bretterfläche mit vier hölzernen Rollen darunter und einer Stange, die obendrauf lag. Die Stange diente der Fortbewegung, indem sie gehandhabt wurde wie ein Staken bei einem Kahn.

Bock gehorchte mit verdrossener Miene, obwohl die Aussicht, den blonden Burschen loszuwerden, für ihn etwas Verlockendes hatte.

»Wollt gern die Vorräte auffüllen, Bock.« Das war Pausback, der eben einen letzten Tisch zurechtgerückt hatte. »Kann sonst nicht weiter.«

»Was, jetzt?« Der Wirt fuhr herum. »Weißt du eigentlich, wie spät es ist? Die Vorräte liegen, wie du dich vielleicht erinnerst, oben unter meinem Dachboden, und ich habe was Besseres vor, als jetzt mit dir da raufzuklettern. Morgen ist auch noch ein Tag!«

»Ganz recht, ganz recht, morgen ist auch noch ein Tag!«, rief Listig. »Da stimme ich dir ausnahmsweise zu, Bock. Komm, Pausback, wir gehen.« Mit einer geschickten Bewegung stieß er sich mit der Stange ab und lenkte sein Gefährt zur Tür. Der Riese folgte ihm mit schwerem Schritt.

Als die beiden draußen waren, rief Bock ihnen nach: »Zur Scheune geht's links, aber dass ihr euch ja benehmt! Kein Lärm, kein Licht, kein Feuer! Am besten, ihr lasst euch hier nicht mehr blicken!« Und knallte die Tür zu.

»Ja, ja, ja!« Listig steuerte bereits den Heuschober an, der im Licht des Mondes wie ein schwarzer Schatten vor ihnen auftauchte. »Weißt du, Pausback«, sagte er, »ich hab mir was überlegt: Dir fehlt's am Köpfchen und mir fehlt's an den Füßen, stimmt's? Und keiner von uns beiden kann daran was ändern. Es sei denn, wir täten uns zusammen. Dann wär ich dein Kopf, und du wärst mein Gehwerkzeug. Ich könnte dir beim Verkaufen deiner Mittelchen helfen, und du würdest mich tragen. Ich wollte schon immer mal aus Thüringen raus.«

»Nein«, sagte Pausback.

»Nein?« Listig lachte. »Das ist nicht dein Ernst? Du verpasst die Chance deines Lebens! Wenn ich dein Hirn wär, könntest du doppelt so viel in der Hälfte der Zeit verkaufen.«

»Nein.« Pausback war stehen geblieben. Er dachte an den pickligen Kaspar aus Barigau, der so viel in die eigene Tasche gesteckt hatte, und an den Alten, der mit seinem ganzen Geld stiften gegangen war. Auf eine dritte Enttäuschung wollte er sich nicht einlassen.

Listig staunte. Er war es nicht gewohnt, dass jemand seiner Zungenfertigkeit ein so entschiedenes Nein entgegensetzte. »Du willst also auf etwas verzichten, das dir ganz umsonst geboten wird? Fürwahr, dir fliegen die Tauben wohl von selbst in den Mund?«

»Hmja.« Pausback fühlte sich unbehaglich, schließlich hatte der blonde Spottvogel ihm nichts getan, dennoch wollte er lieber allein weiterziehen.

»Dann mach, was du willst. Wirst schon sehen, was du davon hast.« Listigs Laune kippte um, rasch und unverhofft, wie bei so vielen, die es gewohnt sind, ihren Willen durchzusetzen. Er steuerte sein Gefährt weiter auf die Scheune zu, als hätte es Pausback nie gegeben. »Wer das Feld nicht kauft, soll den Dung lassen, wo er ist!«

»Gute Nacht«, sagte Pausback.

Dann ging er, sich ein Waldbett zu suchen.

Mutter Krumm zog die Joppe fester um ihre schmalen Schultern, denn sie fror erbärmlich. Seit ihrer Flucht aus der *Schenke am Markt* waren viele Tage vergangen, Tage der Einsamkeit und der Entbehrung, denn trotz der ansehnlichen Summe, die sie in der Tasche trug, wagte sie nicht, irgendwo einzukehren. Sie hatte sich nur von Kräutern und Wurzeln ernährt, von Ampfer, Brennnesselblättern, Minze und Bärlauch, und war dabei immer schwächer geworden. Zu allem Unglück war noch eine Blasenentzündung hinzugekommen, die sie zwang, sich alle paar Minuten hinzuhocken – eine Unterbrechung, die nicht nur lästig, sondern auch schmerzhaft war. Wenn das so weiterging, musste sie doch ihre Angst überwinden und irgendwo einen Physikus aufsuchen. Aber noch war es nicht so weit.

Sie richtete ihren Blick nach oben in die dichten Baumkronen, die träge im Sommerwind rauschten. Früher hatte sie das Rauschen des Waldes immer geliebt, jetzt trieb es sie zur Verzweiflung, denn es bedeutete, dass sich über ihr eine Glocke aus dichtem Blattwerk wölbte, durch die kein einziger Sonnenstrahl drang, um ihr Wärme zu schenken.

Es half nichts, sie musste weiter, obwohl sie ihr Ziel nicht einmal genau kannte. Irgendwo im Wald sollte es liegen, dort, wo er am tiefsten war, und ob sie es jemals finden würde, das wusste nur Gott. Während sie erneut ihre Schritte durch den dicht gewachsenen Forst lenkte, fiel ihr Pausback ein. Was der Riese wohl gerade trieb? Sie hatte ihn im Stich gelassen, als sie geflüchtet war, mehr noch, sie hatte sein Geld mitgenommen, und er musste sie für eine Betrügerin halten. Der Gedanke daran war ihr unangenehm. Aber sie hatte keine andere Wahl gehabt. Sie kannte Max Röther, den Amtmann, zur Genüge, und sie fürchtete seine Macht. Wenn er ihrer erst einmal habhaft geworden war, würde er alles aus ihr herausquetschen, was sie gesehen hatte, und das war nicht wenig.

Natürlich hatte es sich um Gift gehandelt, das Eva, diese Schlange, unter dem Fußbodenbrett hervorgeholt hatte, weißes Gift, das von ihr unter die Butter gemischt worden war, damit die ahnungslose Herrin es zu sich nehme. Wenn Röther herausbekam, dass sie das wusste, dann gnade ihr Gott. Er würde alles daransetzen, sie zum Schweigen zu bringen …

Mutter Krumm schreckte aus ihren Gedanken auf. Sie glaubte, ein Geräusch gehört zu haben. Vor ihr hatte sich das Unterholz geteilt, und ein Kutschweg wurde sichtbar. Ob es der Weg von Bücheloh nach Wümbach war? Es würde besser sein, erst einmal abzuwarten. Vorsichtig zog sie sich zurück. Wieder hörte sie das Geräusch. Quietschende Räder. Ein Gespann näherte sich! Für einen Augenblick war sie in Versuchung, das Gefährt anzuhalten, aber dann verwarf sie den Gedanken. Wer weiß, wer da drin sitzt, sagte sie sich.

Das Geräusch wurde stärker. Eine Peitsche knallte, gefolgt von einem Pferdewiehern. Mutter Krumm verkroch sich hinter einem niedrigen Vogelbeerbaum. Da kam die Kutsche! Eine schöne schwarze Kutsche war es, mit vier Pferden davor, offenbar das Gespann reicher Bürgerherren. Wieder überlegte Mutter Krumm, ob sie nicht auf den Waldweg treten und um Hilfe bitten sollte, da überschlugen sich die Ereignisse.

Mehrere Seile spannten sich plötzlich von einer Seite zur anderen und versperrten den Pferden den Weg. Sie scheuten und stiegen hoch, der Kutscher brüllte, fluchte, riss an den Zügeln und bot seine ganze Kunst auf, um sie zu beruhigen, allein, es war vergebens. Einmal in Panik, schlugen die Gäule mit den Hufen in die Luft, keilten aus und stürmten seitwärts in den Wald, wo sie schon nach wenigen Schritten mit bebenden Flanken zwischen den Baumstämmen hängen blieben. Es schien, als sei ihnen nichts passiert. Anders verhielt es sich mit der Kutsche: Sie war bei dem Unglück umgestürzt und lag nun mit rollenden Rädern auf der Seite.

Mutter Krumm wischte sich über die Augen, zu schnell war das alles für sie gegangen. Aber es war noch nicht zu Ende. Wilde Männer sprangen unvermittelt aus dem Unterholz hervor, Kerle von unterschiedlichster Erscheinung, doch alle bis an die Zähne bewaffnet. Sie liefen grölend und Pistolen schwingend auf den Wagen zu und zwangen die Insassen zum Aussteigen.

Allerdings war das leichter gefordert als getan, denn jeder Einzelne der Überfallenen musste mühsam nach oben durch die Tür klettern, bevor er die ebene Erde erreichte. Ein mächtiger Kerl mit wildem Blick und rotem Vollbart, der die Uniformreste eines russischen Linienmusketiers trug, zog seinen Dreispitz und rief den Ärmsten mit höhnischer Stimme zu: »Willkommen im Wald, Herrschaften! Der große Galantho steht leibhaftig vor Euch!«

Mutter Krumm sah, wie einige der Opfer zusammenzuckten. Der Räuberhauptmann schien bekannt zu sein. Sie selbst konnte mit seinem Namen ebenfalls etwas anfangen, sehr viel sogar. Er sagte ihr, dass sie ihr Ziel erreicht hatte, denn Galantho war der Einzige, der allen Ämtern und allen Häschern seit Jahren trotzte. Dort, wo er mit seinen Spießgesellen hauste, würde sie endlich in Sicherheit sein.

»Ich darf zuerst die Damen bitten, sich von den kleinen Dingen zu trennen, die das Leben so versüßen: von Ringen, Reifen, Ohrgehängen, von Ketten, Spangen, Medaillons – mit einem Wort, von allem, was glänzt! Gebt es heraus!«

»Nein, nicht mein Medaillon!«, heulte eine kostbar gewandete Matrone auf. »Nicht mein Medaillon! Eher geb ich Euch mein Leben.«

»Einverstanden, meine Gnädigste.« Galantho grinste, trat vor und schob ihr mit dem Pistolenlauf den Schleier zurück. Dann setzte er ihr die Waffe an die Schläfe. »Ich zähle bis drei: eins, zwei …«

»Nein, halt, um Gottes willen!«, stammelte die Matrone. »Hier ist es, hier ist es schon!« Aufschluchzend nahm sie sich das Kleinod ab.

»Das ist denn doch die Höhe!« Ein fein gekleideter älterer Herr mit Kneifer und eisgrauem Bart fuhr dazwischen. »Habt Ihr denn gar keinen Anstand, Galantho? Wisst Ihr denn nicht, wer vor Euch steht? Keine Geringere als Katharina von Salm, die Tochter des Ritters von Salm, der mit dem Fürsten von Rudolstadt in dritter Linie …« Weiter kam er nicht, denn Galantho hatte ihm den Knauf seiner Pistole über den Schädel gezogen. Nach diesem Exempel fügten sich die übrigen Reisenden in ihr Schicksal. Kein Wort des Protestes wurde mehr laut. Sie drängten sich zusammen wie die Lämmer auf der Weide und gaben freiwillig heraus, was Galantho verlangte.

Angesichts dieser Gewalttätigkeiten fragte Mutter Krumm sich, ob es wirklich richtig war, sich einer Räuberbande anzuschließen, zumal die Halunken ihre Opfer jetzt an den Händen fesselten und dabei nicht sonderlich sanft vorgingen. Damit nicht genug, versetzten sie den Ärmsten ein paar Hiebe und Stöße und nahmen ihnen so den letzten Rest ihrer Würde.

Als das geschehen war, schirrten ein paar von ihnen die Pferde aus und ritten johlend in umgekehrter Richtung davon.

Galantho brüllte: »Nun seid bedankt, edle Damen und Herren, ich hoffe, Ihr kommt schnell über den kleinen Verlust hinweg!« Er zog seinen Dreispitz und verbeugte sich theatralisch. »Der große Galantho schenkt Euch das Leben. Allerdings müsst Ihr es Euch erst erlaufen und nach Bücheloh tippeln. Ein strammer Marsch, wie ich Euch versichern darf! Nur immer geradeaus und der Nase nach, haha! Adieu, die Herrschaften, und empfehlt mich weiter.«

Begleitet vom dröhnenden Lachen der übrigen Räuber, machten die Opfer sich auf den Weg.

Unterdessen hatte Mutter Krumm sich endgültig entschlossen. Sie wollte vor Galantho hintreten und ihm ihre Dienste anbieten, trotz aller Rohheit, die sie gesehen hatte. Zunächst natürlich in ihren Männerkleidern, später vielleicht … Doch mitten in ihre Gedanken hinein schoss ein Schmerz, der sie niederzwang. Es half nichts, sie musste ein paar Tropfen Wasser lassen. Schon wieder! Das Geschäft tat auch diesmal so weh, als schnitte ihr ein Messer in den Leib, und es kostete sie ihre ganze Willenskraft, nicht vernehmlich aufzustöhnen. Nachdem sie fertig war, ging es ihr etwas besser, ihre Gedanken wandten sich wieder den Räubern zu. Was sie vorhatte, war nicht ungefährlich, aber was war schon ohne Gefahr in diesen Zeiten! Für einen Moment zögerte sie noch, dann trat sie auf den Weg.

Und der Weg war leer.

Mutter Krumm glaubte zunächst, einem Trugbild aufgesessen zu sein, deshalb rieb sie sich die Augen und sah erneut hin. Doch es blieb dabei, der Waldweg war verlassen. Nur die Kutsche lag noch da. Ihr erster Gedanke war, den Räubern zu folgen, doch wohin sollte sie ihnen folgen, in welche Richtung? Der Wald hatte sie spurlos verschluckt.

Wieder fiel ihr Blick auf die Kutsche. Ob noch Wertvolles darin verborgen war? Kaum. Alle Koffer und Taschen waren von den Schurken durchwühlt worden, und aus der Art, wie sie dabei vorgegangen waren, ließ sich erkennen, dass sie es nicht zum ersten Mal getan hatten. Nein, Kostbarkeiten waren hier nicht mehr zu holen. Und selbst wenn: Was nützten sie ihr?

Mutter Krumm schnaubte und hörte ein Knurren. Es dauerte einige Zeit, bis sie erkannte, dass es ihr eigener Magen war. Essen … Wie sehr sehnte sie sich nach richtiger Nahrung! Vielleicht ließ sich in der Kutsche etwas finden?

Ohne sich weiter zu besinnen, kletterte sie auf den Wagen und ließ sich mit einiger Mühe ins Innere hinab. Dunkel war es hier, ihre Augen mussten sich erst an das wenige Licht gewöhnen. Dann erspähte sie ein paar Beutel und Ballen, dazu ein Behältnis, das wie eine Hutschachtel aussah. Nutzloser Tand! Doch da, was war das? Es konnte ein Picknickkorb sein, denn ein kariertes Tuch lugte unter dem Deckel hervor. Mutter Krumm machte den Korb auf und erblickte zu ihrer Freude einen ganzen Kapaun, dazu weißes Brot, kandierte Früchte und andere Leckereien – die Speisen der Reichen.

Sie setzte sich auf die Kutschenwand, die nun den Boden darstellte, und ließ es sich schmecken. Am köstlichsten war das Kandierte, denn man konnte den Zuckersirup langsam ablutschen und am Schluss die Frucht auf der Zunge zergehen lassen. Auch das weiche Brot war gut, vor allem bei ihrer Zahnlosigkeit. Schwieriger war es mit dem Kapaun. Zwar war er zart wie Butter, verlangte aber nach emsiger Tätigkeit ihrer Kiefer. Egal, so gut wie heute hatte sie lange nicht mehr gegessen. Nicht einmal im Hause Röther. Röther, der Unmensch, der ihr den Ofen verweigert hatte und seine Frau vergiften ließ …

Nachdem sie ihre Mahlzeit beendet hatte, musste Mutter Krumm mehrmals aufstoßen, wobei sie sich keinerlei Zwang antat. Rülpsen schickte sich eigentlich nicht, nicht einmal für eine alte Magd wie sie, doch heute war das einerlei. Es hörte sie ja niemand.

Nach einer Weile bekam sie Durst. Sie wollte das Kutscheninnere wieder verlassen und nach einer Quelle Ausschau halten. Und auch nach den Räubern. Irgendwo im Wald mussten sie schließlich stecken.

Der Weg nach oben durch die Seitentür war beschwerlich, weshalb es einiger Anstrengung bedurfte, bis Mutter Krumm ihren Kopf wieder ins Freie stecken konnte. Gerade wollte sie den Rest ihres Körpers über die Türschwelle ziehen, da nuschelte eine Stimme: »Dacht ich mir's doch: Wenn du nich Mutter Krumm bist, will ich 'n Dutzend Besen fressen.«

»Herr im Himmel!«, entfuhr es ihr.

»Hatte so 'n Rascheln am Wegrand gehört. Wusste erst nich, ob's was zu bedeuten hätt. Hab gewartet deshalb und mich versteckt. Und siehe da, Mutter Krumm kam aus'm Busch! Hatte Kohldampf, die Mutter Krumm, wie? Hat gerülpst wie 'n Pferd, die Mutter Krumm, wie? Wird ja auch in ganz Thüringen gesucht, die Mutter Krumm, wie? Bin gespannt, was Galantho sagt, wenn ich dich ins Lager schlepp.«

»Herr im Himmel!«, sagte Mutter Krumm noch einmal. Der Räuber, der da vor ihr stand und so hämisch grinste, hatte sie sofort erkannt. Und sie ihn.

Es war der lange Hannikel.

Pausback wurde vom Vogelgezwitscher in den Bäumen wach. Normalerweise lauschte er gern dem Klang der kleinen Sänger, aber an diesem Morgen war es anders. Sie konnten ihn nicht erfreuen, denn irgendetwas drückte ihm auf die Seele. Er fragte sich, was es wohl war. Dann fiel ihm der gestrige Tag ein, und er seufzte auf. Das war es also. Wieder war ihm alles fehlgeschlagen. Er hatte nichts verkauft, im Gegenteil, die frechen Jungen von Pennewitz hatten ihm seine irdenen Töpfe mit dem Engel-Balsam und den Thüringer Cholera-Tropfen zerstört. Damit nicht genug, war auch im *Gimpel* so allerlei im Reff kaputtgegangen. Anlass war die Rauferei gewesen. Wie hatte er sich nur so vergessen können! Gottlob hatte die Mutter ihn nicht dabei gesehen.

Pausback stand auf und schüttelte die Blätter aus seinem Laubsack. Nachdem das getan war, faltete er ihn sorgfältig zusammen und verstaute ihn im Tragegestell. »Mutter«, murmelte er, »ich werd dir niemals sagen, was passiert ist. Würdest dich doch schämen für mich.«

Die Antwort war ein lärmendes, schwätzendes »Tschack-tschack«.

»Mutter?« Pausback hob den Kopf und entdeckte über sich in einer Astgabel einen Krammetsvogel. »Vater? Ach, Vater!« Er setzte sich wieder, denn nun war er nicht mehr allein. »Ich hab alles falsch gemacht, Vater, aber Mutter darf's nicht wissen. Hab mich gestern geprügelt und nix verdient.«

Der Vogel sang weiter und hüpfte emsig von Ast zu Ast.

»Bin froh, dass du's mir nicht übel nimmst, Vater. Was soll ich bloß machen? Ich denk, ich geh gleich zurück zum *Gimpel* und füll die Vorräte auf.« Pausback machte eine gedankenschwere Pause. »Oder soll ich erst alles verkaufen, was im Reff drin ist? Dann lohnt sich's Auffüllen vielleicht mehr?«

Der Krammetsvogel schwieg, denn ein Zweiter war herbeigeflogen, und beide begrüßten sich lebhaft. War es das Weibchen?

Pausback kratzte sich am Ohr und scharrte mit den Schuhen, wie immer, wenn er besonders scharf nachdachte. Wenn der andere Vogel das Weibchen war und der Krammetsvogel war Vater, dann war der andere Vogel vielleicht – Mutter?

»Eigentlich hab ich schon viel verkauft, Vater!«, rief Pausback und verschwieg, dass er bisher noch keinen Pfennig dafür bekommen hatte. »Will nun gleich los und noch mehr verkaufen.« Er erhob sich ächzend und schulterte sein Reff. Während er losstiefelte, warf er einen scheuen Blick zurück zu den Vögeln.

Sie beachteten ihn nicht.

Da schritt er zügig aus, zurück zum *Gimpel*, denn das Wirtshaus lag nahe. Auf dem Weg dahin begegneten ihm drei Bauersfrauen. Eine davon erkannte ihn und blieb stehen. »Du musst der Riese sein, der gestern Abend im *Gimpel* den Streit vom Zaun gebrochen hat!«, rief sie erbost.

»Ach, du bist das?«, entrüstete sich ihre Freundin.

»Weißt du überhaupt, was du mit meinem armen Mann gemacht hast?«, brüllte die Dritte und stemmte die Arme in die Hüften. »Halb tot ist er! Aber wenn ich dich anschaue, ist das auch kein Wunder! Vier Rippen hat er gestaucht, auf jeder Seite zwei, ein Zahn ist raus, und im Ohr klingelt's ihm, als würden alle Glocken von Pennewitz läuten.«

»Meiner liegt schwer zu Bett, konnte nicht aufstehen heute Morgen, weil der Kopfschmerz in seinem Gehirn tobt.«

»Und meiner erst! Die ganze Nacht hat er gewimmert und sich die Nase gehalten. Irgendjemand hat sie ihm gebrochen, und jetzt weiß ich auch, wer!«

Pausback hob beschwichtigend die Hände. Er konnte sich beim besten Willen nicht vorstellen, der Verursacher all dieser Verletzungen zu sein. »Ich hab nix getan, ihr guten Frauen«, murmelte er. »Wirklich nix. Hab nur die Männer ein bisschen vor die Tür geworfen.«

Das hätte er besser nicht sagen sollen, denn jetzt stürzten die Frauen sich erst recht auf ihn und schrien und pöbelten auf eine Weise, wie es nur die übelsten Marktweiber tun.

Pausback wurde immer kleinlauter und verzweifelter. Schließlich rief er: »Was kann ich bloß tun, damit ihr endlich ruhig seid? Was kann ich bloß tun?«

Die Bauersfrauen hielten inne. Diese Sprache verstanden sie. »Nun«, meinte die Erste, »wenn ich dran denk, dass ich noch den Doktor holen muss – gib mir Geld.«

»Ja, Geld!«

»Am besten jeder von uns einen halben Taler.«

»Aber ich hab kein Geld, nix, gar nix, wirklich!« Bevor die Weiber erneut auf ihn mit Worten eindreschen konnten, kam Pausback eine Idee. »Ich hab Olitäten! Feine Olitäten! Nur Schüpplings Olitäten haben beste Qualitäten.«

»Dann gib uns davon! Aber reichlich! Gegen alles, was unsere armen Männer plagt!«

Keine Viertelstunde war vergangen, da hatten die Frauen Pausback um einen großen Teil seiner restlichen Waren erleichtert. Sie hatten sich von ihm Otho-Balsam gegen Ohrensausen geben lassen, Karmelitergeist gegen Kopfschmerzen, Arnica-Tinktur gegen Verstauchungen, Kron-Essenz gegen Übelkeit und sonstige Beschwerden, Pfefferminztropfen gegen Mattigkeit, Kamillenkompressen gegen Wunden aller Art und nicht zuletzt eine große Menge von Opodeldoc, einem geheimnisvollen Universalmittel, von dem man sagte, Paracelsus selbst habe es entwickelt und seinen Namen aus den Anfangsbuchstaben der Inhaltsstoffe hergeleitet.

Endlich ließen die Weiber Pausback aus ihren Fängen – einen Pausback, der wieder einmal verzagt war, denn seine Vorräte im Reff waren praktisch erschöpft, und noch immer hatte er nichts verdient, nichts, das er daheim auf der Lichtenhainer Höhe der Mutter in die Hand drücken konnte.

Kurze Zeit später betrat er wieder den *Gimpel*, der zu dieser Zeit nur schwach besetzt war. Dennoch saßen einige der Zechbrüder schon bei Wein, Bier und Schnaps. Sie schwangen die Gläser und waren bereits in einem Stadium, da ihnen ihr »Kampf gegen den Riesen«, wie sie es nannten, wie ein Sieg vorkam. Auch der Dickliche fehlte nicht. Ebenso wenig wie die zwei Zimmerleute. Der Himmel mochte wissen, woher sie als Handwerksburschen das viele Geld nahmen, das sie im Wirtshaus ließen.

Bock hätte eigentlich erfreut sein müssen über den unstillbaren Durst seiner Gäste, aber er gehörte nun einmal zu jenen Menschen, die durch nichts zu erheitern sind. Auch heute schaute er wieder sauertöpfisch drein, und mit eben jener Miene begrüßte er Pausback. »Ich sag dir gleich, wenn du kein Geld hast, wirst du bei mir nichts trinken.«

»Aber vielleicht etwas essen?«, hakte Listig, der selbstverständlich ebenfalls unter den Zechern war, sofort nach. »Eine doppelte Portion, zum Beispiel, von der ich die Hälfte übernehmen würde!«

Bock winkte ab. »Mit dem Kniff bin ich schon einmal reingelegt worden, und zwar von dir. Nochmal passiert mir das nicht.«

»Tag, Listig«, sagte Pausback ein wenig verlegen.

»Tag«, entgegnete dieser einsilbig. Offenbar war er noch beleidigt wegen der Abfuhr, die er am gestrigen Abend erhalten hatte. Auch die anderen Gäste hatten nicht viel zu vermelden.

Eben hatten sie den Riesen noch besiegt, jetzt stand er leibhaftig vor ihnen. Da hielt man besser den Mund.

»Hmja.« Pausbacks Verlegenheit wuchs. »Bock, ich wollt dich nur bitten, dass ich die Vorräte auffüllen darf.«

»Wenn's sein muss«, grunzte der Wirt, rief nach der Küchenmagd und befahl ihr, die Gäste weiter zu versorgen. Dann stieg er mit Pausback die Holztreppe zum Dachboden empor.

Oben angelangt, entzündete Bock eine Laterne und zeigte auf eine Ecke, in der unter Kalbfellen fein säuberlich Fläschchen, Schachteln, Dosen und mancherlei mehr gestapelt war. Der alte Schüppling selbst hatte die Vorräte noch angelegt und selbstverständlich für die Aufbewahrung im Voraus bezahlt. Schade, dachte Bock bei sich, gern hätte ich nochmal einen Obolus verlangt, aber Recht muss Recht bleiben.

Während er Pausback beobachtete, wie dieser die Arzneien nach Behältnis, Inhalt, Farbe, Form und Geruch aussortierte und in die geräumigen Fächer seines Reffs einräumte, war unten in der Gaststube plötzlich wildes Gelächter zu hören. Dann erscholl der unmissverständliche Ruf nach dem Wirt: »Bock! Bock, wo steckst du? Booock!«

Der Gimpelwirt wurde unruhig. Er wusste nicht, was da vorging. Am besten, er würde gleich einmal nachschauen. Er hastete die Treppe hinunter und sah, dass drei neue Gäste eingetroffen waren. Drei Bauern, die gestern mitgebechert hatten. Sie waren diejenigen, die so lauthals lachten, und einer von ihnen tönte gerade: »… hoho, hab für alles dem Riesen die Schuld gegeben: Dass er angefangen hat, hab ich gesagt, dass er auf mich los ist, hab ich gesagt, dass er mich so zugerichtet hat, hab ich gesagt. Hoho, das alles hab ich gesagt. Und wisst ihr, was dann passiert ist? Ihr werdet's nicht glauben: Meine Alte hat mich umhätschelt wie eine Hündin ihre Jungen, wusste gar nicht, wie mir geschah, hoho! Hab dann natürlich noch mehr gestöhnt und noch lauter gejammert, hoho!«

»Genauso hab ich's auch gemacht!«, brüllte der Zweite, und der Dritte bekam einen Lachanfall, wischte sich die Tränen aus den Augen und fuhr fort: »Wie's der Zufall wollte, haben unsere Weiber vorhin den Riesen getroffen, haha, stellt euch das mal vor, na, in dessen Haut hätt ich nicht stecken mögen, keiner von uns, was? Hähä! Um es kurz zu machen: Sie haben diesem Pausback gehörig die Meinung gegeigt und ihn gerupft wie 'ne Weihnachtsgans, seinen ganzen Medikamentenkram ist er losgeworden, damit wir auch gut behandelt werden können. Hähä, so blöd kann nur einer sein, der Pausback heißt!«

Kaum hatte der dritte Bauer das gesagt, hörte man oben auf der Treppe ein Scharren und Poltern. Lederne Schuhe von gewaltigen Ausmaßen wurden sichtbar, die langsam die Stufen herabstiegen, gefolgt von Gamaschen, einem braunen Mantel, Armen, Schultern und schließlich dem ganzen Mann: Pausback. Er hatte seinen Namen gehört, seine Nachfüllarbeit unterbrochen und kam, um zu sehen, was man von ihm wollte. Da stand er nun in voller Größe, mit eingezogenem Kopf und dem Reff auf dem Rücken, denn von diesem trennte er sich nie. »Hm, hat mich wer gerufen?«, fragte er friedlich.

Es war so still in der Schankstube, dass man das Fallen einer Stecknadel hätte hören können. Niemand antwortete. Schon gar nicht die drei Maulhelden, denn Angst und Entsetzen lähmten ihnen die Zunge.

Der Erste, der sich fing, war Listig, der die Gelegenheit witterte, umsonst an ein paar Gläser zu kommen. »Sieh nur, Pausback!«, rief er. »Erkennst du die drei nicht? Du hast sie gestern Abend, äh, sagen wir, vor die Tür begleitet, und heut Morgen hast du ihre Frauen getroffen.«

»Ja«, sagte Pausback zögernd. Er musste die vergangenen Bilder erst einmal ordnen. »Ja, die Frauen … Ihren Männern geht's schlecht, aber ich war's nicht.«

»Beim Bart meiner Mutter, natürlich warst du's nicht. Und schlecht gehen tut's ihnen schon gar nicht. Schau sie dir an, da sitzen sie auf ihren dicken Hintern und blicken drein wie das blühende Leben.«

Bock gab sich einen Ruck. Er mochte einer sein, der, wie Listig sagte, zum Lachen in den Keller ging, aber er hatte auch ein Gefühl für Ehre und Anstand. Deshalb schlug er in die gleiche Kerbe: »Hört mal zu, ihr drei: Wenn eure Frauen so viele Arzneien von Pausback wollten, dann doch wohl nur, weil ihr ihnen heute Nacht wer weiß was vorgeheult habt. Schämt euch.«

Listig rief: »Ja, schämt euch. Eure Frauen haben Pausback Arzneien abgepresst, die ihr gar nicht braucht. Dadurch ist ihm ein großer Schaden entstanden. Das Mindeste, was er verlangen kann, ist, dass ihr ihm die Arzneien zurückgebt.«

»Ja«, sagte Bock, »so ist es.« Und auch die anderen Gäste schlossen sich seiner Meinung an. Sogar der Dickliche nickte.

»Aber … aber …« Die drei Maulhelden wirkten jetzt sehr verstört. Sie steckten die Köpfe zusammen und beratschlagten, was sie tun sollten. Nach Hause zu gehen und zu beichten, ihr Gejammer sei nur Schauspielerei gewesen, kam natürlich nicht infrage. Dafür hatten ihre Frauen zu viele Haare auf den Zähnen. Daraus folgte, dass sie an die Arzneien nicht mehr herankamen und ein anderer Weg der Entschädigung gefunden werden musste. Aber welcher?

Listig schien ihre Gedanken zu erahnen, denn er rief: »Wenn ihr die Medikamente nicht zurückgeben könnt, müsst ihr sie bezahlen!«

»Richtig«, sagte Bock, »das finde ich auch.«

Zaghaft wandte einer der Maulhelden ein: »Aber wir wissen ja gar nicht, wie viel sie kosten.«

Listig grinste. »Darüber macht euch nur keine Sorgen. Es ist genau so viel, wie ihr zusammen in den Taschen habt. Also, heraus mit dem Mammon!«

Unter dem Gelächter der anderen Zecher mussten die drei sich von ihrer gesamten Barschaft trennen. Pausback wusste kaum, wie ihm geschah, als er plötzlich so viel Geld in den Händen hielt. Ungläubig schüttelte er den Kopf.

»Freust du dich denn nicht?«, fragte Listig.

»Hm, hm, doch, mächtig sogar.« Pausback verstaute die Münzen sorgfältig in seiner Geldkatze. »Und froh bin ich.«

»Froh? Worüber denn?«

»Dass ich's wirklich nicht war. Dass den Kerlen nix passiert ist.«

»Denk lieber an dich. Und an mich. Du könntest etwas tun, damit auch ich froh werd.«

»Was denn?«

»Bestell mir einen Wein. Meine Zunge fühlt sich schon an wie ein Reibeisen.«

»Hm, hm.« Pausback druckste herum. Eigentlich wollte er das ganze Geld behalten und nichts davon für Wein ausgeben, aber dann fiel ihm ein, dass es nicht richtig wäre, denn ohne Listig hätte er gar nichts gehabt, nicht eine einzige Münze. »Ist gut. Aber nur einen Becher.«

»Einen Becher für mich, einen Becher für dich.«

»Ja, wenn du meinst …«

Nachdem sie ausgetrunken hatten, sagte Listig: »Hui, das hat gutgetan. Rebensaft Stimmung schafft! Ich denk, ich nehm gleich noch einen.«

»Hab dir doch schon einen bezahlt.«

»Das kann ich nicht abstreiten, aber auf einem Bein steht man nicht, und wenn man wie ich keine Füße hat, dann steht man überhaupt nicht, sondern ist auf die Barmherzigkeit seiner Mitmenschen angewiesen. Oder willst du etwa meine Hilflosigkeit ausnutzen, Pausback?«

»Hm, tja, ausnutzen will ich nix.«

»Na also. Wir verstehen uns. He, Bock, noch zwei!«

Nach den zweien folgten abermals zwei und dann nochmals und nochmals. Pausback, des Trinkens ungewohnt, ließ zu Listigs Freude jeden zweiten Becher aus, kam aber auch so in sehr heitere Stimmung. Er hatte Geld, endlich Geld, das er der Mutter mit nach Hause bringen konnte. Mit Geld sah die ganze Welt rosig aus, und selbst die Zecher um ihn herum hatten freundliche Gesichter. Warum war ihm das gestern Abend nicht schon aufgefallen?

Zwei weitere Becher wurden vor ihn hingestellt. Seltsam, wie es mit dem Wein war: Erst nach dem zweiten Trunk begann er zu schmecken. Wie viele Becher er wohl schon gehabt hatte? Er musste nur aufpassen, dass er nicht all sein Geld ausgab, und zusehen, dass er neues hinzuverdiente.

Bei diesem Gedanken fiel ihm Listig ein, der neben ihm auf der Bank saß und mit seinem lockeren Mundwerk die halbe Schankstube unterhielt. Eben brüllte er: »Bock, du alter Niemalslacher, schaff zwei neue Becher heran!«

»Nein«, sagte Pausback, »nicht mehr, bitte.«

»Wieso? Was hast du gegen Wein? Er ist unter den Getränken das nützlichste, unter den Arzneien die schmackhafteste und unter den Nahrungsmitteln das angenehmste! Prost!« Listig trank seinen Becher aus und wartete auf den Nächsten. »Außerdem heißt es *in vino veritas,* mein Freund, und die Wahrheit ist, dass es sich heut prächtig feiern lässt. Oder bist du anderer Meinung?«

Das war Pausback nicht, im Gegenteil, er hatte sich lange nicht so wohl gefühlt, was sicher auch an dem Respekt lag, der ihm von allen Seiten entgegengebracht wurde.

»Na bitte! Dann sollten wir von den gebratenen Würsten bestellen, die bei Bock in der Pfanne brutzeln.«

Wieder musste Pausback an seine Barschaft denken. Bestimmt war sie bereits um ein gehöriges Stück zusammengeschmolzen. »Ja, hm, lieber nicht.«

»Wie? In der Bibel heißt es: *Lasst uns essen und trinken, wir sterben doch morgen,* was nichts anderes heißt, als dass man den Tag nutzen muss! *Carpe diem!* Oder hast du was gegen die Heilige Schrift?«

Pausback rutschte auf der Bank hin und her. »Hm, das nicht gerade …«

»Großartig! He, Wirt, bring uns ein Dutzend Würste, acht für mich und vier für Pausback, damit es auch gerecht ist!« Er lachte schallend, und alle lachten mit.

Auch Pausback fiel mit ein. Es war wirklich ein gelungener Abend, und die Würste würden schon nicht so teuer sein. Als sie gebracht wurden, musste er feststellen, dass sie köstlich schmeckten. Thüringer Würstchen! Listig hatte schon recht: Warum sich Sorgen um den nächsten Tag machen, der kam noch früh genug.

Er trank einen weiteren Schluck Wein, und alles sah noch rosiger aus.

Umso mehr, als ihm einfiel, wie leicht Listig mit Zahlen umging. Er war ein Tausendsassa. Ja, das war er. Kein anderer wäre in der Lage gewesen, Bock so geschwind vorzurechnen, was ihn neue Möbel gekostet hätten. Viele tausend Pfennige. Oder waren es Kreuzer? Oder Taler? Nein, Taler nicht, eher schon Groschen. Wieder musste Pausback lachen. Die Zahlen und Münzen umschwirrten ihn wie Fliegen, aber heute fand er das lustig.

Wenn man einen wie Listig hatte, konnte man das lustig finden. Lustig mit Listig! Das klang ulkig. Abermals musste Pausback lachen.

»Was erheitert dich … hicks … du Sohn des Enak?« Im Gegensatz zu Pausback hatte Listig schon alle Würste vertilgt und spülte sie bereits mit reichlich Rebensaft hinunter. Er rülpste und wiederholte seine Frage: »W… was erheitert dich, du Sohn des Enak … hicks?«

Pausback strahlte. Er merkte gar nicht, dass Listigs Zunge Schwierigkeiten bekommen hatte und dass seine Stimme verwaschen wie ein altes Hemd klang. »Hab nur gedacht, wenn man einen wie dich hat, ist's egal, ob man rechnen kann.«

»Das isses wohl! Pass auf …, hicks … hicks … dieser verfluchte Sch… Schl… Schluckauf, eine Rechenaufgabe: Wenn ein Mann eine G… Grube … hicks … in einer Stunde gräbt, wie lange brau… hicks …chen dann drei dafür?«

Pausback kicherte und klopfte Listig auf den Rücken, wie seine Mutter es früher immer bei ihm getan hatte, wenn der Schluckauf ihn plagte. Es gab ein hohles Geräusch, was Pausback noch mehr lachen ließ. »Das ist leicht! Drei Mann sind dreimal so viel wie einer, da brauchen sie drei Stunden.«

Listig brüllte auf vor Lachen. »Fürwahr … hicks … das nenn ich Logik, drei Mann sind dreimal so viel wie … hicks … einer! Das hätt der liebe Herr… hicks …gott nicht besser rechnen k… können.«

Pausback strahlte. Listigs Lob tat ihm sichtlich wohl. Wie angenehm das Leben doch war! Ob es mit Listig zusammen noch angenehmer wäre? Bestimmt!

»Hm, hör mal, Listig«, sagte Pausback mit gelöster Zunge, »wenn ich am Tag tipple und keiner ist da, ich mein, keiner außer Vater, dann hätt ich gern einen zum Reden. Hab's mir schon ein paar Mal gewünscht. Ich geh bis nach Dessau, weißt du, und dann die Elbe runter nach Hamburg. Hamburg ist 'ne schöne Stadt, mächtig groß, aber 'ne schöne Stadt. Kommst du mit? Ich mein, wo du doch so gut rechnen kannst?«

Listig, gerade dabei, Pausbacks Becher ebenfalls zu leeren, hatte kaum zugehört. »I… ich denk, dein Alter ist … hicks nicht mit?«

Pausback überlegte. »Vater ist immer da, hmja, nur manchmal nicht.«

»Versteh ich … nicht.«

»Du hast's doch selbst gewollt. Kommst du mit?«

»Wo… wohin?«

»Nach Hamburg!«

»Nach Hamburg?« Listig wurde langsam wieder nüchtern. Was wollte der Riese eigentlich von ihm? Gestern Abend hatte er es noch rundheraus abgelehnt, ein Gespann zu bilden, der Scheitan mochte wissen, warum, und nun schien er es sich anders überlegt zu haben. Grundsätzlich war der Vorschlag noch immer gut, er hatte nur den Nachteil, dass er diesmal nicht von ihm kam. »Nein!«

»Ja, nach Hamburg.«

»Ich sagte doch: nein!«

Pausback kratzte sich am Ohr und scharrte mit den Schuhen. »Hm, hm, aber ich wär dein, äh, Gehwerkzeug, hast du gesagt, und du wärst mein Kopf oder so ähnlich, jedenfalls wolltest du, dass wir uns zusammentun.«

»Das war gestern, heut ist heut.«

»Schade.«

»Hast du dir überhaupt mal überlegt, wie das Ganze gehen soll … hicks? Willst mich wohl wie eine Heufuhre hinter dir herziehen, oder wie?«

»Weiß nicht.«

»Na also.«

»Schade«, sagte Pausback noch einmal. Die Welt, eben noch in rosiges Licht getaucht, hatte sich verdüstert. Er mochte nicht länger im *Gimpel* sein. »Hm, ich zahl dann und geh.« Er stand auf, griff sein Reff und ging mit schweren Schritten zum Zapfbock, wo der Wirt stand. Dort holte er seine pralle Geldkatze hervor und gab sie Bock. Dieser nahm sich heraus, was ihm zustand und gab sie zurück – leer. Pausback merkte es nicht, er war zu enttäuscht.

Wenig später war er verschwunden.

Wiederum einen Tag später saß Listig Trübsal blasend im *Gimpel*, ihm fehlte das Geld, um sich eine Stärkung für die Leber zu bestellen. Zwar hatte Bock bislang nicht spitzgekriegt, wie es um seine Barschaft stand, aber das konnte sich gleich ändern, denn der Wirt schlurfte heran und sagte: »Pass auf, Listig, du bist nicht hier, um dein Zeug aufzutragen, und ich gebe meinen Wein nicht für Gotteslohn ab. Wenn du was trinken willst, zeig mir als Erstes dein Geld.«

»Wie kann man nur so misstrauisch sein!«, rief Listig voller Empörung. »Ich zeig dir was viel Besseres! Sieh her!« Umständlich holte er eine kleine Spanschachtel hervor, wobei er so tat, als handele es sich dabei um die Kronjuwelen sämtlicher europäischer Königshäuser, und öffnete sie vorsichtig. »Was sagst du dazu?«

Der Wirt schnaufte: »Was soll das sein? Ein Zahnstocher?«

»Bei allen Göttern, Bock, versündige dich nicht! Es ist ein Splitter, und beileibe nicht irgendeiner. Deine Augen ruhen auf einer Reliquie, einer Einmaligkeit, einer unbezahlbaren Kostbarkeit!«

»Pah!«, machte Bock.

»Oh, du ungläubiger Thomas, weißt du denn nicht, dass den Überresten der Heiligen göttliche Kraft innewohnt? Und nicht nur ihren Überresten, auch sämtlichen Dingen, mit denen sie sich umgaben? Dieser Splitter stammt aus dem Kreuz des heiligen Antonius, dem Schutzpatron der Haustiere und dem Bewahrer vor dem roten Hahn. Er ist unzerstörbar, und wenn du, Bock, am Tag des Jüngsten Gerichts deinem Schöpfer gegenübertrittst, wird er noch immer so aussehen wie heut. Wohl dem, der dann eine solche Reliquie bei sich trägt!«

»Der Splitter ist unzerstörbar, sagst du?«

»So wahr ich hier sitze!«

»Dann geh in die Küche und wirf ihn ins Feuer. Wenn die Flammen ihm nichts anhaben können, will ich dir glauben.«

»Bock, oh, Bock! Wie kannst du nur so verletzend sein? Du

weißt doch genau, dass ich nicht in die Küche gehen kann, selbst wenn ich's hundertmal wollt.«

»Ach so.« Bock war für einen Augenblick verwirrt. »Tut mir leid, daran habe ich nicht gedacht. »Aber ehe du mich wieder aufs Kreuz legst, will ich dir den Gang gerne abnehmen.«

»Nun gut, tu das. Ich bin nicht nachtragend, Bock. Vorher jedoch könntest du mir einen Becher Wein bringen, sozusagen als Wiedergutmachung.«

Der Wirt wollte gerade eine barsche Antwort geben, da hörte er hinter sich die Tür aufgehen. Pausback war eingetreten und stand mit gebeugtem Kopf da. Er nahm den Dreispitz ab und sagte: »Tag auch. Hm, hm, Bock, wollt gern mein Reff zu Ende auffüllen, ist gestern ja nix geworden.«

»Ich habe jetzt keine Zeit«, sagte Bock, »geh nur rauf, du findest den Weg ja allein.«

»Danke, Bock.«

Listig fragte: »Bringst du mir nun den Wein, Bock? Du hattest es mir gerade versprochen.«

»Den Teufel habe ich! Und deinen komischen Splitter kannst du dir sonstwohin stecken!«

»Bock, oh, Bock! Warum bist du nur immer so verbiestert? Hat deine Magd sich dir wieder verweigert, oder woran liegt's? Trink lieber einen Wein mit mir, dann sieht das Leben gleich ganz anders aus.«

Jetzt hatte der Wirt endgültig die Nase voll von seinem fußlosen Gast, und er hätte ihn vor die Tür gesetzt, wenn nicht in diesem Moment ein weiterer Mann die Schankstube betreten hätte. Es war der Büttel von Pennewitz, Keil mit Namen, ein allseits unbeliebter Mann, da er zu jener Sorte Mensch gehörte, die niemals ein Auge zudrückt.

Keil entbot die Tageszeit, blickte sich kurz um und nickte den beiden Zimmerleuten, die auch an diesem Tage wieder da waren, unmerklich zu. »Bock«, sagte er dienstlich, »Ihr wisst, meine Zeit ist begrenzt, sagt mir deshalb besser gleich, wo der Buckelapotheker hin ist. Er wurde gestern hier im Gasthaus gesehen.«

Den Wirt durchfuhr ein heißer Schreck. Mit Keil war nicht zu spaßen. Woher, zur Hölle, wusste der Mann, dass Pausback hier gewesen war? Einer der Zecher musste es ihm gesteckt haben, eine andere Möglichkeit gab es nicht. Aber wer? Laut sagte er: »Buckelapotheker, welcher Buckelapotheker? Ich kann meine Augen nicht überall haben, Keil.«

»Ich habe sichere Informationen, dass ein riesenwüchsiger Bursche dieses Gewerbes gestern hier war. Und vorgestern auch. Leugnet also nicht, es wäre zwecklos.«

Bock wischte sich mit dem Schweißtuch die Stirn. Dass man ihn auch nie in Ruhe lassen konnte! Sicher ging die ganze Angelegenheit wieder von dem Stadtrat Damann in Langewiesen aus. Damann war nicht nur Rat, sondern auch Apotheker und ein unversöhnlicher Feind aller Balsamträger, welche, wie er sagte, den ehrbaren Pillendrehern das Wasser abgruben. Da er ein Mann mit Einfluss war, sorgte er immer wieder dafür, dass Buckelapotheker verhaftet und davongejagt wurden.

Bock war so in Schweiß geraten, dass er sein Tuch gleich noch einmal gebrauchen musste. Wenn Keil herausbekam, dass Pausback auf dem Dachboden war, konnte es nicht nur für den Riesen brenzlig werden, sondern auch für denjenigen, der ihm gestattet hatte, dort oben seine Vorräte aufzubewahren – also für ihn, Bock. »Ich leugne ja gar nicht, Keil. Vielleicht war der Buckelapotheker sogar hier – und wenn schon! Er hat nichts von seiner Ware verkauft, das weiß ich genau, denn das hätte ich mitgekriegt.«

»Ich auch!«, rief Listig dazwischen. »Ich muss es wissen, Herr Büttel, schließlich war ich vorgestern und gestern ebenfalls hier.«

»Wer bist du?«, fragte Keil, »dass du junger Bursche dir so häufig einen Besuch im Wirtshaus leisten kannst?«

»Ich bin ein Mann ohne Füße und komme nur langsam vom Fleck, weswegen ich gern länger an einem Ort verweile.«

Nach dieser Erklärung lachten einige der Zecher zaghaft, aber Keil verzog keine Miene. »Das ist keine Antwort.«

»Oh, es ist so gewiss eine Antwort, wie Ihr Zahnschmerzen habt, Herr Büttel.« Listig war nicht entgangen, dass Keil eine dicke Backe hatte.

Keil fuhr sich mit der Hand über die schmerzende Stelle. In der Tat hatte sich über Nacht bei ihm ein Weisheitszahn entzündet. »Das eine hat mit dem anderen nichts zu tun! Ich warte immer noch auf deine Antwort.«

»Vielleicht hat es nichts damit zu tun, vielleicht aber auch doch. An Eurer Stelle würd ich mir den Übeltäter herausbrechen lassen, je eher, desto besser. Ich selbst würd die Prozedur mit Freuden vornehmen, aber Ihr seht ja selbst: Mir fehlt's am nötigen Instrumentarium. Lasst trotzdem den Kopf nicht hängen, denn ich weiß einen trefflichen Rat: Bringt Euch in den Besitz einer Reliquie, die in der Lage ist, alle Krankheiten über Nacht zu heilen.«

»Du stiehlst mir meine Zeit.« Keil war nach wie vor dienstlich, wenn auch nicht mehr ganz so streng wie am Anfang, denn der Zahn zwickte ihn, und die Aussicht auf Linderung seiner Schmerzen war angenehm.

»Jawohl, Herr Büttel, allerdings muss ich darauf bestehen, dass ich Eure Zeit nicht habe. Vielleicht hat ein anderer sie gestohlen. Durchsucht mich nur, und Ihr werdet zum gleichen Ergebnis kommen.« Bevor Keil sich gefoppt fühlen konnte, fuhr Listig fort: »Ich hab hier etwas, das eine Operation völlig unnötig machen würd.«

Der Büttel blickte zweifelnd auf das spitze Stück, das in einem blauen Wattebett lag, und fragte: »Meinst du den hölzernen Pfriem da?«

Mit der gebotenen Entrüstung erklärte Listig, dass es sich keinesfalls um eine Schusterahle handele, sondern um eine Reliquie des heiligen Antonius, wobei er die Tatsache, dass dieser der Schutzpatron aller Haustiere war, großzügig auf deren Besitzer erweiterte. »Wer die Reliquie dreimal am Tag für die Länge eines Vaterunsers anfasst, dem werden alle Schmerzen bis zum anderen Morgen genommen.«

»Was du nicht sagst.« Keil betrachtete den Splitter jetzt mit anderen Augen. »Aber wer garantiert mir, dass du mir nicht irgendwelche Märchen auftischst?«

Listig schlug die Augen nieder und sagte treuherzig: »Der Splitter heilt alles, glaubt mir, nur verlorene Füße kann er nicht ersetzen, weshalb ich mich auch von ihm trennen würd – natürlich gegen eine kleine Entschädigung.«

»Tja.« Keil rang mit sich. Als Lutheraner glaubte er nicht unbedingt an die Kraft einer Reliquie, andererseits gab es mehr Dinge zwischen Himmel und Erde, als viele sich träumen ließen. »Was würdest du dafür haben wollen?«

Listig triumphierte insgeheim, ließ sich aber nichts anmerken. »Nur eine Tagesmahlzeit und ein paar Becher Wein«, sagte er mit bescheidener Stimme, doch als er sah, dass Keil mit dem Preis mehr als zufrieden schien, fügte er rasch hinzu: »Für die ganze nächste Woche.«

Keils Freude bekam einen Dämpfer, dennoch war für ihn die Entscheidung gefallen. »Äh, nun gut, ich bin einverstanden. Gib mir das Wunderding.«

Kaum hatte er die Spanschachtel eingesteckt, drängte ihn Bock, der Morgenluft witterte, in Richtung Ausgang. »Gebt das Geld nur gleich mir, Herr Büttel, dann könnt Ihr sicher sein, dass der Fußlose einen guten Gegenwert dafür bekommt.«

Das war Keil recht, er hatte es eilig, nach Hause zu kommen, denn es vertrug sich nicht mit seiner Würde, in einer Schankstube vor aller Augen das Vaterunser herzubeten. Er gab Bock die gewünschte Summe und verließ den *Gimpel* unter vielerlei Dienern des Wirts und dem Aufatmen aller Anwesenden, jedoch nicht, ohne vorher die beiden Zimmerleute mit einem auffordernden Blick bedacht zu haben.

Was Keil recht gewesen war, war Listig noch lange nicht billig, liebend gern hätte er selbst die bare Münze entgegengenommen, aber keine Möglichkeit des Eingreifens gesehen. Umso mehr beeilte er sich nun, in den Genuss des Verdienten zu kommen. »He, Bock, du Niemalslacher!«, brüllte er. »Egal, was du auf dem Feuer hast, eine doppelte Portion davon und einen großen Becher Rotspon dazu!«

»Wird gemacht.«

»Und dass du mir die Bestellung nicht mit meinem Geld verrechnest! Ich hab dir aus der Patsche geholfen, oder glaubst du, ich wüsst nicht, in welcher Klemme du eben gesteckt hast? Blut und Wasser hast du geschwitzt, dass der Büttel von Pausback nichts mitkriegt, und das ist allemal eine kräftige Mahlzeit wert!«

»Kommt nicht infrage.« Bock war schon wieder ganz der Alte.

In den neu ausbrechenden Streit mischte sich das Geräusch schwerer Schritte auf der Holztreppe. Pausback hatte seine Arbeit beendet und kehrte mit prall gefülltem Reff in die Schankstube zurück. Listig bemerkte es nicht, sondern nahm weiter den Wirt aufs Korn: »Bock, oh, Bock, schon in der Bibel nahm Jesus das Brot, dankte und brach's! Sag bloß, du willst dieses Vorbild missachten und deine Speise nicht teilen? Na also! Und am besten, du bringst statt einem gleich zwei Becher Wein.«

»Hab aber kein Geld«, brummte Pausback, der nur den letzten Satz gehört hatte und glaubte, Listig bestelle schon wieder auf seine Kosten. »Ist alles draufgegangen.«

»Was, du?«, fuhr Listig herum. »Sapperlot, hast du mich erschreckt!«

»Hmja«, sagte Pausback. »Hab kein Geld.«

»Was? Ist gestern denn gar nichts übrig geblieben?«

Pausback zuckte mit den Schultern.

»Bock, der Halsabschneider! Den knöpf ich mir vor.« Listig musste nicht lange warten, sein Vorhaben in die Tat umzusetzen, denn gerade erschien der Wirt mit dem Wein – allerdings nur mit einem Becher. »Bock!«, schrie Listig. »Du hast gestern den armen Pausback über den Löffel barbiert, hast ihn bis auf den letzten Pfennig ausgenommen, und alles nur für ein paar läppische Weine! Hast du denn gar kein Gewissen?«

Der Angriff saß. Der Wirt stand steif wie ein Ölgötz und schnappte nach Luft. Dann hatte er sich gefasst und brüllte zurück: »Ich habe ehrlich abgerechnet! Gott ist mein Zeuge, ehrlich abgerechnet habe ich! Was kann ich dafür, wenn du jeden Abend wie ein Loch säufst! Meinst du, das wäre umsonst? Hast schon genug bei mir abgestaubt, meine Gutmütigkeit ausgenützt, dich auf meine Kosten lustig gemacht!« Es folgte ein starker Schweißausbruch, von dem ein paar Tropfen in Listigs Becher fielen.

»Igitt! Ich brauch einen neuen Wein. In diesen hast du reingeschwitzt!«

»Das ist mir scheißegal!« Der Wirt hatte sich in Rage geredet. Er war jetzt so wütend, wie ihn noch nie jemand gesehen hatte. »Lange genug habe ich dich ertragen, du fußloser Fant, lange genug! Noch ein Wort, und ich schmeiß dich raus. Endgültig!«

Listig schaute ungläubig drein. Einen solchen Ausbruch hatte er dem Wirt nicht zugetraut. »Bock, so kenn ich dich gar nicht«, sagte er verwundert. »So beruhige dich doch. Ich möcht nicht schuld daran sein, wenn dich der Schlag trifft.«

»Ersticken sollst du an deinem vorlauten Mundwerk.« Bocks Zorn verrauchte langsam.

»Wenn du darauf bestehst.« Listig grinste etwas mühsam. »Aber vorher möcht ich, wenn's recht ist, kräftig essen. Wenn du mir mein Geld schon nicht gibst, rück wenigstens eine Mahlzeit heraus. Aber eine doppelte.«

»Meinetwegen.« Der Wirt drehte ab und kam kurz darauf mit zwei großen Zinntellern zurück. Wahre Köstlichkeiten lagen darauf, unter anderem verschiedene Sorten guter Wurst, Kraut, Käse und frisches Brot.

Listig bedankte sich artig, wollte aber wissen: »Wieso bringst du eine so kleine Portion, Bock? Und dann gleich auf zwei Tellern? Ich hatte nur einen bestellt.«

Der Wirt schüttelte den Kopf. »Willst du denn wirklich deinem Freund was voressen, wo er doch gestern Abend so viel für dich bezahlt hat?«

Listig geriet nur für einen Augenblick in Verlegenheit. »Ich dachte, er hätt schon gegessen. Nicht wahr, Pausback, du hast doch schon was gehabt?« Als die Antwort ausblieb, hakte er nach: »Die Sache ist doch erledigt, oder?«

»Hm, hm, nein.«

»Na bitte, er will doch was«, sagte Bock. »Setz dich nur dazu, Pausback, ich bringe dir noch einen Wein. Heute bist du Listigs Gast.«

Gehorsam stellte Pausback sein Reff neben die Tischbank und nahm Platz. Er fühlte sich nicht wohl in seiner Haut, denn er hatte Zweifel, ob Listigs Einladung von Herzen kam. »Ich ess auch nicht viel«, sagte er, »muss sowieso gleich los.«

»Bedien dich«, versetzte Listig gnädig, »was mich betrifft, so brauch ich noch einen Nachschlag.«

Der nächste Teller wurde gebracht und mit ihm ein weiterer Becher Wein. Während Listig mit der ihm eigenen Geschwindigkeit aß und trank – wenig später rief er nach der dritten Portion –, war Pausback noch immer beim ersten Gericht. »Bin satt«, sagte er.

»Ich nicht«, sagte Listig.

»Muss nun los. Alles Gute.«

»Dasselbe für dich.«

»Ich geh dann jetzt.« Pausback schulterte sein Reff und räusperte sich. »Hm, hm, schade, dass du meine Füße nicht willst.«

»Wie? Ach so.« Listig wischte mit der letzten Scheibe Wurst den Krautsaft vom Teller.

»Ja, schade.« Er dachte daran, dass sein Mahlzeitenkredit schon fast aufgebraucht und kein neuer in Sicht war. »Wenn du willst, lass dir von Bock den Rest geben, ich meine den Rest von dem, was ich an Essen noch guthab, dann ist wenigstens alles futsch.«

»Ich brauch nix, aber danke.«

Listig nagte an der Unterlippe. Zu dumm, dass er keinen weiteren Antonius-Splitter mehr hatte. Sonst hätte er versuchen können, ihn zu verhökern wie vorhin an Keil. Keil, der es ganz offensichtlich so eilig gehabt hatte, die Kraft der Reliquie auszuprobieren … »Halt!«, rief Listig. Ihm war gerade ein äußerst unangenehmer Gedanke gekommen: Ihm war eingefallen, dass er Keil versprochen hatte, der Splitter würde über Nacht den Zahnschmerz nehmen. Es gehörte nicht viel Fantasie dazu, sich auszumalen, wie der Büttel reagieren würde, wenn er merkte, dass er übertölpelt worden war. Keine Sekunde würde er zögern und wutschnaubend zum *Gimpel* eilen und dann … »Weißt du, Pausback, es wäre wirklich schade, wenn ich deine Füße nicht wollte, aber wer sagt dir denn, dass es so ist?«

»Hm, wie?«

»Ich hab gerade angedeutet, dass ich mir vorstellen könnt, in Zukunft für dich zu denken – wenn du für mich läufst.«

Pausback schluckte. Das Ganze ging zu schnell für ihn. »Meinst du, hm, meinst du, wir beide könnten doch …?«

»Ja, das meine ich. Komm, setz dich wieder hin.«

»Aber, aber, ich mein, wie soll ich … und du bist doch keine Heufuhre?«

»Renk dir nicht das Hirn aus. Überlass das mir. Ja, ja, so könnte es gehen … He, Bock, gib mir einen letzten Becher Wein!«

Der Wirt schlurfte mit dem Gewünschten heran. »Ich habe mich wohl verhört? Du verlangst einen letzten Becher Wein? Bist du krank? Fehlt dir was?«

Listig ging nicht darauf ein. »Sei unbesorgt. Das Einzige, was mir fehlt, sind die beiden Zimmerleute da drüben. Sei so gut und schaff sie mir her. Ich muss mit ihnen sprechen.«

»Ich kann mir nicht vorstellen, was du mit denen zu besprechen hättest, aber von mir aus.«

Der Wirt verschwand, und kurz darauf standen die beiden Zimmerer vor Listig und Pausback. »Was ist?«, fragte der Größere misstrauisch.

»Setzt euch.«

»Erst wenn ich weiß, was los ist.«

»Wirst es nie erfahren, wenn du dich nicht setzt.«

Widerstrebend ließ der Größere sich nieder. Der Kleinere tat es ihm nach.

»Gebt ihr einen aus?«, fragte Listig.

»Nein, warum sollten wir!«, blaffte der Kleinere.

Listig lehnte sich zurück. »Warum? Weil ihr stets gut bei Kasse seid.«

»Was geht's dich an.« Der Größere kniff lauernd die Augen zusammen.

Listig musste lachen. »Du ziehst ein Gesicht wie einer, der auf dem Kackbrett hockt! Aber Spaß beiseite. Es geht mich sehr wohl was an. Denn ich weiß, warum der Groschen bei euch so locker sitzt. Ihr macht gemeinsame Sache mit Keil, der euch dafür bezahlt, dass ihr harmlose Bürger bespitzelt. Pausback ist einer von ihnen. Ihr habt ihn an Keil verraten. Wie viel habt ihr dafür bekommen?«

Kaum hatte der Größere das gehört, schoss er mit geballten Fäusten von der Bank hoch. »Nichts haben wir! Wage nicht nochmal, so was zu behaupten, sonst …«

»… sonst was? Deine Reaktion, mein Freund, spricht Bände. Wenn ich noch Zweifel an meiner Vermutung gehabt hätt, spätestens jetzt wären sie weg. Setz dich, entspann dich, oder willst du mit Pausback raufen?«

Das wollte der Größere natürlich nicht, und so nahm er knurrend wieder Platz.

Listig trank, ganz gegen seine sonstige Gewohnheit, nur einen kleinen Schluck. »Ihr seid also Spitzel, wie jeder sehen kann, der Augen im Kopf hat, und ihr habt Pausback bei Keil angeschwärzt. Ich frage mich, was wohl passiert, wenn sich herumspricht, dass ihr in Wahrheit keine Zimmerleute seid.« Er machte eine vielsagende Pause. »Volkes Zorn kann grausam sein.«

Der Kleinere schob das Kinn vor. »Was willst du von uns? Natürlich sind wir Zimmerleute.«

»Ach ja? Dann wisst ihr sicher auch, von welchem Baum das Hakenblatt fällt?«

»Du willst uns wohl aufs Glatteis führen? Ein Hakenblatt ist eine Holzverbindung und kein Baum.«

»Oh, das wusste ich nicht.« Zufrieden lehnte Listig sich zurück.

»Wir sind schon mit Axt und Breitbeil umgegangen, als du noch in die Windeln geschissen hast.«

»Schon gut. Später seid ihr dann mehr mit Auskünften umgegangen. Ich schlage euch ein Geschäft vor: Wenn ihr für mich als Zimmerleute arbeitet, will ich vergessen, dass ihr für Keil als Spürhunde geschnüffelt habt. Einverstanden?«

Der Größere kniff die Augen zusammen. »Kommt drauf an. Kann schon sein, dass wir dir helfen, natürlich nur aus reiner Nächstenliebe. Worum geht's denn?«

Listig wies auf Pausbacks Reff. »Darum.«

Einer trage des andern Last …

Als die Zimmerleute zwei Tage später mit dem Reff fertig waren, hatte es sich erheblich gewandelt. Zwar sah es noch immer so aus wie eine mächtige, auf dem Kopf stehende Kiste, aber sämtliche Einsätze und Schubladen waren aus ihm entfernt worden, und es bot jetzt Platz für den Transport großer Gegenstände.

Gleichzeitig hatten sie sich des Rollwagens angenommen. Das Gefährt war im Boden verstärkt worden und hatte einen abschließbaren hölzernen Aufbau erhalten, dazu eine Art Deichsel zum Ziehen.

Das Ergebnis ihrer Bemühungen war verblüffend, denn die Funktion beider Konstruktionen hatte sich umgekehrt: Listigs Körper fand nun Platz im Reff und Pausbacks Olitäten auf dem Rollwagen.

»Ich werd auf alle spucken können!«, rief Listig, als Pausback ihn in das Tragegestell hob. »Hoppla, Langewiesen, wir kommen!«

Doch so weit war es noch nicht. Erst mussten sie noch aus Pennewitz hinaus, und ein böser Zufall wollte es, dass einige der Rotzjungen wieder auf der Lauer lagen. Listig sah sie und überlegte, ob er seine Ankündigung sofort wahr machen und auf sie spucken sollte, ging dann aber lieber auf Tauchstation. Er wollte erst einmal abwarten, wie sich die Dinge entwickelten.

Kaum dass die Jungen Pausback entdeckt hatten, stimmten sie wieder ein Spottlied an:

»Apotheker,
Balsamhöker,
gabst uns nix

aus der Büchs!
Drum geh fort
aus dem Ort,
komm nicht her,
nimmermehr!«

Abermals warfen sie mit Steinen, und Pausback riss die Arme hoch und schützte sein Gesicht. Verzweifelt rief er: »Aber ich hab doch nix, wirklich, ich hab nix!«

»Pssst!«, klang es unterdrückt aus seinem Reff. »Bleib stehen!«

Pausback gehorchte, wenn auch widerstrebend, und ein schauerlicher Laut ertönte hinter seinem Rücken, ein Laut wie aus der Unterwelt, der den Jungen einen Schauer über den Rücken jagte. Damit nicht genug, formte der Laut sich zu Silben, zu Wörtern, zu einer Melodie und versetzte die Jungen in noch mehr Angst.

»Beelzebub,
böser Bub!
Lausebub,
nach Hause, Bub!
Oder schnell
in die Höll!
Oder schnell
in die Höll …«

Als die schauerliche Stimme den Vers noch einmal wiederholte, war auch den mutigsten Jungen das Herz in die Hose gesunken. Sie machten sich aus dem Staub, so rasch ihre Beine sie trugen.

Pausback wusste kaum, wie ihm geschah. »Hm, warst du das, Listig?«, fragte er.

»Wer sonst!«, lachte Listig und steckte den Kopf wieder aus dem Reff. »Der Teufel macht im Himmel Ferien, und der liebe

Gott hat einen schönen Tag gemacht! Los, ihr Beine, tragt mich zu dem Waldweg dahinten, und dann spaziert immer geradeaus, Langewiesen wird uns schon irgendwann begegnen.«

Doch die Beine setzten sich nicht in Bewegung, denn Pausback hatte etwas einzuwenden: »Ist besser, wir nehmen den richtigen Weg, Listig.«

»Wieso?«

»Sind immer den Weg gegangen, Vater und ich.«

»Ich als dein Kopf bin anderer Meinung! Immer der Nase nach, heißt's! Und die zeigt Richtung Wald.«

Pausback fügte sich und stiefelte los, den Wagen hinter sich herziehend, rumpelnd und holpernd, aber den Olitäten konnte nichts passieren, denn sie waren allesamt gut verpackt.

Eine Weile gingen sie so, da meinte Listig: »Ich glaub, die Beine werden mir schwer, eine kleine Rast wär jetzt gut.«

Pausback, der in Gedanken auf der Lichtenhainer Höhe geweilt hatte, schreckte auf. »Rast? Hm, sind doch gerad erst losgezogen.«

»Ich hab Hunger, und die Wurst im Gepäck will mir schon die ganze Zeit in den Magen springen.«

»Hm, hm. Haben aber noch nix geschafft.«

»Ist Langewiesen eine schöne Frau?«

»Wie, eine Frau?«

»Also nicht. Dacht ich mir's doch. Nur schöne Frauen soll man nicht warten lassen. Alles andere schon.«

Pausback ging weiter.

Listig meinte ungeduldig: »Langewiesen kann warten. Halt an!«

»Nein.«

»Sagtest du Nein?«

»Hmja.« Pausback ging weiter.

Grollend fügte sich Listig in sein Schicksal. Ganz so einfach schien es doch nicht zu sein, den Riesen zu bändigen.

Eine halbe Stunde mochte vergangen sein, da gelangten sie auf eine große Lichtung mit einer blumenbewachsenen, zur

Rast einladenden Wiese. Gerade wollte Listig wieder auf die Wurst zu sprechen kommen, die der Gimpelwirt zum Abschied noch herausgerückt hatte, als plötzlich eine ältere Frau aus dem Wald hervorlief. Sie rang die Hände und jammerte: »Euch schickt der Himmel, Herr Buckelapotheker! Helft, bitte, helft, mein armer Mann, oh, mein armer Mann!«

/Listig reckte den Hals aus dem Tragegestell und rief: »Was fehlt ihm denn, dass er so arm ist?«

Die Frau wich erschrocken zurück. Ein Reff mit einem Mann als Inhalt hatte sie noch nie gesehen. »Großer Gott!«

Listig grinste. »Du verwechselst mich, Gevatterin, ich bin nur Listig!«

Die Frau verstand nun gar nichts mehr.

Pausback brummte: »Wo ist er denn, dein Mann?«

»Folgt mir, bitte, schnell!« Die Frau eilte voraus und führte die beiden durchs Unterholz auf eine kleine Holzhütte zu, aus der laute Schmerzensschreie drangen. »Da drin liegt er, er ist Köhler, er hat sich den halben Arm verbrannt, oh, mein Gott, oh, mein Gott!«

Die Frau hatte nicht übertrieben. Ihr Mann lag auf einem Strohbett, den linken Arm dick verpackt in einen Wollstrumpf, und heulte zum Gottserbarmen. Im ganzen Raum roch es nach verbranntem Fleisch. »Ich habe ihm Mehl auf die Wunde getan, gutes weißes Mehl, das Beste, das ich hatte«, erklärte die Frau verzweifelt, »aber es wird nicht besser. Seit zwei Tagen geht das so, und nun ist auch noch das Fieber dazugekommen!«

Listig beugte sich aus dem Reff, ausnahmsweise einmal mit ernstem Gesicht. Er verzog die Nase und sagte: »Mehl ist falsch, Mehl verklumpt die Wunden.«

»Aber was hätte ich denn machen sollen! Wir sind arme Leute, arbeiten alle Tage, oh, wenn mein Mann doch nur besser aufgepasst hätte! Am Meiler hat er gestanden und ihn entzündet, und dann war das Holz nicht ganz trocken, und dann brannte es nicht richtig, und dann ist er in den Feuerschacht hinein …«

»Hinein oder heraus, das nützt jetzt nichts. Nimm deinem Mann den Wollstrumpf ab!«

Die Frau gehorchte, und ihr Mann schrie auf. Er hatte wirklich allen Grund dazu, denn der Arm sah Furcht einflößend aus.

»Setz mich runter«, sagte Listig zu Pausback. »Da auf den Schemel neben dem Bett. Ja, so ist's recht. Und du, Frau, holst eine Schüssel mit Klarwasser und saubere Lappen.«

Die Köhlerin verschwand, und auch Pausback entfernte sich, dabei »hm, hm« vor sich hin brummelnd und: »Brandwunden, hm, da wird Hühnerfett das Richtige sein, ja, Vater? Auf dem Wagen draußen ist vielleicht was.«

Drinnen war die Köhlerin zurück und reichte das Gewünschte. »Ich merk's erst jetzt, ihr habt ja gar keine Füße, junger Herr! Oh, Ihr Armer!«

»Natürlich hab ich Füße.« Listig war nicht danach zumute, über dieses Thema zu reden. »Sie liegen in der Nähe von Kunersdorf.« Er tauchte den Lappen in die Schüssel und begann, die mit Blut und Lymphe durchtränkte Mehlschicht zu entfernen. Trotz aller Vorsicht brüllte der Mann dabei mehrfach auf, während seine Frau händeringend danebenstand und ein ums andere Mal rief:

»Oh, mein armer Mann, mein armer, armer Mann!«

»Hab kein Hühnerfett, hab Johannisöl gebracht, echtes, und Eisenkraut und Schwarzburger Theriak, der ist stark gegen Schmerzen und Fieber.« Pausback hielt Listig die Behältnisse mit den Arzneien entgegen.

»Stell alles neben das Bett.« Listig sah nicht auf und fuhr mit seiner Behandlung fort. Als er den letzten Rest Mehl beseitigt hatte, wusch er die Brandstellen mit Wasser aus und strich Johannisöl und Eisenkrauttinktur darauf. Dann flößte er dem Kranken einen Löffel Theriak ein. Zuletzt deckte er die Wunden mit Leinenkompressen ab und zog den Wollstrumpf wieder über den Arm. »Was ich gemacht hab, wiederholst du alle Tage, eine Woche lang, dann müsst es besser sein«, sagte er zu der Frau.

»Oh, junger Herr, ich weiß gar nicht, wie ich Euch danken soll!«

»Indem du mir sechs Groschen gibst.«

»Ja, ja, aber ich habe kein Ge…«

»Die Arzneien sind im Preis schon drin.«

»… kein Geld!« Schon wieder rang die Frau die Hände. »Nicht einen Pfennig. Aber ich werde für Euch beten.«

»Nein«, sagte Listig.

»Doch«, sagte Pausback. »Man kann's nicht ändern, wenn einer kein Geld hat.«

»Kommt nicht infrage. Vielleicht hat einer kein Geld, aber essen muss er. Und in einem Köhlerhaus hängt immer was im Rauch. Gib also einen halben Schinken heraus, Frau, sonst nehmen wir die Medikamente wieder mit.«

Mit finsterem Blick verschwand die Frau und kam alsbald mit zwei Rauchwürsten zurück. Listig nahm sie und warf sie ins Reff. »Das ist besser als nichts, aber immer noch so wenig, dass du für uns beten solltest.« Als sie das Haus verließen, fiel ihnen zehn Schritte davor ein Pfahl auf, in den ein seltsames Zeichen dreimal hineingeschnitten war:

»Weißt du, was das zu bedeuten hat?«, fragte Listig.

»Nein«, brummte Pausback und zog die Stirn in Falten. »Hm, hab so was vielleicht schon mal in 'ner Uhr gesehen.«

»Du meinst eine Feder?«

»Weiß nicht.«

»Ich auch nicht.«

Wenig später waren sie wieder unterwegs.

* * *

Gegen Mittag fragte Listig aus seiner Höhe herab: »Sag mal, Pausback, du bist doch keine Maschine, und ich bin auch nur ein Mensch. Wenn du nicht bald eine Pause machst, sterb ich vor Hunger.«

Der Riese machte noch zwei Schritte und blieb dann stehen. »Wirklich?«

»So wahr ich Listig bin.«

»Hm, hm, dann muss es wohl sein.« Pausback setzte Listig auf einen Stein am Wegesrand.

Listig sagte: »Mit der Wurst von Bock haben wir zusammen drei Würste, eine für mich, eine für dich, eine für die Reserve.«

»Hm.« Pausback ließ sich ebenfalls nieder. »Die Reserve? Kenn ich nicht.«

Listig lachte. »Das ist so was Ähnliches wie Vorrat.«

»Wenn du's sagst.«

Sie aßen mit gutem Appetit.

Irgendwann zwischen zwei Bissen meinte Pausback: »Ich frag mich, wie du das kannst.«

»Was?« Listig kaute mit vollen Backen.

»Den Köhler behandeln.«

»Ach so. Hab früher mal Zähne gebrochen, da lernt man so manches. Und hab auch aufgepasst bei meinen Füßen. Als sie ab waren, sind sie gekautert worden, ich hatt Brandwunden, viel ärger noch als der Kohlenbrenner.«

»'s tut mir leid.«

»Braucht's nicht. Alles hat sein Gutes. Wenn ich die Füße nicht bei einer Wette verloren hätt, wären wir jetzt nicht zusammen.«

Pausback kratzte sich am Ohr und scharrte mit den Schuhen. »Hmja, stimmt, aber hast du nicht gesagt, die Füße wär'n im Krieg geblieben?«

»Hab ich das? Nun, vielleicht war's so, vielleicht auch nicht, jedenfalls sind sie futsch.« Listig betrachtete seine Beinstümpfe, während er genüsslich weiteraß. »Weißt du, Pausback, du bist zu gutmütig. Kaum sagt jemand, er hätt kein Geld, glaubst du's schon. Die Köhlerfrau hatte bestimmt noch ein paar Spargroschen hinter der Ofenwand.«

»Sie hat gesagt, sie hätt nix.«

»Und doch hatte sie was.«

»Aber man darf nicht lügen.«

Listig lächelte matt. »Man darf auch nicht stehlen, nicht töten, nicht falsch Zeugnis reden wider seinen Nächsten. Man soll den Namen des Herrn nicht missbrauchen, man soll den Feiertag heiligen, man soll das Weib seines Nachbarn nicht verführen, man soll nicht ehebrechen, man soll Vater und Mutter ehren und so weiter. Steht alles in der Bibel, und trotzdem hält sich kein Mensch dran.«

»Hm, hm. Aber ich ehr Vater und Mutter.«

»Du bist eine Ausnahme.« Listig schob sich den letzten Bissen in den Mund. »Weißt du, was sich auf Wurst reimt?«

Pausback zuckte mit den Schultern.

»Durst. Ich hab Durst, das Fleisch war scharf wie ein Sack Pfeffer. Ein Wein wär jetzt das Richtige.«

»Haben keinen Wein.«

»Weiß ich. Dann muss es eben Wasser sein. Wir fragen beim nächsten Bauern.«

Sie brachen auf und erreichten wenig später einen großen Hof. Allerlei Gerät stand herum, Hacken, Forken, Heugabeln und Kartoffelkörbe. Eine blitzende Sense lehnte an der Wand des Haupthauses, und an dieser Wand sahen sie abermals ein seltsames Zeichen:

Da sie mit dem Zeichen nichts anzufangen wussten, gingen sie weiter und stolperten dabei fast über ein paar Leimruten, die neben einem hölzernen Käfig standen. Listig sagte: »Ich versteh nix davon, aber hier scheint man der Vogelstellerei nachzugehen. Mal sehen, ob ich recht hab.«

Er sollte recht behalten, denn der Bauer, ein stattlicher Mann in den Dreißigern, schien nur darauf gewartet zu haben, über seine Liebhaberei reden zu können. Nachdem er dafür gesorgt hatte, dass jeder von ihnen in der Küche einen Krug Most bekam, sagte er: »Kommt mit nach nebenan, dann erzähl ich euch was vom Vogelfang. Und Marga, meine Frau, und Veith und Fridolin lernt ihr auch kennen.«

Er ging voraus, Pausback folgte ihm mit eingezogenem Kopf, Listig dabei wie eine Affenmutter auf der Hüfte tragend.

Als sie den Raum betraten, erblickten sie eine Wiege mit einer danebensitzenden, jungen Frau. »Mein Weib und mein jüngster Sohn Veith«, stellte der Bauer stolz vor.

»Ich bin Listig«, sagte Listig, »und das ist, wie ihr wohl sehen könnt, Pausback. Gott zum Gruß allerseits!«

Die junge Frau nickte, ließ sich im Übrigen aber nicht stören, sondern bewegte die Wiege weiter und summte dazu eine leise Melodie.

Listig blickte sich um und fragte den Bauern: »Marga und Veith sehe ich wohl, doch wo hast du Fridolin gelassen?«

»Er hängt da an der Wand«, antwortete der Bauer und deutete auf einen Käfig, in dem ein kleiner Vogel mit schwarzer Kappe und rosaroter Brust saß.

»Djü, djü!«, machte Fridohn, legte den Kopf schief und blickte auf ein Schild, das über seinem Holzkasten hing. Auf dem Schild stand:

Wenn mei Vadder a Stieglitz wer
unn mei Modder a Zeisle,
kennste dänn Gesang geheer,
in denn Vogelheisle.

»Fridolin ist ein Kreuzschnabel und mein Steckenpferd«, sagte der Bauer.

»Nanu?«, sagte Listig lachend. »Ein Vogel, der ein Pferd ist? Das musst du mir näher erklären.«

Dazu war der Landmann gern bereit. »Es ist so«, sagte er, »dass ich jeden Herbst auf Vogelfang gehe. Bevor Zeisig, Stieglitz, Girlitz und Krammetsvogel uns in Schwärmen verlassen, sammeln sie sich über dem Land. Das ist der rechte Zeitpunkt, die langen Ruten ins Gesträuch zu stecken. Die Spitze ragt heraus, sie ist mit gekochtem Leinöl bestrichen, einem Kleber, der alles festhält, was mit ihm in Berührung kommt. Daneben wird der Käfig mit dem Lockvogel gestellt, weshalb man auch vom Vogelstellen spricht. Da Vögel neugierig sind, flattern sie alsbald heran und setzen sich auf die Spitzen der Ruten. So werden sie überlistet. Die gefangenen Vögel geben eine gute zusätzliche Mahlzeit ab.«

»Hm«, meinte Pausback, »hast du Fridolin auch gefangen?«

»Ja, er ist mir auf den Leim gegangen.«

Listig wunderte sich. »Schmecken Kreuzschnäbel nicht, oder warum ist er nicht in der Pfanne gelandet?«

»Doch, sie schmecken, aber mit den Männchen hat es eine besondere Bewandtnis: Man fängt sie immer dann, wenn ein Kind geboren wurde. Ist es ein Mädchen, muss das Schnabelkreuz nach links gewachsen sein, ist es ein Junge, nach rechts. Es war gar nicht so leicht, nach Veiths Geburt einen rechtsgekreuzten Krienitz zu erwischen.«

»Aber warum der ganze Aufwand? Hätt es nicht jeder andere Vogel auch getan?«

»Aber nein! Nur der Kreuzschnabel kann Krankheiten vertreiben, besonders bei Kindern. Fridolin hat uns schon gute Dienste geleistet, denn Veith ist ein prächtiger, gesunder Junge.«

Als hätte er die Worte gehört, begann Fridolin in diesem Augenblick eine Melodie zu zwitschern – es war genau jene, die zuvor von der Mutter gesummt worden war.

»Potzblitz, musikalisch ist der Pieper auch!«, rief Listig. »Allmählich begreife ich, warum dir die Vogelstellerei so viel Freude macht: Sie bittet zur Jagd, und sie bittet zu Tisch, und darüber hinaus verwöhnt sie das Ohr.«

»Du verstehst mich«, sagte der Bauer froh. »Aber leider sind Fridolins Kräfte begrenzt. Eines meiner Pferde frisst seit zwei Tagen nicht, und dagegen hilft alles Singen nichts. Ich denke, es sind Blähungen oder Koliken. Im vorletzten Jahr hatte ich schon mal so was bei einem anderen Gaul, da hat mir ein Buckelapotheker geholfen. Er gab dem Tier Drusenpulver.« Er wandte sich an Pausback. »Du hast nicht zufällig Drusenpulver dabei?«

»Muss nachgucken«, sagte Pausback.

Die drei verließen Marga, Veith und Fridolin und gingen zum Rollwagen, wo sich herausstellte, dass Drusenpulver nicht unter den mitgeführten Medikamenten war. Pausback zog die Stirn in Falten und dachte scharf nach.

Dann sagte er: »Holzteer müsst's auch tun. Mutter sagt, er wär gegen Koliken. «

Der Bauer war erleichtert. »Hauptsache, dem Pferd wird geholfen, wenn es bis morgen oder übermorgen nicht frisst, kann ich es gleich zum Abdecker bringen. Was ist denn drin in dem Holzteer?«

Wiederum dachte Pausback scharf nach. »Wurzeln, Zapfen, Wacholderzweige, denk ich.«

Sie nahmen eine ordentliche Portion von der Arznei, gingen in den Stall und behandelten das Pferd. »Was bin ich dir schuldig?«, wandte der Bauer sich an Pausback.

»Hmja, hm.«

»Sechs Groschen«, sagte Listig.

»Einverstanden.« Der Landmann bat sie wieder in die Küche, wo er den Betrag anstandslos beglich.

Listig steckte das Geld ein.

»Das Geld will ich«, sagte Pausback. Mit überraschend schnellem Griff nahm er die Münzen aus Listigs Tasche und steckte sie in die eigene Geldkatze.

Listig war beleidigt. »Vertraust du mir etwa nicht?«

Pausback schwieg. Er wollte nicht darüber reden, wie der picklige Kaspar ihn in Barigau betrogen hatte.

Der Bauer versuchte zu vermitteln. »Wenn ihr Freunde seid, ist es doch egal, wer das Geld hütet«, meinte er.

»Vielleicht sind wir Freunde, vielleicht auch nicht«, sagte Listig. »Auf jeden Fall sind wir durstig, und müde sind wir auch. Wenn du also noch etwas von deinem Most hättest und ein Plätzchen in deiner Scheune für die Nacht, würdest du ein gottgefälliges Werk tun.«

»Das soll mir recht sein. Ihr habt mir geholfen, nun bin ich es, der euch hilft.«

»Nein«, sagte Pausback, »wir müssen weiter, haben heut noch nix geschafft.«

»Wir bleiben«, beharrte Listig. »Langewiesen ist keine schöne Frau.«

Der Bauer zog die Brauen hoch. »Keine schöne Frau? Wie meinst du das?«

»Ach, nur so. Auf jeden Fall bleiben wir. Nicht wahr, Pausback?«

»Hm, hm.«

Diesmal fügte der Riese sich.

Am nächsten Tag ging es dem kranken Pferd deutlich besser. Es wirkte nicht mehr so teilnahmslos und fraß auch wieder. Der Bauer war darüber sehr froh und sagte: »Ich bin euch wirklich dankbar! Seid noch einen Tag meine Gäste, bevor ihr weiterzieht. Lasst es euch gut gehen und esst, was auch ich esse.«

Pausback hätte das freundliche Angebot am liebsten abgelehnt, aber die Einladung kam so von Herzen, dass er sich nicht traute.

Ganz anders Listig. Der zeigte sich begeistert und rief: »Das nenn ich wahre Gastfreundschaft! Wir nehmen mit Freuden an.«

»Schön, fühlt euch nur wie zu Hause. Leider muss ich euch jetzt verlassen, die Feldarbeit ruft. Heute Abend sehen wir uns wieder.«

»Geh mit Gott«, rief Listig hinterher und befahl seinen Beinen, ihn auf dem ganzen Hof herumzutragen. Danach stattete er der Küche einen Besuch ab, ergatterte von der dort arbeitenden Magd einen Krug Most und ließ sich in die Sonne legen. »Hm«, brummte Pausback verdrießlich, setzte sich neben ihn und sagte: »Wir müssen nach Langewiesen.«

»Du hast recht, aber erst morgen, mein Freund, erst morgen.« Listig richtete sich auf. »Bring mich zum Auslauf der Gänse, mir kommt grad eine Idee.«

Pausback hob Listig auf seine Hüfte und ging mit ihm zu dem Federvieh. Dort ließ Listig sich absetzen und lockte die Gänse mit zarten Rufen. Es waren insgesamt nur zwei, von denen die eine sich besonders angriffslustig zeigte. Sie näherte sich flügelschlagend, kreischte heiser und schnappte mit dem Schnabel nach Listigs Knie. Der lachte und rief: »Du bist es also, die meinen Magen von innen kennenlernen möchte! Wohlan, Frau Gans, ich bin einverstanden!«

Er packte sie mit festem Griff und drehte ihr den Hals um. Anschließend rupfte er sie, zog ein Messer hervor und nahm sie aus.

Pausback, der die ganze Zeit wortlos zugesehen hatte, fragte: »Darfst du das?«

»Aber natürlich.«

»Glaub ich nicht.«

»Fürwahr, es ist so! Nun steck dein Gewissen wieder weg und trag mich in die Küche.«

In der Küche staunten die Magd und die Bauersfrau nicht schlecht, als sie Listig mit dem blutigen Vogel hereinkommen sahen. Die Bauersfrau war die Erste, die ihre Worte wiederfand: »Das scheint mir eine unserer Weihnachtsgänse zu sein«, sagte sie. »Wer hat dir erlaubt, sie zu schlachten?«

Listig strahlte. »Der Bauer natürlich! Oder glaubst du, ich wär von allein auf die Idee gekommen? Nun sei so gut und fülle mir die Gans mit allerlei Leckereien und schieb sie dann in den Ofen.«

Während der drei Stunden, die der Vogel im Herd vor sich

hin brutzelte, machte Listig ein Schläfchen, und Pausback stapfte unruhig auf dem Hof herum. Ihn juckte es in seinen Reiseschuhen, aber er mochte nicht ohne seinen Gefährten losmarschieren.

Als die Bäuerin den köstlichen Braten auf den Küchentisch setzte, standen Pausback und Listig pünktlich im Türrahmen. »Potztausend!«, rief Listig. »Das duftet wie alle Wohlgerüche Arabiens zusammen! «

Die Bäuerin nickte geschmeichelt, obwohl sie noch immer nicht sicher war, ob sie das Richtige getan hatte. »Wollt ihr gleich essen oder erst später, wenn alle gemeinsam zu Tische sitzen?«, fragte sie.

»Natürlich gleich! Ich hab dem Vogel zugesichert, ihm die Innenwände meines Magens zu zeigen, und ich pflege meine Versprechen so bald als möglich einzulösen.« Vergnügt ließ Listig sich niedersetzen und zupfte zum Auftakt ein großes Stück von der knusprigen Haut ab. Er kostete davon und verdrehte vor Genuss die Augen. »Auf mein Wort, Verehrteste, ich hab mein Lebtag schon tausend Gänse gegessen, aber keine war leckerer als diese.«

Pausback hatte mittlerweile auch probiert und brummte: »Hmja, die ist gut.«

»Ich freue mich, wenn's euch schmeckt.« Die Bauersfrau nahm die Magd beim Arm und ging mit ihr hinaus, denn die Ställe mussten ausgemistet werden.

Pausback kümmerte das nicht. Er hatte nur Augen, Nase, Lippen und Gaumen für den Braten – er aß und aß, und er hörte erst auf, als er den letzten Bissen verschlungen hatte.

Und mit dem letzten Bissen erschien der Bauer in der Küche. »Nanu, was habt ihr da?«, fragte er.

»Nichts«, antwortete Listig, »aber als es noch da war, war es eine Gans.«

»Ihr habt doch nicht etwa eine unserer Weihnachtsgänse gegessen?«

»Genau das haben wir. Du hast uns doch selbst gesagt, wir

sollen essen, was auch du isst. Und zweifellos wirst du an Heiligabend eine Weihnachtsgans verspeisen.«

»Du legst meine Worte falsch aus.« Die Freundlichkeit des Bauern wurde zu Zorn. »Wie konntet ihr nur!«

Listig hob die Hände. »Beruhige dich und denk einmal nach. Du hattest zwei Gänse, eine davon haben wir gegessen, die andere wirst du essen. Unsere Freude ist vorbei, aber deine steht dir noch bevor. Bist du nicht glücklicher als wir?«

Da musste der Bauer trotz seines Zorns lächeln und stimmte ihm zu: »Weiß Gott, du bist nicht auf den Mund gefallen. Für dieses Mal will ich dir verzeihen, aber spätestens morgen früh verlässt du mit deinem Freund den Hof.«

Listig verbeugte sich im Sitzen. »Jawohl. Wer bin ich, dass ich dir widersprechen könnt.«

Zur selben Zeit saß Galantho, der mächtige Räuberhauptmann, im Kreise seiner Spießgesellen und tat sich ebenfalls an einem Stück Fleisch gütlich. Allerdings handelte es sich nicht um eine Gans, sondern um ein gestohlenes Hühnerbein, das aus dem nahen Katzberg stammte. »Zu wenig dran an dem Vogel«, knurrte Galantho, kaum dass er den letzten Bissen hinuntergeschlungen hatte, und warf den abgenagten Knochen ins Feuer. »Ist noch mehr da?«

»Nein, Galantho«, antwortete ein breitschultriger Bursche, der Ringer-Klaas genannt wurde. »Du hast sowieso schon das meiste gehabt.«

»Wie es mir zusteht.« Der Hauptmann wischte sich die Hände an seiner Uniform ab und begann mit einem losen Knopf zu spielen. Der Knopf hing nur noch an einem dünnen Faden, und er war beileibe nicht der Einzige. »Oder willst du das etwa bezweifeln?«

»Nein, nein«, versicherte Ringer-Klaas eilig, denn mit Galantho war nicht gut Kirschen essen. Er bezwang noch immer jeden seiner Männer, egal, wo und wann. Wenn er ihn nicht niederringen konnte, was bei Klaas unmöglich gewesen wäre, schlug er ihn mit den Fäusten zu Boden, und wenn das nicht gelang, nahm er den Degen, und wenn der Degen nicht ausreichte, griff er zur Feuerwaffe, und wenn die Waffe ungeladen war, diente sie ihm als Wurfgegenstand, und wenn er danebentraf, schleuderte er dem Widersacher Sand in die Augen, und schaute der zur Seite, trat er ihm in die Hoden, ja, ihm fiel immer wieder etwas ein – mit der ganzen Hinterlist und Tücke aus vierzig Jahren Kriegerleben. Galantho, einmal angegriffen, war unberechenbar wie ein verwundeter Keiler und mindestens zehnmal so gefährlich.

»Nein, nein«, wiederholte Ringer-Klaas hastig. »Es ist nur so, dass wir alle nicht satt geworden sind.«

»Pah, was heißt das schon!« Der Hauptmann schaute herausfordernd in die Runde. »Erst schreit ihr nach Postkutschen mit reicher Beute, dann sorge ich dafür, dass eine vorbeikommt, dann stopft ihr euch die Taschen voll, dann besauft ihr euch wie die Kosaken, und jetzt reicht es euch noch immer nicht, und ihr schreit nach Essen.«

»Aber Geld kann man nicht essen«, wagte ein vogelgesichtiger Kerl einzuwenden. Sein Name war Luchs Tullian, und er arbeitete in der Bande als »Kofferstecher«, als einer jener Spezialisten, die im Baum saßen, sich auf eine fahrende Kutsche herabschwangen und das Gepäck aufschlitzten, um es nach Wertsachen zu durchsuchen.

»Halt's Maul, Luchs. Du hast am wenigsten getan, um die Kutsche zu stellen. Es ist zwar schon ein paar Tage her, aber wenn mein Gedächtnis mich nicht trügt, bist du überhaupt nicht zum Einsatz gekommen. Wer nichts tut, soll auch nichts fressen!«

Luchs Tullian presste die Lippen zusammen und schwieg.

Galantho spielte weiter an dem Knopf. »Überhaupt verstehe ich euer Gejammer nicht. Es ist nicht das erste Mal, dass wir Kohldampf schieben, nur weil die Hühner bei den Bauern weniger werden und das Wild in den Wäldern sich zurückzieht. In eurem Alter hatte ich manchmal wochenlang nichts zu beißen, aber glaubt bloß nicht, ich hätte je ein Wort darüber verloren. Als es bei Kunersdorf gegen die Österreicher und Russen ging, hatten wir vorher tagelang nichts im Topf gehabt. Der Alte Fritz hatte uns Kartoffeln geben wollen, Kartoffeln, diese lächerlichen Erdäpfel aus Amerika! Aber wir hätten lieber unser Schießpulver geschluckt, als solche Knollen zu fressen. Hatten lieber damit begonnen, uns selbst zu verdauen, wenn ihr versteht, was ich meine!«

»Gewiss, Galantho.« Der das sagte, war Hemperla, ein Mann, der in der Bande als »Stratendalfer« arbeitete. Stratendalfer galten in der Rangordnung der Gauner am wenigsten, denn ihre Tätigkeit beschränkte sich auf das mehr oder weniger geschickte Erbetteln von Almosen. Mehr galten da schon die »Großdalfer«, deren Wirkungsstätte sich nicht nur auf einen festen Platz beschränkte, oder die »Haderreißer«, die Karten-Falschspieler.

»Ja, gewiss«, bekräftigte nun auch Hein Surel, ein rotwangiger Friese, der als Münzbetrüger arbeitete. Er wusste, dass Galantho bei seinem Lieblingsthema angekommen und somit sein Zorn weitgehend verraucht war.

»Der Russe hatte auch nichts zu fressen«, fuhr der Hauptmann fort, »nur der Österreicher, der hatte noch Coffee, den trank er von morgens bis abends, aber satt geworden ist er davon auch nicht. Wir haben den Feinden die Hölle heißgemacht, und wenn die Kerle nicht so in der Überzahl gewesen wären …«

Galantho brach ab, wie stets an dieser Stelle, denn lieber hätte er sich einen Finger abgehackt, als die damalige Niederlage einzugestehen. »Jedenfalls«, spann er den Faden fort, »sah ich plötzlich diesen russischen Musketier auf mich zustürzen, mit aufgepflanztem Bajonett, wollte mich abmurksen, der Bursche, aber da war er bei mir an der richtigen Adresse. Ich packte seine Muskete, entriss sie ihm und zog sie ihm über den Schädel. Der Kerl sank zusammen wie eine Schweinsblase …«

»… aus der die Pisse rausläuft«, ergänzte Moses Singer, ein dunkelhaariger Mann mit langen, schnellen Fingern, der jüdischer Abstammung war und in der Bande als »Zopper« arbeitete.

»Woher weißt du das?«

»Ich glaube, das hast du uns schon mal erzählt«, sagte Moses, was eine gewaltige Untertreibung war.

»So, habe ich das?« Unbeirrt redete der Hauptmann weiter: »Der Kerl sank also vor mir zusammen, und ich bemerkte, dass seine Uniform viel besser war als meine. Sie war wie neu, und wisst ihr, Leute, was ich da getan habe?«

»Nein«, heuchelte Jonas Ocker, ein Zopper, der regelmäßig das Ersparte der umliegenden Bauern an sich brachte. »Aber du wirst es uns gleich sagen.«

»Ich riss dem Kerl die Uniform vom Leib und zog sie an. Da dachten die Iwans, ich wäre einer von ihnen, und ließen mich am Leben. Später bin ich dann hin zu einem Fleppenfackler und habe mir russische Papiere machen lassen.«

»Bist gut durch den Krieg gekommen, was?«, schmeichelte nun der Odenfrosch, ein blasser Mann mit senfgelbem Haar.

»Bin ich. Da kannst du Gift drauf nehmen. Ich war immer am Drücker. War immer der, der gesagt hat, wo's langgeht.« Galantho streckte sich und ließ den Blick über seine Räuberhorde schweifen. Es war ein zusammengewürfelter Haufen aus Männern aller Schichten und Himmelsrichtungen. Der Ringer-Klaas zum Beispiel kam aus Holland, Moses, der Zopper, aus dem Frankfurter Judenviertel, ebenso wie der Scheflenzer und Hölzerlips, die vormals den Beruf des Pfandleihers ausgeübt hatten. Hemperla, der Stratendalfer, wiederum stammte aus einem Nest in Sachsen, Hein Surel aus Emden, Jonas Ocker aus Braunschweig. Sie alle und auch die anderen mit ihren seltsamen Gaunernamen, wie Güldenzopf, Leib Langnase, Damian, Franz de Smit, Feuerteuf, der Saalfelder Mathies, Nagels Piterchen, Drickes Leiendecker, Priller, Neuner, Crematorius oder Timans Pandel, waren irgendwann von irgendwoher aufgetaucht und hatten den Weg in die Wälder gefunden – zu Galantho. Manche von ihnen waren am Anfang zu nichts nutze gewesen, aber der Hauptmann pflegte stets schnell dafür zu sorgen, dass sich das änderte. Jeder Mann, und war er noch so unbegabt, besaß Eigenschaften, die ihn befähigten, auf Kosten anderer zu schmarotzen. Man musste sie nur bei ihm entdecken. Und darin war Galantho Meister.

Und nicht nur darin. Er verstand es genauso gut, seine Männer an die Kandare zu nehmen, sie einzuschüchtern, ihnen zu drohen und auch Gewalt anzuwenden, denn jeder Einzelne von ihnen glich einem kochenden Kessel, der ab und zu einen Dämpfer benötigte. »Du warst es doch, Luchs, der eben meinte, man könne Geld nicht essen, stimmt's?«

Luchs Tullian wurde zusehends nervös. Er begann auf seinem Hintern herumzurutschen. »Tja, nun, Hauptmann, ich wollte nicht ...«

»Du warst es.« Galantho griff in seine Gürteltasche und holte ein Geldstück hervor. Es war ein prächtiges Exemplar von mindestens einem Zoll Durchmesser, ein Doppeldukaten aus Unterharzer Gold mit einem springenden Ross auf der Vorderseite. »Komm her.«

Luchs stand auf und schlich ums Feuer herum, bis er vor Galantho stand.

»Mach's Maul auf!«

Der Kofferstecher gehorchte zögernd.

»Weiter!«

Luchs riss den Mund auf, so weit er konnte.

Mit einer gezielten Bewegung warf Galantho ihm den Doppeldukaten zwischen die bräunlichen Zahnstummel. »Maul zumachen und runterschlucken!«

»Aber Galantho, ich ...« Die Stimme des Kofferstechers klang beschwörend.

»Runterschlucken!«

Unter den Augen seiner wie gebannt blickenden Kumpane

würgte und schluckte und keuchte Luchs Tullian, im vergeblichen Bemühen, den Befehl seines Hauptmanns auszuführen. Galantho amüsierte sich köstlich. Je länger sein Opfer sich quälte, desto mehr musste er lachen. Doch plötzlich bekam Luchs einen Hustenanfall, lief puterrot an und drohte zu ersticken. Das durfte nicht sein! Dazu war der Luchs Tullian zu wichtig. Geistesgegenwärtig ergriff der Hauptmann einen Humpen Wein, sprang auf und schüttete den Inhalt dem röchelnden, japsenden Kofferstecher in den Mund.

Luchs schluckte, als ginge es um sein Leben, und tatsächlich war es wohl auch so. Endlich, nach einer kleinen Ewigkeit, fühlte er sich etwas besser. Der Doppeldukaten schien die Speiseröhre passiert zu haben und auf dem Weg in den Magen zu sein.

Der Hauptmann setzte sich wieder. »Glaubst du immer noch, dass man Geld nicht essen kann?«, fragte er.

»Nein.« Luchs schleppte sich wieder an seinen Platz.

»Dann müsstest du jetzt satt sein.«

»Jawohl, Galantho.«

Die Männer lachten roh. Die Vorstellung war ganz nach ihrem Geschmack gewesen; wieder einmal hatte sich gezeigt, dass ihr Hauptmann ein Teufelskerl war. Doch unverhofft wurde ihre Schadenfreude unterbrochen, denn ein baumlanger Mann schob sich durch die Reihen der Sitzenden und trat vor Galantho hin. Es war Hannikel.

Der Hauptmann drehte an seinem Knopf. »Ich dachte schon, du hättest dich nach dem Überfall selbstständig gemacht«, sagte er ohne jedes Begrüßungswort. »Musst einen guten Grund haben, warum du erst jetzt erscheinst.«

»Hab ich«, nuschelte Hannikel. »Hab ich. Hier is der Grund.« Er schob ein kleines, buckliges Männchen nach vorn. »Hab sie beim Überfall erwischt. Fast wär sie mir durch die Lappen gegangen, dreimal musst ich sie wieder einfangen, 'n Sack Flöhe kannste leichter hüten.«

»Sie? Wieso sie?« Der Hauptmann runzelte die Stirn.

Statt einer Antwort riss Hannikel dem Männchen die Schirmmütze vom Kopf. Graue Haare, die hinten zu einem Knoten gebunden waren, wurden sichtbar – die Haare einer Frau. »'s is Mutter Krumm!«, platzte Hannikel heraus. »Was sagste nun?«

»Mutter Krumm?« Galantho brauchte einen Augenblick, um sich zu besinnen. »Du meinst die Magd, die den Amtmann Röther beklaut hat und überall gesucht wird?«

»Genau die.« Hannikel platzte fast vor Stolz. »Hab sie gefangen.«

»Sieh an, sieh an.« Der Knopf riss ab, ohne dass Galantho es bemerkte. »Kann die Magd auch reden, oder hat es ihr die Sprache verschlagen?«

Mutter Krumm straffte sich. »Ich habe nichts geklaut!«

»Das sagen wir auch immer, was, Männer?« Beifall heischend blickte der Hauptmann in die Runde, und pflichtschuldigst wurde kräftig gelacht. »Aber Spaß beiseite: Es muss doch einen Grund geben, warum sämtliche Büttel der Umgebung hinter dir her sind?«

Mutter Krumm schwieg.

Galantho nickte kurz, woraufhin Hannikel ihr den Arm umdrehte. Die alte Frau stöhnte auf, gab ansonsten aber keinen Laut von sich. Der Hauptmann sah es mit Erstaunen. Mutter Krumm schien aus hartem Holz geschnitzt zu sein. »Ich sage nichts!«

»Das solltest du aber. Ein gebrochener Arm kann sehr schmerzhaft sein.«

Hannikel lachte meckernd und verstärkte seine Bemühungen.

Mutter Krumm brach der Schweiß aus. Sie spürte, dass sie den Schmerz nicht mehr lange ertragen konnte, deshalb sagte sie: »Ich habe etwas gesehen, das ich nicht sehen sollte.«

»Und was war das?«

»Das sage ich nur dir.«

»Ich habe keine Geheimnisse vor meinen Männern.«

Abermals blickte Galantho Beifall heischend in die Runde, und auch diesmal blieb die gewünschte Reaktion nicht aus: Die Räuberbande brummte beifällig. Dabei stimmte es keineswegs, was er gesagt hatte. Es gab genügend Dinge, von denen seine Leute nichts ahnten – eines dieser Dinge war der Nachrichtenaustausch zwischen ihm und Röther, der mit Hannikels Hilfe zustande kam und der zu Informationen über herannahende Kutschen führte. Manchmal war es von unschätzbarem Wert, mehr als andere zu wissen, und im vorliegenden Fall mochte es genauso sein.

Galantho beschloss, das Thema zu wechseln. »Du hast dich vor den Bütteln im Wald versteckt, stimmt's?«

»Sag deinem Kettenhund, er soll mich loslassen!«

»Lass sie los, Hannikel. Und nun, Mütterchen, erzählst du mir alles.«

Mutter Krumm rieb sich den schmerzenden Arm. »Ja, ich habe mich im Wald versteckt.«

»Früher oder später hätte man dich sowieso geschnappt.«

»Nein.«

»Nein? Wieso?«

»Kann ich mich ans Feuer setzen? Mir ist kalt.«

»Meinetwegen. Wieso bist du sicher, dass man dich nicht geschnappt hätte?«

»Weil ich zum großen Galantho wollte.«

»Zu mir?« Vor Verblüffung ließ der Hauptmann seinen Knopf los. Der Knopf fiel zu Boden. Er beachtete ihn nicht, zu sehr wirbelten ihm die Gedanken durcheinander.

Hatte er alles richtig verstanden? Ihm gegenüber saß die Magd von Max Röther, seinem zwielichtigen Geschäftspartner, der sie seit Wochen jagen ließ, und diese Magd suchte nun ausgerechnet Schutz bei ihm? Vertrug sich das eine überhaupt mit dem anderen?

Schließlich sagte er: »Wenn du zu mir und meiner Bande wolltest, Mütterchen, warum hast du dann versucht, Hannikel zu entwischen?«

Mutter Krumm hielt die Hände übers Feuer. Sie ließ sich Zeit mit ihrer Antwort. Dann sagte sie: »Würdest du bei einem bleiben, der dich schlägt?«

Galantho ging nicht darauf ein. Dass Hannikel nicht zimperlich war, wusste er. »Hast du dir schon überlegt, dass ich dich dem Amtmann ausliefern könnte?«

»Ja, habe ich. Ich denke, du wirst es nicht tun.«

»Und warum nicht?«

»Auf mich ist keine Belohnung ausgesetzt. Du hättest also nichts davon.«

»Und was hätte ich, wenn ich dich hierbehalten würde?«

»Die Sicherheit, dass ich euer Versteck nicht verpfeifen kann. Und ein paar fest sitzende Knöpfe an der Jacke. Einer ist dir schon runtergefallen, wenn du willst, näh ich ihn dir wieder an. Überhaupt scheinen hier die Hände einer Frau zu fehlen, ihr habt ja nicht mal einen Kessel Suppe über dem Feuer.«

Galantho beugte sich vor und hob seinen Knopf auf. Die Aussicht, ihn angenäht zu bekommen, gefiel ihm. Überhaupt machte die Alte keinen schlechten Eindruck auf ihn. »Mutter Krumm bleibt«, entschied er.

»Hoppla, ihr Beine da unten, wie geht es euch?«, rief Listig fröhlich aus dem Reff herab. »Hör mal, linke Hacke, ich glaube, du bekommst eine gewaltige Blase, sollten wir nicht eine kleine Rast einlegen?«

Pausback antwortete nicht, sondern stapfte weiter geradeaus, den Feldweg entlang und auf den kleinen Wald zu, hinter dem Langewiesen lag. Er musste an Fridolin denken, den kreuzschnäbligen Krienitz des freundlichen Bauern, und an seinen Vater, der es gewiss verstanden hätte, auch Fridolins Gesang nachzuahmen. »Vater«, brummte er, »bin nun nach Langewiesen unterwegs. Hab Begleitung gefunden, auch wenn's Mutter nicht recht ist. Wirst sehen, im Herbst bring ich ihr guten Verdienst heim.«

»He, ihr Beine, seid ihr taub? Eine kleine Rast wär angebracht!«

»Nein«, sagte Pausback.

»Nein? Sagtest du Nein?«

»Sagte ich.«

Eine Zeit lang gingen sie weiter. Pausback fand es seltsam, dass Listig sich mit seinen Beinen unterhielt, wo diese doch nichts hören und auch keine Antwort geben konnten. Als sie den Rand des Wäldchens erreicht hatten, machte Listig einen neuen Versuch: »Pausback!«, rief er. »Ich bin doch dein Kopf, stimmt's?«

»Hmja?«

»Siehst du, und du bist meine Beine. Das ist abgemacht. Hast du jemals gehört, dass die Beine dem Kopf befehlen?«

Pausback schwieg und ging weiter.

»Na also, es ist umgekehrt, und ich will, dass die Beine jetzt stillstehen!«

Pausback ging weiter.

Ein schmaler Waldweg tat sich vor ihnen auf, störrisches Gezweig streifte Listigs Gesicht.

»Schockschwerenot! Du sollst anhalten!«

Pausback ging weiter. Er wollte endlich nach Langewiesen kommen.

»Anhalten, oder wir sind geschiedene Leute!« Listig war jetzt ernsthaft wütend. Die Reise mit Pausback hatte er sich anders vorgestellt. Kurzweiliger, gemächlicher, doch der Riese schritt aus wie ein Automat. Und ein Automat war das Letzte, was Listig sich als Begleitung wünschte. »Halt an und lass mich runter, sofort!«

Pausback tat noch zwei Schritte und blieb dann stehen. Langsam nahm er das Reff von den Schultern, setzte es ab und hob Listig heraus.

Listig funkelte ihn an. »Bist stur wie ein Ochse, geh deiner Wege, ich brauch dich nicht.«

Pausback zuckte hilflos mit den Schultern.

Er hatte Listig nicht verärgern wollen, er hatte nur vorwärtskommen wollen, und nun war der fußlose Jüngling so wütend, wie er ihn noch niemals gesehen hatte. »Tut mir leid«, brummte er, »muss weiter, immer weiter. Kann am Tag nicht Pause machen.« Er schulterte das Reff wieder, ergriff die Deichsel des Wagens und stapfte davon.

»Ja, verschwinde nur!«, brüllte Listig ihm nach. »Ich brauch dich nicht, ich brauch niemanden! Ich heiß Listig, und ich bin listig!«

Doch da sollte er sich getäuscht haben.

Einer trage des andern Last, so …

Max Röther saß im *Thüringer Krug* und fühlte sich wohl wie schon lange nicht mehr. Das lag nicht nur am Wein, der seine Zukunft in ein rosiges Licht tauchte, sondern auch an der gut gefüllten Geldkatze, die sich in seiner Tasche befand. Der Überfall auf die Kutsche war sehr einträglich gewesen – für Galantho und auch für ihn. Wenn es nur mehr dieser Gelegenheiten gäbe! Doch heute wollte er nicht mit seinem Schicksal hadern, heute wollte er sein Glück teilen. Mit Kannegießer, dem Bürgermeister, mit Wendrich, dem Oberlehrer, mit Dietz, dem Apotheker, mit Eck, dem Doktor, und mit einigen anderen wichtigen Persönlichkeiten der Stadt Katzberg. Sie alle saßen an seinem Tisch und waren bereits mehr oder weniger gelöster Stimmung. »Prosit, meine Herren!«, rief Röther.

»Prosit!«, erscholl es zurück, und Kannegießer fragte: »Dürfen wir das so verstehen, mein lieber Röther, dass diese Runde auf Euch geht?«

»Das dürft Ihr, das dürft Ihr!« Der Amtmann nahm einen kräftigen Schluck. »Es ist ja nicht so, dass ich's nicht hätte, was, hahaha!«

Für einen Augenblick wirkte der Bürgermeister erstaunt, dann hatte er sich wieder gefangen. »Verzeiht, Röther, wenn ich es ausspreche, aber in der letzten Zeit hielt sich hartnäckig die Meinung, Ihr wäret, nun, sagen wir, ein wenig klamm im Beutel?«

»Klamm, ich? Hoho! Wer sagt denn so etwas?«, tat der Amtmann überlegen. Dabei wusste er ganz genau, woher das Gerücht stammte. Es gab mindestens drei Quellen, die dafür infrage kamen, und eine davon war der Kaufmann Quedlin, doch der saß gottlob nicht mit am Tisch. Dennoch würde es gut sein, gleich morgen früh die aufgelaufenen Rechnungen bei ihm zu begleichen. Röther trank einen weiteren großen Schluck. Der Alkohol löste ihm allmählich die Zunge, weshalb er nun etwas sagte, das er sonst vielleicht nicht gesagt hätte: »Jemand, der Stellvertretender Bürgermeister werden will, sollte kein armer Schlucker sein, was, meine Herren! Hahaha! Trinkt nur auf meine Kosten, *manus manum lavat,* eine Hand wäscht die andere, wie es so schön heißt, und denkt bei der nächsten Wahl an mich.«

»Äh, ja.« Dietz, der Apotheker, schürzte die Lippen. Er war ein Mann von feiner Zurückhaltung und deshalb leicht verstimmt. »Wir werden sehen, ich ...«

Er wurde unterbrochen, denn das hübsche, junge Ding, das die Bewirtung besorgte, drängte sich zwischen die Zechenden und knallte ein paar Kräuterschnäpse auf die Tischplatte.

»Danke, mein Täubchen, auch die übernehme ich!«, rief Röther so lautstark, dass Wendrich, der Oberlehrer, aufschreckte. Er hatte nicht zugehört, eine Untugend, die er seinen Schülern ständig vorwarf, nur hatte er das Glück, dafür nicht mit dem Rohrstock bestraft zu werden.

Wendrich steckte seine Nase tief in eines der Schnapsgläser und rief: *»In snapso veritas!«* Welche Wahrheit er damit meinte, blieb im Unklaren. Stattdessen zog er mehrmals die Oberlippe hoch, was so aussah, als fläme ein Hengst.

Röther wollte seine Ambitionen zum Zweiten Bürgermeister nochmals bekräftigen und hätte die Herren am liebsten aufgefordert, mit den Kräuterschnäpsen auf seine Karriere anzustoßen, doch ihm fiel gerade noch ein, dass dies des Guten wohl ein wenig zu viel gewesen wäre, und so brüllte er: »Auf das, was wir lieben!«

»Auf das, was wir lieben!«, kam es zurück. Eine kleine Pause entstand, während alle das scharfe Zeug hinunterstürzten. Dann meldete sich Eck mit der Frage: »Wie geht es eigentlich Eurer Frau, Röther? Vor drei Tagen schien sie weiter auf dem Wege der Besserung, und sie sagte mir, mein nochmaliger Besuch wäre nicht vonnöten.«

»Meiner Frau?« Über alles hätte der Amtmann in diesem Augenblick gern gesprochen, nur nicht über die Befindlichkeit seiner Angetrauten. »Ach, meiner Frau? Ich denke, gut, sehr gut. Danke für die Nachfrage.«

»Das freut mich.« Ecks Bulldoggengesicht nahm einen zufriedenen Ausdruck an, wodurch sein unterer Schneidezahn noch deutlicher sichtbar wurde.

»Ja ja, nun aber nicht gezaudert, meine Herren, der Abend ist noch jung, und die nächste Runde geht selbstverständlich wieder auf mich …«

Max Röther wusste später nicht mehr genau, wie er nach Hause gekommen war, aber als er durch die Tür des Hinterhofs in die Diele torkelte, wurde er schlagartig nüchtern. Der lange Hannikel stand da in gebückter Haltung, den Finger an den Mund gepresst: »Psst, nich so laut, Herr Amtmann, Ihr weckt ja 's ganze Haus auf, un ich will nich gesehen wer'n. Hab 'ne wichtige Neuichkeit, 'ne sehr wichtige.«

Röther unterdrückte einen Rülpser und versuchte, sich zu konzentrieren. »W… was für eine Neuigkeit?«

Hannikel grinste im matten Schein der Hoflaterne, schüttelte den Kopf und streckte fordernd die Hand aus.

Röther verstand. Er zückte die Geldkatze, die leider Gottes schon wieder arg abgemagert war, entnahm ihr eine Münze und legte sie in die offene Hand. »W… was für eine Neuigkeit?«, wiederholte er.

»Mutter Krumm is aufgetaucht!«

»Was? Wo?« Röther ahnte Schlimmes. Die Alte hatte eine scharfe Zunge, und wenn sie irgendwo herumredete, sie habe gesehen, wie er mit Eva schlief und, noch schlimmer, wie Eva sich bemühte, seine Ehefrau zu vergiften … nicht auszudenken!

Hannikel grinste und hielt abermals die Hand auf.

Der Amtmann sah sich gezwungen, erneut eine Münze hineinzulegen.

»Bei uns im Wald issie.«

»Im Wald?« Röther ordnete mühevoll seine Gedanken. Wenn Mutter Krumm sich im tiefen Forst verkrochen hatte, war es kein Wunder, dass die Büttel seit Wochen vergebens nach ihr suchten. Er hatte schon gehofft, sie wäre zu Tode gekommen, doch dem war offenbar nicht so. Sie hielt sich bei Galantho und seinen Männern auf. Konnte sie ihm da schaden? Vielleicht. Galantho war gerissen, und wenn er irgendetwas erfuhr, das ihn nichts anging, konnte er versuchen, Kapital daraus zu schlagen. Andererseits: Würde der Hauptmann die gedeihliche Zusammenarbeit mit dem Amtmann von Katzberg deshalb aufs Spiel setzen? Zuzutrauen war es ihm. In jedem Fall würde es besser sein, den Aufenthaltsort der alten Magd zu erfahren, was gleichzeitig den Vorteil hätte zu wissen, wo der Räuberhauptmann mit seinen Spießgesellen hauste. Denn daraus hatte dieser bislang immer ein großes Geheimnis gemacht. »Wo im Wald?«, fragte Röther.

Hannikel kicherte. »Wo sich die Füchs' gute Nacht sagen, Herr Amtmann glaubt wohl, ich bin blöd, wie?«

In der Tat hielt Röther den lang aufgeschossenen Gauner für nicht besonders aufgeweckt, verbiss sich aber eine entsprechende Äußerung. »Ich merke schon, du darfst es mir nicht sagen. Nun, das verstehe ich. Richte immerhin Galantho meine besten Grüße aus, leider wäre in den nächsten Tagen nicht mit einer Kutsche zu rechnen, der Fahrplan wurde umgestellt.«

»Ja, Herr Amtmann.«

Röther dachte weiter scharf nach. Dann kam ihm ein Gedanke. Es würde wahrscheinlich vergeblich sein, aber der Versuch, Mutter Krumm wieder nach Katzberg zu locken, musste unternommen werden. »Und richte meiner alten Magd aus, das Ganze sei ein Missverständnis gewesen, sie möge getrost wieder nach Hause kommen.«

»Ja, Herr Amtmann.« Hannikel hielt schon wieder die Hand auf, aber Röther übersah sie und fügte hinzu:

»Auf ihrer Stube stünde dann ein warmer Ofen.«

»Auf ihrer Stube … hä?«

»… stünde dann ein warmer Ofen!« Röther schob den langen Schurken hinaus auf den Hof. Er hatte genug von dessen Dreistigkeit und Begriffsstutzigkeit. Dann riegelte er ab, nahm eine Kerze und schlich an Gertruds Kammer vorbei, blieb stehen, ging zwei Schritte zurück und legte das Ohr an die Tür. Kein Ton war zu hören. Wie es ihr wohl ging? Eck hatte vorhin gesagt, sie sei auf dem Wege der Besserung, fürwahr eine beunruhigende Entwicklung, der unbedingt Einhalt geboten werden musste. Hoffentlich hatte Eva ihr heute Nachmittag eine neue, noch größere Dosis Arsen verabreicht, denn es wurde höchste Zeit, dass seine Frau das Zeitliche segnete. Seine Geduld war erschöpft, die Prozedur der Vergiftung dauerte schon viel zu lange, und die Leute redeten so oder so.

Eva … sie schlief oben bestimmt schon. Eva mit ihrem herrlichen blonden Haar und ihrem herrlichen schlanken Leib. Röther spürte, wie sich, dem vielen Wein zum Trotz, sein bester Freund regte.

Rasch stieg er die Treppe hinauf.

Endlich war Pausback in Langewiesen eingetroffen. Doch in seine Freude, das Ziel erreicht zu haben, mischte sich ein Wermutstropfen. Er hätte nicht zu sagen vermocht, warum, aber Listig fehlte ihm – Listig, der fußlose Säufer, der trotz seiner Behinderung so leicht durchs Leben ging und alle Schwierigkeiten mühelos meisterte.

Pausback seufzte. Er lenkte seine Schritte zum Marktplatz, wo er hoffte, auf zahlreiche Kunden zu treffen. Dort angekommen, setzte er das Reff ab und sicherte den Wagen. Es dauerte nicht lange, da umringten ihn einige Gaffer, und Fragen prasselten auf ihn herab. Natürlich war auch die nach seinem Vater dabei, aber er überhörte sie. »Schüpplings Olitäten haben beste Qualitäten!«, war die einzige Antwort, die er gab, und nochmals: »Schüpplings Olitäten haben beste Qualitäten!«

Doch statt kranker Mitmenschen, die seiner Hilfe bedurften, näherte sich ihm ein Possenreißer, der bis zu Pausbacks Erscheinen die ungeteilte Aufmerksamkeit der Menschen genossen hatte und sich nun in seiner Darbietung gestört fühlte. Er äffte Pausback nach und hatte einmal mehr die Lacher auf seiner Seite. Dadurch beflügelt, rief er: »Dann zeig doch mal, was deine Wässerchen können! Die Leute haben Tränen in den Augen, so habe ich sie zum Lachen gebracht, nun mache du, dass sie wieder trocken werden.«

Pausback brauchte eine Weile, um nachzudenken. Ein Mittel gegen feuchte Augen? Dann fiel es ihm ein. Ein Balsamum würde das Richtige sein, eines aus Augentrost, Kamille und Rotem Sonnenhut. Unter den argwöhnischen Blicken des Possenreißers griff er gewohnheitsmäßig zum Reff, schaute hinein und sah – nichts.

Der Spaßmacher tat es ihm nach und brach in schallendes Gelächter aus. »Wisst ihr, Leute, was der Kerl in seinem Gestell hat? Ich will es euch verraten: Nichts! Gar nichts! Und damit will er eure Tränen trocknen und alle Krankheiten dieser Welt heilen! Nach dem Motto: Es wird euch nichts fehlen, denn ich habe nichts dagegen, hohoho!«

Die Menge brüllte auf vor Lachen, und Pausback stand da wie ein begossener Pudel. »Das Reff ist ja kein Reff mehr«, sagte er verzweifelt und löste damit weitere Lachsalven aus.

Der Possenreißer nutzte die Gunst der Stunde und höhnte weiter: »Wie hieß es doch gleich: Schüpplings Olitäten haben beste Qualitäten! Jetzt wissen wir, was damit gemeint ist.«

Neuerliches Gelächter hallte über den Marktplatz. In seiner Not eilte Pausback zum Wagen und suchte dort nach dem Balsamum gegen feuchte Augen. Er fand es nicht. Dafür kam ihm plötzlich der Mistelzweig in die Hände. Wenigstens etwas! Die Mutter hatte ihm den Zweig gegeben mit den Worten: »Wenn du gar nicht mehr weiterweißt, wird er dich spüren lassen, was zu tun ist.«

Ja, so war es gewesen. Am besten, er würde die Mistel hochhalten und dazu einen von Vaters Versen singen. Und so sang Pausback:

»Gegen Zwicken, gegen Drücken,
gegen Drang und Magenschmerz,
gegen Fieber, gegen Tücken,
gegen jedes schwache …«

Erwartungsvoll blickte er in die Gesichter, doch die Ergänzung blieb aus. Deshalb versuchte er es rasch mit einem anderen Reim:

»Gegen Zahnwurm, gegen Brüche,
gegen Gicht und böses Reißen,
gegen Hals- und Mundgerüche,
gegen jedes dünne …«

Das waren die Zeilen, die immer Erfolg brachten, Worte, die immer dafür sorgten, dass die Menge einem gewogen war, doch diesmal zeigten auch sie nicht die gewünschte Wirkung. Die Leute lachten zwar, aber nicht mit ihm, sondern über ihn. Und jetzt kam auch noch der Hilfsmann des Stadtbüttels, ein junger Bursche, der erst wenige Monate im Amt war, und herrschte ihn an: »Du bist doch ein Buckelapotheker, das seh ich genau. Wie heißt du? Woher kommst du? Wohin willst du? Wo ist dein Reisepass?«

»Hm, hm.« Das waren viele Fragen auf einmal, und wie immer reichte es bei Pausback nur zur Beantwortung der ersten. »Heiße Pausback, Pausback Schüppling.«

»Aha, wenn das so ist, zeig mir deinen Reisepass.«

Pausback durchsuchte seine Taschen und klaubte schließlich das gewünschte Papier hervor.

Der Hilfsbüttel studierte es genau und stellte dann fest: »Das Ding ist abgelaufen. Zeig mir deine Eignungsprüfung zum Buckelapotheker.«

»Hmja.« Pausback, der spürte, wie alle Augen auf ihm ruhten, lief rot an. »Hab keine dabei.«

»Was sagst du da?« Der Hilfsbüttel zog ein Gesicht, als wäre ein Kübel Fischreste über ihm ausgegossen worden. »Höre ich recht? Du hast die Eignungsprüfung nicht? Und du wagst es, hier Olitäten zu verkaufen? Ich nehme dich fest!« Der Gedanke daran schien ihn zu versöhnen.

Die Menge johlte: »Ja, nimm ihn mit! Loch ihn ein! Bring ihn hinter Gitter!«

Doch es war einfacher gesagt als getan, einen so riesigen Mann zu verhaften, denn nun trat Pausback einen Schritt zurück und schulterte sein Reff. Das vertraute Gefühl auf dem Rücken verlieh ihm neue Sicherheit. Er brummte: »Hab nichts verkauft, keine Unze von irgendwas.«

»Du willst nichts verkauft haben? Das kann jeder behaupten.« Der Hilfsbüttel wandte sich an die Menge. »Stimmt das, Leute?«

Die Menschen murrten und schwiegen. Offenbar hatte der Buckelapotheker die Wahrheit gesagt.

»Nun, nun.« Der Büttel wusste nicht recht weiter. Wenn einer nichts verkauft hatte, konnte man ihm das Gegenteil schlecht vorwerfen. Das Einzige, was zu tun blieb, war, ihn der Stadt zu verweisen. »Hör mal«, sagte er, sich wieder an Pausback wendend, »du verlässt sofort …« Doch er brauchte nicht weiterzureden, denn Pausback hatte sich bereits entfernt.

Er ging in die Richtung, aus der er gekommen war.

Listig konnte sich nicht erinnern, jemals so wütend auf einen Menschen gewesen zu sein. Pausback, dieser sture Esel! Lief einfach weiter, wenn man ihm sagte, er solle anhalten. Mochte er dahin gehen, wo der Pfeffer wuchs! Er, Listig, brauchte ihn nicht, er würde auch so weiterkommen. Er hatte zwar keine Füße, die ihn über die Straßen tragen konnten, aber er hatte einen klugen Kopf, das hatte bisher allemal gereicht.

Immer noch wütend, streckte Listig sich im Unterholz aus, um erst einmal ein Schläfchen zu halten. Wie herrlich der Wald duftete! Nach Harz und Holz und trockenem Laub, und wie lustig die Vögel in den Baumkronen sangen! Nur die Sonne mit ihren wärmenden Strahlen, die fehlte ein wenig. Da vorn, etwa zwanzig Schritte entfernt, gab es eine kleine Lichtung, auf die sie ungehindert herabschien. Schön müsste es sein, dort zu liegen …

Listig blickte sich nach seinem Rollwagen um und stellte fest, dass dieser nicht da war. Richtig, der Wagen war ja für den Olitätentransport umgebaut worden, und Pausback hatte ihn mitgenommen. Pausback, dieser tumbe Riese!

Listig beschloss, sich nicht weiter zu ärgern und die Schönheit des Tages zu genießen. Er atmete tief durch und versuchte einzuschlummern. Gewöhnlich war das kein Problem für ihn, er konnte zu jeder Tages- und Nachtzeit schlafen, und das sogar in den unmöglichsten Stellungen, doch heute war es anders. Der Zorn über den ungeschlachten Riesen war nah, und die Träume waren fern.

Während Listig noch darüber nachdachte, warum der Schlaf ihn floh, kitzelte ihn plötzlich etwas an der Wange. Er griff hin und stellte fest, dass es eine rote Ameise war. Er wischte sie fort, und sie fiel auf den Waldboden. Für eine Ameise war sie ziemlich groß, und er musste zweimal zuschlagen, bis sie sich nicht mehr bewegte.

Erneut streckte er sich aus. Pausback, was ging ihn Pausback an, wo doch das Rauschen der Baumkronen so einschläfernd wirkte! Gerade schickte er sich an, das Land der Träume zu betreten, da kitzelte es ihn an der anderen Wange. Sapperlot, schon wieder eine Ameise. Und da: noch eine und noch eine … eine ganze Straße! Die vermaledeiten Tierchen hatten sich entschlossen, ausgerechnet dort zu maschieren, wo er lag.

Am liebsten hätte Listig die Quälgeister allesamt zerquetscht, aber er war zu klug, es zu versuchen. Genauso gut hätte er danach trachten können, die Wellen des Meeres zu erschlagen. Also rutschte er zur Seite, was ein mühsames Unterfangen war. Wer keine Füße hat, sollte wenigstens einen Wagen haben, dachte er zähneknirschend, aber genau den hat Pausback, dieser Dieb, mir gestohlen. Ach, wie angenehm war es doch heute Morgen, als er mich trug. Da ging es munter in die Welt hinaus, über mir wärmte mich die Sonne, und unter mir schmolzen die Meilen dahin – ohne dass ich das Mindeste dazu tun musste. Trotzdem: Pausback wollte nicht so, wie ich wollte, und deshalb ist er nun hilflos und allein. Ich dagegen komme bestens zurecht.

Wieder lehnte er sich zurück, um ein wenig zu schlummern, da erschien plötzlich ein Fuchs. Das Tier spähte zwischen zwei Baumstämmen hervor und schien keinerlei Angst zu haben. »Wahrscheinlich spürst du, dass ich dir nichts tun kann«, murmelte Listig. »Komm her. Wenn du mich schon nicht schlafen lässt, leiste mir wenigstens Gesellschaft.«

Als hätte Meister Reineke die Worte verstanden, näherte er sich vorsichtig. Dann blieb er stehen und gähnte ausgiebig. Listig hatte das Gefühl, als wäre er Luft für das Tier. Das Gefühl verstärkte sich, als der Fuchs sich niederließ und damit begann, sich ausgiebig mit der Hinterpfote zu kratzen.

»Hast du etwa Flöhe?«, fragte Listig. »Wenn du Flöhe hast, bleib, wo du bist.«

Doch Reineke Fuchs stand auf und kam noch näher, hielt wieder inne und schloss dann erneut ein weiteres Stück auf. Ob er spürte, wie behindert der Zweibeiner war? Listig wurde es mulmig zumute. Füchse hatten scharfe Zähne, und er hatte nichts dabei, um sich zu wehren. Nur die bloßen Hände.

Zum Glück machte der Fuchs nun an einem Farn Halt, hob das Bein und markierte ausgiebig. Gleiches tat er ein paar Schritte weiter an einem Busch und nochmal an einem umgestürzten Baum. Dann gähnte er wieder gelangweilt und verschwand. Das Letzte, was Listig von ihm sah, war seine buschige Rute.

Listig fröstelte. Der Gedanke an das scharfe Gebiss des Fuchses war nicht angenehm gewesen. Die Lichtung rückte wieder in sein Blickfeld. Wie hell und warm sie herübergrüßte! Es musste schön sein, dort zu liegen. Ja, er wollte dort liegen. Er rappelte sich auf und bewegte sich auf Knien vorwärts. Es ging langsam, und alsbald war seine Hose von feuchtem Moos durchnässt. Er biss die Zähne zusammen und arbeitete sich weiter voran. Wie würdelos dieses Gehen auf Knien war! Das alles verdankte er nur Pausback, der ihn verlassen hatte. Und natürlich der verdammten Kutsche, von der er damals überrollt worden war. Die Gesichter der Reisenden standen ihm so deutlich vor Augen, als wäre der Unfall erst gestern passiert. Da war der Kerl mit der Hakennase, der um seine blonde Begleiterin so besorgt gewesen war. Und natürlich die blonde Unbekannte selbst. Wie oft hatte er in der Vergangenheit an sie denken müssen. Sie war ein Bild von einer Frau, schön wie eine Madonna und gewiss ebenso keusch. Seine Gedanken dagegen waren alles andere als keusch, wenn er sich ihrer erinnerte, und das geschah ziemlich oft. Auch heute noch.

Genau genommen konnte er Pausback keine Schuld dafür geben, dass seine Füße fort waren, allenfalls dem Hakennasigen. Er musste es gewesen sein, der den Kutscher zu dieser Höllenfahrt angetrieben hatte …

Listig war unterdessen auf der Lichtung angekommen und ruhte sich erst einmal aus. Ja, schön war es hier. Seine Bemühungen waren nicht umsonst gewesen. Er ließ sich ins Gras sinken und beobachtete einige Bienen, die in unmittelbarer Nähe hin und her flogen. Sie summten geschäftig und ließen sich auf den Blüten der Wildblumen nieder. »Hui, ihr Bienen«, rief er, »macht es wie ich und legt mal eine Pause ein. Der Nektar in den Blüten ist auch morgen noch da.«

Doch die Bienen schienen ihn nicht zu beachten, sondern verrichteten ihre Tätigkeit weiter und schwirrten irgendwann davon.

Als Nächstes flog eine Libelle heran, ein blau glitzerndes Insekt, das sich von Listigs nassen Hosenbeinen angezogen fühlte. Die Libelle ließ sich auf einem seiner Knie nieder und verharrte dort starr und steif, als sei sie gelähmt. Listig, der das Bedürfnis nach Unterhaltung hatte, wollte auch sie ansprechen, doch da erhob sie sich schon wieder in die Lüfte und verschwand zwischen den Baumwipfeln.

Was folgte, war ein Krammetsvogel mit schön gesprenkeltem braunem Gefieder. Er saß auf der Spitze einer kleinen Eberesche und legte den Kopf schief. »Tschack, tschack!«, machte er und ließ ein schrilles, forderndes »Wieeek!« folgen.

Listig lachte. »Du suchst wohl jemanden? Vielleicht mich? Ach nein, wohl eher eine schöne Frau. Das könnt ich gut verstehen. Aber schöne Frauen sind rar gesät.«

Wieder stieß der Krammetsvogel sein »Wieeek!« aus.

»Gib's auf, hier bin nur ich, lass uns lieber zusammen etwas singen«, sagte Listig lachend und begann eine lustige Weise:

»Zur Arbeit fehlt mir nie der Mut,
sobald sie nur ein andrer tut,
jaja, oho, fürwahr!
Ein andrer, der mit seinen Händen,
die Arbeit bringt für mich zu Enden,
jaja, oho, fürwahr«

Das Lied ging noch weiter, aber der Vogel spreizte seine Flügel und flog davon. Listig blickte ihm nach und kam sich ein wenig närrisch vor, weil er versucht hatte, mit ihm zu musizieren, und so schwieg er eine Weile und beobachtete über sich die Wolken, die wie weiße Schwäne am Himmelszelt entlangzogen. Nach einiger Zeit senkte er wieder den Blick und entdeckte am Rand der Lichtung ein paar Rehe, die dort ästen. »Hoppla, ihr Rehe!«, rief er. »Lauft nicht weg, ich bin's, Listig!«

Doch die Tiere sprangen davon, und Listig wäre ihnen am liebsten gefolgt. Plötzlich fühlte er sich mutterseelenallein. »Was habt ihr alle gegen mich, ich tu euch doch nichts?«, brüllte er. »Ihr kommt zu mir und verschwindet sogleich wieder, als wär ich der Gehörnte selbst. Erst der Fuchs, dann die Bienen, dann die Libelle, dann der Krammetsvogel, dann die Rehe. Bin gespannt, wer jetzt noch kommt und wieder geht.«

Er sollte nicht lange warten müssen. Eine alte Kräuterfrau erschien schlurfenden Schrittes, nickte ihm kurz zu und begann, Wildpflanzen zu sammeln. Sie ging dabei sorgfältig und kundig vor, und was sie gesammelt hatte, tat sie in eine hölzerne Kiepe.

»Ei, Mütterchen!«, rief Listig, »das ist eine Arbeit, die den Schweiß auf die Stirn treibt. Mach eine Pause, und setz dich zu mir. Wir halten ein Schwätzchen.«

Aber die Alte ließ sich nicht stören. Sie sammelte weiter, als hätte Listig kein Wort gesagt.

»Hörst du nicht, Mütterchen?«

Das Weiblein war weiterhin sehr beschäftigt.

Ärgerlich riss Listig einen Grashalm ab und kaute darauf herum, was ihm schmerzlich klarmachte, dass er Hunger hatte. »Wenn du schon keine Lust auf ein Schwätzchen hast, Mütterchen, sag mir wenigstens, ob du etwas zu beißen bei dir trägst. Eine Wurst vielleicht? Oder ein Stück Käse? Nach Wein will ich dich gar nicht erst fragen, aber vielleicht hast du einen Krug Wasser dabei?«

Emsig rupfte die Alte büschelweise Kräuter ab.

»Sapperlot und Schwerenot! Du tust gerade so, als säßest du auf deinen Ohren, Mütterchen! Ich habe dich gefragt, ob du etwas zu beißen hast! Wurst? Käse? Auch ein Stück Brot käme mir zupass oder ein leckerer Kloß!«

Endlich zeigte die alte Frau eine Reaktion, aber nicht, weil Listig sie angeschrien hatte, sondern weil sie ihre Arbeit beenden wollte. Sie richtete sich auf und blickte ihm ins Gesicht.

Listig stellte seine Fragen zum dritten Mal.

Die Alte lächelte scheu, zeigte mit den Fingern auf ihre Ohren und schüttelte den Kopf.

Listig begriff. Die Kräuterfrau war taub. Er wiederholte seine Fragen nach Speise und Trank zum vierten Mal, diesmal in der Zeichensprache, aber wiederum schüttelte die Alte den Kopf.

Wenige Augenblicke später war sie verschwunden.

Listig unterdrückte einen Fluch. Es fiel ihm schwer, seine gute

Laune zu bewahren, weil alle ihn mieden, Mensch und Tier, und weil er keine Möglichkeit sah, von dieser öden Wiese fortzukommen. »Ohne Füße ist schlecht lustig sein«, knurrte er. »Ich könnt hier Wurzeln schlagen, und keiner würd's merken.«

Er nahm einen weiteren Halm und kaute darauf herum. »Wär nicht mal in der Lage, Pilze zu sammeln, muss auf Gedeih und Verderb hier sitzen bleiben. Gibt es denn niemanden in diesem gottverlassenen Wald, der mich finden könnt?«

Listig ahnte es noch nicht, aber es gab tatsächlich jemanden, und dieser Jemand war ein Mensch und trug ebenfalls eine Art Kiepe auf dem Rücken. Es war Pausback. Der Riese näherte sich mit schweren Schritten, den Olitäten-Wagen hinter sich herziehend.

Listig bemerkte ihn erst im letzten Moment, weshalb er nicht wenig überrascht war.

»Tach«, sagte Pausback verlegen.

»Tach.«

»Hmja.« Pausback kratzte sich am Ohr und scharrte mit den Schuhen. »Wollt dir nur den Wagen bringen.«

»Danke.«

»Ist ja deiner.«

»Ja.«

»Hmja, also, das war's schon.«

Listig merkte, dass es ihm keinesfalls angenehm wäre, wenn Pausback es dem Fuchs, den Bienen, der Libelle, dem Krammetsvogel, den Rehen und dem Mütterchen gleichtun würde und sofort wieder verschwände, deshalb sagte er: »Der Wagen ist mein, aber die Olitäten sind dein. Wir müssten sie wieder ins Reff laden, bevor du …«

»Ja, hm, 's geht aber nicht. Ist ja umgebaut, das Reff, damit du …«

»Ach ja.«

Beide schwiegen eine Zeit lang und starrten Löcher in die Luft, dann gab Listig sich einen Ruck. »Wenn du auch Hunger hast, trag mich zu einem Ort, wo's Pilze gibt.«

Pausback schluckte. »Meinst du, wir beide könnten wieder …?«

»Das mein ich.«

»Au fein, au fein!«

»Ich sag's ja immer, die Maipilze schmecken Ende Juni am besten.« Listig saß neben Pausback am Feuer und widmete sich der Verdauungstätigkeit. »Nach dem Essen sollst du ruh'n oder tausend Schritte tun. Ich für meinen Teil ruhe lieber. Tippeln können wir morgen noch genug.«

»Ja«, sagte Pausback. Auch ihm hatte die Pilzmahlzeit, die Listig mit kundiger Hand hergerichtet hatte, wohl gemundet. Und auch er hatte wenig Lust, noch in der Nacht weiterzuziehen. Außerdem wollte er es mit Listig nicht schon wieder verderben. »Sollten das Laubbett machen jetzt, hab viel erlebt heut, viel zu viel.«

»Hast recht, du Sohn des Enak.«

Pausback hatte Listig von seinem Pech in Langewiesen erzählt, und dieser hatte teilnahmsvoll gelauscht und ihn zu trösten versucht, indem er ihm versicherte, es gebe landauf, landab mindestens hunderttausend Marktplätze, und auf den meisten davon würden sie gewiss herzlicher empfangen werden als in Langewiesen.

Umso verwunderter war Listig, als er am anderen Morgen hochoben im Reff saß und bemerkte, dass seine wiedererlangten Beine in Richtung Langewiesen stapften. »Meiner Treu!«, rief er, »du willst doch nicht schon wieder zu diesem unfreundlichen Ort?«

»Sind immer über Langewiesen gegangen«, brummte Pausback, »gehen auch heut über Langewiesen.«

Listig schwieg. Er kannte seine Beine mittlerweile gut genug, um zu wissen, dass sie ihren eigenen Willen hatten. Dann aber sagte er: »Ich glaube, du brauchst eine schnelle Zunge, wenn wir da sind. Verlass dich nur auf deinen Kopf.«

Zwei Stunden später rückte der Marktplatz in ihr Blickfeld,

Pausback verlangsamte seinen Schritt und wollte ihn umgehen, aber Listig rief: »Nur immer gradeaus, ihr Beine, der Platz gehört allen! Los, Pausback, sing eine Strophe, so laut du kannst!« Und nach einigem Zögern stimmte der Riese mit dröhnender Stimme diesen Vers an:

»Gegen Schleimen, gegen Spucken,
gegen Hitz' und Unbehagen,
gegen Schwäche, gegen Zucken,
gegen jeden üblen …«

»Magen!«, brüllte Listig mit Stentorstimme. »Wer von euch, Leute, hat's am Magen? Wem ist eine Laus über die Leber gelaufen? Wem kommt die Galle hoch? Wem geht etwas an die Nieren? Wem pfeift's in der Lunge? Wem will er nicht mehr stehen? Kommt her, die ihr mit Krankheit geschlagen seid, denn gegen alle Zipperlein dieser Welt hat Gott in Mutter Schüpplings Garten ein Kräutlein wachsen lassen. Schüpplings Olitäten haben beste Qualitäten!«

Doch zunächst kam keiner der erhofften Patienten, sondern nur der Possenreißer, der die neuerliche Unterbrechung seiner Vorstellung keineswegs witzig fand. Diesmal war es Listig, den er nachäffte, und wie von ihm erhofft, lachten die Leute bereitwillig. Dadurch angefeuert, schrie er: »Gestern hatte der Riese nichts gegen Tränen in den Augen, mal sehen, was er heute alles nicht hat, hohoho!«

Die Menge tat ihm den Gefallen und lachte weiter.

Doch nun passierte etwas gänzlich Unerwartetes: Listig fiel mit ein. Er lachte so laut, dass es über den ganzen Marktplatz schallte, er brüllte vor Lachen, schrie vor Lachen, wieherte vor Lachen, er heulte und röhrte und ächzte, und je lauter er lachte, desto stiller wurde es um ihn herum.

Endlich brach er ab. »Potztausend!«, rief er. »Der Possenreißer versteht es wahrhaftig, einem das Zwerchfell zu massieren. Selten so gelacht! Aber was sehe ich, Leute? Hier ist ja eine Stimmung wie im Beinhaus! Sollte ich etwa der Einzige sein, den der Possenreißer mit seiner Kunst erfreut hat? Hör mal, Spaßvogel, du scheinst deinen Beruf verfehlt zu haben. Willst die Leute zum Lachen bringen und bringst sie eher zum Weinen. Scheinst mir ein schlechter Bruder Jux zu sein!«

Dem Possenreißer fiel darauf nichts ein. »Du, du … kleiner, mieser …!«, stieß er hervor – und wurde prompt von Listig nachgemacht:

»Du, du … kleiner, mieser …!«

Die Gaffer in der Menge stießen eineinder an und grinsten. Eine dicke Frau prustete los, denn ihr war es egal, auf wessen Kosten sie sich amüsierte.

»Ich werde dich …!«

»Ich werde dich …!«

»Halt's Maul endlich!«

»Halt's Maul endlich!«

Jetzt hatte das Blatt sich vollends gewendet, und sämtliche Gaffer, Klein und Groß, Alt und Jung, lachten den Possenreißer gnadenlos aus, und wenn der Hilfsbüttel in diesem Augenblick nicht dazwischengetreten wäre, hätte der Possenreißer womöglich noch einen handfesten Streit vom Zaun gebrochen.

So aber richteten sich alle Augen auf den Hilfsbüttel, und dieser rief Pausback zu: »Da bist du ja schon wieder! Erst gestern habe ich dich aus der Stadt gejagt. Ich sage dir, heute bist du dran. Nenne mir einen Grund, warum ich dich nicht verhaften soll!«

»Der Grund bin ich, hochverehrter Hüter der Ordnung!« Listig, der sich vorübergehend im Reff versteckt hatte, richtete sich zu voller Größe auf. »Ich bin der Kopf des Riesen.«

Der Büttel kniff die Augen zusammen. Er verstand kein Wort. »Warum sitzt du da oben?«, schnauzte er schließlich.

»Ei, wo sollte ein Kopf sonst sitzen, zwischen den Beinen etwa?«, gab Listig zurück, und die Menge belohnte seine Antwort mit erneutem Gelächter. An den Possenreißer dachte niemand mehr.

»Rede keinen Unsinn. Der Riese, von dem die Leute sagen, er wäre der Sohn des alten Schüppling, hat keinen gültigen Reisepass, und die Eignungsprüfung zum Buckelapotheker hat er schon gar nicht. Macht, dass ihr beide aus der Stadt kommt, dann will ich noch einmal Gnade vor Recht ergehen lassen.«

»Gern, sehr gern, Herr Büttel, aber das ist leichter gesagt als getan. Wir haben seit Tagen nichts gegessen, und der Magen hängt uns schon auf den Hacken. Wie soll ein Mensch da laufen können! Anders wäre es, wenn ein Goldstück unsere Schritte beflügelte.«

»Du wagst es, mich auch noch um Geld anzubetteln?«

Listig grinste: »Gewiss, denn gewaltsam fortnehmen darf ich es Euch doch nicht, oder?«

Ob solcher Frechheit verschlug es dem Büttel die Sprache, aber da alle lachten, machte er gute Miene zum bösen Spiel. Er war neu im Amt und wollte es mit den Leuten nicht verderben. »Nun gut.« Er nestelte eine kleine Münze aus der Tasche und reichte sie Listig hinauf. »Hier, nimm, aber glaube ja nicht, du bekämst sie umsonst, ich will eine Olität dafür, am besten etwas gegen die Migräne meiner Frau.«

Listig prüfte das Geldstück und verkündete: »Das ist weniger als eine Portion Wildpastete kostet, aber mehr, als ein Huhn macht, wenn es keine Eier legt. Ich danke Euch, Herr Büttel.«

Und nachdem Pausback dem Stadtbediensteten eine Flasche Melissengeist ausgehändigt hatte, verließen sie geschwind den Marktplatz.

Das Lachen der Menge hallte ihnen noch lange nach.

Am Nachmittag machten sie sich auf den Weg nach Katzberg, welches zwischen Langewiesen und Ilmenau liegt, und sie waren guter Dinge. In einer Kurve überholten sie einen unscheinbaren Mann, welcher der Kleidung nach wie ein Herr aussah, wenn da nicht ein zweirädriger Karren gewesen wäre, vor den er sich selbst gespannt hatte. Auf dem Karren saßen die unterschiedlichsten Puppen, lebensgroß und täuschend echt:

darunter eine Magd mit Schürze und Haube, ein Schiffer in groben Köperhosen, ein Landmann mit Forke, ein Burgfräulein mit Taschentuch in der beringten Hand, ein Schultheiß mit schwerer Amtskette und ein Söldner im Harnisch.

»Hoppla, mein Freund!«, rief Listig. »Und Gott zum Gruße! Wenn ich du wär, würd ich auch mal den Schultheiß ins Geschirr spannen.«

Der Mann ging weiter, ohne sich um sie zu kümmern, und tat so, als sei er in Gedanken versunken.

»Du hast nicht zufällig eine Speise bei dir, die sich brüderlich teilen ließe? Meine Beine wollen nicht mehr so recht, da tät eine kleine Stärkung gut.«

Der Unbekannte blickte auf und schwieg. Doch vom Wagen her kam plötzlich eine Stimme, die dem Schultheiß zu gehören schien: »Es steht mir schlecht an, ein Gefährt zu ziehen. Der Söldner mag es tun oder ein anderer.«

Listig war verblüfft. »Bist du es, der die Puppen sprechen lässt, Karrenzieher?«

»Ja, er ist's«, antwortete die Magd mit heller Stimme.

Der Landmann brummte: »Was dagegen?«

Der Schiffer rief: »Ahoi!«

Listig lachte. »Alle Wetter, du redest mit dem Bauch, nicht wahr, Karrenzieher? So einen wollt ich schon immer mal kennenlernen. Wie ist dein Name?«

»Er heißt Julius Klingenthal«, antwortete das Burgfräulein geziert, »aber er spricht nicht mit jedem.«

»Wir sind auch nicht jeder. Ich bin Listig und von uns beiden der Kopf, Pausback stellt die Beine zur Verfügung. Zusammen sind wir eins.«

Nun endlich hielt Klingenthal an und lächelte. »Ihr seid eins? Das gefällt mir. Man kann nicht vorsichtig genug sein, wenn man Fremden begegnet, und muss darauf achten, mit wem man sich einlässt.« Er schien mit eigener Stimme zu sprechen, denn sie passte zu keiner der Figuren auf dem Wagen.

»Wem sagst du das, Julius! Wir hätten ein wenig Pastete für

eine Abendmahlzeit beizusteuern, wie würde denn dein Part aussehen?«

»Thüringer Würste, ein Kanten Käse und eine Flasche Wein.« Jetzt bewegte Klingenthal beim Sprechen auch die Lippen, was ihn gleich viel menschlicher aussehen ließ, und nachdem die drei ihre Wagen zur Seite geschoben und ein kleines Feuer entfacht hatten, ließen sie es sich schmecken. Als sie fertig mit der Mahlzeit waren, wurde Listig plötzlich von der Magd angesprochen:

»Entschuldige, dass ich frag«, sagte sie, »aber als Frau ist man neugierig. Wo hast du denn deine Füße verloren?«

Listig lehnte sich zurück. »Meine Füße? Oh, das ist eine lange Geschichte. Ich fürchte, meine Kehle ist zu trocken, um sie zum Besten geben zu können. Oder hast du noch einen Schluck Wein?«

»Frag Julius.«

Listig lachte. »Deine Magd, mein Freund, meint, ich soll dich fragen, ob du noch irgendwo ein wenig Wein versteckt hältst.«

Der Bauchredner schmunzelte. »Sie kennt mich gut, ja, es ist so.« Kurz darauf hatte er eine zweite Flasche geöffnet und die Becher neu gefüllt. »Ich muss mich für sie entschuldigen, sie will immer alles ganz genau wissen.«

»Das macht nichts, ich will ihr gern Rede und Antwort stehen, Hauptsache, ich kann mir vorher die Kehle spülen!« Listig nahm einen kräftigen Schluck und begann: »Es war auf den Tag genau vor fünf Jahren, als ich mit den Klosterbrüdern der Kartause zu Linz aufbrach, um nach Rom zum Heiligen Vater zu pilgern. Wir wollten vor ihm niederfallen, mit ihm beten und die Vergebung unserer Sünden erflehen.«

»Du warst ein Mönch schon in so jungen Jahren?«, wunderte sich die Magd.

»Ich war Novize und sehr zart, viel zarter noch als heut. Deshalb kam der Weg mich auch so sauer an. Je höher wir die Alpenpfade hinaufzogen, desto kälter wurde es. Bald umfing uns immer liegender Schnee, und das mitten im Sommer. Es war eine mühselige Reise, denn wir hatten uns eine besondere Bürde auferlegt. Wir wollten abwechselnd auf dreierlei Arten marschieren: die ersten hundert Schritte auf den Füßen, die zweiten auf den Knien, die dritten in der Hocke, dann wieder auf den Füßen und so fort …«

»Das muss ja furchtbar gewesen sein!« Die Stimme der Magd klang erschüttert.

»Ja, das war es. Meine Mitbrüder waren alle viel stärker als ich, weshalb ich mehr und mehr zurückblieb. Ich rief: ›So wartet doch auf mich!‹, doch Bruder Ernesto, unser Prior und Führer, antwortete mir: ›Wir sind auf dem Weg zum Papst, mein Sohn, da heißt es, keine Zeit verlieren. Wenn es Gott gefällt, gibt er dir die Kraft, um mithalten zu können, wenn nicht, bleibst du zurück. Alles liegt in Seiner Hand.‹

Eine Weile lang versuchte ich noch, den Anschluss zu halten, dann sah ich ein, dass Gott entschieden hatte, ich müsse allein weitergehen. Größer und größer wurde der Abstand zu meinen Brüdern, und am Abend dieses Tages befand ich mich irgendwo allein auf dem Großglockner. Angst kroch in mir hoch. Schneetreiben setzte ein, während ich eine Komplet mit gefalteten Händen sprach. Als ich die Hände wieder auseinandernehmen wollte, merkte ich, dass sie zusammengefroren waren.«

»Wie schrecklich! So kalt war es?«

»So kalt und noch viel kälter. Um meine Hände zu wärmen, steckte ich sie unter die Achseln und schleppte mich vorwärts, weiter und weiter, doch irgendwann verließen mich die Kräfte, ich kam einfach nicht mehr vom Fleck. Da hatte Gott ein Einsehen und schenkte mir Schlaf.«

Julius Klingenthal schüttelte mitleidig den Kopf. Er goss Listig nochmal Wein nach, allerdings nur ihm, denn die Flasche war schon fast leer.

Die Magd bat: »Erzähl weiter.«

»Das will ich tun, obwohl mir's schwerfällt.« Listig trank einen Schluck zur Stärkung. »Am nächsten Morgen wachte ich auf und stellte zu meiner Freude fest, dass es nicht mehr schneite. Ich fühlte mich steif wie ein Stück Holz. Der Schlaf hatte mich während der hockenden Vorwärtsbewegung übermannt, und ich versuchte nun, die Knie durchzudrücken und mich aufzurichten. Es gelang mir auch, und ich dankte dem Herrn, dass er mir die Kraft dazu verliehen hatte. Ich betete eine verspätete Prim, wollte losmarschieren und – blieb stehen. Meine Füße gehorchten mir nicht.«

Listig machte eine Pause, denn als guter Erzähler wusste er, dass dadurch eine Geschichte nur noch spannender wurde. Julius Klingenthal hing ihm an den Lippen, und die Magd drängte: »Erzähl weiter, Listig, bitte!«

»Gern, wo war ich? Ach ja, meine Füße gehorchten mir nicht. Was hatte das zu bedeuten? Ich bückte mich, scharrte den Schnee von meinen Schuhen, und da sah ich es: Sie steckten tief in einer Gletscherspalte. Ich zog die Beine an – aber meine Schuhe mit den Füßen blieben stehen. Ich versuchte es nochmals und nochmals. Vergebens. Es war, als hielte mich ein Schraubstock aus Eisbacken fest. Ich besann mich. Die Situation war lächerlich, ich würde doch in der Lage sein, meine Schuhe zu befreien! Also begann ich, mit den bloßen Fingernägeln das Eis fortzukratzen, doch bald sah ich ein, dass diese Arbeit der eines Sisyphus' gleichkam, und gab es auf. Dann versuchte ich, mit meinem Atem das Eis aufzulösen, was ebenso vergeblich war. Daraufhin lachte ich laut, denn ich wollte meine Hilflosigkeit nicht wahrhaben. Irgendjemand würde mir schon während des Tages über den Weg laufen und mich befreien.

Doch es kam niemand. Stunde um Stunde wartete ich, aber keine Menschenseele ließ sich blicken. Ich betete, ich schrie, ich weinte, ich heulte, ich flehte – niemand kam. Schließlich senkte sich erneut die Nacht herab, und in dieser Nacht tat ich kein Auge zu. Ich hockte am Boden und versuchte immer wieder, mich zu befreien, und immer wieder musste ich einsehen, dass alle Bemühungen umsonst waren. Das Eis schien unbesiegbar.

Gott wollte, dass es so war. Gott wollte, dass ich niemals Rom erreichen würde. Der nächste Morgen kam, und wieder richtete ich mich auf. Ich war mittlerweile mehr tot als lebendig und bat den Herrn, sterben zu dürfen, aber Gott der Allmächtige hatte entschieden, dass meine Zeit noch nicht gekommen war. Er schickte einen gewaltigen Windstoß, der mich buchstäblich von den Füßen riss. Ich landete zwei Schritte weiter im Schnee und konnte zunächst nicht glauben, dass ich frei war. Frei, endlich frei! Doch dann fiel mein Blick auf meine Beine, und ich sah, dass dort, wo vorher meine Füße waren, nichts mehr war. Gähnende Leere klaffte da, denn meine Füße steckten noch in den Schuhen, und die Schuhe befanden sich nach wie vor in der Gletscherspalte.«

»Aber hattest du denn gar keine Schmerzen?« Die Stimme der Magd überschlug sich fast.

»Kälte nimmt jeden Schmerz, und vereistes Blut kann nicht fließen!«

»Und dann? Was geschah dann?«

Listig nahm seinen Becher, sah zu seinem Bedauern, dass nichts mehr drin war, und stellte ihn auf den Boden. »Das, worauf ich die ganze Zeit gewartet hatte: Eine Gruppe Männer erschien und fand mich. Es waren Benediktiner, die es über die Alpen zurück in ihr Kloster Montecassino zog. Sie gaben mir Speise und Trank und versorgten meine Beinstümpfe. Ihnen verdanke ich mein Leben – und natürlich der Güte des Herrn. Ja, so verlor ich meine Füße. Ich muss mich damit abfinden, dass sie unwiederbringlich fort sind und noch heute im ewigen Eis des Großglockners ruhen.«

Die Magd sagte: »Du tust mir sehr leid.«

»Mir auch«, sagte der Landmann.

»Schließe mich an«, sagte der Söldner, »du hast gut gekämpft.«

»Aber das Leben geht weiter«, sagte der Schultheiß.

»Ja, doch es kann grausam sein«, sagte das Burgfräulein.

»Grausam wie die See«, sagte der Schiffer.

Danach herrschte eine Weile Stille, bis Listig rief: »Weißt du, Julius, ich kenn nun sämtliche Meinungen deiner Puppen, aber wie ist deine eigene?«

Der Bauchredner lächelte sanft. »Ich widerspreche ihnen grundsätzlich nicht. Sie sagen stets, was sie denken. Wenn man sie näher kennt, erfährt man, dass die Magd nicht nur gut zuhören kann, sondern auch das Herz auf dem rechten Fleck hat, dass der Schultheiß gar nicht so würdevoll ist, das Burgfräulein nicht so geziert, der Landmann nicht so plump, der Söldner nicht so kriegerisch und der Schiffer nicht so einfach, sie alle haben ihre Stärken und Schwächen, und wenn man genau hinsieht, sind sie vielleicht sogar nur der Teil eines Ganzen. Gerade so, wie du und Pausback eine Einheit bilden. Doch zurück zu deiner Frage. Ich denke, nur du selbst kannst wohl ermessen, was du durchgemacht hast, egal, wo deine Füße jetzt ruhen.«

»Trefflich gesagt, fürwahr!« Listig überging die letzte Bemerkung, aus der ein Zweifel an dem Wahrheitsgehalt seiner Geschichte herauszuhören war, und fragte: »Warum sprichst du eigentlich so häufig durch den Mund deiner Puppen, mein Freund?«

»Tue ich das?« Klingenthal machte ein ertapptes Gesicht. »Nun, das ist so eine Angewohnheit. Vielleicht ist sie entstanden, weil ich früher so oft üben musste.« Er dachte nach und fügte dann hinzu: »Vielleicht auch, weil sich manches durch den Mund einer Puppe leichter sagen lässt.«

»Hm, hm«, meinte Pausback und mischte sich damit zum ersten Mal in die Unterhaltung ein, »Bauchreden, wie geht das eigentlich?«

Klingenthal verzog in komischer Verzweiflung das Gesicht. »Ich wusste, dass diese Frage früher oder später kommen würde.«

Listig wunderte sich. »Wieso, mein Freund?«

»Weil jeder sie stellt. Also hört zu: Damit Worte zustande kommen, die so klingen, als kämen sie aus dem Bauch, bedarf es eines Zusammenspiels zwischen Gaumensegel und Kehlkopf.«

Listig lachte. »Potzblitz! Und ich dachte immer, der Kehlkopf wär nur zum Schlucken da.«

Klingenthal ging nicht darauf ein, sondern sprach weiter: »Es kommt auf die genaue Abstimmung an, auf den gezielten Einsatz beider Organe, sonst versteht man nichts, auch gilt es, nach Möglichkeit bestimmte Buchstaben zu vermeiden. Es sind Buchstaben, die durch das Zusammenpressen der Lippen gebildet werden, etwa das P und das B. Ein Bauchredner würde zum Beispiel niemals ›Potzblitz!‹ rufen, weil er dazu den Mund bewegen müsste.«

»Verstehe!«, rief Listig.

»Und wenn ein solcher Buchstabe sich nicht vermeiden lässt, schaut der Bauchredner einfach ein wenig zur Seite; die Aufmerksamkeit des Zuschauers gilt ohnehin hauptsächlich seiner Puppe.«

»So einfach ist das also!«

»Wenn man es kann.«

»Ist es denn nicht einfach?«

Der Bauchredner lächelte und sagte mit unbewegten Lippen: »Versuch's doch mal.«

Und Listig versuchte es. Er machte einen Hals wie ein Stiel, biss die Zähne aufeinander, damit er ja den Mund nicht bewege, und gab etwas von sich, das ganz normal wie »Julius« klang.

Der Bauchredner schüttelte den Kopf. »Nein, das war falsch. Du hast zwar nicht die Lippen bewegt, aber noch immer mit den Stimmbändern gesprochen. Es muss sich so anhören.« Er machte es vor, und diesmal hatte das Wort »Julius« eine ganz andere Klangfarbe.

Es dauerte eine geraume Weile, bis Listig auch nur annähernd in der Lage war, es seinem Lehrmeister gleichzutun. Danach meinte dieser: »Und nun lass uns den Namen wechseln, denn ›Julius‹ ist eine gar zu leichte Übung, jetzt versuche, ›Pausback‹ zu sagen.«

Wie sich herausstellte, war dies tatsächlich ungleich schwieriger, nicht zuletzt wegen der Buchstaben P und B. Listig mühte sich redlich ab, und Pausback selbst versuchte es auch, doch zeigte sich, dass er im Bauchreden noch weniger Begabung hatte als Listig.

Dennoch übten sie weiter, denn es gab viel zu lachen dabei, und der Abend war mild. Schließlich sagte der Schultheiß: »Ich will nicht unhöflich sein, meine Damen und Herren, aber ich denke, jetzt ist Schlafenszeit. Gute Nacht denn also!«

»Gute Nacht, gute Nacht!« Listig und Pausback gingen, um sich im Wald ein Laubbett zu machen, und Klingenthal stieg auf seinen Wagen, um bei den Puppen zu schlafen.

Er legte sich zwischen die Magd und das Burgfräulein.

Am Tag darauf trennten sie sich, denn Klingenthal wollte weiter nach Wümbach, was nicht auf dem Weg nach Katzberg liegt. Der Abschied fiel allen nicht leicht, und die Magd fand die richtige Erklärung dafür. Sie sagte: »Es ist nicht oft, dass man Leute kennenlernt, denen man sich nahe fühlt, doch mit euch war es anders, mit euch war ich sehr gern zusammen. Bleibt gesund und achtet auf euch, denn die Gegend ist unsicher. Gott befohlen.«

»Gott befohlen«, sagten auch Pausback und Listig, nickten Klingenthal und seinen Puppen noch einmal zu und zogen ihres Wegs.

Alsbald wurde der Wald wieder dichter, und von allen Seiten drang der Gesang der Vögel zu ihnen herab. »Zivit, pink, pink, zivit«, machte es und: »tirilie, zik, zik, tirilie, tüteltä!« Ein fröhliches Konzert, das ansteckend wirkte und Listig dazu verleitete, ebenfalls zu singen. Es war ein Lied über viele Strophen, und in jeder Einzelnen versuchte ein Knecht eine Magd zu verführen – jedesmal vergebens. »Sing doch auch mal was, Pausback!«, rief er, als er geendet hatte, aber Pausback brummte nur:

»Kenn so was nicht. Kenn nur die Olitätenstrophen von Vater.«

»Dann sing eine, aber eine, die ich noch nicht kenn.«

Und Pausback zog die Stirn in Falten, kratzte sich am Ohr und dachte scharf nach. Dann hob er an:

»Gegen Zahnwurm, gegen Fäule,
gegen Pest und Cholera,
gegen Schweiß und kranke Gäule,
gegen ausgefallnes ...«

»Haar!«, brüllte Listig. »Jawohl, der Vers ist mir neu. Noch einen!«

Doch Pausback fiel kein weiterer ein, was Listig nicht davon abhielt, ihn weiter zu bedrängen. Der Riese wurde erlöst durch den Anblick einer Waldschenke, die in einiger Entfernung auftauchte und Listigs Aufmerksamkeit fesselte. »Dort werden wir rasten!«, verkündete er.

»Wollen heut doch noch nach Katzberg«, protestierte Pausback.

»Hast du etwa keinen Hunger?«

»Doch, hm, schon.«

»Dann machen wir's so. Ich lad dich ein.«

»Von was denn?«

»Das lass nur meine Sorge sein, wer mit mir reist, wird immer satt, ob mit oder ohne Kröten!«

Unterdessen waren sie so weit herangekommen, dass sie vor der Tür des Wirtshauses standen. Ein seltsames Zeichen war über dem Klopfring ins Holz eingeritzt. Es hatte folgende Form:

»So viele Striche macht der Wirt, wenn einer vier Weine getrunken hat«, lachte Listig.

»Hm«, brummte Pausback und setzte ihn sich auf die Hüfte, bevor sie hineingingen. Drinnen umfing sie dämmriges Licht und dampfender Rauch. Dunkle Gestalten hockten da, trinkend, tratschend und sie misstrauisch betrachtend.

»Gott zum Gruße allerseits!«, rief Listig. »Ist noch Platz für zwei durstige und hungrige Mäuler?«

»Ja doch«, knurrte ein fettleibiger Mann, dessen Kaufmannskleider von erheblichem Wohlstand zeugten, und rückte an seinem Tisch zur Seite. »Warum nicht, vorausgesetzt, ihr gebt einen aus.«

»Daran soll's nicht scheitern!«, strahlte Listig, der keinen Pfennig in der Tasche hatte. »Pausback, setz mich neben den freundlichen Herrn.«

Der Riese gehorchte und nahm ebenfalls Platz.

Der Wirt erschien und musterte die Neuankömmlinge von oben bis unten. »Wein, Fleisch und Suppe gibt's bei mir nur gegen bare Münze«, meinte er schroff.

Listig grinste. »Gastgeber wie dich kenn ich zur Genüge, ihr wollt Metall glänzen sehen, bevor ihr was rausrückt. Möglichst aus Gold soll es sein und mit einem Adler obendrauf. Nun denn!« Er entleerte den Geldbeutel, den er dem fettleibigen Kaufmann kurz vorher aus der Tasche gezogen hatte, und sagte bei jeder Münze, die auf den Zechtisch klimperte: »Hier ist Suppe, hier Fleisch, hier Wein, hier sind Braten, Krammetsvögel, Täublein, Wachteln …«

Der Wirt war beruhigt und ließ es geschehen, dass Listig den Beutel mit dem Geld wieder einsteckte. Dann brachte er, was Küche und Keller hergaben, und Listig und Pausback sprachen den Köstlichkeiten kräftig zu, wobei Listig es nicht versäumte, dem Fettleibigen einen Schnaps auszugeben und ihm ein wenig von seinem Braten anzubieten.

»Ihr scheint gut bei Kasse zu sein«, sagte der Dicke mit nicht zu überhörender Verwunderung.

Listig lachte. »Im Gegensatz zu Euch, wie mir scheint!« Er bückte sich und tat so, als hebe er etwas auf. »Oder ist das nicht Euer Geldbeutel?«

»Donnerwetter, ja! Wo kommt der denn her?«

»Er lag unter dem Tisch. Ihr habt ihn verloren, wie mir scheint. Und wenn eine so ehrliche Haut wie ich ihn nicht entdeckt hätt, dann wär er jetzt wohl für immer futsch.«

»Donnerwetter, ja!«, wiederholte der Dicke. Er war noch immer fassungslos. »Das kann ich ja gar nicht wiedergutmachen.«

»Oh, doch, oh doch! Wenn Ihr Euch erkenntlich zeigen wollt, dann zahlt Ihr die Zeche für meinen Gefährten und für mich. Sozusagen als kleinen Finderlohn.«

Da konnte der Fettleibige schlecht Nein sagen, obwohl das, was die beiden Freunde vertilgt hatten, weder billig noch wenig gewesen war. Also zahlte er mit saurer Miene und empfahl sich alsbald.

Pausback und Listig wollten es ihm wenig später gleichtun, doch als sie vor die Tür traten, zeigte sich, dass ein gewaltiges Gewitter aufgezogen war.

Es blitzte und donnerte, als sei der Tag des Jüngsten Gerichts gekommen.

Regen rauschte wie aus Kübeln vom Himmel, und es dauerte nur wenige Augenblicke, bis der gesamte Hof der Waldschenke zu einer einzigen riesigen Pfütze geworden war. »Ich gehe keinen Schritt weiter«, sagte Listig.

»Hm, ich schon«, brummte Pausback. »Wasser macht mir nix aus.«

»Mir aber!« Listig kreischte fast. »Wenn ich etwas hasse, dann ist's Regen, und wenn ich vor etwas Angst hab, dann sind's Blitze.«

»Hm, hm.«

»Besonders im Wald!«

Pausback stand unschlüssig da, Listig auf die Hüfte geklemmt. »Hm, hm, hm.« Er kämpfte einen heroischen Kampf, dann sagte er: »Können ja bleiben, erst mal.« Er ging wieder zurück und setzte Listig auf seinen alten Platz.

Der Wirt erschien und fragte, ob die Herren noch etwas verzehren wollten.

Das wollten sie nicht, denn sie besaßen ja kein Geld. Als er verschwunden war, stöhnte Listig: »Das hat man nun von seiner Ehrlichkeit. Wenn ich dem Fettwanst seinen Geldbeutel nicht zurückgegeben hätt, könnten wir jetzt den Teufel mitsamt seiner Großmutter tanzen lassen.«

»Gehen sowieso gleich.«

Doch da sollte Pausback sich getäuscht haben, denn das Gewitter hielt mit unverminderter Stärke an, und aus der Pfütze im Hof war ein See geworden. Das Wasser stieg unaufhaltsam und drang wenig später sogar in den Schankraum ein, was den Wirt zu verzweifelten Flüchen veranlasste und zu ebenso verzweifelten Versuchen, das Wasser aufzuwischen. Seine Unruhe vertrieb nach und nach sämtliche Zecher, dies umso mehr, als die meisten von ihnen zu Pferde gekommen waren und keine Schwierigkeiten hatten, trockenen Fußes die Schenke zu verlassen. Nur Listig und Pausback blieben.

»Hab noch nie so 'n Gewitter gesehen«, staunte Pausback mit großen Augen.

»Ich auch nicht«, pflichtete Listig ihm bei. Sie saßen mit angezogenen Beinen auf einer der Bänke, während der Wirt nach wie vor um sie herumwieselte und der Wassermassen Herr zu werden versuchte. »Wenn das Wasser weiter steigt, müssen wir im Oberstock übernachten.«

»Nein«, sagte Pausback. »Im Wald.«

»Nur über meine Leiche!« Listigs Augen blitzten. »Eins merk dir ein für alle Mal, Pausback Schüppling: Deine Beine, die eigentlich meine Beine sind, mögen gehen, wohin sie wollen, ich misch mich da nicht mehr ein, aber manchmal machen sie auch Pause, zum Beispiel, wenn ich Hunger hab oder wenn es so regnet wie heut. Es schüttet ja vom Himmel, als müssten alle Sünder dieser Welt auf einmal ertränkt werden.«

»Haben kein Geld für 'ne Übernachtung.«

»Mir wird schon was einfallen! He, Wirt, wär es dir eine Übernachtung wert, wenn ich dein Zinn putzen würd?«

Der Wirt blickte fragend auf, er war so mit seiner Wischarbeit beschäftigt gewesen, dass er nichts mitbekommen hatte. »Hä?« – Listig wiederholte seinen Vorschlag.

»So, so, mein Zinn willst du also putzen.« Der Wirt überlegte. »Es ist aber nicht wenig.«

»Ei, das schreckt mich nicht. Ich bin Arbeit gewöhnt.«

»Und bis wann willst du das alles geschafft haben?« Der Wirt deutete auf die Wandhalterungen und Regale, in denen dicht an dicht das Zinngeschirr stand.

»Bis morgen früh natürlich. ›Je eher daran, je eher davon‹, wie meine Mutter, Gott hab sie selig, immer zu sagen pflegte.«

»Tja, wenn das so ist. Meinetwegen. Im Oberstock gleich links die erste Tür, da ist eine Kammer, in der du mit deinem Gefährten schlafen kannst.« Der Wirt verkniff sich ein Grinsen und fügte im Stillen hinzu: Wenn du überhaupt zum Schlafen kommst.

»Abgemacht!«, rief Listig. »Was ich noch sagen wollt, Wirt: Warum quälst du dich so mit dem Wasser? Lass es doch einfach verdunsten und durch den Schornstein entweichen, dann mag es woanders wieder abregnen.«

»Meinst du?«

»Aber natürlich, wozu sich für etwas krumm machen, das die Natur von selbst erledigt!«

»Ich glaube, du hast recht, so habe ich's noch gar nicht gesehen. Dann haue ich mich aufs Ohr.« Der Wirt streckte seinen schmerzenden Rücken, gähnte noch einmal und verschwand.

Kaum war er fort, wollte Pausback das Zinngeschirr herunterholen, aber Listig hinderte ihn daran. »Lass das, du Sohn des Enak«, rief er fröhlich, »wir begeben uns umgehend in Morpheus' Arme!« Und als Pausback ihn nicht gleich verstand, fügte er hinzu: »Komm, schlafen.«

Am darauffolgenden Morgen sah die Schankstube noch immer so aus wie am Abend zuvor. Als Pausback sie mit Listig betrat, stand der Wirt schon da und raufte sich die Haare. »Das Wasser!«, heulte er. »Das ganze Wasser! Nichts ist verdunstet, kein einziger Tropfen!« Wütend ging er auf Listig los: »Wie konnte ich dir nur glauben, das habe ich nun davon!«

Listig machte ein zerknirschtes Gesicht. »Du tust mir unrecht, Wirt. Ich hab die Wahrheit gesagt, denn Wasser verdunstet wirklich. Aber ich hab nicht gesagt, dass es das bis heut Morgen tun würd.«

»Ach ja?«, schrie der Wirt. »Und hast du etwa auch nicht gesagt, dass du bis heute Morgen das Zinn putzen würdest?« Er riss einen der schwarz angelaufenen Teller aus dem Regal und hielt ihn Listig vor die Nase.

»Das, lieber Wirt, ist wieder etwas anderes. Gern wollte ich das Zinn putzen, was man, wie du weißt, mit Sand erledigt. Doch ist hier irgendwo Sand? Siehst du, nur Wasser ist hier, drinnen wie draußen, überall.«

»Betrüger seid ihr! Alle beide!«

»Aber Wirt, so überleg doch: Dadurch, dass wir in deiner Kammer genächtigt haben, ist dir kein Schaden entstanden, und für die Wassermassen können wir nichts.«

Der Wirt grunzte, und sein Zorn legte sich langsam.

»Sag, wie wär's mit einem guten Frühstück?«

»Was?« Des Wirtes Zorn flackerte wieder auf. »Dass ich nicht lache! Dafür, dass du nichts getan hast, willst du auch noch mit Speis und Trank belohnt werden? Ich muss schon sagen, so unverfroren wie du ist mir noch keiner gekommen.«

»Aber, aber! Ich halte es nur mit der Heiligen Schrift. Da heißt es im zweiten Brief an die Thessalonicher: … *und da wir bei euch waren, geboten wir euch solches, daß, so jemand nicht will arbeiten, der soll auch nicht essen.*«

»Na bitte, da sagst du es selbst: Du hast nicht gearbeitet, also sollst du bei mir auch nichts essen.«

»Halt, halt, du hast nicht richtig zugehört, Wirt! Es heißt: *so jemand nicht* will *arbeiten, der soll auch nicht essen.* Wir aber, Pausback und ich, *wollten* ja arbeiten. Wir konnten es nur nicht, weil kein Sand da war.«

»Das ist Spiegelfechterei.«

»Vielleicht, vielleicht auch nicht. In jedem Fall willst du zwei Menschen verhungern lassen, nur weil kein Putzmittel für dein Zinnzeug da war.«

»Ach, Unsinn ...«

»Willst du das wirklich?«

»Herrgott im Himmel!«, brach es nun aus dem Wirt hervor. »Du kannst einen Menschen schwindelig reden! In Gottes Namen denn: Nehmt ein Frühstück zu euch, und dann macht, dass ihr hinauskommt.«

Es dauerte aber noch ganze zwei Tage und Nächte, bis die Wassermassen sich so weit zurückgezogen hatten, dass Pausback und Listig ihre Reise fortsetzen konnten. Als sie vor die Tür traten, galt ihr erster Blick dem Wagen mit den Olitäten, und beiden fiel ein Stein vom Herzen, als sie ihn unversehrt in einer Ecke zwischen Haus und Schuppen stehen sahen. Die Fluten oder der Wind mochten ihn dahin getrieben haben. Pausback ergriff die Deichsel und zog ihn hervor, während Listig aus luftiger Höhe herabrief: »Beim Barte meiner Mutter, wenn ich nicht genau wüsst, dass meine Füße bei Kunersdorf liegen, würd ich sagen, mich juckt die Reiselust unter den Sohlen! Los, Pausback, nimm die Beine in die Hand.«

»Hm«, meinte der Riese, der genauso froh war wie Listig, endlich weiterzukommen. »Ich dacht, deine Füße wär'n auf dem Großglockner?«

Listig lachte und rief. »Sagte ich das? Nun, nimm an, der eine Fuß wär hier, der andere dort, auf jeden Fall sind beide fort.«

Und als er merkte, dass seine Worte sich gereimt hatten, fügte er hinzu: »Ich mache ein Gedicht und merk es nicht!«

Das alles verstand Pausback nicht, aber er setzte sich trotzdem in Bewegung.

Drei Meilen vor Katzberg erreichten sie einen Bach, an dem sie mehrere Kinder antrafen. Die Kleinen spielten, dass es eine Freude war, sie spritzten einander nass, sprangen über Steine zum anderen Ufer hinüber, schubsten sich gegenseitig in die Fluten, schwammen, tauchten, prusteten und schrien bei alledem wie am Spieß, ganz so, wie Kinder, die spielen, es seit Ewigkeiten tun.

Nur ein kleines Mädchen stand abseits und schluchzte herzzerreißend.

Listig beugte sich aus dem Reff herab und sprach die Kleine an: »Nanu, mein Fräulein, warum weinst du denn?«

Das Mädchen heulte weiter.

Geduldig wiederholte Listig seine Frage.

»Ich wein ja gar nicht.« Die Kleine schniefte und schob trotzig das Kinn vor.

»Vielleicht weinst du nicht, aber es rinnt Wasser aus deinen Augen.«

»Ich wein nie.«

»Hab's verstanden. Aber irgendwas fehlt dir doch?«

»Hab Zahnweh.«

»Donnerwetter, das kenn ich! Aber keine Sorge, ich bin ein großer Zahnwehbesieger. Wo zwickt es denn?«

Die Kleine steckte den Zeigefinger tief in den Mund und nuschelte: »Chier … chinten.«

»Aha, wahrscheinlich ein Backenzahn. Soll ich ihn rausreißen?«

»Neiiiiin!«

»Verstehe.« Listig nickte ernsthaft. »Eine Extraktion ist unerwünscht. Nun, da bleibt nur eins: Nelken. Sag, Pausback, hast du getrocknete Blütenknospen der Nelken unter deinen Zaubermitteln?«

»Hm, hm, Nelken?« Der Riese machte sich in seinen Schubladen zu schaffen, dann fischte er ein Fläschchen mit dem Gewünschten heraus.

»Is das wirklich 'n Zaubermittel?«, fragte die Kleine. In ihrem Stimmchen schwangen Misstrauen und Hoffnung gleichermaßen mit.

»Aber ja!« Listig rollte geheimnisvoll mit den Augen. »Du kaust mit dem kranken Zahn darauf herum und zählst dabei so weit, wie du zählen kannst. Dann wird der Schmerz verschwunden sein.«

Zögernd nahm das Mädchen die Arznei in den Mund.

»Nun kau drauf!«

»Das brennt und schmeckt bitter.«

»Ja, es schmeckt scheußlich, aber es schmeckt immer noch besser als Zahnschmerz.«

Die Kleine begann zu kauen.

»Vergiss das Zählen nicht.«

»Ach so, ja.« Sie zählte. Als sie bei zehn angekommen war, blickte sie Listig fragend an.

»Zähl nochmal«, sagte er.

Als die Kleine dreimal bis zehn gezählt hatte, fing sie an zu strahlen. »Ich glaub, es wird besser.«

»Dann kau weiter.«

Sie gehorchte, und es dauerte nicht mehr lange, da war der Schmerz wie fortgeblasen. Die Kleine spuckte den Nelkenrest aus und sagte ernsthaft: »Danke – und was ist, wenn's morgen wieder wehtut?«

Listig tat, als überlege er, dann sagte er: »In diesem Fall gehst du auf die Wiese, wo die Gänseblümchen stehen, und beißt eine Blüte ab, dann kriegst du niemals wieder Zahnweh.«

»Wirklich?«

»Wirklich.« Listig dachte daran, dass der Schmerzverursacher ein Milchzahn war und ohnehin bald ausfallen würde, ebenso wie die großen Schneidezähne, die der Kleinen schon fehlten.

»Lilli, was machst du hier?« Eine junge, hübsche Frau eilte herbei und nahm die Kleine beim Arm. »Du störst den großen Mann nur.«

Listig, der von der hübschen Frau nicht bemerkt worden war, richtete sich im Reff auf und rief: »Lilli heißt die Kleine also, und du bist gewiss die Mutter?«

»Huch, hast du mich erschreckt!« Die Frau schlug die Hände vor den wohlgeformten Busen.

»Nichts für ungut, ich hoffe nur, dass es dir nicht wie deinem Töchterchen ergeht. Das hatte nämlich bis eben teuflisches Zahnweh!«

»Zahnweh? Lilli? Um Gottes willen!«

»Halb so schlimm, die Schmerzen sind verflogen, denn mein Freund Pausback hatte ein paar getrocknete Nelken dabei. Es gibt nichts Besseres gegen Zahnweh als getrocknete Nelken. Hier, nimm den Rest.«

Die Frau nahm das Fläschchen entgegen und drückte ihr Kind an sich. Mit einem reizenden Lächeln sagte sie: »Ich danke euch sehr, ich fürchte nur, wir können dafür nichts bezahlen.«

Listig lächelte zurück. »Da irrt ihr euch. Natürlich könnt ihr dafür bezahlen – mit einem Kuss.«

Die hübsche Frau lachte. »Wenn's weiter nichts ist. Komm, Lilli, gib dem blonden jungen Mann ein Küsschen.« Sie hob ihr Töchterchen, so hoch sie konnte, und Lilli drückte dem sich herabbeugenden Listig einen Kuss auf die Wange.

»Sapperlot! Das hat geschmeckt.«

»Dann nochmals vielen Dank und Gott befohlen.« Die hübsche Frau nahm Lilli beim Arm und wollte gehen, aber Listig rief ihr zu:

»Das war Lillis Bezahlung, wo bleibt die deine?«

»Ach so.« Die Frau errötete leicht, was ihr besonders gut stand. »Du meinst …?«

»Ja, das meine ich. Nur nicht gezaudert, ich beiße nicht!« Listig beugte sich abermals herab, diesmal noch tiefer, und nahm einen scheuen Kuss entgegen. Der Kuss sollte seine Wange treffen, doch er drehte schnell den Kopf, sodass die Lippen der Frau direkt auf seine trafen. Gern hätte er ihr auch noch ins Mieder gefasst, aber er unterließ es, weil Lilli dabeistand.

Die hübsche Frau war jetzt rot wie eine Tomate, schluckte ein paarmal und lief ohne ein weiteres Wort mit ihrem Töchterchen davon.

»Das versteh ich nicht«, sagte Pausback.

»Was verstehst du nicht?«

»Bei der Köhlerfrau hast du gesagt, ich wär zu gutmütig, man müsst immer Geld nehmen, auch wenn einer sagt, er hätt nix, und nun hast du selber nix von Lillis Mutter genommen. Warum?«

Listig lachte. »Die Köhlerin war hässlich, und Lillis Mutter war hübsch, und der Kuss einer hübschen Frau ist manchmal mehr wert als jeder goldene Taler.«

»Hm, hm, und trotzdem ist's nicht richtig.«

»Was ist nicht richtig?«

»Eigentlich hätt sie mich auch küssen sollen.«

Wie nah Schönheit und Hässlichkeit beieinanderliegen, erfuhren die Gefährten nur wenige hundert Schritte weiter, als sie einer älteren Frau begegneten, deren Gesicht über und über mit Warzen bedeckt war. Die Frau war Pilzsammlerin und schien bereits auf dem Heimweg zu sein, denn in ihrem Korb lag eine Vielzahl herrlicher Steinpilze.

»Gott zum Gruße, gute Frau«, rief Listig, »dir scheint das Sammlerglück wahrhaft hold gewesen zu sein, sag, wo steht der Steinpilz hier?«

»Das werde ich dir gerade auf die Nase binden«, versetzte die Alte unfreundlich. »Jeder muss selber sehen, wie er zurechtkommt. Ich jedenfalls habe meinen Teil gefunden.«

Die patzige Antwort ärgerte Listig, deshalb sagte er: »Ich sehe es, Mutter Eigennutz! Und mir scheint, als du deinen Korb mit den Knollen voll hattest, hast du für dein Gesicht gleich weitergesammelt!«

Darüber war die Frau sehr erbost und beschimpfte Listig auf das Heftigste, bis zu dessen Überraschung plötzlich Pausback das Wort ergriff: »Tujaöl«, brummte er, »›Tujaöl ist gut gegen Warzen‹, hat Vater immer gesagt.«

Wer nun gedacht hätte, die Pilzsammlerin würde Ruhe geben und nach dem Warzenöl fragen, sah sich getäuscht, denn der Zorn der Frau hatte nur ein neues Opfer gefunden. Sie schrie Pausback an, sie hielte nichts von Buckelapothekern, weil sie allesamt Scharlatane seien, Betrüger und Halsabschneider, die für teures Geld unwirksames Zeug verkauften, die den richtigen Apothekern das Geschäft verdürben und die so überflüssig seien wie ein Kropf.

Das ging noch eine Weile so weiter, und während Pausback eingeschüchtert von einem Bein aufs andere trat, kam Listig eine Idee: »Gute Frau, wir entschuldigen uns, wir entschuldigen uns!«, rief er in ihren Redeschwall hinein. »Ihr habt ja recht, meine Worte waren unziemlich, und Buckelapotheker sind eine Plage der Menschheit, aber was hieltet Ihr davon, wenn ich Euch ein todsicheres Mittel gegen Warzen verriete?«

»Was kann das schon für ein Mittel sein!«, blaffte die Alte. »Es gibt nichts, das ich nicht ausprobiert hätte. Allein die Besprechungen und Behandlungen haben mich schon ein Vermögen gekostet!« Immerhin keifte sie nicht mehr und hörte jetzt zu.

Listig fuhr mit verschwörerischer Miene fort: »Das Präparat, von dem ich spreche, ist ein Arkanum, ein Geheimmittel, das kein Apotecarius kennt, kein Medicus, kein gelehrter Doctorus, ein Mittel, das in keinem Buch der Welt steht und nur bei dem Volk der Verruzäer im heiligen Buch der Bibel vom Vater auf den Sohn weitergegeben wurde.«

Jetzt hatte er die volle Aufmerksamkeit der Frau gewonnen. Begierig streckte sie ihre Nase vor, eine Nase mit einer großen Warze, deren Form und Farbe an einen Kartoffelbovist erinnerten.

Listig lag der Vergleich auf der Zunge, aber er hütete sich, es zu sagen, sondern sprach weiter: »Nehmt einen beliebigen Schieferstein, der weder zu groß noch zu klein ist, und wickelt ihn in ein Efeublatt.«

»Schieferstein … Efeublatt«, wiederholte die Pilzsammlerin, die förmlich an Listigs Lippen hing.

»Aber achtet darauf, dass noch eine Stelle des Steins frei bleibt. Mit dieser Stelle berührt Ihr jede einzelne Warze, wobei

Ihr keine einzige übersehen dürft, denn wenn Ihr auch nur eine vergesst, ist die ganze Wirkung dahin.«

»Ich verspreche es, ich verspreche es bei meiner Seele!«

»Mit dem Stein geht Ihr anschließend an einen belebten Platz, wo Ihr ihn gut sichtbar ablegt. Bald darauf wird jemand kommen und ihn aufheben.«

»Und dann? Was passiert dann?«

»Dann werden sämtliche Warzen auf wundersame Weise auf denjenigen übertragen, der den Stein aufgenommen hat. Und Ihr, gute Frau, seid die hässlichen Dinger ein für alle Mal los.«

»Wirklich? Danke, oh, danke, wenn es doch nur helfen würde!«, rief die Pilzsammlerin entzückt.

»Es wird helfen, so wahr Gott der Herr die Welt erschaffen hat, und wenn Ihr Euch ein wenig erkenntlich zeigen wollt, gebt Ihr uns die Hälfte von Euren Pilzen ab. Was sind schon ein paar Pilze gegen ein glattes, schönes Gesicht.«

Das fand die Frau auch und trennte sich mit Freuden von ihren gesammelten Köstlichkeiten. Unter vielen Dankesworten verschwand sie im Wald, sich dabei schon mehrfach nach passenden Steinen bückend.

Die beiden Gefährten sahen ihr nach, und Pausback brummte: »Hm, hm, ich glaub, Tujaöl ist doch besser, ich glaub, du hast der Frau 'n Bären aufgebunden. Hoffentlich kommt sie nicht wieder.«

»Iwo«, lachte Listig, »und wenn schon. Sollte sie dann noch Warzen haben, kann ich immer sagen, sie hätt nicht alle mit dem Stein berührt! Komm, fang keine Grillen, wir machen ein Feuerchen, setzen uns dazu und schwelgen dann im Fleisch des Waldes.«

Und das taten sie. Selbst Pausback, der es immer so eilig hatte, musste zugeben, dass frisch zubereitete Steinpilze eine Rast allemal wert waren. »Schmecken ein bisschen nach Nuss, die Dinger«, brummte er. »Hmja, Mutter schmort sie immer, aber aus der Pfanne raus sind sie auch lecker.«

»Das sind sie, das sind sie!« Fröhlich wischte Listig die gusseiserne, auf einem Dreibein stehende Pfanne aus. Wie immer hatte er dafür gesorgt, dass der Löwenanteil an ihn ging. »Das Einzige, was uns fehlt, ist ein guter Tropfen Wein, aber was soll's, wenn kein Wein zur Hand ist, trinkt man Bier, wenn kein Bier da ist, trinkt man Most, und erst wenn es an allem mangelt, greift man zum Wasser. Pausback, erheb dich, bewege meine Beine zur Quelle und hol uns noch einen Becher voll.«

Doch Pausback, sonst die Hilfsbereitschaft in Person, blieb sitzen. Er sperrte den Mund auf und starrte nach oben.

Listig folgte seinem Blick – und sah in eine Reihe finsterer, schweigender Gesichter. Nach dem ersten Schreck sagte er: »Seid mir gegrüßt, ihr vielen Augen, Nasen, Ohren und Münder! Ich bin Listig, der Mann, der seine Füße auf tragische Weise verlor, und das ist mein Gefährte Pausback. Mit wem haben wir das Vergnügen?«

Die Männer schwiegen und fuhren fort, finster dreinzublicken.

»Wenn die Bemerkung gestattet ist, werte Herren: Ihr schweigt wie der Wald, ihr nehmt uns das Licht, und ihr steht uns im Weg.«

Endlich bequemte sich eine verwegene Gestalt zu einem Wort: »Ist das euer Wagen?«, fragte der Ringer-Klaas.

Listig grinste. »Da er nicht dir gehört und auch keinem deiner Kumpane, wird's wohl so sein.«

»Habt ihr was zu fressen dabei? Sag's lieber gleich, eh' ich's aus deinem vorlauten Maul rausprügel und mir nehm, was mir zusteht!«

Listig sackte das Herz in die Hose. Das, was er die ganze Zeit befürchtet hatte, stimmte also. Sie hatten es mit einer Räuberbande zu tun. Nun hieß es, auf der Hut zu sein und den breitschultrigen Wortführer nicht weiter zu reizen. »Leider nein, Verehrtester, das wenige, was wir hatten, waren Pilze, und die haben wir soeben verspeist.«

»Geld, Waffen?«

»Nein, nein, nichts von alledem.«

»Was, in drei Teufels Namen, ist dann auf dem Wagen?« Ringer-Klaas schob sein Kinn vor, was sehr bedrohlich aussah.

»Medikamente, Olitäten, Balsame, Verehrtester, das, was ein Buckelapotheker durch die Lande trägt.«

Ringer-Klaas mahlte mit dem Unterkiefer, er konnte mit der Auskunft wenig anfangen, und er überlegte schon, ob er sich einen Spaß machen und den naseweisen Jüngling zu einem Ringkampf auffordern sollte, bevor er ihn niederstach, als er sah, dass dieser tatsächlich keine Füße hatte. Also schwieg er wieder, und Luchs Tullian, der bei Weitem nicht so schlichten Geistes war, übernahm das Wort: »Was sind das für Medikamente?«, wollte er wissen.

»Oh, sie sind für und gegen alles Mögliche.« Listig überlegte fieberhaft. Wenn er jetzt sagte, dass die Arzneien von hohem Wert waren, weil ihre Heilkraft die verschiedensten Krankheiten besiegte, konnten sie sicher sein, dass ihnen ihre Habe abgenommen werden würde. Und wenn er andererseits behauptete, die Medikamente seien wertloses Zeug, würden die Räuber vielleicht wütend werden und sie aus Enttäuschung töten. Da beides möglich war und er sich nicht entscheiden konnte, sagte er schließlich: »Pausback, mein starker Gefährte, kennt einige Strophen, in denen die Vorzüge der Arzneien besungen werden. Hört ihm einfach zu!«

Die Räuber wussten nicht recht, was sie daraufhin machen sollten, denn dies war ein Überfall, der anders verlief, als sie es jemals erlebt hatten, und außerdem war Galantho nicht da, der ihnen zurufen konnte, was sie zu tun hatten. Also sagten sie nichts.

Aber auch Pausback sagte nichts. Er fühlte sich unsicher, und es war ihm peinlich, so auf Bestellung zu singen.

»Los, Pausback, fang an.«

»Hm, hm.«

»Beim Bart meiner Mutter, sing endlich, ich meine es ernst!«

Das war ein Ton, wie Pausback ihn noch nie bei Listig gehört hatte, und er begann zu ahnen, dass die Situation brenzliger war, als er glaubte. Er schnaufte und erhob sich, und während er das tat, machte sich mehr und mehr Fassungslosigkeit auf den Mienen der Räuber breit, denn noch niemals zuvor hatten sie einen so turmhohen Mann gesehen.

Aber noch immer war Pausback unsicher, und damit es etwas gab, an dem er sich festhalten konnte, nestelte er schließlich den Mistelzweig hervor. Dann breitete er seine Arme aus, begann, sich wie ein Tanzbär zu drehen, und stimmte seinen Sprechgesang an. Die Räubergesellen hörten misstrauisch zu, doch da die Verse derb waren, gefielen sie ihnen, und bei der letzten Strophe, die

»Gegen Zahnwurm, gegen Brüche,
gegen Gicht und böses Reißen,
gegen Hals- und Mundgerüche,
gegen jedes dünne …«

lautete, grölten alle aus voller Brust »Scheißen!« und amüsierten sich köstlich. Nur Luchs Tullian nicht. Der dachte an Galantho und daran, dass es wenig ratsam war, mit leeren Händen zurück ins Lager zu kommen.

Es wäre wieder einmal ein ergebnisloser Raubzug gewesen, und bei keinem zuvor war die Laune des unberechenbaren Hauptmanns besser geworden.

»Ich will mal sehen, was im Wagen ist«, sagte Luchs und ging hinüber zu dem Gefährt. »Hemperla und Moses, kommt mit, ich brauche eure langen Finger.«

Hemperla, der Stratendalfer, und Moses Singer, der Zopper, schlossen sich ihm an. Zu dritt betrachteten sie den seltsamen Wagen, während der Rest der Bande nach wie vor einen geschlossenen Kreis um Listig und Pausback bildete.

Luchs befühlte die Kalbfelle, welche die Arzneien gegen Regen und Witterung schützten, und sagte: »Vielleicht sollte ich mal kräftig hineinstechen, gerade so wie in die Koffer auf den Kutschen.«

»Lass es«, sagte Moses, »eh du da mit dem Messer durch bist, ist aller Tage Abend.« Seine geschickten Finger glitten unter die Planen, forschten, fühlten, tasteten, und nach kurzer Zeit verkündete er: »Nur Fläschchen, Döschen, Schächtelchen. Wenn nicht irgendwo Goldstaub drin ist, sind's wohl tatsächlich Arzneien.«

»Stimmt«, bekräftigte Hemperla, der auf der anderen Seite dasselbe gemacht hatte.

»Gut«, entschied Luchs. »Wir rollen den Wagen ins Lager.« Dann wandte er sich an den Rest der Männer. »Und nehmt die beiden komischen Gestalten gleich mit, mal sehen, was Galantho zu ihnen sagt.«

Als Listig das hörte, lief ihm ein Schauer den Rücken hinunter, denn der Name Galantho verhieß nichts Gutes. Überall im Thüringer Land verbreitete er Angst und Schrecken, und viele Mütter, deren Kinder nicht folgsam waren, drohten ihnen mit den Worten: »Willst du nun gehorchen, oder willst du, dass Galantho dich holt?« Deshalb rief er mit zitternder Stimme:

»Geht nur allein, verehrte Herren, lasst Pausback und mich getrost hier, wir kommen auch ohne euch zurecht.«

»Nichts da«, entschied Luchs, »ihr kommt mit.«

»Genau, mitkommen!«, sagte auch Ringer-Klaas und ging voran.

Listig und Pausback blieben, wo sie waren.

Listig hatte Schutz im Reff gesucht, und Pausback hatte es geschultert.

In luftiger Höhe, gut zehn Fuß über dem Boden, fühlte er sich wieder sicherer und rief: »Liebe Räuber, wir haben nur das, was wir auf dem Leib tragen! Nichts, was für euch von Wert sein könnte, und die Arzneien braucht gewiss keiner, wo doch jeder von euch so voll im Saft steht!«

Es nützte nichts. Luchs Tullian hatte beschlossen, nicht mit leeren Händen zum Lager zurückzukehren. Furchtlos wegen der großen Überzahl, in der er sich mit seinen Kumpanen befand, ging er auf Pausback zu und gab ihm einen Stoß. »Geh los, Goliath, da entlang, wenn ich bitten darf.«

Pausback stand da wie ein Fels.

Nun versuchte Ringer-Klaas es. Er wandte einen alten Kniff an, stellte Pausback ein Bein und stieß ihn gleichzeitig nach hinten.

Nichts geschah. Ringer-Klaas hätte genauso gut versuchen können, eine Eiche umzustoßen. Gerade wollte er einen neuerlichen Versuch machen, da geschah etwas Unerhörtes: Pausback setzte sich in Bewegung, genau in die andere Richtung, nach Katzberg hin.

Ringer-Klaas traute seinen Augen nicht. Der Riese wagte es, sich ihnen zu widersetzen. »Der soll uns kennenlernen, schlagt ihn nieder!«, brüllte er.

Das ließen sich die Raubgesellen nicht zweimal sagen. Ein gutes Dutzend Männer war es, das mit Gejohle auf Pausback losging, manche von ihnen nur mit bloßen Fäusten, andere mit Stöcken und Knüppeln und wieder andere sogar mit dem Messer.

Diesem geballten Angriff konnte selbst Pausback nicht widerstehen, er musste haltmachen und sich der Räuber erwehren. Er tat es, indem er gewaltig mit den Armen ruderte und sie wie Fliegen beiseitewischte. Luchs Tullian, der sich zu weit vorgewagt hatte, wurde ergriffen und landete fünf Schritte weiter im Gebüsch. Ringer-Klaas, der sich so viel auf seine Körperkraft einbildete, musste erleben, dass ihm der Arm nach hinten gebogen wurde, wodurch er hilflos wie ein Neugeborenes war, bevor er sich im Staub wiederfand. Hemperla und die anderen flogen ein ums andere Mal durcheinander wie die Kegel auf der Bahn, doch sie standen immer wieder auf, um es dem Riesen zu geben. Eine deftige Prügelei, das war so richtig nach ihrem Herzen, auch wenn es nicht so aussah, als würden sie siegen, zumal Listig von oben sein Bestes tat, seinen Gefährten zu unterstützen. Spuckend, brüllend und an jedem Haar zerrend, dessen er habhaft werden konnte, beschimpfte er die Angreifer aufs Übelste, und nach einer Weile sah es ganz so aus, als würde die Meute sich zurückziehen.

Und das tat sie wirklich.

Listig konnte kaum glauben, was er sah, und rief: »Pausback, die Bande gibt auf! Hoho, die Feiglinge verziehen sich!«

Doch kaum hatte er das gesagt, fiel etwas Schweres auf ihn und seinen Gefährten herab, etwas Schweres, das aus Hanf war und viele kleine Maschen hatte.

Es war ein Netz.

Und unter diesem Netz gab es kein Entrinnen.

Einer trage des andern Last, so werdet …

Gertrud Röther träumte, sie wäre tot. Es war ein schöner Traum, denn der Tod war für sie die Erlösung aus der Hölle ihres Lebens. Seit drei Tagen litt sie wieder wie ein Tier, und wenn Eva, die blonde Magd, mit ihrer steten Fürsorge nicht gewesen wäre, hätte sie es nicht mehr ausgehalten. Die Stunden des Tages waren eine Qual, und die Nächte, in denen sie sich ruhelos auf ihrem Lager hin und her wälzte, ein einziges Martyrium. Manchmal wunderte sie sich selbst, dass ihr Herz noch schlug und ihre Organe noch arbeiteten. Dabei hatte sie sich schon auf dem Weg der Besserung befunden, nachdem der bulldoggengesichtige Eck bei ihr gewesen war. Doch danach hatte es einen Rückfall gegeben, die Krankheit hatte sie erneut angefallen und sie an den Rand des Wahnsinns getrieben. »Herr im Himmel, was habe ich nur getan, womit habe ich das verdient!«, hatte sie immer wieder in den wenigen Momenten, da sie klar bei Verstand war, geschrien.

Gertrud Röther gab einen röchelnden Laut von sich und wachte auf. Sie spürte, wie der Schlaf sie verließ, und fühlte gleichzeitig Enttäuschung. Im Schlaf lag Vergessen, der Tod hatte sie verschmäht. Wenn sie doch nur weiterschlafen könnte!

Langsam bewegte sie sich und tastete ihren Leib ab. Er war hart wie Stein. Wenn Doktor Eck hier wäre, würde er mir sicher ein abführendes Mittel geben, dachte sie. Eck, um dessen neuerlichen Besuch sie schon mehrfach gebeten hatte und der bis heute nicht erschienen war. Warum kam der Mann nicht? Er war doch sonst so hilfsbereit?

Gertrud drehte sich zu dem kleinen Schemel hin und nahm ihre ganze Kraft zusammen, um das darauf stehende Wasserglas zum Mund führen zu können. Sie trank einen winzigen Schluck. Wie gut das tat! Wasser war tatsächlich ein Lebenselixier, und es schien ihr viel besser zu bekommen als das Butterbrot, das Eva ihr Tag für Tag brachte.

Sie stellte das Glas zurück und bemerkte, dass nicht nur ein Butterbrot auf dem Schemel lag, sondern deren zwei. Eva musste ein weiteres dort hingetan haben, nachdem das erste heute Morgen liegen geblieben war. Zwei Butterbrote! Gertrud ekelte es, als sie daran dachte, sie essen zu müssen.

Sicher, Eva meinte es nur gut, aber allein der Gedanke an feste Nahrung bereitete Gertrud neue Qualen. Es half nichts, sie musste der Magd sagen, dass sie nichts essen konnte, auch wenn diese dann wieder mit Engelszungen auf sie einreden würde, so lange, bis sie sich erweichen ließ und ein paar Bissen zu sich nahm.

Nein, diesmal würde sie hart bleiben. Aber wie nur? Gertrud gab einen krächzenden Laut von sich, denn soeben war ihr ein Gedanke gekommen, ein Gedanke, der die Lösung für ihr Problem sein konnte. Sie würde die beiden Brote einfach in dem vollen Nachtgeschirr versenken; der Teig würde sich mit der Brühe voll saugen und die Brote würden untergehen ... Doch halt! Das ging nicht. Eva würde den Pisspott irgendwann ausleeren und die Tat entdecken.

Gertrud seufzte, ihr blieb wohl doch nichts anderes übrig, als ein wenig zu essen. Sie griff nach dem Brot, wollte hineinbeißen – und biss daneben. Ein Stück war abgebrochen und zwischen das Stroh ihrer Lagerstatt gefallen. Gertrud keuchte vor Anstrengung, als sie nun versuchte, den Brocken wiederzufinden. Es gelang nicht. Das Brotstück war spurlos verschwunden. Und dann, plötzlich, wusste Gertrud Röther, wo sie die Brote, die sie so ungern aß, verstecken konnte.

Wenig später erschien Eva und war sehr erfreut, dass ihre Patientin alles aufgegessen hatte. »Wie schön, dass es Euch geschmeckt hat«, sagte sie und fügte wie so oft hinzu: »Butter ist Nervennahrung, das hat Doktor Eck selbst gesagt.«

»Doktor Eck, wo bleibt er nur?«, hauchte Getrud mit schwacher Stimme.

Die Magd schüttelte bedauernd den Kopf, während sie die Kissen zurechtzupfte. »Ich weiß es auch nicht. Vielleicht ist er selber krank?«

Gertrud antwortete nicht, sondern konzentrierte sich nur auf die Schmerzen, die in ihrem Leib wühlten. Wenn sie nicht alles täuschte, hatte die Pein ein wenig nachgelassen. Sie fühlte, wie ihr Körper sich entspannte, und hoffte, nochmals einschlafen zu können.

Schlaf war Erlösung, und nichts wünschte sie sich mehr.

Als Gertrud das nächste Mal aufwachte, wusste sie nicht, wie lange sie geschlummert hatte, sie wusste nur, dass irgendetwas anders war. Und dann spürte sie es: Die Torturen hatten nachgelassen. »Herr im Himmel, ich danke dir«, murmelte sie in ihre Kissen, während sie vorsichtig ihren Leib abtastete. Ja, die Bauchdecke fühlte sich weicher an. Ob das ein Zeichen der Besserung war? Gertrud wagte kaum, daran zu glauben. Schon einmal war es ihr besser gegangen, und danach hatte sie sich nur umso schlechter gefühlt. Sie hatte Angst davor, dass es diesmal wieder so sein könnte, und blieb ganz still liegen. Nach einiger Zeit bekam sie Durst und trank aus dem bereitgestellten Glas. Mit Genugtuung bemerkte sie, dass ihr das Trinken leichter fiel als beim letzten Mal. Das letzte Mal, wann war das gewesen?

Heute? Gestern? Das schwache Licht der Laterne war immer gleich und ließ keine Rückschlüsse auf die Tageszeit zu.

Wieder lag sie still und horchte in ihren Körper hinein. Ja, es ging ihr besser. »Großer Gott, ich danke dir, sowie ich halbwegs gehen kann, will ich zu dir in die Kirche kommen und tausend Kerzen abbrennen!«

Sie lauschte weiter, jetzt drangen auch die Geräusche des Hauses an ihr Ohr: das vertraute Knacken im alten Gebälk, das Quietschen der Pumpe auf dem Hof, das Schnauben der Pferde im Stall. Und dann war da noch ein anderes Geräusch, eines, das sie nicht kannte und das ganz aus der Nähe kam. Es war ein leises Knarren, kaum hörbar, gefolgt von einem lauteren »Bopp«.

Was konnte das sein? Kam es aus der Küche? Vielleicht, auf jeden Fall waren Schritte in der Küche zu hören.

Gertrud merkte, wie sie erneut in die Tiefen des Schlafs hinabgezogen wurde, und sie wehrte sich nicht dagegen. Vielleicht, so hoffte sie, würde es ihr beim Aufwachen noch ein wenig besser gehen.

Kurz darauf erschien die blonde Magd an ihrem Bett, einen Teller mit einer großen Scheibe Brot in der Hand haltend. Das Brot war dick mit Mäusebutter bestrichen, und die Arsendosis darin war absolut tödlich. »Wird Zeit, dass du endlich verreckst«, murmelte Eva zwischen den Zähnen und erschrak im selben Augenblick über ihre eigenen Worte. Sicherheitshalber prüfte sie noch einmal, ob ihre Herrin wirklich schlief, und fügte hinzu: »Müsstest eigentlich längst tot sein, du zähes Luder, aber das hier gibt dir den Rest. Dann ist Ruhe.« Rasch verschwand sie aus der Todeskammer.

Röther würde mit ihr zufrieden sein.

»Röther war voll wie tausend Brauerknechte, wie er vom *Krug* nach Haus gekommen is, das kannste mir glauben«, nuschelte Hannikel. »Hat lustig blöd geglotzt, der Herr Amtmann, wie ich ihm gesagt hab, dass Mutter Krumm bei uns is.«

»Na und?« Galantho steuerte seinen Lieblingsplatz am Feuer an und ließ sich neben Hannikel nieder.

Der lange Räuber kicherte. »Er wollt wissen, wo das wohl is, wo sie jetzt is, hihi. Bin ja nich auf'n Kopp gefallen un hab's ihm nich gesagt.«

»Gut, gut, warte einen Moment.« Galantho erhob sich und eilte sehr viel rascher, als seine Hauptmannswürde es erlaubte, ins dichte Unterholz. Dort blieb er geraume Weile, bis er wieder erschien.

Hannikel meinte teilnahmsvoll: »'s is bestimmt schon das dritte Mal, dassde so plötzlich verduftest, hast wohl die Scheißerei, wie? Ich sach dir, das is nich schlimm, fast alle haben's in der letzten Zeit gehabt, schlimm isses nur, wenn's die rote Scheißerei is, mit Blut, weißte.«

»Was geht's dich an, mir fehlt nichts!«, blaffte Galantho, was allerdings nicht der Wahrheit entsprach. Im Gegenteil, seit Tagen quälte ihn der Durchfall, aber eher fielen die Schlachten von Kunersdorf und Groß Jägersdorf auf einen Tag, als dass er seine Beschwerden zugegeben hätte. Ein Anführer konnte sich keine Schwächen leisten. »Sag mir lieber, ob Röther bald Stellvertretender Bürgermeister wird.«

»Da weiß ich nix von.« Hannikel schob sich einen Priem in den Mund.

»Aber er war besoffen, sagst du?«

»War er. Besoffen is gar kein Ausdruck.«

»So, so.« Galantho überlegte. Wenn Röther die Zeche von seinem Beuteanteil bezahlt und darüber hinaus die eine oder andere Runde im *Thüringer Krug* geschmissen hatte, konnte nicht mehr viel übrig sein von seinem neuen Geldsegen. Was wiederum bedeutete, dass ihm die Schmiergelder zur Erlangung des neuen Amtes fehlen würden. Einerseits war das zu bedauern, denn je höher Röther die Erfolgsleiter erklomm, desto sicherer konnte er, Galantho, sich mit seinen Männern fühlen – andererseits war es egal, denn letzten Endes kam es nur darauf an, dass Röther weiter mit ihm zusammenarbeitete. Und das musste er, dazu wusste man im Wald zu viel über ihn. »Sind wenigstens neue Kutschen in Aussicht?«

»Nee, er hat gesagt …«

»Warte!« Ein neuer Anfall hatte Galantho gepackt und zwang ihn in die Büsche. Als er nach einer Weile wieder erschien, ergänzte Hannikel seinen Satz:

»… der Fahrplan hätt sich geändert.«

»Ja, und? Das heißt ja nicht, dass keine Kutschen mehr fahren. Wann also kommt die Nächste?«

Der lange Gauner schob seinen Priem in die andere Backentasche. »Weiß nich.«

Der Hauptmann hätte am liebsten Hannikels Kopf genommen und ihn gegen einen Baum geschlagen, aber er unterließ es. Wo Stroh war, konnte man kein Hirn erwarten. »Was ist mit Röthers Frau?« Galantho wusste, dass der Amtmann sie loswerden wollte, und er ahnte, dass Röthers chronische Geldsorgen der Grund dafür waren. Es würde lohnenswert sein, mehr darüber zu erfahren, allerdings nicht durch Hannikel, der war für solche Aufgaben zu dumm.

»Weiß nich, is immer noch krank, glaub ich«, sagte Hannikel.

»Aha.« Galantho überlegte, wen er damit beauftragen könnte, Röthers Absichten auszukundschaften, als unversehens laute Stimmen aus dem Wald drangen:

»Galantho, he, Galantho! Wir haben was mitgebracht, das rätst du nie!«

Die das riefen, waren Luchs Tullian und Ringer-Klaas. Sie näherten sich in Begleitung sämtlicher Kumpane, in deren Mitte sich ein dichtmaschiges, hoch aufragendes Netz selbsttätig zu bewegen schien.

»Was soll das sein?« Erst auf den zweiten Blick erkannte der Hauptmann zwei Beine, die wie Säulen aus dem unteren Netzrand hervorragten.

Luchs Tullian rief: »Das sind zwei komische Käuze, die uns über den Weg gelaufen sind.«

»Zwei Käuze müssten vier Beine haben. Ich sehe nur zwei. Wenn du mich zum Narren halten willst, Luchs, dann gnade dir Gott.«

»Aber nein, nein, warte.« Der Kofferstecher begann damit, das Netz von einer menschlichen Gestalt zu ziehen. Es sah aus, als enthülle er ein Denkmal. Schließlich stand ein hünenhafter Mann vor Galantho, ein Kerl von Ausmaßen, wie der Hauptmann sie noch nie gesehen hatte. Er trug eine Art Gestell auf dem Rücken, und aus diesem Gestell schaute ein blonder Kopf hervor, das Gesicht dazu war das eines Jünglings. »Grüß dich Gott, großer Häuptling«, rief der Bursche keck, »wir sind zwei unbescholtene Wanderer, die nichts besitzen und nichts verbrochen haben. Bei meiner armen Seele, du wirst nichts mit uns anfangen können. Oder mangelt es dir nur an zwei Essern mehr?«

Galantho musste sich erst an den Anblick des Riesen gewöhnen. »Seit wann essen Tote?«, fragte er kalt zurück und sah mit Befriedigung, dass seine Worte ihre Wirkung nicht verfehlten. Er wandte sich an Luchs Tullian und fragte: »Haben die beiden Wertsachen bei sich gehabt?«

»Nein, Galantho.«

»Waffen?«

»Nein, Galantho.«

»Essbares?«

»Nein, Galantho.«

»In drei Teufels Namen, warum ...« Der Hauptmann unterbrach sich, schoss hoch und suchte den nahen Wald auf.

Einer der Räuber lachte verhalten. »Das große Darmflattern! Jetzt hat's auch Galantho erwischt.«

Ein paar andere fielen leise in das Lachen mit ein, doch sie verstummten jäh, als der Hauptmann mit grimmiger Miene wieder erschien. »Was sollen die zwei komischen Gestalten hier?«, knurrte er. »Wenn sie nichts haben, sind sie zwei zu viel!«

Luchs Tullian zog die Schultern ein, sein Vogelgesicht wurde womöglich noch spitzer. »Sie haben einen Wagen dabei, Galantho, einen Wagen mit Kräuterkram und Arzneien.«

Der Hauptmann setzte sich erst einmal wieder. Die vielen Gänge in den Wald hatten ihn geschwächt. Außerdem war sein Darmausgang schon ganz wund. »Zeig mal her.«

Der Kofferstecher beeilte sich, mit ein paar Kumpanen das Gefährt ans Feuer zu schieben. »Moses und Hemperla sagen, da wären Medikamente drin.«

Die beiden Diebe nickten bekräftigend.

»Wenn sie es sagen.« Galantho musterte das seltsame Gefährt. Wahrscheinlich transportierte der ungeschlachte Riese, der offensichtlich ein Buckelapotheker war, seine Arzneien darin, und das Tragegestell auf dem Rücken, in dem der blonde Naseweis saß, war sicher einmal ein Reff gewesen. Wie um seine Gedanken zu bestätigen, sagte der Riese jetzt: »Bin Buckelapotheker, Pausback Schüppling mit Namen. Schüpplings Olitäten haben beste Qualitäten.«

Und der Blonde rief: »Wer von euch, Leute, hat's am Magen? Wem ist eine Laus über die Leber gelaufen? Wem kommt die Galle hoch? Wem geht etwas an die Nieren? Wem pfeift's in der Lunge? Wem will er nicht mehr stehen? Kommt her, die ihr mit Krankheit geschlagen seid, denn gegen alle Zipperlein dieser Welt hat Gott in Mutter Schüpplings Garten ein Kräutlein wachsen lassen. Schüpplings Olitäten haben beste Qualitäten!«

»Schnauze!« Galantho fand, dass der Knirps entschieden zu viel redete, allerdings hatte er etwas gesagt, das beachtenswert war. Er hatte wissen wollen, ob jemand es am Magen habe. Vielleicht gab es ein Mittel gegen seine Scheißerei? Er würde es später erfahren, ja, später, denn jetzt danach zu fragen hieße sich eine Blöße geben. »Schnauze! Ich werde dich ...«

»Mich laust der Affe!«, fuhr Hannikel seinem Hauptmann ins Wort. »Jetzt erkenn ich den Hänfling! 's is der Bursche, den ich vor der Antonius-Kirche getroffen hab, vor drei Jahren war's, glaub ich, in Schmalenbach, als wir alles abgefackelt haben un uns die Schätze unter'n Nagel gerissen haben. Hab ihn gefragt, ob er Kunde is, un er hat gesagt, er hätt nix gekauft oder so was, kam sich wohl lustig blöd vor, der Kerl, jedenfalls wollt ich ihm eine verp...«

»Ja, ja«, unterbrach Galantho ihn nun seinerseits, »hast wohl Quasselwasser getrunken, Hannikel? Wen kümmert es, ob du das Bürschchen kennst oder nicht.« Als Anführer durfte er sich nicht die Initiative nehmen lassen. Er musste seine Gedanken ordnen und entscheiden, was als Nächstes zu tun war. Die Kernfrage hieß: Sollte er sich des seltsamen Gespanns entledigen, beispielsweise, indem er die beiden töten ließ? Die Beantwortung der Frage war einfach. Wenn die Burschen zu etwas taugten, konnten sie leben, im anderen Fall … Aber taugten sie zu etwas?

Galantho beschloss, das als Allererstes herauszufinden. »Nehmt dem pausbäckigen Riesen das Netz ganz runter«, befahl er, doch Ringer-Klaas hob entsetzt die Hände und rief:

»Bloß das nicht! Der Kerl ist stark wie drei Ochsen zusammen, wenn der fliehen will, läuft er einfach durch uns durch!«

Der Hauptmann besann sich. In der Tat sah Pausback so aus, als könne ihn nichts aufhalten. »Gut, dann setzt ihn da vor die Eiche und fesselt ihn doppelt und dreifach. Anschließend schafft ihr mir den Hänfling her.«

Als die Kumpane Listig aus dem Reff zogen und ans Feuer trugen, hatte Galantho ein weiteres Mal Grund zum Staunen. Der blonde Jüngling hatte keine Füße. »Dafür, dass dir die Füße fehlen, reißt du das Maul ziemlich weit auf«, sagte er. »Wie heißt du eigentlich?«

»Ich bin Listig.«

»Und ich bin schlau.«

Der Blonde lachte. Es war ein Lachen, das nicht ganz frei von Angst war. »Ich heiße Listig, Gevatter Hauptmann!«

Galantho war unbeeindruckt. Er hatte schon Männer mit viel unmöglicheren Namen kennengelernt. Namen waren Schall und Rauch. »Von mir aus heißt du so. Wichtiger ist, dass du listig bist, denn bist du es nicht, nützt du mir nichts und wirst sterben.«

Wieder lachte Listig. »Ei, natürlich werd ich sterben! Die Frage ist nur, ob es schon jetzt sein muss. Ich für meinen Teil fühl mich wohl wie ein Fischlein im Wasser, aber wie steht es mit dir? Ich glaub, du spielst den ganzen Tag schon Henne – und legst Eier, die du gar nicht legen willst.«

Die Räuberbande lachte. Der Hauptmann ließ sich nichts anmerken. Wer schrie, machte sich nur noch lächerlicher. Statt zu brüllen, schickte er deshalb die Männer fort in ihre Hütten. Jeder von ihnen hatte eine mehr oder weniger armselige Behausung, manche wohnten darin zu zweit oder dritt, andere hatten sogar eine Gefährtin und Kinder. Galantho war es einerlei, wie seine Spießgesellen lebten, solange sie seinen Befehlen gehorchten und ihn mit dem gebotenen Respekt behandelten.

Respekt, das Wort schien der blonde Jüngling noch nie gehört zu haben. Was bildest du Bürschchen dir eigentlich ein?, dachte er. Wie redest du eigentlich mit mir? Woher weißt du eigentlich, dass ich Dünnschiss habe?

»Gevatter Galantho, edler Hauptmann«, setzte der Hänfling seine Rede fort, »der lange Lulatsch, ich glaube, Hannikel ist sein Name, hat eben gesagt, deine Bande hätte die Antonius-Kirche abgebrannt. Nun, ich hab's mit eignen Augen gesehen! Hab gesehen, wie Hannikel dem Pfarrer den goldenen Schrein geklaut hat und damit stiften ging, aber weißt du auch, was er dabei verloren hat?«

»Nein, aber du wirst es mir gleich sagen«, knurrte Galantho.

»Das hier.« Listig holte eine Schachtel aus seiner Jacke und hielt sie mit beiden Händen hoch, als wäre sie eine Königskrone. Dann, unter geheimnisvollem Gemurmel, nahm er den Deckel ab.

Galantho erblickte ein spitzes Ding, das in Watte gepackt war und wie ein langer Holzspan aussah. »Was ist das?«

»Der weltberühmte Antonius-Splitter. Der Splitter vom Kreuz des heiligen Antonius, dem Bewahrer vor Feuersbrünsten und dem Beschützer vor Krankheiten.«

Galantho dachte an sein Gedärm und fragte: »Und wer sagt mir, dass du mir keinen Bären aufbindest?«

Listig schlug die Augen nieder und sagte treuherzig: »Die Reliquie heilt alles, glaub mir, nur verlorene Füße kann sie nicht ersetzen, weshalb ich mich auch von ihr trennen würd – ganz umsonst natürlich, weil du es bist.«

»Ich bekomme alles umsonst, weil ich es mir nehme.« Der Hauptmann ergriff das Hölzchen und unterzog es einer näheren Betrachtung.

»Der Splitter ist genauso lang wie der Mittelfinger unseres Heilands«, versicherte Listig, »und wenn du ihn hältst und ein Vaterunser dazu sprichst, werden die Krankheiten vor dir fliehen wie der Teufel vor dem Weihwasser. Du musst nur fest dran glauben, sonst wirkt er nicht.«

»Ich bete nie.«

»Vielleicht betest du nie, aber am Tag des Jüngsten Gerichts wirst du es tun, und dann wird die Reliquie noch immer dein sein, denn sie ist aus Eisenholz und deshalb unzerstörbar.«

»Ach ja?« Galantho warf die angebliche Kostbarkeit ins Feuer. »Wenn sie unzerstörbar ist, dürften ein paar Flammen ihr nichts ausmachen. Was ist, Hänfling, du machst ja ein Gesicht wie drei Tage Regenwetter?«

In der Tat hatte es Listig die Sprache verschlagen. Mit allem hatte er gerechnet, nur nicht damit, dass der Hauptmann die Probe aufs Exempel machen würde. Nun musste er mit ansehen, wie sein schöner Splitter jämmerlich verbrannte.

Galantho lachte höhnisch. »Mir scheint, die Reliquie ist nicht ganz so heilig, wie du mir weismachen wolltest. Mir scheint, du wolltest mich zum Narren halten. Mir scheint, du weißt nicht, was mit denen passiert, die so etwas versuchen?«

Listig machte ein zerknirschtes Gesicht. Er konnte es sich denken.

»Ich lasse sie langsam und unter Schmerzen … oh, oh!« Der eigene Schmerz im Gedärm ließ Galantho von seinem Platz hochschnellen. Ohne ein weiteres Wort hastete er ins nahe Gebüsch, wo er sich zu erleichtern suchte. Doch wie schon bei den letzten Malen konnte davon keine Rede mehr sein, es schien, als sei er innerlich ausgetrocknet, und nur die quälenden Blähungen hielten sich hartnäckig. Der Triumph, den er soeben noch gespürt hatte, war dahin. Natürlich war der Splitter Humbug. Ein Räuberhauptmann, der Koffersstecher, Stratendalfer, Zopper, Blütenschmeißer, Haderreißer und Fleppenfackler befehligte, kannte so viele Kniffe, dass er auf einen lächerlichen Holzspan nicht hereinfiel. Aber was war mit den Medikamenten auf dem Wagen? Waren die echt? Wirkten die?

Galantho machte, dass er seine Beinkleider wieder hochbekam, und ging schnellen Schrittes zurück zum Feuer. »Viele meiner Männer haben Dünnschiss«, sagte er. »Hast du was auf deinem Wagen, das dagegen hilft?«

Listig, der sich die ganze Zeit das Hirn zermartert hatte, wie er sein Leben retten könnte, glaubte, nicht richtig zu hören. Zu überraschend kam für ihn die Wendung des Gespräches. »Ja ja, bestimmt … bestimmt«, stotterte er.

»Schön.« Galantho setzte sich wieder. »Und was?«

»Tja, wenn ich's recht bedenk, müsst ich dazu Pausback fragen, er ist der Buckelapotheker.«

»Dann tu's.«

»Und wie, bitte schön, soll ich das machen?« Listig wies auf seine Beinstümpfe.

»Ach so.« Galantho stand wieder auf. »Bleib hier«, befahl er unnötigerweise, ging hinüber zu dem Baum, an dessen Fuß Pausback gefesselt saß, und wiederholte seine Frage.

Pausback schwieg und starrte Löcher in die Luft.

»He, ich rede mit dir!« Der Hauptmann trat dem Riesen gegen die Beine.

Pausback schluckte. »War grad zu Hause auf dem Wald«, brummte er.

»Ob du was gegen die Scheißerei hast, will ich wissen.«

Pausback überlegte. »Hab ich.«

Galantho wurde langsam ungeduldig: »Darf man auch erfahren, was?«

»Hmja.«

Galantho trat noch heftiger zu.

»Drusenpulver und Cholera-Tropfen.«

»Cholera-Tropfen, sagtest du Cholera-Tropfen? Willst du meine Männer vergiften?«

»Hmja. Aber ich weiß nicht, was sie kosten.«

»Wie? Was?«

»Listig kann besser rechnen. Er ist mein Kopf, und ich bin seine Beine.«

Galantho wollte nochmals zutreten, aber dann hielt er inne. Er hatte den Eindruck, der Riese war komplett verrückt. Immerhin hatte er etwas von Drusenpulver und Cholera-Tropfen gesagt. Der Hauptmann machte kehrt, ging wieder zu Listig und wiederholte die Namen der Medikamente.

»Ei«, sagte Listig, »so nimm sie dir ruhig gleich vom Wagen herunter!«

»Ich denke nicht daran!« Galantho war es nicht gewohnt, Befehle von anderen entgegenzunehmen.

»Dann such dir einen anderen, der's tut.«

»Ach so.« Der Hauptmann schnaubte. »Der eine gehorcht mir nicht, weil er keine Füße hat, der andere nicht, weil er an den Baum gefesselt ist. Ihr seid mir beide ein seltsames Paar.«

»Zusammen sind wir eins. Ich bin Pausbacks Kopf, und Pausback ist meine Beine.«

»Das habe ich eben schon mal gehört.« Galantho blieb nichts anderes übrig, als Listig zum Wagen zu tragen, damit dieser nach Arzneien mit der Aufschrift *Drusenpulver* und *Thüringer Cholera-Tropfen* suchen konnte. Als er sie gefunden hatte, ging der Hauptmann damit hinüber zu Pausback und fragte ihn, wie die Medikamente einzunehmen seien.

Als auch das erledigt war, setzte Galantho sich erst einmal wieder. Der Gedanke, dass Listig und Pausback eins waren, fesselte ihn. Doch es stimmte. Ein Buckelapotheker, der nicht rechnen konnte, war verloren, und ein Mann, der keine Füße hatte, ebenfalls. Einer war ohne den anderen nichts.

Automatisch begann Galantho an einem Uniformknopf zu spielen, und wieder fragte er sich, wozu die beiden nütze sein könnten. Ihm fiel nichts ein, außer dass sie ihm schaden konnten – beispielsweise, wenn sie draußen in den Städten den Ort des Lagers verrieten. Das durfte auf keinen Fall passieren. Also musste er sie zwingen, bei ihm im Wald zu bleiben. Gut, und dann? Was brachten die Kerle an Fähigkeiten mit? Sicher, der eine war stark, der andere gewitzt, aber das reichte nicht. Starke Leute hatte er genug, und gewitzt war er selbst. Doch halt, da war noch der Wagen, der stellte einen hohen Wert dar, sofern es gelang, die Arzneien zu verkaufen. Aber wer konnte das tun? Keiner seiner Männer verstand etwas von Medikamenten … nur Pausback und Listig.

Galantho drehte so stark an dem Knopf, dass er ihn fast abriss. Blieb also die Frage, wie er das seltsame Gespann zwingen konnte, sich seiner Bande anzuschließen. Buckelapotheker hatten das Fernweh im Blut, und Pausback, der Riese, machte da sicher keine Ausnahme. Er würde sich kaum aufhalten lassen, wenn man ihm irgendwann die Fesseln abnahm. Dazu kam die Schläue des blonden Hänflings, der Mittel und Wege finden würde, mit »seinen Beinen« zu verduften. Was also tun? Galantho grübelte und nahm sich einen anderen Knopf vor, aber es wollte ihm nichts einfallen. Bei Satan, Scheitan und Luzifer!, fluchte er im Stillen, es muss doch eine Lösung geben! Eine Lösung, eine Lösung …

Und dann wusste er eine.

Ein boshaftes Lächeln umspielte seinen Mund, als er sich rasch erhob und dem schmalen Pfad zustrebte, der zu den Hütten der Männer führte.

»Was hast du mit uns beiden vor?«, hörte er Listig hinter sich herrufen.

Galantho gab keine Antwort, sondern folgte dem Pfad ins dichte Unterholz, wo er einige Schwierigkeiten hatte, sich zurechtzufinden. Er besuchte seine Männer selten, denn es war selbstverständlich, dass sie zu ihm kamen – und nicht umgekehrt. Schließlich jedoch hatte er die Behausung, zu der er wollte, gefunden. Es war eine windschiefe Hütte, die eher einem Verschlag ähnelte, und diese Hütte gehörte Hannikel.

»He, Hannikel, bist du da?«

Drinnen rumorte es. Unterdrückte Stimmen erklangen. Wahrscheinlich vergnügte der lange Gauner sich wieder mit einem der Flittchen, die bei der Bande lebten. »Bist du's, Galantho?«

»Ja, komm raus.«

Hannikel erschien, sich die Hose zuknöpfend. »Was is?« Er schien nicht gerade erbaut über die Störung zu sein, wagte aber nicht, sich zu beschweren.

Der Hauptmann wählte seine Worte sorgfältig. »Hör mal«, begann er, »du hast doch vorhin gesagt, du würdest diesen blonden Hänfling, diesen Listig, kennen.«

»Kennen is zu viel gesagt.«

»Aber du hast ihn in Schmalenbach gesehen, damals, als wir die Kirche abbrannten?«

Der lange Gauner spuckte aus. »Hab ich. Hab ihn gefragt, ob er Kunde is, weil er 'n guten Dreh raushatte. Hat irgend 'ne rote Brühe aus'm Mund fließen lassen, sah aus wie Blut, das Zeug, war's natürlich nich, aber's war 'n guter Dreh, un die Leute haben 'n Heidenschreck gekriegt un tüchtig Blüten geschmissen, un ich frag ihn, ob er Kunde is, un da lacht er so dämlich un sagt, er hätt nix gekauft oder so.« Hannikel machte eine Pause, suchte in seinen Taschen nach einem Priem und steckte ihn sich in den Mund.

»Ja, weiter?«

»Na, kannst dir ja denken, ich wollt mich nich verarschen lassen un wollt ihm grad eine schieben, da ging's inner Kirche zur Sache, un ich musste weg.«

»Das klingt, als wärst du auf Listig nicht gerade gut zu sprechen.«

»Bin ich auch nich.« Hannikel spuckte einen Tabakstrahl neben die Hütte. »Hab noch 'ne Rechnung offen mit dem.«

Galantho, der wusste, wie nachtragend der lange Schurke war, freute sich, ohne eine Miene zu verziehen. Er hatte ihn jetzt genau da, wo er ihn haben wollte. »Pass auf«, sagte er. »Ich könnte dir helfen, es dem Naseweis zu besorgen. Er ist nämlich mein persönlicher Gefangener. Du wirst ihn von nun an auf Schritt und Tritt begleiten, und immer, wenn er sich dünnemachen will, darfst du ihn ein bisschen mit dem Messer aufschlitzen.«

»Mach ich!«, nuschelte Hannikel begeistert. Doch dann fiel ihm ein: »Aber der Hänfling kann ja gar nich gehen, der sitzt immer bei dem Riesen auf'm Buckel. Un wenn der nu abhaut?«

»Dann schlitzt du eben den Riesen ein bisschen auf.«

»Ach so.«

»Die beiden halten zusammen wie Pech und Schwefel. Wenn du den einen bedrohst, wird der andere nicht verduften, wenn du den anderen bedrohst, wird der eine nicht verduften. Hast du das verstanden?«

»Ja, doch, ja.« Hannikels Stimme klang nicht sehr überzeugt.

Damit hatte Galantho gerechnet. Er erklärte es nochmal und fügte hinzu: »Außerdem könnte es sein, dass der Hänfling sich irgendwann auf einem Pferd davonmachen will. In diesem Fall muss er wissen, dass der Riese durch deine Hand sterben wird.«

»Und du meinst, dann versucht er's erst gar nich?«

»Das meine ich.«

»Komische Brüder, die beiden.« Hannikel nahm den Priem aus dem Mund, drückte ihn in der Hand aus und steckte ihn wieder in die Tasche. Der Tabakbatzen würde zu einem späteren Zeitpunkt wieder Verwendung finden.

»Ja, sie sind komisch. Damit du beide immer leicht unter Kontrolle hast, werden sie bei dir in der Hütte schlafen, jage das Hürchen, mit dem du es gerade treibst, deshalb zum Teufel. Im Übrigen soll es dein Schaden nicht sein, wenn du die Sache für mich erledigst. Ab sofort erhöhe ich deinen Beuteanteil auf das Doppelte.«

»Das Doppelte? Oh, das Doppelte! Wirklich?« Hannikel wusste gar nicht, wie ihm geschah.

»Kannst dich drauf verlassen. Du weißt doch: Räuberwort ist Goldeswort.«

»Danke, Galantho! Ich werd die Kerle schon zur Räson bringen.«

»Ich wusste, dass ich auf dich zählen kann.« Der Hauptmann wandte sich zum Gehen. Er war sehr zufrieden.

Aus Pausback und Listig, dem Zweiergespann, war ein Dreiergespann geworden.

Zum selben Zeitpunkt war Mutter Krumm weniger zufrieden. Sie lag in einer der benachbarten Hütten und fröstelte wieder einmal. Zwar hatte ihr Blasenleiden sich deutlich gebessert, aber ihre Empfindlichkeit gegen Kälte war nach wie vor da. Wie sehr sie doch bei kühlen Temperaturen litt! Und wie sehr sie einen Ofen vermisste! Viel hätte sie darum gegeben, doch niemand in der ganzen Räuberbande besaß eine so herrliche Wärmequelle.

Mutter Krumm seufzte aus tiefster Seele und zog sich die Decke bis über die Ohren. Hannikel fiel ihr ein, der hämische, hinterfotzige Hannikel. Der Halunke, der sich einen Spaß daraus gemacht hatte, sie mehrfach zu schlagen. Von Max Röther hatte er etwas genuschelt, von einem Missverständnis und davon, dass ein Ofen für sie da wär.

Ein Ofen? In Röthers Haus? Nein, sie würde nicht zurückgehen, eher traute sie einer Kreuzotter als den Versprechungen des Katzberger Amtmannes. Mutter Krumm seufzte nochmals. Ihr blieb nichts anderes übrig, als sich weiter im Wald zu verstecken. Bei Galantho und seinen Spießgesellen. Die meisten von ihnen waren skrupellos, gewissenlos und gottlos. Ja, gottlos, das waren sie. Immerhin gingen sie nicht so weit, eine alte Frau zu hänseln oder zu quälen wie Hannikel, dieser hirnlose Mensch. Manche von ihnen hatten sogar Anwandlungen zum Kavalier gezeigt, zum Beispiel, als sie ihr bei der Einrichtung der bescheidenen Hütte zur Hand gingen. Luchs Tullian gehörte dazu, Moses Singer, Hein Surel, auch Hemperla, Güldenzopf und Leib Langnase; die anderen kannte sie weniger oder gar nicht, sie gehörte ja auch erst seit Kurzem dazu.

Für die Hilfe hatte sie sich mit einer besonders guten Suppe erkenntlich gezeigt; sie hatte lange nach frischen Kräutern und

Pilzen gesucht und schließlich eine Komposition aus den Blättern von Wiesenknopf, Löwenzahn, Spitzwegerich, Schafgarbe und Gutem Heinrich gezaubert. Dazu hatte sie klein geschnittene Maipilze und Perlpilze gegeben und das Ganze geraume Weile leicht kochen lassen. Während dieser Zeit hatte sie die eine oder andere rüde Bemerkung über sich ergehen lassen müssen, aber als dann endlich die Suppe fertig gewesen war, hatte niemand mehr etwas gesagt. Zu köstlich hatte ihr Werk geduftet, und zu lecker hatte es geschmeckt. Fortan war sie ein Mitglied im Kreise der Räuber gewesen, eine zweifelhafte Ehre, wie sie fand, aber auch ein Zustand, der ihr das Überleben sicherte.

Mutter Krumm fasste einen Entschluss und schlug die Decke zurück. Sie wollte aufstehen und sich bewegen, in der Hoffnung, ihre Glieder würden sich dann erwärmen. Und zum Feuer gehen wollte sie. Sie wusste, dass Galantho es nicht gerne sah, wenn sie die Gespräche der Männer mitbekam, aber das war ihr im Augenblick egal. Sie musste sich endlich wieder einmal die Finger- und Zehenspitzen durchwärmen.

Gebeugt verließ sie ihre Hütte und strebte dem Feuer zu. Es war ein großes, starkes Feuer, das, wie sie wusste, gleich mehrere Aufgaben erfüllte: Es war nicht nur Wärmequelle und Versammlungsort, nicht nur Kochstelle und Beratungsplatz, sondern auch die Lichtquelle vor dem Eingang zu Galanthos privater Höhle. Kaum jemand kannte diese von innen, wenn man von den Hübschlerinnen, die er sich dann und wann zuführen ließ, einmal absah. Er machte stets ein Geheimnis um seine Person, umgab sich mit einem Ring der Unnahbarkeit, und das, wie sie vermutete, mit voller Absicht. Räuber waren wie Kinder, gab man ihnen den kleinen Finger, nahmen sie die ganze Hand, zeigte man sich freundlich, wurden sie frech.

Inzwischen hatte Mutter Krumm den Feuerplatz erreicht und stellte zu ihrer Überraschung fest, dass niemand da war, nicht einmal Galantho. Nur Hannikel entdeckte sie, den Verhassten, der am Fuß der Eiche stand und auf einen am Boden sitzenden Mann einredete. Nun gut, dachte sie, was geht's mich an, und wollte sich neben der wärmenden Glut niederlassen, da sah sie, wie der sitzende Mann sich erhob. Er wurde größer und größer, und als er sich schließlich zu voller Höhe aufgerichtet hatte, schulterte er etwas, das aussah wie ein Reff.

Mutter Krumm beschlich eine Ahnung. Sie kniff die Augen zusammen, denn ihre Sehkraft war nicht mehr die beste, und erkannte Pausback, den großen, gutmütigen Pausback, den sie so plötzlich verlassen musste, als das dürre Männchen, dem man schon vom Weiten den Häscher ansah, in die Schenke am Markt gekommen war. Pausbacks Geld, das sie damals in der Tasche gehabt hatte, besaß sie schon lange nicht mehr. Hannikel hatte es ihr abgenommen.

Hannikel, immer wieder Hannikel.

Jetzt zückte der lange Halunke sogar ein Messer und bedrohte Pausback! Und aus dem Reff schaute ein Mensch heraus, ein blonder, lebhaft gestikulierender Jüngling! Mutter Krumm verstand überhaupt nichts mehr. Sollte sie hinübereilen und eingreifen? Gerade wollte sie es tun, da sah sie, wie Pausback den schmalen Pfad zu Hannikels Hütte einschlug. Was hatte das nun wieder zu bedeuten? Vielleicht fragte sie am besten Galantho, denn dieser erschien gerade aus seiner Felsenhöhle und ließ sich am Feuer nieder.

Doch bevor sie das Wort an ihn richten konnte, sagte der: »Was machst du hier? Du weißt, ich mag es nicht, wenn du hier bist, ausgenommen, du kochst für meine Männer.«

»Ich will mich wärmen.«

»Es ist nicht kalt.« Der Hauptmann begann seine lange Tonpfeife zu stopfen. »Geh wieder in deine Hütte.«

Das wollte Mutter Krumm auf keinen Fall, wo doch die Wärme ihr gerade die Glieder entspannte, deshalb sagte sie: »Der eine Knopf ist schon wieder fast ab.«

»Was? Oh!«

»Lass mich ihn festnähen.« Mutter Krumm hatte sich angewöhnt, für solche Fälle stets Nadel und Faden mit sich zu führen. Sie setzte sich vor Galantho hin und begann mit der Arbeit.

»Danach gehst du wieder in deine Hütte«, sagte Galantho, der sich eigentlich die Pfeife hatte anzünden wollen.

»Den Riesen kenne ich, er heißt Pausback mit Namen und ist Buckelapotheker.«

»Ach ja? Woher kennst du ihn?«

»Aus dem Wald.« Mutter Krumm hielt es nicht für nötig, näher auf die Frage einzugehen. »Den kleinen Blonden, der im Reff sitzt, kenne ich nicht.«

Galantho hatte es mittlerweile fertiggebracht, sich trotz der Behinderung durch Mutter Krumm die Pfeife anzuzünden. Er tat ein paar tiefe Züge. »Der Kleine nennt sich Listig, und vielleicht trägt er seinen Namen zu Recht. Er sagt, er und Pausback würden eine Art Einheit bilden.«

Mutter Krumm hatte den Knopf wieder befestigt. Sie hielt den Nähfaden hoch und sagte: »Beiß durch, meine Zähne sind fast alle weg.«

»Von mir aus.« Galantho gehorchte, aber nur, weil seine Männer nicht da waren.

Mutter Krumm steckte Nadel und Faden fort. Was hatte der Hauptmann gesagt? Pausback und dieser Listig wären eine Art Einheit? »Wie lange kennen die beiden sich?«, fragte sie.

»Weiß ich nicht.«

»Eben hat Hannikel sie mit einem Messer bedroht!«

»Hat er das? Warum auch nicht. Wahrscheinlich hat er ihnen klargemacht, dass fliehen zwecklos ist.«

»Fliehen? Heißt das, sie bleiben bei uns?«

»Ja.« Galantho paffte dicke Qualmwolken vor sich hin. »Genau das heißt es. Und nun lass mich allein.«

»Soll ich nicht eine neue Suppe für die Männer kochen?« Mutter Krumm hatte dafür gesorgt, dass seit einigen Tagen ein großer Kessel über dem Feuer hing.

»Nein, aber warte.« Galantho war etwas eingefallen. »Du hast mir beim ersten Mal gesagt, du hättest im Haus von Max Röther etwas gesehen, das du nicht sehen solltest. Was war das?«

»Deine Männer müssen etwas essen.«

»Lenk nicht ab. Du hast gesagt, du würdest es nur mir allein sagen. Jetzt bin ich allein.«

Mutter Krumm druckste herum, doch schließlich sah sie ein, dass es klüger war, zu sprechen. »Röther lässt seine Frau vergiften.«

Daraufhin sagte Galantho zunächst einmal nichts. Dann fragte er: »Womit?«

»Ich weiß nicht, womit, aber es ist ein weißes Zeug, das Eva der Herrin immer in die Butter tut.«

»Eva, das ist doch die blonde schöne Magd?«

»Ja, der Herr und sie sind ein Paar. Und die Herrin liegt unten in der Kammer und kämpft um ihr Leben.«

»Was du nicht sagst.« Der Hauptmann war tief in Gedanken. So war das also. Röthers Frau war nicht einfach nur krank, wie Hannikel erzählte, sie wurde vergiftet. Zwei Gründe mochte es dafür geben. Der erste: Röther hatte mit seiner Magd ein Verhältnis, und er wollte deshalb seine Frau loswerden; der zweite: Gertrud hatte nach ihrem Tod noch etwas zu vererben. Vielleicht trafen sogar beide Gründe zu, aber auch nur einer würde schon ausreichen, um den Amtmann von Katzberg erpressen zu können. Wenn man es denn wollte ...

»Jetzt kannst du doch die Suppe kochen«, sagte Galantho.

Eva lag in Max Röthers Armen und träumte von Sanssouci, von Paris und von London. Sie träumte von Orten, an denen die Vornehmen der Welt sich ein Stelldichein gaben, von rauschenden Ballnächten und geheimnisvollen Maskenfesten, von üppig gedeckten Tafeln und von vergoldeten Gläsern mit perlendem Champagner, von Dienern in Livree und von Zofen, die ihr jeden Wunsch von den Augen ablasen. Welch eine herrliche Welt!

Einen kleinen Schritt, so glaubte sie, war sie dieser Welt wieder näher gekommen, denn sie hatte ihren Herrn einmal mehr bestohlen.

Die neue Pariser Mode sollte ganz besonders elegant sein und darüber hinaus auch sehr gewagt. Wie die edlen Herren wohl im Bett waren? Ob sie dabei auch so keuchten und schwitzten und schrien und so unersättlich waren wie der Amtmann von Katzberg? Nein, das konnte sie sich beim besten Willen nicht vorstellen.

»Ich verstehe das nicht«, knurrte Röther in ihr Ohr, »Gertrud müsste längst tot sein, das hast du selbst gesagt.«

Eva schreckte aus ihren Gedanken hoch. »Ich verstehe es auch nicht«, sagte sie.

»Aber es muss doch eine Erklärung geben! Oder taugt das Arsen nichts? Wenn das so ist ...«

»Nein, nein, am Arsen liegt es bestimmt nicht. Vielleicht hat deine Frau schon Kräfte gegen das Gift gebildet.«

»Kräfte gegen das Gift? Du meinst, sie sei bereits immun dagegen? Unsinn, und wenn schon, dann nimmst du eben die doppelte Menge.«

»So einfach ist das nicht.« Eva befreite sich aus Röthers Armen. »Wenn ich zu viel nehme, hat die Butter einen Beigeschmack.«

»Dann gib ihr mehrfach am Tag ein Brot.«

»Das geht auch nicht. Es ist sowieso schon schwer genug, sie zum Essen zu kriegen. Und reinprügeln kann ich's ja auch nicht in sie.«

»Aber irgendetwas muss geschehen. Ich brauche das Geld.«

Eva horchte auf. »Das Geld? Welches Geld?«

Röther hätte sich am liebsten die Zunge abgebissen. Niemand sollte erfahren, dass er nach Gertruds Tod ein hübsches Sümmchen zu erwarten hatte – nicht einmal Eva. »Frag nicht so viel.« Er tastete nach ihren Brüsten.

Sie wehrte ihn ab. »Gut, dann gehe ich jetzt runter und schmiere deiner Frau ein Brot.«

»Nein, warte!« Seine Stimme klang heiser und fordernd. »So eilig ist es nun wieder nicht.«

Eva lag da, steif wie ein Brett.

»Was ist? Du magst es doch sonst auch?« Seine Hand ließ von

ihren Brüsten ab und versuchte, zwischen ihre Beine zu gelangen. »Nun hab dich nicht so!«

Eva gab nach, und kurz darauf war es wie immer: Röther bestieg sie, keuchte, schwitzte, schrie, und als er zum Höhepunkt gekommen war, meinte er, es seinem besten Freund schuldig zu sein, das Ganze gleich noch einmal zu wiederholen.

Danach sagte er: »So, jetzt kannst du gehen.«

»Luchs, mir scheint, dein Gedächtnis lässt in letzter Zeit etwas nach«, sagte Galantho. Er saß wie immer an seinem Lieblingsplatz am Feuer, während die Männer seiner Bande um ihn herumhockten.

»Wieso?« Luchs Tullian ahnte nichts Gutes.

Galantho begann das Spiel mit seinem Knopf. »Mir scheint, du hast eine Kleinigkeit vergessen.«

»Was denn? Wenn ich was vergessen hab, tut's mir leid.«

»Oder du hast in letzter Zeit zu wenig Mahlzeiten gehabt.« Galantho hatte beschlossen, Luchs auf die Folter zu spannen – und gleichzeitig ein Exempel zu statuieren, nicht zuletzt, weil an diesem Abend die beiden Neuen, Pausback und Listig, mit am Feuer saßen.

»Zu wenig Mahlzeiten, wieso?« Luchs wurde zusehends nervöser. »Ich weiß nicht, was du meinst.«

»Vielleicht hast du auch zu viel gegessen, dann müsste es dir eigentlich aufgefallen sein.«

Ringer-Klaas kicherte, jedoch nur verhalten, denn er spürte, dass etwas in der Luft lag.

Luchs guckte verzweifelt in die Runde, aber niemand wusste, worauf der Hauptmann hinauswollte, und selbst wenn er es geahnt hätte, so hätte er doch lieber geschwiegen.

Galantho hielt den Knopf hoch. »Erinnert der dich an irgendwas?«

Luchs zermarterte sich das Hirn, aber er kam nicht darauf.

»Es ist ungefähr genauso groß und genauso rund.«

»Ach so.« Jetzt dämmerte es Luchs. Er begann hastig in seiner Hosentasche zu graben und wollte etwas sagen, aber Galantho kam ihm zuvor:

»Mein Doppeldukaten. Du hast ihn vor ein paar Tagen gefressen, und ich will ihn wiederhaben. Jetzt sofort!«

»Hier ist er.« Luchs Tullian, dessen kleines Vogelgesicht womöglich noch kleiner geworden war, hielt Galantho die Münze entgegen.

Der dachte nicht daran, sie zu nehmen. »Hast du den Doppeldukaten gereinigt?«

»J… ja, Galantho.«

»Er sieht aber nicht sauber aus. So will ich ihn nicht. Am besten, du schluckst ihn gleich nochmal runter. Beim nächsten Mal lohnt sich das Saubermachen dann umso mehr.«

Die Gauner am Feuer reagierten, wie Galantho es erwartet hatte: Sie brüllten auf vor Lachen. Schadenfreude ist nun einmal die schönste Freude, überall auf der Welt.

Luchs stand zitternd da. In ihm wogte ein verzweifelter Kampf – zwischen dem Ekel vor dem Geldstück und der Angst vor Galantho. Schließlich gewann die Angst, er steckte die Münze in den Mund und schluckte so lange, bis er sie hinuntergewürgt hatte.

Galantho reichte ihm gnädig einen Becher Wein aus dem bereitstehenden Fass. »Hier, spül nach, vielleicht ist mein Eigentum dann schneller wieder da.«

In das erneute Gelächter mischte sich Listigs Stimme. »Beim Bart meiner Mutter!«, rief er aus dem Reff heraus. »Das war eine Mahlzeit nach meinem Geschmack! Zwanzig von den Dingern wollt ich schon runterbringen. Wenn die Herren also ein paar Goldstücke übrig hätten?«

Sein Angebot löste ungläubiges Erstaunen aus, und der Hauptmann sagte: »Du hast eine schnelle Zunge, Hänfling, hoffentlich war sie nicht zu schnell. Ich habe hier sieben Taler, das müsste reichen, um deinen Appetit zu zügeln. Bin gespannt, ob du sie fressen wirst.« Er winkte Luchs heran, damit dieser die Münzen an Listig übergebe.

»Aber natürlich werd ich sie fressen«, sagte Listig, »allerdings nur als komplette Mahlzeit, hier fehlen die Vor- und die Nachspeise!«

Es dauerte nicht lange, da hatten sich weitere Geldstücke, beigesteuert von den umsitzenden Räubern, in Listigs Händen angesammelt.

Erwartungsvoll waren nun alle Blicke auf ihn gerichtet. »Hast du einen Becher Wein für mich, Gevatter Hauptmann?«, fragte er.

Galantho ließ von Luchs einen Becher bringen.

Listig trank und ließ die Hälfte darin übrig. Dann strahlte er. »Das tut gut! Hab lange keinen Rotspon mehr gehabt.«

Galantho wurde ungeduldig. »Ja, ja, nun mach schon, schluck das Zeug runter!«

»Verzeihung.« Listig trank den Becher leer. »Ich bin den Wein nicht mehr so gewöhnt, aber ich versprech's: Den zweiten Becher stürz ich auf einen Zug runter.«

»Hüte deine Zunge, sonst ist sie ab!« Galantho wurde ärgerlich. »Wirst du die Münzen nun schlucken oder nicht?«

»Aber sicher werd ich das.«

»Dann los!«

»Nein.«

»Nein?« Galantho richtete sich auf und ging die wenigen Schritte zu Listig hinüber. Er war kurz davor, den kleinen blonden Hänfling beim Schlafittchen zu packen und ins Feuer zu werfen. »Sagtest du Nein?«

»Ja, edler Hauptmann!« Listig, der längst gemerkt hatte, dass er zu weit gegangen war, hätte am liebsten klein beigegeben, aber dafür hatte er das Spiel schon zu weit getrieben. Er musste es weiterspielen – und auf ein gutes Ende hoffen. »Ja, edler Hauptmann!«, wiederholte er. »Denn ich sagte nur, dass ich die Münzen fressen werd, aber ich sagte nicht, wann. Ich denke, nächste oder übernächste Woche werd ich es tun.«

Das Gelächter, das nun folgte, empfand Galantho wie Peitschenhiebe, und es kostete ihn große Überwindung, an sich zu halten und scheinbar ruhig zu bleiben. Er winkte Hannikel, dem dritten Mann des Dreiergespanns, zu, und der lange Gauner gehorchte prompt. Einen Lidschlag später hatte Pausback eine rasiermesserscharfe Klinge am Hals. »Sieh nur genau hin, Hänfling«, sagte Galantho, »der andere Teil von dir, ich glaube, du bezeichnest ihn als deine Beine, wird sterben, wenn du die Geldstücke nicht frisst, und er wird nicht nächste oder übernächste Woche sterben, sondern gleich jetzt. Ich wünsche dir einen guten Appetit.«

Jetzt hatte Galantho die Lacher wieder auf seiner Seite, was ihn einigermaßen versöhnte.

»Ich entschuldige mich für mein unziemliches Verhalten«, sagte Listig zerknirscht. »Erlaube mir, dass ich meinen Fehler wiedergutmache, indem ich dir das Doppelte von dem wiedergeb, was du mir gegeben hast.«

Kurz darauf hielt Galantho Münzen im Wert von vierzehn Talern in der Hand. Sieben davon stammten von den Räubern, die es gar nicht lustig fanden, um ihr Geld betrogen worden zu sein, es andererseits aber nicht wagten, die Münzen von ihrem Hauptmann zurückzuverlangen. Das hob Galanthos Stimmung noch mehr, und mit einem Kopfnicken veranlasste er Hannikel, das Messer von Pausbacks Hals zu nehmen. »Du hast zwar eine schnelle Zunge, Hänfling, aber auch einigen Verstand«, sagte er und ließ sich neben Listig nieder. Die anderen Gauner machten schleunigst Platz, während Hannikel seine Klinge missmutig wieder einsteckte. Gar zu gern hätte er dem Riesen ein wenig die Haut aufgeschlitzt.

Galantho setzte seine Tonpfeife in Brand und begann an seinem Knopf zu fingern. »Nicht wahr, du wolltest mich gar nicht auf den Arm nehmen, was?«

Listig konnte schon wieder lachen. »Eher würd ich meine eigenen Füße essen.«

Der Hauptmann grinste. »Wieder so ein Versprechen, das du nicht halten kannst. Aber sei's drum. Auf welche Art bist du deine Füße losgeworden?«

»Oh, das ist eine lange Geschichte, eine sehr lange. Am besten erzähle ich sie immer bei einem Becher Wein.« Galantho zögerte.

»Was ist, Gevatter Hauptmann? Auf einem Bein steht man nicht, und wenn man wie ich keine Füße hat, dann steht man überhaupt nicht, sondern ist auf die Unterstützung seiner Mitmenschen angewiesen. Oder willst du etwa meine Hilflosigkeit ausnutzen?«

»Du verstehst es, dich auszudrücken.« Galantho gab Luchs einen Wink, und der schmale Kofferstecher schaffte einen weiteren Becher heran.

Listig stärkte sich und genoss die Situation, denn die Blicke aller ruhten auf ihm. »Nun«, hob er an, »es war vor zwölf Jahren, anno 1768, als der Heilige Vater Klemens XIII. zu einem neuen Kinderkreuzzug ins Morgenland aufrief. Ich zählte zu jenem Zeitpunkt acht Jahre und hatte somit genau das richtige Alter, um hinaus in die Welt zu ziehen. Mit mir gingen nicht weniger als neunhundert Kinder aus ganz Europa; sie kamen im Norden aus Schweden und Dänemark, im Osten aus Polen, im Westen aus Frankreich, im Süden aus Italien; wir sammelten uns in Genua, der altehrwürdigen ligurischen Hafenstadt, wo wir uns einschifften und unserem Führer, dem edlen Fürsten Richard von Hohe, Treue bis in den Tod schworen. Als Sprecher der Kinder wählte man mich.«

»Was, dich?«, platzte Güldenzopf heraus. »Du warst doch noch ein Kind?«

»Eben«, antwortete Listig und erntete damit allseitiges Schmunzeln. »Du bist ein kluger Kopf.«

»Das bin ich wohl.« Güldenzopf strich sich das schwere goldblonde Haar, dem er seinen Namen verdankte, zurück. »Wenn du mich ins Bockshorn jagen willst, bist du bei mir an der falschen Adresse.«

»Ich werd's mir merken, so wie du dir merken solltest, dass du nicht nur einen, sondern gleich drei Köpfe hast: einen auf dem Hals, einen auf der Rute und einen unterm Kinn. Verwechsle sie nicht – besonders beim Denken.«

Das Gelächter der Räuber nicht beachtend, redete Listig weiter: »Natürlich, Freunde, beteten wir auch zu Gott dem Allmächtigen, damit er uns Kraft gebe, um gegen die Ungläubigen im Land der Minarette und Moscheen zu bestehen, und Kraft sollten wir brauchen, denn schon im Tyrrhenischen Meer packte uns ein gewaltiger Sturm, der uns tagelang beutelte, sodass wir schon dachten, unser letztes Stündlein sei gekommen. Doch der Herr war mit uns, und er gebot dem Orkan Einhalt. Als wir glücklich überlebt hatten, fehlte es uns an allem, am meisten aber an Wasser, und wir litten argen Durst. Ach, bei der Gelegenheit, Gevatter Hauptmann, ist es wohl möglich, noch einen Becher Wein zu bekommen?«

Es war möglich, und Listig fuhr fort: »Wir trafen einen venezianischen Kauffahrer, der uns mit ein paar Wasserfässern aushalf, und konnten unsere Reise glücklich bis Messina fortsetzen.«

»Messina?«, fragte Hein Surel, der Friese, dazwischen, und Scheflenzer und Hölzerlips fügten ungeduldig hinzu: »Deine Füße, wie hast du die verloren?«

»Gemach, Freunde, gemach! Wenn eine Reise lang ist, kann die Erzählung nicht kurz sein. Messina liegt unten im Süden, da wo Sizilien und Italien aneinanderstoßen. Wir machten dort Station und frischten unsere Vorräte auf. Dann setzten wir wieder Segel, es ging nach Osten, immer nach Osten, bis wir die griechische Insel Kreta erreichten, wo wir in Kandia an Land stiegen. Von Kandia aus trug uns der Wind nach Limasol auf der schönen Insel Zypern und von dort weiter an die Ostküste des Mittelländischen Meeres. In Akko war es dann schließlich, wo wir unseren Fuß zum ersten Mal auf den Boden des heiligen Landes setzten.«

»Wo du grad davon sprichst: Was war denn nun mit deinen Füßen?« Diesmal war es der Saalfelder Mathies, ein älterer, vierschrötiger Mann, der fragte. Und Jonas Ocker und der Odenfrosch ergänzten: »Ja, komm langsam zu Potte!«

Listig ging nicht darauf ein, sondern trank einen Schluck Wein. »Richard von Hohe beschloss, zwei Wochen in Akko zu verweilen, bevor wir den mühsamen Weg nach Jerusalem antraten. Wenn es nach mir gegangen wär, hätten wir keine Zeit verloren und wären sofort weitermarschiert, aber Richard hatte recht, wir alle waren abgemagert bis auf den Tod und bedurften dringend der Ruhe. Wieder einmal hatte sich gezeigt, wie wichtig ein starker und umsichtiger Anführer ist.«

Die letzten Worte hatte Listig mit großer Überzeugung gesprochen und dabei wie zufällig Galanthos Blick gesucht.

Der Hauptmann nickte geschmeichelt. Er hatte zwar ein feines Gespür für falsche Töne, war aber auch nicht frei von Eitelkeit. Dass der Hänfling ihn durch die Blume als großen Führer bezeichnete, tat ihm gut.

»Ach, Gevatter Hauptmann, ist wohl noch ein wenig Wein vorhanden?«

Galantho nickte großzügig. Listig erhielt einen weiteren Becher. »Wo war ich stehen geblieben? Ach ja, in Akko. Nun, als wir halbwegs wieder bei Kräften waren, befahl Richard, alle unsere Schiffe zu verbrennen, um uns die Flucht im Fall einer Niederlage unmöglich zu machen.«

»Warum denn das nun wieder?«, wunderten sich Priller und Franz de Smit. »Das war 'n Fehler von diesem Richard, man weiß doch nie, wie's läuft.«

Galantho griff ein, wohl auch, weil Listig ihn mit Richard von Hohe verglichen hatte und dieser schon deshalb keine Fehler machen durfte. »Wieso blöd?«, knurrte er. »Wenn es zum Kampf kommt und du weißt, dass du nicht fliehen kannst, kämpfst du gleich nochmal so gut. Siegen oder untergehen, so heißt es dann.«

»Der Hauptmann hat's genau erkannt«, lobte Listig. »Wir traten also den mühsamen Marsch nach Jerusalem an, denn wir wollten die Stadt aus den Klauen der Heiden befreien und, um es gleich vorwegzunehmen, wir wollten nicht mit der Waffe kämpfen, sondern mit unseren Stimmen.«

»Mit euren Stimmen?«, lachte Ringer-Klaas. »Das ist nicht dein Ernst?«

»Mein blutiger Ernst! Wir wollten mit unseren heiligen Gesängen die Mauern der Festung schleifen, gerade so, wie es weiland Josua mit seiner Posaune vor der Stadt Jericho getan hat, falls ihr schon mal davon gehört habt. Wir zogen vom Meer aus ins Landesinnere und dann immer nach Süden, weiter, weiter, immer weiter. Wieder wurde uns das Wasser knapp, und wir mussten an einem großen Brunnen Rast machen. Als wir dort ankamen, flohen ein paar zerlumpte Gestalten vor uns in die Wüste. Sie bedeckten ihre Gesichter und Hände mit Tüchern und schrien immer wieder ein Wort, das wir nicht verstanden. Das Wort klang ähnlich wie *zra'at*. Sie taten uns leid, aber wir waren selber viel zu schwach, als dass wir uns länger mit ihnen beschäftigen konnten. So schlugen wir unser Lager auf und legten uns, nachdem wir gebetet, gegessen und getrunken hatten, zur Ruhe.«

Listig trank einen Schluck. Es war mucksmäuschenstill in der Räuberrunde, und selbst der große Galantho vergaß vorübergehend, an seiner Pfeife zu ziehen und an seinem Knopf zu spielen.

»Mitten in der Nacht, Freunde, wachte ich auf. Ich hörte ein Geräusch, wie ich es niemals zuvor vernommen hatte. Eine lang gezogene Klage war es, ein Wimmern, ein Schluchzen zum Gotterbarmen. Ich stand auf und ging in die Richtung, aus der die Laute kamen, um wenig später auf eine Gruppe von Menschen zu stoßen. Erst auf den zweiten Blick erkannte ich die armseligen Gestalten, die Stunden zuvor bei unserem Erscheinen Reißaus genommen hatten. Ich sprach sie an, doch sie verstanden mich nicht. So gab ich den Dürstenden von dem Wasser, das ich mitgenommen hatte. Dabei sah ich ihre Hände, die im fahlen Licht des Mondes weiß wie Schnee waren. Zu meinem Entsetzen stellte ich fest, dass an manchen Händen die Finger fehlten, ja an manchen Armen sogar die ganze Hand. Dann fiel mir auf, dass viele der Gestalten ihr Gesicht bedeckten, und als eine von ihnen versehentlich das Tuch zurückschlug, bot sich mir ein grauenvoller Anblick.« Listig machte eine Pause und schielte vielsagend in den leeren Becher.

»Du hast genug getrunken«, sagte Galantho, der Listigs Masche allmählich durchschaute. »Andere wollen auch noch was. Erzähl weiter.«

Listig blieb nichts anderes übrig, als sich zu fügen. Nicht mehr ganz so schwungvoll spann er seinen Faden fort: »Ein grauenvoller Anblick, sagte ich, denn da, wo bei normalen Menschen die Nase sitzt, sah ich nur zwei schwarze Löcher. Spätestens jetzt wusste ich, dass es sich um eine furchtbare Krankheit handelte, eine Krankheit, die Gesicht und Gliedmaßen fraß, und ich machte, dass ich zu den Meinen zurückkam.

Am anderen Morgen waren die geheimnisvollen Gestalten verschwunden. Obwohl ich immerfort an sie denken musste, erzählte ich niemandem von meiner nächtlichen Begegnung, nicht einmal Richard von Hohe. Ich erhob mich wie alle anderen von meinem Lager und setzte den Marsch nach Jerusalem fort. Doch schon nach wenigen Meilen merkte ich, wie mir das Gehen schwerer und schwerer wurde, meine Füße begannen zu schmerzen, ich hatte das Gefühl, als schritte ich über glühende Kohlen. Doch glühende Kohlen sind rot, und meine Füße waren weiß! Sie waren weiß wie Schnee, und da wusste ich, dass die Krankheit auch mich geschlagen hatte.«

Listig wandte sich Galantho zu und versuchte es noch einmal. »Ein wenig Rotwein würd meiner Zunge wohl Flügel verleihen.«

»Das glaube ich dir«, sagte Galantho trocken. »Aber du kriegst nichts. Wenn ich einmal Nein sage, bleibt es dabei. Erzähl weiter.«

Listig biss die Zähne zusammen, weil er solche Abfuhren nicht gewohnt war und weil Hannikel schon wieder das Messer an Pausbacks Kehle drückte. »Wie gesagt, das Gehen fiel mir immer schwerer, und bald darauf konnte ich keinen Schritt mehr vor den anderen setzen. Gott sei Dank trafen wir in diesem Augenblick auf eine Karawane, die am Wegrand rastete. Zu ihr gehörte auch ein heilkundiger Mann, der meine Füße lange untersuchte. Er fragte mich, ob ich in letzter Zeit Pferdefleisch gegessen oder überscharfe Speisen zu mir genommen hätte, ob ich Ammenmilch getrunken oder verdorbene Luft eingeatmet hätte, er fragte mich dies und das und noch vielerlei mehr, und auf alle seine Fragen antwortete ich mit ›Nein‹.

Daraufhin wiegte er den Kopf hin und her, griff zu einer goldenen Nadel und stieß sie mir an den verschiedensten Stellen in die Füße. ›Spürst du die Stiche?‹, fragte er, und ich antwortete wahrheitsgemäß: ›Ich spüre nichts.‹

›Gar nichts? Nicht den leisesten Schmerz?‹

›Nicht den leisesten Schmerz.‹

Da sagte auch er das Wort, dessen Klang ich schon kannte: *›zra'at‹*.

Weil er ein wenig unsere Sprache beherrschte, fragte ich ihn, was es bedeute, und er erwiderte: ›Das Wort, Fremder, bedeutet, dass dein Todesurteil gesprochen ist. *Zra'at* heißt Aussatz oder, wenn du das besser verstehst, Lepra.‹

Ihr könnt euch denken, Freunde, wie niederschmetternd diese Auskunft für mich war, ich wusste nicht mehr ein noch aus. Schließlich entschloss ich mich, meine Kameraden zu verlassen, denn ich wollte sie um nichts in der Welt anstecken. Ohne einen Abschiedsgruß stahl ich mich in der Nacht fort. Ich rutschte dabei auf allen vieren und flehte unaufhörlich, der Herr möge mir in diesen schlimmsten Stunden meines Lebens beistehen. Doch nicht der Herr begegnete mir, sondern Satan. Bocksbeinig hüpfte er aus einem blutroten Feuerkreis und sprach:

›Listig, willst du, dass ich dich vom Aussatz errette, so gib mir deine Seele.‹

Ich antwortete: ›Weiche von mir, Satan, um des lieben Herrn Jesu willen. Weiche von mir!‹

Da stieß er einen gotteslästerlichen Fluch aus und verschwand klaftertief im Sand der Wüste.

Ich hatte mich kaum erholt von dieser düsteren Erscheinung,

da wurde der Nachthimmel überirdisch hell, und es war der Herr der Herren, Gottes eingeborener Sohn, der mir leibhaftig erschien. ›Listig‹, sagte er, ›du bist meinem Beispiel gefolgt und hast Satan fortgeschickt, dafür will ich dir das Leben schenken; der Aussatz, der in diesem Augenblick schon nach deinem ganzen Körper greift, soll sterben. Allerdings kann ich deine Füße nicht retten, denn du hast Sünde auf dich geladen.‹

Ich stammelte ›Ja, Herr‹ und blickte ans Ende meiner Beine, wo beide Füße verschwunden waren, als hätten sie sich in Luft aufgelöst. Was mir geblieben war, waren nur zwei saubere, glatte Stümpfe, die nicht mehr schmerzten. Als ich wieder aufsah, war Jesus fort, und ich fragte mich verzweifelt, wie ich jemals zu den Menschen zurückkehren sollte.«

»Das frage ich mich auch«, sagte Moses Singer, der Zopper, der während der Erzählung dazugekommen war.

»Ein barmherziger Samariter nahm sich meiner an, und wenn er nicht gewesen wäre, hätte der Tod mich wohl doch noch erwischt. So aber gelangte ich wieder unter Menschen und kehrte als Krüppel nach Europa zurück.«

Leib Langnase fragte: »Und was wurde aus den neunhundert Kindern? Und aus diesem Richard von Dingsda?«

Listig zuckte bedauernd mit den Schultern. »Sie starben alle an der tödlichen Krankheit *zra'at*.«

»Hmja.« Es war das erste Mal, dass Pausback sich einmischte. Er hatte etwas nicht verstanden, etwas, das ihn sehr beunruhigte, viel mehr als das Messer, das Hannikel ihm noch immer an die Kehle hielt. »Hmja, und deine Füße, was war mit denen nun?«

»Sie schweben für immer durch die Wüste.«

»Aber ich dachte, sie wär'n bei Kunersdorf und …?«

»Nein, nein!«, unterbrach Listig hastig.

»Kunersdorf, was ist mit Kunersdorf?«, wollte Galantho wissen, der für einen Moment nicht zugehört hatte.

Listig wehrte ab. »Nichts, Gevatter Hauptmann, nichts. Meine Geschichte ist zu Ende.«

»Eine recht hübsche Geschichte«, meinte Galantho, »auch wenn ihr für meinen Geschmack die Würze fehlte. Zu wenig Kämpfe, zu wenig Schlachten. Wir selbst haben da schon ganz andere Sachen erlebt, was, Männer?«

Nach dem beifälligen Gemurmel ließ der Hauptmann es sich nicht nehmen, zum soundsovielten Mal seine Erlebnisse in der Schlacht von Kunersdorf zu erzählen, was seine Spießgesellen geduldig über sich ergehen ließen. Danach gähnte er und streckte sich. »Trinkt das Fass aus, Männer, aber jeder nur einen Schluck, ich will morgen früh keine Weinleichen sehen. Morgen geht's auf zu den Höfen von Bücheloh, wär doch gelacht, wenn uns da nicht ein paar Hühner oder Gänse in die Hände fliegen würden.«

Die Räuber befolgten prompt, was der große Galantho ihnen befohlen hatte, und Listig, bei Pausback im Reff sitzend, grinste. »Ei, die Herren stellen sich brav zur Schlange an, ganz so wie die Mönche beim Abendmahl.«

Aber er sagte es vorsichtshalber leise.

Wenig später nuschelte Hannikel: »Nu marschier los mit deinem Hänfling, du Riesenpausbacke, auf zu meiner Hütte.«

Doch Pausback tat, als hätte er nicht gehört, und stapfte in die entgegengesetzte Richtung, dorthin, wo der Wald am dichtesten war.

»Halt!« Hannikel fuchtelte mit dem Messer herum: »Halt zum letzten Mal, da geht's nich zu meiner Hütte!«

Doch Pausback ging einfach weiter. »Schlafen nicht bei dir«, brummte er, und Listig rief von oben herunter:

»Das wär der Ehre auch zu viel für deine Flöhe und Wanzen!«

»Hab's gestern nicht getan und tu's heut auch nicht. Werd's niemals tun.« Erst nach mehreren hundert Schritten, tief im Wald, blieb Pausback stehen, nahm das Reff mit Listig herunter und begann, zwei Laubsäcke zu stopfen.

Hannikel schäumte vor Wut. Zu ungewohnt war es für ihn, nicht beachtet zu werden, schon gar nicht, wenn er eine scharfe

Klinge in der Hand hielt. »Ich … ich mach dich hin, ich murks dich ab, ich schlitz dich auf wie 'ne Wildsau!«, zischte er.

»Aber, aber«, sagte Listig, nur mühsam den Spott in seiner Stimme unterdrückend, »du sprichst heut Abend in Rätseln, mein Freund. Du hast doch selbst gesagt, wenn einer von uns flieht, muss der andere dran glauben. Nun frag ich dich: Flieht einer?«

»Pah, ich könnt's hinterher einfach behaupten, un keiner würd's merken, un wenn du dein vorlautes Maul nich hältst, bist du der Erste, der ins Gras beißt.« Der lange Gauner ließ das Messer ein paar Mal knapp vor Listigs Nase durch die Luft zischen, was ihm sichtlich guttat.

»Aber, aber!«, sagte Listig noch einmal, seine Angst bezähmend. »Alle würden's merken! Weil Männer, die auf dem Laubsack liegen, ganz gewiss kein Fersengeld geben. Gute Nacht.«

Und zähneknirschend musste Hannikel mit ansehen, wie seine Gefangenen sich auf dem Waldboden zur Ruhe betteten. Es blieb ihm nichts anderes übrig, als sich dazuzulegen.

Und während Pausback und Listig sich anschickten, ins Land der Träume zu reisen, dämmerte es ihm, dass seine Aufgabe als Bewacher nicht ganz leicht werden würde.

Einer trage des andern Last, so werdet ihr …

Bopp.« Da war er wieder, der seltsame Laut, der stets den Abschluss eines leisen Knarrens bildete. Gertrud Röther hatte ihn in den letzten zwei Tagen mehrfach wahrgenommen und sich jedes Mal gefragt, was wohl die Ursache dafür sei. Sie war nicht dahintergekommen, und das, obwohl ihr Gesundheitszustand große Fortschritte gemacht hatte. Immerhin, eines war ihr nicht entgangen: Jeweils kurz nach dem »Bopp« erschien die blonde Eva mit einem Butterbrot in der Hand.

So war es auch heute.

»Guten Morgen«, sagte die Magd und stellte das Essen auf den Schemel. »Geht es Euch besser?«

»Danke, Eva.«

»Wie schön.«

»Viel besser sogar.« Gertrud wunderte sich ein wenig, dass ihre Auskunft keine Freude bei der Magd auslöste.

»Das kommt sicher von den guten Broten. Ich habe heute die Butter besonders dick draufgeschmiert. Nun esst.«

»Das will ich nachher gerne tun«, sagte Gertrud. Doch in Wirklichkeit dachte sie nicht daran, denn sie war der Meinung, dass es ihr nur deshalb besser ging, weil sie die Brote nicht gegessen hatte. Auch wenn ihr das schwergefallen war, denn die Butter hatte jedes Mal verlockend geduftet, und sie war mittlerweile sehr, sehr hungrig. Aber was war das Hungergefühl schon gegen die Schmerzen zuvor.

»Nein, tut es gleich jetzt.« Evas Stimme klang leicht ungeduldig.

»Hast du nicht etwas anderes? Eine Gemüsebrühe vielleicht?«

»Die Brühe ist alle, hab's Euch gestern schon gesagt.«

»Oder ein Pilzgericht? Die Pilze sollen gut sein in diesem Jahr, und Max mag sie doch so sehr. Wie geht es meinem Mann überhaupt? Hat er nach mir gefragt?«

»Euer Gatte ist viel beschäftigt. Er bewirbt sich um das Amt des Zweiten Bürgermeisters, das ist Euch doch bekannt.«

»Ja, ja, natürlich.« Gertrud wusste nicht recht, wie sie sich verhalten sollte. Eva meinte es sicher gut, und sie wollte die Magd nicht verärgern, da diese sich die ganze Zeit so rührend um sie gekümmert hatte. »Es ist nur so, dass ich im Augenblick keinen Appetit habe.«

»Unsinn. Essen ist wichtig. Ich schmiere die Brote nicht zum Spaß.« Die Magd nahm die Scheibe auf und drückte sie Gertrud gegen die Lippen. »Und meine Pflege soll doch nicht umsonst gewesen sein, oder?«

»Nein, nein.« Je mehr Eva sie bedrängte, desto stärker wehrte sich etwas in Gertrud. Doch wenn sie nicht gar zu unhöflich sein wollte, musste sie der Aufforderung Folge leisten. Sie biss in das Brot und begann zu kauen.

»Schluckt's runter und nehmt einen neuen Bissen. Ich habe noch eine Menge anderer Dinge zu tun.«

»Dann erledige doch erst die anderen Dinge. Ich esse den Rest nachher.«

»Nein, jetzt.«

Wieder spürte Gertrud, wie sich etwas in ihr sträubte, und dieses Etwas wurde stärker und stärker. Ob es mit Evas ungewohnt harschem Ton zusammenhing? Gertrud war froh, ihr nichts davon gesagt zu haben, dass sie die letzten Butterbrote sämtlich unter dem Bett hatte verschwinden lassen.

Widerstrebend nahm sie den nächsten Bissen und auch den übernächsten zu sich. Eva schien kaum abwarten zu können, bis sie das ganze Brot vertilgt hatte. Als es endlich so weit war, sagte sie: »Das dürfte reichen.«

»Reichen, wofür?«, fragte Gertrud. Das warnende Gefühl in ihr war jetzt übermächtig.

Eva lachte böse, und ihre Augen glitzerten. »Wenn Ihr's genau wissen wollt: dafür, dass Ihr nie wieder hungrig sein werdet. Niemals.« Sie stand auf und verließ schnell die Kammer.

Gertrud lag da und hatte endlich begriffen.

Es stimmte also doch: Eva war von Grund auf schlecht. Sie hatte sich die ganze Zeit nur verstellt, hatte geheuchelt, hatte schöngetan, um ihre Herrin langsam, aber sicher vergiften zu können. Das letzte Butterbrot sollte dafür sorgen, dass sie nie wieder hungrig sein würde, niemals, das hatte die Teufelin eben selbst gesagt. Sie hatte sich offenbart, zu einem Zeitpunkt, da sie glaubte, sie könne die Maske fallen lassen. Weil sie am Ziel war.

Ein siedend heißer Schreck durchfuhr Gertrud. Die tödliche Dosis, sie hatte sie soeben hinuntergeschluckt! Was tun? Ihr Herz raste. Schon glaubte sie, neue Übelkeit zu spüren, neue Krämpfe, neue Koliken, doch dann schalt sie sich eine alberne Gans. Das alles war sicher nur Einbildung! Die Frage blieb trotzdem: Was tun?

Lieber Gott, was kann ich tun?

Und dann hatte Gertrud den rettenden Einfall: Sie steckte den Finger in den Mund und erbrach sich in das Nachtgeschirr neben der Bettstatt. Es war eine qualvolle Prozedur, aber sie gab nicht nach, sondern beugte sich wieder und wieder hinab, bis sie glaubte, auch noch das letzte Stückchen hervorgewürgt zu haben. Dann, weil das Erbrochene so überdeutlich im Nachttopf schwamm, setzte sie sich darüber und urinierte hinein, bis alles ein unkenntlicher Brei geworden war.

Gerade wollte sie sich wieder hinlegen, als ein Ruf durchs Haus klang: »Eva?« Die Stimme gehörte Röther, ihrem Ehemann, der bisher keinerlei Anteil an ihrer Erkrankung genommen hatte. Natürlich steckte er hinter dem Mordversuch, weil er ihrer überdrüssig geworden war, weil er sie loswerden sollte, weil er auch den letzten Rest ihres Geldes erschleichen wollte. Was hatte sie ihm nur getan? Sie hatte ihm von Anfang an eine gute Frau sein wollen, und er hatte sie von Anfang an betrogen. Warum, warum? Eva, die Teufelin, war nur die Letzte in einer langen Reihe von Flittchen, mit denen er sich heimlich vergnügt hatte. Allerdings nicht so heimlich, dass sie es nicht gemerkt hätte. Überhaupt hatte sie sehr viel gemerkt, und es wurde Zeit, Röther endlich für seine Taten büßen zu lassen.

»Ich komm ja schon!« Das war Evas Stimme. Sie stieg die knarrenden Stiegen zum ersten Stock empor. Zum ersten Stock, wo das eheliche Schlafgemach lag …

Ohne sich zu besinnen, erhob Gertrud sich und bemerkte erst an der Tür, wie sehr die Krankheit sie geschwächt hatte. Sie taumelte und suchte Halt am Pfosten. Vor ihr lag die Küche, in der sich niemand befand. Es sah nicht so aus, als wäre in der letzten Zeit emsig gekocht worden. Nur auf dem Tisch in der Mitte stand ein Tiegel mit goldgelbem Streichfett. Das musste die Butter sein, die Eva immer auf die Brote schmierte!

Gertrud setzte Schritt vor Schritt, bis sie den Tisch erreicht hatte. Die anderen Dinge darauf waren ein Laib Brot, ein großes Schneidemesser und ein kleines Messer zum Streichen. Nichts Ungewöhnliches. Doch dann sah Gertrud eine winzige Pulverspur. Das Pulver war etwas grobkörniger als Mehl und nicht ganz so weiß. Sie roch daran, konnte aber keinen besonderen Duft feststellen. Ob es das Gift war, mit dem die blonde Teufelin sie töten wollte? Wenn ja, hatte sie es sicher mit der Butter vermischt, es gab keine andere Möglichkeit.

Gedankenschwer richtete Gertrud sich auf und machte eine weitere Entdeckung: Es gab noch eine zweite Stelle, an der etwas Pulver lag. Am Boden war es, auf einem der Dielenbretter. Sie bückte sich, wobei sie vor Schwäche wieder fast gefallen wäre, und sah, dass die Bohle locker saß. Dafür gab es nur einen Grund: Sie musste häufig hochgenommen worden sein, was wiederum dafür sprach, dass darunter etwas verborgen war.

Gertrud nahm ihren ganzen Mut und ihre ganze Kraft zusammen und bog das Brett leicht nach oben. Ein kleines Säckchen kam zum Vorschein – das Behältnis für das Giftpulver.

Gertrud ließ das Dielenbrett vorsichtig in die alte Position zurückschnellen. Es knarrte kurz, gefolgt von einem dumpfen

»Bopp«. Das also war des Rätsels Lösung! Eva, du Teufelin, du Schlange! Ich werde dich dem Büttel übergeben und Max Röther, dieses Scheusal von einem Ehemann, gleich mit.

»Ist da unten jemand?« Die Stimme gehörte Eva.

Gertrud erstarrte zur Salzsäule. Die blonde Teufelin musste das Geräusch gehört haben!

Schritte kamen die Stiege herab.

Gertruds Erstarrung löste sich. Nicht auszudenken, wenn die Magd sie hier in der Küche ertappte! So rasch sie konnte, eilte sie zurück in die Krankenkammer und stieg wieder in ihr Bett. Kaum lag sie, da erschien auch schon Eva, eine steile Falte auf der schönen Stirn, und fragte: »Wart Ihr das eben?«

»Oh, oh, um Gottes willen, ich sterbe …!«, stöhnte Gertrud. »Ich sterbe, ich sterbe … die furchtbaren Schmerzen, sie sind wieder da! »

»Das wundert mich nicht. Wenn mich nicht alles täuscht, habt Ihr die längste Zeit gelitten. Das wurde aber auch Zeit!« Eva verschwand so schnell, wie sie gekommen war. Schritte auf der Treppe verrieten, dass sie zurück zu Röther eilte. Wahrscheinlich wollte sie ihm brühwarm von dem bevorstehenden Tod seiner Frau erzählen.

Gertrud lag da, gepackt von kalter Wut. Jahrelang hatte sie die Launen und Seitensprünge ihres Mannes mit der Geduld eines Lammes ertragen, dazu wochenlang die Torturen eines tückischen Giftanschlags – nun war damit Schluss. Sie wollte dafür sorgen, dass alles rückhaltlos aufgedeckt würde, und sie wollte dafür sorgen, dass Röther und seine Teufelin auf dem Richtplatz endeten. Ganz gegen ihre sonstige Art fühlte Gertrud eine tiefe Befriedigung bei dieser Vorstellung.

Lange dachte sie darüber nach, wie sie am besten vorgehen sollte, und als Eva später nochmals herunterkam, um nach ihr zu sehen, diesmal mit gerötetem Gesicht und zerzaustem Haar, wusste sie es. Sie wusste es ganz genau.

* * *

Listig wachte auf, als über ihm die ersten Vögel zwitscherten. Er gähnte herzhaft, blinzelte und sah sich um. »Nanu?«, murmelte er. »Was ist denn das?« Auf ihm lag ein fremder Arm, und in der Hand dieses Arms befand sich ein Messer. Hannikels Messer.

Mit dem Namen des langen Halunken fielen Listig wieder die Ereignisse der letzten Tage ein. Es waren keine angenehmen Erinnerungen, aber er war fest entschlossen, für Pausback und sich das Beste aus der neuen Lage zu machen. Er richtete sich auf und schob den Arm von sich herunter. Hannikel bemerkte es nicht, sondern schnarchte weiter.

Ei!, dachte Listig, du bist mir ein schlechter Zerberus! Mal sehen, was du im Schlaf alles mit dir machen lässt. Vorsichtig wand er dem Gauner das Messer aus der Hand und versteckte es unter einem Stein. Dann brüllte er ihm direkt ins Ohr: »Aufstehen!«

Hannikel schreckte hoch. »Wie, was is?«

Listig lachte: »Die Sonne ist aufgegangen, der Tag reitet ins Land, und du liegst noch immer auf der Bärenhaut!«

Hannikel schüttelte sich, als könne er dadurch die Müdigkeit aus seinen Gliedern bannen. »Halt's Maul, Hänfling, oder ich stopf dir's!« Er ballte die Faust und stellte staunend fest, dass darin kein Messer mehr war.

»Suchst du was?«, fragte Listig scheinheilig.

»Mein Messer, wo is mein Messer?«

»Ich weiß es nicht, so gern es mir leidtut!«

»Gestern Abend hatt ich's noch, verflucht und zugenäht, gestern Abend hatt ich's noch, das weiß ich genau!« Hastig begann Hannikel seinen Schlafplatz abzusuchen, aber wie erwartet fand er nichts.

»Gräme dich nicht!«, rief Listig. »Ich frag mal meine Beine: He, Pausback, weißt du, wo das Messer von Hannikel ist?«

Pausback grunzte nur. Er brauchte immer eine gewisse Zeit, um wach zu werden.

»Meine Beine wissen es auch nicht!«, erklärte Listig. »Doch

eines steht fest: Morgenstund hat Gold im Mund, aber ich hab nichts im Mund, und das möcht ich ändern. Ein kräftiges Frühstück nach Räuberart käm jetzt grad recht. Auf, auf, Pausback, die Laubsäcke zusammengefaltet und ans Feuer marschiert!«

Langsam stand der Riese auf. »Die Vögel zwitschern schön«, brummte er. »Vater hat's gern gehabt, wenn sie zwitschern, nicht, Vater?« Er blickte zum Dach des Waldes und streckte seinen gewaltigen Körper. Hoch aufgerichtet, war er mindestens einen halben Kopf größer als der baumlange Hannikel.

»Kommt, ihr Beine, ich hab Hunger!«, rief Listig abermals und krabbelte in das Reff.

Der Riese schulterte das Tragegestell und stapfte los, ohne sich um den fluchenden, noch immer sein Messer vermissenden Hannikel zu kümmern. So blieb dem langen Gauner nichts anderes übrig, als hinterherzulaufen.

Als das ungleiche Dreiergespann zum Feuer kam, befand sich Galantho, der nach seiner Genesung vom Durchfall besonders tatendurstig war, bereits im Aufbruch. Es sollte mit den Spießgesellen nach Bücheloh gehen. »Wie war die Nacht, haben die beiden Neuen auch keine Sperenzchen gemacht?«, fragte er Hannikel.

»Äh, nein, Galantho.«

»Pass auf sie auf, bis wir zurück sind. Mutter Krumm hat noch was im Topf für sie.«

»Mach ich, Galantho.« Hannikel wirkte unruhig und schien Angst zu haben, dass Galantho den Verlust seines Messers bemerken könnte.

»Wir ziehen dann los.« Der Räuberhauptmann warf einen letzten Blick auf seine Männer, um die Vollzähligkeit festzustellen. »Halt, wo ist Luchs Tullian?«

Ringer-Klaas antwortete: »Der ist im Gebüsch, will deinen Doppeldukaten wieder rausscheißen.«

»Ich hoffe für ihn, dass er's schafft. Wir warten nicht länger, kommt, Männer!«

Wenig später hatte die Bande die Feuerstelle verlassen, und

nur Mutter Krumm, die sich über den dampfenden Kessel beugte, war zurückgeblieben.

Listig rief: »Gute Jagd und Waidmannsheil, werte Herren!« Doch da die Räuber ihn schon nicht mehr hören konnten, wandte er sich an die alte Frau: »Einen recht schönen guten Morgen, Mütterchen, mein Name ist Listig! Bei dir würd ich gern mal Suppe sein, so liebevoll, wie du die behandelst!«

Mutter Krumm antwortete nicht. Sie schluckte und blickte scheu zu Boden.

»Ist dir nicht wohl, Mütterchen?«

»Pausback«, murmelte Mutter Krumm, und es war das einzige Wort, das sie hervorbrachte.

»Richtig erkannt! Das ist mein Freund Pausback, er ist so freundlich, mir seine Beine zu leihen.«

Mutter Krumm ging nicht darauf ein. »Ich wusste, dass zwei Neue im Lager sind, und ich wusste auch, dass du einer von ihnen bist, Pausback.« Die alte Frau trippelte mit kleinen Schritten auf den Riesen zu, zögerte kurz und legte ihm dann die Hand auf den Arm. »Vor diesem Augenblick habe ich Angst gehabt, weil du bestimmt schlecht über mich denkst, aber glaube mir, ich wollte dich nicht bestehlen, wirklich nicht.«

»Hm, hm.« Pausback kratzte sich am Ohr und scharrte mit den Schuhen. »Du bist der Alte, ja, das bist du. Siehst aber nicht so aus wie der Alte. Trägst keine Mütze und hast 'n Kittel an. Hattest keinen Kittel an, damals, in der *Schenke am Markt.*«

»Ja, aber ich wollte dich nicht bestehlen, bei allen Heiligen, das musst du mir glauben. Setz dich erst mal hin mit deinem Freund und iss von der Suppe, dann will ich dir alles erklären.«

»Ist gut.« Pausback gehorchte, hob Listig aus dem Reff und ließ sich gemeinsam mit ihm im Gras nieder.

Hannikel, der ebenfalls hungrig war, wollte sich dazusetzen, doch Mutter Krumm fuhr ihn barsch an: »Du kriegst nichts, überhaupt nichts.«

Dem langen Gauner juckte es in den Fäusten, aber angesichts des riesigen Buckelapothekers und seines scharfzüngigen Freundes beherrschte er sich.

Mutter Krumm schob Pausback und Listig eine große Schüssel und zwei Löffel hin. »Lasst es euch schmecken, während ich alles erzähle.«

Und dann begann sie.

Als sie nach geraumer Zeit ihre gesamten Erlebnisse geschildert hatte, sagte Pausback: »Ich nehm's dir nicht übel, das mit dem Geld, aber dem Hannikel, dem nehm ich's übel, dass er's dir weggenommen hat, und auch, dass er dich geschlagen hat, wo du ihm doch nix getan hast, Alter.«

»Lass gut sein. Sag Mutter Krumm zu mir, alle sagen's.«

»Hmja.«

»He, Mutter Krumm, hast du auch für mich 'ne Kelle Suppe?« Luchs Tullian war aus dem Gebüsch aufgetaucht und hielt einen Holzteller in der Hand.

»Hab ich, Luchs.«

Der schmale Mann setzte sich dazu und aß schweigend seine Suppe. Auch Pausback und Listig sagten nichts.

Hannikel saß etwas abseits und brütete vor sich hin. Irgendwann nuschelte er: »Luchs, friss nich so viel un leih mir dein Messer.«

»Was willst du damit?«

»Frag nich, gib's mir einfach, wenn du nich was auf die Rübe willst.«

Achselzuckend gehorchte Luchs.

Sofort fühlte der lange Gauner sich stärker. »Wagt ja nicht zu türmen, ihr Brüder, ich sag's nur ein Mal!«

Listig runzelte die Stirn. »Warum sollten wir türmen, wo doch die Schüssel noch halb voll ist?«

Hannikel fiel darauf nichts ein. Sehnsüchtig beobachtete er, wie seine Gefangenen es sich schmecken ließen. Dann hatte er eine Idee. »Gib mir was ab, Luchs.«

»Wozu? Es ist genug da, hol dir selber was.«

»Der kriegt von meiner Suppe nichts!«, stellte Mutter Krumm klar.

Hannikel brauste auf. »Jetzt wird's mir aber zu bunt! Seid wohl alle blöd im Kopf, vergesst wohl, dass so 'n Messer nich nur zum Kofferstechen is, da kann man auch gut mit Bäuche aufschlitzen! Also, was is, krieg ich nu was oder nich?«

Mutter Krumm fügte sich und gab Hannikel einen vollen Teller, über den er sich augenblicklich hermachte.

Pausback brummte, als wäre nichts gewesen: »Bin satt. War 'ne gute Suppe, Alter ..., äh, ich mein, Mutter Krumm. Danke.«

Listig erbat sich einen Nachschlag und bekam ihn prompt.

»Du scheinst einen gesegneten Appetit zu haben«, sagte die alte Frau.

»Den habe ich – und eine gesegnete Verdauung dazu! Was ich im Übrigen auch für dich erhoffe, Luchs. Hat der Golddukaten wieder das Licht der Welt erblickt?«

Luchs antwortete nicht sofort. Das Thema schien ihm angesichts der Mahlzeit fehl am Platz. Dann aber sagte er: »Hat er.«

Hannikel mischte sich schon wieder ein: »Haste ihn sauber gemacht?«

Luchs nickte.

»Dann her damit. Ich geb ihn später Galantho, wenn er wieder da is.«

»Nein.«

»Her damit, oder du kriegst was auf die Rübe!« Schon wollte Hannikel seine Drohung wahrmachen, da sah er, dass Listig dem Riesen etwas ins Ohr flüsterte, woraufhin dieser aufstand und zu dem in der Nähe stehenden Olitätenwagen ging. Dort kramte er eine Spanschachtel hervor. »Was is da drin?«, fragte er misstrauisch.

Listig setzte eine geheimnisvolle Miene auf. »Alkoholpillen.«

»Alkoholpillen? Was is 'n das?«

»Was ganz Besonderes. Man löst sie in Wasser auf und hat im Handumdrehen den schönsten Schnaps. Hat man kein Wasser, kann man natürlich auch Suppe nehmen.«

»Ach?« Im Kopf des langen Gauners arbeitete es. Dann wies er auf seinen Teller. »Auch in dieser?«

»Aber natürlich. In jeder Suppe.«

»Dann will ich welche, sofort!« Hannikel unterstrich seinen Wunsch, indem er wild mit dem Messer herumfuchtelte. »Los, Riesenpausbacke, tu mir Pillen rein.«

Pausback blickte Listig an. »Soll ich?«

Listig nickte ernst. »Ich fürchte, du hast keine andere Wahl.«

»Wenn du's sagst.« Pausback warf ein halbes Dutzend der dunklen Kugeln in Hannikels Teller und brummte: »Musst noch umrühren, sonst wird's nix.«

Das ließ der lange Gauner sich nicht zweimal sagen. Er tat, wie ihm geheißen, und schlürfte gierig den ersten Löffel voll. Dann noch einen und noch einen, und während er schmatzte und schlurfte, wurde sein Gesicht immer länger. »Ich spür nix, spür gar nix!«

»In Suppe wirken die Pillen nicht so schnell«, sagte Listig, »gedulde dich noch einen Augenblick.«

Hannikel aß weiter, bis nichts mehr im Teller war, und gähnte ausgiebig. »Was is nu mit der Wirkung?«

»Ich denk, sie hat schon eingesetzt!«

»Wieso?«

»Wart's nur ab.«

»Ich fühl mich aber nich lustig.«

»Das kommt gleich.«

»Ach so.« Hannikel gähnte nochmal. Er hatte jetzt Mühe, die Augen offen zu halten. »Hört mal, ihr Brüder, ich muss 'n Schläfchen machen, glaubt ja nich …« Wieder gähnte er ausgiebig. »Ich pass auf, krieg alles m…«

Und noch bevor sein Kopf ins Gras sank, war er eingeschlafen.

Luchs sagte: »Da pennt er nun, der Strohkopf, und es sieht ganz danach aus, als würd er so bald nicht wieder aufwachen. Ich will tot umfallen, wenn die Alkoholpillen kein Schlafmittel waren. Waren sie's?«

Listig grinste. »Vielleicht, vielleicht nicht. Auch Färber-Wald blüht gelb und färbt am Ende blau.«

»Egal, Hauptsache, der Strohkopf lässt mich erst mal in Ruhe. Der kann nichts anderes, als ständig mit Schlägen drohen.« Luchs ging zu Hannikel hinüber und holte sich sein Messer.

»Dann wäre ja alles in Butter«, sagte Listig und kletterte in das Reff. »Pausback und ich empfehlen uns. Wir haben noch einen langen Weg bis Hamburg.«

Luchs stutzte: »Heißt das, ihr wollt abhauen?«

»Willst du uns daran hindern?«

Luchs steckte sein Messer ein. »Nein. Aber ich will euch einen guten Rat geben: Bleibt lieber hier. Ihr kennt Galantho nicht. Wer sich ihm widersetzt, den bringt er zur Strecke, schneller als man denkt. Galantho kennt unzählige Männer in den Wäldern, und überall hat er seine Verbindungsleute. Glaubt mir, nach spätestens einer Woche hätte er euch wieder geschnappt.«

»Wir können kämpfen.«

»Das bezweifle ich nicht, hab's ja am eigenen Leib erfahren. Aber trotzdem.«

»Keiner kann's mit Pausback aufnehmen!«

»Auch ein Netz nicht?«

»Sapperlot, da sagst du was. Die Erinnerung stößt mir sauer auf.« Listig kraxelte wieder aus dem Reff. »Scheint so, als müssten wir doch länger bei euch verweilen.«

Mutter Krumm rief: »Ja, bleibt doch. Ich habe an Pausback noch was gutzumachen, und ich würde mich freuen.«

»Wenn das so ist.« Listig löffelte schon wieder Suppe in sich hinein. »Sag mal, Luchs, wo kommt eigentlich deine Fürsorge her, du hättest uns doch einfach fliehen lassen können?«

»Ihr habt mir Hannikel vom Hals gehalten, jetzt halte ich euch Galantho vom Hals.« Luchs Tullian grinste schief. »Im Ernst, ihr könntet nichts Falscheres tun, als jetzt abzuhauen.«

»Dann stimmt es also wirklich mit den vielen Verbindungsleuten?«

»Ja, das tut's.« Der Koffersteher lehnte sich im Gras zurück und begann auf einem Halm zu kauen. »Es ist wie bei Spinnweben, die überall im Wald gespannt sind und keinen Punkt auslassen; sie decken alles ab, jeden Berg, jedes Tal, jeden Weg, und manchmal führen sie sogar zu einer ›kochemer Benne‹, wie wir sagen, zu einer versteckten Zufluchtstätte, wo wir Schutz vor den Häschern aus den Städten finden, meine Kollegen Pläne schmieden, Bekanntschaften machen, Papiere und Siegel fälschen, saufen, raufen, huren, spielen und sich nicht selten selbst betrügen.«

Listig wunderte sich. »Du redest, als gehörten wir zu euch.«

Luchs Tullian spuckte den Grashalm aus und nahm sich einen neuen. »Du wirst lachen, das tut ihr auch. Galantho hat es so beschlossen.«

»Aber warum haben wir dann Hannikel, den Strohkopf, dauernd am Hals?«

»Vorsicht ist die Mutter der Porzellankiste. Ihr habt nichts auf dem Kerbholz und könntet – zumindest theoretisch – jederzeit zurück ins bürgerliche Leben und unseren Standort verraten, deshalb wird Galantho warten, bis ihr den ersten Raubzug mitgemacht habt. Wahrscheinlich seid ihr von da an den Strohkopf los.«

»Wenn's nur erst so weit wär! Galantho ist schlau, da beißt die Maus keinen Faden ab.«

»Ja, das ist er. Und höchst erfolgreich. Seit siebzehn Jahren ist man schon hinter ihm her, und niemand hat es bisher geschafft, ihn hinter Schloss und Riegel zu bringen. Er ist der erfolgreichste Räuberhauptmann weit und breit, und jeder in seiner Organisation hat einen festen Platz.«

»Und was machst du, Luchs? Du sprichst nicht gerade wie ein Räuber.«

»Ich bin Koffersteher, manche sagen auch Kracherfahrer dazu, weil ›Kracher‹ in der Gaunersprache Koffer heißt.« Luchs erklärte seine Aufgabe bei Kutschenüberfällen in allen Einzelheiten und fuhr dann fort: »Wieder andere nennen es Goleschächten, weil ›Gole‹ Wagen bedeutet und die Koffer vom Wagen losgeschnitten werden. Früher habe ich mein Geld mit ehrlicher Arbeit verdient, ich hieß Tobias Tullian und arbeitete als Secretarius in einer Ziegelei, erledigte Briefschaften und erstellte Bilanzen, bis eines Tages der Sohn des Besitzers in die Kasse griff. Natürlich gab man mir die Schuld und wollte mich ins Gefängnis stecken, aber ich konnte den Bütteln entwischen und floh in die Wälder, wo ich auf Galantho traf. Seitdem bin ich hier, und wie es aussieht, werde ich auch bis zum Ende meiner Tage hierbleiben.«

»Und warum heißt du heute Luchs?«

»Weil ich lauschen kann wie ein Luchs. Ob eine Kutsche kommt oder nicht, ich höre es als Erster. Galantho hatte das schnell spitzgekriegt. Vom Lauscher zum Kofferstecher war es dann nur ein kleiner Schritt. Überhaupt hat Galantho die Fähigkeit, das Talent jedes Einzelnen schnell zu entdecken. Dazu muss man wissen, dass wir Räuber drei Künste unterscheiden: das Betteln, das Stehlen und das Betrügen. Ich als Kofferstecher bin ein Stehler. Hemperla, der in den Straßen die Hand aufhält, ist ein Bettler, auch Stratendalfer genannt, und Hein Surel ist ein Betrüger, weil er als Blütenschmeißer arbeitet.«

»Blütenschmeißer? Hoho, das ist ein lustiger Ausdruck!«

»Er kommt, wie viele unserer Wörter, ebenfalls aus der Gaunersprache, welche auch das Jenische genannt wird. Als ›Blüte‹ bezeichnen wir ein normales Geldstück, ein Goldstück dagegen nennen wir ›Fuchsblüte‹. Ein Blütenschmeißer wirft also mit Geldstücken. Das geht folgendermaßen: Einer von uns, sagen wir Leib Langnase, macht sich an einen heran, der möglichst harmlos und unerfahren aussieht, das kann ein Kaffer sein oder ein Hannwasser, je nachdem …«

»Was ein Kaffer ist, weiß ich: ein Bauer!«, unterbrach Listig mit wichtiger Miene. »Und ein Hannwasser ist ein Handwerksbursche.«

»Richtig, woher weißt du das?«

Listig grinste und dachte an Boltrich, den Zahnbrecher, der

unfreiwillig eine Woche lang unter Räubern gelebt hatte, und antwortete: »Ach, ich weiß nicht mehr, woher.«

»Nun gut. Sagen wir, Leib Langnase macht sich an einen Kaffer heran und verwickelt ihn in ein Gespräch, während sie die Straße entlangschlendern. Da der Kaffer höflich ist, hört er zu und merkt nicht, dass vor ihnen Hein Surel geht, der mit Leib unter einer Decke steckt. In einem günstigen Moment lässt nun Hein Surel durch seine Beinkleider eine tombackene Münze auf die Erde fallen.«

»Was für eine Münze?«

»Eine tombackene. Sie ist aus Messing oder Kupfer, strahlt aber durch ihre Politur, als sei sie aus Gold. Der nachfolgende Leib bückt sich nun in unmittelbarer Nähe der Münze und tut so, als müsse er seinen Senkel neu schnüren. Dadurch lenkt er den Blick des Kaffers auf die Münze. Der bückt sich danach, doch bevor er sie aufheben kann, schnappt Leib sie sich. Nun sagt der Kaffer wahrscheinlich: ›Das ist meine Münze, ich habe sie zuerst gesehen‹, und Leib antwortet: ›Aber ich habe sie zuerst gegriffen. Pech für dich, denn sie ist aus purem Gold.‹

Nun wird der Kaffer noch ärgerlicher und fängt ein großes Gezeter an, woraufhin Leib, nachdem er sich ein wenig geziert hat, vorschlägt, man könne die Münze ja teilen. Sogleich macht er sich daran, das Geldstück zu zerschlagen, doch das will der Kaffer nun erst recht nicht. Daraufhin zeigt Leib seine leeren Taschen und sagt treuherzig: ›Ich würde dir den Halbpart schon geben, aber wie du siehst, habe ich keinen Pfennig bei mir.‹

›Aber ich‹, sagt nun der Kaffer, und Leib hat ihn genau da, wo er ihn die ganze Zeit haben wollte: Der Kaffer zahlt ihm die Hälfte des Goldstücks in Silber aus und zieht mit der wertlosen Münze von dannen.«

»Alle Wetter«, lachte Listig, »das ist ein Kniff, der mir wohl gefällt. Dummheit muss bestraft werden.«

Luchs lachte mit, obwohl Pausback und Mutter Krumm missbilligend den Kopf schüttelten. Dann erzählte er weiter: »Manchmal wird es auch so gemacht, dass einer von uns, sagen wir Franz de Smit, die tombackene Münze in einen Briefumschlag tut. Damit geht er ins Wirtshaus und sucht sich einen Hannwasser, welcher der Kleidung nach Schlossmacher ist und mit einem Freund zu Tische sitzt. Beide beobachtet er unbemerkt, bis der Freund des Hannwassers vielleicht etwas sagt wie: ›Mensch, Heinrich, lass uns noch einen trinken.‹

Nun kennt Franz den Namen des Hannwassers, entfernt sich rasch und schreibt an separater Stelle auf den Briefumschlag:

Für meinen guten Sohn Heinrich, den Schlossmacher

Dann geht Franz damit zu dem Hannwasser, tut sehr höflich und sagt, er habe hier einen Brief, der Brief sei von der Postkutsche gefallen, und wenn er ihn nicht aufgehoben hätte, wäre er womöglich niemals angekommen.

Der Hannwasser wundert sich, denn er hatte keine Post erwartet, aber es gibt nicht viele Schlossmacher in diesem Teil Thüringens und erst recht nicht viele, die Heinrich heißen, also nimmt er den Briefumschlag an und schaut hinein. Sowie er das scheinbar wertvolle Goldstück sieht, fängt Franz ein lautes Gejammer an, wie schwer es gewesen sei, den Adressaten zu finden, die halbe Stadt habe er nach ihm abgeklappert, Hinz und Kunz befragt, viele Stunden lang, und im Übrigen habe er seit dem Morgen nichts gegessen und getrunken. Natürlich will der Schlossmacher dann einen springen lassen, aber Franz lehnt ab, er hätte lieber das Geld in bar, und wenn der Schlossmacher seine Geldkatze zückt, beginnt er aufzuzählen, was er sich alles einverleibt hätte. Natürlich kommt dabei ein erkleckliches Sümmchen zusammen, aber der Hannwasser zahlt gern, denn er denkt, er hätte mindestens zehnmal so viel bekommen. Die zweite Masche hat den Vorteil, dass man sie auch allein ausführen kann.«

»Beim Bart meiner Mutter, ich hätt nie gedacht, dass man bei den Räubern so viel Nützliches lernen kann!«

»Eine weitere Masche verwenden die Stehler, die wir Jackelpritscher oder Zopper nennen. Moses Singer ist ein solcher. Ebenso Scheflenzer und Hölzerlips. Die drei sind Juden und haben deshalb keine großen Bedenken, die Opferstöcke in den Kirchen auszurauben. Sie benutzen dazu ein dünnes Stück Fischbein, dessen eines Ende mit Vogelharz bestrichen ist. Dieses Ende stoßen sie in den Opferstock, der voller Münzen ist. Die Geldstücke bleiben an dem Vogelharz kleben und können mit dem Fischbein herausgezogen werden.«

»Fürwahr, eine geschickte Methode! Aber ich denk, es ist ratsam, hinterher gleich ein paar Vaterunser zu beten und ein wenig von dem Ergatterten zurückzugeben, damit das Gewissen nicht so drückt!« Listig überlegte. »Was mich interessieren würd: Wie führt man denn so ein Fischbein unbemerkt mit sich?«

»Meistens im Hut.«

»Im Hut? Aber den muss man doch in der Kirche abnehmen?«

»Stimmt. Aber die Opferstöcke stehen häufig am Ausgang. Trotzdem hast du recht: Das Ganze ist nicht ungefährlich, denn wo Gott bestohlen wird, reagieren die Leute empfindlich. Moses Singer, Scheflenzer und Hölzerlips treten deshalb oftmals in anderer Kleidung auf. Auch haben sie dann andere Papiere bei sich. Die Fälscher, die solche Papiere herstellen, nennen wir Fleppenfackler, was von ›Flepp‹ wie Pass und ›Fackeln‹ wie Schreiben kommt. Galantho arbeitet nur mit den Besten zusammen. Bei der Ausübung ihrer Kunst benutzen sie nicht selten Siegelabdrücke, die tatsächlich echt sind, weil sie von amtlichen Zeugnissen abgetrennt wurden. Oder sie stechen die Siegel selbst, und das mit großer Geschicklichkeit.«

Listigs Augen leuchteten. »Und haben wir hier im Lager auch einen Fleppenfackler?«

Luchs Tullian nickte. »Ja, Priller, allerdings ist er nicht besonders begabt, weil er nicht universal arbeiten kann. Einem guten Fälscher ist es egal, ob er Pässe, Wanderbücher, Atteste, Legitimationskarten, Stiche, Gesellenbriefe oder Sonstiges herstellen muss – er fertigt alles in derselben Vollkommenheit an. Priller ist dazu nicht in der Lage, obwohl er sich eine Menge auf sein Können einbildet. Galantho jedenfalls setzt ihn meist nur als Stratendalfer ein.«

Listig schürzte die Lippen. »Das ist interessant. Priller kann also nicht alles herstellen? Meinst du, er würde schon an einem einfachen Pass oder an einer Eignungsprüfung scheitern?«

»Das wohl nicht. Warum fragst du?«

»Ach, nur so.« Listig nahm sich vor, bei nächster Gelegenheit mit Priller zu sprechen, denn es konnte nicht schaden, für Pausback »gültige« Papiere zu haben, schließlich wusste man nie, was kam. »Ach, nur so«, wiederholte er und setzte hinzu: »Bin gespannt, was Galantho mit uns vorhat.«

Luchs holte aus der Tasche den Golddukaten hervor, der tatsächlich makellos sauber war und im Sonnenlicht funkelte. »Was er mit euch vorhat, kann ich mir denken, was er mit mir vorhat, weiß ich nicht.«

»Was hat er denn mit uns vor?«, fragte Listig begierig, und auch Pausback, der die ganze Zeit mehr oder weniger teilnahmslos dabeigesessen hatte, spitzte die Ohren.

»Ich denke, er wird von euch verlangen, in Katzberg die Olitäten zu verkaufen – unter Hannikels Aufsicht, versteht sich, denn, wie gesagt, Galantho ist gerissen, er wird das Risiko eurer Flucht nicht eingehen wollen. Er hat zwar gute Drähte in der Stadt, sie reichen aber nicht so weit wie im Wald.«

In Listigs Kopf arbeitete es. Das Wort Katzberg klang ihm so süß wie das Wort Freiheit. »Und das eingenommene Geld will er dann für sich?«

»Für sich allein oder als zu teilende Beute. Das weiß man bei ihm nie im Voraus. In jedem Fall ist es so, dass die Bande Geld gut brauchen kann. Für Geld kriegt man alles, für Geld, so sagt man, legt einer dem Teufel noch die Karten.«

»Das ist ein wahres Wort. Ach, nebenbei: Warum kannst du dir nicht denken, was Galantho mit dir vorhat? Er wird dir als Erstes doch den Golddukaten abnehmen?«

»Das wird er. Aber was danach kommt, weiß ich nicht. Der Hauptmann ist unberechenbar wie eine Schlange. Mal sagt er zu mir, ich wäre sein wichtigster Mann, mal stellt er mich vor allen Männern bloß. Manchmal glaube ich, er hat große Angst, dass ihm irgendwann einer über den Kopf wächst. Dabei brauchte er sich bei mir am allerwenigsten Sorgen zu machen, da gäbe es andere, die viel gefährlicher für ihn wären.«

»Wer denn?« Listig beugte sich gespannt vor.

Luchs lächelte müde. »Dieser oder jener. Nimm nur den schnarchenden Hannikel: Wenn der könnte, wie er wollte, würde es hier ganz anders zugehen. Nein, nein, da ist es schon besser so, wie es ist.«

»Da magst du recht haben. Wenn ich dich richtig verstanden hab, sollen ich und Pausback mit dem Wagen nach Katzberg gehen. Wie weit ist's denn bis dorthin?«

»Ungefähr vier Meilen. Ihr könnt die Stadt nicht verfehlen, Hannikel ist ja dabei, und außerdem kommt ihr an ein paar gekennzeichneten Bauernhöfen vorbei.«

»Gekennzeichnete Bauernhöfe? Was meinst du damit?«

»Wir haben bestimmte Zeichen, die wir an Mauern oder Türen anbringen. ›Zinken‹ nennen wir sie. Eine Zickzacklinie bedeutet zum Beispiel ›Bissiger Hund‹, ein Quadrat ›Hier geben sie nichts«, ein Haken ›ein Kranker bekommt was‹.«

Listig nickte verständnisinnig. »Oder einer, der so tut, als wär er krank, stimmt's?«

»Genauso ist es.« Luchs schielte in Richtung Hannikel, aber der lange Gauner schlief weiterhin so fest, als wollte er erst am Sankt Nimmerleinstag wieder erwachen.

»Ist Schlafmohn in den Pillen«, brummte Pausback, dem Luchs' Blick nicht entgangen war. »Der wacht so leicht nicht auf.«

Listig kam eine Idee.

Er nahm ein Stöckchen zur Hand und malte die drei Spiralen in den Sand, die sie an dem Pfahl vor der Köhlerhütte gesehen hatten.

»Was bedeutet das?«, fragte er.

Der Kofferstecher antwortete: »Das heißt ›Hier ist nichts zu holen‹«.

»Das haben wir gemerkt«, nickte Listig. »Die Frau des Kohlenbrenners war mächtig geizig, so geizig, wie nur Leute sind, die noch die kleinste Laus um ihren Balg schinden.« Er verwischte das Zeichen und kritzelte ein neues hin, es war der Zinken, den er und Pausback bei dem freundlichen Bauern entdeckt hatten. »Und was bedeutet das?«

»Das heißt ›Hier erhält man Geld‹«, sagte Luchs, nachdem er einen großen Kreis mit einem kleineren darin erkannt hatte.

»Und das?« Listig zog vier Striche in den Sand.

»Das? ›Hier gibt's was gegen Arbeit.‹«

»Haha!«, lachte Listig, der an die Sintflut in der Waldschenke und an den misstrauischen Wirt denken musste. »Da gibt's nicht nur was gegen Arbeit, da gibt's sogar was ohne Arbeit! Dann nämlich, wenn einem der Sand zum Zinnputzen fehlt!«

Luchs blickte verständnislos.

Listig meinte lachend: »Lass gut sein, mein Freund, und nimm meinen Dank entgegen. Deine Auskünfte haben mich wieder ein wenig schlauer gemacht. Doch auch der schlaueste Kopf will sich früher oder später zu einem Verdauungsschläfchen betten, gestatte also, dass ich mich ins Land der Träume zurückziehe.«

Kaum hatte er das gesagt, legte er sich auf die Seite und schlief sofort ein.

Luchs, Mutter Krumm und Pausback betrachteten ihn eine Weile, dann sagte der Kofferstecher: »Ich wünschte, ich könnte auch so unbekümmert in den Tag hineinleben, bei Gott, das ist schon ein seltsamer Vogel, dieser Listig, ein seltsamer Vogel, ja das ist er.«

Mutter Krumm fröstelte und nickte.

»Nein«, brummte Pausback.

»Wieso nein?«, fragte Luchs.

»Ist kein Vogel. Ist mein Kopf.«

Als die schwere Eichentür spätabends ins Schloss fiel, wusste Gertrud Röther, dass ihr Mann das Haus verlassen hatte – wie so häufig in letzter Zeit. Und wieder, ohne nach ihr gesehen zu haben. Doch heute machte ihr das nichts aus, denn sie wusste, was sie zu tun hatte.

Sie wartete geduldig.

Irgendwann war es so weit. Schritte näherten sich, schnell erst, dann langsamer, dann verharrten sie. Eva war gekommen und stand vor ihrem Bett.

Gertrud schlug das Herz bis zum Hals. Alles würde jetzt von ihrem Gesichtsausdruck abhängen, alles. Sie lag in gekrümmter Haltung da, die Augen verdreht, den Mund halb geöffnet. Speichel befleckte die Zudecke, die ein einziger Knäuel war und so aussah, als hätte jemand seinen letzten Kampf gekämpft. Lieber Gott, gib, dass Eva mich für tot hält, lieber Gott, bitte!

»Bist du endlich tot, du zähes Luder!«, sagte Eva. »Das wurde aber auch Zeit.« Hände ergriffen die Decke und glätteten sie. Dann entfernten sich die Schritte. Die Treppenstufen zum Oberstock knarrten. »Doktor Eck wird sich wundern, wo er doch dachte, er hätte dich überm Berg. Gleich morgen früh will ich ihn holen.«

Gertrud lag da, zitternd und triumphierend. Es hatte geklappt, Gott hatte ihr Flehen erhört! Nach einer Weile flüsterte sie: »Nein, du blonder Teufel, du wirst Doktor Eck nicht holen, weil ich dir zuvorkommen werde.«

Wieder wartete sie geduldig.

Als sie sicher war, dass Eva oben schlief, erhob sie sich mühsam, schlich in die Küche und von dort aus über den Hof. Wie kalt es war! Gertrud zitterte, obwohl es eine laue Sommernacht war. Mutter Krumm neigte ebenfalls stets zum Frösteln. Zu ihr wollte sie, damit die alte Magd zu Doktor Eck laufen und ihn holen konnte. Doktor Eck. Er hatte ihr schon mehrfach mit seiner rauen, herzlichen Art geholfen, ihm wollte sie sich anvertrauen. Der Arzt würde das Notwendige für sie erledigen, die Gänge zum Büttel und zum Richter und alles andere.

Doch Mutter Krumm war nicht in ihrer Kammer.

Gertrud überlegte fieberhaft, wo sie die alte Magd suchen sollte, doch ihr fiel kein passender Ort ein. Mach dich nicht verrückt!, schalt sie sich schließlich. Verschwende keine Zeit! Wenn Mutter Krumm nicht da ist, muss eben jemand anders zum Doktor laufen.

Als hätte er ihre Gedanken erraten, schlurfte in diesem Augenblick Matthes, der knorrige Knecht, auf den Hof, ein Mann in den Siebzigern, fast ebenso lang wie Mutter Krumm im Haus und von ebenso eigenwilligem Wesen. Matthes strebte dem Abtritt zu, wie er es zwei- oder dreimal jede Nacht tun musste, und Gertrud wollte ihn schon herbeirufen, doch dann beschloss sie, noch einen Augenblick zu warten. Der alte Knecht sollte sich erst einmal erleichtern, damit er anschließend umso besser zuhören konnte.

»Matthes!«, rief Gertrud ihm wenig später zu. Sie rief leise, mit vorgehaltener Hand, aber der alte Mann zuckte zusammen, als wäre der Leibhaftige in ihn gefahren.

»Schockschwerenot, seid Ihr's wirklich? Ich denk, Ihr liegt auf den Tod?«, krächzte er.

»Pst, nicht so laut, Matthes!«

»'tschuldigung, Herrin, 's war nur, weil ich mich so verjagt hab, wo kommt Ihr denn auf einmal her …«

»Pst! Das erfährst du noch früh genug, jetzt pass mal gut auf.«

Und Gertrud erzählte dem Alten ganz genau, was sie von ihm wollte. Sie sagte es mit wohlgesetzten Worten und wiederholte ihr Ansinnen mehrere Male, denn Matthes war nicht nur alt, sondern auch schon ein bisschen vergesslich. Endlich schien er alles begriffen zu haben und entfernte sich kopfschüttelnd.

»Mitten inner Nacht soll ich den Dokter holen!«, brummelte er. »'s muss schlimm um die Herrin stehen, ja, schlimm.«

»Ich muss schon sagen, Ihr gebt mir Rätsel auf, meine Liebe!«, bellte Eck, als er zwanzig Minuten später an Gertruds Bett erschien, in der einen Hand seine Arzttasche, in der anderen eine Laterne. »Es ist nur ein paar Tage her, dass Euer Gatte mir im Krug versicherte, es ginge Euch gut.«

»Mir geht es auch gut«, sagte Gertrud.

»Wie bitte?« Eck fiel die Kinnlade herab, wodurch sein vorstehender Schneidezahn noch stärker zur Wirkung kam.

»Bitte sprecht leise. Und macht die Tür zu.«

Der Arzt gehorchte zögernd. »Erst geht es Euch schlecht, dann wieder gut, dann wieder schlecht, dann wieder gut. Sehr gut sogar, wie mir scheint. Ihr müsst triftige Gründe haben, meine Liebe, dass Ihr mich trotzdem zu nachtschlafener Zeit holen lasst, sehr triftige Gründe.«

»Die habe ich.«

»Und? Welche sind das, wenn ich fragen darf?« Eck stellte seine Arzttasche auf die Bettstatt.

»Setzt Euch neben Eure Tasche. Dann will ich Euch berichten, was man mir angetan hat.«

Eck schnaufte und setzte sich. Ihm lag noch vielerlei auf der Zunge, aber er empfand Sympathie für die Frau des Amtmanns, die so tapfer ihre Leiden ertragen hatte, weshalb er den Mund hielt und die Ohren aufsperrte.

Was er zu hören bekam, klang so ungeheuerlich, dass er es zunächst nicht glauben mochte. Sein Bulldoggengesicht verzog sich ein ums andere Mal, und am Ende knurrte er: »Bei Gott, meine Liebe, wenn auch nur die Hälfte von dem stimmt, was Ihr mir eben erzählt habt, ist Euer Gemahl reif für den Strick. Und Eure Magd Eva allemal. Aber sagt, irrt Ihr Euch auch wirklich nicht mit Euren Anschuldigungen? Ich meine, es ging Euch zeitweise sehr schlecht, so schlecht, dass selbst mir um Euer Leben bang war, und in diesem Zustand sieht und hört man häufig mehr, als in Wahrheit geschehen ist.«

»Ich wusste, dass Ihr das sagen würdet«, antwortete Gertrud, »aber ich kann beweisen, was ich behaupte. Geht in die Küche und schaut unter dem losen Dielenbrett nach. Ihr werdet dort ein Säckchen mit weißem Pulver finden. Das ist das Gift, welches Eva mit Butter vermischte und mir aufs Brot strich.«

»Tja, hm, dann bleibt mir wohl nichts anderes übrig.« Immer noch zweifelnd, wuchtete Eck seinen massigen Leib hoch und ging nach draußen, die Laterne vor sich hertragend.

In der Küche schien alles in schönster Ordnung zu sein, jedes Ding befand sich an seinem Platz, aber dafür hatte Eck jetzt keine Augen. Er richtete seinen Blick auf den Boden und suchte das lose Dielenbrett – wenn es denn eines gab. Doch halt! Da hatte etwas unter seinen Füßen geknarrt. Eck bückte sich und entdeckte tatsächlich ein loses Brett. Er hob es an und erspähte darunter ein Säckchen. Gertrud Röther hatte die Wahrheit gesagt! Er musste seiner Patientin Abbitte leisten. Andererseits, dachte er, muss das noch immer nichts bedeuten, manch einer verbirgt sein sauer Erspartes an solchen Orten, das mag hier nicht anders sein.

Doch es war anders.

Das sah Eck endgültig ein, als er das Beutelchen öffnete und weißliches Pulver darin entdeckte. Die letzten Zweifel waren beseitigt. Eva, die Magd, war eine Giftmischerin, angestiftet von Max Röther, dem stets Verschuldeten, der so versessen auf das Amt des Zweiten Bürgermeisters war.

Eck zog den Fuß zurück, und das Dielenbrett schnellte an seine ursprüngliche Position. Es gab ein leises »Bopp«. Er überlegte scharf. Was war zu tun? Wie konnte er vorgehen? Da Röther nicht zu Hause war, wollte er als Erstes Eva zur Rede stellen und sie anschließend der Nachtwache übergeben. Dort mochte sie auf ihren Prozess warten, an dessen Ende, da war er sicher, das Todesurteil stehen würde. Das Gift unter dem Dielenbrett war der unwiderlegbare Beweis.

Eck steckte das Säckchen ein. Dann, tief Luft holend, stieg er die Treppe zur ehelichen Schlafkammer empor. Oben angekommen, verschnaufte er kurz, öffnete die Tür und hielt den Arm mit der Laterne in den Raum.

Was er sah, war schön wie ein Gemälde.

Eine Engelsgestalt lag da, eine schlafende Engelsgestalt unter weißem Linnen, blond, verführerisch, unschuldig ... Eva.

Eck hielt den Atem an. War jemand mit einem so überirdisch schönen Antlitz überhaupt fähig, einen Mordanschlag zu verüben? Er konnte es kaum glauben. Gerade wollte er etwas sagen, da blinzelte die Engelsgestalt. Wurde sie wach? Eck stellte sich darauf ein, sie ob seines unerwarteten Besuchs beruhigen zu müssen, doch sie schien ganz gelassen zu bleiben.

»Seid Ihr es, Doktor Eck?«

»So ist es.« Er sammelte sich. »Ich habe Beweise dafür, dass ...«

»Gut, dass Ihr kommt, ich wäre sonst zu Euch gekommen, gleich morgen früh, denn die Herrin ist tot, sie starb ganz plötzlich. Nun hat ihre arme Seele Ruhe.« Eva faltete fromm die Hände.

Eck verschlug es die Sprache. Konnte sich jemand wirklich so verstellen? Verbarg sich so viel Falschheit unter einer schönen Fassade? Die Antwort war: ja. Es musste so sein. Er räusperte sich. »So, so, die Herrin ist tot, sagst du, dann kennst du sicher auch den Inhalt dieses Säckchens?«

Eva riss die Augen auf und sah für einen Augenblick gar nicht mehr engelsgleich aus, doch sofort fing sie sich wieder und sagte freundlich: »Es tut mir leid, Doktor, was soll das für ein Säckchen sein? Ich kenne es nicht – und seinen Inhalt schon gar nicht.«

»Gift ist darin, vermutlich Arsen! Damit hast du ein tödliches Buttergemisch angerührt und dieses deiner Herrin aufs Brot geschmiert! Ich selbst habe so ein Butterbrot bei einem meiner Besuche gesehen.«

»Ich kenne das Säckchen nicht«, wiederholte Eva sanft, »und die Herrin ist tot. Woran sie gestorben ist, werdet Ihr als Doktor am besten wissen.«

Eck musste daran denken, dass es trotz allen wissenschaftlichen Fortschritts noch immer nicht möglich war, Arsen in einer Leiche nachzuweisen, und lächelte grimmig. »Ich weiß nur eines: Deine Herrin lebt, Eva!«

»Was?« Ihr Lächeln gefror. Doch sofort hatte sie sich wieder in der Gewalt. »Lieber Doktor, Ihr solltet mit solchen Dingen lieber keine Scherze treiben. Möge der Herrgott Euch vergeben.«

Eck biss die Zähne zusammen. »Deine Herrin lebt! Das sage ich dir als Arzt. Sie liegt unten in ihrer Kammer und hat mir alles erzählt!«

Diesmal sagte die Engelsgestalt nichts. Doch ihr Gesicht verzog sich zu einem Spiegelbild aus Ungläubigkeit, Entsetzen und Zorn. Dann, fast übergangslos, wurde ihr Antlitz wieder sanft. »Wie schön, dass sie lebt, wie schön«, flüsterte sie. Ihre Hand schlug die Daunendecke zurück. Eck sah ein Nachtgewand, das bis zur Hüfte hochgerutscht war. Und er sah noch mehr, denn jetzt räkelte die Engelsgestalt sich und spreizte höchst irdisch die Beine.

Er schluckte und versuchte, den Blick abzuwenden. Es gelang ihm nicht. »Wie hätte ich wissen können, wo das Säckchen lag, wenn deine Herrin es mir nicht gesagt hätte«, krächzte er schließlich.

»Das Säckchen, das Säckchen, lass doch das dumme Säckchen sein.«

Eck spürte, wie sein eigenes Skrotum sich vor Begehren zusammenzog und sein Penis sich aufrichtete.

»Leuchte mir ein wenig mit deiner Laterne.« Die Engelsgestalt zog langsam die Beine an, Eck blickte in einen buschigen Schoß, dessen Lockigkeit ebenso blond war wie die seidig langen Haare, die den Kopf umrahmten.

»Nein!«, keuchte er und trat dennoch wie magisch angezogen näher. Sein Penis hatte sich hoch aufgerichtet und wollte das, was alle Penisse dieser Welt wollen, doch Eck sträubte sich mit Macht dagegen. Er war heraufgekommen, um Eva, die Magd des Amtmanns Röther, zu entlarven und dem Gesetz zu übergeben. Außerdem war er Arzt, und als solcher musste er die Sache betrachten. Was er sah, unterschied sich in nichts von dem, was andere Frauen hatten: ein Geschlechtsteil, bestehend aus Scheide, Schamlippen und Klitoris. Mehr nicht. Selbst die goldenen Härchen waren nichts anderes als hornartige Substanz, und doch …

»Komm«, flüsterte die Engelsgestalt.

»Nein, ich …«

»Nun komm schon.«

Da gehorchte Eck.

Er war zwar Arzt, aber auch nur ein Mann.

Einer trage des andern Last, so werdet ihr das …

Du liebe Zeit, ich dachte schon, Ihr würdet niemals wiederkommen, Herr Doktor!« Der Vorwurf in Gertruds Stimme war unüberhörbar.

Eck stand vor ihrem Bett, noch immer gefangen im Rausch der Gefühle, noch immer wie in einer anderen Welt. Schlecht kam er sich vor, wie ein mieser Verräter, und doch fühlte er sich großartig wie nie zuvor. Das Unfassbare, es war geschehen, und er bereute keine einzige Sekunde davon. Im Gegenteil, wenn er an Eva dachte, die oben im Schlafgemach auf ihn wartete, regte es sich schon wieder bei ihm.

»Herr Doktor, hört Ihr mir überhaupt zu?«

»Äh, selbstverständlich, meine Liebe, selbstverständlich.«

»Nun, und? Wie hat die Teufelin reagiert? Hat sie ihre Taten zugegeben? Ist sie noch oben? Läuft sie etwa noch frei herum?«

»Gemach, gemach!« Eck musste sich konzentrieren, damit er nichts Falsches sagte. »Alles ist in bester Ordnung. Ich habe die Magd oben eingesperrt, damit sie nicht fortlaufen kann. Sie hat die Anschuldigungen, nun, sagen wir, mit Fassung aufgenommen.«

»Mit Fassung? Was heißt das? Hat sie keine Angst um ihr schäbiges Leben?«

»So viel ich bemerken konnte, nicht.«

»Diese Hexe! Sie hat den Tod tausendmal verdient!« Gertruds Augen leuchteten. Von ihrem sonst so sanften Wesen schien kaum etwas übrig.

»Ja, ja.« Eck räusperte sich und stellte ein mitgebrachtes Wasserglas auf den Schemel. Dann setzte er sich ans Fußende des Bettes neben seine Tasche. »Beruhigt Euch, meine Liebe. Ich werde alles Notwendige veranlassen. Die Magd wird Euch niemals wieder bedrohen, das verspreche ich. Schlaft jetzt nur ein wenig, und wenn Ihr wieder aufwacht, ist der ganze Spuk vorbei.«

»Schlafen? Ich? Ich kann jetzt nicht schlafen. Ich will sehen, wie die Teufelin abgeführt wird, will sie jammern, zetern, heulen hören. Ich will erleben, welch ein Gesicht mein werter Herr Gemahl zieht, wenn er nachher heimkommt und der Büttel schon auf ihn wartet. Oh, wie ich das genießen werde!«

»Das werdet Ihr nicht.« Eck klang jetzt sehr bestimmt.

»Wieso nicht? Wollt Ihr es mir verbieten?«

»Wenn Ihr mich so fragt, ja. Doch versteht mich nicht falsch, ich spreche als Arzt zu Euch und will nur Euer Bestes. Euer Körper hat in den letzten Wochen Unsägliches erlitten, Ihr müsst ihn schonen, eine neuerliche Aufregung könnte Euer Tod sein.«

Gertrud blickte ihn ungläubig an. »Meint Ihr das wirklich? Aber ich fühle mich so wohl wie schon lange nicht mehr.«

Eck musste sich zusammennehmen, um ruhig zu bleiben. »Seid Ihr der Arzt, oder bin ich es? Es wäre nicht das erste Mal, dass überschäumende Freude zum Exitus führt.« Er nahm das Wasserglas vom Schemel und hielt es ihr hin. »Trinkt das, dann werdet Ihr im Nu einschlummern.«

Gertrud zögerte. Sie hatte sich die Entwicklung der Dinge anders vorgestellt. Doch dann kam sie sich rachsüchtig vor und schalt sich selbst. Man sollte Gleiches nicht mit Gleichem vergelten; sie hatte sich benommen wie eine dumme Gans. »Ihr habt recht«, sagte sie folgsam, trank zwei große Schlucke und gab das Glas zurück. »Nanu, das schmeckt aber seltsam, seid Ihr sicher, dass dies normales Wasser ist?«

Eck lächelte gequält. »Natürlich nicht, meine Liebe, es ist ein altbewährter Schlaftrunk.«

»Dann ist es gut«, sagte Gertrud und lehnte sich zurück. »Ich bin Euch so dankbar, Herr Doktor.«

Eck krächzte irgendetwas.

Zehn Minuten später war Gertrud tot.

Das Arsen hatte seine Wirkung getan.

Der Raubzug in Bücheloh und Umgebung war wenig einträglich gewesen. Ein paar Hühner, zwei Gänse, ein quiekendes Ferkel und mehrere Säcke Kartoffeln, dazu einige Groschen aus den Sparstrümpfen der Bauern, das war schon alles, was Galantho mit seinen Männern erbeutet hatte. Entsprechend war seine Laune an diesem frühen Julimorgen, eine Laune, die sich auf das ganze Lager übertrug. Auch auf Priller, den Fleppenfackler, der vor seiner Hütte saß und alte Reisepapiere mit der Lupe studierte.

»He, Priller, einen sonnigen Morgen wünsch ich dir!«, rief eine helle Stimme.

Priller blickte auf, rückte an seinem Kneifer und blinzelte. Wie so viele seiner Zunft hatte er überanstrengte, kurzsichtige Augen. Was er sah, wollte nicht recht zu der hellen Stimme passen, denn der Riese, der seit Kurzem im Lager lebte, stand vor ihm, dazu der allseits unbeliebte Hannikel, der in einem fort gähnte.

»Einen sonnigen Morgen von hier oben!« Listig winkte aus dem Reff heraus.

»Ach so, da steckst du«, sagte Priller, der seit Kindesbeinen unter Polypen litt und deshalb stark näselte. »Lass mich zufrieden, ich wüsste nicht, was an diesem Morgen sonnig sein sollte. Die Zeiten sind schlecht, die Bevölkerung ist arm, und die Fähigkeiten eines Kunstfälschers werden auch nicht mehr geachtet.« Er wollte sich wieder dem Studium der verschlissenen Reisepapiere zuwenden, doch Listig ließ das nicht zu.

»Ei der Daus, Priller, da sagst du was. Allerdings hab ich kein Wort verstanden!«

»Wieso, ich hab mich klar ausgedrückt.«

»Wie bitte? Sagtest du, du hättest dich klar ausgedrückt? Hast du nicht. Wenn du sprichst, hört sich's an, als quake ein Geschwader Frösche.«

»Verschwinde! Wenn du dich über mich lustig machen willst, such dir einen anderen.« Der Fleppenfackler dachte kummervoll daran, wie oft er wegen seines Leidens schon gehänselt worden war.

»Dadurch, dass du ein Gesicht wie drei Tage Regenwetter ziehst, wird's auch nicht besser. Komm her, ich zeig dir was.« Listig beugte sich hinab und hielt Priller zwei Dokumente entgegen. Dem blieb nichts anderes übrig, als sich zu erheben und sie entgegenzunehmen. Er warf einen flüchtigen Blick darauf und sagte:

»Ein Reisepass und eine Eignungsprüfung zum Buckelapotheker, beide sind echt. Na und, was soll ich damit?«

Listig antwortete: »Wenn ich dich richtig verstanden habe, willst du wissen, was du damit sollst. Die Antwort ist einfach: Bei dem einen Papier handelt es sich um Pausbacks Reisepass. Er ist abgelaufen und müsste wieder gültig gemacht werden. Bei dem anderen Papier handelt es sich um die Eignungsprüfung eines Buckelapothekers namens Hans Kortemme. Wo ich sie herhabe, tut nichts zur Sache. Dieses Papier ist gültig, nur trägt es den falschen Namen. ›Theo Schüppling‹ muss darin stehen, dazu ›vulgo Pausback‹, denn jedermann kennt meinen Freund und Begleiter nur unter diesem Namen.«

»Und warum sollte ich das tun?«, fragte Priller griesgrämig. Er versuchte, die Dokumente zurückzugeben, aber Listig hatte sich bereits wieder nach oben ins Reff zurückgezogen und beantwortete die Frage mit einer Gegenfrage:

»Könntest du es überhaupt tun?«

»Frechheit!«, näselte Priller. »Was du verlangst, gehört zum kleinen Einmaleins eines jeden Fälschers, ich habe schon ganz andere Sachen gemacht: Verträge, Meisterbriefe, Gnadenerlasse, Zertifikate, Urkunden, wenn du verstehst, was ich meine. Die Liste meiner Werke ist so lang wie das Alte Testament. Wenn ich wollte, könnte ich sogar die Luther-Bibel kopieren, und keiner würd's merken.«

»Der Reisepass und die Eignungsprüfung würden vorerst genügen«, sagte Listig, der nun sicher war, dass der Fleppenfackler die Aufgabe bewältigen konnte.

»Nein.«

»Sagtest du Nein? Nimm mir's nicht übel, aber du bist wirklich schwer zu verstehen, Priller. Du solltest dir mal die Pfropfen aus der Nase ziehen lassen.«

»Spotte du nur! Wer einen Riesen zum Freund hat, kann leicht das Maul aufreißen. Willst du mich etwa operieren? Ich lege mich nicht unters Messer, ich nicht!« Der Fleppenfackler fuchtelte mit den Papieren in der Luft herum.

»Priller, Priller, du bist ja ganz außer dir! Ich wollte dich nicht beleidigen, ich wollte dir nur helfen.«

»Pah, du und mir helfen!«

»Aber ja. Wer redet denn von operieren, es gibt doch andere Methoden, viel bessere, völlig schmerzfreie, garantiert sichere.«

Priller hörte auf, Löcher in die Luft zu schlagen. Von einer Therapie, die sein Leiden ohne Skalpell beseitigen konnte, hatte er noch nie gehört. Sicherheitshalber fragte er noch einmal nach: »Ganz ohne Messer?«

»Ganz ohne Messer.«

»Erzähl mir mehr von dieser Methode.«

»Gern, nachdem du mir von der deinen erzählst hast.«

»Wie?«

»Sag mir, was du mit Pausbacks Dokumenten tun wirst.«

»Ach, daher weht der Wind.« Priller hatte verstanden. Nichts auf dieser Welt war umsonst, das galt auch unter Räubern. Einen Augenblick zögerte er noch, dann gab er nach. Er setzte sich wieder und studierte die Papiere eingehend unter der Lupe. Nach einer Weile sah er auf und sagte: »Der Pass stellt die leichtere Aufgabe dar, denn nach den Worten *gültig bis* kann der Monat November stehen bleiben, nur das Jahr *1780* muss in *1781* geändert werden. Der Könner löst die Aufgabe, indem er nicht gleich die ganze Null fortkratzt, sondern nur die rechte Hälfte. Was übrig bleibt, kommt einer Eins schon sehr nahe.«

»Und der Stempel?«, fragte Listig.

»Kann bleiben, wie er ist, der hat sich in den letzten Jahren nicht geändert.« Priller legte den Pass fort und widmete sich der Eignungsprüfung. »Dies hier ist die härtere Nuss.«

»Warum?«

»Weil in diesem Fall der ganze Name ausgetauscht werden muss. Normalerweise kratzt man auch hier die alten Buchstaben fort und ersetzt sie durch neue, wobei die Kunst darin besteht, die Schrift des ausstellenden Beamten meisterhaft zu kopieren, hier jedoch taucht die Schwierigkeit auf, dass der Name *HANS KORTEMME* deutlich kürzer ist als *THEO SCHÜPPLING vulgo PAUSBACK.* Der Platz reicht links und rechts nicht für einen so langen Namen, und ein Zweizeiler ist ebenfalls nicht möglich.«

»Was also schlägst du vor?«

»Es gibt zwei Überlegungen, entweder ich schaffe mir den Platz, indem ich den neuen Namen sehr klein schreibe, was allerdings verdächtig aussehen könnte, oder ich trenne die ganze Klappseite ab, fälsche sie komplett neu und flicke sie wieder dran.«

»Oho, das klingt nach einer großen Lösung, mein lieber Priller!«, rief Listig. »Was hindert dich noch, das Werk zu beginnen?«

»Der Aufwand natürlich«, näselte der Fleppenfackler. »Ein solches Meisterstück würde mich mindestens zwei Tage Arbeit kosten, und ich weiß noch nicht einmal, was ich dafür bekäme.«

»Nanu? Sagte ich das nicht? Du bekommst eine Nase dafür, die so frei ist, dass du durch sie nur dreimal in der Minute atmen musst. Stell dir vor, Waldluft, so viel du willst, mit nur einem einzigen Atemzug!«

»Erzähl schon, wie das funktionieren soll!« Nachdem er nun die eigenen Karten auf den Tisch gelegt hatte, wollte Priller hören, was die Gegenseite zu bieten hatte.

Listig setzte eine geheimnisvolle Miene auf. »Hast du jemals von dem einmaligen, dem unvergleichlichen, dem legendenumwobenen *Marum verum* gehört?«

»Nein, hab ich nicht.« Der Fleppenfackler wirkte leicht enttäuscht. »Was soll das sein?«

Listig ließ sich nicht beirren. »*Marum verum*, auch Katzengamander, Amberkraut oder Moschuskraut gerufen, ist das wahre *Marum*, das einzige *Marum*.«

»Ja, ja, aber was ist das denn? Und warum kann dieses Zeug mir helfen?«

»Das *Marum* ist ein Arkanum, darum! Und das Arkanum ist ein *Marum*, darum!«

Priller verstand nun gar nichts mehr.

Listig sah es mit Vergnügen. »Ein Arkanum ist ein Geheimmittel«, sagte er mit einer Selbstverständlichkeit, als wüsste das jeder. »Du erinnerst dich gewiss daran, dass der Alte Fritz sich einmal fast zu Tode geschnupft hätte?«

»Nein«, sagte Priller.

Listig fuhr fort, als hätte er die Antwort nicht gehört: »Es war nach einem feuchtfröhlichen Abend mit dem edlen Freiherrn von Knobelsdorff, dem großen Baumeister, der Sanssouci und unzählige andere Schlösser errichtet hat. Ich nehme an, der Name Knobelsdorff ist dir ein Begriff?«

»Nein!«, näselte der Fleppenfackler laut. »Rede nicht um den Brei herum, komm zur Sache.«

»Beim Bart meiner Mutter, warum so unwirsch, Priller? Der liebe Gott hat einen schönen Tag gemacht, und dir fällt nichts anderes ein, als dich in Ungeduld zu üben! Versündige dich nicht. Was sagte ich? Ach ja: Es war also nach einem feuchtfröhlichen Abend im Schloss von Sanssouci, als der Alte Fritz sich an von Knobelsdorff wandte: ›Georg Wenzeslaus‹, sagte er, ›ich möchte schnupfen‹ – ach, nebenbei: Georg Wenzeslaus ist der Vorname von dem von Knobelsdorff, und ich bin nicht sicher, ob der König den Freiherrn auf Deutsch oder Französisch ansprach, immerhin gab es ja diesen Voltaire, mit dem er sich immer auf Französisch schrieb; der Voltaire soll ja ein überaus gebildeter Mann gewesen sein …

Sapperlot, was ist mit dir, Priller? Schaust drein, als müsstest du die Latrine umgraben! Immer noch ungeduldig? So wisse: Eine gute Geschichte braucht ihre Zeit. Wo war ich? Ach ja, beim Schnupfwunsch des Königs: Jedenfalls sprang der von

Knobelsdorff auf und begann, seine sämtlichen Taschen abzuklopfen. Endlich fand er eine Schnupftabakdose, zog sie hervor und sagte: *›voilà!‹*, was nichts anderes als ›siehe da!‹ heißt. Er öffnete sie, schnupperte hinein, um zu prüfen, ob der Stoff auch gut genug für Seine Majestät wär, und überreichte sie mit einem geziemenden Diener …

Ja, Priller, so hab doch Geduld, ich komm gleich zur Sache. Der Alte Fritz bedankte sich und guckte die Dose an. ›Die ist ja aus Nussbaumholz‹, sagte er, ›ich mag Nussbaumholz, es schließt den Tabakgeschmack erst richtig auf.‹ Dann klopfte er eine tüchtige Prise auf den Handrücken und zog sie sich ins rechte Nasenloch hoch, dann folgte dieselbe Prozedur mit dem linken. Als das geschehen war, lehnte er sich zurück, um auf den Niesreiz zu warten. Alle anderen im Raum lehnten sich ebenfalls zurück und warteten mit ihm. Nach einer Weile nieste der König gewaltig, und alle freuten sich. Doch nach ein paar Sekunden musste er abermals niesen, weil der Tabak in seinen Nasenlöchern so fest saß, dass er bei der Entladung nicht hinausgeniest worden war. Dann nochmals und nochmals. Der Tabak saß fest wie ein Pfropfen und regte zu immer neuem Niesen an. Der König schnappte nach Luft, ihm standen die Tränen in den Augen, und er schwankte wie ein Rohr im Wind. Von Knobelsdorff und die Höflinge waren zu Tode erschrocken, sie hatten schon Angst, ihr Herrscher müsste bis zum Ende seiner Tage immerfort niesen, da, endlich, wusste der herbeigerufene Leibarzt Rat … Siest du, Priller, und jetzt komm ich zur Sache.«

»Wurde aber auch höchste Zeit.«

»Der Leibarzt holte zwei gleich große Portionen *Marum verum* aus seiner Tasche und strich sie dem König in die Nasenlöcher. Dies wiederholte er an den folgenden Tagen mehrfach, und der König genas von seinem Nieszwang.«

»Aha, na und?«, maulte Priller. »Was hat das mit meinen Polypen zu tun?«

»Aber begreifst du denn nicht? So wie das *Marum verum* die

Pfropfen des Königs auflöste, so wird es auch deine Polypen auflösen.«

»Wenn ich's denn hätte, dein Wunderzeugs.«

Listig lachte. »Wie es der Zufall will, besitzt mein Freund ein Quantum des Arkanums. Er trennt sich nur ungern davon, aber er könnt es dir geben, vorausgesetzt, du würdest dich bei der Fälscherei diesmal selbst übertreffen, nicht wahr, Pausback?«

»Hm, hm«, machte der Riese, zog eine kleine Spanschachtel mit *Marum verum* in Salbenform aus der Tasche und gab sie Priller.

Listig rief: »Einfach in die Nase damit und kräftig hochziehen, aber pass ja auf, dass nichts auf deine Fälscherarbeit herabtropft!«

»Ja, ja«, näselte Priller. »So was ist mir noch nie passiert. Glaubst wohl, du hättest einen Anfänger vor dir, wie? Komm übermorgen wieder, dann hab ich alles fertig.« Dann zog er sich, unverständliche Dinge murmelnd, zurück. Nachdem er die ganze Zeit ungeduldig gewesen war, war er nun auch noch beleidigt.

Kurze Zeit später trat das ungleiche Dreiergespann ans Lagerfeuer und setzte sich. Hannikel, der sich noch immer fühlte, als hätte er Blei in den Knochen, nuschelte: »Wennde mir nochmal so komische Alkoholpillen verpasst, schlitz ich dich auf wie 'ne Wildsau.«

Listig gab sich zerknirscht. »Es muss an Mutter Krumms Suppe liegen, normalerweise vertragen die Pillen sich mit jeder Suppe, aber diesmal war bestimmt Teufelskralle drin, Teufelskralle und Alkohol sind sich spinnefeind. Dafür vertragen die Pillen sich aufs Beste mit Tabak.«

Hannikel, der sich gerade einen Priem in die Backentasche schieben wollte – es war ein mehrfach gebrauchter –, hielt inne. »Mit Tabak, sagst du?«

»Genau, eine einzige Pille, gut mit Tabak vermischt, verhilft zu einem fabelhaften Rausch.«

»Dann will ich noch so 'n Dings haben. Los, her damit!«

»Augenblick, mein Freund.« Listig ließ sich von Pausback eine Schlafmohn-Pille geben und reichte sie dem langen Gauner mit einer Geste, als hielte er die kostbarste Perle der Welt in Händen. Hannikel nahm sie begierig und stopfte sie sich in den Mund.

»Gut einspeicheln und durchkauen!«, rief Listig. »Dann wirst du was erleben.«

»Glaub ich nich, die Pille is bitter wie Galle. Willst mich verjuxen, wie?«

Listig lachte. »Wenn jede Medizin so schmecken würd wie Hasenkeule, gäb's auf der Welt nur brave Patienten.«

»Wie? Aber ich merk nix.«

»Oh, doch, pass auf.« Listig ergriff ein Tuch und hielt es sich vors Gesicht.

»Was soll 'n das?«

Statt einer Antwort senkte sich das Tuch, und Hannikel riss die Glotzer auf, denn er erblickte eine Grimasse, die Listigs Antlitz kaum noch ähnelte; es war eine schiefe Fratze von so komischem Ausdruck, dass auch der faulste Lachmuskel sich in Bewegung setzen musste.

»Hähä!«, kicherte der lange Gauner.

Das Tuch wanderte wieder vor das Gesicht und gab beim nächsten Mal eine andere Grimasse preis, diesmal den schiefen Kopf eines Gehenkten, mit herausgestreckter Zunge und hervorquellenden Augen, dann folgte die Maske eines Hanswurstes, dann das Mondgesicht eines Buddhas, dann die entgleisten Züge eines Blöden. Es folgten die arrogante Miene eines Adligen, die puterroten Bäckchen eines weinseligen Mönchs, die humorlosen Falten einer alten Jungfer und so weiter und so fort, und mit jedem neuen Gesicht lachte der lange Gauner mehr.

»Hähä, hoho, das is lustig blöd, lustig blöd is das!«, brüllte er.

»Nicht wahr! Freut mich, wenn's dir gefallen hat«, sagte Listig und legte das Tuch beiseite.

Auch Pausback hatte die Vorstellung lächelnd verfolgt. »Wusst nicht, dass einer so viele Gesichter haben kann«, brummte er.

Hannikel wurde wieder ernst, während er emsig seinen Priemballen weiter durchkaute. »Un wassis nu mit meiner Alkoholpille? Ich spür nix.«

»Du hast doch schon was gespürt! Alkohol macht lustig, so heißt es, und eben hast du kräftig gelacht. Beim Barte meiner Mutter, hab selten jemanden so lachen sehen. Ohne die Pille wärst du ein rechter Sauertopf geblieben.«

»Ach so.« Hannikel rieb sich die Augen, die ihm schon wieder zufallen wollten. »Werd ja nich frech, ich schlitz dich auf wie …«

»Ja, ja, bist müde, wie? Lachen macht nicht nur lustig, sondern auch schläfrig, das ist wissenschaftlich erwiesen.«

»Wenn du's sagst.« Der lange Gauner gähnte und legte sich zur Ruhe. »Lustig blöd war's, ja das war's«, murmelte er noch einmal und fiel in einen tiefen Schlaf.

Kaum war er eingeschlummert, nahm Listig ihm wieder das Messer ab und gab es Pausback. »Die ewigen Drohungen verdrießen mich«, sagte er.

Pausback nahm die Klinge und steckte sie ein. »Die kriegt er nicht wieder«, brummte er. »Ist 'n Streithammel, der Kerl.«

»Ein Streithammel ohne Hirn.« Auch Listig war schläfrig.

Pausback kratzte sich am Ohr. »Hm, hm, der hat kein Hirn, aber du.« Und dann, mit einer scheuen Bewegung, strich er Listig über die Schulter. »Konntest ihm sogar 'ne weitere Pille eintrichtern, damit er Ruhe gibt, so viel Hirn hast du. Bin froh, dass du mein Kopf bist.«

»Nicht der Rede wert.« Zu seinem Erstaunen fühlte Listig Verlegenheit, er wollte etwas ebenso Freundliches erwidern, aber ihm fiel nichts Rechtes ein. So überlegte er eine Weile und murmelte schließlich: »Ach, ich bin gern dein Kopf.«

* * *

Drei Tage waren seit Gertruds Tod ins Land gegangen. Eva stand in der Sterbekammer und beseitigte alles, was an die Dahingeschiedene erinnern konnte. Sie fegte gründlich aus, wischte den Boden, schleppte den Schemel in die Küche, wo sie ihn zerhackte und ins Feuer warf, entleerte das Nachtgeschirr auf dem Abfallhaufen im Hof, reinigte die Wände mit Essigwasser und stand schließlich vor der Lagerstatt, in der Gertrud ihr Leben ausgehaucht hatte. Jetzt rächte es sich, dass sie vor dem Tod der Herrin keine Lust gehabt hatte, nochmals Leinen und Stroh zu wechseln, denn das Bett stank erbärmlich.

Es half nichts, auch das stinkende Lager musste fortgeschafft werden. Seltsamerweise erinnerte der Geruch nicht an Schweiß, Kot oder Urin, sondern eher an Schimmliges, Verdorbenes. Eva bückte sich und untersuchte mit spitzen Fingern die Schichten des Strohs. Was war das? Sie bog die Halme weiter auseinander, dann stieß sie einen Schrei des Ekels aus. Vor ihr lag ein Gebilde, das über und über mit grünem Schimmel bedeckt war und irgendwann eine Scheibe Brot gewesen sein mochte. Brot? Richtig! Es musste eines der Butterbrote sein, die sie für Gertrud geschmiert hatte.

Eva forschte weiter und fand noch drei weitere der abscheulichen Gebilde. Wie hinterlistig die zähe Kranke gewesen war! Hatte einfach die Brote versteckt und sich mit jedem Tag mehr erholt. Und am Ende hatte sie so getan, als läge sie im Sterben, und heimlich Doktor Eck holen lassen, Eck, der anschließend zu ihr nach oben in die Schlafkammer gekommen war, um sie wegen versuchten Mordes zur Rede zu stellen.

Eva musste lächeln, als sie daran dachte, wie wenig er geredet hatte, im Gegenteil, ab einem bestimmten Zeitpunkt hatte er überhaupt nichts mehr gesagt. Da hatte er nur noch gekeucht und gestöhnt, wie alle Männer es taten, die sich auf eine Frau legten. Eck war dabei nicht gröber als der Amtmann gewesen, höchstens ein wenig unerfahrener, weil es ihm als Junggeselle an Gelegenheit mangelte. Aber darauf kam es ohnehin nicht an, wenn man bedachte, dass der Doktor nicht die schlechteste Partie war. Er war Arzt und in der ganzen Stadt wohl angesehen, er hatte sein Leben lang gearbeitet und niemals geheiratet, lebte zurückgezogen mit einer alten Haushälterin, gab kaum Geld aus und musste demzufolge ein stattliches Sümmchen auf der hohen Kante haben. Wie viel es wohl war?

Während ihre Gedanken weiter bei Eck weilten, holte Eva von draußen eine Schubkarre und eine Forke und begann, das Stroh mitsamt dem Bettzeug und den verschimmelten Broten aufzuladen. Anschließend steuerte sie wieder den Abfallhaufen an und entleerte die Karre darauf. Das war geschafft! Erleichtert kehrte sie zurück in die Kammer und sah sich zufrieden um: An Gertrud Röther, die Frau des Amtmannes von Katzberg, erinnerte nichts mehr. Weder hier noch im Haus noch irgendwo sonst, denn seit gestern lag sie im kühlen Grab. Die Predigt bei der Beerdigung hatte nicht lange gedauert, und nur wenige Katzberger hatten ihr das letzte Geleit gegeben. Gertrud Röther war schon zu Lebzeiten nichts Besonderes gewesen, und folgerichtig war es ihre Totenfeier auch nicht.

Gleiches galt für die Todesursache: *Infirmitas cordis,* Herzschwäche, hatte Eck auf den Totenschein geschrieben – und natürlich war niemand auf den Gedanken gekommen, seine Diagnose infrage zu stellen.

Überhaupt hatte Eck sich als sehr hilfreich erwiesen. Er hatte den Bürgermeister verständigt, die Behörden, den Büttel, den Pfarrer und sämtliche Honoratioren der Stadt, selbstverständlich auch Röther, ihn sogar als allerersten, als dieser spät in der Nacht betrunken nach Hause gekommen war. Die Mitteilung war sehr förmlich ausgefallen, und Eck hatte lediglich in seiner Eigenschaft als Arzt, der den Ehemann vom Tod seiner Frau benachrichtigen muss, gesprochen.

Die Unterredung war Eck schwergefallen, wie Eva wusste, aber Röther hatte von den Geschehnissen zuvor nicht das Geringste bemerkt. Von Anfang an war er viel zu sehr damit beschäftigt gewesen, Geld aus Gertruds Tod herauszuschlagen, schon am nächsten Morgen hatte er sich an ihre Eltern gewandt und dabei den untröstlichen Witwer gespielt, hatte umgehend mit Banken und Geldgebern verhandelt und seine Bemühungen um das Amt des Zweiten Bürgermeisters nochmals verstärkt.

Jetzt, wo ihm neues Geld ins Haus stand, rechnete er sich wieder beste Chancen aus.

Als Eva die Küche betrat und das Dielenbrett unter ihrem Fuß knarrte, lachte sie leise auf. Die Sache war erledigt! Das Leinensäckchen mit dem Arsen war fort. Eck hatte es daheim in seinen Medizinschrank geschlossen – kein Ort dieser Welt konnte für Gift natürlicher sein. Niemals würde herauskommen, wie Gertrud zu Tode gekommen war, dafür wussten die Beteiligten zu viel voneinander. Eck würde schweigen, weil er sie vergiftet hatte, sie selbst würde schweigen, weil sie das Gift beschafft und den Mord versucht hatte, und Röther würde schweigen, weil er der Anstifter von allem gewesen war. Röther und Eck, beide hingen tief in der Sache drin, aber nur sie allein wusste alles, denn die Fäden liefen bei ihr zusammen. Welch herrliches Gefühl!

Röther und Eck, beide konnte sie mit ihrem Wissen zerstören, wenn sie es geschickt anstellte. Aber wollte sie das? Nein, dennoch waren beide einer zu viel, wenn sie an ihre Zukunft dachte. Da war zunächst der Amtmann: Sollte er es tatsächlich zu Bürgermeisterwürden bringen, mochte er wieder mehr Geld haben, Geld, von dem sie einen Gutteil abzweigen konnte, um endlich nach Berlin, London oder Paris zu gehen.

Dann war da der Arzt: Auch er hatte seine Qualitäten. Im Gegensatz zu Röther würde er sie wahrscheinlich sogar heiraten. Aber würde er mit ihr auch die Stadt verlassen?

Tief in Gedanken versunken, ging Eva zur Speisekammer und holte ein Stück Schmalenbacher Wildpastete hervor. Die Pastete hatte sie auf dem letzten Mittwochsmarkt gekauft, und sie schmeckte noch immer köstlich, besonders auf einem guten Stück Brot. Während Eva genüsslich kaute, kehrten ihre Gedanken zu Eck zurück. Würde er mit ihr nach London oder

Paris gehen? Nein, wohl nicht, dann schon eher nach Berlin oder Potsdam. Ein Arzt konnte schlecht im Ausland praktizieren. Wie er wohl in einem taubengrauen Rock aussah? Sicher nicht so elegant wie ein Engländer oder ein Franzose, aber das machte er durch andere Tugenden wett, nicht zuletzt dadurch, dass er alles tat, was sie wollte, denn er war schier verrückt nach ihr.

Seit der Nacht, da sie ihn verführt hatte, war er schon zwei weitere Male bei ihr gewesen, immer dann, wenn Röther im *Thüringer Krug* saß, herumschwadronierte und um Stimmen für die nächste Wahl buhlte.

Aber auch Röther hatte sie mehrmals begehrt. Erst heute Morgen hatte er mit seinem »Freund« wieder vor ihrer Pforte gestanden und Einlass gefordert. Sie hatte sich ihm nicht verweigert, denn das wäre unklug gewesen. Bislang hatte sie noch immer nachgegeben, und hätte sie es diesmal nicht getan, hätte Röther womöglich Verdacht geschöpft.

Und Eck? Schon heute Abend wollte er sie wieder besuchen! Eva biss herzhaft in ihr Pastetenbrot und schmauste weiter. Es war ein prickelndes Gefühl, mit zwei Männern an einem Tag zu schlafen, mit zwei Männern, denen sie gleichermaßen vortäuschte, es gäbe außer ihnen keinen anderen. Allerdings war die Sache auch gefährlich. Sie wusste nicht, wie Röther oder Eck reagieren würden, wenn sie erfuhren, dass ihnen Hörner aufgesetzt wurden …

Röther oder Eck, das war die Frage.

Eva schob den letzten Bissen in den Mund.

Sie würde sich beizeiten entscheiden.

»Dafür, dass du es so lange bei dir gehabt hast, müsste ich eigentlich Zinsen nehmen«, sagte Galantho und betrachtete das Geldstück von allen Seiten. Es handelte sich um den makellos glänzenden Golddukaten.

»Zinsen?« Luchs Tullian lachte unsicher und warf weiteres Holz ins Lagerfeuer.

»Du hast richtig gehört. Aber ich will mal nicht so sein, weil morgen Mittwoch ist.«

»Mittwoch, wie meinst du das?«

»Wie ich es sage. Da ist Markt.« Galantho hob die linke Gesäßbacke und furzte ungeniert. »In Katzberg«, fügte er hinzu und würdigte den Koffersstecher keines weiteren Blickes. Stattdessen nahm er Listig, Pausback und Hannikel aufs Korn. »Ich will, dass ihr drei morgen in die Stadt zieht und den Arzneikram gegen klingende Münze verkauft. Das wird mich über die entgangenen Zinsen hinwegtrösten.«

»Wenn's weiter nichts ist, großer Häuptling«, rief Listig. »Das wollen wir gern tun, allerdings scheint mir die Begleitung Hannikels nicht unbedingt vonnöten, er ist so einsilbig und ungesellig.«

»Ob das nötig ist oder nicht, entscheide ich, merk dir das«, entgegnete Galantho barsch. »Hannikel geht mit euch, und damit basta. Sobald der Markt vorbei ist, kommt ihr zurück ins Lager, keine Besuche in der Schenke, keine Jagd auf Weiberschürzen, kein unnötiges Gequatsche. Wenn einer euch fragt, wo ihr herkommt, sagt einfach, ihr seid aus der Gegend von Oberweißbach, da gibt's so viele Waldlaboratorien, dass niemand das nachprüfen kann.«

»Jawohl, Gevatter Galantho, edler Hauptmann!« Listig, oben im Reff sitzend, tat so, als nehme er Haltung an.

»Und du, Hannikel, sorgst dafür, dass unsere beiden Neuen hübsch bei der Stange bleiben, dass sie sich nicht verplappern oder gar stiften gehen. Wer einmal in Galanthos Bande ist, der ist für immer in Galanthos Bande. Notfalls kitzelst du sie mit der Messerspitze durchs Hosenbein. Ist das klar?«

»Äh, äh, is klar.« Der lange Gauner griff in seine Tasche und machte ein wild entschlossenes Gesicht. Dass kein Messer darin war, konnte Galantho nicht ahnen, und schon gar nicht, dass dies seit Tagen der Fall war. Hannikel hatte sich die größte Mühe gegeben, dauerhaft in den Besitz einer Klinge zu kommen, aber immer wenn er sich eine besorgt hatte, war sie am anderen Morgen fort gewesen. »Äh, is klar«, nuschelte er abermals und hoffte, der Hänfling und die Riesenpausbacke würden vernünftig sein und keinen Fluchtversuch wagen.

»Dann lass ich jetzt einen springen. Wir trinken auf die Blüten, die ihr morgen auf dem Markt einstreicht und mir am Abend persönlich übergeben werdet. Luchs, hol mal die anderen, sag ihnen, der große Galantho hätte die Spendierhosen an.«

»Jawohl.« Luchs Tullian war froh, seinen Räuberhauptmann bei so guter Laune zu sehen, und beeilte sich, den Befehl auszuführen.

Galantho grunzte zufrieden, holte das glänzende Geldstück hervor und betrachtete es nochmals eingehend.

Er hoffte, morgen würden viele weitere hinzukommen.

Am anderen Tag, zu einer Zeit, da das gesamte Räuberlager noch schlief, machte das seltsame Dreiergespann sich auf den Weg. Vier Meilen waren es bis Katzberg, und die ersten drei führten durch tiefen Wald, vorbei an einigen abgelegenen Gehöften. Ab und zu kläffte ein Hund in der Ferne. Es war noch so dunkel, dass Bäume und Büsche wie schwarze Gestalten wirkten und nach jedem, der ihnen entgegenkam, zu greifen schienen. Tau lag auf den Blättern, Feuchtigkeit hing in der Luft. Kühl und klamm klebten die Kleider auf der Haut. Langsam wurde es heller. Erst zaghaft, dann lauter werdend, stimmten die Vögel ihr Tageskonzert an. Listig und Hannikel hörten es kaum, sie gähnten um die Wette, während Pausback das Reff trug und den Wagen mit den Arzneien hinter sich herzog. Als es einmal besonders laut »Zivit, pink, pink, zivit!« über ihren Köpfen machte, brummte er: »Bist du's, Vater? Bin wieder unterwegs, nach Katzberg hin, wirst sehen, alles wird gut.«

Listig streckte die Glieder und rief, sich die Augen reibend: »Ja, nach Katzberg oder gleich nach Erfurt! Oder nach Dessau und die Elbe runter nach Hamburg!«

Hannikel schreckte auf. »Was sachste? Hamburg? Nix da!«

»Warum nicht, du langer Lulatsch! Oder willst du uns davon abhalten?«

»Halt's Maul!«

Listig lachte.

»Ich schlitz dich auf wie 'ne Wildsau!«

»Wohl mit dem Messer, das du in der Tasche hast, wie?«

Hannikel packte sich an die Hose, dorthin, wo die Tasche saß, in der die Klinge eigentlich hätte stecken sollen. »Ich hab 'n Messer, da kannste Gift drauf nehmen.«

»Hast du nicht.«

»Hab ich doch.«

»Hast du nicht.«

»Ich polier dir's Maul, wenn du's nich glaubst!«

Das fruchtlose Geplänkel wäre sicher noch eine Weile so weitergegangen, wenn Pausback sich nicht plötzlich eingemischt hätte: »Tippeln nach Katzberg«, brummte er, »sind immer über Katzberg getippelt, nicht, Vater?«

Eine halbe Stunde später trafen sie in der kleinen Stadt ein. Die Stände und Buden des Marktes waren allesamt schon aufgebaut, und emsiges Treiben hatte eingesetzt. Gemüse, Kartoffeln, Federvieh, Eier, Schinken, Würste, Flussfische, Blumen und vieles mehr wechselten unter großer Lärmentfaltung den Besitzer. Listig dirigierte Pausback zu einer freien Stelle neben einem Pilzsammler und sorgte dafür, dass der Wagen richig aufgebaut und die Arzneien vorteilhaft präsentiert wurden. Kaum war das geschehen, kam auch schon der Marktmeister, ein dicker, kurzatmiger Mann, herbeigewatschelt und sagte wichtigtuerisch: »Wer seid ihr? Ich kenne euch nicht.«

»Ei, das beruht auf Gegenseitigkeit, werter Herr!«, rief Listig. »Aber ich mach's Euch nicht zum Vorwurf. Wir sind alle nur Menschen, und allein Gott der Erhabene ist allwissend.«

»Wie? Was?« Der Dicke schluckte und suchte nach Worten, dann hatte er sie wiedergefunden. »Ich bin der Marktmeister! Ihr könnt hier nicht stehen, wenn ihr den Standgroschen nicht entrichtet.« Fordernd streckte er seine Hand aus.

Noch ehe Listig darauf antworten konnte, nuschelte Hannikel: »Dassde's dir gleich merkst, wir zahlen ni...« Eine Kopfnuss hinderte ihn an der Vollendung seines Satzes. Listig, der die Nuss ausgeteilt hatte, sagte schnell: »Wir zahlen niemals zu so früher Stunde, wollte mein Freund sagen, wir zahlen erst dann, wenn wir etwas Kleingeld eingenommen haben. Habt deshalb Verständnis und kommt später noch einmal wieder, werter Meister.«

»Nein«, grollte der Dicke. »Ich will den Standgroschen jetzt, nachher hab ich Feierabend.«

Listig seufzte: »Das Einzige, was ich Euch geben kann, ist meine Name. Ich heiße Listig.«

»Den Standgroschen, aber dalli!«

Listig tat, als lenke er ein. »Nun gut, könnt Ihr einen Taler wechseln?«

»Einen Taler? Bist du von Sinnen? So viel Kleingeld hab ich noch nicht eingenommen.«

»Seht Ihr, und wir auch nicht. Seid deshalb so gut und schaut nachher nochmals vorbei.«

Daraufhin fiel dem Dicken nichts mehr ein, und er watschelte davon, allerdings nicht ohne vorher versichert zu haben, dass mit seinem Wiedererscheinen auf jeden Fall zu rechnen sei.

Der Pilzsammler von nebenan rückte seine Körbe zurecht und knurrte missgünstig: »So ist's recht, ihr Burschen, das erste Mal hier und gleich nicht zahlen wollen.«

»Wer bist denn du?«, fragte Listig.

»Tietz, heiß ich, wenn du's genau wissen willst, Wilhelm Tietz.«

»Dank für die erschöpfende Auskunft! Du scheinst deinen Beruf ernst zu nehmen, die Pilze sind so frisch wie die Forellen aus der Schwarza, ich versteh was davon.«

Tietz taute etwas auf. »Mich kennt hier jeder, und wer seid ihr?«

Listig stellte sich und Pausback vor: »Wir sind Balsamträger, Gevatter, wie du siehst, halten wir allerlei Tinkturen, Essenzen,

Pflaster, Pillen, Salze und andere Heilarzneien feil.« Er deutete auf die offenen Schubladen des Wagens, in denen die von Mechthild Schüppling hergestellten Medikamente lagen.

»Aha«, sagte Tietz, griff nach einem Edelreizker mit besonders großem Hut und wischte ihn an seinem Wams ab. »Und wie heißt der Lange, der dauernd priemt?«

»Sein Name ist ›Ich-schlitz-dich-auf-wie-'ne-Wildsau‹.«

»Häh?«, machte Tietz.

»Häh?«, machte auch Hannikel, der wieder einmal halb geschlafen hatte. Dann aber lief er puterrot an, unterbrach seine Kautätigkeit und zischte: »Halt's Maul, oder ich schlitz dich auf wie ...«

Listig lachte. »Siehst du, Tietz, da hat er sich gleich noch einmal selbst vorgestellt.«

»Komische Leute seid ihr. Einer heißt Pausback, einer Listig und einer irgendwas mit Aufschlitzen. Na, mir kann's egal sein, nun haltet mich nicht länger auf, meine Pilze verkaufen sich nicht von selbst.«

Wie sich herausstellte, lief das Geschäft an diesem Tag für Tietz nur schleppend, und auch das ungleiche Dreiergespann aus dem Wald brachte seine Waren nur schwer an den Mann. Es schien, als hätten die Menschen an allem Möglichen Bedarf, nur nicht an Olitäten, und wenn wirklich einmal jemand an den Wagen herantrat, dann handelte es sich höchstens um einen Bettler, einen Feilscher oder einen Tauscher. Wie immer war auch ein Geiziger dabei, ein dürrer Alter mit gichtknotigen Händen, der gern ein Mittel aus den Substanzen des Knoblauchs, des Liebstöckels und der Weidenrinde entgegennehmen, aber keinen Pfennig dafür bezahlen wollte.

Das währte eine Weile so, bis Listig sagte: »So geht es nicht weiter, wir müssen andere Saiten aufziehen.« Und er brüllte in die Menge, so laut er konnte: »Wer von euch, Leute, hat's am Magen? Wem ist eine Laus über die Leber gelaufen? Wem kommt die Galle hoch? Wem geht etwas an die Nieren? Wem pfeift's in der Lunge? Wem will er nicht mehr stehen? Kommt her, die ihr mit Krankheit geschlagen seid, denn gegen alle Zipperlein dieser Welt hat Gott in Mutter Schüpplings Garten ein Kräutlein wachsen lassen.«

Doch seine Stimme setzte sich kaum durch, denn an sämtlichen Plätzen des Marktes herrschte nach wie vor großes Geschrei, und die Händler überboten sich gegenseitig mit billigen Angeboten.

Listig seufzte und sagte zu Pausback: »Ich glaub, es hilft nichts, du musst deine Olitätenlieder singen und dazu tanzen, anderenfalls bleiben wir auf unserer Ware sitzen.«

»Hm, hm«, meinte der Riese und schüttelte den Kopf. »Ich möcht nicht.«

»Du musst aber!«

»Hm, hm.«

Listig überlegte. Er konnte verstehen, dass Pausback Hemmungen hatte, vor allen Leuten den Tanzbären zu spielen, aber irgendwie musste die Aufmerksamkeit der Leute gewonnen werden. »Komm schon, du Sohn des Enak«, sagte er aufmunternd, »beweg dich ein bisschen, den Rest, den will ich schon besorgen. Ich werd für dich singen.«

Da gab sich Pausback einen Ruck, breitete die Arme aus und trat tänzelnd auf den Weg hinaus. Und unter den staunenden Augen der Menge drehte er sich langsam um die eigene Achse, zuerst in die eine, dann in die andere Richtung, vor und zurück, vor und zurück, während hoch oben aus dem Reff Listigs Stimme krähte:

»Gegen Husten, gegen Keuchen,
gegen Krätz und Ohrenschmalz,
gegen Blattern, gegen Seuchen,
gegen jeden Schmerz im …«

Erwartungsgemäß reagierte noch niemand bei diesem ersten Versuch; die Ergänzung »Hals« blieb aus, aber Pausback tanzte weiter, und Listig stimmte die zweite Strophe an. Auch diese hatte er sich selber ausgedacht:

»Gegen Warzen, gegen Schwielen,
gegen Druck und schwache Blase,
gegen Glotzen, gegen Schielen,
gegen jede Schnupfen…«

Fragend tippte er an sein Riechorgan, und prompt riefen einige Leute: »Nase!« Dieserart angefeuert, erfand Listig gleich noch einen dritten Vers:

»Gegen Schwitzen, gegen Schlottern,
gegen Stich und Pein der Wanz
gegen Lallen, gegen Stottern,
gegen jeden schlaffen …«

Einige Tagelöhner und Müßiggänger brüllten: »Schwanz!«, schlugen sich auf die Schenkel und amüsierten sich köstlich. Auch die Frauen fanden den letzten Reim besonders lustig, obwohl sie es nicht so zeigten und das unanständige Wort nicht lauthals ergänzten. Dafür kicherten sie umso mehr, riefen hinter der vorgehaltenen Hand: »Huch!«, und: »Ach Gottchen!«, und: »So was, nein, sowas!« In jedem Fall aber war das Eis gebrochen, und alle drängten sich heran. Pausback hörte auf zu tanzen und brummte:

»Gegen das und noch viel mehr helfen Schüpplings Olitäten. Merkt euch: Nur Schüpplings Olitäten haben beste Qualitäten!« Gleich darauf hatte er Mühe, den vielen Wünschen nach Arzneien gegen Husten, Harndrang, Herzschwäche und andere Beschwerden nachzukommen.

Listig saß hoch oben im Reff und achtete darauf, dass alles mit rechten Dingen zuging und jeder mit ausreichender Münze zahlte. »Heda, ihr guten Leute!«, rief er. »Es gibt auf der Welt zehntausend mal zehntausend Krankheiten, und eine davon hat's auch auf euch abgesehen. Wer nicht weiß, was er hat, kauft am besten das *Balsatnum universalis*, das Wunderbalsamum, das inwendig und selbsttätig die Krankheit sucht und bekämpft, bis sie bezwungen ist. Und wenn euch einer fragt: ›Bist du krank?‹, so könnt ihr antworten: ›Ja, aber ich merk nichts davon.‹ Nun sagt selbst: Ein schöneres Leiden und eine bessere Arznei kann es nicht geben, oder?«

Als Antwort lachten die Marktbesucher und bedrängten Pausback weiter mit ihren Wünschen, aber Listig war noch nicht fertig: »Oder nehmt einen scharfen Theriak, ihr Leute, das Fläschchen für sechs läppische Groschen! Was ihr dafür bekommt? Achtzig verschiedene Heildrogen in einer Mixtur, und jede Droge wirkt gegen die Krankheit des darauffolgenden Jahres. Kauft, kauft, kauft, und ihr habt die nächsten achtzig Jahre Ruhe vor jedem Zipperlein. Seht meinen Freund Pausback an, der mir als meine Beine dient, er ist stark wie ein Ochse, groß wie ein Bär und gesund wie ein Fisch im Wasser. Das kommt davon, wenn man den Theriak regelmäßig nimmt! Fürwahr, Pausback kennt sich wie kein Zweiter im Wald der Kräuterpflanzen aus, vertraut nur seinem Rat, und gebt das Geld gleich mir!«

Aber die Menschen bedurften keiner weiteren Anfeuerung, sie kauften auch so, und Listig hatte alle Händevoll zu tun, die vielen Geldstücke einzustreichen. Nach einiger Zeit verebbte der Strom der Anstürmenden etwas, und er fand Zeit, ein Auge auf Tietz zu werfen. Der Pilzsammler hatte es verstanden, die Kauflust der Leute auch auf sich und seinen Stand zu lenken und bereits einen Großteil seiner Boviste, Morcheln, Schwämme und sonstigen Pilze veräußert. Entsprechend freundlich war sein Gesicht. Doch jetzt wurde es noch um einen Deut freundlicher, denn eine junge Frau war herangetreten und fragte ihn: »Tietz, hast du schon Hallimasch dies Jahr?«

»Nein, tut mir leid«, versetzte der Pilzsammler, und zu Listigs Überraschung wurde sein Gesicht rot bis unter die Haarwurzeln. Was war los mit Tietz? Listig wurde neugierig. Irgendetwas musste an der jungen Frau sein, das diese Reaktion ausgelöst hatte, aber außer den prachtvollen blonden Haaren, die sie, entgegen der Mode, offen trug, konnte er nichts Außergewöhnliches an ihr entdecken. Ihr blassblaues Kleid war von der Art, wie alle Hausmägde es trugen, und auch ihr Schultertuch sah aus wie tausend andere. In ihrer Armbeuge hing ein Korb mit Dingen, die sie schon eingekauft hatte, darunter ein Stück Schmalenbacher Pastete. Das war schon alles, denn von ihrem Gesicht war kaum etwas zu erkennen, da sie angelegentlich die Pilze betrachtete.

Listig rief: »Ei, schöne Unbekannte, der Hallimasch macht sich noch rar in diesem Monat, aber wenn du einen Pilz mit rotem Kopf suchst, der steht direkt vor dir.«

Tietz zischte etwas Unverständliches, er fand die Bemerkung keineswegs komisch. Doch die junge Frau tat so, als hätte sie Listigs Worte nicht gehört. »Wann rechnest du denn mit den ersten, Tietz?«

»Tja, ich denke, vielleicht nächste Woche, eher übernächste. Nimm doch einstweilen von den Edelreizkern, die schmecken sowieso viel besser.«

»Meinst du?« Noch immer beugte sich die Frau hinunter zu Tietz' Ware. »Edelreizker schmecken wirklich besser, aber mein Herr isst nun mal gerne Hallimasche, auch wenn sie roh kaum genießbar sind und ich sie immer kochen muss.«

Tietz war um Verständnis bemüht. »Ja, ja, die Geschmäcker sind verschieden. Wenn einer reich ist und jedes Fleisch zur Genüge gekostet hat, mögen ihm am Ende nur noch Froschschenkel schmecken.«

»Igitt, Tietz, sag so was nicht! Ich glaube, ich nehme eine Portion von den Goldröhrlingen.«

»Goldröhrlinge, jawohl …«

Listig, in luftiger Höhe sitzend, gefiel es nicht, dass man keine Notiz von ihm nahm, deshalb rief er: »Man muss nur wissen, wo der Hallimasch steht, dann findet man ihn auch!«

Jetzt kam es Tietz richtig sauer an. Erst hatte dieser kleine

Maulheld sich über sein Erröten lustig gemacht, nun stellte er sogar seine Berufsehre infrage. Das war denn doch die Höhe! »Was weißt du schon von Pilzen!«, blaffte er. »Hockst da oben und hältst Maulaffen feil! Siehst mir aus wie der Letzte, der regelmäßig welche sammeln würde.«

Listig grinste zufrieden, er hatte Tietz' Aufmerksamkeit zurückerobert. Schade nur, dass die junge Frau ihn weiterhin mit Nichtachtung strafte. Sie kramte in ihrer Geldkatze und suchte nach Münzen für die Röhrlinge. Laut rief er: »Ich bin schon in die Pilze gegangen, als du noch in die Windeln gemacht hast! Deshalb erkenne ich jedes dieser Gewächse allein schon am Stiel. Kannst du das auch, mein Freund?«

»Pah, nichts leichter als das!«

»Dann will ich dir ein Rätsel aufgeben. Welcher Stiel ist das: Er wächst von allen am schnellsten, schmeckt von allen am besten und riecht von allen am schönsten; er will stets gut geputzt und mit Liebe behandelt sein, dann aber ragt sein Kopf weit aus der Kapuze?«

Der Pilzsammler dachte angestrengt nach, während alle Augen erwartungsvoll auf ihm ruhten. Schließlich musste er klein beigeben: »Weiß ich nicht. So einen Stiel gibt's nicht.«

»Oh, doch, mein Freund.« Listig richtete sich im Reff zu voller Höhe auf. »Es ist der Stiel, der schon die ganze Zeit zwischen deinen Beinen steht!«

Daraufhin herrschte für einen Augenblick Stille. Dann aber platzte es aus den Leuten heraus: »Haha, hoho, das ist gut! Gut ist das … ›Stiel‹ sagt er dazu, ›der Stiel, der am schnellsten wächst‹, haha! Der Kleine hat's wirklich faustdick hinter den Ohren, ja, das hat er! Hohoho!« Selbst Hannikel lachte mit und unterbrach kurzzeitig sein Priemen.

Nur Tietz schäumte vor Wut. »Du Großmaul, dann zeig mir doch, wie du Pilze sammelst!«, brüllte er. »Ich will's sehen, los, wir gehen in den Wald, jetzt gleich!«

»Das würd ich gern tun, mein Freund, aber ich kann nicht gehen, ich hab keine Füße.«

»So, so, du hast keine Füße? Dann hast du wohl auch keine Hände zum Sammeln, wie?«

Einige Zuschauer lachten.

Listig setzte eine Trauermiene auf. »Wenn einer wie ich keine Füße hat, dann hört der Spaß auf.«

Und da schaute die junge blonde Frau plötzlich zu ihm herüber.

Listig starrte sie an und riss Mund und Augen auf, denn sie war atemberaubend schön, so schön, dass selbst das frechste Mundwerk verstummen musste.

Er spürte, wie ihm das Blut in den Kopf schoss, und wusste plötzlich, warum Tietz so rot geworden war. Die Frau lächelte. Es war ein leichtes Lächeln, erkennend und wissend und verständnisinnig. Und da erkannte Listig auch sie.

Sie war die Frau aus der Kutsche.

Aus der Kutsche, die ihm die Füße abgefahren hatte.

Einer trage des andern Last, so werdet ihr das Gesetz …

Hannikel lachte meckernd, während das ungleiche Dreiergespann die letzten Schritte zum Lagerfeuer tat. »Siehst lustig blöd aus, Hänfling«, nuschelte er, »guckst aus der Wäsche wie 'n Mondkalb, nehm an, hast dich verknallt in die blonde Eva.«

»Ich, verknallt?« Listig tat überlegen. »Eher geht ein Kamel durch ein Nadelöhr, als dass ich mich in jemanden verlieben würd. Sie ist auch nur ein Weib! Was sagtest du, wie heißt die Maid? Eva?«

Wieder kicherte der lange Gauner. »Willst nix von ihr wissen, wie? Aber den Namen, den willste wissen, wie? Wohl, weilde dich nich verknallt hast, wie? Hähähä!«

Listig bezähmte seinen aufkommenden Ärger. Sicher, noch nie hatte er eine so wunderschöne Frau gesehen, eine Frau, deren Haut wie Sahne war, deren Augen wie Aquamarine leuchteten und deren Mund wie eine süße Erdbeere lockte. Dennoch war auch sie nur ein Weib. »Woher kennst du diese Eva?«

»Das möchteste gern wissen, wie, aber Hannikel kann schweigen wie 'n Grab! Ich sag's dir nich, un wennde dich auf 'n Kopp stellst.«

Listig dachte, dich werd ich kriegen, und sagte: »Schon gut, ich find's nur schade, wenn jemand so schön ist und ganz allein in einem Haus wohnt.«

»Biste blöd, wie kommste denn darauf?« Hannikel schob sich einen Priem in den Mund. »Die Eva wohnt doch beim Amtmann Röther.«

»Kann ich mir nicht vorstellen.«

»Is aber so! Die is Magd da!«

»Von mir aus«, gab sich Listig gleichgültig, aber innerlich war er so aufgeregt wie schon lange nicht mehr. Die Ereignisse jener Nacht, als die Kutsche ihm die Füße abtrennte, als er hilflos am Boden lag und mehrere Gestalten sich über ihn beugten, standen ihm vor Augen, als seien sie erst gestern geschehen. Ein gut gekleideter Kerl war dabei gewesen, hakennasig und kräftig gebaut und sehr besorgt um eine Frau von engelsgleichem Aussehen. Was hatte er noch gesagt? Richtig: »Schau da nicht hin, schau einfach nicht hin, Eva!« Ja, das hatte er gesagt. Es stimmte also wirklich, die Eva von damals war die Eva von heute.

Listig beschloss, einen Pfeil aufs Geratewohl abzuschießen, und sagte: »Ja, ja, die schönsten Mägde dienen immer den hässlichsten Herren.«

»Häh?« Hannikel schob den Priem in die andere Backentasche. »Wie meinste das?«

»Ach, ich dacht nur, weil der Röther doch so eine mächtige Hakennase hat.«

»Bei Gott, die hatter! Aber man sollte's ihm nich sagen, weil mit ihm nich gut Kirschen essen is.«

»Verstehe.« Listig war hochzufrieden mit sich. Endlich wusste er, wer der Mann war, dessen Kutsche ihn überfahren hatte und dessen Schuld es war, dass er seitdem als Krüppel leben musste. Er hatte sich schon manches Mal ausgemalt, was er mit diesem Mann täte, wenn er ihm eines Tages begegnen würde, aber die Gedanken immer wieder beiseitegeschoben, denn sie waren ja nur Hirngespinste. Doch jetzt sah die Sache anders aus. Er wusste zwar noch nicht, wie, aber er würde sich eines Tages rächen.

Seltsamerweise verspürte er Eva gegenüber keinerlei Rachegelüste, obwohl sie doch auch in der Kutsche gesessen hatte und gewissermaßen mitverantwortlich für seine Behinderung war. Das Gegenteil war der Fall, sie tat ihm eher leid, weil sie bei einem Kerl wie Röther arbeiten musste.

»Ihr könnt jetzt nicht zu ihm hinein!«, unterbrach eine Stimme seine Grübeleien. Die Stimme gehörte Luchs Tullian, der vor Galanthos Höhle stand und den Zerberus spielte.

Listig schreckte aus seinen Gedanken hoch. »Wieso?«, fragte er zerstreut.

»Weil er gerade eine Hübschlerin zu Gast hat.«

»Eine Hübschlerin?«, wiederholte Listig, bemüht, seine alte Frohnatur wiederzugewinnen. »Aber da wird ihm das von uns Verdiente doch gerade recht kommen! Derlei Damen pflegen nicht umsonst zu arbeiten.«

Luchs schüttelte den Kopf. »Galantho zahlt nie für diese Dienste. Ihr müsst Euch gedulden.«

»Wenn sich's denn nicht vermeiden lässt. Kommt, ihr lieben Beine unter mir, tragt mich zu unserer nächtlichen Schlafstelle.«

»Nix da, wir warten hier!«, fuhr Hannikel dazwischen, aber sein Einspruch war vergebens, denn Pausback setzte sich einfach in Bewegung und strebte dem Wald zu. Wie so oft blieb dem langen Gauner nichts anderes übrig, als den Freunden zu folgen.

Wenig später, als sie auf ihren gefüllten Laubsäcken saßen, sagte Listig: »Hannikel, mein Freund, du könntest mal ein gutes Werk tun und einen Eimer Wasser holen.«

»Biste bekloppt? Bin nich dein Diener!«

»Dann tu's für Galantho.«

»Galantho, was hat 'n der damit zu kriegen? Biste nu völlig übergeschnappt?«

»Galantho wird sehr zufrieden mit dir sein, wenn ich ihm nachher erzähle, dass du einen Eimer Wasser geholt hast.«

Misstrauisch betrachtete Hannikel Listigs Unschuldsmiene. »Wenn du mich verarschen willst, schlitz ich dich …«

»Ja, ja, nun geh schon.«

Hannikel gab nach. Er verschwand, noch immer Drohungen ausstoßend, um das Wasser zu holen.

Pausback blickte ihm nach und streckte sich aus. Der Laubsack war für ihn nicht zum Sitzen, sondern nur zum Schlafen da, unabhängig von jeglicher Tageszeit, und als Hannikel wenig später zurückkam, weilte er schon tief im Land der Träume. Der lange Gauner setzte den Eimer mit dem Wasser ab und nuschelte: »Hier isses, was is nu damit?«

»Heb mich auf den Wagen, damit ich an die Arzneien herankomme«, gab Listig zur Antwort.

Auch das tat Hannikel, konnte sich aber die Frage nicht verkneifen, ob er dem werten Herrn nicht noch den Hintern abwischen solle. Listig ging darauf nicht ein, sondern nahm einen Trichter zur Hand und begann, die halb leeren Flaschen und Glasbehältnisse mit Wasser aufzufüllen.

»Was machste 'n da?«

»Das siehst du doch.«

»Un wozu?«

»Damit wir wieder genug Medizin für den nächsten Mittwochsmarkt haben. Was weg ist, muss ergänzt werden.«

»Ach so.«

»Wir machen es wie weiland Penelope mit dem Teppich, nur umgekehrt. Penelope war die Frau von Odysseus, einem König und Seefahrer. Zwanzig Jahre lang war er auf dem Meer unterwegs, und während dieser Zeit wurde Penelope ständig von Freiern bedrängt.«

»Von Freiern?« Das Wort war Hannikel geläufig. »War sie 'ne Hure oder so was?«

»Nein, ganz gewiss nicht, sie wollte nur keinen von den vielen Brautwerbern nehmen, sie wollte Odysseus treu sein, deshalb erfand sie den Kniff mit dem Teppich. Sie sagte, wenn sie ihn fertig habe, würde sie sich unter den Kandidaten einen aussuchen.«

»Un was is nu der Kniff dabei?«

»Dass der Teppich nie fertig wurde. Was sie tagsüber gewebt hatte, machte sie nachts wieder zunichte, so brauchte sie keinen der Freier zu heiraten.«

»Aha. Un … un was hat das mit unserm Wasser zu tun?«

»So wie der Teppich niemals fertig wurde, sorgt das Wasser dafür, dass unsere Arzneien niemals alle werden.«

»Ja, un …«

»Dass der Teppich niemals fertig wurde, war gut, denn Odysseus kehrte eines Tages heim, und es nahm ein glückliches Ende mit ihm und Penelope, und dass unsere Arzneien niemals alle werden, hat auch sein Gutes, denn wir können wieder auf den Markt und Geld verdienen.«

»Ach so.« Das mit dem Geldverdienen leuchtete dem langen Gauner ein, auch wenn er den Vergleich mit dem Wasser noch immer nicht begriffen hatte. »'s geht dir nur um die Blüten.«

»So ist's«, nickte Listig. Aber in Wahrheit ging es ihm um mehr. Ein Plan hatte Gestalt in seinem Kopf angenommen, ein kühner Plan, der von langer Hand vorbereitet sein wollte und dessen Gelingen keineswegs sicher schien.

»Ja, wenn das so is ...« Hannikel streckte sich im Gras aus und schob sich die Jacke unter den Kopf.

Pausbacks regelmäßiges Schnarchen wirkte auf ihn so ansteckend wie ausgiebiges Gähnen, und alsbald war auch er eingeschlafen.

Kaum hatte Listig das gesehen, krabbelte er zu dem Stein, unter dem er Hannikels Messer versteckt hatte, hob ihn mit einiger Mühe an und legte den Löwenanteil der auf dem Markt eingestrichenen Münzen zu der Klinge. Keine Sekunde zu früh, wie sich zeigte, denn von Ferne erklang die Stimme von Galantho, der sich mit Luchs Tullian ihrem Schlafplatz näherte.

»He, Listig!«, rief der Hauptmann in jener aufgeräumten Stimmung, die Männern nach geschlechtlicher Entspannung zu eigen ist, ich komme, um mir mein Geld zu holen.«

»Dein Geld liegt bereit, auch wenn ich's nur ungern wieder rausgeb!«, sagte Listig.

Galantho lachte und versetzte Hannikel einen Tritt, damit dieser aufwache. »Gib schon her den Zaster!« Fordernd streckte er seine Pranke aus.

»Hier.« Listig legte ein spärlich gefülltes Geldsäcklein hinein.

»Was, so wenig Blüten? Habt ihr so wenig verkauft?«

»Wir haben gut verkauft, hoch geschätzter Häuptling, aber

die Zeiten sind schlecht, und die Leute haben nicht viel, was sie geben könnten.«

»Bei allen Trollen und Schraten, das passt mir ganz und gar nicht!«

Listig machte eine bedauernde Geste. »Mir genauso wenig, edler Anführer! Aber immer noch besser wenig eingenommen als gar nichts eingenommen. Nächste Woche können wir ja wieder losziehen und nochmals unser Glück versuchen.«

»Meinetwegen. Ist denn genug übrig von dem Arzneizeugs?«

»Aber ja, und das haben wir Hannikel zu verdanken. Er war so schlau und hat Wasser zum Auffüllen sämtlicher Behälter besorgt.«

»So, hat er das?« Galantho drehte zweifelnd an einem seiner Uniformknöpfe. Offenbar fiel es ihm schwer, dem langen Gauner derart geistige Leistungen zuzutrauen. Doch schließlich glaubte er es. »Na, umso besser. Komm mit in meine Höhle, Hannikel, ich habe was mit dir zu besprechen.«

»Wieso, was is 'n los?«

»Das erfährst du noch früh genug. Luchs, du bleibst hier und passt auf, dass unsere beiden Freunde nicht das Hasenpanier ergreifen.«

»Ja, Galantho.«

In der Privathöhle, deren Einrichtung im Wesentlichen aus einem riesigen Bett bestand, setzte der Hauptmann sich ächzend und griff nach einer Kanne Wein. Er trank, ohne Hannikel etwas anzubieten, denn hin und wieder war es gut, die Machtverhältnisse klarzustellen. »Erzähl mir, wie der Riese und der Hänfling sich auf dem Markt benommen haben.«

»Ja, äh, nix Besonderes, Galantho.«

»Das heißt, sie haben keinen Fluchtversuch unternommen und auch keinen Kontakt mit irgendwelchen Bütteln gehabt?«

»Äh, nee, hamse nich.«

»Sehr gut.« Galantho nahm noch einen Schluck. »Und wie war das mit dem Verkauf?«

»Tja.« Hannikel suchte nach Worten. »Der wollt erst nich

so richtig, aber dann hat Listig den Leuten hübsch eingeheizt, es hat geklappt, haben gekauft wie die Bekloppten, die Leute.«

»Aha, und dann ist dabei so wenig herausgekommen?« Der Hauptmann zeigte das schmale Säckchen, das Listig ihm gegeben hatte. »Ihr habt nicht zufällig einen Teil für euch abgezwackt?«

»Wir? Nee, bestimmt nich, bestimmt nich, ich schwör's!« Hannikels Bestürzung über den naheliegenden Verdacht wirkte so echt, dass Galantho beschloss, ihm zu glauben. Dennoch blickte er ihm tief und forschend in die Augen. Der lange Gauner fühlte sich zusehends unsicherer und überlegte fieberhaft, was er denn noch sagen könne. Schließlich nuschelte er: »Eva war da, weißt doch, die Magd vom Röther.«

»Eva? Was wollte die denn?«

»Pilze kaufen bei Tietz.«

»Tietz?«

»Ja, so heißt der. Is 'n Pilzsammler. War nur 'n Zufall, dass der neben uns war.«

»Schön.« Galantho trank die Kanne leer. »Hoffentlich hat sie sich nicht anmerken lassen, dass sie dich kennt?«

»Nee, hatse nich. Weiß nich, obse mich überhaupt gesehn hat.«

»Nun ja, sag mal, habt ihr tagsüber Kutschen in Katzberg bemerkt, ich meine, Überlandkutschen?«

»Tja, nun.« Hannikel musste erst einmal seine Gedanken ordnen. Dann sagte er: »Zwei oder drei schon. Kamen aus der Straße vom *Thüringer Krug,* die Kutschen, un fuhren nach Langewiesen.«

»Also auf unser Gebiet. Kannst du dir erklären, warum ich nichts davon erfahren habe?«

Das konnte Hannikel natürlich nicht, und Galantho hatte es auch nicht erwartet. Deshalb schickte er den langen Gauner fort und blieb grübelnd sitzen. Dafür, dass Röther keine Kutschen mehr meldete, gab es eigentlich nur einen Grund: Der

Herr Amtmann hatte es nicht mehr nötig. Und warum? Weil er wieder genug Geld hatte, wahrscheinlich durch den Tod seiner Frau.

Na warte, dachte Galantho, du wirst dich wundern!

Und füllte die Weinkanne erneut.

»Pst, Pausback, wach auf!« Es war eine Woche später, in der Nacht von Dienstag auf Mittwoch, als Listig versuchte, den Riesen aus seinen Träumen zu holen. Wie erwartet schlief Pausback erst einmal weiter, und es bedurfte noch mehrerer Versuche, bis er halbwegs bei Sinnen war.

»Hm, hm«, machte er schließlich. »Was ist?«

»Man könnt meinen, auch du hättest eine Schlafpille geschluckt, genau wie der lange Lulatsch.«

Pausback fiel darauf nichts ein. Er gähnte herzhaft.

Listig zog ihm am Hosenzipfel. »Kommt schon, ihr lieben Beine, und setzt flink die Füße! Ich möcht in den Wald, wo er am dichtesten ist, dorthin, wo noch nie ein Mensch war.«

»Jetzt? 's ist doch noch ganz dunkel?«

»Genau deswegen! Niemand soll uns sehen, wenn wir heimlich verschwinden.«

Pausback kratzte sich hinter dem Ohr. »Verschwinden?« Dann begannen seine Augen im Mondlicht zu leuchten. »Ja, verschwinden, nix wie weg!«

Listig krabbelte bereits ins Reff. »Aber diesmal geb ich die Richtung vor, du Sohn des Enak, ist das klar?« Und als die Antwort nicht so schnell kam, wiederholte er: »Ist das klar?«

»Hmja«, sagte Pausback glücklich, schulterte das Reff und stapfte los.

Sie umrundeten das Lager, passierten den mächtigen Felsen, in dem Galantho seine Wohnhöhle hatte, und betraten einen schmalen Pfad, der direkt in die Tiefen des Waldes führte. Pausback marschierte wie ein Uhrwerk, und schnell wurde es dunkler und dunkler, bis auch der letzte Strahl des Mondlichts sich im dichten Laub verfing und nur noch Finsternis sie umgab.

Listig rief: »Haltet an, meine lieben Beine, sonst stößt euer Kopf sich noch am Geäst!«

Pausback lachte, machte noch ein, zwei Schritte und kam zum Stehen. Am liebsten wäre er bis Hamburg weitergelaufen, aber er sah ein, dass dies nicht ging. »Hm, hm, was nun?«, schnaufte er.

»Jetzt drehst du dich ganz langsam um dich selbst.«

Pausback brummte etwas, weil er den Sinn des Ganzen nicht verstand, tat aber, wie ihm geheißen.

»Nicht so schnell, nicht so schnell! Außerdem musst du dich rechtsherum drehen.«

Pausback zuckte mit den Schultern und drehte sich rechtsherum, und zwar so langsam, dass er es selbst kaum merkte. Plötzlich hörte er Listigs Stimme über sich. Sie klang fremd, beschwörend und irgendwie unheimlich, und ein Schauer lief ihm über den Rücken.

»Wachse, werde – wachse, werde,
in der Erde, in der Erde!
Bleib im Boden nimmer,
zeig uns deinen Schimmer!«

Noch nie hatte Pausback so magisch klingende Worte vernommen. Er blieb stehen, um etwas zu sagen, aber Listig fuhr ihn an: »Dreh dich weiter, los, los, dreh dich weiter! Wenn du's nicht tust, funktioniert der Zauber nicht.«

Also drehte Pausback sich weiter und hörte, wie Listig ein ums andere Mal die letzte Zeile wiederholte:

»... zeig uns deinen Schimmer!«

Gerade wollte er abermals stehen bleiben, denn die Sache wurde ihm allmählich zu dumm, da rief Listig: »Halt! Siehst du das?«

Pausback sah nichts, jedenfalls nicht auf Anhieb. »Da ist nix«, sagte er.

»Doch, da! Beim Bart meiner Mutter, warum siehst du das denn nicht!«

Und dann hatte auch Pausback es entdeckt.

Es war ein Leuchten, wie er es nie zuvor gesehen hatte, seltsam und unbeschreiblich und allenfalls an das Licht eines Glühwürmchens erinnernd, nur sehr viel schwächer und sehr viel sanfter, mal heller, mal dunkler und stetig pulsierend. Wie magisch zog es ihn an, und er musste darauf zugehen, ob er wollte oder nicht.

Listig flüsterte: »Das ist der Hallimasch.«

Pausback hörte es kaum.

»Er hat mein Rufen wahrgenommen und ist aus der Erde heraus! Nun steht er da und wartet darauf, von mir eingesammelt zu werden. Ich hab ihn gefunden, ich allein hab ihn gefunden, hurra!«

Pausback schreckte auf, in seinem Hirn arbeitete es. Was für ein Wort hatte Listig gesagt? Hallimasch? Das war doch ein Pilz! Laut sagte er: »Seh keine Pilze. Komm, lass uns weitertippeln.«

»Aber verstehst du denn nicht? Es ist der Hallimasch, der so leuchtet, komm, lass mich runter, damit ich ihn pflücken kann.«

Pausback war so enttäuscht, dass er fast stotterte. »Aber, aber, wozu Pilze? 's soll doch die Elbe runtergehen!«

Listig war schon auf dem Waldboden. »Schnickschnack, Elbe! Wir sind zum Pilzesammeln hier, Eva wird morgen staunen, wenn ich Hallimasche dabeihabe. Hoffentlich hat Tietz, der alte Miesepeter, keine. Na, wir werden ja sehen. Guck mal, wie einfach es geht: Man greift nur dahin, wo es leuchtet, und schon hat man den Pilz in der Hand. Zum Glück wachsen sie in Büscheln, da geht das Pflücken schneller.«

Pausback stand steif wie ein Ölgötz da. Er hatte Listig falsch verstanden, hatte geglaubt, sie würden nach Durchquerung des Waldes die Straße wieder unter die Füße nehmen, hatte gedacht, er könne der Mutter in Bälde einen hübschen Batzen

Geld nach Hause bringen. Stattdessen ging es nur um Pilze. Pilze, die Eva haben sollte. Ihr Bild erschien vor seinen Augen, und er sah ihre goldenen Haare und ihr reizendes Lächeln. Das Lächeln gefiel ihm, und es stimmte ihn froh. »Ich mag Eva«, brummte er. »Wenn die Pilze für sie sind, ist's gut.«

Listig achtete nicht auf ihn.

Pausback trat von einem Bein aufs andere. »Wenn die Pilze für sie sind, ist's gut. Ich mag Eva.«

»Was, du magst Eva?« Listig lachte. »Blonde Engel sind nichts für Söhne des Enak.«

»Wie?«

»Sie ist nichts für dich.«

»Mir würd sie schon genügen.«

Listig hatte seine Sammeltätigkeit beendet. Der mitgebrachte Korb war randvoll. Er kletterte wieder ins Reff. »Nimm mich hoch, und dann zurück ins Lager.«

Pausback knurrte, zum ersten Mal in ihrer Zweisamkeit kam er sich wie ein Packesel vor. Aber er stiefelte los. »Ich mag Eva«, sagte er zum dritten Mal, und es klang fast trotzig.

»Schon gut, schon gut, von mir aus magst du sie mögen!«, lachte Listig.

Doch es klang nicht ganz so lustig wie sonst.

»Herbeispaziert, Herrschaften, herbeispaziert!«, krähte Listig hoch oben aus dem Reff heraus. »Ob das Bein offen oder der Darm verschlossen, die Lippe dick oder der Stuhlgang dünn, die Nase voll oder der Kopf leer, hier findet ihr gegen alles das richtige Mittel. Nur Schüpplings Olitäten haben beste Qualitäten!«

Wie schon am vergangenen Mittwoch lachten die Leute und kamen gern, nur waren es ihrer nicht mehr so viele, weil die meisten schon eine Arznei erstanden hatten. Dafür allerdings watschelte ein anderer heran: Es war der dicke Marktmeister, der kurzatmig keuchte: »Ihr habt nicht bezahlt beim letzten Mal, ihr Schurken, den Standgroschen habt ihr nicht bezahlt!«

»Ei, guten Morgen, lieber Meister!«, rief Listig. »Und wisst Ihr auch, warum? Weil Ihr nicht da wart!«

»Ich war da, aber ihr habt nicht bezahlt.«

»Weil Ihr keinen Taler wechseln konntet.«

»Aber ich war nochmal da, und da wart ihr nicht da!«

»Wir waren die ganze Zeit da!«

»Aber nicht, als ich da war.«

»Wir waren die ganze Zeit da und hätten zehnmal bezahlen können, wenn Ihr da gewesen wärt.«

»Zum Donnerwetter, jetzt wird es mir aber zu bunt! Ich hole den Büttel, wenn ihr nicht zahlt!«

Listig strahlte. »Aber wer sagt denn, dass wir nicht zahlen wollen, lieber Meister? Hier, nehmt diesen Taler.«

Der Marktmeister nahm das Geldstück und beäugte es misstrauisch. »Der Taler ist echt«, sagte er dann, »aber ich kann ihn nicht wechseln.«

»Wie beim letzten Mal«, sagte Listig fröhlich und steckte die Münze wieder ein. »Ich mache Euch einen Vorschlag: Wir kommen jetzt Woche für Woche her, ein ganzes Jahr lang, und wenn das Jahr um ist, wird die Summe des Standgelds dem Wert meines Talers entsprechen. Dann sollt Ihr ihn bekommen.«

Der Marktmeister schnappte nach Luft, doch bevor er etwas sagen konnte, erschien der Stadtbüttel, ein älterer drahtiger Mann mit eisgrauem Haar. Er hörte auf den wenig schönen Namen Kaulbarsch und fragte: »Hat hier jemand nach mir gerufen?«

»Ganz recht, ganz recht, Ihr kommt wie gerufen!«, begrüßte ihn Listig. »Denn ich sehe, dass Ihr einen Verband um den Daumen tragt; bitte erlaubt, dass wir den Heilungsprozess mit einem unserer Wunderbalsame beschleunigen, natürlich ganz umsonst.«

Das vernahm Kaulbarsch nicht ungern. Allerdings gehörte er zu der Sorte Mensch, die sich stets zweimal bitten lässt, deshalb sagte er: »Ich bin im Dienst und kann keine Geschenke annehmen.«

Listig strahlte. »Ihr seid Patient, und wir sind Balsamträger. Es ist unsere Christenpflicht, Euch zu helfen. Oder wollt Ihr, dass wir uns versündigen?«

Das wollte der Büttel natürlich nicht, trotzdem zierte er sich noch ein bisschen und nahm dann umso lieber eine Salbe, ein *Unguentum pollicis,* wie Listig es nannte, für seinen gequetschten Daumen entgegen.

Der Marktmeister, der sich die ganze Zeit mühsam zurückgehalten hatte, drängte sich wieder nach vorn. »Das mit deinem Finger, Kaulbarsch, tut mir leid, aber jetzt muss bezahlt werden!«

Der Büttel runzelte die Stirn. »Willst du mir vorschreiben, von wem ich mir etwas schenken lasse?«

»Nein, ich meinte doch …«

Was der Dicke meinte, blieb unausgesprochen, denn Listig rief dazwischen: »Natürlich will er das nicht, es war doch nur ein Scherz!«

»Nein, es war kein Scherz!«, kreischte der Dicke. »Jeder muss bezahlen, jeder! Sonst lasse ich ihn abführen!«

Listig lachte. »Aber wie denn? Soll der Büttel sich selbst verhaften?«

Kaulbarsch blies ins gleiche Horn: »Ja, soll ich mich etwa selbst verhaften?«

»Herrgott nochmal, Kaulbarsch! Ich meinte dich doch gar nicht, ich meinte Listig, den blonden Burschen, der dem Riesen da oben im Nacken sitzt! Er soll bezahlen!«

Listig rief: »Das wird ja immer schöner, dafür, dass ich dem Herrn Büttel die Salbe geschenkt habe, soll ich auch noch bezahlen?«, und er lachte immer mehr.

Nun stimmte auch Kaulbarsch mit ein, und weil Lachen bekanntlich ansteckend ist, breitete sich die Heiterkeit im Nu auf dem gesamten Platz aus. Nur der Marktmeister amüsierte sich nicht und verließ zähneknirschend die Stätte seiner Niederlage.

Als er genug gelacht hatte, wurde der Büttel wieder ernst und damit dienstlich. »Ich bin nicht hier, um meine Kleider aufzutragen«, sagte er zu Pausback, »deshalb muss ich deine Papiere überprüfen, du bist doch der Sohn vom alten Schüppling? Wo hast du denn deinen Vater gelassen, geht es ihm gut?«

»Hm«, sagte Pausback, verwirrt durch die Vielzahl der Fragen. »Hmja.«

»Das freut mich. Und nun die Papiere.« Fordernd streckte Kaulbarsch die Hand aus.

Pausback begann umständlich in seinen Taschen zu graben und förderte den von Priller gefälschten Reisepass und die Eignungsprüfung zutage.

»Nun gib schon.« Kaulbarsch, im Bewusstsein seiner Wichtigkeit, nahm sich Zeit und studierte gründlich die Dokumente. Schließlich gab er sie zurück. »Damit scheint alles seine Richtigkeit zu haben«, sagte er, und fast klang es so, als bedauere er das. Dann fragte er noch, wie oft die Salbe anzuwenden sei, grüßte und verschwand mit eiligem Schritt.

Nachdem nun beide Hüter der Ordnung fort waren, ging es in den Gassen des Marktes wieder zwangloser zu. Die Menschen schwangen muntere Reden, tauschten Klatsch und Tratsch aus, redeten über das Wetter, die Ernte, die Kinder, die Mode und vielerlei mehr und prüften über alledem sorgfältig die angebotenen Waren. Das galt auch für Tietz' Pilze, die würzig nach Wald dufteten und guten Absatz fanden. Reizker, Röhrlinge und andere Sorten schienen auch diesmal wieder reichlich im Angebot, aber Hallimasch war, so wie es aussah, nicht dabei.

Listig bemerkte es mit Vergnügen. Was ihm jedoch weniger gefiel, war, dass Eva auf sich warten ließ. Ob sie überhaupt kam? »He, Tietz, du alter Griesgram, war Eva heute schon bei dir?«, fragte er nach einer Weile.

»Und wenn sie's gewesen wär, ich würd's dir nicht auf die Nase binden!«, kam patzig die Antwort.

»Aha«, sagte Listig und konnte seine Enttäuschung kaum verbergen.

»Aber dahinten seh ich sie kommen, sicher will sie zu mir«, fuhr Tietz voller Genugtuung fort. »Sie weiß eben, wo sie gute

Ware kriegt und wo die Leute kein so vorlautes Mundwerk haben.«

Listig ging nicht darauf ein. Er hatte Eva ebenfalls entdeckt und konnte wie schon beim ersten Mal die Augen nicht von ihr lassen. Wie schön sie war! Wie anmutig ihre Art, sich zu bewegen! Leichtfüßig schritt sie an Tietz' Stand heran und entbot die Tageszeit.

»Auch von mir einen schönen guten Morgen, liebe Eva«, säuselte der Pilzsammler zurück, »ein herrlicher Tag heute, nicht wahr? Was darf's denn sein?«

Eva reckte den Hals und studierte aufmerksam das Pilzangebot. »Hallimasche, wenn du welche hast, Tietz. Der Herr Amtmann isst sie doch so gern, am liebsten heiß gebraten und scharf gepfeffert.«

Listig, in luftiger Höhe im Reff sitzend, hielt den Atem an. Was würde Tietz antworten?

»Ich weiß, ich weiß, aber es tut mir leid, ich habe keine. Noch verstecken sie sich, die kleinen Schlingel, haha! Aber nächste Woche, da habe ich bestimmt welche, nimm doch einstweilen von den Edelreizkern.«

Eva zögerte, und in ihr Zögern hinein rief Listig: »Nur weil du keinen Hallimasch gefunden hast, Tietz, muss Eva noch lange nicht darauf verzichten!«

Der Pilzsammler zog ein Gesicht, als krabbele ihm ein Dutzend Wanzen darüber. »Was willst denn du schon wieder? Du willst doch wohl nicht sagen, dass du welche hast!«

»Und wenn es so wäre?« Listig schaute Eva unverwandt ins Gesicht. Eva schaute zurück, neugierig und auch ein wenig spöttisch. Das feuerte Listig erst recht an. »Ob du's glaubst oder nicht, Tietz, ich habe welche. Die schönsten und schmackhaftesten, die du jemals gesehen hast. Aber natürlich ist nicht jedermann in der Lage, solche Prachtexemplare aufzuspüren, und du am allerwenigsten.«

Diese Worte brachten den Pilzsammler endgültig auf die Palme, und er brüllte: »Jetzt reicht's aber, halt endlich dein gottverlassenes Maul, du Lügenbaron! Wenn du kein Krüppel wärst, würdest du dein blaues Wunder erleben, ich würd dich nach Strich und Faden verdreschen!«

»Und ich deine Knochen zu Leim sieden!«

»Du würdest Senge beziehen wie noch nie!«

»Und du eine Tracht Prügel, die sich gewaschen hat! Ich würd dir das Fell über die Ohren ziehen und meine Fäuste dabei einen Ländler tanzen lassen, ich würd dir den Hintern hochbinden und jede Rippe einzeln brechen, ich würd dich wie einen Wurm zermalmen und wie eine Katze ersäufen, ich würd … aber was rede ich, Tietz, wir wollen uns in Anwesenheit eines so schönen Fräuleins nicht streiten, zumal mein riesenwüchsiger Freund schon ein wenig unruhig wird. Er ist so stark wie zehn Pferde zusammen, und ich rate keinem, das auf die Probe zu stellen.«

In der Tat hatte Pausback beim letzten Wortwechsel aufgemerkt, denn der Ton war laut und bedrohlich geworden und ging ihm wider die Natur. Auch Hannikel ballte schon erwartungsfroh die Fäuste, denn er spürte, dass eine Rauferei in der Luft lag.

Eine Rauferei jedoch musste auf jeden Fall vermieden werden. Schnell sagte Listig: »Wie heißt es so schön, mein lieber Tietz? Der Klügere gibt nach. Ich nehme alles zurück und behaupte das Gegenteil, dafür aber habe ich eine schöne Portion Hallimasch. Hier, Eva.« Er holte den Pilzkorb aus den Tiefen des Reffs und reichte ihn der Magd hinunter.

Eva griff zögernd zu. Sie konnte nicht recht glauben, dass es sich um echten Hallimasch handelte, wo doch ein so erfahrener Sammler wie Tietz ihn vergebens gesucht hatte.

Listig erriet ihre Gedanken und rief. »Greif nur ruhig zu, Eva, sie beißen nicht!« Aber mit diesen unbedachten Worten hatte er die blonde Magd nur noch misstrauischer gemacht, und sie sagte:

»Das ist sehr nett von dir, äh, wie ist überhaupt dein Name?«

»Ich nenne mich Listig, und das hier unter mir sind meine

Beine, sie hören auf den Namen Pausback.« Hannikel, den langen Gauner, vorzustellen hielt Listig nicht für nötig.

»Nun ja, äh, danke.« Eva nahm den Korb, hielt ihn aber von sich, als sei er ein Fremdkörper.

Tietz sagte mit giftiger Stimme: »Pass nur ja auf, was du entgegennimmst, Eva, wer weiß, was das Großmaul da aufgelesen hat.«

»Nichts anderes als Hallimasch, Tietz! Lass dein Sammlerauge darüber wandern, und du wirst zum selben Ergebnis kommen.«

Tietz tat es ungern, aber er musste einräumen, dass es sich bei den Pilzen um Hallimasche handelte, und zwar um wahre Prachtexemplare. Er sagte: »So große habe ich noch nie gesehen«, aber er sagte es, als sei dies höchst verdächtig.

Listig rief: »Dieser Hallimasch findet sich nur an einer einzigen Stelle im Wald, einer Stelle, die nur mir bekannt ist. Und man findet ihn auch nur in stockdunkler Nacht!«

Tietz grinste hämisch. »Willst du damit etwa sagen, dass du nachts mit einer Laterne in die Pilze gehst?«

»Nein«, sagte Listig geheimnisvoll, »bei Licht erscheint er nicht, man muss die schwärzeste Finsternis abwarten und die richtigen Worte finden, nur dann bricht er aus Erdreich und Rinde und Laub hervor.«

»Haha, jetzt hab ich dich!«, triumphierte Tietz. »Woran willst du denn erkennen, wo der Hallimasch steht, wenn es stockdunkel ist?«

»Am Leuchten.«

»Am – was?« Tietz sah so verblüfft drein, dass Listig ein Lachen unterdrücken musste. Auch Eva sah aus, als verstünde sie kein Wort.

»Am Leuchten. Dieser Hallimasch ist das einzige Fleisch des Waldes, das bei Dunkelheit grünlich schimmert. Er ist etwas ganz Besonderes, auch weil er so vorzüglich schmeckt und bekommt. Wer es nicht glaubt, kann gern die Probe aufs Exempel machen: Man lege nur einen silbernen Löffel mit ins Kochwasser und warte ab, bis die Pilze heiß sind. Hat der Löffel sich schwarz verfärbt, sind die Waldgewächse giftig, bleibt er aber, wie er war, nämlich glänzend und silbern, sind sie es nicht. Dieser Hallimasch jedenfalls ist über jeden Zweifel erhaben.« Letztere Worte waren für Eva bestimmt, und Listig sah mit Zufriedenheit, dass die Magd ihnen Glauben schenkte. Mit einem kleinen Lächeln sagte sie:

»Ich nehme die Pilze, sie sehen wirklich gut aus. Wie viel bin ich dir schuldig?«

Listig verbeugte sich galant. »Nichts, du machst mir eine Freude, wenn du sie so nimmst.«

»Das kann ich nicht. Irgendetwas musst du dafür bekommen.«

»Nun gut, dann einen Kuss!« Listig zeigte auf seine Backe. Er beugte sich tief aus dem Reff hinunter, und Eva stellte sich auf die Zehenspitzen, um ihn auf die gewünschte Stelle zu küssen, doch im letzten Augenblick machte Listig es wie bei der hübschen Mutter von dem Mädchen mit den Zahnschmerzen: Blitzschnell drehte er den Kopf herum, sodass Evas Kuss die Backe verfehlte und auf seine Lippen traf.

Ein Schatten der Verärgerung huschte über ihr Gesicht, aber sie fing sich rasch und sagte: »Du bist einer, bei dem man aufpassen muss, sonst zahlt man mehr, als man bekommt.«

Listig spürte noch den sanften Druck von Evas Lippen auf den seinen und brauchte einen Moment, um wieder in die Wirklichkeit zurückzukehren. Er sagte betont munter: »Das mag so sein! Doch damit du kein schlechtes Geschäft machst, will ich dir noch etwas verraten: Man kann auch eine Zwiebel nehmen.«

»Eine Zwiebel, wofür?«

»Um die Bekömmlichkeit der Pilze zu prüfen. Es ist wie bei dem silbernen Löffel: Verfärbt sie sich nicht im Kochwasser, ist der Pilz ungiftig. Wohlan, für einen weiteren Kuss würd ich dir sogar verraten, welche Zwiebeln die besten Prüfzwiebeln sind.«

Eva lachte und wandte sich zum Gehen. »Das wird nicht nötig sein.«

»Die besten sind klein und fest und scharf«, rief Listig schnell, denn er wünschte sich sehr, dass Eva noch blieb. »Sie wachsen in einer Gegend, die man Vierlande nennt. Die Vierlande liegen bei der großen Stadt Hamburg. Hamburg ist wunderschön, der Hafen, die Schiffe, die Türme …« Eva blieb stehen, und Listig, der noch niemals in seinem Leben in Hamburg gewesen war, redete hastig weiter: »Und dann die prächtigen Kaufmannshäuser, die Contore, die Handelscompagnien, die Reedereien, die Feste, ja, an der Elbe versteht man zu leben!«

»Warst du schon einmal in Hamburg?«, fragte Eva.

»Aber ja!«, log Listig ungeniert.

»Warst du auch schon einmal in Berlin oder Paris?«

»Oho, du stellst viele Fragen, aber wenn du willst, fahren wir zusammen nach Hamburg, und ich zeige dir die schönsten Plätze.«

»Das geht nicht, ich will bei meinem Herrn bleiben«, sagte Eva und log damit genauso wie Listig zuvor. Sie tat es sehr bewusst, denn natürlich hatte sie Hannikel, den langen Gauner, erkannt – und damit die Gefahr, dass alles, was sie sagte, Röther zugetragen werden konnte. »Ich wünschte mir so sehr, mein Herr würde mich einmal mit auf Reisen nehmen, aber ich bin ja nur eine Magd. Danke, es war wunderschön, was du mir erzählt hast, auch wenn es schwerfällt, sich alles richtig vorzustellen. Und danke noch mal für die Pilze.« Eva steckte das hübsche Näschen in den Hallimasch. »Sie riechen so wundervoll nach Walderde.«

Bevor Listig etwas entgegnen konnte, meldete sich überraschend Pausback. Er kratzte sich am Ohr und scharrte mit den Füßen. »Hm, hm, warte mal, Eva«, brummte er und holte aus einer Schublade des Wagens ein Fläschchen mit schwärzlicher Flüssigkeit hervor. »'s ist Teeröl, musst mal dran riechen.«

»Warum denn das?«

»Riech mal.«

Eva konnte sich nicht erklären, weshalb es so wichtig sein sollte, den Geruch von Teer in der Nase zu haben, aber Pausback schaute sie so bittend an, dass sie nachgab. Der Duft in der Flasche war schwer und kräftig und zog sie trotz seiner Fremdheit an. »Es riecht so eigenartig.« Sie blickte Pausback in die Augen.

Der Riese schaute zur Seite und knetete die Hände. »'s riecht nach Hamburg.«

»Wie?«

»Hmja, so riecht's in Hamburg, im Hafen, mein ich.«

»Ach so, du meinst, wenn ich die Nase ins Teeröl stecke, kann ich mir die Stadt besser vorstellen?«

»Ja, hmja.«

Eva schnupperte erneut an der Flasche. »Ich glaube, ich sehe die Dinge, von denen Listig gesprochen hat, jetzt wirklich deutlicher!«

»Kannst das Fläschchen behalten, kannst immer mal dran riechen, wenn du in Hamburg sein willst.«

»Ist das dein Ernst? Oh, vielen Dank, Pausback!« Rasch stellte Eva sich nochmals auf die Zehenspitzen und hauchte dem Riesen einen Kuss auf die Wange. »Das ist das schönste Geschenk, das ich seit Langem erhalten habe.«

Pausback wurde rot und brachte kein Wort heraus.

»Auf Wiedersehen.« Eva verschwand mit schwingenden Hüften und ließ ihn in einer nie gekannten Hochstimmung zurück. Er summte vor sich hin, hielt seine Olitäten feil und dachte den ganzen Vormittag immerfort an Eva und an den Kuss, den sie ihm gegeben hatte.

Ganz anders dagegen Listig, dem es die Laune verhagelt hatte: Er zog ein missmutiges Gesicht, zankte weiter mit Tietz und legte sich mit jedermann an.

Und das, obwohl auch er einen Kuss bekommen hatte.

»Die Ausbeute ist diesmal kaum der Rede wert, nicht mal eine Fuchsblüte ist zusammengekommen«, knurrte Galantho und wog das Ledersäckchen in der Hand. »Ich frage mich, was ihr die ganze Zeit auf dem Markt gemacht habt.«

»Ham verkauft, wie sich's gehört«, nuschelte Hannikel, »'s is nur, weil die Leute schon so viel Arzneikram ham, sie brauchen nu nix mehr.«

»Ja, ja.« Das hatte Galantho sich schon gedacht. Er saß wieder in seiner Höhle und ließ sich von dem Markttag berichten. Im Gegensatz zum letzten Mal hatte er dem langen Gauner sogar erlaubt, sich zu setzen, nur den Wein, den trank er nach wie vor allein.

»War diese Eva wieder da?«

»Ja, warse.«

»Und? Lass dir nicht jedes Wort aus der Nase ziehen.«

»Nix, sie wollt gern nach Hamburg, hatse gesacht, aber 's würd nich gehn, weil Röther was dagegen hätt.«

»Nach Hamburg?« Galantho, der die Weinkanne gerade zum Mund führen wollte, setzte das Gefäß verblüfft wieder ab. »Was will die Magd denn da?«

»Weiß nich, die Luft riechen oder so.«

»Was?«

»Aber sie hat 'ne Teerflasche von der Riesenpausbacke gekriegt, als so 'ne Art Ersatz.«

Galantho verstand kein Wort von dem krausen Zeug, das sein langer Spießgeselle wieder einmal von sich gab. Er beschloss, das Thema zu wechseln. »Kannst du mir wenigstens sagen, ob Kutschen aus der Stadt gefahren sind, ich meine, in unsere Richtung?«

»Ja, kannich. Eine war's, glaub ich. Die fährt wohl jeden Mittwoch.«

»Was?« Der Hauptmann sprang auf, sein Gesicht verzerrte sich vor Zorn. »Was sagst du da? Mittwoch? Und wieso weiß ich das nicht? Letzte Woche sind auch schon welche gefahren, ohne dass ich's gewusst habe!«

Hannikel hob abwehrend den Arm. »Kann ja nix dafür, auf mein Räuberwort! Kann ja nix dafür.«

Galantho setzte sich wieder. Es hatte keinen Zweck, die Wut an Hannikel auszulassen. Wenn einer dafür verantwortlich war, dann war das Röther, der Amtmann von Katzberg. Der schien es tatsächlich nicht mehr nötig zu haben, mit ihm zusammenzuarbeiten. Na warte, Bursche, du kennst Galantho noch nicht, dachte der Hauptmann grimmig und verfiel in tiefes Grübeln.

»Kannich was tun?«, fragte Hannikel nach einer Weile vorsichtig.

»Die Klappe halten.«

»Ja, Galantho.«

Die Geduld des langen Gauners wurde auf eine harte Probe gestellt. Es war nicht leicht, neben dem Hauptmann auszuharren, während dieser mit der Regelmäßigkeit eines Uhrwerks die Weinkanne an- und absetzte. Hannikel war schon fast eingenickt, da sagte Galantho plötzlich:

»Ich weiß jetzt, wie der Hase läuft. Hör mir gut zu.«

»Wassis denn?«

»Ich sagte, hör mir gut zu.«

»Ja, Galantho, 'tschuldigung.«

Und Hannikel erfuhr genau, was er in dieser Nacht zu tun hatte.

Max Röther hatte einen ausgedehnten Abend hinter sich, aber nicht, weil er sich so lange im *Krug* aufgehalten hatte, sondern weil er bei Wendrich, dem Oberlehrer, und anschließend bei Dietz, dem Apotheker, zu Besuch gewesen war. Wendrich wollte seinen Ältesten nach Erfurt auf die Universität schicken, was einen Batzen Geld kosten und damit seine pekuniären Verhältnisse arg strapazieren würde, und Dietz plante, ein drittes Stockwerk auf sein Haus zu setzen, damit er endlich weiteren Platz für die Kräutertrocknung bekäme. Ein Wunsch, der ebenfalls ein hübsches Sümmchen verschlingen würde.

Beide hatten diskret bei Röther angefragt, ob er eventuell aushelfen könne, natürlich nur vorübergehend, natürlich nur zu einem angemessenen Zinsfuß und natürlich nur unter dem Siegel der Verschwiegenheit. Röther hatte ihnen teilnahmsvoll zugehört und angedeutet, er könne sich das durchaus vorstellen, allerdings stünden die Wahlen zum Stellvertretenden Bürgermeister an, da hätte er nicht viel Zeit, sich um solche Dinge zu kümmern, schließlich müsse er um jede Stimme kämpfen.

Wendrich und auch Dietz hatten genickt und versichert, er könne sich auf sie verlassen. Nur bei den Summen, die beide sich vorstellten, war noch keine Einigung erzielt worden, einerseits, weil Röther weitere Sicherheiten verlangte, andererseits, weil er so viel Geld nun auch wieder nicht hatte. Immerhin, ein Anfang war gemacht, die einflussreichen Bürger Wendrich und Dietz auf seiner Seite zu haben war schon ein Gutteil des Wahlsiegs.

Solcherart beschwingt, betrat Röther zu später Stunde sein Haus. Wie üblich kam er durch den Hinterhof, denn nicht jedes der Klatschmäuler aus der Umgebung sollte mitkriegen, zu welch nachtschlafener Zeit er heimkehrte. Überdies war er häufig genug nicht mehr in der Lage, geradeaus zu laufen, und das ging die Nachbarn erst recht nichts an. »Hoppla!«, entfuhr es ihm, als unverhofft eine lange Gestalt in der Diele auftauchte.

»Ich bin's nur«, nuschelte Hannikel.

»Ich sehe es.« Röther zündete eine Nachtkerze an. Er verspürte wenig Lust, mit dem langen Gauner zu reden, nicht zuletzt, weil dieser ein Bote von Galantho war und der kommende Zweite Bürgermeister keinen Kontakt mehr zu den Räubern haben wollte. »Was gibt's?«

»Ich soll 'n Gruß vom Hauptmann ausrichten.« Hannikel schob sich einen Priem in den Mund und begann, ihn mit den Zähnen zu bearbeiten. Röther verzog das Gesicht, schon immer hatte ihn das schmatzende Tabakkauen des langen Gauners angeekelt. Aber das war zweitrangig. Hannikels Besuch musste einen besonderen Grund haben, und es galt, auf der Hut zu sein. Röther antwortete kurz angebunden:

»Grüß ihn zurück. Ich habe leider wenig Zeit. Gute Nacht.«

Er schickte sich an, nach oben in die Schlafkammer zu steigen, dorthin, wo Eva hoffentlich bereitlag, doch der ungebetene Besucher stellte sich ihm in den Weg. Röther schnaubte: »Was soll das? Bist du von allen guten Geistern verlassen? Mach, dass du wegkommst!«

»Sachte, sachte, Herr Amtmann.« Hannikel kicherte und ließ den Priem in die andere Backentasche wandern. »Ich soll sagen, dass Galantho sich über tausend Taler freuen würd.«

»Was?«

»Er würd sich über tausend Taler von Euch freuen.«

»Das ist ja lächerlich! Und warum sollte ich ihm die geben?«

Hannikel unterbrach seine Kautätigkeit, denn jetzt kam der Satz, der ihm von Galantho besonders eingebläut worden war: »Jemand, der seine Frau ermorden lässt, kann nicht Zweiter Bürgermeister werden.«

Röther spitzte die Lippen und stieß einen leisen Pfiff aus. »Daher also weht der Wind. Galantho will mich erpressen. Wer hätte das gedacht!«

»'s is ein Geschäft, nix weiter, sagt Galantho. Ihr gebt ihm tausend Taler, un er vergisst, dass Eure Frau vergiftet wurde.«

»Dein Hauptmann scheint über eine blühende Fantasie zu verfügen, meine Frau starb an Herzschwäche. Doktor Eck hat persönlich den Totenschein ausgefüllt. Und nun verlasse mein Haus, ehe ich den Büttel hole.«

Doch Hannikel blieb stehen. Auch auf diese Situation hatte Galantho ihn vorbereitet. Der Hauptmann war zu dem Schluss gekommen, dass der Tod von Röthers Frau als natürlich oder unverdächtig hingestellt worden war, anders konnte es nicht sein, denn Röther war noch immer im Amt. Also nuschelte der lange Gauner: »Habt Eure Frau mit Butter vergiften lassen, dafür gibt's Zeugen.«

»Ach, und wer sollte das sein?«

»'s werd ich Euch nich auf die Nase binden, aber's gibt Zeugen.«

Nun fuhr Röther doch der Schreck in die Glieder. Wer

konnte Eva beim Mischen der Mäusebutter beobachtet haben? Eck fiel aus, der hatte Gertrud lediglich behandelt und am Ende den Tod durch *Infirmitas cordis* festgestellt, nein, Eck, der harmlose Eck, konnte keine Ahnung haben, ebenso wie die Knechte und das andere Gesinde, denn Eva war immer sehr vorsichtig zu Werke gegangen, wer übrig blieb war eigentlich nur – Mutter Krumm! Fast hätte Röther ihren Namen laut herausgerufen. Die Nacht fiel ihm ein, als er Eva hinunter in die Krankenkammer geschickt hatte, damit sie nachsehe, ob Gertrud schon tot sei. Nach einer Ewigkeit war Eva wieder nach oben gekommen und hatte berichtet, sie habe beim Zubereiten des Gifts ein Gesicht im Fenster gesehen, vielleicht das von Mutter Krumm. Natürlich! Auf einmal reimte sich für Röther alles zusammen. Die Alte hatte sich ebenfalls ertappt gefühlt und Angst vor seiner strafenden Hand gehabt. Sie war in den Wald geflüchtet und dort bei Galantho untergetaucht. Und irgendwann hatte sie ihm von ihrer Beobachtung in der Küche erzählt …

Als Röther mit seinen Überlegungen so weit gediehen war, wurde aus seinem Erschrecken Angst, quälende Angst, die ihm die Kehle zuschnürte. Der Mord durfte auf keinen Fall ruchbar werden, denn höchst unangenehme Untersuchungen wären dann die Folge, Untersuchungen, die sein Amt und seine Stellung zunichtemachen würden, ganz zu schweigen von den Bürgermeisterehren, die er anstrebte. Nein, um alles das würde es nicht mehr gehen, sondern nur noch um eines – sein nacktes Leben. Der Henker von Katzberg fackelte nicht lange.

Ruhig Blut!, beschwor er sich. Am besten wird es sein, wenn du scheinbar auf Galanthos Forderungen eingehst, dann kannst du Zeit gewinnen, alles andere findet sich schon. Laut sagte er: »Tausend Taler sind eine Unsumme Geldes. So viel habe ich nicht.«

»Tausend Taler un keinen weniger, hat Galantho gesacht.«

»Aber selbst wenn ich sie hätte, wie stellt dein Hauptmann sich die Übergabe vor, soll ich dir die Münzen einzeln in die Hand drücken, oder wie?«

»Tausend Taler un keinen weniger, un sie sollen in 'nem Geldsack drin sein, un Ihr sollt den Sack auf der Straße nach Langewiesen übergeben.«

»Aha, auf der Straße nach Langewiesen.« Während Röther die Worte wiederholte, kam ihm eine Idee. Wenn Galantho diese Straße als Übergabeort ausgewählt hatte, war das Räuberlager vielleicht nicht weit. »Auf welcher Höhe denn? Die Straße ist lang, und ich bin schlecht zu Fuß.«

»Da wo die olle Erle steht, um Mitternacht soll's sein, übermorgen.«

»Das ist unmöglich, so schnell kann ich das Geld nicht beschaffen. Sag mal, die ›olle Erle‹, damit meinst du doch die Jahrhundert-Erle, die ganz in der Nähe von eurem Lager steht?« Röther hielt den Atem an. Was würde der lange Gauner darauf antworten?«

»Ja, genau die. Aber 's muss übermorgen sein.«

Röther jubelte innerlich, durch seine geschickte Frage hatte er endlich herausgefunden, wo Galantho sich mit seinen Spießgesellen versteckt hielt: »ganz in der Nähe« der alten Erle, das hatte Hannikel ihm soeben bestätigt, aber was bedeutete das? Nun, höchstens zweihundert oder dreihundert Schritte im Umkreis, mehr nicht. Es musste also nicht schwer sein, mit einer Hundertschaft Soldaten das Lager unbemerkt einzukesseln und bei den Kämpfen den Räuberhauptmann töten zu lassen! Genau, das war die Lösung aller Probleme, denn ein toter Räuberhauptmann konnte ihn nicht mehr erpressen. »Nein, übermorgen geht es beim besten Willen nicht«, sagte Röther fest, »sagen wir, übermorgen in einer Woche, vorher kann ich das Geld nicht besorgen.«

»Übermorgen, Galantho hat's gesacht.«

»Nein, zum Donnerwetter! Es geht nicht, so glaube mir doch!«

»Tja, hm.« Hannikel wusste nicht, wie er sich verhalten sollte. Offenbar hatte er für diesen Fall keine Maßregeln erhalten. Er nahm den Priem aus dem Mund und drückte ihn aus.

Der eklige Tabaksaft tropfte auf die blank gescheuerte Diele. Röther ließ es geschehen, er hatte jetzt andere Sorgen. »Tja, hm«, wiederholte Hannikel und stopfte den ausgepressten Kaubatzen in seine Tasche. »Is gut, wenn's nich anders geht, ich werd's Galantho sagen.«

»Ja, tu das.« Zentnerlasten fielen Röther vom Herzen. »Und nun geh.«

»Un keine faulen Kniffe.«

»Nein, nein.« Röther schob Hannikel zur Tür hinaus. Der lange Gauner machte sich schnell davon, und während der Hausherr ihm noch nachblickte, nahm in seinem Kopf eine weitere Idee Gestalt an. Eine Idee, die ihm sehr gefiel. Es musste doch mit dem Teufel zugehen, wenn aus dem Wissen um Galanthos Versteck nicht noch mehr Kapital zu schlagen wäre.

Kapital zu seinem Nutzen.

»Wie hat er es aufgefasst?«, fragte Galantho zwei Stunden danach. Es war schon sehr spät, und es war ziemlich dunkel in der Höhle. Nur ein paar Wachslichter an den Wänden spendeten spärliches Licht.

Hannikel priemte nervös. »Ich denk, ganz gut. Ja, ganz gut.«

»Was heißt das?« Der Hauptmann trank einen Schluck Wein und deutete auf einen Schemel, zum Zeichen, dass sein Kumpan sich setzen dürfe.

Hannikel nahm dankbar Platz. »Erst hatter gesacht, er hätt nich so viele Füchse, aber dann hatter gesacht, du würdest es übermorgen inner Woche kriegen.«

»Was, erst übermorgen in einer Woche?« Galantho stieß einen lästerlichen Fluch aus, der Hannikel zusammenfahren ließ. »Der Kerl will mich wohl auf die Folter spannen!«

»Weiß nich.«

Galantho trank einen weiteren Schluck Wein zur Beruhigung. Dass er so lange auf das Geld warten musste, war bei näherer Betrachtung nicht weiter schlimm. Die Summe war so hoch, da kam es auf ein paar Tage nicht an. Wenn er erst einmal das Geld hatte, würde er sich damit absetzen, vielleicht nach Frankreich oder Italien, und ein neues Leben beginnen. Ein Leben ohne Streit, ohne Kämpfe und ohne Überfälle, eines, das beschaulich und komfortabel dahinplätscherte und ihn nicht jeden Tag das drohende Alter spüren ließ. Tausend Taler, die würden bis ans Ende seiner Tage reichen, und wenn das Schicksal es wollte, auch noch für einen schönen Sarg aus Ebenholz. »Gut, also übermorgen in einer Woche, das wäre die Nacht von Freitag auf Sonnabend. Hast du gesagt, dass die Übergabe um Mitternacht stattfinden soll?«

»Hab ich, Galantho.«

»Hast du gesagt, die Übergabe soll bei der alten Erle erfolgen?«

»Hab ich, Galantho.«

»Gut, sehr gut. Hast du sonst noch was gesagt? Ist dir irgendwas aufgefallen? Wurdet ihr belauscht?«

»Nee.«

»Auf dein Räuberwort?«

»Auf mein Räuberwort.« Hannikel hob die Hand zum Schwur, und seine Einfalt sorgte dafür, dass er es mit reinem Gewissen tat.

Galantho nickte gnädig, nahm einen Zinnbecher zur Hand, goss ihn randvoll mit Wein und gab ihn weiter. »Auf Röthers Füchse.«

»Auf Röthers Füchse.«

Der Sonntagabend brachte es mit sich, dass Kannegießer, der Bürgermeister von Katzberg, regelmäßig aus seinem eigenen Haus flüchtete. Der Grund war der Damenkreis, den seine Frau Mathilde um sich zu scharen pflegte. Ein Haufen alberner Gänse, wie er fand, aufgedonnerte Matronen, die an irgendwelchen Handarbeiten häkelten, schlückchenweise heiße Schokolade in sich hineinschlürften, teures Gebäck verzehrten und sich über Gott und die Welt das Maul fusselig redeten.

Nichts für ihn.

Er ging deshalb lieber ins *Einhorn*, ein verschwiegenes Wirtshaus am Rande der Stadt, wo ein gutes Bier gezapft und eine wohlschmeckende Wurst serviert wurde. Auch an diesem Abend war es so, und Kannegießer wollte gerade mit genüsslich geschlossenen Augen in seine Thüringer beißen, da erklang neben ihm eine Stimme: »Guten Appetit, Herr Bürgermeister.«

Kannegießer blickte auf und erkannte Röther, den rührigen Amtmann der Stadt. Im Allgemeinen hatte er nichts gegen Röther, zumal der Mann gerade seine Frau verloren hatte und deshalb zu bedauern war, aber der Sonntagabend war heilig, da wollte er seine Ruhe haben.

»Darf ich mich zu Euch setzen?« Ohne eine Antwort abzuwarten, nahm Röther Platz.

Kannegießer grunzte und kämpfte mit sich. Er sehnte sich nach Alleinsein, doch er konnte Röther nicht einfach fortschicken. Schließlich tat er das, was er eigentlich hatte tun wollen: Er biss in seine Wurst.

»Guten Appetit«, sagte Röther nochmals. »Wenn Ihr erlaubt, bestelle ich dasselbe für mich.« Er winkte der Kellnerin und gab seine Order auf.

»Was sollte ich dagegen haben?« Kannegießer kaute mit vollen Backen.

Röther lachte. Dann wurde er ernst. »Es ist kein Zufall, dass wir uns heute Abend begegnen. Ich wusste, Ihr würdet hier sein.«

»Aha.« Kannegießer tauchte seine Wurst in den Senftopf, biss ein weiteres Stück ab und spülte mit einem Schluck aus dem Bierkrug nach.

Röther erhielt die gewünschte Speise, schob sie achtlos beiseite und redete weiter: »Was ich mit Euch besprechen muss, ist, äh, etwas delikater Natur, eine Sache, die nicht jeder hören muss.«

»Und die wäre?«

»Nun, darf ich darauf zählen, dass die Sache unter uns bleibt?«

»Aber gewiss doch«, versicherte Kannegießer. Fragen dieser Art bejahte er stets, denn einerseits konnte er so Dinge erfahren, die er sonst vielleicht nicht erfahren hätte, und andererseits konnte er, für den Fall, dass er die Sache doch nicht vertraulich behandelte, immer noch sagen, das Wohl der Stadt hätte es erfordert.

Röther trank einen kräftigen Schluck Bier, wischte sich mit dem Ärmel den Schaum vom Mund und sagte: »Ich danke Euch. Was ich zu sagen habe, ist von höchster Wichtigkeit!«

»Das dachte ich mir schon.« Kannegießer konnte sich nicht vorstellen, was an diesem Sonntagabend noch wichtiger als seine Thüringer sein sollte, und stopfte sich den Rest der Wurst in den Mund.

Röther bestellte ein neues Bier, denn das erste hatte er bereits ausgetrunken. »Wollt Ihr auch noch eines, Herr Bürgermeister?«

Kannegießer wollte am liebsten in Ruhe gelassen werden, sagte es aber nicht, sondern schüttelte den Kopf.

Das Bier wurde gebracht, und Röther nahm einen weiteren gewaltigen Schluck. »Was würdet Ihr sagen, wenn Katzberg und seine gesamte Umgebung bis hinauf nach Ilmenau und Erfurt mit einem Schlag von Räubern, Totschlägern und Diebsgesindel befreit wäre?«

»Nun ja, was würde ich dazu sagen?« Kannegießer versuchte, sich die Situation vorzustellen. Es gelang nicht. Wozu auch? Mit Verbrechern war es wie mit Unkrautpflanzen, sie wuchsen immer wieder nach. Hatte man den einen gehenkt, wartete schon der andere auf den Galgen. Insofern war die Frage des Amtmannes überflüssig. »Worauf wollt Ihr hinaus, Röther, Ihr streicht um den Brei herum wie ein Kater um die Kätzin.«

»Viele Menschen unserer Stadt wurden in den letzten Jahren bestohlen, nicht nur der kleine Mann, auch namhafte Persönlichkeiten«, wich Röther aus.

»Ja, ja, da habt Ihr sicher recht. Na und?« Kannegießer begann, sich über die Geheimniskrämerei seines Gegenübers zu ärgern. Entweder der Amtmann hatte ihm etwas Wichtiges zu sagen oder nicht. Der Mann stahl ihm die Zeit! Sehnsüchtig blickte er auf dessen unangetastete Thüringer.

»Darf ich Euch meine Wurst anbieten?«, fragte Röther prompt und schob den Teller über den Tisch. »Ich esse sie sowieso nicht.«

Kannegießer fühlte sich ertappt und lehnte hastig ab. Doch der Amtmann blieb hartnäckig, er bestand darauf, dass die Wurst den Besitzer wechselte, während er einen weiteren Krug Bier bestellte. Er trank ihn auf einen Zug aus, und Kannegießer musste daran denken, dass Röther sonst nur Wein trank, also erheblich mehr Gerstensaft brauchte, um auf sein Alkoholquantum zu kommen. Überhaupt der Alkohol: dass Röther ihm zugetan war, pfiffen die Spatzen nicht erst seit gestern von den Dächern – auf der anderen Seite war seine Amtsführung ohne Fehl und Tadel, und welcher richtige Mann trank nicht hin und wieder einen über den Durst. »Da Ihr noch mit Euch zu ringen scheint, ob Ihr mir von Eurer ›delikaten Sache‹ berichten wollt, darf ich Euch in der Zwischenzeit versichern, dass die Thüringer hier besonders lecker ist«, sagte Kannegießer nicht ohne Ironie, »ich glaube, der Wirt lässt sie nach eigenem Rezept herstellen.«

»Ja, äh, ja«, sagte Röther. Die Bemerkung des Bürgermeisters hatte ihn aus dem Konzept gebracht, was durchaus beabsichtigt war.

»Der Senf ist auch sehr gut. Er wird, soviel ich weiß, unter Verwendung von feinstem englischem Durham-Pulver gewonnen.«

»Freut mich, wenn es Euch schmeckt.« Röther fasste sich nun endgültig ein Herz. »Was meine Bemerkung über die Beseitigung der Räuber angeht, so bin ich da auf einer ganz heißen Spur. Was würdet Ihr sagen, wenn ich Euch verrate, dass ich das geheime Versteck von Galantho kenne?«

»Wie bitte? Sagt das noch einmal!«

Röther wiederholte seinen Satz.

Kannegießer saß da wie vom Donner gerührt. »Großer Gott, ist das Euer Ernst?«

»Mein voller Ernst, ja!«

»Wo ist das Räuberlager?«

»Bevor ich es Euch verrate, wollte ich Euch etwas vorschlagen.« Röther war beim vierten Bier, stürzte es hinunter und verschluckte sich. Qualvoll hustete er mehrere Male, Tränen traten ihm in die Augen, und er wurde rot wie Klatschmohn.

»Was wolltet Ihr mir vorschlagen?«

»Nun, äh, ich dachte, Eurem Ruf als erfolgreicher Bürgermeister täte es sicher gut, wenn Ihr es wäret, der sagen könnte, er wisse, wo Galantho sich verborgen hält, und, äh, entsprechende Maßnahmen einleitet. Der Ruhm, Galantho zur Strecke gebracht zu haben, würde dann ganz allein Euch zufallen.«

Kannegießer nickte. Er hatte verstanden. »Und ein erfolgreicher Bürgermeister braucht immer auch einen guten Zweiten Bürgermeister, stimmt's?«

»Genau!« Röther wirkte sehr erleichtert und trank sein fünftes Bier.

»Dann sagt mir doch, wo der Räuberhauptmann sein Nest hat.«

»Sicher, sicher.« Röthers Zunge hatte schon etwas Mühe mit den Silben. »Würdet Ihr mich denn unterstützen, wenn ich das Amt des Stellvertreters anstrebte?«

»Ich unterstütze jeden fähigen Mann. Nun nennt mir den Ort, an dem der Halunke sich versteckt. Es wird Zeit, dass die Milizionäre ihn packen und dem Richter ausliefern. Ihn und jeden seiner Schandbuben. Dem Gesetz muss endlich Genüge getan werden.«

»Ja, ja, wahrhaftig!« Röther senkte seine Stimme auf ein Flüstern herab: »So höret: Eigentlich ist es ganz einfach, man muss nur aus dem südlichen Stadttor hinaus und den Weg nach Langewiesen einschlagen, dann einfach immer geradeaus, bis man schließlich zur Jahrhundert-Erle kommt, dort ist es ... Sagt, Herr Bürgermeister, werdet Ihr Euren Einfluss geltend machen?

Ihr wisst doch: *Manus manum lavat.*« Röther kicherte und legte seine Hand vertraulich auf Kannegießers Arm.

Kannegießer zog seinen Arm fort. An dem Geschäft, das Röther ihm vorschlug, gefielen ihm gleich mehrere Dinge nicht: erstens, dass der Kerl so lange um den heißen Brei herumgeredet hatte, zweitens, dass er sein Wissen nur stückchenweise preisgeben wollte, und drittens, dass es ihm offensichtlich nur um das eigene Fortkommen ging. »Wo genau hat der Schurke sein Lager?«

»I… ich darf doch auf Eure Hilfe hoffen?«

»Wo das Lager genau ist, möchte ich wissen!«

»Es ist ganz in der, hupps, in der Nähe von der Jahrhundert-Erle!«

»Von wem habt Ihr Euer Wissen?«

»Nun, äh, das kann ich nicht sagen.« Röther unterdrückte ein Rülpsen.

»Könntet Ihr die Miliz an den bewussten Ort führen?«

»Äh … nein.«

»Das heißt, den genauen Ort kennt Ihr gar nicht?«

»Äh, nein, aber …«

»Was Ihr nicht sagt.« Spätestens jetzt hatte Kannegießer die Gewissheit, dass an dem Geschäft etwas faul war. Oberfaul sogar. Der Mann wusste überhaupt nicht, wo Galantho hauste, keine Ahnung hatte er, dennoch wollte er ihm weismachen, das Räuberlager sei bei der Erle, wo doch jedermann wusste, dass der Baum für einen Reiter nur wenige Minuten von der Stadt entfernt lag. Das Lager des meistgesuchten Verbrechers so nahe bei Katzberg? Lächerlich! Jahrelang hatten Soldaten die Wälder Thüringens durchkämmt, wieder und wieder, und niemals auch nur die kleinste Spur des Schurken gefunden. Röther musste wahrhaft versessen auf den Posten des Zweiten Bürgermeisters sein, dass er sich derlei Unsinn ausdachte. Natürlich kam der Mann von nun an überhaupt nicht mehr infrage. Mittel und Wege mussten gefunden werden, seine Kandidatur zu verhindern, aber das würde kein großes Problem sein. Wendrich, der Oberlehrer, hatte ebenfalls das Zeug zu einem tüchtigen Stellvertreter, der war gut zu beherrschen und für viele Dinge einsetzbar. Überdies hatte er eine manierliche Handschrift und konnte den ewig kranken Rathaussekretär dann und wann ersetzen …

Kannegießer rang sich ein Lächeln ab. »Ihr wisst selbst, dass ich Euch keine verbindliche Zusage machen kann, mein lieber Röther, schließlich kommt es nicht allein auf meine Stimme an, aber so viel kann ich sagen: Ich will sehen, was sich machen lässt.«

»Danke, Herr Bürgermeister, danke! Ihr könnt, hupps, sicher sein, dass ich das Räuberversteck an niemanden sonst ver… verrate. Mein Wort darauf!«

»Schon gut, und nun seid so freundlich und lasst mich noch ein wenig allein.«

»Danke nochmals, und einen schö… schönen Abend noch!«

Röther empfahl sich dienernd, zahlte am Schanktisch und verließ leicht schwankend das *Einhorn*.

Kannegießer schaute ihm sinnend nach und überlegte, ob er noch eine Wurst bestellen sollte. Er entschied sich dagegen.

Der Appetit war ihm vergangen.

Einer trage des andern Last, so werdet ihr das Gesetz Christi …

In der darauffolgenden Dienstagnacht gingen Pausback und Listig wieder in die Pilze, den schlafenden Hannikel im Lager zurücklassend. Abermals war es im Wald so dunkel, dass sie die Hand nicht vor Augen sehen konnten, und Pausback musste sich sehr vorsichtig bewegen, um mit seiner riesenhaften Gestalt nirgendwo anzustoßen. Irgendwann brummte er: »Hm, bist so ruhig heut Nacht?«

Listig antwortete nicht. In der Tat war in den letzten Tagen eine Veränderung in ihm vorgegangen, er war einsilbiger geworden, trieb kaum noch Späße und starrte häufig Löcher in die Luft. Auf Luchs Tullians Frage, was denn mit ihm los sei, hatte er geantwortet: »Was soll schon los sein mit mir, nicht jeder will sich pausenlos ausschütten vor Lachen. Im Übrigen fehlt mir's am Wein, eine Ewigkeit ist's her, dass ich an einen anständigen Rausch gekommen bin.«

Dieselbe Antwort gab Listig auch jetzt: »Mir fehlt's am Wein, eine Ewigkeit ist's her, dass ich an einen anständigen Rausch gekommen bin.«

Pausback schwieg, während er behutsam einen Schritt vor den anderen setzte. Er fühlte sich unwohl in seiner Haut und wusste nicht, was er noch sagen sollte. Der fußlose Jüngling in seinem Reff war nicht mehr der, den er kannte. Schließlich räusperte er sich und sagte: »'s ist nicht der Wein, glaub ich, ich glaub die Eva ist's, die dir fehlt.«

»Papperlapapp!« Listig fühlte sich durchschaut, denn es verging keine Stunde, in der er nicht an die blonde Magd dachte. Das Hirn hatte er sich zermartert, wie er sie erobern konnte, aber trotz seines großen Einfallsreichtums war ihm kein Geistesblitz gekommen. Nach Hamburg würde sie gehen wollen, hatte sie gesagt, aber gleichzeitig versichert, sie müsse bei ihrem Herrn bleiben. Warum wohl? Weil er mit ihr ein Verhältnis hatte, das war sonnenklar. Max Röther, der Amtmann, das war ihr Herr – und gleichzeitig der Schuft, dem er es zu verdanken hatte, dass er ohne Füße sein Dasein fristen musste. Wie er den Kerl hasste! Die Absicht, ihn zu vernichten, war nur gerecht. »Eva interessiert mich nicht, sie ist nur ein niedliches Püppchen wie tausend andere.«

»Glaub ich nicht.«

»Und doch ist es so.«

»Ist nicht wie tausend andere, ist was Besonderes, ich mag sie.«

»Sie ist nichts für dich.«

»Hm, hm.«

Sie gingen weiter, die Meinungsverschiedenheit zwischen sich wie eine Mauer spürend, bis Pausback stehen blieb. »Ich mag sie, hm, du magst sie auch. Könnten doch zu dritt nach Hamburg tippeln?«

»Nein.« Listig schrie fast. »Hast wohl vergessen, dass wir noch immer in Galanthos Fängen sind?«

Pausback setzte sich wieder in Bewegung; er brauchte ein paar Schritte, um neu nachzudenken. »Könnten fliehen mit ihr.«

»Nein. Wie stellst du dir das vor?«

Das wusste Pausback auch nicht. Deshalb wurde er traurig, und sein Gemüt erheiterte sich erst wieder, als er plötzlich das geheimnisvolle Leuchten sah. »Da, guck! 's ist der Hallimasch!«

»Ich sehe ihn.«

Pausback machte noch einen Schritt und kam zum Stehen.

»Geh weiter.«

»Aber … aber, 's ist doch der Hallimasch?«

»Den nehmen wir nicht, wir nehmen heut welchen von einem andern Platz.« Zu Pausbacks Überraschung zündete Listig hoch oben über ihm eine Laterne an. »Geh weiter.«

Der Riese gehorchte kopfschüttelnd und stapfte voran, nun

etwas schneller, da die Lampe einen gut sichtbaren Lichtkegel auf den Waldboden warf.

Nach einiger Zeit rief Listig plötzlich: »Halt! Siehst du die Pilze da unter den Bäumen? Das ist der Hallimasch, den wir heut pflücken. Setz mich runter.«

Pausback wunderte sich. »Wieso denn, der sieht doch genauso aus?«

»Eben.«

»Und, und …« Pausback ordnete seine Gedanken. »Und wieso nicht den von vorhin?«

Listig schwieg. Dann sagte er: »Wo man das letzte Mal gesammelt hat, muss der Pilz sich erst wieder erholen.«

»Ja, so«, sagte Pausback. Die Erklärung klang vernünftig. »Und warum leuchtet der hier nicht?«

Listig lachte. »Wie soll der Hallimasch leuchten, wenn die Laterne doch viel heller ist!«

»Ach ja.«

Als der Korb voll war, rief Listig: »Und nun zurück ins Lager, bin gespannt, was Eva morgen zu unserem Fund sagt.«

»Hm«, meinte Pausback, »bin auch gespannt.« Eilig schritt er zurück, nur um bald darauf nochmals anzuhalten.

»Was ist denn nun schon wieder?«, quengelte Listig.

»Aber komisch ist's doch.«

»Was ist komisch?«

»Dass der Hallimasch nicht leuchtet.«

Eva schob sich durch das Marktgedränge, vorbei an Tietz, der sie wie immer schleimig-freundlich begrüßte, hinüber zu dem Arzneiwagen des riesigen Buckelapothekers, auf dessen Schultern der vorwitzige Jüngling im Reff thronte. Auch Hannikel stand wieder dabei, wie immer halb schlafend und ein dämliches Gesicht ziehend. Schon vor zwei Wochen hatte sie Röther berichtet, dass neuerdings Räuber als Händler auf dem Markt wären, darunter der lange, ewig priemende Gauner und, welch ein Zufall, auch jener blonde Jüngling, dem er mit seiner Kutsche die Füße abgefahren habe, aber der Amtmann hatte nur unwirsch abgewinkt und von ihr strengstes Stillschweigen verlangt. Galantho habe sicher gute Gründe, wenn er seine Kumpane auf den Markt schicke, im Übrigen würde er, Röther, sich für das Amt des Zweiten Bürgermeisters bewerben, und da wäre jeglicher Kontakt zu den Ganoven nur von Schaden. Mehr hatte er nicht gesagt, und mehr hatte sie auch nicht gefragt. Letztlich war es ihr egal, von wem sie die Pilze kaufte, Hauptsache, sie waren frisch und schmackhaft. Und das waren sie wirklich gewesen, selten hatte Röther so zufrieden gewirkt wie nach der letzten Hallimasch-Mahlzeit. Scharf mit Pfeffer und Kartoffeln angebraten, so waren sie ihm am liebsten, und danach hatte er etwas gesagt, was sie im Leben nicht mehr erwartet hätte: Er hatte ihr versprochen, sie zu heiraten. Gleich nach seiner Wahl zum Vize-Bürgermeister. Spätestens im September.

Sie hatte geglaubt, nicht richtig zu hören, aber Röther hatte geschworen, diesmal sei es ihm ernst, Gertrud sei tot, er selbst sei finanziell wieder flüssig und die Aussicht für sie, Frau Bürgermeisterin zu werden, so gut wie nie.

»Hier bist du richtig, wenn dir der Sinn wieder nach Hallimasch steht!«, rief der blonde Listig in ihre Gedanken hinein. »Tietz hat das Fell auf den Augen, der sieht beim Sammeln nur noch braune Punkte, von dem darfst du nix erwarten.«

Tietz im Hintergrund stieß einen gotteslästerlichen Fluch aus, woraufhin Listig fröhlich lachte. Eva wollte etwas antworten, aber der Jüngling kam ihr zuvor:

»Beim letzten Mal hab ich dir die Pilze geschenkt, heut musst du dafür berappen.«

Das fand Eva nur gerecht. »Sind sie denn auch genauso gut?«, fragte sie.

»Ich will tot umfallen, wenn's nicht so ist, sieh her.«

Eva betrachtete den Korb mit den Waldgewächsen eingehend und kam zu dem Schluss, dass Listig nicht übertrieben hatte. Der Hallimasch war um keinen Deut anders, genauso groß, genauso farbig und genauso gewachsen, vielleicht roch er ein wenig streng, aber das mochte am Waldboden liegen, möglicherweise auch an den verrottenden Baumstämmen, auf denen er gerne wuchs. Eva dachte an Röthers Zufriedenheit nach der letzten Pilzmahlzeit und an den Heiratsantrag danach und sagte: »Ich nehme alle, aber sag, halten sie sich noch zwei Tage? Für heute Abend habe ich Schweinernes mit Klößen und für morgen Abend auch.«

»Aber natürlich!«, rief Listig mit blitzenden Augen. »Wickel die Kerlchen einfach in ein feuchtes Tuch, dann werden sie so frisch sein wie frisch gepflückt!«

»Danke.« Eva schenkte Listig ein reizendes Lächeln und zahlte. »Ich muss nun gehen.«

Auf Listigs Gesicht fiel ein Schatten, und auch Pausback, der Riese, schaute traurig drein. Schnell fügte sie deshalb hinzu: »Bis zum nächsten Mittwoch!«

Was die beiden antworteten, hörte sie nicht mehr, denn schon hatte die Menge sie wieder verschluckt. Es war bereits um die Mittagszeit, aber noch immer herrschte reges Treiben auf dem Platz. Eva erkannte einige der Hausfrauen, unter ihnen auch Anni, die Haushälterin von Eck, die mit vollen Körben zu seinem Haus in der Kapuzinergasse strebte. Anni war schon über siebzig und Eck treu ergeben. Jeden Morgen pünktlich um sechs erschien sie, entzündete Feuer im Herd, bereitete dem Arzt eine Morgenmahlzeit und nahm anschließend ihre Putztätigkeit auf. Am Vormittag dann, wenn Eck seine Krankenbesuche machte, kochte sie ihm eine Suppe, die er mittags in der Küche verzehrte. Am Nachmittag wusch sie seine Kleider, bügelte Hemden und Hosen und wischte Staub. Gegen sechs Uhr, nachdem sie das Abendessen bereitgestellt hatte, machte sie sich auf den Nachhauseweg. So ging das Tag für Tag, nur der Mittwoch bildete eine Ausnahme, da machte sie, nach dem Vorbereiten der Mittagsmahlzeit, ihre Besorgungen auf dem Katzberger Markt.

Eva hatte kaum zugehört, als Eck ihr von Annis Tüchtigkeit erzählte und sie dabei über den grünen Klee lobte, heute jedoch war sie froh, den Tagesablauf der Haushälterin so genau zu kennen. Denn diese Kenntnis würde es ihr sehr erleichtern, Eck zu vergiften. Ja, sie hatte sich gegen Eck entschieden – und für Röther. Eck wusste einfach zu viel über sie, und niemand konnte vorhersagen, wie er reagieren würde, wenn er erfuhr, dass sie den kommenden Zweiten Bürgermeister heiraten würde. Gehörnte Liebhaber waren zu allem fähig.

Nein, Eck musste weg, und Eva wusste auch schon, wie: Am nächsten Mittwoch wollte sie abwarten, bis Anni zum Markt gegangen war und Eck sich auf den Weg zu seinen Kranken gemacht hatte, dann wollte sie sich ins leere Haus stehlen und eine tödliche Portion Arsen in die von Anni so liebevoll vorgekochte Suppe geben. Eck würde sterben und Anni würde, wenn sie zurückkam, als Schuldige dastehen.

Alles in allem ein todsicherer Plan.

Zwei Tage darauf, am Freitagabend, setzte sich ein prächtig gelaunter Röther an den Küchentisch. Nachdem er sich mit Wendrich und Dietz diskret über die Leihsummen geeinigt hatte, waren ihm ihre Stimmen bei der Bürgermeisterwahl endgültig sicher. Alles lief wie am Schnürchen, und auch das Gespräch mit Kannegießer am vergangenen Sonntag im *Einhorn* war bei näherer Betrachtung sehr erfolgreich verlaufen. Natürlich hatte der Bürgermeister ihm keine verbindliche Zusage machen können, doch immerhin hatte er gesagt, er wolle sehen, was sich machen ließe. Mehr konnte man nicht erwarten.

Das Einzige, was auffiel, war, dass er offenbar noch nichts unternommen hatte, um Galanthos Lager ausräuchern zu lassen. Aber auch das fand bei näherer Betrachtung eine Erklärung: Gewiss dauerte es seine Zeit, um genügend Soldaten und wehrfähige Männer zusammenzuziehen, umso mehr, als dies unter strengster Geheimhaltung erfolgen musste. Eine ganze Woche war noch Zeit bis zur Übergabe der verlangten tausend Taler, eine Übergabe, die niemals stattfinden würde, denn in dieser Woche würde Galantho, der Erpresser, sterben. Welch aufheiternder Gedanke!

»Eva, wo bist du?«

»Hier.« Eva trat lächelnd aus der Speisekammer, ein feuchtes Tuch haltend, in das Pilze eingewickelt waren.

»Was gibt's zu essen?«

»Hallimasch. Ich hab sie vorgestern auf dem Markt gekauft, aber sie sind noch ganz frisch.«

»Großartig.«

»Du magst sie doch so gern, sie sind gleich fertig, ich muss sie nur noch in die heiße Pfanne geben.« Eva eilte geschäftig zwischen Herd und Gewürzregal hin und her, wendete die Pilze in der Pfanne, gab noch ein weiteres Stück gute Butter hinzu, würzte die Waldgewächse mit Salz und schärfte sie mit schwarzem Pfeffer, wendete sie nochmals und tat sie schließlich auf einen schönen Teller aus Meißener Porzellan. »Macht es dir was aus, wenn es keine Kartoffeln dazu gibt?«

»Überhaupt nicht.« Röther lief bereits das Wasser im Munde zusammen.

Eva stellte den Teller vor ihn hin, sie trug an diesem Abend wieder ihr einfaches blassblaues Kleid, das er so gern mochte, weil es sich so leicht hochschieben ließ. »Du bist doch meine Prinzessin.« Er tätschelte ihr den Po und stellte fest, dass sie keine Unterkleider trug.

Eva lachte und ließ es sich gern gefallen. Überhaupt war sie in den letzten Tagen sehr zugänglich gewesen. Die Vorfreude auf die Heirat hatte ihre Lust auf geschlechtliches Zusammensein in erstaunlicher Weise geweckt. Röthers »bester Freund« regte sich bereits mächtig, seine Finger wanderten unter dem Kleid empor, umfingen die Hüften, streichelten den blonden Busch zwischen den Schenkeln, fuhren spielerisch in die kleine Spalte und glitten weiter nach oben, hinauf zu den Brüsten, wo sie sanft die Spitzen zu massieren begannen.

Eva kicherte und trat einen Schritt zurück. »Du musst jetzt essen.«

»Das muss ich wohl. Aber gleich danach verspeise ich dich …« Röthers Stimme klang heiser, während er eilig die Hallimasche in sich hineinschaufelte.

Keine zehn Minuten später lag er mit Eva im Bett.

Nicht ahnend, dass er es niemals wieder verlassen würde.

In derselben Nacht lag Pausback auf seinem Laubsack und konnte nicht schlafen. Listig erging es ganz ähnlich, obwohl er so tat, als läge er in tiefem Schlummer. Einzig Hannikel war bereits im Land der Träume und schnarchte wie ein Sägewerk.

»Hm, Listig«, brummte Pausback, »schläfst ja gar nicht, oder?«

Listig antwortete nicht.

»Bist doch wach, ich weiß, du bist wach.«

»In drei Teufels Namen, ja!« Listig stieß Hannikel in die Seite, was aber lediglich dazu führte, dass der lange Gauner schmatzte, schluckte und gleich darauf weiterschnarchte. »Der Kerl ist ein hoffnungsloser Fall, hätten ihm nicht so viele ›Alkoholpillen‹ geben sollen, jetzt schläft er auch schon ohne sie wie eine Schnapsleiche.«

»Ja.« Pausback dachte angestrengt nach, wie er das, was er besprechen wollte, in die richtigen Worte kleiden könnte. »Hm, Listig, ich wollt dich was fragen, bist so anders die letzte Zeit. Hab dir doch nix getan?«

»Ich bin wie immer.« Listig drehte sich auf den Rücken und starrte die Sterne an.

»Bist du nicht.«

»Bin ich doch. Wenn du's nicht glauben willst, lässt du's bleiben.«

Pausback räusperte sich. »Ich denk, du magst die Eva zu sehr. Hm, hm. Ich mag sie auch, aber du magst sie zu sehr.«

»Schnickschnack!«

»Hab mir was überlegt. Könnten doch zu dritt nach Hamburg tippeln.«

»Das hast du schon mal gesagt. Es geht nicht.«

»Vor den Räubern hab ich keine Angst. Könnten nach Katzberg gehen, gleich jetzt, und Eva holen und weiterziehen. Kann die Eva auch tragen, wenn's sein muss, 's wär kein Problem.«

»Nein!« Listig rief so laut, dass Hannikel abermals sein Schnarchen unterbrach. Was der Riese da vorschlug, hatte er selbst schon tausend Mal durchdacht. Es ging nicht. Der Gedanke, sie würde Tag für Tag statt seiner oben im Reff sitzen und er nach unten auf den Arzneiwagen verbannt werden, war ihm unerträglich. Wenn überhaupt, wollte er mit Eva allein fortgehen. Aber wie konnte ein Krüppel eine so schöne Frau gewinnen? Er hatte kein Vermögen, kein Ansehen, keine Füße. Sicher, es gab Prothesen, aber die erhielt man nur in großen Städten, wo die Spezialisten saßen, zum Beispiel in Hamburg. Eva wollte nach Hamburg, aber es war besser, wenn sie hier blieb. Auch er musste hierbleiben. Und wenn er sie schon nicht für sich gewinnen konnte, dann wollte er dafür sorgen, dass niemand sie bekam.

Am allerwenigsten Röther.

Am Sonnabendmorgen, kurz vor Tagesanbruch, wurde Max Röther von heftigen Leibschmerzen geweckt. Es waren Schmerzen, wie er sie niemals zuvor erlebt hatte. »Eva«, keuchte er, »Eva, wach auf!«

Es dauerte eine Weile, bis seine zukünftige Frau ansprechbar war, denn sie verfügte über einen gesunden Schlaf. Gähnend schlug sie die Augen auf. »Was ist denn?«

»Mein Magen!« Röther keuchte und krümmte sich wie ein Wurm, eine neue Welle der Pein durchlief seinen Körper. »Mein Magen, es ist ... es ist, als schnitte mir jemand mit dem Messer ins Gedärm!«

»Es wird schon nicht so schlimm sein. Vielleicht sitzt dir nur ein Wind quer?« Zärtlich wollte sie ihrem Bräutigam über das Gesicht streichen, aber in diesem Augenblick begann er zu würgen und erbrach sich stoßweise über ihre Hand.

»Igitt, kannst du nicht aufpassen!« Eva schoss hoch, um die

feuchte, schleimige Masse zu entfernen, aber Röther hielt sie zurück und stöhnte:

»Eine Schüssel, schnell, eine Schüssel, ich kann's nicht halten, kann nicht aufstehen …«

Kaum war Eva zurück, schob Röther sich in höchster Not die Schüssel unter das Gesäß. Keine Sekunde zu früh, denn schon entleerte sich geräuschvoll sein Darm. Widerlicher Geruch nach Durchfall machte sich breit. Eva wandte sich ab. So hatte sie ihn noch nie gesehen, den starken, wichtigen, herrschsüchtigen Herrn Amtmann, und für seinen besten Freund, der harmlos klein zwischen seinen Beinen baumelte, galt dasselbe. Röther lag da wie ein Häufchen Elend, hilflos und wimmernd, gerade so wie seine Frau vor gar nicht langer Zeit.

»Was ist nur los mit mir?«, jammerte er.

»Ich weiß es auch nicht. Vielleicht hast du was Falsches gegessen?« Eva zog die beschmutzte Decke fort und wollte auch nach der Schüssel greifen, aber Röther hinderte sie daran. Ein neuer Schwall stinkenden Stuhls ergoss sich in das Gefäß.

»Ich lass dir die Schüssel«, sagte Eva und entfernte sich, um die Decke neu zu beziehen.

Röther murmelte etwas Unverständliches und hielt sich den Leib.

Als Eva zurückkam, war die Schüssel fast voll. Flach atmend und ihren Ekel überwindend, nahm sie das Gefäß und entleerte es auf dem Abort. Sie säuberte es und machte einen Umweg über die Küche, wo sie eine Scheibe trockenes Brot für Röther abschnitt.

»Du musst etwas essen«, sagte sie wenig später, »dann geht's dir gleich wieder besser.«

Aber Röther wollte nichts essen, er wollte die Schüssel.

Den ganzen Vormittag litt er an Durchfall und Erbrechen, und jedes Mal, wenn Eva dachte, es käme nichts mehr, dann ging es an anderer Stelle wieder los. Schließlich lag er völlig entkräftet auf dem Bett, ausgelaugt und sämtlicher Körperflüssigkeit ledig. Nur der Schmerz war geblieben. Er wühlte in seinem

Inneren, als wolle er ihn bei lebendigem Leibe ausweiden. In einem kurzen Augenblick der Erträglichkeit flüsterte Röther: »Hol mir Doktor Eck, bitte, ich kann nicht mehr.«

»Doktor Eck ist viel beschäftigt«, sagte Eva.

»Um Christi willen, hol ihn!«

»Ja.« Eva verlies den Kranken und ging hinunter in die Küche, wo sie sich an den großen Tisch setzte. Dass sie den Doktor holte, kam überhaupt nicht infrage. Allein der Gedanke, dass Eck und Röther sich zur selben Zeit in der Schlafkammer, wo sie sich mit beiden vergnügt hatte, aufhalten würden, war unvorstellbar. Außerdem konnte die Begegnung höchst gefährlich für sie werden, wenn der Arzt sich verplapperte. Andererseits: Wenn sie ihn nicht holte, würde Röther höchstwahrscheinlich sterben.

Nach allem, was sie sich zusammenreimte, war es der Hallimasch von gestern Abend, der so verheerend wirkte. Aber Hallimasch war normalerweise bekömmlich, sofern man ihn vor dem Verzehr erhitzte. Trug der Pilz ein verborgenes Gift in sich? Gab es so etwas? Das Gift des Hallimaschs? Eva schüttelte den Kopf. Die Grübeleien brachten sie nicht weiter. Sie wollte der Wirklichkeit ins Auge blicken, und die sah so aus, dass sie ab jetzt genau umgekehrt denken musste: gegen Röther – und für Eck.

Nach angemessener Zeit ging sie wieder nach oben, wo Röther in seinen Schmerzen lag. »Ich kann Doktor Eck nicht finden«, log sie, »und Anni, seine Haushälterin, weiß auch nicht, wo er ist. Bestimmt macht er wichtige Krankenbesuche.«

Röthers Antwort war ein Röcheln, er fiel in eine Art Dämmerschlaf, aus dem er nur von Zeit zu Zeit erwachte. Am Spätnachmittag hatte er einige Momente, in denen er bei klarem Verstand war und nach Wasser verlangte. Zu seinen Beschwerden hatten sich heftige Wadenkrämpfe gesellt, die Eva mit behutsamer Massage zu lindern versuchte.

»Wo bleibt Eck?«, fragte Röther mit zitternden Beinen.

»Er müsste schon längst da sein.« Eva ergriff die Hand des

Kranken und tastete nach dem Puls, er war sehr schnell und kaum fühlbar. Noch lebte Röther.

»Wo … bleibt Eck?«

»Er wird schon kommen.«

Doch der Arzt kam nicht, weder an diesem Abend noch in der Nacht darauf. Am Sonntag wurde Röther schwächer und schwächer, seine Rufe nach dem Arzt wurden seltener.

Aber er lebte noch immer.

Am Montag war Röther nur noch ein wimmerndes Stück Fleisch zwischen Leben und Tod, eine Körperhülle, die zeitweise bei klarem Bewusstsein war und zeitweise in tiefer Ohnmacht lag, und deshalb machte Eva sich abends gegen sieben auf den Weg zu Eck.

Der Arzt war zu Hause. Als er ihr öffnete, ging ein Strahlen über sein Bulldoggengesicht. »Ich habe dich mehrere Tage nicht gesehen.«

»Ich weiß«, sagte Eva und schob sich rasch an ihm vorbei durch die Tür. »Ich hatte zu tun.«

»Was immer du zu tun hattest, es kann nicht wichtiger sein als ich«, versuchte Eck zu scherzen, schloss die Tür und drängte Eva in die Nähe seines Betts. »Wenn du wüsstest, wie sehr ich dich vermisst habe!«

Eva wollte etwas sagen, aber Eck schlang die Arme um sie und küsste sie so hart auf den Mund, dass sie seinen Schneidezahn schmerzhaft spürte. Aus dem ehemals schüchternen Mann war ein feuriger Liebhaber geworden. »Ich kann ohne dich nicht sein, Eva.« Er wollte seiner Stimme einen verführerischen Tonfall geben, aber es klang eher wie ein Bellen.

»Ich auch nicht ohne dich«, sagte sie lahm.

Als wäre das eine Aufforderung gewesen, begann er ihre Brüste zu kneten. »Komm, komm rasch, mein Gott, wie habe ich mich nach dir gesehnt.« Während er sich noch seiner Hose entledigte, lag er schon halb auf ihr, schob das Kleid hoch und drang, ohne zu zögern, in sie ein.

Der Liebesakt war kurz und heftig, und als Eck sich wieder

zurückzog, sagte er etwas Überraschendes: »Ich habe es mir überlegt, Eva, ich bin zwar kein ganz junger Mann mehr, aber ich glaube, ich bin der Richtige für dich. Ich möchte dich heiraten, nein, lass mich ausreden, ich weiß, dass du Katzberg gern verlassen und in eine große Stadt gehen würdest. Warum also gehen wir nicht zusammen?«

Eva war sprachlos.

Eck streichelte ihre Wange. Nachdem er sie im Sturm genommen hatte, fühlte er tiefe Zärtlichkeit. »Das Geld würde keine Rolle spielen, ich habe stets sparsam gelebt und brauche nicht mehr zu arbeiten. Fast achttausend Taler verwahre ich in meinem Haus, die dürften für uns beide mehr als ausreichen, egal, wo wir uns niederlassen. Na, was hältst du von meinem Vorschlag? Willst du mich heiraten?«

»Röther liegt im Sterben«, sagte Eva. »Ich glaube, er hat eine Pilzvergiftung.«

»Was sagst du da?«

»Röther stirbt, er hat eine Pilzvergiftung.«

Es fiel Eck nicht leicht, sich gedanklich von seiner Brautwerbung zu lösen, dann jedoch erwachte der Arzt in ihm. »Wann hat er die Pilze gegessen?«

»Freitagabend.«

Eck wiegte das Haupt. »Und heute schreiben wir schon Montag. Hatte er Magenschmerzen, Durchfall, Erbrechen?«

»Ja, das hatte er. Und Wadenkrämpfe.«

»Nun, Diarrhö und Vomitus nützen nichts, wenn das Gift schon zu lange im Körper steckt. Es sieht so aus, als würden die Toxine ihn langsam zerfressen. Ich fürchte, da ist nichts mehr zu machen.«

»Doch«, sagte Eva, »gib mir von meinem Arsen.«

Während Eva noch bei Doktor Eck weilte, hatte Röther sich schon mit seinem Tod abgefunden. Mit der geistigen Klarheit, die mancher vor seinem Ende noch erfahren darf, erkannte er, dass es zweierlei war, was er noch erledigen musste. Er rief mehrfach nach Matthes, dem knorrigen Knecht, aber seine Stimme war viel zu schwach, als dass der Alte ihn hätte hören können. Nur der Zufall wollte es, dass Matthes irgendwann in die Küche schlurfte und ein leises Stöhnen vernahm. Wenig später stand er gebeugt am Krankenbett. »Ogottogott!«, stammelte er. »Erst die Herrin un nu der Herr, was mach ich bloß?«

Röthers Augenlider flatterten, er blickte den Alten an, und seine Lippen formten nur ein einziges Wort: »Kaul … barsch.«

»Was sagt Ihr, Herr? Kaulbarsch? Was is mit ihm, soll ich ihn holen? Ja, Herr, is gut, Herr, ich hol ihn schon!« Und Matthes machte sich auf den Weg, so schnell ihn seine alten Beine trugen.

Als der Büttel auf der Bildfläche erschien, glaubte er seinen Augen nicht zu trauen: Noch vor wenigen Tagen hatte er den Amtmann gesehen, voller Energie und Tatendrang, und nun lag da ein menschliches Wrack. Er suchte nach Worten der Anteilnahme, doch Röther winkte kraftlos ab. Er hatte nicht die Zeit, sich mit Vorreden aufzuhalten. Ohne Übergang flüsterte er:

»Pilzvergiftung … Hallimasch.«

»Wie meint Ihr, Ihr habt eine Pilzvergiftung durch Hallimasch?«, wiederholte Kaulbarsch ungläubig. »Der ist doch gar nicht giftig?«

Röther zuckte mit den Schultern.

Kaulbarsch setzte sich auf den Bettrand. »Nun gut, es waren also Pilze, ich nehme an, Eva, Eure Magd, hat sie auf dem Markt erstanden?«

Unmerkliches Nicken.

»Wisst Ihr auch, von wem?«

Kopfschütteln.

»Nun gut, das kriege ich raus. Wäre doch gelacht, wenn nicht.« Kaulbarsch erhob sich und sagte betont munter: »Ich wünsche Euch gute Besserung«, obwohl alles darauf hindeutete, dass diese niemals eintreten würde.

Röther machte eine Handbewegung, die den davoneilenden Büttel zurückhielt, und nahm alle seine verbliebenen Kräfte zusammen: »Galantho … Galantho. Sein Versteck, ich … ich kenne es.«

»Wie bitte?« Kaulbarsch kam zurück und setzte sich wieder. Er dachte, er hätte sich verhört. Aber Röther wiederholte seine Worte und erklärte Stück für Stück und unter vielen Mühen und Pausen, was er aus dem dümmlichen Hannikel herausgelockt hatte.

Kaulbarsch war nicht Kannegießer, sondern altgedienter Soldat, und als solcher erkannte er sofort die einmalige Gelegenheit, den Hauptmann und seine gesamte Diebes- und Mörderhorde für immer unschädlich zu machen. »Wenn es stimmt, was Ihr sagt, Herr Amtmann«, rief er, »dann ist keine Zeit zu verlieren. Es ist ein Ring um das Räubernest zu ziehen, aus dem niemand entkommen kann. Auch nicht das kleinste Mäuslein! Ich danke Euch.«

Sprach's und hastete in großen Sätzen die Treppe hinunter, wo er fast mit Eva zusammenprallte. Er war so von Jagdfieber erfüllt, dass er die Pilzsache völlig vergessen hatte, aber im letzten Augenblick fiel sie ihm wieder ein. »Auf ein Wort, Eva, ich habe mit dir zu sprechen.« Und weil die Magd nicht sofort Anstalten machte anzuhalten, fügte er in scharfem Ton hinzu:

»Dienstlich.«

Eva bat ihn in die Küche. »Was kann ich für Euch tun, Meister Kaulbarsch?«

»Mir sagen, von wem du die Pilze hast, die deinen Herrn an den Rand des Todes bringen.«

Eva biss sich auf die Lippen. Rasch überlegte sie, was sie sagen konnte und was nicht. Am besten würde es sein, alle Schuld von sich zu weisen und dem blonden fußlosen Jüngling die Schuld zu geben. Von ihm hatte sie die Pilze, und das entsprach sogar der Wahrheit. Aber wie war das mit Hannikel und dem riesigen Buckelapotheker? Sollte sie die erwähnen oder nicht? Besser nicht, denn je mehr man ausplauderte, desto mehr wurde man ausgequetscht.

»Wird's bald? Oder hast du die Giftgewächse am Ende selbst gepflückt? Dann möchte ich nicht an deiner Stelle sein, liebe Eva! Also, wie war das?«

»Um Gottes willen, nein, ich hab sie nicht gepflückt!« Eva hob ängstlich die Hände, ihr Schreck war nicht gespielt. »Ich hab sie von diesem Blonden gekauft, Listig heißt er.«

»Listig? Welch alberner Name! Wer soll das sein? Beschreibe ihn näher.«

Eva sah sich genötigt, mehr zu erzählen. »Listig ist der, der keine Füße hat. Er sitzt immer bei dem großen Buckelapotheker oben im Reff.«

»Ach, der ist das!« Kaulbarsch ging ein Licht auf. Er betrachtete seinen Daumen, der so gut wie abgeheilt war, dank der wirksamen Salbe, die ihm der Blonde geschenkt hatte. Er hatte das Bürschchen recht nett gefunden, ein bisschen keck vielleicht, aber doch recht nett. Und nun sollte dieses Bürschchen tödlich giftige Pilze verkauft haben? »Weißt du, woher dieser Listig die Pilze hat?«

Eva blickte zu Boden. »Nein, vielleicht aus dem Wald?«

»Woher sonst! Ich meine, hatte Listig einen Lieferanten oder so etwas, jemand, der für ihn die Dinger gesammelt hat?«

»Das weiß ich nicht.«

»Wenn du so wenig weißt, wieso glaubtest du eigentlich, dass die Pilze ungiftig sind?«

Evas Augen füllten sich mit Tränen. Sie gehörte zu den Frauen, die auf Kommando weinen können. »Aber es war doch Hallimasch, bestimmt, und die isst der Herr so schrecklich gern! Am liebsten scharf gepfeffert und mit gebratenen Kartoffeln.« Eva schniefte und schluchzte stärker. »Die Kartoffeln koche ich erst und schneide sie dann in Scheiben, die Scheiben dürfen nicht zu dick sein, sonst braten sie sich schlecht, und anschließend gebe ich immer noch eine Prise Muskat obendrauf, aber er muss aus Indien kommen, der Muskat, wenn er nicht aus Indien kommt, schmeckt er nicht.«

»Ja, ja, schon gut, nun weine nicht.« Kaulbarsch kratzte sich am Kopf. Offenbar stimmte es, was die Magd sagte. Er selbst gehörte auch zu jenen Pilzfreunden, die den besonderen Geschmack des Hallimaschs schätzten. »Und du bist sicher, dass es Honigpilze waren, die man dir verkauft hat?«

»Honigpilze?«

»So wird der Hallimasch auch genannt.«

»Ja, natürlich, ich hab sie letzte Woche doch auch schon bekommen.«

»Von Listig?«

»Ja.«

»Und die sahen genauso aus?«

»Ganz genauso!« Eva trocknete sich die Tränen.

Kaulbarsch schnippte mit den Fingern. »Dann gibt's nur eins: Er hat dir keine Hallimasche verkauft, sondern Gifthäublinge, die gleichen dem Hallimasch aufs Haar, sind aber tödlich toxisch. Es grenzt an ein Wunder, dass dein Herr überhaupt noch lebt. Ich werde den Burschen einlochen, vorausgesetzt, er erscheint übermorgen wieder auf dem Markt, aber dann gnade ihm Gott! Höre Eva, dieses Gespräch bleibt streng unter uns, ist das klar? Schön, noch etwas, was sagt überhaupt Doktor Eck zu der Vergiftung? Wo ist er eigentlich, ich kann mir nicht vorstellen, dass es zurzeit einen wichtigeren Krankheitsfall in Katzberg gibt.«

Eva schlug die Augen nieder. »Ich war gerade bei ihm. Er kommt nachher noch einmal.«

»Dann ist es ja gut.« Kaulbarsch war erleichtert, denn nun musste er sich nicht weiter um Röther kümmern und konnte sich ganz auf Galantho konzentrieren. »Halte dich in den nächsten Tagen zur Verfügung.«

»Ja, Meister Kaulbarsch.«

Mit wehenden Rockschößen eilte der Büttel davon.

Eva blickte ihm nach, noch immer schlug ihr das Herz bis zum Hals. Langsam stieg sie nach oben in Röthers Schlafkammer. »Da bin ich wieder«, sagte sie.

»Wasser«, röchelte der Kranke.

»Ja, gleich, warte.« Sie bereitete einen Becher Wasser vor und hielt ihn Röther an die Lippen. »Hier«, sagte sie.

Er trank mit winzigen Schlucken. »Da… danke.«

Eva schwieg bedrückt.

Irgendwie war es seltsam, dass er sich für den Arsentrank auch noch bedankte.

Pausback steuerte mit schweren Schritten den Marktplatz von Katzberg an. Er war allein, und das machte ihn traurig. Listig hatte ihm im Lager gesagt, er wäre krank, ein Katarrh plage ihn, und er könne nicht mitkommen. Das machte Pausback noch trauriger. Hannikel, der lange Gauner, war ebenfalls im Lager geblieben, denn es war bequemer, auf einen aufzupassen, der keine Füße hatte, als auf einen, der stark war wie ein Ochs und Bär zusammen. Auf Hannikel konnte Pausback gut verzichten.

Das Einzige, was ihn aufheiterte, waren die Hallimasche, die er oben im Reff trug. Sie waren für Eva bestimmt, die sich gewiss darüber freuen würde. Mehr hatte er nicht dabei, denn die wichtigsten Medikamente waren schon am letzten Mittwoch zur Neige gegangen, und die verbliebenen Reste mit Wasser zu strecken ging auch nicht mehr.

Die Hallimasche waren von guter Frische, denn Pausback hatte sie in der vergangenen Nacht mit Listig gesammelt. Da war Listig noch gesund gewesen, aber dann, wie aus heiterem Himmel, hatte er den Katarrh bekommen. Zu dumm, dass die Arzneien aufgebraucht waren. Pausback hätte ihm gern geholfen, zum Beispiel mit einem Tee aus den getrockneten Wurzeln der Bibernelle.

»Grüße Eva von mir«, hatte Listig noch gesagt, bevor er losmarschiert war.

Und nun war er angekommen. Vorsichtig schob er sich durchs Marktgedränge, bis er seinen angestammten Platz gefunden hatte.

Tietz war auch schon da und musterte ihn feindselig. »Wo

hast du denn den fußlosen Maulhelden und den langen Lulatsch gelassen?«, fragte er.

»Sind nicht mitgekommen.«

»Das sehe ich.«

Daraufhin sagte Pausback nichts. Er setzte das Reff ab und holte den Pilzkorb heraus. Eva sollte, wenn sie kam, die Hallimasche gleich sehen.

»Ich habe diesmal auch Hallimasche«, sagte Tietz wichtigtuerisch. »Wenn Eva kommt, kann sie die Pilze genauso gut bei mir kaufen. Ich mache ihr einen Preis, den du nicht unterbieten wirst.«

»Hm, hm.« Pausback hatte keine Lust, sich mit Tietz zu unterhalten, und hielt Ausschau nach Eva. Hin und wieder kam eine Hausfrau und fragte ihn nach dem Preis für seine Pilze, aber er war froh, sie nicht verkaufen zu müssen, und sagte, sie wären ein Geschenk. Andere wollten wissen, wo die Medikamente geblieben seien, aber auch ihnen konnte er nicht helfen. Dann liefen Kinder heran und riefen, er solle ein paar seiner Olitätenverse zum Besten geben, aber er schüttelte nur den Kopf.

Da brüllten sie, wenn er schon nicht singen wolle, dann müsse er wenigstens tanzen.

»Ich tanz nicht«, brummte er.

»Los, tanz, Pausback!«

»Lasst mich, will doch nur meine Ruhe.«

»Pausback, Sausack,
Sausack, Eiersack,
Eiersack, Dudelsack ...«,

schrien die Kinder im Chor und freuten sich diebisch über den hilflosen Riesen. Pausback trat von einem Bein aufs andere und fragte sich immer wieder, wo Eva wohl bliebe. Doch jetzt sangen die Kinder etwas anderes:

»Kaulbarsch, Maularsch,
Maularsch, Fettarsch,
Fettarsch, Pferdearsch …«

und stoben blitzartig auseinander, denn dort, wo sie eben noch gestanden hatten, stand jetzt der Stadbüttel in Begleitung zweier Hilfskräfte. Kaulbarschs Gesicht war zornesrot. Es war nicht das erste Mal, dass die Kinder seinen Namen so verspotteten. Entsprechend ruppig fuhr er Pausback an: »Wo ist dieser Listig, das blonde Jüngelchen, dass du sonst huckepack herumträgst?« Während er das sagte, fiel sein Blick auf den Pilzkorb, was ihn sofort zu einer weiteren Frage veranlasste: »Ist das Hallimasch?«

»Ist krank«, brummte Pausback, dem wieder einmal alles zu schnell ging.

»Was, krank? Willst du damit sagen, dass du schlechte Pilze feilhältst?« Kaulbarsch machte eine bedeutungsvolle Pause. »Womöglich giftige?«

Tietz von nebenan rief: »Das würd mich nicht wundern!«

»Sei still, Tietz, und komm her. Guck dir diese Pilze mal genau an. Was sind das für welche?«

Der Pilzsammler warf einen flüchtigen Blick auf die Waldgewächse. »Es könnten Hallimasche sein«, sagte er widerwillig.

»Ich will nicht wissen, ob sie es sein könnten, ich will wissen, ob sie es sind«, blökte Kaulbarsch.

»Sie sehen jedenfalls so aus.«

Der Büttel wandte sich wieder an Pausback: »Ob die Pilze giftig sind, wird sich herausstellen. Eine Frage: Wer hat sie gesammelt?«

»Hm, wir.«

»Wer ist ›wir‹?«

»Wir beide. Listig und ich.«

»Und wo ist dieser Listig?«

Pausback dachte angestrengt nach. Er spürte, dass es nicht gut sein würde, das genaue Versteck der Räuber zu nennen, nicht nur, weil Galantho es so befohlen hatte, sondern auch, weil er ahnte, dass Unangenehmes auf Listig zukommen könnte. »Im Wald.«

»Wo im Wald?«

»Bei Galantho.«

»Oho! Dann ist Listig, unser schnellzüngiger Freund, wahrscheinlich ein Räuber und der lange Priemer, der neulich neben euch stand, auch?«

»Hm, hm, Listig ist kein Räuber.«

»Meinetwegen. Aber wo steckt er?«

»Im Wald.«

»Das sagtest du schon.« Kaulbarsch rang um Geduld. »Wo im Wald?«

»Bei Galantho.«

»Wo ist Galantho?«

»Bei Luchs Tullian.«

»Wo ist Luchs Tullian?«

»Bei Hein Surel.« Pausback nannte einfach Räubernamen, die ihm gerade einfielen, um den Standort des Lagers nicht preisgeben zu müssen.

»Wo ist Hein Surel?«

»Bei Leib Langnase.«

»Wo ist Leib Langnase?«

»Bei Galantho.«

Kaulbarsch holte tief Luft und gab es auf. Zunächst jedenfalls, denn er wollte in der Öffentlichkeit keine schlechte Figur machen. »Nun gut, dann will ich mal Klartext mit dir reden, Pausback Schüppling: Fest steht, dass Listig und der lange Priemer Räuber sind, und da liegt es nahe, dass auch du einer bist. Außerdem hältst du Pilze von der Art feil, die hochgiftig sein können. Weiterhin sträubst du dich, den Standort von Galanthos Lager zu nennen, aber das wird dir nichts nützen, denn er ist bereits bekannt.« Kaulbarsch unterbrach sich und setzte in Gedanken hinzu: ungefähr jedenfalls. Laut fuhr er fort: »Ich verhafte dich deshalb und stecke dich hinter Gitter. Und sollte sich erweisen, dass du nicht wie dein Vater ein ehrenwerter Buckelapotheker bist, sondern ein verkappter Räuber und Mörder, wirst du demnächst ohne Kopf herumlaufen.«

Pausback blickte auf Kaulbarsch herab. Von dem Schwall der Anschuldigungen hatte er kaum etwas mitgekriegt, nur das Wort Vater, das hatte er verstanden. »Vater ist tot«, sagte er.

Kaulbarsch stutzte. »Das wird ja immer schöner, vor zwei Wochen hast du mir noch erzählt, es ginge ihm gut. Du lügst wie gedruckt, Pausback Schüppling! Nun mach keine Sperenzchen und streck die Hände vor.«

Der Riese gehorchte. »Vater ist tot«, wiederholte er.

»Ja, ja.« Kaulbarsch wies seine beiden Männer an, den Riesen zu fesseln. »Guck nicht so ungläubig und folge uns, das ist für alle am besten.«

Eine Minute später waren die vier verschwunden.

Tietz lachte hämisch.

Der militärische Schlag gegen Galantho und seine Spießgesellen war für den Mittwochabend angesetzt. Er hatte in nur knapp zwei Tagen geplant werden müssen und wies deshalb einige Mängel auf. Am unangenehmsten war die geringe Anzahl der Soldaten. Nur zwei Grenadier-Kompanien, die nicht einmal volle Mannschaftsstärke aufwiesen, trafen drei Stunden vor Sonnenuntergang am verabredeten Ort ein. Der Ort, eine Waldlichtung zwischen Katzberg und Langewiesen, war gut gewählt, denn von hier aus konnte die Jahrhundert-Erle in einem Abstand von anderthalb Meilen flächendeckend eingekreist werden. Kaulbarsch, hoch zu Pferde, begrüßte die beiden Führer der Kompanien und stellte seine Hilfsleute, die ebenfalls im Sattel saßen, vor.

»Tut mir leid, ich habe nur siebenundfünfzig Mann«, sagte der eine Leutnant.

»Ich immerhin einundneunzig«, sagte der andere.

»Macht zusammen einhundertachtundvierzig«, rechnete Kaulbarsch zusammen. »Bitter wenig. Das bedeutet, wenn ich mich nicht irre, dass die Männer in einem Abstand von dreihundert Fuß losmarschieren müssen. Ein reichlich grobmaschiges Netz.«

»Das aber mit jedem Schritt enger wird«, sagte der eine Leutnant. »Weil die Männer sich ja aufs Zentrum zubewegen«, sagte der andere Leutnant.

»Gewiss, gewiss.« Kaulbarsch war sichtlich nervös. Er wollte den Sack unbedingt noch bei Tageslicht zumachen. »Über das Gelände haben wir ja schon gesprochen, meine Herren, wenn keine weiteren Fragen sind, weist bitte Eure Männer ein. Sie sollen sehen, dass die Kette auf keinen Fall reißt. Mit Galantho und seinem Raubgesindel ist nicht zu spaßen.«

»Keine Sorge, unsere Männer machen das nicht zum ersten Mal«, sagte der eine Leutnant.

»Und wahrscheinlich auch nicht zum letzten Mal«, sagte der andere Leutnant.

»Nun denn, gute Jagd!«

»Danke.« Die beiden Leutnants wendeten ihre Pferde und ritten zu ihren Soldaten zurück. Kurze Befehle, im Flüsterton weitergegeben, wanderten durch die Reihen. Die Männer setzten die Bajonette auf und schwärmten aus. Kaulbarsch hätte viel darum gegeben, mit ihnen gehen zu können, aber er war nicht mehr der Jüngste, und so schickte er lediglich seine eigenen Männer zur Verstärkung in den Kampf.

In den nächsten Stunden wurde seine Geduld auf eine harte Probe gestellt, umso mehr, als in einiger Entfernung wiederholt Schüsse krachten und Waffenlärm herüberdrang.

Endlich, es war schon fast Mitternacht, und er hatte den Ausgangskreis wohl schon an die zehn Mal abgeritten, traf er auf einige der Grenadiere. Ihre vom Pulverdampf geschwärzten Gesichter lachten, denn sie hatten Gefangene gemacht. Sieben an der Zahl, wie ein Unteroffizier stolz vermeldete. Kaulbach dankte und schaute sich das Räuberpack an. Die Schurken, vor denen der ganze Landstrich seit Jahren gezittert hatte, standen mit hängenden Köpfen da und wirkten höchst harmlos. Keinen von ihnen kannte er. »Passt gut auf die Halunken auf«, sagte er grimmig, »dass mir keiner von ihnen entwischt!«

Das versprachen die Grenadiere und brachten die Räuber zum Sammelplatz.

Später begegnete er weiteren Gruppen. Manche von ihnen ebenfalls mit Gefangenen, andere ohne. Nicht wenige der Soldaten hatten erhebliche Blessuren davongetragen, ein Zeichen dafür, dass im Lager heftig gekämpft worden war. Irgendwann sah er im Fackelschein einen Feldscher, der Wunden versorgte. Es waren in erster Linie Hieb- und Stichwunden, aber auch einige Schussverletzungen. Kaulbarsch wusste aus Erfahrung, wie gefährlich sie waren, da die auf den Körper treffende Kugel häufig Stoffteile der Uniform in den Schusskanal mit hineinriss. Die Folge waren Entzündung, Vereiterung und Fäulnis in der Wunde. Eine unheilvolle Entwicklung, an deren Ende oftmals die Amputation stand. Er half dem Mann mit einigem Verbandzeug aus, das er vorsorglich in der Satteltasche mit sich führte, und fragte ihn, ob er wisse, wie der Stand der Dinge sei.

Der Feldscher legte gerade einen verbundenen Arm in die Schlinge und blickte kaum auf: »Bisher sind's elf Verletzte, drei davon schwer. Ich würd sagen, alles so weit normal.«

»Und wie steht der Kampf?«, fragte Kaulbarsch bang.

»Das weiß ich nicht, ist nicht mein Geschäft.«

Die Antwort war nicht dazu angetan, Kaulbarschs Unruhe zu mildern, zumal weitere Grenadiere heranrückten, die müde und abgekämpft aussahen. Immerhin hatten auch sie Gefangene gemacht, unter denen Kaulbarsch den langen Priemer vom Markt erkannte. Er ritt auf ihn zu und sagte: »So sieht man sich wieder. Weißt du, wo Listig steckt?«

»Leck mich«, nuschelte Hannikel.

»Deine Frechheit wird dir noch vergehen, spätestens, wenn du auf dem Blutgerüst stehst. Was ist mit Galantho?«

»Leck mich.«

»Wie ist dein Name?«

»Leck mich.«

Ärgerlich wandte Kaulbarsch sich ab. Es war zwecklos, den Mann weiter zu befragen. Wenigstens schienen die Kämpfe vorüber zu sein.

Bislang hatte er einundzwanzig Gefangene gezählt, was einiges erhoffen ließ, aber er sehnte sich nach endgültiger Gewissheit.

Er bekam sie, als die beiden Leutnants wieder auftauchten. Sie hatten ein recht genaues Bild der Lage und konnten berichten, dass es ein zähes Ringen gewesen sei. Die Räuber hätten mit dem Mut der Verzweiflung gekämpft, teilweise aus dem Hinterhalt angegriffen oder sich in ihren Häusern verschanzt. Aber letztendlich habe man alle unschädlich gemacht. Obendrein habe man sieben Pferde sichergestellt, wahrscheinlich Kutschpferde.

»Und was ist mit Galantho?«, fragte Kaulbarsch abermals.

»Den haben wir eine ganze Weile gesucht«, sagte der eine Leutnant.

»Und erst sehr spät in seiner Höhle gefunden«, sagte der andere Leutnant.

Die Offiziere schilderten nun in der ihnen eigenen Art, wie sie und ihre Männer den Räuberhauptmann aufgespürt und gestellt hatten.

Galantho hatte sich mit Zähnen und Klauen gewehrt, hatte gebrüllt wie ein Stier, hatte um sich geschossen und mit Messern, Flaschen, Krügen und sämtlichen Gegenständen, derer er habhaft werden konnte, geworfen. Er hatte um sein Leben gefochten und es am Ende ausgehaucht. Auf die Frage, ob er noch einen letzten Wunsch habe, hatte er nach Wein verlangt, an dem er sich allerdings verschluckte.

»Somit wissen wir nicht genau, ob er an seinen Verletzungen starb«, sagte der eine Leutnant.

»Oder schlicht an Luftmangel«, sagte der andere Leutnant.

»Nun ja.« Es war Kaulbarsch ziemlich egal, woran Galantho letztendlich verschieden war, Hauptsache, er war tot. Er setzte sich mit den Offizieren zusammen und zog mit ihnen Bilanz:

Von den einhundertachtundvierzig Grenadieren waren fünf gefallen und siebenunddreißig verletzt. Bei den Räubern sah es anders aus: Sie waren entweder getötet oder gefangen genommen worden, Verletzte gab es kaum. Neunundzwanzig gefesselte Räuber hatten die Leutnants auf dem Sammelplatz gezählt, und Kaulbarsch fragte, ob irgendwer entkommen sei. Das konnten die Herren nicht ausschließen und erinnerten an die geringe Mannschaftsstärke ihrer Kompanien. Es wäre ohnehin nicht leicht gewesen, bei den Flüchtenden zwischen den Räubern und ihren Weibern und Kindern zu unterscheiden, betonten sie. Die Gefangenen würden wie besprochen nach Erfurt gebracht, wo es genügend Kerkerzellen gebe, um sämtliche Schurken einzulochen. Dort würden sie dann auch ihrem Richter zugeführt. Und ihrem Henker.

»Ich danke Euch, meine Herren«, sagte Kaulbarsch erleichtert und ging zu seinem Gaul, »auch im Namen von Bürgermeister Kannegießer und den Honoratioren der Stadt.«

Er stieg auf, wandte sein Pferd und machte sich mit seinen Hilfskräften auf den Weg zurück nach Katzberg. Zufrieden überdachte er die vergangenen Stunden. Das Unternehmen konnte als voller Erfolg gewertet werden, und das verdankte er in erster Linie den beiden ungewöhnlichen Offizieren, die nicht nur gemeinsam kämpften, sondern auch gemeinsam redeten.

Er hätte rundum zufrieden sein können, wenn es da nicht etwas gegeben hätte, das an ihm nagte: der Gedanke, dass einige Räuber entwischt sein mochten.

Kaulbarsch wusste nicht, ob es sich bei dem Vogel um einen Raben oder um eine Rabenkrähe handelte, er wusste nur, dass die Kreatur eines der aufdringlichsten Geschöpfe auf Gottes Erdboden war. Von morgens bis abends umflatterte der Vogel die Rathausstube, in der er seines Amtes waltete, und bettelte um irgendwelche Bissen. Dabei zeigte er so wenig Scheu, dass er sogar auf dem Fenstergesims landete und misstönende Laute von sich gab.

Anfangs hatte Kaulbarsch den Fehler gemacht und ein paar Brocken hingeworfen in der Hoffnung, das Tier möge zukünftig fernbleiben, aber das Gegenteil war eingetreten. Der Vogel belagerte ihn seitdem förmlich.

Das war auch heute, am Morgen nach dem Militäreinsatz, der Fall. Das Tier saß auf dem Gesims und hüpfte von links nach rechts und von rechts nach links, als hätte es Sprungfedern in den Beinen. Kaulbarsch zwang sich, es nicht zu beachten. Er hatte Wichtigeres zu tun: Vor ihm saß Pausback, der aus dem Rathausverlies zum Verhör geholt worden war. Die Hände des Riesen lagen in Eisen, er machte einen verstörten Eindruck.

»Guten Morgen, Pausback«, sagte Kaulbarsch, um Höflichkeit bemüht. »Wenn du in der letzten Nacht schlecht geschlafen haben solltest, so hast du dir das selbst zuzuschreiben.«

Pausback sagte nichts.

»Nun gut, diese Frage musst du nicht beantworten, aber alle anderen, die ich dir gleich stellen werde, und zwar nach bestem Wissen und Gewissen. Dies ist ein offizielles Verhör, und Fischel, mein Assistent, der da drüben sitzt, wird deine Aussagen mitschreiben.«

Kaulbarsch wartete auf eine Reaktion Pausbacks, aber als keine kam, fuhr er fort: »Meine erste Frage ist ganz einfach und direkt. Sie lautet: Bist du ein Räuber? Halt, bevor du antwortest, solltest du eines wissen: Wenn du einer bist, finde ich es heraus, das ist so sicher wie das Amen in der Kirche, es hat also keinen Zweck, zu leugnen.«

Pausback starrte auf den Vogel im Fenster.

»Antworte mir!«

»Bin kein Räuber, Vater.«

»Wie bitte? Sprichst du jetzt plötzlich mit deinem Vater? Erst sagtest du mir, es ginge ihm gut, dann sagtest du, er sei tot, und nun auf einmal lebt er wieder?«

»Weiß nicht, wie alles gekommen ist, Vater, aber ich freu mich, dass du da bist.«

Fischel, ein typischer Schreiberling mit Kneifer und Stirnglatze, fragte: »Soll ich das notieren?«

»Nein, Herrgott nochmal!« Kaulbarsch versuchte es anders: »Pausback, du hast mir gestern, als ich dich nach Galanthos Versteck fragte, viele Räubernamen genannt, du scheinst dich also gut auszukennen in der Bande, was den Schluss zulässt, dass du ihr angehörst. An wie vielen Überfällen hast du teilgenommen?«

»Hmja, es war'n aber nicht alle.«

»Aha, da haben wir's! An welchen denn?«

»Komm rein, Vater«, sagte Pausback, denn der Vogel hatte gegen die Scheibe gepickt. Kaulbarsch knirschte mit den Zähnen und gab Fischel einen Wink, er möge auch diese Antwort nicht aufschreiben. »Also, welche?«

»Hölzerlips ist da noch. Und Jonas Ocker.« Pausback dachte angestrengt nach. »Und Franz de Smit und Priller und Güldenzopf.«

Kaulbarsch brauchte eine Weile, um zu erkennen, dass der Riese und er aneinander vorbeiredeten. Er machte einen neuen Anlauf. »Seit wann gehörst du zu den Räubern?«, fragte er, im Bewusstsein, dass es eine Fangfrage war. Die Antwort, egal, ob in Wochen, Monaten oder Jahren angegeben, war nicht so wichtig, denn sie schloss in jedem Fall eine Zugehörigkeit zur Bande ein. »Nun sag's schon!«

»Damian, Timans Pandel, Feuerteuf.«

»Nun bleib mal ganz ruhig, Pausback«, sagte Kaulbarsch und meinte damit eher sich selbst. »Ich habe dir eine einfache Frage gestellt: Seit wann gehörst du zu den Räubern?«

»Hm, hm.«

»Seit wann gehörst du dazu?«

»Neuner.«

»Was, willst du damit sagen, du seist erst neun Tage Mitglied der Bande? Lüg mich nicht an, du kommst seit mindestens zwei Wochen mit Listig und dem langen Priemer auf den Katzberger Markt! Also?«

»Neuner, Nagels Piterchen, Crematorius.«

Bevor Kaulbarsch die Beherrschung verlieren konnte, machte der Vogel auf dem Fenstergesims sich wieder bemerkbar. »Kraah, kraah, kraah!«, rief er fordernd, und er rief es so laut, dass er die Geräusche der Stadt übertönte.

»Das Tier macht mich noch wahnsinnig«, stöhnte Kaulbarsch.

»Ich müsste mal austreten«, sagte Fischel.

»Ja, ja, geh nur.« Kaulbarsch schloss die Augen und versuchte, sich zu entspannen, während draußen der Vogel weiter lärmte. Es ging nicht. »Das ist Hölle, Inquisition, Apokalypse in einem«, murmelte er schwach, »ich wünschte, es wäre schon Mittagszeit, dann hätte ich das Ganze hinter mir.« Er dachte an die kräftige Blutwurst, die er als Mahlzeit mitgebracht hatte, und stellte sich vor, wie er sie Scheibe für Scheibe verspeisen würde.

Und dann, ganz unverhofft, stellte er sich das gar nicht mehr vor. Weil ihm eine Idee gekommen war.

»He, Fischel, hol mal den Korb mit den Pilzen, du weißt doch, die, die Pausback gestern bei sich hatte«, befahl er, als sein Assistent wieder erschien.

Während Fischel wieder verschwand, packte Kaulbarsch die Wurst aus und schnitt drei dicke Scheiben ab. Dann, als die Pilze gebracht worden waren, zerkleinerte er ein paar und drückte mehrere Stücke in die weiche Wurstmasse. Es sah aus, als spicke er einen Braten. Zufrieden betrachtete er sein Werk. »So, Fischel, nun lege die Scheiben auf das Gesims, aber pass auf beim Öffnen des Fensters, dass mir der Vogel ja nicht in die Stube flattert!«

Fischel tat, wie ihm geheißen. Der Vogel hatte sein »Kraah, kraah, kraah!« eingestellt und betrachtete ihn mit schief gelegtem Kopf. »Ich glaube, er wird es nehmen«, sagte er.

»Wir werden sehen«, sagte Kaulbarsch gespannt, denn noch immer beäugte das Tier die dargebotenen Leckerbissen. Wie alle Rabenvögel war es ein großer Eierdieb, verschmähte auch nicht das Fleisch eines toten Hasen oder Rehs und war bei alledem so gewitzt, dass es Muscheln, Krebse und Walnüsse aus großer Höhe fallen ließ, um an den schmackhaften Inhalt heranzukommen. Würde er die Wurst nehmen?

Ja, es war so. Erst zögernd pickend, dann gierig schlingend, verspeiste der Vogel die Scheiben.

»Er hat das Angebot angenommen«, sagte Kaulbarsch, »mal sehen, wie es ihm bekommt. Doch während wir auf das Ergebnis warten, will ich dir, Pausback, einige Fragen zu den Pilzen stellen. Ob sie giftig sind oder nicht, wird sich hoffentlich gleich herausstellen, deshalb will ich das zunächst nicht wissen. Sage mir erst einmal, wo du sie gefunden hast. Ich meine den genauen Ort, damit wir das überprüfen können.« Auch diese Frage war eine Fangfrage, denn Kaulbarsch rechnete damit, dass Pausback mit seiner Antwort einräumen würde, er hätte die Pilze entdeckt. In diesem Fall wollte Kaulbarsch weiterfragen, ob der Ort derselbe war, von dem die Pilze der letzten Woche stammten. Würde auch das bejaht, hätte Pausback sich als Sammler der Giftpilze enttarnt, jener Pilze, nach deren Genuss Röther mit dem Tode rang. »Also nochmal, wo hast du die Pilze gefunden?«

Pausback kratzte sich am Ohr und scharrte mit den Füßen, so angestrengt dachte er nach. Schließlich sagte er: »Wo's leuchtet.«

Mit allem hatte Kaulbarsch gerechnet, nur nicht mit dieser Antwort. »Was meinst du damit?«

»Hm, hm, wo's eben leuchtet.«

»Was leuchtet an der Stelle, wo du die Pilze gefunden hast?«

»Pilze.«

»Ich meine nicht die Pilze, ich meine die Stelle, wo du sie gefunden hast.« Kaulbarsch wusste nicht, dass der Hallimasch im Dunklen grünlich schimmert, was nicht zuletzt daran lag, dass er des Nachts noch nie in die Pilze gegangen war. Allmählich begann er am Verstand des Riesen zu zweifeln.

»Aber da leuchten sie.«

»Schon gut.« Kaulbarsch machte einen weiteren Versuch:

»Erzähl mir einfach, wo es war, als du und Listig die Pilze gesammelt habt.«

»Hm, hm, wo sie war'n, hat's geleuchtet.«

Kaulbarsch ersparte sich die erneute Nachfrage. Er schwieg und blickte Pausback auffordernd an.

»Beim zweiten Mal war's die Laterne. Und beim dritten Mal auch. Laternen leuchten heller als Pilze.«

Fischel fragte: »Soll ich das protokollieren?«

»Nein, zum Donnerwetter!« Kaulbarsch hielt es nicht mehr auf seinem Stuhl, er sprang auf – und prallte mit etwas zusammen, das hart wie ein Baumstamm war. Der Baumstamm war Pausback. Er war ebenfalls aufgestanden, aschfahl im Gesicht, und polterte nun mit zwei Schritten zum Fenster. Kaulbarsch rappelte sich auf und folgte ihm. Er spähte hinaus und konnte nichts Ungewöhnliches entdecken, der Platz vor dem Rathaus sah aus wie immer.

»Vater! Vater!«, schluchzte Pausback und bebte dabei wie ein Fels.

Da erst merkte Kaulbarsch, dass der Vogel vom Gesims verschwunden war, er blickte in den Himmel und konnte ihn nirgendwo entdecken, auch auf den Dächern der umliegenden Häuser saß er nicht.

»Vater!«, flüsterte Pausback mit gebrochener Stimme, seine riesigen Pranken deuteten auf einen Punkt direkt unter dem Fenster. Dort lag der Vogel zuckend auf dem Pflaster, mit gespreizten Flügeln und gefächertem Schwanz. Es sah aus, als balze er um ein Weibchen, aber es war sein Todeskampf.

Zwiespältige Gefühle durchströmten Kaulbarsch, einerseits tat der Vogel ihm leid, andererseits war er froh, dass nun der Beweis erbracht war: Die Pilze waren hochtoxisch. Und es handelte sich bei ihnen nicht um Hallimasch, sondern um den Gifthäubling. Und Pausback Schüppling hatte ihn gesammelt, so viel wenigstens schien klar, wenn man den restlichen Unsinn seiner Aussagen abzog. Er sah zu dem Riesen auf und blickte in ein tränenüberströmtes Gesicht.

Pausback bewegte den Mund, und seine Lippen formten immer wieder das eine Wort – mit einer Zartheit, die man dem Riesen niemals zugetraut hätte: »Vater …«

Kaulbarsch schüttelte den Kopf und setzte sich wieder. Es schien so, als wären gleich zweierlei Beweise erbracht worden: einer für die Giftigkeit der Pilze und einer für die Beschränktheit des Riesen. Ein Mann, der in einem krepierenden Vogel seinen sterbenden Vater sah, war nicht normal. Aber was bedeutete das? Konnte Pausback wie jeder andere Räuber angeklagt werden? Sahen die Paragrafenreiter in seinem Fall mildernde Umstände vor? Kaulbarsch war sich nicht sicher, er war Stadtbüttel und kein Jurist. Er überlegte eine Weile und kam dann zu einem Entschluss. Bevor er weitere Schritte unternahm, wollte er das Urteil eines Arztes einholen. Der würde wissen, wie es um den geistigen Zustand des Riesen bestellt war. »Fischel, lauf rasch zu Doktor Eck und bitte ihn zu mir, es wäre sehr dringend.«

»Jawohl.« Fischel trabte davon.

Kaulbarsch lehnte sich zurück. »Bis Doktor Eck da ist, unterbreche ich das Verhör.« Der Riese reagierte nicht. Er saß jetzt wieder auf seinem Stuhl und starrte zu Boden. Um irgendetwas zu tun, nahm Kaulbarsch die restliche Blutwurst und begann sie zu essen. Er war Witwer und konnte nicht wie andere Männer darauf zählen, dass ihm die Frau zu Hause eine Mittagsmahlzeit kochte. »He, Pausback, willst du auch ein Stück?«

Der Riese schwieg.

»Dann eben nicht.« Kaulbarsch aß weiter. Er hatte es nur gut gemeint. Die Zeit, bis Fischel wieder erschien, kam ihm wie eine Ewigkeit vor, aber dann ging alles ganz schnell: Die Tür wurde aufgerissen, und Fischel stand da, mit weit aufgerissenen Äuglein hinter dem Kneifer und hochrotem Kopf. »Doktor Eck ist tot!«

Kaulbarsch zuckte zusammen. »Was sagst du da?«

»Er liegt tot in seiner Wohnung!«, sprudelte Fischel hervor.

»Hab ihn selbst gesehen. Anni, die Haushälterin schwört, er wäre ermordet worden.«

»Was, ermordet? Mir bleibt auch nichts erspart!« Kaulbarschs Gedanken überstürzten sich. Was sollte er als Erstes tun? Das Verhör abbrechen und zu Eck eilen? Oder das Verhör fortsetzen und einen anderen Arzt holen lassen? Er atmete ein paarmal tief durch. »Ich sehe mal nach, was in der Kapuzinergasse los ist«, sagte er dann, Gelassenheit vortäuschend. »Und du, Fischel, sorgst mit zwei Männern dafür, dass Pausback wieder in seine Zelle kommt. Alles andere findet sich.«

Mit großen Schritten eilte er zu Ecks Domizil, wo vor der Tür ein Pulk von Nachbarn stand und eifrig über das Geschehene schwatzte. Kaulbarsch trieb die Leute auseinander, befahl ihnen, wieder ihre Arbeit aufzunehmen, und stürmte ins Haus. Am Küchentisch fand er Anni weinend vor. Sie betupfte sich fortwährend mit einem Taschentuch die Augen und wies in Richtung Behandlungszimmer. »Da drinnen liegt er, beim Schrank mit dem Medizinkram, lieber Herr Jesus, wie konnt das nur passieren!«

»Das weiß ich auch nicht«, sagte Kaulbarsch grimmig, »aber ich bin dazu da, es herauszufinden.« Dann, bevor er den kleinen, aber sehr hellen Raum betrat, fiel ihm ein, dass seine Rede vielleicht ein wenig zu harsch gewesen war, und er sagte: »Nun weine doch nicht.«

Eck, in gekrümmter Haltung auf dem Boden liegend, trug den Gehrock, den er immer trug, wenn er seine Patienten besuchte. Kaulbarsch bückte sich, untersuchte den Toten und stellte fest, dass die Leichenstarre sich bereits voll ausgebildet hatte. Das bedeutete, Eck war schon seit vielen Stunden tot.

»Bestimmt hat sie ihn vergiftet!«, sagte Anni mit weinerlicher Stimme in seinem Rücken. Kaulbarsch drehte sich um. Aussagen, die gleich mehrere neue Fragen aufwarfen, schätzte er nicht sonderlich. »Wer ist ›Sie‹, und wieso kommst du darauf, dass diese ›Sie‹ den Doktor vergiftet hat?«, sagte er schroff.

Die Antwort war ein neuer Weinanfall.

»Nun, nun, es war ja nicht so gemeint.« Kaulbarsch stellte seine Frage erneut.

»Kommt mit«, sagte Anni, die sich ein wenig beruhigt hatte, und führte ihn zurück in die Küche. »Das ist sein Essen, und da war's drin.«

Kaulbarsch sah einen sauber leer gegessenen Teller. Mehr nicht.

Ob er sich jemals daran gewöhnen würde, dass die Leute stets in Rätseln sprachen? »Ich sehe kein Essen, und ich sehe erst recht nicht, was darin war.«

Anni schniefte. »Hühnersuppe war's, die isst der Doktor doch so gern. Aber jetzt kann er sie ja nicht mehr essen, jetzt wird er sie nie mehr essen, er ist ja …« Ein neuerlicher Weinanfall schüttelte sie.

Kaulbarsch wartete, bis das Taschentuch seine Schuldigkeit getan hatte, und sagte dann: »Gut, also Hühnersuppe. Was war darin, und wer ist ›Sie‹?«

»Arsen war's, das hat die Eva, diese Schlange, ihm da reingetan.«

»Aha, du sprichst also von Eva. Ich nehme an, du meinst die Magd des Amtmanns Röther. Woher willst du wissen, dass Eva das Gift in die Suppe tat?«

»Hab ja selbst gesehen, wie sie's dem Herrn Doktor gegeben hat und wie's der Herr Doktor weggeschlossen hat, ich mein, in den Schrank mit dem Medizinkram. War wirklich nur Zufall, dass ich's gesehen hab. Und nun ist das Arsen weg, und der Herr Doktor ist tot, lieber Herr Jesus, wie halt ich das nur aus!«

Kaulbarsch eilte zurück ins Behandlungszimmer. Er war so mit der Leiche beschäftigt gewesen, dass er den Medizinschrank gar nicht beachtet hatte.

Jetzt sah er, dass der Tote direkt darunterlag. Warum war das so? Nun, dafür gab es, wenn keine Patienten zu behandeln waren, eigentlich nur eine Erklärung: Eck hatte sich selbst behandeln wollen, weil er sich unwohl fühlte, sehr unwohl wahrscheinlich, und er hatte nicht mehr die Kraft gehabt, ein helfendes Medikament herauszunehmen. Seine leeren Hände bewiesen es.

Kaulbarsch betrachtete den Schrank näher und sah, dass er offen stand, der Schlüssel steckte noch im Schloss. Mit einiger Mühe entzifferte er die Beschriftungen der Arzneien und konstatierte, dass Arsen tatsächlich nicht dabei war. Aber das hieß noch lange nicht, dass Eva die Mörderin sein musste. Jeder andere hätte das Gift in die Suppe tun können, er musste nur den Schlüssel zum Schrank besitzen. Oder, wenn auch weniger wahrscheinlich, sich das Gift aus der Apotheke besorgt haben. In diesem Fall allerdings tauchte die Frage auf, wo das Arsen im Schrank geblieben war. Nein, die letzte Überlegung war wenig logisch, richtiger war, dass jeder andere das Gift in die Suppe hätte geben können, sofern er den Schlüssel zum Schrank hatte.

Und genau das sagte Kaulbarsch der Haushälterin, als er wieder in die Küche ging.

»Aber die beiden sind doch ein Paar, sie turteln schon wer weiß wie lange rum, und der Herr Doktor war ganz vernarrt in sie.«

»Wenn die beiden ein Paar waren, hatte Eva erst recht keinen Grund, Eck zu vergiften«, sagte Kaulbarsch. Doch dann stutzte er, denn das, was Anni gerade behauptet hatte, war recht ungewöhnlich: ein Mann wie Eck, gestandener Arzt und einer der angesehensten Honoratioren von Katzberg, hatte eine Tändelei mit einer Magd? Zugegeben, Eva war eine Schönheit, und die Leute hatten auch schon vor Monaten getratscht, sie habe ein Verhältnis mit Röther, aber trotzdem … »Und wieso weiß kein Mensch von dieser Liebschaft? Ich meine, es hätte doch großes Aufsehen erregt, wenn da etwas herausgekommen wäre?«

»Was der Herr Doktor in seinem Haus macht, geht keinen was an. Da schweig ich wie ein Grab.«

»Und du bist wirklich sicher?«

Anni steckte das Taschentuch in die Schürze, gottlob schien sie es nicht mehr zu brauchen. »Natürlich bin ich sicher«, sagte sie und reckte das Kinn vor, »hab ja Augen im Kopf. Ganz vernarrt war er in sie, aber sie hat ihn nicht geliebt, hat immer nur schöngetan. Und sein Geld hat sie auch mitgenommen, sein ganzes Geld, und das waren bestimmt Tausende!«

»Woher willst du das nun wieder wissen?«

»Das Geheimfach ist leer.«

»Wo ist das Geheimfach?«

»In der Schlafkammer vom Doktor, hinterm Porträt, wo die Eltern drauf sind.«

Kaulbarsch hastete in Ecks Schlafstube. Neben dem Bett hing das große Bild eines älteren, würdig dreinblickenden Paars. Recht hübsch gemalt, aber nichts Ungewöhnliches, nur war das Bild zur Seite geklappt, und dahinter befand sich das Geheimfach. Es war leer. Lediglich ein, zwei Münzen lagen noch am Grund, als habe jemand in aller Eile das Geld zusammengerafft. Kaulbarsch stieß einen Pfiff aus und ging langsam in die Küche zurück. Ihm schwirrte der Kopf. Wenn Anni recht hatte und Eva die Täterin war, hatte diese nicht nur gemordet, sondern auch geraubt. Aber war sie die Täterin? »So, Anni«, sagte er, »nun erzähle mir mal ganz genau, was du gestern und heute gemacht hast.«

»Ja, aber wollt Ihr nicht vorher einen Tee? Lieber Herr Jesus, wo hab ich nur meine Gedanken, dies ist ein gastliches Haus, der Herr Doktor trinkt so gerne … trank so gerne … o Gott, wie halt ich das nur aus!«

»Keinen Tee. Und reg dich bitte nicht wieder auf. Nun erzähle mal frei von der Leber weg.«

Es dauerte fast eine Stunde, bis Kaulbarsch das Wesentliche aus Anni herausgekitzelt hatte. Demnach war sie gestern, am Mittwoch, wie immer zum Markt gegangen, nachdem sie die Hühnersuppe für den Herrn Doktor vorbereitet und zum Warmhalten auf den Herd gestellt hatte. Im Gegensatz zu sonst war sie danach aber nicht wieder in die Kapuzinergasse zurückgekehrt, sondern hatte sich zu Fuß auf den Weg nach Langewiesen gemacht, wo ihre Schwägerin Geburtstag feierte. Die

Erlaubnis dazu hatte sie sich vorher vom Herrn Doktor geholt. Ebenso wie die Erlaubnis, bei der Schwägerin über Nacht bleiben zu dürfen und heute Morgen ein paar Stunden später zu kommen. Heute Morgen dann, bepackt mit den gestrigen Markteinkäufen, die schleunigst in die Speisekammer geräumt werden mussten, hatte sie den Toten zunächst nicht bemerkt, da sie annahm, er mache Krankenbesuche.

Das war alles. Kaulbarsch, der sich unterdessen doch eine Tasse Tee hatte aufdrängen lassen, schlürfte ein paar Schlucke und versuchte, das Erfahrene einzuordnen. Wenn es stimmte, was Anni sagte – und es gab keinen Anlass, daran zu zweifeln –, konnte Eck also schon am gestrigen Nachmittag tot gewesen sein. Die Leichenstarre, die etwa fünfzig Stunden anhielt, bis sie sich wieder löste, sprach ebenfalls nicht dagegen. So weit, so gut.

Und was war mit Eva? Welchen Antrieb hatte sie, einen Arzt wie Eck zu töten? Angeblich hatte sie doch mit ihm herumgeturtelt? Vielleicht war es das Geld, das sie gereizt hatte. Sicher hatte Eck ihr während eines Schäferstündchens davon erzählt und ihr mit der Vertrauensseligkeit des Verliebten sogar das Versteck verraten. Ja, das mochte sein. Andererseits: Um an das Geld zu kommen, hätte Eva den Arzt nicht unbedingt beseitigen müssen. Gab es noch andere Gründe, warum sie ihn getötet hatte? Auf jeden Fall war sie verdächtig, zumal sie auch die Käuferin der Giftpilze war, die zu Röthers schwerer Erkrankung geführt hatten.

Und dann fiel Kaulbarsch etwas ein, das Anni ganz zu Anfang gesagt hatte. Sie hatte gesagt, sie habe gesehen, wie Eva dem Arzt Arsen gab, damit dieser es in den »Schrank mit dem Medizinkram« einschließe. Was bedeutete das? Es bedeutete, dass die Magd schon vorher Arsen besessen haben musste.

Wozu brauchte eine Magd Arsen? Was hatte Eva mit dem Gift gemacht? War es möglich, dass nicht nur Eck, sondern auch Röther Arsen bekommen hatte und, welch verwegener Gedanke, womöglich schon seine Frau Gertrud? Allerdings hatte Eck bei Gertrud Röther als Todesursache Herzschwäche angegeben, aber Eck war der Geliebte von Eva gewesen. Hatte Eva wirklich mit allen drei Fällen zu tun? Wenn ja, welche Rolle spielten dann die Hallimasche, die in Wahrheit Gifthäublinge waren? Und wozu hatte Eva Giftpilze gekauft, wenn sie doch Arsen besaß? Bestand eine Verbindung zwischen ihr und den Räubern, die mit den Waldgewächsen auf den Markt gekommen waren?

An dieser Stelle pfiff Kaulbarsch sich zurück, zu verworren kam ihm vor, was ihm da alles durch den Kopf ging. Er wollte sich an Fakten halten, und diese waren dürftig: Fest stand, dass Eva und Eck ein Verhältnis hatten, fest stand, dass Eva Arsen besessen hatte, fest stand, dass sie dieses Arsen Eck zur Aufbewahrung gegeben hatte – mehr nicht. Alles andere waren Vermutungen. Wenn aber die Vermutungen zutrafen, dann musste Eva schon gestern vor der Mittagszeit Ecks Haus betreten, das Arsen in die Suppe geschüttet und anschließend das Geheimfach ausgeraubt haben. Vielleicht waren die beiden letzten Punkte auch umgekehrt vonstatten gegangen, aber das war unerheblich. Viel erheblicher war, dass er sofort mit Eva sprechen musste.

»Anni«, sagte Kaulbarsch, »ich gehe jetzt.«

»Werdet Ihr sie verhaften?«

»Das brauchst du nicht zu wissen. Wichtig ist, dass du niemanden ins Haus lässt, niemanden, verstehst du? Ich werde persönlich dafür sorgen, dass die Leiche abgeholt wird. Und rühr in der Zwischenzeit nichts an!« Kaulbarschs Blick wanderte über die Küchengeräte. Auf dem Herd entdeckte er einen Topf. Er schaute hinein und stellte fest, dass noch ein Rest Hühnersuppe darin war. »Hast du davon gegessen?«

»Ich ess nie was von dem, was für den Herrn Doktor bestimmt ist.«

»Dann hast du dir selbst das Leben gerettet.«

Wenig später war er auf dem Weg zu Röthers Haus.

* * *

Kaulbarsch konnte sich nicht helfen, aber irgendwie wirkte Röthers Anwesen abweisend, als er seine Schritte auf den Hof lenkte. Vielleicht lag das daran, dass überhaupt keine Arbeitsgeräusche zu vernehmen waren. Er beschloss, sich erst einmal umzusehen, bevor er ins Haus trat. Im Geräteschuppen fand er Matthes, den knorrigen Knecht, auf einem Schemel sitzend und leise vor sich hin schnarchend. Mit dem zurückgebeugten Kopf und dem halb offenen Mund erinnerte er fast an einen Toten.

In der Remise, wo Röthers Zweispanner stand, waren der Kutscher und der Pferdeknecht über dem Würfelspiel eingeschlafen.

Im Stall standen nur die Pferde, und Kaulbarsch lenkte seine Schritte zur Hintertür des Hauses. Er klopfte, um seinen Besuch anzukündigen.

Niemand antwortete. »Fehlte nur noch, dass Eva auch schläft«, murmelte er und trat ein. An diesem Haus scheint man nicht viel von Arbeit zu halten. He, Eva, ich bin's, der Stadtbüttel Kaulbarsch. Wo steckst du?«

Als keine Antwort kam, begann er sie zu suchen, aber er konnte sie nirgendwo entdecken. Vergebens schaute er in allen Stockwerken nach ihr. Schließlich nahm er an, dass sie sich bei ihrem kranken Herrn aufhielt. Nun gut, dann konnte er sich gleich erkundigen, wie es ihm ging. Eva hatte gesagt, Eck behandle ihn, aber Eck war tot, und das vermutlich schon seit vierundzwanzig Stunden. Kaulbarsch drückte die Klinke zur ehelichen Schlafkammer herunter und merkte, dass die Tür verschlossen war. Was hatte das zu bedeuten? Nichts Gutes ahnend, holte er einen Dietrich hervor und öffnete. Bevor er eintrat, klopfte er noch rasch gegen den Türpfosten. »Ich wollte sehen, wie es Euch …«

Den Rest der Frage konnte er sich sparen.

Röther war so tot, wie ein Mann nur tot sein kann. Er lag in ähnlich gekrümmter Haltung wie Eck da, nur nicht auf dem Boden, sondern auf dem Bett. Decke, Kissen und Tuch waren mit wässrigen Exkrementen beschmutzt. Leichengeruch lag in der Luft. Offenbar hatte sich niemand um den Kranken gekümmert.

Näher tretend, bemerkte Kaulbarsch Totenflecken auf Röthers Haut. Die Flecken waren blau-rot und sehr flächig. Als alter Soldat wusste er, dass sie zunächst kleiner waren und später zu größeren zusammenflossen. Er nahm eine von Röthers Händen, um zu prüfen, ob sie sich bewegen ließ. Es ging ganz leicht. Daraus schloss er, dass die Leichenstarre sich bereits gelöst hatte. Röther musste also schon seit zwei, vielleicht drei Tagen tot sein.

Was war vor drei Tagen gewesen? Richtig, Montag, und am Montag hatte er den Amtmann besucht. Röther hatte ihm den Hinweis auf das Räuberversteck gegeben und überdies den Verdacht geäußert, seine Vergiftung rühre von Pilzen her. Pilze, die Eva auf dem Markt gekauft hatte.

Kaulbarsch setzte sich auf den Stuhl neben dem Bett. Ihm fiel ein, dass er nach Verlassen Röthers fast mit Eva zusammengeprallt wäre. Er hatte sie gefragt, wo Eck sei, der Kranke brauche einen Arzt, und sie hatte geantwortet: »Ich war gerade bei ihm. Er kommt nachher noch einmal.«

Wenn das stimmte, hatte Eck an Röthers Sterbetag nach ihm geschaut, was die Frage aufwarf, ob der Arzt etwas mit dem Tod des Amtmanns zu tun hatte. War ihm ein Mord zuzutrauen? Kaulbarsch konnte es sich nicht vorstellen, schließlich war der Mann Arzt und hatte den Eid des Hippokrates abgelegt. Andererseits hatte er ein Verhältnis mit Eva, und Liebe macht bekanntlich blind.

Kaulbarsch seufzte, denn er konnte Eck nicht mehr befragen, ihn nicht, aber Eva. Wo sie nur steckte? Dass sie verschwunden war, machte sie nur verdächtiger. Seine Gedanken glitten ab, und die verschlossene Tür fiel ihm ein. Warum war sie verschlossen worden? Dafür gab es nur einen logischen Grund: Der tote Röther sollte vom Gesinde nicht entdeckt werden, damit es kein Geschrei gab. Und wer hatte sie verschlossen? Matthes? Nein, der hatte mit alledem nichts zu tun, der war zu alt und zu träge; der Kutscher und der Knecht hingegen waren nicht alt, aber faul und antriebslos. Die hatten ihre Finger ebenfalls nicht mit im Spiel. Nein, die Einzige, die infrage kam, war Eva.

Eva, immer wieder Eva … Kaulbarsch zwang sich, abermals nur an die Fakten zu denken, doch zu den schon feststehenden Punkten fiel ihm nur eine weitere Auffälligkeit ein: Evas Verschwinden. Er hatte zwar nicht viele Beweise gegen sie, aber so viele Zufälle, dass sie es nicht gewesen sein konnte, gab es einfach nicht.

Kaulbarsch erhob sich und ging langsam zur Kammer hinaus. Sorgfältig sperrte er die Tür wieder ab. Er war jetzt überzeugt, dass Eva gemordet hatte, mit Arsen oder mit Gifthäublingen, vielleicht sogar mit beidem. Und er würde alles daransetzen, sie zu fangen, damit sie ihrer gerechten Strafe zugeführt wurde. Sie und alle, die ihr geholfen hatten. Aber wer war das? Ihm fiel ein, dass es sich bei näherer Betrachtung nur noch um einen handeln konnte.

Und dieser eine war Listig.

Einer trage des andern Last,
so werdet ihr das Gesetz Christi erfüllen.
Galater, 6,2

Es war das reine Glück, dass Listig bei dem Militäreinsatz nicht gefangen wurde, und dieses Glück hatte er wahrhaftig nicht verdient, wenn man bedachte, dass er die Gifthäublinge für Hallimasche ausgegeben hatte, um Röther zu vergiften, und dass er eine Woche später den ahnungslosen Pausback mit den Todespilzen auf den Markt geschickt hatte.

Aber als die Soldaten heranrückten, war er einer der Ersten, der sie hörte, denn er hatte Ohren wie Luchs Tullian. Musketenschüsse hallten in der Ferne durch den Wald, unterbrochen von Geschrei, Kommandos und Waffengeklirr, und man musste kein Hellseher sein, um zu erkennen, dass Galanthos Lager in höchster Gefahr war. Für einen kurzen Moment überlegte Listig, ob er sich einfach stellen sollte, schließlich war er nicht freiwillig zu den Räubern gestoßen, doch dann fiel ihm die Sache mit den Hallimaschen ein, und er wollte sich lieber verstecken.

Das allerdings war leichter gesagt als getan, denn die Angreifer schienen sehr zahlreich zu sein, und die Gefahr, von ihnen aufgespürt zu werden, war sehr groß.

Suchend blickte er sich um. Wenn er sich irgendwo verbergen wollte, musste es in unmittelbarer Nähe geschehen, denn weit kriechen konnte er nicht. Die einzige Möglichkeit, die ihm blieb, waren die Laubsäcke. Er zog sie zu sich heran, wobei einer davon nicht gleich nachgab, weil der schlafende Hannikel halb darauf lag, und zerrte sie ins dichte Gesträuch. Dort entleerte er sie, dankte seinem Herrgott, dass er so klein war, und schlüpfte unter das Laub.

Dann hieß es abwarten. Das Herz schlug ihm bis zum Hals, als er die Soldaten näher kommen hörte, erst recht, als sie den schlafenden Hannikel aufscheuchten und gefangen nahmen. Der lange Gauner fluchte dabei wie ein Schifferknecht, drohte, jeden seiner Widersacher umzuhauen, ihm das Maul zu polieren, ihn wie eine Wildsau aufzuschlitzen und so weiter und so weiter. Ein paar vernehmliche Hiebe beendeten seine Schimpfkanonade. Listig hätte fast gelacht, wenn die Situation nicht so ernst gewesen wäre. Dann zogen die Soldaten ab.

Bald darauf kamen neue, von denen der eine rief: »Was ist das für ein seltsamer Wagen da, schmeißt ihn um, dann zeigt sich, ob was Lohnenswertes drin ist.« Es folgten ein lautes Gepolter, als der Arzneiwagen umkippte, und ein paar Rufe der Enttäuschung – der Inhalt mit seinen leeren Flaschen, Kästen und Schachteln schien nicht nach dem Geschmack der Soldaten zu sein.

»Durchsucht das Gelände weiter«, ertönte der Befehl, »prüft alles ganz genau und stecht auch in den Laubhaufen dahinten im Gebüsch!«

Wenn Listig zuvor das Herz bis zum Hals geschlagen hatte, so sackte es ihm jetzt in die Hose. Keine zehn Zoll neben ihm zischten Bajonette ins Laub, und wiederum hatte er einen Schutzengel, denn sie stießen daneben.

Dann passierte lange nichts, doch Listig verbot es sich trotzdem, aus der Geborgenheit der Blätter hervorzukriechen. Die Geräusche um ihn waren verstummt, und langsam fiel die Anspannung von ihm ab. Ohne es zu merken, schlief er ein.

Als er wieder erwachte, hatte er jegliches Zeitgefühl verloren, aber er nahm an, es müsse weit nach Mitternacht sein. Das einzige Geräusch, das er jetzt noch vernahm, war der vertraute Ruf eines Käuzchens. Behutsam kroch er aus dem Laub heraus und spähte nach allen Seiten. Nichts. Es war, als hätte es niemals Räuber gegeben. Eine Zeit lang schaute er sich noch um, dann kam er zu der Überzeugung, dass die Gefahr vorbei war und er der Einzige zu sein schien, den die Soldaten übersehen hatten.

Einsamkeit umfing ihn. Er war es nicht gewohnt, allein im Wald zu sein, schon gar nicht in einer so stockfinsteren Nacht.

Er musste an Pausback denken, mit dem er in Nächten wie dieser den Hallimasch und den Gifthäubling aufgespürt hatte. Da war es ähnlich dunkel gewesen. Wenn er an Pausback dachte, spürte er stets den Stachel der Eifersucht. Er war überzeugt, dass Eva den Riesen viel lieber mochte, denn er selbst war nur ein Krüppel und durfte nicht darauf hoffen, sie jemals für sich zu gewinnen. Pausback jedoch war stark, er konnte sie buchstäblich auf Händen tragen. Er war in der Lage, täglich vierzig Meilen wie eine Maschine zu marschieren, und wenn sie sich ihm anschloss, konnte sie in wenigen Tagen überallhin gelangen. Auch nach Hamburg.

Wie es Eva wohl ging? Er hatte ihr die Gifthäublinge mitgegeben, damit Röther sie verspeise und eines elendigen Todes sterbe. Eva selbst konnte nichts passieren, weil sie die Waldgewächse ja ahnungslos erstanden und zubereitet hatte. Kein Büttel der Welt durfte sie dafür einsperren. Was aber war, wenn Eva – vielleicht rein zufällig – auch von den Pilzen gegessen hatte? Er mochte gar nicht daran denken. Ach, Eva …

Natürlich war sie nicht die Richtige für Pausback, dafür fehlte es ihm an Köpfchen, also genau an dem, was er, Listig, sein Eigen nannte; ihm dagegen fehlte es an den Füßen. Zum Teufel mit seinen Füßen! Wenn er sie doch nur wiederhaben könnte! Es half nichts, er hatte keine mehr und musste sich trotzdem irgendwie durchschlagen.

Über diesem Gedanken schlief er abermals ein.

Am Morgen wachte er sehr zeitig auf, aber es war noch so früh, dass die Vögel des Waldes gerade erst ihr Lied anstimmten. Im Dämmerlicht erblickte er den umgestoßenen Arzneiwagen. Was war damit geschehen? Er kroch hin und untersuchte ihn. Er war heil. Und trotzdem unbrauchbar. Was nützte ihm der schönste Wagen, wenn keiner die Deichsel in die Hand nahm und ihn zog.

Andererseits konnte er hier nicht versauern. Er musste fort, wollte er überleben. Manch einer mochte Windsuppe essen und Luftklöße schnappen, aber er wurde davon nicht satt.

»Guten Morgen, ich sehe, dich haben sie auch nicht erwischt.«

Listig schreckte auf und erkannte eine Gestalt über sich. Es war Mutter Krumm. »So ist's«, sagte er, »aber ich wüsst nicht, was an diesem Morgen gut ist, also wünsch ich dir nur einen Morgen. Gibt es noch mehr, die den Soldaten durch die Lappen gegangen sind?«

»Geflüchtet sind viele, aber im Lager sind wir die Einzigen, die überlebt haben. Ich habe mich umgesehen.« Mutter Krumm fröstelte. »Die Soldaten haben ganze Arbeit geleistet, haben alle Hütten niedergetreten, viele getötet und keinen Balken auf dem anderen gelassen. Überall liegen Leichen herum.«

»Ist Galantho, unser edler Häuptling, auch dabei?«

»Nein, vielleicht haben sie ihn gefangen genommen, vielleicht ist er entkommen, vielleicht liegt er auch tot in seiner Höhle. Ich weiß es nicht.« Wieder fröstelte Mutter Krumm. »Sogar das Lagerfeuer haben sie ausgetreten.«

»Gegen Kälte hilft am besten ein Schnapsfeuer im Magen, aber ich hab keinen Schnaps.«

»Ich auch nicht, aber ich habe was anderes, hier.« Mutter Krumm hielt einen kleinen Holzeimer hoch. »Sie haben zwar das Feuer ausgetreten, aber den Kessel nicht angerührt. So konnte ich etwas Kartoffelsuppe retten.«

»Und das sagst du erst jetzt?« Listigs Augen begannen zu leuchten. »Hast du auch Löffel?«

»Nur einen.«

»Der wird mir reichen.«

Mutter Krumm musste lächeln. »Wenn es ums Essen geht, bist du immer noch der Alte. Ansonsten mache ich mir Sorgen, ich frage mich, was aus Pausback geworden ist. Soviel ich weiß, musste er gestern allein nach Katzberg gehen, weil du krank warst.«

»Pausback? Den wirft so schnell nichts um.« Listig hustete rasch ein paarmal, um den Beweis für seinen Katarrh nicht schuldig zu bleiben. »Essen wir nun die Suppe? Ich würd den Löffel auch mit dir teilen.«

Mutter Krumm ging nicht auf den Scherz ein, sondern blickte ihn ernst an. »Ich mache mir trotzdem Sorgen um ihn, seine Seele ist so zart und verletzlich. Lass uns den Wagen aufrichten, worauf sollen wir sonst beim Essen sitzen.«

Mit vereinten Kräften stellten sie das Gefährt wieder auf die Räder und setzten sich nebeneinander hin, den Suppeneimer in der Mitte. Der Löffel wanderte zwischen ihnen hin und her, die Mahlzeit tat ihnen gut, nicht zuletzt, weil die Suppe noch ein wenig warm war. Mutter Krumm fragte: »Wie hast du es angestellt, dass sie dich nicht gefunden haben?«

Listig wartete mit seiner Antwort, bis er den Löffel wieder erhielt, und führte ihn dann randvoll zum Mund. »Hm! Wie ich sie genasführt hab, willst du wissen? Hab mich unterm Laub versteckt.«

Mutter Krumm stutzte. »Genauso habe ich es auch gemacht.«

»Mich hätt man fast aufgespießt.«

»Mich auch.«

Schweigend aßen sie weiter. Als der Eimer schon so gut wie leer gegessen war, sagte Mutter Krumm: »Du nimmst es mit der Reihenfolge nicht so genau, hast jetzt schon den dritten Löffel hintereinander gehabt. Gib ihn her, ich werde ihn verwahren, wenn wir unterwegs sind. »

»Unterwegs?«, fragte Listig.

»Da wir schon gemeinsam auf die gleiche Weise überlebt haben, können wir auch gemeinsam fortgehen. Es ist nicht ratsam hierzubleiben, denn irgendwer wird wiederkommen, um die Toten zu begraben, wahrscheinlich Männer aus Katzberg, weil das in der Nähe ist.« Mutter Krumm dachte an Röther, der es gewiss noch immer auf sie abgesehen hatte. Und sie dachte an seine arme Frau, die sicherlich längst unter der Erde war.

»Ich würd mich auch gern aus dem Staub machen, aber wie's der Zufall will, hab ich keine Füße.«

»Als ob ich das nicht wüsste.«

»Aber … aber.« Der seltene Fall, dass Listig die Worte fehlten, war eingetreten.

»Was aber?«

»Wenn, dann müsst ich auf dem Wagen fahren, und der ist zu schwer, den kannst du nicht ziehen.«

»Natürlich kann ich den ziehen, du hast wohl vergessen, dass sämtliche Medizin verkauft ist. Oder stimmt das etwa nicht?«

»Doch, doch.« In der Tat hatte Listig nicht daran gedacht, das der größte Teil des Gewichts aus den Arzneien bestanden hatte. »Ich würd mich freuen, wenn du's schaffst. Aber du bist, äh, beileibe nicht mehr die Jüngste.«

»Unterschätze niemals alte Frauen.«

»Werd's mir merken. Aber ich will einen großen Bogen um Katzberg machen, egal, wohin wir tippeln.«

Das wollte Mutter Krumm auch, doch die Art, wie Listig mit ihr sprach, gefiel ihr nicht. »Du kannst auch gerne hierbleiben.«

Sein erschreckter Gesichtsausdruck besänftigte sie, und sie lenkte ein: »Nun gut, ich habe nichts dagegen, einen großen Bogen um Katzberg zu machen. Ich frage mich nur, wovon wir in den ersten Tagen leben sollen, der Suppenkessel ist zwar noch halb voll, aber es gibt keine Gefäße zum Transportieren. Halt, ich habe eine Idee: Wir könnten die größten Medizinbehälter vom Wagen nehmen und mit Suppe füllen, dann hätten wir einen kleinen Vorrat.«

Listig lachte. »Kartoffelsuppe mit einer Spur Teeröl, die wär nicht zu verachten, oder mit einem Schuss Cholera-Tropfen oder gar mit einem Rest Engel-Balsam, auch so was würd den Gaumen kitzeln. Aber sag, Mutter Krumm, dadurch würd der Wagen doch wieder schwerer?«

»Unterschätze niemals alte Frauen.« Mutter Krumm wies Listig an, er solle bleiben, wo er ist, und zog den Wagen mit erstaunlicher Kraft zum Lagerfeuer, wo sie die größten Gefäße mit Kartoffelsuppe füllte und verschloss. Als sie nach einiger Zeit zurückkam, grinste Listig und sagte:

»Vom Arzneiwagen zum Suppenwagen, das gefällt mir. Ich glaub, das wird eine schöne Walz!«

»Ja«, sagte Mutter Krumm ein wenig sorgenvoll, »fürs Erste haben wir zu essen, aber danach wird's schwer, so ganz ohne Geld.«

»Oh, wir werden's schon schaffen, Einfallsreichtum ist der erste Schritt zum satten Magen, wie ich immer zu sagen pflege.« Im Stillen fügte er hinzu: Dass ich die auf dem Markt verdienten Kröten eben unter dem Stein hervorgeholt hab, musst du nicht wissen!

»Woher hast du denn die Weisheit mit dem satten Magen?« Mutter Krumm sicherte mit einem Seil die Suppenbehälter, es waren insgesamt mehr als zwanzig größere und kleinere Gefäße.

»Von einem Zahnbrecher, mit dem ich die Straße unter die Füße genommen hab.«

»Mit einem Zahnbrecher? Wie schrecklich!«

»Zahnbrecher sind auch Menschen.«

»Das muss zu einem Zeitpunkt gewesen sein, als du deine Füße noch hattest.«

»Ja«, sagte Listig einsilbig und kraxelte neben die Flaschen und Gefäße. »Dabei fällt mir ein: Wohin soll die Reise überhaupt gehen, wenn wir schon Katzberg aussparen?«

Mutter Krumm packte die Deichsel und zog den Wagen an. »Schnell hinaus aus dem Wald, ehe die Stadtbüttel und die Leichenfledderer kommen. Dann weiter auf verschwiegenen Wegen. Je weniger Menschen uns sehen, desto besser.«

»Ganz meine Meinung!«, rief Listig.

Langsam rumpelte das Gefährt vom Räubergelände. Mutter Krumm ging mit kleinen, festen Schritten voran. »Später tippeln wir zu einer großen Stadt, da kann man besser untertauchen. Vielleicht Erfurt.«

»Warum nicht? Also Erfurt!«

Drei Tage später, man schrieb schon Mitte August, befanden sich Mutter Krumm und Listig auf einem schmalen Vogelstellerpfad östlich von Neuroda. Die Sonne hatte es den ganzen Nachmittag sehr gut gemeint, und sie waren entsprechend durstig. Gegen Abend lenkte Mutter Krumm den Wagen eine kleine Böschung hinab, dorthin, wo ein dichter Erlenhain stand. Niemand sollte sie entdecken, schon gar nicht das Auge des Gesetzes, und bisher war ihnen das auch recht gut gelungen.

Ein Mal allerdings waren sie fast erkannt worden – von einem misstrauischen Bauern, über dessen Land sie gefahren waren. Der Kerl hatte irgendetwas von einer diebischen, buckligen Frau gehört, wahrscheinlich durch die Suchplakate, die Röther seinerzeit überall hatte anbringen lassen, und quetschte sie nach Strich und Faden aus, und wenn Listigs Zunge nicht so geschickt gewesen wäre und Mutter Krumm mit ihrer Schirmmütze nicht wie ein altes Männchen ausgesehen hätte, wären sie von ihm gewiss dem nächsten Büttel übergeben worden. So aber war alles gut gegangen.

»Ich hab Durst auf Wein«, sagte Listig fordernd.

»Wir haben keinen Wein.«

»Dann eben Wasser.«

»Wir haben auch kein Wasser mehr. Iss Suppe, da ist schon Wasser drin.«

»Kartoffelsuppe, Kartoffelsuppe, tagein, tagaus Kartoffelsuppe, ich kann das Zeug nicht mehr sehen«, maulte Listig.

»Wenn du Wasser trinken willst, geh und hol welches«, sagte Mutter Krumm.

»Ich hab aber keine Füße!«

»Eben.«

Später rührte sich ihr gutes Herz, und sie besorgte Wasser von einem nahe gelegenen Bach. »Hier«, sagte sie und hielt ihm eine Flasche hin, in der ehemals Thüringer Flusstinktur gewesen war.

Listig nahm sie und trank durstig.

»Du kannst dich gern dafür bedanken.«

Er schwieg verbiestert.

»Ich glaube, es wird Zeit, dass dir mal jemand den Kopf zurechtrückt. Nur weil du keine Füße hast, musst du noch lange nicht unhöflich sein.«

»Pah, ich möcht dich mal sehen, wenn du keine Füße hättest!«

»Ich habe aber welche, und du hast keine. Das hat der liebe Gott so beschlossen. Vielleicht hilft es dir, wenn du mir erzählst, wie du sie verloren hast? Nur heraus damit, ich kann gut zuhören.«

»'s würd nix helfen.«

Mutter Krumm schwieg und wartete.

»'s würd nix helfen. Futsch ist futsch, das hat Boltrich auch gesagt.«

»Boltrich?«

»Der Zahnbrecher, mit dem ich zusammen war. Drei Jahre ist's her, ziemlich genau auf den Tag, es war 'n lustiger Abend, wir hatten gebechert … na ja, ziemlich viel gebechert, und wollten unter dem Walddach schlafen. Da ist's passiert.«

»Und wie passierte es?«, fragte Mutter Krumm.

»Boltrich war hingefallen und hat sich den letzten Zahn ausgeschlagen, und ich hab drüber gelacht, hab gelacht und nicht gemerkt, wie die Kutsche kam. Sie war schnell, viel zu schnell … Röther hieß der Kerl, dem sie gehörte, aber das hab ich erst später erfahren. Röther hat Boltrich einen halben Taler gegeben, er soll sich um mich kümmern. Dann ist er einfach weg. Boltrich hat mich zusammengeflickt. Er war noch eine Woche bei mir, dann ist er weiter. ›Ein Mann ohne Füße kann nicht tippeln, leb wohl‹, hat er gesagt. Seitdem weiß ich, wie's ohne Füße ist. Das war's.«

Das Mütterliche in Mutter Krumm erwachte, und sie strich ihm über den blonden Schopf. »Das muss schrecklich für dich gewesen sein.«

Listig schniefte.

»Aber glaube mir, wenn man einen Buckel hat, ist es auch nicht schön.«

Wieder schniefte Listig, während er den Boden anstarrte. Mutter Krumm sah eine Träne herabfallen und hörte ihn irgendetwas murmeln.

»Was hast du gesagt?«

»Nix.«

»Nun komm schon, da ist doch noch was, sag es mir. Es ist immer gut zu reden, wenn man Kummer hat.«

»Eva …« Listig sagte es so leise, dass Mutter Krumm ihn kaum verstehen konnte.

»Eva? Meinst du die Magd vom Amtmann Röther?«

»Ja, die.«

»Was ist mit ihr?«

»Die war auch in der Kutsche. Aber sie kann nix dafür, überhaupt nix! Sie ist …«

»Ja?«

»Sie ist so … »

Mit dem feinen Instinkt, der allen Frauen eigen ist, half Mutter Krumm nach: »Vermute ich richtig, dass du in sie verliebt bist?«

Listig schüttelte wild den Kopf.

»Also ja. Ich kann zwar nicht verstehen, warum du ausgerechnet Eva liebst, aber erzähle nur weiter.« Wieder strich Mutter Krumm Listig übers Haar. Sie tat es mit großer Sanftheit.

»Wozu, du kennst sie ja nicht mal.«

»Oh, da irrst du dich aber. Ich kenne sie sogar sehr gut.«

»Was? Wieso kennst du sie? Du musst es mir sagen!«

Mutter Krumm lächelte. »Das werde ich, aber erst nachdem du mir alles erzählt hast.«

»Muss ich …?«

»Es bleibt dir wohl nichts anderes übrig.«

Und Listig fasste sich ein Herz. Er berichtete, zuerst stockend, dann immer flüssiger, wie er Eva auf dem Markt begegnet war und seinen Augen nicht trauen wollte, als er in ihr die blonde Frau aus der Kutsche erkannte. Eva habe für Röther Hallimasche kaufen wollen, sie aber nicht bekommen. Da habe er beschlossen, ihr am nächsten Mittwoch welche mitzubringen, weil er in sie vom ersten Augenblick an … weil er von ihr verzaubert war.

Wieder eine Woche später habe er Gifthäublinge dabeigehabt, die genauso aussähen wie Hallimasch. Mit ihnen habe er Röther vergiften wollen, damit der Kerl seine gerechte Strafe bekomme. Hoffentlich sei er inzwischen tot.

»Versündige dich nicht«, sagte Mutter Krumm an dieser Stelle. »So was wünscht man seinem ärgsten Feind nicht. Und warum hast du am letzten Mittwoch Pausback allein zum Markt gehen lassen, da steckt doch was dahinter? Denk ja nicht, ich würde glauben, du seist krank gewesen.«

Daraufhin sagte Listig eine Weile nichts. Zu schwer fiel es ihm, zuzugeben, in welche Falle er Pausback geschickt hatte. Dann aber erzählte er doch, warum und wie er es getan hatte. Er habe Pausback nicht gegönnt, dass Eva freundlicher zu ihm war, ihn offenbar lieber mochte als einen armseligen Krüppel, er habe verhindern wollen, dass Pausback mit ihr nach Hamburg ging, er habe sich … ja, er habe sich wohl dafür rächen wollen, dass er Eva niemals bekommen könne.

»Was, du wolltest dich rächen? An einem wie Pausback?« Mutter Krumm saß wie versteinert da. Im ersten Moment wollte sie aufstehen und Listig, diesen erbärmlichen Wicht, seinem Schicksal überlassen, aber dann sagte sie sich, dass man Unrecht nicht gutmacht, indem man selber eines begeht. »Der arme Pausback«, murmelte sie, »der arme Pausback. Er ist so stark und doch so schwach. Was hast du ihm nur angetan! Du wusstest doch, dass der Büttel ihn verhaften würde. Oder glaubtest du, der könnte nicht eins und eins zusammenzählen, glaubtest du, der wäre so dumm und würde ihn laufen lassen, nachdem Röther in der Woche davor die Giftpilze gegessen hatte und wahrscheinlich daran gestorben ist?«

»Ich, ich …« Listig vergrub das Gesicht in den Händen. »Ich lieb sie doch so sehr.«

»Das ist mir klar. Jetzt will ich dir mal erzählen, wie die Eva wirklich ist: Du hast recht, drei Jahre ist es her, dass dir die Füße abgefahren wurden, denn in jener Nacht holte Röther Eva in sein Haus. Ich erinnere mich noch genau, wie die Kutsche auf den Hof rollte und eine wunderschöne blonde Frau ausstieg, eine Frau, der man das schreckliche Erlebnis allerdings in keiner Weise ansah, ebenso wenig wie Röther. Sie lachten und scherzten, und Röther schwänzelte ständig um Eva herum, was seine Gemahlin natürlich sofort bemerkte. Seitdem hing der Haussegen schief.«

Listig sperrte den Mund auf. »Woher weißt du das alles?«

»Weil ich über dreißig Jahre lang Magd in Röthers Haus war. Ich habe nicht nur ihm gedient, sondern schon seinem Vorgänger. Es gab nichts, was ich in diesem Haus nicht kannte. Und nichts, was mir verborgen blieb. Ich wusste zum Beispiel, dass Röther sich heimlich mit Hannikel traf und mit ihm über Kutschen und Überfälle redete, und ich wusste auch, dass Röther sich damit einiges nebenbei verdiente.«

»Wieso bist du nicht zu Kaulbarsch hin, der hätt dem Kerl das Handwerk gelegt!«

Mutter Krumm zog die Joppe, die sie seit der Flucht aus dem Räuberlager wieder trug, enger um die Schultern. »Du kennst Röther nicht. Ich hatte Angst, ich war ja nur eine einfache Altmagd, der sowieso niemand geglaubt hätte, außerdem hoffte ich, er würde mir einen Ofen in meine Kammer stellen.«

»Röther, dieser Schuft!«

»Ja, aber Eva ist keinen Deut besser. Es verging kaum eine Woche, da schlief sie schon heimlich mit ihm. Die beiden trieben es immer in der Kutsche und glaubten, niemand würde es merken. Es merkte auch niemand – außer mir. So ging es bis dieses Jahr, wo Röther knauseriger und knauseriger wurde, weil ihm das Geld ausging, das Geld, das seine Frau Gertrud mit in die Ehe gebracht hatte. Ich denke, zu dem Zeitpunkt fasste er den Entschluss, sie zu töten, um sich eine Neue zu angeln, natürlich eine aus betuchten Kreisen.«

»Röther, dieser Schuft!«, rief Listig abermals.

»Sicher ist er böse – vielleicht muss ich sagen, er war böse –, aber ich versichere dir, Eva ist noch viel böser. Sie ließ sich von Röther zum Werkzeug machen, denn sie war diejenige, die Gertrud Röther langsam vergiftete.«

»Das glaub ich nicht!«

»Und doch war es so. Ich habe mit eigenen Augen gesehen, wie sie in der Küche ein Dielenbrett hochhob und ein Giftpulver herausholte, um es in die Butter zu mischen. Die Butter strich sie dick auf eine Brotscheibe und brachte sie der Herrin. Das habe ich nicht nur ein Mal gesehen. Die Herrin wurde immer elender, sie sollte nach und nach sterben, weil das wohl unverdächtiger war. Beim letzten Mal allerdings hat Eva mich gesehen, da wusste ich, dass ich fliehen musste. Irgendeinen Grund hätte der Herr Amtmann bestimmt gefunden, mich hinter Gitter zu bringen.«

»Nein, nein, nein! Ich glaub das alles nicht.«

Mutter Krumm sagte nichts. Sie begann wieder damit, Listig über das Haar zu streichen. »Eva ist es nicht wert, dass du ihr nachtrauerst, sie ist von Grund auf schlecht. Eine Teufelin in Engelsgestalt.«

Listig schluchzte.

»Vergiss sie.«

In der Zeit, die folgte, machte Listig abermals eine Wandlung durch. Er fragte noch zwei- oder dreimal nach Eva, erwähnte sie dann aber nicht mehr. Mutter Krumm gab sich ebenfalls wortkarg, sie sprach nur das Nötigste mit ihm, denn sie konnte für ihn nicht mehr tun, als sie schon getan hatte. Er musste sich am eigenen Schopf aus den Tiefen seines Liebeskummers ziehen, und wie es schien, gelang ihm das mit jedem Tag besser.

Kurz vor Erfurt sagte Mutter Krumm, während sie rüstig vor dem Wagen ausschritt: »Es sind nur noch wenige Meilen bis zur Stadt, da wird es immer schwieriger, einen versteckten Pfad zu finden.«

Listig rief mit alter Munterkeit: »Fürwahr, du gehst einen Weg, auf dem mir keine gebratenen Tauben in den Mund fliegen wollen!«

Ohne sich umzudrehen, antwortete Mutter Krumm: »Ich gehe da, wo es am sichersten ist, das weißt du doch.«

»Und ich weiß, dass mein Magen knurrt! Hab ihn lang genug mit Kartoffelsuppe geärgert. Da vorn kommt ein Gehöft, lass uns da haltmachen. Vielleicht rückt das Bäuerlein etwas aus seiner Rauchkammer heraus.«

Mutter Krumm hatte ebenfalls Hunger.

Das Ziehen des Wagens war anstrengender, als sie je zugegeben hätte. Sie hielt an.

Da ihre Augen nicht mehr recht wollten, meinte sie: »Sag mir genau, was das für ein Gehöft ist, wir dürfen kein Risiko eingehen.«

Listig gehorchte und berichtete, es handele sich um einen ganz normalen Bauernhof, der friedvoll vor ihnen läge.

»Nun gut, nicht jeder Bauer wird mein Bild auf dem Fahndungsblatt gesehen haben«, murmelte Mutter Krumm und zog den Wagen wieder an.

Als sie vor der zweiflügeligen Hoftür standen, sagte sie: »Du kannst schon mal klopfen, ich muss derweil verschwinden. Ich gehe mal hinter den Knick da.«

»Viel Spaß dabei!« Listig pochte kräftig gegen die Tür.

»Was gibt's?«, fragte die Bäuerin misstrauisch, als sie kurz darauf öffnete. Sie war eine derbe Erscheinung, rotgesichtig und breithüftig, und sah ganz so aus, als wäre sie allen Speisen zugetan.

Hier bin ich richtig, dachte Listig und sagte: »Einen gesegneten Tag wünsch ich, gute Frau!«

»Was willst du? Ich hab's eilig, das Mittagessen muss auf den Tisch.«

»Das trifft sich gut! Darf ich in aller Bescheidenheit fragen, ob ich etwas davon abbekommen könnt?«

»Wenn du's bezahlst. Hier gibt es nichts für Gotteslohn.«

Erst jetzt bemerkte Listig das Geheimzeichen auf einem Flügel der Tür.

Es bedeutete, dass hier harte Herzen wohnten, die nicht bereit waren zu geben. »Ei, selbstverständlich werd ich bezahlen! Was gibt's denn Schönes heut?«

»Es gibt von der Schlachtplatte, dazu gebratene Kartoffeln und Spiegelei.«

Listig lief das Wasser im Munde zusammen. »Die Kartoffeln und das Ei dürft Ihr selber essen, aber wie steht's mit der Schlachtplatte, darf man erfahren, was alles so dabei ist?«

Die Bäuerin zählte an den Fingern ab: »Zungenwurst, Thüringer Wurst, Rotwurst, Leberwurst, Sülzwurst, dazu geräucherter Schweinenacken. Welche Sorte soll's denn sein?«

»Von jeder was, wenn's recht ist!«

»Du scheinst einen gesegneten Appetit zu haben.«

»Worauf Ihr Euch verlassen könnt.«

Die Bäuerin verschwand, nicht ohne vorher die Tür wieder zu schließen. Wenige Augenblicke später war sie zurück. »Hier, von jedem etwas. Ich hab alles in Zeitungspapier eingewickelt.«

»Darf ich mal sehen?« Listig nahm das Paket entgegen und studierte den Inhalt eingehend.

»Ist was damit?«, fragte die Bäuerin. »Ich hab's eilig, das Mittagessen …«

»Ja, ja, ich weiß, es muss auf den Tisch. Ich aber muss Euch sagen, dass ich lieber ein schönes Stück Schinken hätt. Wär das wohl möglich?« Listig gab die Würste zurück.

»Meinetwegen.« Die Bäuerin nahm das Paket entgegen und machte Listig abermals die Tür vor der Nase zu.

»Hier ist der Schinken«, sagte sie kurz darauf.

»Meiner Treu, der duftet wie alle Wohlgerüche Arabiens zusammen!« Listig beschnupperte das Stück von oben bis unten. »Allerdings ist er ein wenig klein geraten. Nun, gute Frau, ich will ihn trotzdem nehmen.« Listig verstaute den Schinken in einem Arzneifach und schickte sich an, seinen Wagen mit einer Stange fortzustaken.

»Halt, du musst noch bezahlen!«, donnerte die Bauersfrau wütend.

Listig tat erstaunt. »Bezahlen? Höre ich recht?«

»Du kommst mir nicht vom Hof, bevor du den Schinken bezahlt hast!«

»Aber dafür hab ich Euch doch die Würste gegeben.«

»Die Würste?« Die Frau brauchte einen Moment, um die Gesprächswendung zu begreifen. »Äh, die hast du ja auch nicht bezahlt!«

»Die will ich ja auch nicht mitnehmen!«, erwiderte Listig lachend.

In sein Gelächter mischte sich eine neue Stimme: »Gib sofort den Schinken zurück und entschuldige dich.« Sie gehörte Mutter Krumm, die ihr Geschäft erledigt hatte.

»Ja, gib mir sofort den Schinken zurück!«, brüllte die Bäuerin. »Sonst hole ich den Bauern, der wird dir schon das Maul stopfen.«

»Nein«, sagte Listig und hielt den Schinken fest wie einen Schatz, »ich behalte ihn.« Und noch bevor die Bäuerin nach ihrem Mann schreien oder Mutter Krumm ihm den Schinken aus den Händen winden konnte, fügte er grinsend hinzu: »Weil ich ihn bezahle.«

Mutter Krumm war jetzt sehr erbost, und es hätte nicht viel gefehlt, dass sie Listig eine Maulschelle verpasst hätte. »Du hast ja gar kein Geld«, schimpfte sie, »nun entschuldige dich endlich.«

Die Bäuerin fiel ein: »Natürlich hat er kein Geld, nur ein freches Maul, hab's mir doch gleich gedacht. Jetzt hole ich den Bauern!«

Doch bevor sie dazu Anstalten machen konnte, waren in Listigs Handfläche mehrere Groschen erschienen. »Reicht das?«, fragte er.

»Ja, äh … ja.« Die Bäuerin war sichtlich verdutzt, und damit erging es ihr nicht anders als Mutter Krumm.

»Dann sind wir quitt!«, strahlte Listig. »Komm, Mutter Krumm, wir ziehen weiter.«

»Dummes Pack!«, grollte die Bäuerin und schloss die Tür zum dritten Mal.

Am Abend verkrochen sie sich in einer verlassenen Hütte, die am Rande einer großen Weide stand. Die Hütte war altersschwach und sah so aus, als wäre sie seit Jahren nicht betreten worden. Immerhin gab es einen Tisch und einen Schemel, dazu ein schief hängendes Bord, in dem einige Teller und ein paar Messer und Gabeln verwahrt wurden.

Listig holte den Schinken hervor und rief: »Nun steht einem Festmahl nichts mehr im Wege!«

»Willst du etwa von diesen staubigen Tellern essen?«, fuhr Mutter Krumm ihn an. »Die müssen erst sauber gemacht werden.«

»Und wie, bitteschön? Wir haben kein Wasser, und den Wein, den ich für teures Geld erstanden hab, wirst du dafür nicht nehmen. Eher geht in der Hölle das Feuer aus!« In der Tat hatte Listig am Nachmittag einem fliegenden Händler zwei Flaschen Wein abgekauft und beide, ganz gegen seine sonstige Art, bezahlt. Sie waren ins Gespräch gekommen, und der Mann hatte erzählt, er hätte in den letzten Tagen wiederholt Reitertrupps gesehen, die eine gewisse Eva, eine Frau von großer Schönheit, suchten, dazu einen kleinen blonden Mann ohne Füße, und er hatte hinzugefügt: »Wenn ich dich so angucke, dann könntest du es sein, hinter dem sie her sind.«

Listig hatte sich nichts anmerken lassen und geantwortet: »Ich bin klein, ich bin blond, ich habe keine Füße, aber ich heiße Traurig, und der, den sie suchen, heißt Listig.«

Der Händler hatte ungläubig geblickt: »Du bist Traurig? Das ist aber ein komischer Name.«

»Wenn du mir nicht glaubst, nimm geschwind die Weinflaschen zurück.«

Das hatte der Mann natürlich nicht gewollt und war alsbald wieder seines Weges gezogen …

Mutter Krumm staubte die Teller mit einem Zipfel ihres Kittels ab und wischte anschließend auch Messer und Gabeln sauber. »Meinst du, dass wir hier sicher sind?«, fragte sie ein wenig bang.

»So sicher wie in jeder anderen Hütte, die an dieser Stelle steht«, grinste Listig. »Jetzt freu ich mich auf Schinken und Wein.«

»Warte, ich mache uns noch Salat.« Mutter Krumm breitete die unterwegs gesammelten Kräuter aus und schnitt sie klein. Es waren Ampfer, Brennnessel, Minze und Löwenzahn, außerdem ein paar Waldbeeren, die sie ebenfalls zerteilte. Alles tat sie auf zwei Teller und trennte anschließend große Scheiben des Schinkens ab.

»Köstlich, köstlich!«, rief Listig. »Auch wenn die Zusammensetzung des Salats nicht jedermanns Sache sein dürfte, aber in der Not frisst der Teufel Fliegen, und wenn er keine hat, dann eben Schweinegeräuchertes mit Pflanzenblättern.« Dann öffnete er den Wein und nahm einen großen Schluck, um seinen gewaltigen Appetit noch mehr anzuregen.

Die beiden ließen es sich schmecken, und als sie ihr Mahl beendet hatten, sagte Mutter Krumm: »Du bist mir den ganzen Tag ausgewichen, Listig, ich will jetzt wissen, woher du das Geld hast.«

»Hui, das Geld, das Geld! Woher ich's hab, ist doch piepegal, Hauptsache, ich hab's.«

»Nein, ich will's wissen«, sagte Mutter Krumm energisch und nahm Listig die zweite Weinflasche fort, damit er sie nicht auch noch öffne, »ich bin deine Gefährtin und habe ein Recht darauf!«

»Nun denn, in Gottes Namen.« Und Listig erzählte, wie er den größten Teil des auf dem Markt verdienten Geldes beiseitegeschafft hatte.

Mutter Krumm sagte daraufhin: »Wenn man es recht bedenkt, ist es Pausbacks Geld, von dem wir jetzt essen und trinken, denn es waren ja seine Arzneien, die ihr verkauft habt. Ach, Pausback, was er wohl gerade macht? Ich muss so häufig an ihn denken, er tut mir sehr, sehr leid.«

Listig trank den letzten Schluck Wein, rülpste unterdrückt und schürzte die Lippen. »Mir tut er nicht leid.«

»Listig, was sagst du da?«

»Tja, nun, vielleicht ein bisschen.«

Pausback befand sich zu jenem Zeitpunkt im Kerker von Erfurt, genauer gesagt in einer Einzelzelle für Menschen, die man für verrückt erklärt hatte. Dies war auch ihm geschehen, und zwar durch einen erschöpften, überarbeiteten Arzt, der ihn kurz untersucht hatte, flüchtig befragt hatte und anschließend zu dem Urteil gekommen war: »Es stimmt, der Mann ist nicht mit normalen Maßstäben zu messen. Der Richter soll sehen, was er mit ihm macht.«

Aber bis jetzt hatte der Richter nichts mit ihm gemacht, er hatte andere Sorgen. Seine Aufmerksamkeit galt ausschließlich der Verhandlung gegen die anderen Mitglieder von Galanthos Bande, denn diese vorzubereiten brachte eine nie gekannte Fülle an Arbeit mit sich.

So kam es, dass sich zunächst niemand um Pausback kümmerte, wenn man von einem alten Wärter absah, der ihm ab und zu eine Mahlzeit brachte. Der Mann hieß Kreuzer und war – anders als mancher seiner Kollegen – von einfacher, freundlicher Natur. »Pausback«, sagte er, während er mit einer Kanne Wasser die Zelle betrat, »ich hab mein Lebtag noch keinen gesehen wie dich, du bist so groß wie niemand sonst, und essen willst du auch kaum was.«

Pausback schwieg.

»Wieso hast du eigentlich dauernd diesen Mistelzweig in der Hand?«

»Ist von Mutter, der Mistelzweig.«

»Und wozu ist der nütze?«

»Soll mir sagen, was ich tun soll, der Mistelzweig, aber ich kann ja nix tun. Weiß nicht, warum ich hier bin, hab niemandem was getan.«

Kreuzer kippte Pausbacks Reff um und setzte sich drauf. Gegen einen kleinen Plausch war von seiner Seite aus nichts einzuwenden, zumal die Gefahr einer Flucht nicht bestand. Der Riese war angekettet. »Ich weiß nicht, was du auf dem Kerbholz hast«, sagte Kreuzer, »aber ich weiß, dass man dich für schwachsinnig hält. Es heißt, du würdest immer so seltsame Antworten geben, und außerdem hättest du gesagt, dein Vater wär ein Vogel.«

»Hm, hm.«

»Hast du das?«

»Nein. War beim Büttel, da war'n schwarzer Vogel, mehr nicht.«

»Ja, und?«

»Vater mocht gern Vögel. Konnt sie gut nachmachen, keiner konnt's so gut. Und immer wenn ich 'n Vogel seh, seh ich Vater.«

»Und weiter?« Kreuzer steckte sich ein Pfeifchen an.

»Seh ihn dann genau vor mir. Und dann sag ich ›Vater‹.«

»Ach, und das ist schon alles?«

»Hmja.«

»Und deshalb stecken sie dich hier ins Loch?«

»Weiß nich.«

Kreuzer erhob sich, um wieder zu gehen. Die Unterhaltung hatte sich als wenig ergiebig erwiesen. »Pausback«, sagte er, »weißt du, was ich glaube?«

»Hm, nein.«

»Du bist gar nicht verrückt.«

* * *

»Morgen oder übermorgen kommen wir nach Erfurt«, sagte Mutter Krumm. »Dann sind wir in Sicherheit.« Sie zog den rumpelnden Wagen auf einem nicht enden wollenden Feldweg nach Norden. »Hoffentlich jedenfalls. Oh, da vorn sehe ich was, sieht aus, als hätte sich ein Mann vor seinen eigenen Karren gespannt. Meinst du, der könnte uns gefährlich werden?«

»Wie, was?« Listig, der ein Nickerchen gemacht hatte, schlug die Augen auf.

»Ich habe gefragt, ob der Mann da vorn gefährlich ist.«

Listig schirmte die Augen ab, um besser sehen zu können. Er spähte nach dem Mann, dann fing er an zu lachen.

»Wieso lachst du? Ich habe dir eine einfache Frage gestellt.« Mutter Krumm fühlte sich nicht ernst genommen.

»Von dem da vorn geht so viel Gefahr aus wie von einem Regenwurm! Den kenn ich, er heißt Julius Klingenthal. »He, Julius, halt an!«

Doch der Mann, der einen feinen Rock trug, ging weiter, und erst als Listig mehrmals gerufen hatte, brachte er sein Gefährt zum Stehen. Mutter Krumm staunte beim Näherkommen nicht schlecht, denn auf dem Karren des Mannes saßen mehrere lebensgroße Puppen: eine Magd mit Schürze und Haube, ein Schiffer in groben Köperhosen, ein Landmann mit Forke, ein Burgfräulein mit Taschentuch in der beringten Hand, ein Schultheiß mit schwerer Amtskette und ein Söldner im Harnisch. »Das nenn ich eine seltsame Fracht«, sagte sie.

»Deine Fracht ist mindestens genauso seltsam, aber es könnte sein, dass ich sie kenne«, antwortete das Burgfräulein von oben herab.

»Kann mich nicht erinnern«, brummte der Schultheiß.

»Ich schon«, sagte die Magd.

Der Schiffer rief: »Ahoi, mein Freund!«

Der Landmann schnarchte.

Der Söldner sagte militärisch stramm: »Melde gehorsamst, Listig und eine unbekannte Person soeben eingetroffen!«

Listig lachte froh und wandte sich Klingenthal zu. »Du Redner aus der Tiefe des Bauches, wie ich sehe, hast du noch alle beisammen! Darf ich dir Mutter Krumm vorstellen?«

Klingenthal verbeugte sich höflich. »Ich bin Julius«, sagte er mit eigener Stimme, »ich freue mich, dich kennenzulernen.«

»Ganz meinerseits«, sagte Mutter Krumm, die noch immer staunte.

»Und unsererseits«, sprachen die Puppen im Chor, bis auf den Landmann, der noch immer schnarchte.

Klingenthal fragte: »Wo hast du denn deine Beine gelassen, ich meine damit natürlich Pausback, ihr beide wart doch eins?«

»Ja, wo ist er?«, schloss sich der Söldner an, den die Kraft des Riesen beeindruckt hatte.

»Ihm ist doch hoffentlich nichts passiert?«, wollte die Magd wissen.

Listig bekam rote Ohren. »Nein, nein, ich ... ich glaube, dass ...«

»Ich glaube, dass wir jetzt gemeinsam essen sollten«, half ihm Mutter Krumm. »Wir haben frische Kartoffeln, direkt vom Feld, die könnte ich für uns im Feuer rösten. Auch ein paar leckere Kräuter wären da.«

Der Bauchredner lächelte. »Das trifft sich gut, wir haben noch ein Stück Butter, ein Brot und ein paar Äpfel.«

»Und eine schöne Flasche Rotwein«, ergänzte die Magd und schien dabei Listig anzusehen.

Dem ging es, als das Wort Wein fiel, sogleich wieder besser. »Dann lasst uns auf die alten Zeiten trinken!«, rief er.

»Die alten Zeiten, sie kommen nie zurück«, wandte der Schultheiß ein.

»Trinken wir trotzdem«, sagte der Söldner.

»Einen Schluck aus der Buddel!«, rief der Schiffer.

»Aus welcher Buddel?«, fragte der Landmann, der soeben erwacht war.

»Ich trinke lieber Weißwein«, sagte das Burgfräulein. »Rotwein trinkt jeder.«

Klingenthal hob die Hand und beendete das Gespräch. »Auf jeden Fall freuen wir uns, mit euch essen zu können.«

Bald darauf saßen sie am Feuer und sprachen den Speisen kräftig zu. Sie redeten über Gott und die Welt, und Listig wollte berichten, wie es ihm in den letzten Wochen ergangen war, aber er musste feststellen, dass er nichts erzählen konnte, ohne den Namen Pausback zu erwähnen. Deshalb ließ er es schließlich sein und sagte nur, Mutter Krumm und er hätten eine Zeit lang bei den Räubern leben müssen, bis sie bei dem Militäreinsatz, der sich wohl mittlerweile herumgesprochen habe, den Soldaten entwischt seien.

Klingenthal runzelte die Stirn. »Ihr habt bei den Räubern gelebt?«, fragte er.

»Bei den Räubern.«

Der Bauchredner wartete. Als keine nähere Erklärung kam, weder von Listig noch von Mutter Krumm, sagte er: »Ich merke schon, ihr mögt nicht darüber reden, das verstehe ich, es war sicher eine schwere Zeit für euch. Die Grenadiere haben viele von den Schurken getötet, sogar den wilden Galantho, ihren Hauptmann.«

»Woher weißt du das?«, fragte Listig interessiert.

»Ach, dazu gehört nicht viel. Wenn man wie wir ständig unterwegs ist, erfährt man vieles, vielleicht sogar alles, was sich im Lande tut. Worüber die Leute in den letzten Tagen mindestens genauso viel sprechen, sind die Morde in Katzberg. Dort sollen innerhalb kurzer Zeit drei Menschen vergiftet worden sein: der Amtmann Röther, seine Frau und ein Arzt, dessen Namen ich vergessen habe. Vielleicht ist die Kunde auch schon zu euch gedrungen?«

»Äh, nein«, sagte Listig, führte seinen leeren Weinbecher zum Mund und tat so, als wolle er trinken.

Mutter Krumm blickte zur Seite.

»Tja«, sagte Klingenthal, »auf jeden Fall sollen Berittene seit Tagen die Gegend durchkämmen, sie suchen einen Mann und eine Frau, die mit den Morden zu tun haben sollen. Sie gehen dabei sehr zielstrebig vor und wollen ihre Kreise bis nach Erfurt ausdehnen. Zweimal haben sie mich schon angehalten, aber gottlob haben sie mich jedes Mal weiterziehen lassen.«

Listig und Mutter Krumm sagten nichts.

»Hat es euch plötzlich die Laune verhagelt?«, fragte Klingenthal. »Was ist denn?«

»Ach, nichts«, sagte Listig tonlos, »aber es könnt sein, dass sie auch hinter mir her sind.«

»Hinter dir?«

»Weil ich doch bei den Räubern war. Genau wie Mutter Krumm.«

»Oh«, sagte Klingenthal, »da müssen wir uns was einfallen lassen.«

»Richtig«, entschied der Soldat, »wir kämpfen bis zum letzten Mann.«

»Unsinn«, sagte der Schultheiß, »es ist immer klüger zu verhandeln.«

Der Landmann schnarchte schon wieder.

Der Schiffer rief: »Luken dicht, Wind von vorn!«

Das Burgfräulein schwieg. Morde und Mörder empfand es als lästig.

Die Magd rief: »Lieber Herrgott, was machen wir nur?«

Klingenthal lächelte. »Keine Sorge, ich weiß schon was. Lasst uns besprechen, wo Mutter Krumm und Listig heute Nacht schlafen.«

Der Anführer der kleinen Reiterschar gähnte im Sattel. Er und seine Männer waren seit Stunden unterwegs, die Nacht war hereingebrochen, und es wurde Zeit, dass sie nach Hause kamen. Gerade wollte er den Befehl zur Umkehr geben, da zog ihm schwacher Rauchgeruch in die Nase. »Rauch, Männer!«, rief er. »Wo Rauch ist, da ist Feuer, und wo Feuer ist, da ist der Mensch nicht weit. Mal sehen, wem wir gleich begegnen.«

Der Anführer musste nicht lange suchen, denn schon nach

kurzer Zeit machte er kaum zweihundert Schritt voraus einen schwachen Feuerschein aus. »Seht ihr das?«, rief er, »wir reiten von allen Seiten auf das Lager zu, aber Vorsicht, ich will nicht in einen Hinterhalt geraten!«

Kaum eine Minute später sah er, dass seine Befürchtungen unbegründet waren, denn am Feuer saß der Mann, den er als Klingenthal, den Bauchredner, kannte. »He, Klingenthal«, rief er, »alles in Ordnung?«

»Alles in Ordnung«, antwortete dieser.

»Was soll denn nicht in Ordnung sein?«, fragte der Söldner vom Karren herüber.

»Segel sind gerefft!«, rief der Schiffer.

»Einen guten Abend wünsch ich den Herren«, sagte der Schultheiß.

Der Anführer lachte. »Deine Puppen schlafen wohl nie, was, Klingenthal?«

»Ich habe Wache«, sagte der Söldner.

»Wer schläft, sündigt nicht«, grunzte der Landmann.

»Ihr solltet auch schlafen gehen, Ihr Herren, oder habt Ihr kein Bett?«, fragte der Blondschopf.

»Wir können den Herren keine Vorschriften machen«, sagte der Schultheiß.

»Das ganze Leben besteht aus Vorschriften«, seufzte der Greis. Das Burgfräulein schwieg, es war unter ihrer Würde, das Wort an einfache Reiter zu richten.

Die Magd sagte: »Leider haben wir nichts, was wir Euch anbieten könnten, Ihr Herren.«

Der Anführer lachte. »Das wird auch nicht nötig sein. Wir nehmen die Ratschläge deiner Puppen an, Klingenthal, und reiten heim. Pass du nur auf, dass dir nichts passiert. Gute Nacht!«

»Gute Nacht«, sagte der Bauchredner. »Und viel Erfolg noch für Eure Suche.«

* * *

Am anderen Morgen brach Klingenthal zusammen mit Listig und Mutter Krumm auf, denn genau wie sie wollte auch er nach Erfurt, der großen, schönen Stadt, wo es viele Menschen gab, denen er mit seinen Puppen Freude machen konnte.

»Am besten, wir nehmen Listigs Wagen in Schlepp und spannen uns beide vor meinen Karren«, sagte er zu Mutter Krumm. »Listig selbst kann sich zu den Puppen setzen.«

Als er das hörte, lachte Listig. »Nichts tät ich lieber! Hab mich ja letzte Nacht schon gut mit ihnen vertragen. Besonders mit der Magd. Ich werd sie auf den Schoß nehmen und fühlen, was sie unter der Schürze hat.«

»Das geht denn doch zu weit«, empörte sich der Schultheiß.

»Wo die Liebe hinfällt«, meinte das Burgfräulein pikiert.

»Seemannsbraut ist die See«, sagte der Schiffer.

Mit solchen und anderen Reden zogen sie ihres Wegs und kamen am übernächsten Tag glücklich in Erfurt an.

Manch einer in der Stadt staunte nicht schlecht, als er den seltsamen Wagenzug sah, vorn ein Herr im Gehrock, neben ihm ein buckliger Greis und hinter ihnen auf der Ladefläche sieben Puppen. Aber es gab auch eine ganze Menge Bürger, denen der Anblick nicht unbekannt war, denn der Bauchredner hatte seine Künste schon mehrfach in Erfurt gezeigt. Einer von ihnen, ein glühender Verehrer aller Ventriloquisten, hieß Krause. Krause betrieb in der Stadtmitte einen kleinen Laden für Kurzwaren wie Garne, Knöpfe und Nadeln aller Art und hatte Klingenthal schon des Öfteren ausgeholfen, wenn die Kleider der Puppen eines neuen Saumes oder Flickens bedurften. »Meister Klingenthal!«, sagte er strahlend. »Unverhofft kommt oft! Nein, wie ich mich freue, Euch zu sehen.«

»Die Freude ist ganz meinerseits, lieber Krause, ach übrigens, das ist der Alte«, stellte der Bauchredner Mutter Krumm vor, denn diese wollte, obwohl Röther tot war, nach wie vor lieber unerkannt bleiben. Gleiches galt für Listig.

Krause grüßte freundlich und ließ seinen Blick über den Karren schweifen. Als er Listig betrachtete, der stocksteif mit einem gefrorenen Grinsen dasaß, rief er aus: »Alles, was recht ist, Meister Klingenthal, Eure Puppen sind wirklich täuschend echt, sie wirken von Mal zu Mal lebendiger, wie macht Ihr das bloß?«

»Wir sind keine Puppen«, grunzte der Landmann empört, »könnten uns sonst ja als Vogelscheuche aufs Feld stellen.«

»Impertinent!«, zischte das Burgfräulein.

»Beim Bart meiner Mutter, ich bin aus Fleisch und Blut!«, rief der Blondschopf.

»Die Frage des Bürgers Krause bitte aus dem Protokoll streichen«, sagte der Schultheiß.

Krause wollte sich ausschütten vor Lachen. »Ich werde Euer ewiger Bewunderer sein, Meister Klingenthal! Sagt, für wann plant Ihr denn Eure erste Vorstellung?«

»Ich dachte an heute Mittag, Schlag zwölf bei der Severi-Kirche.«

»Oh ...« Krauses Gesicht verdüsterte sich. »Das ist ein schlechter Zeitpunkt.«

»Warum?«

»Nun, weil genau dann die Räuber von Galanthos Bande hingerichtet werden, ein Spektakel, das sich kaum einer in der Stadt entgehen lassen wird. Ihr würdet auf einem leeren Platz spielen. Offen gestanden will ich selber auch gerne dabei sein, habe deshalb auch schon meinen Laden dichtgemacht.«

Klingenthal zuckte mit den Schultern. »Dann gebe ich meine erste Vorstellung eben morgen.«

»Wirklich?« Krauses Miene hellte sich auf. »Dann könntet Ihr mich doch begleiten? Ich stelle es mir vergnüglich vor, wenn alle diese Halunken vom Leben zum Tod gebracht werden, schade nur, dass Galantho, ihr Anführer, schon ins Gras gebissen hat. Den Rädelsführer auf dem Richtstuhl, das wäre eine Sensation gewesen, aber auch so werden Hunderte, wenn nicht gar Tausende kommen.«

Klingenthal zögerte. »Nun, ich denke, wir schauen uns das an, nicht, Alter?«

Mutter Krumm nickte.

»Ich frage mich nur, was wir mit den Wagen machen. Könnten wir sie hinter dem Laden auf den Hof stellen, Krause?«

»Natürlich«, willigte der Händler sofort ein, »da ist Platz genug.«

Klingenthal wollte sich wieder vor den Karren spannen, wurde aber von Mutter Krumm zurückgehalten, die zu ihm sagte:

»Ich finde, wir sollten nur den kleineren Wagen auf den Hof bringen, den Karren mit den Puppen nehmen wir mit.« Und als Klingenthal nicht gleich verstand, ergänzte sie: »Alle unsere Puppen sollten Gelegenheit bekommen, das Spektakel anzusehen, verstehst du? Alle.«

Da begriff Klingenthal, dass es Mutter Krumm aus irgendeinem Grund sehr wichtig war, dass Listig der grausigen Prozedur auf dem Richtplatz am Stollberg beiwohnte, und er antwortete: »Einverstanden, Alter. Da die Puppen nach ihren eigenen Worten aus Fleisch und Blut sind, sollen sie ruhig sehen, wie es ist, wenn das Gesetz Christi sich ein letztes Mal erfüllt.«

Und so zogen Klingenthal, Krause und Mutter Krumm zum Richtplatz, in ihrer Begleitung eine Magd mit Schürze und Haube, ein Schiffer in groben Köperhosen, ein Landmann mit Forke, ein Burgfräulein mit Taschentuch in der beringten Hand, ein Schultheiß mit schwerer Amtskette, ein Söldner im Harnisch und ein Blondschopf mit einer leeren Rotweinflasche.

Listig fiel es schwer, auf dem schaukelnden Wagen still zu sitzen, während um ihn herum die Straßen und Gassen sich immer mehr füllten. Neugierige drängten heran, lachten beim Anblick der Puppen und griffen aus Übermut nach ihnen, klopften dem Söldner auf den Harnisch oder zogen an der Amtskette des Schultheiß', und ein ganz Vorwitziger versuchte sogar, sich der Rotweinflasche zu bemächtigen. Listig hätte fast den Fehler gemacht, dem Kerl eins auf die Finger zu geben, aber gottlob half Klingenthal, indem er ihn verscheuchte.

Jetzt rückte schon der Richtplatz ins Blickfeld, und es ging nur noch schleppend voran. Klingenthal, Krause und Mutter Krumm blieben schließlich stehen. Listig schielte zu dem hohen Gerüst hinüber, auf dem sich noch nicht viel tat, nur ein paar Wachsoldaten standen da – und ein frisch gezimmerter Richtstuhl.

Die Sterbeglocken begannen zu läuten, ein großer Kerl in seiner Nähe rief: »Sie kommen, sie kommen! Ich seh sie schon!«, woraufhin die Menge lange Hälse machte und sensationshungrig in die angegebene Richtung starrte.

Auch Listig erkannte den herannahenden Zug. Er war ziemlich lang und wurde angeführt von einem bleichgesichtigen Pfarrer, der mit gefalteten Händen betete. Es folgten würdige Herren in Schwarz, dann einige Soldaten und danach die Räuber selbst. Sie waren alle gefesselt und gingen gebeugten Hauptes. Ihnen schlossen sich wiederum Soldaten an, und den Schluss bildete der Scharfrichter, ein starker, breitschultriger Mann mit einem mächtigen Schwert.

Die Soldaten traten im Karree um das Gerüst an und salutierten, während der übrige Zug langsam die Stufen hinauf zum Richtstuhl kletterte. Oben verteilten sich alle, jeder nahm den ihm zugewiesenen Platz ein. Unter den Räubern erkannte Listig Hannikel, den Saalfelder Mathies, Ringer-Klaas, Hölzerlips, Scheflenzer und Hemperla, aber auch Hein Surel, Priller, Neuner und ebenso Luchs Tullian. Ein Schauer lief ihm über den Rücken, als er daran dachte, dass auch er um Haaresbreite auf den Richtstuhl gekommen wäre. Der arme Luchs! Wenn einer es nicht verdient hatte, enthauptet zu werden, dann er.

Einer der würdig aussehenden Herren trat vor, Listig nahm an, es war der Richter, und hob gebieterisch die Hand. Die Menge, eben noch in Volksfeststimmung, kam zur Ruhe, und die eigentliche Hinrichtung begann. Während der Richter mit lauter Stimme im Namen Gottes, des Landesfürsten und des Statthalters von Erfurt, des Freiherrn von Dalberg, ein Dokument verlas, das nicht nur lang, sondern auch gespickt mit Paragrafen war, während die Menge den Kurfürsten von Mainz hochleben ließ und allerorten wieder geschwatzt, gescherzt und geglotzt wurde, glitten Listigs Gedanken ab. Er fragte sich, wo die vielen anderen Räuber geblieben waren.

Was war aus Jonas Ocker, Güldenzopf, Leib Langnase, Damian, Franz de Smit und Feuerteuf geworden? Wie war es Nagels Piterchen, Moses, Crematorius, Timans Pandel und den vielen anderen ergangen? Waren sie tot, verletzt, entkommen? Seine Gedanken glitten weiter und landeten da, wo sie schon häufiger in den letzten Tagen gewesen waren: bei Pausback. Er hatte den Riesen in eine Falle laufen lassen, das stimmte, aber er hatte nicht gewusst, welch eine Teufelin Eva war. Noch immer begann sein Herz zu klopfen, wenn er an sie dachte, dabei war sie schlecht, abgrundtief schlecht; sie musste schlecht sein, anders war der Gedanke an sie nicht zu ertragen.

Wo mochte Pausback sich aufhalten? Hatte Kaulbarsch ihn geschnappt? Obwohl es bar jeder Vernunft war, da der Riese sich zur Zeit des Militäreinsatzes nicht im Lager aufgehalten hatte, spähte Listig nach seinen gewaltigen Umrissen. Aber natürlich war er nicht unter den Verurteilten. Natürlich nicht.

»... und wird hiermit Georg Philipp Lang, vulgo Hölzerlips, zum Tode durch das Schwert verdammt«, vernahm Listig wie aus weiter Ferne. Hölzerlips wurde von Soldaten zum Richtstuhl geführt. Er wirkte gefasst, der Sturm der Gefühle, der in seinem Inneren tobte, spiegelte sich kaum in seinem Gesicht wider. Er nahm Platz, und wer nun glaubte, er würde um Gnade betteln, sah sich getäuscht. Hölzerlips verlangte nach Wein. Da es sein letzter Wunsch war, wurde Wein herbeigeschafft, den er mit geschlossenen Augen trank. Er reichte den Becher an einen Soldaten weiter, während der Pfarrer Gott den Herrn anflehte, er möge sich der Seele dieses Sünders erbarmen. Kaum hatte er das Kreuz geschlagen, fiel auch schon Hölzerlips' Kopf. Der Schlag des Scharfrichters war so stark, dass der Schädel noch mehrere Schritte weiterrollte und fast vom Gerüst gefallen wäre.

Der Nächste war Luchs, dessen kleines Vogelgesicht vor Todesfurcht zuckte. Er trat einen Schritt vor und wandte sich mit zitternder Stimme an die Menge. »Mein Name ist Tobias Tullian! Gott ist mein Zeuge, dass ich früher ein rechtschaffener Mann war, der sein Brot als Secretarius in einer Ziegelei verdiente. Doch ging das nur so lange, bis eines Tages der Sohn des Besitzers in die Kasse griff und mir die Schuld in die Schuhe geschoben wurde. Da blieb mir nichts anderes übrig, als Räuber zu werden.«

»Ja, ja!«, brüllte der große Kerl neben Listig lachend. »Ihr seid alle Unschuldsengel!« Und beim Lachen verriet sein Gesicht viel Einfalt. Listig hätte ihm gern ins Gesäß gezwickt, aber er durfte sich ja nicht bewegen.

Luchs' Kopf fiel direkt neben seine Füße.

Der Dritte war Ringer-Klaas, dessen richtiger Name Willem Hovemanns lautete. Der Mann, der sich so viel auf seine Ringerkünste einbildete, jammerte laut, als er zum Stuhl geführt wurde. Er flehte um Gnade, zerfloss in Tränen, doch alles war vergebens. Der Scharfrichter schlug zu und durchtrennte mit einem Hieb seinen Lebensfaden.

So ging es weiter, einer nach dem anderen starb unter dem Schwert, darunter auch Hannikel, der sich nuschelnd noch einen Priem ausbat, bis endlich als Letzter der Saalfelder Matthies dran war. Die hohen Herren hatten sich mittlerweile in größtmögliche Entfernung zum Geschehen gebracht, denn das Gerüst troff vor Blut. Listig schauderte erneut. Was hier geschah, war alles andere als ein Spaß.

Der große Kerl mit dem einfältigen Gesicht schrie: »Was, das ist schon der Letzte? Habt ihr nicht mehr von den Halunken auf Lager?«

Andere aus der Menge fielen ein: »Ja, mehr!«

»Weitermachen!«

»Was ist denn mit dem Riesen?«

»Was für ein Riese?«

»Da soll doch ein Riese im Kerker sitzen! Was ist mit dem?«

Listig spitzte die Ohren.

»Von dem hab ich auch gehört, Leute, ein Kerl, so groß wie ein Haus! Ehe bei dem die Rübe rollt, muss der Henker wohl zweimal zuschlagen, haha!«

»Bringt uns den Riesen! Bringt uns den Riesen! Bringt uns den Riesen!«

Listig musste sich beherrschen, um weiterhin die leblose Puppe spielen zu können. Der Gedanke, dass es sich bei dem Riesen um Pausback handeln könnte, ließ ihn nicht los und erschreckte ihn zutiefst.

Sein Schrecken wurde durch ein dumpfes Poltern unterbrochen.

Der Rumpf vom Saalfelder Matthies war vom Gerüst gefallen.

»Es gibt ja wohl kaum einen Zweifel, dass es Pausback ist, der hier im Kerker schmachtet. Wir können von Glück sagen, dass er heute nicht hingerichtet wurde, aber was nicht ist, kann ja noch werden«, sagte Mutter Krumm und blickte Listig vorwurfsvoll an.

Gleiches tat Klingenthal, dem Listig zuvor seine Missetaten gebeichtet hatte.

»Hab meine Lektion ja gelernt«, sagte Listig zerknirscht, »hab sie gelernt, und's tut mir leid, wirklich leid.«

Die drei befanden sich in Krauses kleiner Wohnung über dem Laden und überlegten, wie am besten vorzugehen sei. Sie konnten dies ungestört tun, da Krause seinen Wirtshausabend hatte, den er höchst ungern versäumte, schon gar nicht an einem Tag wie diesem, wo es die Hinrichtung der Räuber noch einmal in allen Einzelheiten am Biertisch zu besprechen galt.

»Damit, dass es dir leidtut, ist es nicht getan«, sagte Klingenthal, »wir können Pausback nicht im Stich lassen.«

»Nein,« sagte Listig kleinlaut.

»Wir müssen ihn da rausholen und gemeinsam fliehen, die Frage ist nur, wie«, sagte Mutter Krumm.

»Tja«, sinnierte Klingenthal und trommelte mit den Fingern einen Wirbel auf die Tischplatte, »darüber zerbreche ich mir schon die ganze Zeit den Kopf. Wenn man aus einem Riesen doch nur ein Mäuschen machen könnte! Aber wie macht man das?«

Mit einem Anflug alter Schnoddrigkeit rief Listig: »Oho, nichts leichter als das! Riesen werden verwandelt, 's ist in jedem Märchen so.«

Mutter Krumm kratzte sich am Kinn. »Sagtest du eben ›verwandelt‹?«

»Ganz recht. Würd's für mein Leben gern tun, Pausback verwandeln, könnt ihn dann in die Tasche stecken und stiften gehen, abrakadabra und simsalabim!«

Mutter Krumm ging nicht auf ihn ein, sie war tief in Gedanken versunken. »Vielleicht ist das gar nicht nötig«, sagte sie nach einer Weile. »Du, Julius?«

»Ja?« Der Bauchredner unterbrach seinen Trommelwirbel, der Tonfall von Mutter Krumm hatte ihn aufhorchen lassen.

»Was hieltest du von einer weiteren Puppe?«

Kreuzer liebte die Abende, an denen er als einziger Wärter Dienst hatte. Er saß dann in seiner Wachstube, die kaum größer als eine Zelle war, hatte ein Buch auf dem Tisch liegen und las darin. Heute war es ein ganz besonders spannendes, es hieß *Das Leben und die seltsam-überraschenden Abenteuer des Robinson Crusoe* und entführte ihn eine ferne fesselnde Welt.

Das Lesen machte ihm viel Freude, nur mit seinen Augen haperte es in letzter Zeit, weshalb er sich dabei einer Lupe bedienen musste.

Eine herrliche Ruhe herrschte zu dieser späten Stunde, in der die wenigen Insassen schon schliefen und keine weitere Arbeit anfiel. Eine herrliche Ruhe, die nur unterbrochen wurde durch den Gesang von Michel, seinem gelb gefiederten Kanarienvogel.

»Du scheinst mir heute Abend besonders gute Laune zu haben, mein kleiner Michel«, sagte Kreuzer und schlug die nächste Seite um.

Als hätte er die Worte verstanden, gab Michel ein fröhliches

Trällern von sich und hüpfte auf den Stangen seines Bauers hin und her.

»Ja, ja, schmettere dein Liedchen nur weiter, du bist der beste Sänger, den ich jemals hatte.«

Doch Michel verstummte und hüpfte zum Wassernapf.

»Trink nur, mein Freund, das feuchtet die Kehle an. Nanu? Ist da kein Wasser mehr? Ja, das ist doch …«

Kreuzer erhob sich, nahm einen leeren Becher und holte Wasser. Nachdem er zurück war, setzte er sich ächzend und füllte eine kleine Menge aus dem Becher in den Napf. »Siehst du, da hast du, was du brauchst. Und nun schauen wir mal, was Robinson Crusoe weiter erlebt.«

Kreuzer wollte zur Lupe greifen, wurde aber durch ein freundliches »Guten Abend« unterbrochen.

Er fuhr auf. »Ja, was ist denn, wer seid …?«

»Ich bin Carl Wilhelm Eck, der Bauchredner«, sagte Julius Klingenthal, »vielleicht habt Ihr meine Künste schon einmal gesehen?«

Kreuzer erinnerte sich schwach daran, dass vor einem oder zwei Jahren ein Bauchredner an der Severi-Kirche aufgetreten war. Die Darbietung hatte ihm gefallen, aber Dienst war Dienst und Schnaps war Schnaps, und deshalb sagte er: »Ja, das habe ich, äh, Meister Eck, aber nun muss ich Euch bitten zu gehen. Oder habt Ihr eine Besuchsgenehmigung?«

Daraufhin schwieg der Bauchredner. Aber die blonde Puppe, die eine Rotweinflasche in der Hand hielt und auf seiner Hüfte saß, sagte: »Fürwahr, Kreuzer, mir scheint, du hast einen Vogel. Einen sehr hübschen sogar! Wie heißt denn der Pieper?«

Dergestalt abgelenkt, wandte Kreuzer sich Michel zu und bemerkte nicht, wie Klingenthal mit taschenspielerischer Geschicklichkeit ein Pulver in den Wasserbecher tat. »Er heißt Michel, er ist der beste Sänger weit und breit«, sagte er nicht ohne Stolz. »Aber nun, Meister Eck, da Ihr, wie's scheint, keine Genehmigung habt, muss ich Euch dringend ersuchen …«

»Erst trinken wir auf deinen Vogel!«, rief die Puppe.

»Nein«, sagte Kreuzer dienstbeflissen, »ich muss darauf bestehen, dass ...«

»Dein Vogel trinkt ja auch auf uns!«

Es stimmte, wie Kreuzer sich umwendend feststellte: Michel nahm ein paar Schlückchen aus seinem frisch gefüllten Napf. »Tja, nun.« Kreuzer dachte daran, dass er der einzige Wärter an diesem Abend war und dass es besser sein würde, sich mit dem unverhofften Besucher gütlich zu einigen. »Nun, meinetwegen, wenn Ihr mir versprecht, dass Gefängnis danach sofort zu verlassen.«

»Nichts lieber als das!«, rief die Puppe.

»Ich verspreche es auch«, lächelte der Bauchredner. Er war es, der jetzt die Rotweinflasche in der Hand hielt. »Prosit, es möge nützen!«

»Prosit!«, sagte auch Kreuzer und nahm einen kräftigen Schluck aus seinem Wasserbecher.

Er wollte seine Aufforderung, der Besucher möge gehen, nochmals wiederholen, doch plötzlich merkte er, wie sich alles vor seinen Augen drehte. »Ihr ... Ihr müsst jetzt ... «, murmelte er kraftlos. »Ihr ...«

Dann sank sein Kopf auf die Tischplatte.

Michel trällerte vergnügt.

Pausback saß mit geschlossenen Augen in seiner Zelle und war sehr verzweifelt. Noch immer kamen ihm die letzten Tage wie ein Spuk vor.

War er wirklich in Erfurt im Gefängnis? Er hatte doch niemandem etwas zuleide getan.

Ein Arzt sollte kommen und ihn untersuchen, hatte Kreuzer ihm erzählt, aber warum er untersucht werden sollte, hatte er nicht gesagt. Dabei brauchte er gar keinen Arzt. Listig brauchte viel mehr einen Arzt, der hatte einen Katarrh. Gehustet hatte er und gespuckt, als es zum Markt gehen sollte; da war er allein losgezogen, und dann war Kaulbarsch gekommen und hatte ihn verhaftet. Und verhört hatte er ihn und dann den Raben mit den Pilzen vergiftet. Es konnten nicht seine gewesen sein, seine Pilze waren Hallimasche gewesen, das hatte Listig selbst gesagt. Es waren richtige Hallimasche gewesen, bestimmt.

Wie es Listig wohl ging? Hoffentlich hatte er nicht mehr so schrecklichen Liebeskummer.

Eva war sehr nett, aber deswegen musste man doch keinen Liebeskummer haben. Das würde er Listig auch gleich sagen, wenn er hier wieder rauskam, ja, das wäre das Erste, was er tun würde.

»He, aufwachen, du Sohn des Enak!«, erscholl es plötzlich laut.

Pausback dachte, er träume. Die Stimme hörte sich an wie die von Listig.

»Aufwachen! Oder soll ich hier Wurzeln schlagen?«

Da schlug Pausback die Augen auf, und was er sah, war ein schönes Bild: Da, wo sonst die schwere Eichentür ihm den Weg in die Freiheit versperrte, saß Listig im Schneidersitz auf dem Boden. Er grinste und fuchtelte mit einem Schlüsselbund herum.

Pausback blinzelte. »Bist du's wirklich?«

»Natürlich! Ich bin der Kopf, der seine Beine wiederhaben will!«

»Hm, hm.« Mächtig stieg die Freude in Pausback hoch. »Musst keinen Liebeskummer haben, Listig, 's lohnt sich nicht.«

»Ich, Liebeskummer? Wie kommst du denn darauf? Das Einzige, was ich lieb, ist die Freiheit!« Listig kroch auf Pausback zu. Im schwachen Schein des Ganglichts probierte er ein paar Schlüssel, bis er den richtigen für die Eisenketten gefunden hatte. Er schloss auf und rief: »Potzblitz, da ist sie schon, die Freiheit! Lass dich ansehen, mein Freund, aha, nun ja, sie haben dich ganz gelassen. Vor allem meine Beine scheinen gesund zu sein.«

»Hmja, mir geht's gut!«

Listig grinste. »Dann steht unserer Walz nach Hamburg ja

nichts mehr im Weg, heb mich ins Reff, draußen steht der Wagen, und die Straße lockt.«

»Nach Hamburg? Oh, ja, ja.« Pausback stand auf, hob Listig in sein Tragegestell und schulterte es. Jetzt, wo er seinen Kopf wiederhatte, würde alles gut werden. An einer Zwischenstation würde er den Arzneiwagen wieder mit Olitäten füllen und alles restlos verkaufen, und am Ende des Jahres würde er die Taschen voller Geld haben und heimkehren auf die Lichtenhainer Höhe.

Mutter würde stolz auf ihn sein.

Und Vater auch.

Epilog

Der Apotecarius der *Schwan-Apotheke* in der Hamburger Dammtorstraße staunte nicht schlecht, als an einem sonnigen Oktobertag zwei merkwürdige Gestalten bei ihm erschienen und *Otho-Balsamum*, die unfehlbare Arznei gegen das Ohrensausen, feilboten. Einen der beiden Burschen kannte er, es war der riesenwüchsige Sohn des alten Schüppling, den anderen, einen blonden Jüngling mit losem Mundwerk, kannte er nicht. Ungeachtet dessen, kaufte er eine Portion *Otho-Balsamum* und fragte Pausback: »Ist das auch die gleiche Qualität wie immer? Wo hast du überhaupt deinen Vater gelassen, geht es ihm gut?«

»Hmja. Schüpplings Olitäten haben beste Qualitäten.«

»Ich weiß, ich weiß. Ich dachte schon, ihr kämt dieses Jahr überhaupt nicht mehr, aber nun bist wenigstens du gekommen, mit, äh, mit deinem Freund.«

»Hm, hm, 's war keine leichte Reise hierher.«

Und die war es, wenn man alles zusammennahm, tatsächlich nicht gewesen. Der längste Teil, der mit der Flucht aus dem Erfurter Gefängnis begonnen hatte, war dabei überraschend leicht verlaufen: Nachdem Klingenthal Pausback unter die Puppen auf seinem Karren gemischt hatte, gelang es ihm und Mutter Krumm fast wie von selbst, Erfurt zu verlassen. Niemand vermisste sie, außer Krause, der noch ein paar Tage nach ihnen herumfragte, sich dann aber mit der Aussicht auf einen neuen Besuch Klingenthals tröstete.

Kreuzer dagegen kam nicht so glimpflich davon. Er musste sich für die Flucht des Riesen Pausback verantworten und bekam einen Verweis von höchster Stelle. Die Fahndung nach einem Bauchredner namens Carl Wilhelm Eck wurde ausgerufen, verlief aber im Sand, denn unter diesem Namen gab es weit und breit keinen Ventriloquisten, nur einen verstorbenen Doktor der Medizin aus der Stadt Katzberg.

Michel, Kreuzers kleinem Kanarienvogel, war alles das egal, er sang auch weiterhin so schön.

Mutter Krumm, Klingenthal, Pausback und Listig zogen hinauf ins Brandenburgische, wo andere Gesetze galten und die Gefahr der Verfolgung kaum mehr bestand. Dort trennten sie sich.

Klingenthal wandte sich nach Sachsen, denn das tat er immer um diese Jahreszeit. »Ich gehe lieber auf eingetretenen Pfaden«, erklärte er, »die fühlen sich unter den Füßen immer noch am besten an.«

»Was ich bestätigen kann«, sagte der Söldner.

»Ich reite lieber«, sagte das Burgfräulein.

»Und ich segle lieber«, sagte der Schiffer.

»Bleibe im Lande und nähre dich redlich, so heißt es«, sagte der Schultheiß.

Die beiden anderen Puppen sagten nichts. Der Landmann, weil er schlief, und die Magd, weil der Abschiedsschmerz ihr die Sprache verschlagen hatte.

Mutter Krumm wollte zurück nach Katzberg in das Haus des verstorbenen Max Röther, denn sie hing an dem alten Gebäude, überdies hoffte sie, der neue Besitzer würde ein wenig menschlicher sein und ihr einen Ofen in die Kammer stellen.

Kaulbarsch, der Büttel von Katzberg, erhoffte sich ebenfalls etwas, nachdem sich herausgestellt hatte, dass sowohl der Rest von Annis Hühnersuppe als auch der Wasserbecher in Röthers Sterbezimmer vergiftet waren. Er wünschte sich sehnlichst, die schöne Eva aufzuspüren und ihrer gerechten Strafe zuzuführen. Doch es gelang ihm nicht, sosehr er sich auch bemühte.

Eva, die Schlange, tauchte niemals wieder auf.

Ein Dank

geht an die vielen Menschen in Thüringen, die mir beim Schreiben dieses Romans geholfen haben, besonders aber an Marga Schneider aus Neuhaus am Rennsteig, von der ich nicht nur vieles über die Vogelstellerei erfuhr, sondern auch manches Wissenswerte über Land und Leute, sowie an Elsbeth Worm, die »Kräuterfrau« aus Oberweißbach, die durch ihre beeindruckenden Kenntnisse weit über die Landesgrenzen hinaus bekannt wurde, und ihren Mann Andreas, der heute noch regelmäßig als »Buckelapotheker« auftritt und dadurch die Erinnerung an diesen ehrenwerten Berufsstand bewahren hilft. Nicht zuletzt bin ich Frau Dr. med. Hildegard Weber sehr verbunden, mit deren Hilfe ich viel über das alte Münzwesen lernte.

Eine Verbeugung

geht an Charles Henri de Coster, den belgischen Schriftsteller, dessen 1867 erschienener Roman *Ulenspiegel* mich bei der Figur des Listig stark inspirierte, so stark immerhin, dass Listig dem »Tyll Ulenspiegel« diesen oder jenen Streich nachmacht – aber beileibe nicht alle.

Den Namen Pausback wird man meines Wissens nirgendwo in der Literatur finden, ich selber bin auch mehr durch Zufall auf ihn gekommen – indem ich eines Tages die Seite 517 im Herkunftswörterbuch des Duden aufschlug. Da steht in der rechten Kolumne ganz unten: »Pausback (*landsch.* für:) ›Mensch mit runden Wangen‹: Die Zusammensetzung ist seit dem 16. Jh. bezeugt …«

Seitdem stand für mich fest, dass es irgendwann in einem meiner Romane einen Mann mit Namen Pausback geben musste. Dass er riesenwüchsig sein würde und Buckelapotheker dazu, ahnte ich damals noch nicht.

Eine Erklärung

geht an alle, die mit der Landkarte Thüringens gut vertraut sind: Ihnen wird auffallen, dass es Orte wie Schmalenbach oder Katzberg in Wirklichkeit nicht gibt, und doch mussten sie in diesem Roman auftauchen – aus dramaturgischen Gründen. Räuber wie Galantho, Hemperla, Hannikel, Hölzerlips und Hein Surel dagegen haben tatsächlich gelebt, wenn auch nicht in Thüringen.

Dieserart mischen sich Dichtung und Wahrheit zu einem neuen Ganzen, und nicht immer weiß man als Leser, was wahr und was erfunden ist.

So und nicht anders soll es sein.
Wolf Serno

Weltbild Buchverlag –Originalausgaben–
Genehmigte Taschenbuch-Lizenzausgabe 2009
für die Verlagsgruppe Weltbild GmbH,
Steinerne Furt, 86167 Augsburg

Projektleitung: Almut Seikel
Umschlaggestaltung: zeichenpool, München
Umschlagabbildungen: © Getty Images (John Arthur O'Connor)
© Artothek (Paolo Tosi)
Satz: Uhl und Massopust GmbH, Aalen
Gesetzt aus der Adobe Garamond 11/12,5 pt
Druck und Bindung: CPI Moravia Books s.r.o.,
Pohorelice

Gedruckt auf chlorfrei gebleichtem Papier

Printed in the EU

ISBN 978-3-86800-131-0